石头与水 著

千山我独行 不必相送

千山记 叁

目 • 录
CONTENTS

第三十一章 册东宫 ———— 001

第三十二章 议分封 ———— 021

第三十三章 纳侧妃 ———— 040

第三十四章 得子嗣 ———— 060

第三十五章 廉租房 ———— 080

第三十六章 御林苑 ———— 098

第三十七章 大地动 ———— 113

目 · 录
CONTENTS

第三十八章　帝驾归 ── 133

第三十九章　科场案 ── 152

第四十章　封地定 ── 171

第四十一章　皇孙师 ── 190

第四十二章　闻道堂 ── 211

第四十三章　赴闽地 ── 231

第四十四章　初就藩 ── 250

第四十五章　巡全境 ── 270

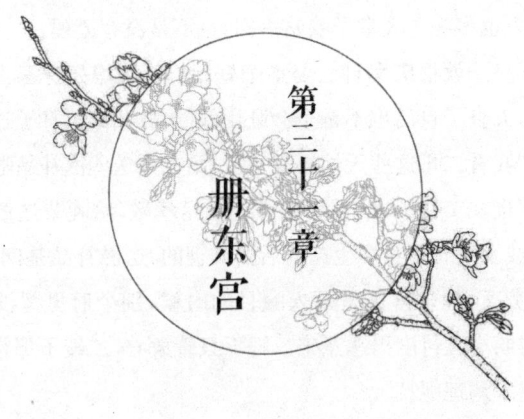

第三十一章 册东宫

谢莫如生辰宴后，帝都另一盛事就是二皇子迁居东宫的宴会了。

虽然册封礼尚未举行，但即使寻常人家搬迁新居也会摆几席薄酒，何况二皇子这准太子。东宫宴请的宾客相对简单但品流极高，第一日宴请皇室亲眷，第二日宴请属官，且东宫非常克制，只第一日皇室家宴隆重热闹些，第二日是低调小宴。

大皇子颇有微词，私下嘀咕："太子还没做呢，就生出这忒多的捞钱主意来，老二越来越奸了。"

崔氏都无语了，鉴于丈夫这无规律发作的眼红病，她懒得再劝，只是与丈夫商量着送往东宫的乔迁礼。大皇子道："随便送些什么就行了，以后倘他三天两头地办宴会，咱还要次次厚礼啊？咱自家日子还过不过了？"

崔氏心说，要不知丈夫是皇子，还得以为是哪家穷鬼说的这话呢。崔氏道："殿下这样说，倘真失礼于东宫，非但丢脸，怕是父皇那里也说不过去。"

大皇子想一想他那偏心又没眼光的皇爹，过去看媳妇拟的礼单。

其实这乔迁宴，还真不是二皇子主动要张罗的。因为册封东宫礼即将到来，二皇子身为事件主角，每日要随穆元帝理政，与属官讨论国事，与兄弟姐妹联系感情，还要在前来观礼的国外使臣面前展示一国太子的风范，以及在太后与他皇爹面前尽孝，熟悉册封时的各种规矩礼节等等，已忙得脚不沾地了。这种情形下，二皇子根本不愿再摆什么乔迁新居的酒宴了。只是胡太后兴致极高，穆元帝也觉着，二儿子眼瞅着要做太子了，这样的大喜事，迁东宫也该摆几席酒的。穆元帝还道："只管放开去乐一乐。"

于是，二皇子家摆了两日乔迁酒。

皇室之间走礼，像前些天谢莫如的生日节庆什么的自不必说，就是二皇子这样的乔迁酒，且又是往东宫迁，更是不好简薄，等闲一送，总有几千银子。不当家不知柴米贵，皇子

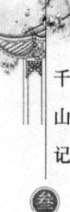

瞧着显赫,花用的地方也多呢。大皇子嘀咕一回,也不是没有道理。

一般这个时候五皇子就很庆幸自己娶了个好媳妇。她媳妇身家丰厚自不必言,关键是,他媳妇掌家有方,五皇子自己也不是个会乱用钱的,故此家里日子过得游刃有余。

五皇子还说呢:"我看二哥这些天忙得都瘦了,给二哥送些滋补品吧。"

谢莫如笑:"殿下也忒实在了,给长辈送滋补品是孝敬,给晚辈送滋补品是关怀,平辈中,倘谁病了伤了抑或女人有了身孕生产前后要调理的,送滋补品是问候。二皇子如今好端端的,不过是稍有劳乏,且东宫正是万人瞩目的时候,别个府里都没这个,就咱们府里送,就原是好心,也得叫小人忖度出恶意来。殿下只管放心,二嫂子那样精细伶俐的人,这会儿不定怎么给二皇子调理呢。"

五皇子点头:"这倒也是。"继续跟媳妇看礼单,忽然想到一事:"听说这次册立东宫靖江王也要过来道贺。"

"他国使臣都要来的,靖江王正经宗室,一地藩王,理当亲至以贺东宫。"谢莫如道,"不过,他真的肯来,倒是意料之外。"

五皇子也悄悄地说:"是啊,按理藩王三年一朝,这些年也未见靖江王来过。我以往也只是听说过他,这次来了,还真得见识一下。"

"你要去见识,也叫上我,我也要看看靖江王是何等形容。"

五皇子一乐,应了他媳妇。

靖江王多年未至帝都,其实不要说五皇子这在兄弟间排行靠后的,就是大皇子,对靖江王也是只闻其名未见其人,哪怕他们的爹穆元帝,对靖江王的印象也不大深刻了。主要是穆元帝少时登基,祖母程氏的葬礼一结束,辅圣公主就命靖江王去就藩了,彼时穆元帝不过八岁,如今他都四十出头了,恐怕也不记得靖江王具体是何形容了。

五皇子就想着好生看一看靖江王呢,结果,来的是靖江王世子。靖江王世子一至帝都就进宫给穆元帝请安兼请罪,递上靖江王写的折子,靖江王称身上不大妥当,就派儿子代自己来了。

靖江王称病并不稀奇,三十几年一直用这招,都用老了。

穆元帝很细致地问靖江王世子,靖江王生的是什么病,可好些了。靖江王世子三十几岁,人生得威仪气派,态度很恭谨,禀道:"父王这些年,身子一直不大康泰。老人家接到陛下御旨,十分高兴,想要亲来以贺东宫,临行前晚上设宴,父王约是多吃了几盏酒,第二日就起不得身,宣来太医诊过,实难成行。父王很是不安,想着我朝开国以来首立东宫,这般千载盛事,偏生不能亲至,辜负陛下圣恩,便遣臣代他前来,一则代他贺陛下册立东宫之喜,二则代他向陛下请罪。陛下御旨相召,他竟不能亲至帝都,还请陛下恕罪。"

穆元帝宽宏表示:"皇叔身子无恙就好。近些年,朕上了年岁,总是想到旧事,自三十几年前皇叔就藩后,我们叔侄再未见过。朕颇为想念皇叔,且又遇册东宫之喜,想着请他老人家一并来帝都热闹热闹。皇叔身子不适,朕只有挂心的,岂会责怪。"

因册东宫将近,礼部事忙,五皇子正在昭德殿禀事,他还以为能见着靖江王,结果人家没来。五皇子心说,装病能装三十几年,这家人也算奇葩了。看他爹还一本正经地与靖江王世子讨论靖江王病情呢,五皇子道:"父皇,这些年儿子也屡闻靖江王身子不大妥当。儿子想着,靖江那地方毕竟不比帝都繁华,父皇既挂心靖江王的身子,何不派两个得力的太医过去,也帮着靖江王调理一二。"

穆元帝笑:"朕正想着呢,你说到朕前头去了。"命人传口谕到太医院准备医术好的太医去靖江王府给靖江王看病。

靖江王世子道:"谢陛下关怀,父王身边倒也有几个妥当太医。"

"表叔只管放心,平常宁荣大长公主身子略有不适,父皇也是派太医过去,大长公主都说父皇这里的太医医术比她府里的太医好呢。"五皇子一副恳切模样,"就是他们医术不及表叔府里的大夫,让他们去瞧瞧,回来与父皇说一说医理,父皇也能放心呢。父皇这里也有好药材,一并叫他们带了去,知道表叔府里不缺,也是咱们的心意不是。"

二皇子亦道:"一家子骨肉,表叔莫要客套。"

靖江王世子连忙道:"陛下所赐太医,自然是寻常不能及,臣代家父谢陛下圣恩,谢两位殿下关怀。"

五皇子道:"可惜这次只有表叔一人来了,倘是表婶一道来,倒可与皇子妃们亲近一二,她们妯娌倒爱在一处说说笑笑。"

靖江王世子道:"家父身子不适,母亲有了年岁,我就留她在府里,也能帮衬母亲一二。"

"这倒也是,表叔想得周全。"五皇子便不再说什么了。

穆元帝心下一笑,想着这个儿子以往尽是给他出难题,这回倒是阴错阳差的表现不错,赐了太医药材,穆元帝又给他们介绍道:"你们表叔侄还未见过。"指着二皇子和五皇子给靖江王世子认识了,彼此见礼后,穆元帝对靖江王世子道:"去慈恩宫见一见太后,她也惦记你呢。中午在朕这里用饭,晚上另有家宴。"

靖江王世子一一谢过,恭谨地随内侍去了慈恩宫。

穆元帝对二皇子和五皇子道:"靖江世子鲜少来帝都,你们是表叔侄,多亲近一二才好。"

五皇子还有礼部差使要忙,略说几句话就退下了。二皇子笑:"五弟在礼部,大有进益。"

穆元帝道:"当差三年,倒是知道了些进退。"

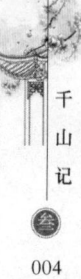

如穆元帝所言,中午慈恩宫赐宴,穆元帝特意命人召了宁荣大长公主进宫来团聚。待到晚上皇室家宴,诸皇子、公主、长公主都到了,另外还有靖江郡主和穆七郎两个,一则团圆,二则也是叫靖江王世子认一认皇室中人。男人们在昭德殿宴饮,女人们则是在慈恩宫领宴。胡太后笑呵呵地对宁荣大长公主道:"原想着靖江王来了帝都,你们兄妹也好相见,不想靖江王身上不好。虽他不能来,世子来也是一样的,你也有许多年没见世子了吧?"

胡太后说这话,谢莫如直接偏开头去,没见过说别人兄长身子不好反笑得一脸春光灿烂的,就是作态,也要做个略带担忧的姿态好不好。谢莫如对胡太后没什么好感,主要就是她看不上胡太后这种自作聪明的蠢相,这位老太太或许以为太后是一种只需享受而无须付出的尊荣身份。

好在胡太后运道不差,生出的儿女一个比一个聪明。有胡太后主持的宫宴,倘是宴请自家人还好,倘是重要宴会,穆元帝总会令文康长公主在一旁相陪,给他娘圆圆场。胡太后此话刚落,文康长公主已接了话音,安慰宁荣大长公主道:"姑妈莫太过担心,靖江王叔是上了年岁,偶有病痛。听皇兄说,王叔身子尚可。皇兄已赐了太医赏了药材,连夜令他们过去了。"

宁荣大长公主道:"是啊,我也听世子说了。陛下仁义,我在帝都这些年,但有病痛陛下总免不了赐医赐药。王兄远在藩地,自是艰苦些,有陛下关爱,我也放心了。"

胡太后笑:"你只管放心,凡事有皇帝呢。"

宁荣大长公主素知胡太后蠢笨,她也常利用胡太后去整治别人,如今胡太后犯蠢犯到她头上,尤其在说自己嫡亲兄长靖江王的身体状况时,胡太后这一副乐和相,直堵得宁荣大长公主一口气憋在心里,上不去下不来,好生难受。

宁荣大长公主岔开话题:"眼下就是东宫之喜,帝都城如今热闹得很,我那亲家也受召前来参加东宫册立大典。听她说前些天来给娘娘请安,娘娘赏赐了她许多东西,直说娘娘和气。"

胡太后想到安夫人就头皮发麻,安夫人活剥人皮啥的其实是年轻时的旧事,现下已鲜有人再提了,只是,这事胡太后却是知道的。当初她还是这后宫的一介小宫人,安夫人来帝都入朝请安,程太后亲自召见安夫人。彼时安夫人还年轻,杀人如麻的名声传到帝都来,程太后对她很是欣赏,还给她写过一幅"不坠巾帼"的大字。那会儿胡太后在宫里当差,偶然听大宫人闲话时说过一二。前些天安夫人到了帝都,见过穆元帝后,因她毕竟是女人,且又是四皇子妃的外祖母,穆元帝为示亲近,就令她去慈恩宫见胡太后。胡太后好悬没装了病,幸而有文康长公主在侧,且慈恩宫赏赐颇丰,安夫人只当胡太后生性寡言拘谨,也没多想,带着慈恩宫的赏赐就出宫了。胡太后事后同皇帝儿子抱怨:"如何弄个修罗夜叉来见哀家哟?要不是有你妹妹在,哀家哪里敢见这样的凶煞人!"又说起四皇子妃,"往日瞧着她倒还柔顺腼腆,幸而不似她这外祖,不然小四的日子可怎么过哟。"

安夫人煞气过重,胡太后当天都没能睡好觉。今日宁荣大长公主提起安夫人,胡太后也没有嬉笑的心思,胡乱支应一句:"她这把年岁,又是小四媳妇的外祖,你的亲家,再不能薄待的。"

文康长公主补充一句:"安夫人于国有功,昔日皇祖母在时曾亲自召见,辅圣公主也有问询,皇兄亲政后亦厚待于她。母后时常说起安夫人功勋,颇为感佩,还特意叮嘱皇兄好生招待老夫人,老远来这一趟不容易呢。"

四皇子妃笑:"外祖母也说皇祖母仁爱慈善,雍容尊贵,母仪天下,令人向往。"

二皇子妃跟着道:"那日在五弟妹生辰宴上见了,老夫人极爽利的人。"

长泰公主也道:"是啊,精神头极佳。"

谢莫如点头:"是位明白的老人家,听说安夫人如今都能挽弓引箭,此次来帝都,千里之遥,虽有车驾,老人家却是宁可弃车骑马,身子骨硬朗得很。"说着看向宁荣大长公主:"安夫人也快六十的人了,说来与靖江王年岁相仿呢。"

文康长公主心下舒坦,笑:"这一说还真是如此,靖江王叔今年也六十了吧。"

四皇子妃也不傻,接话道:"那还是外祖母年轻一些,外祖母正好五十有五,比靖江王年轻五岁。"

谢莫如便道:"安夫人年轻时收复南安州十数部族,刀光剑影十几年,还有这样好的身子骨,委实令人羡慕。"问四皇子妃:"可有什么保养之法?"

四皇子妃笑:"要说保养之法,外祖母每日晨起习武,必有一餐要食粗粮,余者也没什么特别。"

谢莫如一笑:"看来是天生的好身骨。"

大皇子妃崔氏道:"习武的人就是不一样呢。"

三皇子妃褚氏也说:"就是,行走起卧皆与常人不同。"

大家正说靖江王与安夫人的身子骨,胡太后突然冒出一句:"老五媳妇,你们这成亲都两年多了,还没动静呢?"

一瞬间,慈恩宫静得只余诸人的呼吸声,连宁荣大长公主都惊住了。哎哟,刚才她还为胡太后蠢到她头上气闷,如今回过神来,她只想爆笑出声。简直是神之发问啊。

这回换文康长公主给她娘噎着了,要是换了第二个人说这种话,她非去剪了这人的舌头!她娘到底知不知道她们在说什么?谢莫如把话题转到靖江王身子骨上,还不是在明里暗里地敲打靖江王装病的事吗!她娘到底知不知道好歹啊!

文康长公主先道:"今儿是给世子接风,正说靖江王叔呢,母后您怎么突然想到这茬了?他们小孩子家,脸皮薄,您这一问,倒叫老五媳妇不好意思了。"

宁荣大长公主笑:"也难怪娘娘惦记,就是我也惦记呢。当年皇兄戎马倥偬半世,都是为了儿孙。皇兄只有陛下一子,临去前仍有许多不放心。自陛下起,咱们皇家方得人丁兴

旺，我有了年岁，别的不盼，只要你们各家儿孙满堂，就是孝顺娘娘和陛下了。"

这话简直是说到胡太后心坎上了，她都不容人说话，直接道："是啊，大长公主这话有理。民间都说，不孝有三，无后为大呢。"说着还瞥谢莫如一眼："老五没个儿子，可不像那么回事啊。"

谢莫如捏一捏案上的酒盏，淡淡道："是啊，人丁兴旺才好呢。不说别人，就说先帝吧，一世英雄，打下这偌大江山，亏得陛下，方有了传承，不然，岂不便宜了外人。"一句话先弹压了宁荣大长公主，方继续道："如今非但皇室人丁兴旺，听闻靖江王府亦是子息繁茂。靖江王多年未回帝都，好在世子来了，让世子去祭一祭世祖皇后陵吧。这些年，虽有陛下祭奠，皇室供奉不断，可谁能替了谁呢？陛下已是孙辈，靖江王却是世祖皇后嫡亲的骨肉呢。世祖皇后多年未见儿子，见一见孙子也是好的。"

文康长公主连忙道："这话才是正理，皇祖母在世时，最疼的大约就是靖江王叔了。"

胡太后对闺女道："你皇祖母也很疼爱辅圣公主呢。"

文康长公主又给她娘一噎，险岔了气。

说到辅圣公主，其余皇子妃公主都不敢接了，唯谢莫如道："如今世祖皇后与辅圣公主在地下团聚，未尝不好。啊，还有我母亲，太后娘娘还记得我母亲吗？"也不知是何缘故，谢莫如此话刚落，慈恩宫忽就一阵夜风卷过。胡太后身旁的一座凤鸟烛台上一支臂粗的牛油大蜡，噗的一声熄灭了，几点零零碎碎的火星掉落在蜡油之内，蜡芯冒出几缕白烟。

原本谢莫如说到其母魏国夫人时，胡太后心里已有几分不自在，又见这大殿之内阴风骤起刮灭蜡烛，顿时吓得大失颜色。宫人连忙上前重新点起烛台，烛火映在胡太后泛白的脸庞上，谢莫如只作无视，道："太后娘娘的话，越琢磨越有道理，世祖皇后二子二女，如今看来，唯辅圣公主无后人在世。这次祭奠，就请太后娘娘给我个恩典，由我这个外孙女祭一祭辅圣公主吧。"

昭德殿的宴饮十分热闹，而慈恩宫宴会散时，诸人脸色都有些不自在。文康长公主给她娘气到头昏脑涨，亲自挽着谢莫如的手与她一道出宫，还道："你是个懂事的孩子，老五有福气了。"诸皇子妃都是侄媳妇，二皇子妃还眼瞅着要升任太子妃了，这样赞许的话，文康长公主却独独对谢莫如说了。不过，余者皇子妃也没啥意见，主要是胡太后简直……文康长公主安抚谢莫如一二并不为过。

直待出了慈恩宫，文康长公主亲自将谢莫如送至五皇子处，五皇子见他姑跟他媳妇这般亲密，还吓了一跳。文康长公主叮嘱五皇子几句："好生待你媳妇，看她在席上未用多少吃食，回家让厨下做些汤水，别空着肚子睡觉，对身子不好。"

五皇子简直受宠若惊，他姑的脾气全帝都有名地坏，以往待他媳妇也就平平啊，这是怎的啦？五皇子连忙应了，道："姑妈的话，我都记得了。姑丈在那边等姑妈呢。"

文康长公主颔首离去，回府也是一宿没睡好，纯粹给她娘气的。

五皇子是在回程的路上才知道慈恩宫的事的，气个好歹："皇祖母好生糊涂，简直是——"简直就是个混账老婆子啊！你还知道里外不！

五皇子气一回，还得劝他媳妇："你别与她计较了，她一向这个样子，父皇姑妈都时常给她气得不轻呢。真是气死我了。"

谢莫如道："慈恩宫的脾气，我也不是头一天见，若要生气，早气死了。倒是去祭辅圣公主时，你与我一道去吧。"

五皇子一口应下。他在礼部这几年，于祭祀一事向来郑重，辅圣公主身份不同，五皇子更为周全，道："成，我去找钦天监算个宜祭祀的日子，咱们一道去。还有岳母，先前就是在天祈寺给岳母做过法事，这次也一道祭一祭岳母。"

五皇子在车上安慰媳妇，四皇子妃也在同四皇子说呢："五弟妹委实是好心，原也是给靖江世子的接风宴，慈恩宫里还有宁荣大长公主和靖江郡主呢，大家说一说靖江王府的事才显着热闹不是。也不知皇祖母怎么想的，忽就问起五弟妹家子嗣的事了。"

四皇子有些担心，问："五弟妹没发作吧？"

"这是哪里的话，只是皇祖母这样，岂不叫五弟妹心寒？总该看着五皇子的面子呢。"

四皇子倒很看得开，道："皇祖母这样也非一日了。以往人们多是忍了，五弟妹性子霸道，与皇祖母硬碰硬好几回，皇祖母想到什么，估计没多想就说了。"不要说谢莫如，胡太后给没脸的人多了去了。慈恩宫名声平平，多是胡太后自己作的。

"五弟妹说要去祭一祭辅圣公主，你说咱们要不要送些祭品？"

四皇子大惊："这是哪儿跟哪儿啊，今儿不是慈恩宫设宴摆酒吗，怎么又说到祭礼的事啦？你们晚上都在说什么呀！"欢迎人的宴会，硬能说到祭礼。四皇子觉着，自己对于女人们的思维明显欠缺想象力。

四皇子妃大致说了说，四皇子长叹道："就盼着父皇能劝一劝皇祖母，宁可别与五弟妹说话呢。"他皇祖母是没脑子偏爱说话，谢莫如是脑子够用但从不隐忍。四皇子一想到这俩人就头疼，大好宴会最后硬说到祭礼上，真是……

三皇子妃则道："哎，听谢表妹说着，心里也觉着怪凄凉的。"

三皇子道："谢表妹要是祭辅圣公主，没有不顺道祭魏国夫人的道理，提前预备下两份祭礼。"

三皇子妃应了。

二皇子听他媳妇说了这事也是无奈了，道："你们该把话岔开，多少事不能说，怎么就说到祭礼上去了？"

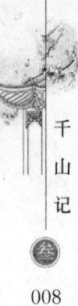

二皇子妃吴氏不能不为自己辩白两句，道："我自问不是个笨人，嫂子弟妹们也不是笨人，可殿下是不晓得，哪里容人去把话岔开呢？"

二皇子叹，知自己媳妇说的是实情："我知道，皇祖母的性子不是一天两天，老五媳妇更是半点儿亏不吃的。"说起来就叫人愁得慌。

几位皇子府，哪怕东宫，说起慈恩宫来也要愁一愁的，唯有一家，既不愁也不气，说起来只有高兴的，就是大皇子了。大皇子听说此事后大笑三声，道："皇祖母圣明啊，老五媳妇这回可吃瘪了吧，看来还是有人能制住这婆娘的。老五也是，有空去捧老二的臭脚，倒不如好生琢磨着多生几个儿子才是正经，这都成亲几年了……"

大皇子还要再说，冷不丁瞧见崔氏的脸都黑了，这才想起来媳妇也是没生出儿子来的，忙道："咱家已是儿女双全，我是说老五家，连个丫头都没有。"

于是，崔氏的脸更黑了，她只生了两个丫头！崔氏当天恼得没让大皇子进屋，大皇子乐呵呵地自己去书房过了一宿。崔氏气得头疼。

倒是胡太后，非但昏聩，胆子也小。文康长公主还想第二天进宫跟她娘说说道理呢，结果，她娘先病了。文康长公主只得留在宫里侍疾，她娘还说呢："昨晚不知怎的，殿里门关得严实呢，忽就一阵阴风。"想叫法师进宫作法驱邪。

文康长公主安慰她娘一回，又想着，眼瞅着东宫册立大典就要到了，不好大张旗鼓地叫法师来驱邪，与穆元帝商量后，宣天祈寺方丈进宫来同太后说一说佛法倒是可以。待天祈寺方丈把胡太后哄住了，文康长公主方有时间把那天晚宴的事与她哥说一说。文康长公主揉着胸口道："这事我不说，怕是没人会同皇兄说的。饶是说老五媳妇牙尖嘴利，母后也有些不分里外了，真是气死我了。就是给老五媳妇难看，她老人家也不分个场合。"饶是文康长公主再怎么偏着自己亲娘，也得说她娘简直没有半点儿政治素养了。看一看谢莫如说的话，再对比她娘说的话，就知道什么是天差地别了。

"朕知道了。"穆元帝道，"你好生陪伴母后几天，务必让母后在东宫大典前好起来，还有太子妃册封礼呢。"宫里没皇后，也得太后做个摆设方好。

胡太后病得本就不重，且多是心病，文康长公主应了。

穆元帝又召来五皇子，道："靖江王多年未回帝都，他是世祖皇后亲子，原想此次他来了好叫他去祭一祭世祖皇后的，可惜临来又病了。好在世子到了，东宫大典后准备一下靖江世子祭世祖皇后陵的东西。"觉着谢莫如这主意不错。

五皇子道："儿子正想跟父皇说呢，父皇也知道了吧？皇祖母允了儿子媳妇祭辅圣公主，儿子想着，辅圣公主已无后人在世，儿子媳妇虽是做外孙女，祭一祭辅圣公主也是情理之中。还有儿子岳母，也是归葬辅圣公主身旁，儿子想着，也一道祭一祭岳母。以前都是在庙里做法事，还没亲祭过呢。"

穆元帝沉默半晌方道："一并去钦天监择个日子,靖江世子毕竟是祭世祖皇后,让他在前吧,你们在后。"

五皇子应了,却是没走,蘑菇一会儿,刚要开口,穆元帝摆摆手："行了,朕知道你要说什么,下去吧。太后病了,你也不要说了。"

五皇子道："儿子是想着,宫里再有宴会,就别叫儿子媳妇去了。她是个安静人,不大爱宴饮。"惹不起,还躲不起吗?

"朕心里有数。"打发五皇子下去了。

五皇子不知道,他皇爹也苦恼着呢。五皇子无非是觉着媳妇受了委屈,替媳妇不平罢了。穆元帝则是苦恼于宫中无后,他娘又担不起一国之母的责任,不要说替他笼络个把人了,平平安安办个家宴都不成。穆元帝干脆不令诰命进宫请安了,平日间诸妃之母愿意进宫则罢,毕竟闺女都押给穆元帝做小老婆了,就算胡太后有何不妥,估计诰命们也就忍了。至于如安夫人这等,以后还是不要再见太后的好。宫宴什么的,更是能省则省。还有老五媳妇,不到万不得已,不要再让她进宫与胡太后共处一室。

倘如此再不得太平,穆元帝也没法子了。

胡太后大安时,东宫册封的正日子也到了。册封那一日,五皇子谢莫如凌晨即起,按品大妆后进宫参加册封礼。二皇子二皇子妃这一对干脆一宿没睡,二皇子妃早上心里就念佛,她的册封礼在后宫,所以千万祈祷今天胡太后可别发癔症,再找谢莫如的不是,菩萨保佑,平安度过方好。

夫妻二人收拾妥当,到了时辰,二皇子先去昭德殿拜见父亲,二皇子妃暂在东宫。

五皇子夫妇到了宫门,五皇子还叮嘱他媳妇："啥话都别说,一日也就礼成了,晚上回家咱们一道用饭。"管他慈恩宫怎么着,媳妇不说不理,也就是了。眼见四皇子一行也到了,五皇子还托四皇子妃："四嫂多照顾你弟妹些,她是个直性子,一向有啥说啥,我就把她托给四嫂了。"

胡氏笑："成,五殿下只管把弟妹交给我就是。"

四皇子正欲取笑五皇子几句,三皇子和大皇子都到了。大皇子素来看四皇子五皇子不顺眼的,倒是三皇子一向是个和煦脾气,笑道："四弟五弟说什么呢?这般热闹。"

兄弟间彼此见礼,四皇子笑："我正要说呢,五弟忒个啰唆,正跟五弟妹依依不舍呢。"

三皇子也笑："五弟只管放心,这样的大日子,她们妯娌在一处,互相照应,再无事的。"

大皇子随口道："五弟你也是瞎操心,五弟妹的性子,只有她欺人,没有人欺她的,你这心操远啦。"操心也该操心别人,别叫你媳妇给欺负了才是。

谢莫如听这话,实不能当没听到,便问："怎么,叫大殿下这样说,你是见我欺过谁?"

大皇子吓一跳,不料自己的话竟叫谢莫如听到了。他早就不喜谢莫如脾气,便道："看

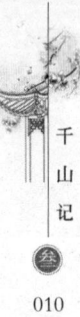

吧,你做弟媳妇的,怎能跟大伯子这样说话?"

"我就是跟陛下也是这样说话,跟太后也是这样说话,大殿下是哪里不一样,还要怎么跟你说话?"谢莫如道,"不过,大殿下倒是同我说说,你是不是也常这样私下说别的兄弟媳妇的不是?我是无妨碍,反正这帝都城碎嘴贫舌说我的人不少,要是别的嫂子,大殿下你可得慎重,你这身份,不相宜啊。"

谢莫如说完就拉着胡氏往后宫去了,崔氏瞋丈夫一眼,扭身也与褚氏走了。大皇子转头与三个弟弟道:"你们看,你们看,这叫啥事啊!我就随口玩笑啊!"

三皇子和四皇子都不说话,他们俩得避嫌,怕一开口就成了谢莫如嘴里那等"碎嘴贫舌说兄弟媳妇"的人。五皇子说大皇子:"大哥,你做大伯子的,的确不好随口说兄弟媳妇的。我媳妇是个直性子,她心下都是为大哥你好呀,大哥你可改了吧。"

四皇子落井下石地问:"大哥你没说过我媳妇吧?"

大皇子气道:"我是那样的人?"

五皇子道:"大哥你不是,咱们都是瞎子聋子呢。"一掸衣裳,一拱手,"今儿礼部事忙,弟弟先去看看他们准备得如何了。"昨儿已与礼部尚书约好,今儿两人得碰个头,务求万无一失。

五皇子抬脚走了,大皇子一路同三皇子四皇子剖白自己,他今儿就是嘴上不谨慎,可没私下说过别的兄弟媳妇。而且,他说错了吗?老五媳妇这个泼货,一大早上的,见了他这个大伯子,不说问个好,反先派一通不是。这样的泼货,就欠太后收拾!

崔氏还在路上同谢莫如解释了几句,谢莫如笑:"我与大嫂子相处不是一天两天,大嫂子什么人品,咱们是尽知的。"并不怪崔氏,却也没说大皇子半句好话。

其实五皇子多虑了,胡太后这里早得了闺女的指示,今日一句话都不要同谢莫如讲。胡太后先是不服,文康长公主道:"要是她闹起来,叫人笑话的是宫里,是太子,今天可是东宫册封。母后要是不怕东宫册封不体面,只管寻她的不是吧。"

胡太后为了东宫,只当没看到谢莫如。谢莫如也不爱理胡太后,彼此相安无事。待太子妃过来受了金印金册,回东宫安坐,皇子妃里崔氏打头,公主中是由宁荣大长公主打头,后面是诸郡主、诰命,一并过去东宫给太子妃见礼。

行礼后,如谢莫如她们这皇子妃一起的,还能在东宫有个座陪太子妃,说些祝贺的话。太子妃吴氏一袭明黄底绣凤凰的太子妃服饰,眉宇间尽是意气风发,待人倒一向平和,笑:"无非是换个住处,咱们还如往常一般才好。"

没人傻到把吴氏这话当真,崔氏是长嫂,她先道:"娘娘宽和,咱们一家子骨肉自是亲近,但也不敢有违国礼。"

褚氏笑:"大嫂说的是,不过,以往进宫,无非就是去慈恩宫给皇祖母请安,如今有娘娘这里，咱们又多了个去处。"

吴氏笑得亲切："只管来，咱们仍是一处说笑。"

大家凑趣说些闲话，中午宴至，便由吴氏坐了主位，大家一并吃酒说话。没有胡太后时不时的发昏，比在慈恩宫里气氛好得多，大家都觉轻松，想着以后太子登基，有吴氏这样正常的一国之母真是大家的福气啊。

总之这一日虽忙碌些，却是样样妥帖，处处称道，说是穆元帝登基以来第一盛典都不为过。便是当事人太子太子妃夫妇，哪怕从凌晨忙至入夜，也是心甘情愿忙这一遭。

五皇子却是累惨了，他有自己的位次要站，心里还要记挂着典礼的进程，生怕哪里不妥当，或是有下官出岔子啥的，所以，真是揪心一整天。待这日平安度过，五皇子晚上同媳妇道："东宫册立就这般忙碌，以后……"说以后太不敬了，他皇爹对他很不错，五皇子止住口，一面让丫鬟服侍着泡脚解乏，一面问谢莫如："你那里可还顺利？"

"没什么事，太子妃挺好的。"谢莫如道，"难得这样的大宴会，上到我们席面上的东西也都是新鲜的热菜，味道也算讲究，还能入口，可见真是尽心了的。"

五皇子道："这是内务司得力。要是你们席面上的东西都入不得口，那底下诰命们得是什么席呢，私下一样叫人抱怨。虽说入宫不是为吃一餐饭，可这大冷的天，没点儿叫人能吃的东西，也不像话。内务司办得好，是他们明白。"

夫妻俩都累了，略说几句话，洗漱后就上床歇了。这要睡觉了，五皇子才想起来对他媳妇说："以往我也没觉着大哥这么老婆子嘴。"

谢莫如道："理他呢。心胸狭窄到这种程度的也算是罕见了，你上本请立太子，我扫过赵国公府的面子，他不知道怎么在家说咱们坏话呢。"

五皇子道："其实大哥私下给过我和四哥好几遭脸色看。"

"你怎不与我说？我要知道，今儿断不能说他几句就完事。"

五皇子心下庆幸：哎哟，幸亏当初没跟媳妇说，要不媳妇为给我出气还不得上去给大哥俩耳光啊。五皇子是个厚道人，道："那不是先前我想着，他做哥哥的，我跟四弟也知他如今不大得意，也就罢了。不想他这般过分，还说起你来。"

"他呀，无非就是眼红二皇子做了太子。"

五皇子想到他这大哥也发愁，道："自来就会发梦。哎，这话还是不要说了，咱们私下说一说，倘外头人也这样说，以后大哥就难了。不看大哥，也看大嫂跟侄儿侄女们呢。"

"这倒也是。"两人说话就歇了。

大皇子夜里归家还生气呢，与媳妇说谢莫如："这泼货！简直无法无天！"

崔氏心里亦不痛快，服侍着大皇子换衣洗漱道："要是别个事，我定得说是那人的不是。今儿这事,我眼见的,殿下在家就时常说五弟妹脾性不好,可怎么还当她面说她?你是做大伯子的,五弟妹是兄弟媳妇,不要说今儿是殿下先开口说人本就不占理,就是退一万步,你占着理,可就跟兄弟媳妇拌嘴这事,殿下就讨不得好去。你以后可留点儿神吧,家里说说就罢了,这么直接说到人家跟前,人家但凡不聋不哑,哪儿能不吱声呢?"

大皇子接过崔氏递上的手巾擦把脸,道:"老五也是个糊涂没气性的,只知道偏着谢氏。"

崔氏道:"将心比心,倘有人在殿下面前说我的不是,殿下要不要维护我?"

大皇子还要说话,崔氏将他往床上一推,道:"天也晚了,折腾这一日,殿下还不累呢?"

"累了。"大皇子无精打采地打个哈欠,"睡吧。"

大皇子自认挺有理,但他干的这事,连他娘知道都说了他一通,直说他脑袋发昏:"一个大伯子,一个弟媳妇,就是偶有见面也不过客气见礼就彼此避开了,你怎的这般多话去说老五媳妇的不是,这成什么样子?就是她有不好,你与五皇子委婉地提个一句半句也就罢了,你倒直接跟个女人拌起嘴来!"

大皇子辩说自己随口一说,道:"儿子不过玩笑,哪里料得老五媳妇当真呢。"

"你做大伯子的,去开兄弟媳妇的玩笑?你给我放尊重些!只嫌事儿少呢!"赵贵妃也不喜欢谢莫如,但她脑子比儿子清楚,道,"靖江世子初次来帝都,陛下有意留他多住些日子。太子对靖江世子都很客气,只是太子在宫内,与靖江世子不过偶有相见。你在宫外,倒是与靖江世子多亲近些才好。"

他娘这样说,大皇子就知是他父皇的意思,连忙应了。

大皇子正欲同靖江王世子多来往,不想老二这奸鬼去东宫做太子了,老三也不是好缠的,早先他一步与靖江王世子有说有笑有来有往啦。把大皇子恨得哟,弟弟没一个好东西!

东宫大典结束后,五皇子打算休息几天,且他休息的方式不是差使不忙趁机偷个懒什么的,而是直接跟他皇爹告假:"礼部没啥事要忙了,父皇,儿子告半月假歇一歇行不?"他就这样说的。

穆元帝正琢磨着三闺女年岁不小了,要给闺女择个好婆家啥的,就见五儿子进来请假。穆元帝听这话不顺耳,没好气道:"你比朕还累呢?"

五皇子根本没听出他爹是讽刺他来,郑重道:"儿子哪能与父皇相比!父皇雄才大略,治大国如烹小鲜,儿子主要是体力劳动,就比较容易劳乏,想着好生歇几天。"

受儿子一记不大高明的马屁,穆元帝心下略舒坦些,也知道东宫册立大典能这般体面周全地办下来,少不了这个儿子的用心。穆元帝问:"靖江世子祭世祖皇后陵的事都准备好了?"

"这又不是什么大事,礼部一个侍郎就能办了。"五皇子不以为意。

太子就在穆元帝跟前,温煦一笑,道:"这是靖江世子第一次祭世祖皇后,可得郑重些呢。"

五皇子不解:"郑重是得郑重,可靖江世子不过是藩王世子。何况,又不是咱不叫他来祭,他好几十年不来帝都,自己个儿不来祭,三十好几的头一遭祭亲祖母,还有理啦?也就是父皇宽宏,太子皇兄你厚道,才不计较前事,要搁我,我可没这么好说话。"哪怕他媳妇也提过让靖江王世子祭世祖皇后陵的事,五皇子依旧不大喜欢。

穆元帝道:"你呀——"颇有些未了之意,余音袅袅,道:"行了,去歇着吧,反正礼部也没什么要紧差使了。"痛快允了假期。

见假期获批,五皇子很是欢喜,还关心他皇爹一二,道:"父皇,如今有太子做帮手,您也多留意身子,郊外温汤庄子的温汤极好,您有空也去松泛松泛才好。"

穆元帝笑:"成,既然你去郊外,便顺便去行宫看看,安排一下,待那边收拾好,朕奉你皇祖母过去小住几日。"

五皇子不意又领了个差使,见他爹没别个吩咐,就告退去后宫看他娘了。

五皇子回府同谢莫如说了请假的事,谢莫如也挺高兴。宫人捧上茶来,谢莫如递给五皇子,道:"天冷最是泡温汤的好时节,倒是陛下,怎么把收拾行宫的事交给殿下了?"

五皇子呷口茶:"也是赶巧了,我这不是想着咱们去泡温汤嘛。咱们温汤庄子附近就是行宫,父皇一向勤于国政,鲜少有休息的时候,以前是我们兄弟还小,不能为父皇分忧,父皇一人支撑这些年。现下立了太子,父皇也算有了帮手,多歇息时且歇息,保重身体为要呢。"五皇子实在是个孝子。

"殿下说的是。"谢莫如笑笑,"那我这就吩咐她们收拾东西。既是去温汤长住,殿下有没有跟母妃说一声?别叫母妃惦记才好。"

"已经说了。"

谢莫如又打发人去四皇子府知会了一声,五皇子道:"既如此,一道知会大哥三哥他们一声吧。"怕他媳妇还记着他大哥碎嘴那事呢,五皇子还说一句:"要是单不告诉大哥,显着不大好。"

谢莫如捏了个杏仁剥了道:"殿下你是一片好心,可就大殿下那心胸那嘴巴,说不定知道这事还得跟四皇子那里下话,说你抢了四皇子的差使呢。"

五皇子想到他大哥那不可理喻的大嘴巴,也是无奈了,摆摆手道:"随他怎么说吧,反正我是问心无愧。"

当晚,四皇子回家听说他爹要去温汤行宫的事,还来五皇子家串了个门。四皇子还奇怪呢:"父皇鲜少去京郊行宫,五弟你这信儿准吧?"

"绝对准的。"五皇子照实与四皇子说了,也是怕四皇子真误会了他,特意解释一二,"这不是东宫典礼结束,礼部没啥要紧事了,我跟父皇请了半个月的假,想去郊外温汤庄子上歇一歇。看着父皇一把年纪,这些天只比咱们忙不比咱们闲的,我就劝了劝父皇,国事要紧,也得劳逸结合保重龙体呢。父皇叫我去把行宫收拾一下,还说奉皇祖母一道住些日子呢。我想着,四哥你差使忙,鲜少住庄子上,怕是你庄子也没收拾,就先跟你和几位哥哥说了一声。"

四皇子得了准信儿,道:"成,我这就打发人提前收拾出庄子来。说来哥哥成亲比你还早一年呢,温汤庄子也是头一遭去。"四皇子在工部这几年,对收拾地方极有经验,对五皇子道:"你去行宫时带上内务司的人,温汤行宫父皇用得少,虽不至荒废,想必也有许多要收拾的地方,你先安排妥帖,父皇去了也自在。"还同五皇子说了几个内务司得用的人。

五皇子心下记了,想留四皇子用饭,四皇子笑:"就顺腿过来一趟,你四嫂还在家等着我呢。"告辞走了,五皇子送四皇子到二门外。

五皇子心说,四哥果然是真心待我,我虽得圣命收拾行宫,四哥却并未与我生出嫌隙,还荐人帮我呢。

五皇子已经与媳妇商量着去泡温汤的事了,大皇子听闻此事的反应却如同谢莫如所料。因前番在宫门前说谢莫如的不是,得了个"碎嘴贫舌"的评价,又挨母亲妻子的双重抱怨,大皇子现在不怎么说谢莫如的不是了。就是说,也是在心里说,或者忍无可忍地在家里说,在外头,却是一次都没说过的。

知道了他爹把收拾行宫的事交给了五皇子,大皇子醋意横生,道:"老五这小子,越发会巴结了。他礼部的差使还干不够,竟去抢工部的差使。四弟也是,就忍了不成?"恨不能看四皇子和五皇子干一架,他方欢喜。

崔氏连忙道:"殿下,疏不间亲,四皇子和五皇子一向情分极好,哪里就为这点儿事疏远呢。再说,收拾行宫什么的,多是内务司的事。如今父皇令五皇子主持罢了,也不是五皇子亲自上手做,无非是叫五皇子担个名头罢了。"

大皇子将嘴一撇:"我能不知这个?这个老五,越发会讨巧了。眼下礼部正有靖江世子祭世祖皇后的事要安排,他不管自己的正差,倒是去插手内务司的差使,真不知父皇是怎么想的。"

"父皇有父皇的用意。"崔氏拿出正事与大皇子商量,"殿下不是说要请靖江世子来府里吃酒吗?除了请世子,要不要请其他皇子过来一并热闹一二?"

大皇子点头:"也好。"

五皇子府临去温汤别院前先收到了大皇子府打发人送来的帖子,五皇子一听说是大皇子府请靖江王世子吃酒的事，就道："跟大哥说，父皇交给我收拾行宫的差使，我不敢耽搁，要先去办差，怕是没空去了，叫大哥他们好生宴饮吧。待有空，我做东，请大哥他们过来吃酒。"打发了来送帖子的人，与他媳妇嘀咕："这也不知怎么了，大哥三哥待靖江世子挺亲近的。我却是不喜欢他，父皇还叫他去祭世祖皇后陵呢。"

谢莫如道："殿下不喜欢就不喜欢呗。陛下也不见得就喜欢他，不过是他这头一遭来帝都，不好冷待罢了。要是没人搭理，叫朝臣瞧着也不像话，靖江王府更得有异心了。这也不过是陛下做个面子，殿下理不理会都无妨碍。"

谢莫如总结一句："我也不喜欢靖江王府。"

五皇子笑："可见咱们夫妻同心。"又有些担心："你说，靖江王府不会真有异心吧？"

"他有没有异心都无妨，靖江王府成不了大气候。"谢莫如下了断语。

"这又怎么说？"五皇子有一点好处就是，不耻下问，当然，谢莫如也不是什么"下"，但五皇子对谢莫如的确是非常尊重，而且，并不似其他男人以请教女人为耻啥的。五皇子本身觉着，这世上强悍女人太多，不如女人是正常的。但要不如女人还不肯请教，不懂装懂就格外可耻了。于府里长史，五皇子还时常商议事情呢，自来夫妻一体，与自家媳妇，只有更亲近的，还有什么不能商议的呢？尤其他媳妇一向有见识，别人想请教，也没这样有见识的媳妇不是。

五皇子既问，谢莫如就说了，她一向是很敢说话的，道："陛下善待靖江世子，无非是不想叫人挑出不是。靖江王遣世子来帝都，无非也是这样一种姿态。权术这种东西，在双方都没做好准备前，就需要保持和平的颜面。其实就算准备好了，翻脸也得找个好理由，这理由，就叫师出有名。"

"别人怎么想我是不知道，但叫我说，靖江王实在胆略不足。"谢莫如道，"虽有千金之体坐不垂堂的话在前，可这话不过是书生见识，凡成大事者，必要时绝不能太过珍重己身。要我是靖江王，这样千载难逢之良机，不管有没有病，必要奉诏前来的。而且，越有病越来。靖江王就藩三十多年了，当年先帝自一文不名到平定江山也不过十一二年的光阴就办到了，比起今日靖江王来，艰辛困苦自不待言。什么样的异心，准备三十年也差不多了。"

"这次册东宫就是天赐良机，非但要来，来了就不回去了。寻个机会与陛下私下聊天，然后身上藏点儿鹤顶红啥的，随便说两句话就吃鹤顶红死陛下面前，叫陛下一万张嘴都辩不了清白。这头靖江王一死，另一边就能造反了呀。"谢莫如颇有想象力，"这第一，他死得不明不白，栽赃陛下，靖江王府立刻师出有名。第二呢，就咱们东穆相邻的这几个国家，没省油的灯。来这么些使臣，使臣一看，哎哟，你家要内讧啊，回去还不得趁火打劫。或者他们提前约好动手的时机，猛虎还怵群狼呢，这样一来，靖江王府占得先机，也不是没有胜算。结果，这样的千载良机，靖江王没来，也不知他在靖江做什么呢？"

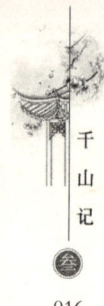

　　五皇子给他媳妇吓得,张张嘴,硬没发出声音,定一定心神方道:"这个,无缘无故的,谁想死呢?不要说靖江王,你想想世上这么些人,要寻仙访道求长生的有多少。靖江王纵不欲长生,也想活着呢。"

　　谢莫如唇角一挑:"所以说,他没这个命。"

　　"再说,靖江王先自己主动死了,靖江王府也得有人主持啊。"五皇子定了心神,理智也回笼了。

　　谢莫如道:"手里这么些儿子,就没一个历练出来的?"

　　夫妻俩讨论一回谋反话题,五皇子对他媳妇的请教今晚就到此为止了。晚上两人吃了热锅子,五皇子又看了一回李九江的新画,说一回琴棋书画,夜深便歇了。

　　倒是大皇子,他打发人送帖子,五皇子竟还不赏脸了!大皇子就没忍住,当天又骂了五皇子一回,第二日在四皇子面前说了五皇子的坏话。当然,大皇子也不傻,他没直接说,只是玩笑一般的口吻:"听说老五得了整理汤泉行宫的差使,老五越发能干了。"

　　四皇子根本没听出来,主要是,要是建造行宫什么的,倘是用国库的银子,那是他工部的差使。像修缮整理宫室,一般是他父皇内库花钱,故此,多为内务司的差使,与工部关系不大啊。四皇子只以为他大哥是不大了解五皇子去主持收拾汤泉行宫的缘故呢,便代五皇子解释一句,道:"五弟原是想去温汤庄子上歇一歇,父皇就叫他顺道看着收拾行宫。要是父皇移驾,咱们少不得跟随,大哥可得早些打发人将自家庄子收拾出来。我那庄子自建好就没住过,大哥平日只比我更忙,你家那庄子,估计用的时候也少。"絮絮叨叨地说起温汤庄子啥的了。

　　大皇子见四皇子没上当,只得暗道一声老四愚钝,也不再多说五皇子的事,转而说起他府上宴客,一定请四皇子过去吃酒啥的。四皇子自然应下,昨儿他就接着帖子了。虽然他与靖江王世子没啥交情,但既然大哥相请,怎么也要给大哥些许面子的。

　　待五皇子夫妻收拾停当启程去了郊外温汤庄子小住,朝廷发生了一件不大不小的事。大皇子请旨,东宫即立,应加封东宫母族。

　　远在郊外别庄的五皇子夫妇得知此事时的反应都有些吃惊,五皇子都说:"大哥与二哥一向有些不对付,大哥这是怎么了?莫不是要在二哥面前挽回以前的印象?"他大哥眼红他二哥眼红得不得了,怎么突然示起好来了?这是什么意思啊?反常必为妖啊!

　　谢莫如并未觉得大皇子回头是岸或者是讨好二皇子之意,谢莫如道:"看来,大皇子身边有个相当能干的人哪。"

　　不是反常必为妖,而是,反常必有妖!

　　其实,大皇子的奏章提得很全面,是要加封东宫母族。东宫不是只有太子,还有太子妃呢。但,大家似乎一下子全部将目光集中在了太子母族这件事上。主要是因为太子妃的家族太光明了,太子妃是吴国公嫡女,往上数三代就是吴国公、过身的老国公,以及更早往生的老国公的爹了。就是推恩,也不过是弄个虚衔。

当然,推恩一般都是虚衔。不过,太子的母族嘛……

要知道,太子的生母是穆元帝第二任皇后胡氏。平日里,大家说起太子母族就是承恩公府,但如今大家一算,不对呀,胡皇后的父亲可不是承恩公,而是今承恩公之兄——前承恩侯才是。前承恩侯死得还不怎么光彩,当然,这是人们的推测。主要是,前承恩侯是死在辅圣公主手里,在狱中被赐死。

人们之所以会推断前承恩侯死因不光彩的原因就是,穆元帝对承恩公府一向宽厚。彼时前承恩侯死的时候,穆元帝还未亲政,倒好解释。但后来,辅圣公主过世,穆元帝亲政,这么些年了,穆元帝也未给前承恩侯平反,足可见其间真相,非寻常所能揣度。

大皇子突然上本请朝廷推恩东宫母族,倒叫许多人忆及往事。

穆元帝的处置很简单,命内阁议封。

内阁就难了,苏相一向寡言鲜语不动如山,次辅李相如今是东宫太傅,还有礼部冯尚书居东宫少傅,内阁的难处就在于太子他外公实在是绕不开的一道难题。

太子虽然嘴上说:"太傅少傅只管秉公就是。"但将心比心,如程太后那种当初能把娘家干掉的牛人毕竟少见,而且彼时程太后已是万人之上,娘家挖她墙脚,程太后根本不必忍。再者,程太后那种女人实不能以常理忖度,以前还有小道消息说世祖皇帝都是死在她手上呢。太子殿下明显不是这类牛人,而且,太子刚登东宫,正是要脸的时候呢。

冯尚书是礼部尚书,他先说:"推恩论及父祖曾祖三代,太子妃娘家吴国公府,可酌情增加些仪仗虚衔,以示尊宠。太子殿下这里,唉,先承恩侯因罪获死,是辅圣公主与陛下钦定的罪名,这个……"这罪若好赦,也等不到这会儿。大皇子也是,这是上的哪门子奏章,这不是添乱吗!

李相也是难在此处,李相瞧一眼闭眸不语的苏相,轻声请示:"老相爷,您说先承恩侯这儿可怎么着?陛下既命内阁来议,咱们总得给陛下和东宫一个交代。"

苏相似入定老僧,良久方不急不缓道:"我朝首立太子,许多典章礼仪不全哪。冯相在礼部多年,刚也说了,推恩是推及父祖曾祖三代,东宫之父何人,不必我多言了。咱们当拟尊号上禀陛下,请给世祖皇帝、世祖之父一并加以尊号方是。先时未料及此事,实是内阁疏漏。"

冯尚书有些蒙:"那,那先承恩侯……"

李相立刻截了冯尚书的话,恭恭敬敬地对苏相道:"老相爷说的是。"是啊,这推恩素来只是推恩父族,没有推恩母族的道理,就是太子妃这里推恩娘家,那也是推恩太子妃她爹她祖上,而不是去推恩太子妃外婆。自来就没有推恩太子母族的道理,太子想推恩母族,

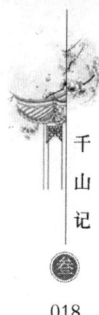

得等登基以后了!太子登基什么的,这想头实在大不敬。李相压下这等惶惶心思,与苏相商议道:"先孝安胡皇后过身多年,今东宫册立,老相爷瞧着,咱们是不是一并拟孝安皇后尊号?毕竟孝安皇后是太子生母呢。"现下难以推恩太子母族,但给太子生母一个体面也是要的。

苏相道:"孝敬皇后褚氏亦是太子嫡母。"

李相道:"那就请奏陛下,给两位皇后一并上尊号。"

苏相颔首,重新闭上眼睛。

李相在内阁多年,见苏相这等模样见得多了,此时依旧难免无语,心说,陛下怎么就喜欢这尊佛爷呢!

大皇子这一道请封,多少人心神不宁,多少人乐见其成,又有多少人冷眼旁观。便是大皇子自己,也是咬牙咬出血地上的这道请封折子。

宫里胡太后知道了,还在赵贵妃面前赞大皇子懂事呢。赵贵妃笑:"他也是做爹的人了,跟着陛下学着当差这几年,看来还是有长进的。"

胡太后待赵贵妃和气许多,主要是胡太后想着赦免兄弟脑袋上的罪名想了多少年,奈何皇帝儿子这嘴忒紧,闹得她多年未能如愿。如今借着立太子的喜气,又有大皇子亲自上折请旨,干脆一气呵成把这事办了才好。

胡太后想得挺好,还打算儿子过来时跟儿子念叨念叨这事,敲敲边鼓啥的。

穆元帝是个孝子,好在脑筋正常。对他娘的供奉待遇上,穆元帝从不吝啬,但其他东西,尤其是他娘对他提一些要求时,哪怕是孝子,也会禁不住怀念起前朝"妇人不得干政"的宫规铁券来。虽然老穆家早打破此先例,他家女人非但要干政,而且手伸得挺长,但穆元帝宁可要程太后、辅圣公主那样的干政,也不想面对他娘这时不时的要求。

因为他娘没有别个要求,无非是为着娘家承恩公府,他娘的心思,穆元帝不看就知道。所以,胡太后在慈恩宫翘首以待,穆元帝却是根本不想再过去了。好在,下午内阁就拟出尊号来,苏相还带着折子向穆元帝请罪,内阁虑事不周,忘了给两位仙逝的皇后上尊号云云。穆元帝自不会怪罪,就是傍晚胡太后知晓此事后有些傻眼,颇为遗憾地说了句:"不行啊,哀家还以为能给你大舅恢复名誉呢。"

穆元帝哪怕是孝子,遇到他娘这话也要发怒的,直截了当地警告他娘:"朕还活着,母后以后不要再提这件事。"

胡太后见儿子口气不对,露出个瑟缩的样子,有些怯懦道:"不,不行啊?"她自己都能给自己台阶下,放软了口气同儿子道:"不行就不行了,外头那些事,哀家原也不大明白,不过是些妇道人家的小心思罢了。什么时候你说不行,哀家还强逼过你呀?你说什么活啊死的话呢,你这不是在剜哀家的心吗!在家从父,出嫁从夫,夫死从子,哀家这辈子就指着你呢,你有个好歹,哀家也不活了。"说着哭了一通。

胡太后这一哭,穆元帝也不好再追究,只道:"母后安享尊荣就是。"

胡太后道:"哀家也就是操心操心家里的事。哎,三公主年岁不小了,你疼闺女,要多留几年,可也得想着女孩子家,总得嫁人,三公主的婆家你心里可有数了?"

转眼间,她老人家就收拾起心情说起三公主的婆家来。

三公主的婆家不过是个转变话题的引子,这一对至尊母子间的氛围总算融洽了些,胡太后稍稍松了口气。第二日朝中降旨,推恩太子妃父祖三代,同时给两位仙逝的皇后上尊号,同时也给世祖皇帝以及世祖皇帝的爹上了尊号。至于承恩公府,旨意中根本没提。

大家先是有些不解,之后心慧眼明的立刻就明白了,推恩向来只涉父族,要是想加封母族,只坐到太子之位是不够的啊。只有天下至尊,方能理所当然地去加恩自己的母族。承恩一爵,便由此而来。你家出了皇后、出了太后,因而赐承恩爵。倘是你家出个太子妃,就如同吴国公府,把你祖上三代封一封,添些仪仗,以示荣宠也就是了,爵位什么的是没有额外加赐的。

太子坐得很稳,没有半点异样或是不自在,听到这道圣旨,依旧是雍容尊贵的模样,倒是叫大皇子好生失望。事实上太子昨日就知道了内阁议定的结果,别以为太子会失望什么的,事实上太子出生未久生母便已病逝,至于他那因罪获死的嫡亲外公,太子更是见都未见过一面,外家也有表兄妹,只是未听到哪个特别出众。太子连胡家长房儿女见得都有限,更谈不到什么深厚感情。太子遗憾的是,有个获罪的外公毕竟不是什么光彩体面的事,但属官已劝过他,徐宁徐榜眼说得最露骨:"昔年程氏一门获罪,也没人敢质疑世祖皇后的权威。"

太子不至于连这点儿城府都没有。

所以,太子的完美表现还真是让朝臣挺满意,穆元帝也挺满意,想着到底是我儿子,从来这般明理。

太子完美了,失望的就是大皇子。

大皇子道:"老二忒会装了。"

赵霖淡淡道:"内阁相臣多有在东宫任职,且这道圣旨是推恩东宫,没有不让东宫知道的理。东宫既知晓,今日当然会镇定自若。是殿下,太焦急了。"

大皇子会上此道奏章,便是眼前男子的缘故了。赵霖姓赵,据说是赵国公府的远亲,这亲戚远到什么地步呢,大约也就五百年前是一家。太子得了徐宁徐榜眼,大皇子先时还偶有些酸话出来,但自从赵霖给他提了醒,大皇子就再不会酸太子了。主要是,徐宁不过榜眼,赵霖却是这一科的状元。

赵霖,赵状元。

赵状元在翰林散馆后并没有被分派到六部任职,也未如徐宁徐榜眼这般钻营到东宫为属官,而是直接平步青云成为了穆元帝的侍读学士。赵霖能做状元,文笔清隽极得穆元帝青眼,穆元帝喜欢让他拟圣旨什么的,也喜欢他一手飞白,索性直接放到御前听用,于是,赵状元一跃为御前红人。

这样的赵状元,竟叫大皇子搭上了线,怎能不叫大皇子心下暗喜?再加上赵状元极有见地,一向有些鲁莽的大皇子竟对他言听计从。

推恩东宫的主意,自不是大皇子想出来的,完全是这位赵状元的主意。

赵状元两句话就把大皇子给安抚了,大皇子恨恨地道:"可恨父皇被这起子小人蒙蔽。"

赵状元笑笑:"殿下不会以为陛下不知道吧?"

大皇子长声一叹,不说话了。

赵状元道:"殿下何必嘘叹?恕臣直言,殿下将心比心,殿下也是有庶长子之人,将来王妃诞下嫡子,殿下基业要传哪个?"

大皇子瞪赵状元,赵状元只是温煦一笑,秘辞而出。

紧接着,赵国公上书,请陛下分封诸子。

第三十二章 议分封

帝都城这一番热闹并未影响到在郊外度假的五皇子夫妇,五皇子还要主持收拾温汤行宫的工作。他在外一向威严气派,但其实年岁尚轻,很有些玩心,自行宫回自家别院还会同谢莫如絮叨一回行宫的模样。五皇子道:"你知道父皇泡温汤的池子啥样不?"

谢莫如道:"什么样?无非就是个汤池子呗。咱家也有。"

"根本不能比。"五皇子说着就露出一副得意的模样,好似见了天大世面一般,其实也不过是见着御用的汤池罢了。五皇子有好事从不落下他媳妇,道:"明儿我带你去开开眼界。"

谢莫如有些不信:"真有那么好?"

五皇子哼哼两声,简直要鼻孔朝天,谢莫如瞥一眼,问他:"行宫修整得怎么样了?"

五皇子立刻转得意为郁闷,笔直的后背也不挺直了,直接向后一倒,斜靠上暖榻的引枕,歪着身子道:"父皇一向勤于国政,这温汤行宫其实就没用过,要修的地方忒多,我看短时间内父皇不一定用得上。"

谢莫如问:"这样说,是要大修了?"

"内务司工匠算下来,最快也得一个月才能修理得当。光这修一修,银子最少要八万两。"五皇子并非不知柴米贵,同谢莫如打听,"当初万梅宫你是怎么修的?"

谢莫如一肘搭在小榻桌上,斜着身子看着五皇子,道:"万梅宫一直有宫人内侍看守打扫,屋宇坏的并不多,里头的家什也都是好的,就是屋内墙壁陈旧,廊檐漆绘剥落,还有院中砖石脱落损坏之类。修的话也简单,万梅宫你也去过,我令人将屋里重新刷白,廊柱重新上一层桐油清漆,砖石补一补也就够了,并不麻烦。"

五皇子问:"花了多少银子?"

谢莫如想了想"因我不急着收拾,找了五六个手艺好的匠人,他们干了一个月,拢共

也就花了六百两银子。"

五皇子喉中发出长长的一声"咦",腾地坐起来,瞪大眼睛:"这么便宜?"

谢莫如道:"我也觉着不贵,不过听张嬷嬷说,外头寻常五六口的小户人家,一月二两银子就足够花销了。想来这六百两银子是足够的。而且,万梅宫毕竟是在山上,说是叫宫,比起汤泉行宫可是小得多了。"

五皇子道:"正好明儿咱们一道过去瞧瞧,我听太子说现在户部挺紧张的,册立东宫这一节,花销甚大。这修行宫,虽是用内库的银子,咱也是能省则省,父皇一向崇尚节俭,最厌奢华。"

谢莫如笑应:"好。"

五皇子觉着八万银子修行宫实在有些贵,帝都里上等地段的一处五进大宅也不过五六千银子。

但其实,人家内务司真没当他冤大头糊弄他。像谢莫如说的,屋里头墙壁陈旧了,得另行粉刷吧。粉刷还是小活,关键是行宫处处雕梁画栋,上面皆是彩绘漆画,繁复精致得不得了。这些彩绘有的陈旧有的脱漆,要补要修要重新上色,内务司说一个月的时间能修好,绝对是尽忠王事了。而且,这修复的功夫,真比重新绘制要艰难百倍。再有就是行宫的路面了,路上铺就的青石板斑驳破碎之处颇多,也要重换了新的才体面呢。

谢莫如随五皇子大致看了,道:"一个月能修好,也殊为不易了。"

跟在一旁的内务司郎中道:"因陛下要移宫,臣估量着,这行宫修缮工程量实在不小,约莫要从修建三公主府的匠人里抽出几个手艺精湛的过来修缮行宫。如此,这几处大的宫所,当能修缮妥当。余者偏僻些的院落,还请殿下多给臣些时日。"

五皇子点点头,叫郎中取了修缮的计划表来给谢莫如看。人家不是平白就要这八万银子的,人家每样东西多少银钱样样备注清楚,绝对良心要价。谢莫如颇为赞许,打发郎中下去,同五皇子道:"这样修的话,八万银子真不多。你要想省钱省时,我倒有个法子。"

谢莫如指着内务司的修缮表,道:"大头就在修复这些彩绘上头,当初万梅宫也有许多廊檐梁柱上头的彩绘脱落,这些彩绘样式,多是因前朝尚繁复瑰丽之风,所以将个屋宇描绘得五颜六色叫人眼花。要我说,飞檐斗拱,已自有气派,何须富丽装饰,装得花团锦簇反失大气。索性将这些彩绘去掉,直接漆红,灰瓦红柱白墙,简单壮阔,且省事省时,还省钱。"

五皇子有些犹豫:"成吗?"

"你要照内务司这样修,最少得一个月,而且八万银子不一定够,你想一想,这漆绘上要多少金银粉屑?而且,万梅宫难道就不好了?"谢莫如道,"你要没主意,就问一问陛下,把你的难处跟陛下说一说。"

五皇子决定写折子问一问他皇爹。

待折子写好，五皇子亲自回了一趟帝都，谢莫如收拾了不少山货让五皇子给苏妃带去。五皇子跟他爹嘟嘟囔囔地商量，大意就是，要是照着旧样修费时费力费钱，要不咱换个样修，比较经济适用。穆元帝倒是很信任五皇子，道："既交给你，你便做主吧。不要失了皇家体面就好。"

五皇子送他爹一份山货，看过他娘，就回别院了。

五皇子出宫的时候还遇着大皇子，大皇子见他还问呢："五弟怎么回来了？"

五皇子眼珠一转，与大哥见过礼，叹口气："修缮别宫的事，弟弟没个主意，回来问父皇拿个主意。"

大皇子来了精神，打听："可是有什么为难之处？说出来，但凡哥哥能帮的，一定帮。"

五皇子蘑菇了一会儿，还道："也没什么事。"

"看五弟，与哥哥还有什么不能说的。"五皇子越不愿说，大皇子越是想知道缘由，故而催问个没完。

五皇子露出几分为难之色，最终还是神神秘秘地小声道："就是，我这不是头一遭办这修缮宫室的差事嘛，原想着，修别宫可要多少银子呢，不想要这许多银两哪！"

大皇子就问五皇子修别宫要多少钱，五皇子别别扭扭地不肯说，大皇子故意嗔道："五弟连大哥都信不过还是怎的？"

五皇子便用拇指食指打了个八的手势，又叹口气，说赶时间，急匆匆地辞了大皇子而去。大皇子心说，八？这是多少银子？八万、十八万，还是八十万？又琢磨，老五这头一回揽工程，这是被人坑了，还是想从中捞油水啊！

五皇子既得了他爹的准信儿，就放开来干了。行宫是他爹的，他干坏了，他爹估计也不会怎么着他。五皇子召来内务司工匠，把自己的想头说了说。内务司郎中大为惊诧，道："殿下，这样大动，是不是……"

五皇子一摆手，撂下一句话："我问过父皇了。"

内务司郎中这才松了一口气，又问五皇子想要怎么重新装修，五皇子威严着一张端方无比的脸孔，淡淡道："宫室用色，贵在简洁，不如便以灰、黑、白、朱红四色为主。你们制出图来，再来同我说。"简洁明了地发布下命令，他就回家吃饭了。

内务司郎中领命而去，觉着五皇子可真不好伺候。要说修屋子，他是干熟了的，无非就是修修补补，搁五皇子这儿，竟是重新装潢，除了房屋不动，皆要大动。而且，看五皇子话间的意思，这样大动，只用单色，委实没什么油水可捞啊。

虽然油水一下子少了很多，内务司也不敢懈怠，连夜出了图纸，捧给五皇子看。五皇子又拉了媳妇一道看，谢莫如一见就笑了，道："不错，果然是内务司的手艺，且宫宇气派，远胜如今。"

五皇子也开了脸，颔首："庄严恢宏，皇室宫宇，即当如此。"

夫妻俩这边说着话，内务司郎中可是觉着，这夫妻俩真抠啊，漆画彩绘不修了，直接抹红涂黑，地上破损的青石也不换了，谢莫如的原话是："这样破损一些的，边上用鹅卵石补砌出花来就好。我倒觉着格外好看。"

五皇子只觉他媳妇有眼光，虽有内务司郎中在旁，他话也多了些，道："你别宫的青石路上，我还以为故意这样装饰的呢。"

"谁会把石板敲坏故意补上鹅卵石？"谢莫如一笑，"只是我想着，那石板铺在院子里几百年了，跟那院子一样经了风霜，贸贸然换块新的，反是不美。"

这夫妻俩会过日子的程度，简直把内务司郎中气哭。

大事议定，打发了内务司郎中，五皇子带着媳妇去瞧了他皇爹专用的温汤池。这行宫是前朝留下的，温汤池自然也是前朝留下的，一进温汤室的檀香木门，入眼皆是白玉铺就，那座汤池更是集精致美丽奢靡气派于一体，便是万梅宫的汤池亦多有不及。谢莫如道："我看，就是唐时温泉宫怕也不及此池。"

五皇子笑："是啊，我初见此温汤池也是吓了一跳呢。"

两人仔细欣赏了一番，这汤池的修补就不能在材料上节省了，该用青玉的用青玉，该用白玉的用白玉，只是温汤池畔用来注水的六个赤金龙头是一个都没了。这并不是谁偷了去，主要是东穆开国就不富裕，前头二三十年多有战事，掌政者励精图治还怕江山不稳呢，哪里有心思来泡温汤。所以这温汤行宫最多是着宫人内侍的前来清扫，一直没用过，更甭提大修了。五皇子一想："也甭换金龙头了，用玉的吧，与这整体比较统一。"玉总比金便宜，大块的玉料内务司有的是。

五皇子活计干得利落，大半个月就都齐了，包括行宫里树木修整移栽，宫室装缮打扫，都收拾妥当，就请他爹移驾汤泉宫了。

五皇子上折子完工，穆元帝先派大皇子前来看一看。大皇子骑马来了，不料宫室大变样，半响说不出话，问五皇子："这得不少银子吧？"

五皇子道："父皇内库出钱，朝中大臣也说不出别的话。"

"用多少银子啊？"大皇子又跟五皇子打听。

五皇子伸出一根手指，大皇子深吸一口冷气，瞪着两只眼睛，不能置信："这么多！"老五够黑的啊！父皇给他这一宗差使，一个月不到，他报一百万，就算修得不赖，老五起码得中饱私囊一半吧！

五皇子道："这还多？兄弟是省了又省呢！"

大皇子啥都不说了，想着真是人不可貌相，外头人都说老五实诚，哎哟喂，外头人都是瞎子啊！他们兄弟里，怕是在工部的老四，也没老五这样的捞钱本领哪！

大皇子看一回行宫，心里琢磨着，一百万的工程，能不好吗？中午在五皇子别院吃了个便饭，下午回帝都跟他爹交差，很是赞了回行宫："极为壮丽，儿子瞧了，宫里花木器具皆齐全了，父皇现在过去小住最是合适。"

穆元帝听大儿子也这样说，便通知后宫几个得宠的妃嫔，收拾行李，带着太后去行宫小住。因修行宫的事是五皇子办的，穆元帝把苏妃也带上了，想着苏妃一向多病多痛，倒可去温汤宫好生养一养，那处暖和。

穆元帝搬到行宫时亦颇为喜欢，无他，现在的建筑多是承袭前朝富丽繁复的风格，五皇子完全摒弃这种细碎精致，用色简洁，气势疏阔，令人耳目一新。穆元帝屋里也是窗明几净，样样周到。什么是享受，舒服也就是享受了。

穆元帝先奉太后到了凤宁殿，这是太后的居所，殿内设茶花数盆。胡太后鲜少出宫，今儿出来也欢喜，见这花开得正好，笑赞："这花好，红灿灿的，喜庆。"

五皇子好悬没笑出声来，主要是当初给各宫室院子选花木盆景摆设时，穆元帝与胡太后的宫室自是重中之重，五皇子自然要挑金贵的放，谢莫如却是说得明白："陛下那里放些讲究的花倒罢了，太后那里，颜色喜庆就好。"

竟叫他媳妇说中了。五皇子心下暗乐，就听胡太后夸他："小五越发能干了。"

五皇子笑得灿烂："孙儿正当给父皇分忧。"

穆元帝也挺满意，关键是银子花得少，事且办得漂亮，穆元帝笑："这差使办得不错。"

五皇子笑嘻嘻地谦虚："都是父皇教导有方。"

行宫修好，天气转寒，一场大雪后，五皇子府上的粥棚又开始施粥了，五皇子没事便去转转。连文康长公主私下都说："小五这孩子，平日里不大显，其实会办事，人也实诚。"

五皇子的确是个实诚人，他办差时，不要说自己去弄些钱啥的，就是有人想跟他合伙弄钱，他都要黑脸的。当然，并不是五皇子就清高到不喜欢钱了，实际上，他也知道，柴米油盐样样不能离了钱。只是，五皇子对事对物一向有自己的见解。他是这样同谢莫如说的："以为我傻呢。江山都是咱老穆家的，平日里冰敬炭敬什么的就罢了，这是朝廷常例，可要是别的，叫我趁着机会捞钱，这不是叫我坑自家吗？哪里有这样干的？"故此，五皇子对于贪腐分子一向是将面孔板得紧紧的。

于是，时日久了，五皇子在朝臣间就成了一个不大好说话的人。

五皇子不理这个，他媳妇善持家，自己不缺钱花，朋友也有几个亲近的。平日里，除了把他皇爹交给他的差使办好，他就一门心思地关起门来过自己的小日子。

有时四皇子过来寻他，兄弟俩在炭盆烧得暖暖的屋子里吃酒闲话，分外悠然。两人打

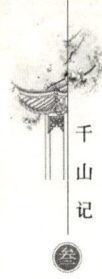

小关系就好，四皇子当差原则性倒没五皇子这样强，不过，在差使上，四皇子只要求无功无过不得不失地能把日子过下去便罢了。两人一面吃酒，就说起如今帝都的大热门来，分封诸子的事。四皇子道："五弟，你想要哪儿的封地，想好没？"

五皇子想得倒是挺多，只是，这分封的事怕是不由他啊……他道："咱们能自己选吗？应该是父皇给哪儿咱就去哪儿吧？"

四皇子咻溜喝了一口酒，道："这也是呢。就不知父皇给咱们封哪儿了。"

"一想到要离开帝都，我还挺舍不得父皇的。"五皇子想着，就藩就把他娘一并带去，也好母子团聚。

穆元帝对儿子们都不错，四皇子也说："是啊，做了藩王，三年回帝都一次，这么一想，趁着还在帝都，咱们该多孝敬父皇才好。"他生母早逝，亏得遇着老穆家这比较缺儿子的人家，四皇子虽不是受宠的，但也没受过什么委屈，对亲爹还真有些感情。

兄弟俩一琢磨，想了许多表达孝心的法子，第二天就去他们皇爹面前表现去了。

两人先是频繁给他爹送礼，当然，如果送礼到了频繁的地步，那这礼肯定就不会太贵重了。像五皇子，就喜欢给他爹送些萝卜青菜啥的，冬天这个比较稀罕，但穆元帝也不至于缺。五皇子想的是，他爹身为天下之主，自然是啥都不缺的，但他送是他送的，这代表了他的心意，自然就不同了。四皇子则喜欢给他爹张罗衣衫鞋袜，他爹当然也不缺穿的，不过，四皇子送就代表了四皇子的心意啊。穆元帝给这俩儿子闹得满头雾水，心说，不年不节的，老四老五这是怎么了？

两人送了一个月，还有继续送下去的趋势。穆元帝开始以为儿子有啥事求自己呢，结果看儿子是光送东西不提要求，亲儿子非要孝顺，你说这做爹的只要脑子没病都不能拦着儿子表孝心啊。于是，穆元帝就安心享用了。只是，四皇子五皇子总这么隔三岔五地送些不值钱的东西，把太子大皇子三皇子给纳闷的。大皇子一向很烦四皇子五皇子这俩皇子的狗腿，三皇子与两个弟弟则关系较好，三皇子寻个机会就直接问了五皇子。五皇子与三皇子的关系虽不如同四皇子那般亲近，但两人性子都不错，又是兄弟，没啥利益冲突，五皇子便很爽快地跟他三哥说了，道："咱们这不是快分封了嘛，就藩后，咱们就不能继续住在帝都，三年回来一趟，也不能时常见父皇。我们就想着，趁还在帝都，多孝顺父皇。"

三皇子心眼多，大赞这俩弟弟："四弟五弟说的是啊，哥哥近来也一直在想这事。许多大臣上本，我看分封也快了，别的都无妨，就是一想到要远离父皇，以后咱们怕是想膝前尽孝都难了。更有咱们兄弟，一旦分封，天南海北，再见面不知何年何月了。"说着也伤感起来。闹明白四皇子五皇子的主意，三皇子也不欲落人后，便时不时地去他爹跟前卖个好。贵重东西他倒是有，只是禁不起像老四老五这般隔三岔五地送啊。三皇子觉着，青菜萝卜衣衫鞋袜的老四老五都送过了，他不打算干拾人牙慧的事。他脑子也挺灵光，从太后这儿入手,更兼多多关心未成年弟妹,兄弟姐妹间的感情一下子融洽得不得了。大皇子就有些坐不住了,心说,弟弟们这是抽什么风呢,以往他这日子过得顺顺当当,叫仨一表现,他这大哥怎么就显着怪寒碜的呀。

大皇子不笨,他闹明白弟弟们抽风的原因后,直接把儿女的名字给改了。儿子以前叫昊哥儿,昊,天地广阔之意,多好的名字啊,改叫念恩。闺女的名儿也改,原本大姑娘叫晨,二姑娘叫曦,都是一等一的好名,现在改得大姑娘叫君恩,二姑娘叫慈恩。非但给儿女改名,大皇子更是请来城中有名的丹青妙笔画了一幅行乐图,命人细细地装裱好了,在一次父子们闲话说笑时命人取来,不是送给他爹,而是请他爹帮着题字。便是穆元帝瞧见这画也是赞道:"不错不错,这画不错。"

太子亦道:"大哥好巧的心思,咱们兄弟姐妹都齐全了。"既名行乐图,画上画的便是皇室这一大家子在行宫取乐的场景,画间太后、穆元帝、皇子、公主的都齐全了。太子暗道,老大竟也有这等谄媚心思。

三皇子笑:"这画实在巧,尤其里头的人物,栩栩如生。"

四皇子撞一下他五弟,指着道:"这是你,这是我。这是父皇,这是太子,这是大哥。"还有几位姐妹,四皇子皆指认了出来。

身为一个绝世好爹,还有什么比这全家福的图画更能让穆元帝龙心大悦的呢!眼瞅大儿子懂事,小儿子活泼,穆元帝笑道:"都是大人了,还这般跳脱。"

四皇子也会说巧话,笑:"儿子就是再大,在父皇面前也是孩子呢。这不叫跳脱,这是儿子彩衣娱亲。"更是引得诸兄弟都笑了。

气氛一时极好,五皇子瞅着画中一处稍大些的留白道:"大哥这画虽好,只是这处留白太多了。"问过这话之后,五皇子后悔了小半年,叫大皇子酸倒了他满嘴的牙。

因为大皇子就等着有人问他呢,见五皇子问了,大皇子憨憨一笑,道:"这是给后头还未出世的小皇弟小皇妹们留的地方,我想着,以后分封就藩,怕是想在父皇面前承欢膝下也难了。"说着,大皇子将目光深情地投向诸兄弟,情意绵绵的,直叫人打个哆嗦:"咱们兄弟姐妹这般亲近,日后天南海北,只有在藩王来朝时才能见了。每思及此,就难免悲伤,便请张丹青画了这幅全家福。我留白留得多,以后再有小皇弟小皇妹也一并添上,还请父皇帮我写几句,太子也写上几句,弟弟们都给哥哥写几句,以后我在藩地,权当见着父皇、太子和弟弟妹妹们了。"话到最后,大皇子眼中隐现泪光,与他皇爹四目相对,就差默默无语两行泪了。

把太子给麻得哟,鸡皮疙瘩起了一身。

太子心说,没见过这么肉麻的,老大你还是男人不?是男人就别弄这些哭哭啼啼的抒情事,叫人瞧不上!太子虽然觉着兄弟间也有与他很不错的,譬如四皇子五皇子,但是,兄

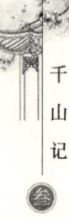

弟就藩啥的,他虽不舍,可国法如此,又有什么法子呢?

不想,上苍怎么就给他安排了这么个恶心的大哥!要是大皇子自个儿,太子管他去死呢,就是哭瞎双眼,太子顶多送他二两眼药水。可是,看他皇爹一副感动的模样,太子连忙劝道:"大哥想得也忒远了,前儿我还同父皇商量呢,咱们兄弟不比别朝,自小一道长大,父子兄弟情分不同,朝臣虽上折分封,要我说,是不必急的。虽有国法,也需念及人伦,咱们在一起这二十多年了,干什么都在一处,忽然就热剌剌地说要走,别说父皇,就是我也舍不得兄弟们呢。"说着也落下泪来。

大皇子没与他爹抱头痛哭,主要是他爹坐在御案后,而且,他爹虽感动,却没哭。大皇子正站太子下首,眼见太子一掉泪,顺势将太子往怀里一捞,兄弟俩抱着头似真似假地哭了起来。

太子一面哭一面恶心:我竟与这鸟人抱着哭!晦气晦气!

大皇子则暗道:今儿真是为留帝都献身了!

三皇子、四皇子、五皇子均瞠目结舌:哥哥们这是怎么了?

哥哥们没怎么,就是感情忒丰沛了些……

穆元帝咽回了喉中哽咽,眼眶微红,欣慰地望着抱头哭的两个儿子道:"这是怎么了?说得好好的,什么时候就藩,还得朕说了算。朕膝下唯你们几个儿女,未享天伦,你们就打算离朕而去不成?"

大皇子立刻不哭了,一面拈起袖子拭泪一面道:"儿子唯愿能长长久久地在父皇膝下尽孝。"

太子也得表态啊,他更是一脸真诚难舍:"寻常百姓家倒得父子兄弟相近相亲,一想到兄弟们将要远离,儿子心里难受。"说着那泪珠还在眼眶里闪啊闪眨啊眨,那叫一个真情流露啊。

穆元帝舍不得儿子,心里却是明白,且他心志坚定,非泪水能改,道:"不过是先议一议分封的事,暂分封了,你们且留在帝都,一则父子兄弟得以团圆,二则你们年岁还小,这么年纪轻轻的便去就藩,朕也不放心哪。"

此话一出,大皇子心下大定,太子颇为遗憾。

三皇子温温煦煦的模样:"往时也觉着挺好的,就是一想要离开父皇,觉着仿佛没了依靠,不知要如何是好了。"

太子心想听老三这话,不知道的还得以为你没断奶呢!要不要赐你俩奶妈啊!

四皇子也说:"是啊,老远的地方就儿子带着媳妇去住,怪冷清的。"

太子心想,四弟好弟弟,你怕冷清,哥哥叫皇祖母多给你挑几个媳妇陪着就好啦!

五皇子好奇,跟他爹打听:"父皇,议出给儿子们分封何地了吗?"

太子心说,果然还是五弟好,一点儿不磨蹭。

穆元帝好笑:"看来你自己有主意了?"

五皇子咧嘴一笑,不说话。

太子看他一副似有主意的模样,以为五皇子是相中什么好地界,想先下手呢。太子自认不是个小气的,打趣:"五弟要是看中哪儿,直接跟父皇说,总要合了你的心意。"只要能给,他都劝着亲爹给。

五皇子笑:"哪儿都好,北边北昌府,我听说地方很大,林子多,野味也多,一年有半年都在下雪,房子有半截是建在地下的,觉着很好;南面也好,南安州有好吃的菌子;西面牛羊马匹丰盈;东面临海,听说海里有鱼有虾有贝壳。要是分封的事有了准信儿,父皇同儿子说一声。"他虽然舍不得他皇爹,但是分封就藩啥的,五皇子也不反对,反正又不能一辈子留在帝都,早些过去经营自己的地盘也没什么不好。

五皇子这都在畅想自己做土皇帝的美好生活了,殊不知诸兄弟连带他爹看他的目光都充满怀疑,大家想的都是:老五没问题吧?这都挑的什么地方哟。

分封之事且不急,穆元帝今日感怀到父子深情,留几个儿子在宫里用过饭,还把六皇子七皇子也叫了来。这两位皇子年岁虽小,也读书三四年了。

父子兄弟们一团亲热地用过饭,眼见天晚,穆元帝想着几个大些的儿子住在宫外,便打发他们回家去了。太子陪着穆元帝说几句话,送父亲回了寝宫,又打发人好生送六皇子七皇子各去歇了,自己方回宫内歇息。

太子私下与太子妃说到今日事,低声道:"老大惯会装模作样。"

吴氏笑道:"大殿下往时就觉着是个唐突人,上次在宫门口就说五弟妹的不是,把五弟妹气得不得了。今儿这献画的巧宗,不知是谁给大殿下出的主意呢。"

一句话给太子提了醒,太子屈指轻叩膝盖,沉声道:"是得查一查了。"

吴氏又劝道:"其实要我说,大殿下难舍父皇也是应有的父子之义。殿下想一想,倘是父皇一说分封,大殿下立刻欢喜不迭地去就藩,也不是这么个事不是。何况,父皇一向待咱们极好。天下父母心,大都是一样的。"

"是啊,虽有国法,看父皇的意思,一时半刻的还是要留他们在帝都的。"太子道,"四弟五弟还好,就是三弟,也是个绵软人。大哥是兄弟间最年长的,什么事他打头惯了,父皇立我为东宫,他不知有多少不服气呢。"

"当年陛下登基,怕是靖江王也不服气。服不服气管什么用,没这命数就是没这命数。"

太子露出笑意:"罢了,你说的对,天下父母心,咱们也有儿子,我总得体谅父皇的心意。"

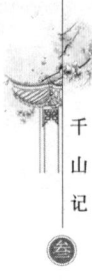

太子在宫里与太子妃品评诸兄弟,四皇子则真心为他家五弟着急,挽着五皇子的手上了自己的车驾。夜黑风寒,皇子车驾都收拾得极舒坦,两人刚上车,五皇子的贴身内侍捧来两盏醒酒汤,四皇子递给五皇子一盏,自己也吃了一盏,道:"五弟妹真是个周全人。"

五皇子笑,拿出当家人的气派来,道:"妇道人家,也就办办这琐碎小事了。"

四皇子咂摸着五皇子府的醒酒汤:"你可别得了便宜还卖乖,你家这醒酒汤似也比我家的好喝呢。"

"梅子汤兑了蔗糖水,四哥喜欢,明儿我叫她把方子给四嫂送去。"

兄弟俩喝了回醒酒汤,车驾里拢了炭盆,身上也就渐渐暖和起来。两人说几句闲话,四皇子方与他弟道:"五弟,你可真是的,北昌府那地儿,寻常当官都没人愿意去,说那里好多不服教化的野人,都是罪臣流放,到北昌府去受罪的。南安州更不必说,你四嫂就在南安州住过,好啥呀?除了那里的姑娘们经常暑天穿露胳膊的衣裳,没啥好的。要我说,那地方风化就不大好。西面更别提,宜安公主的父亲晋王不就是死西面了。东边倒是临海,临海才穷呢,听说海沿子上的人,一年四季,除了臭鱼烂虾没别的东西吃,还时不时有海盗上岸劫掠。你可别想不开了,父皇对咱们一向疼爱,要是分封,咱们最好是分封个肥沃太平之地,要是能遇着个产茶产丝产盐的好地方,那真是一辈子吃喝不尽啦。"

五皇子老老实实地说:"好地方谁都想要,只是我想着,上头有哥哥们。大哥在兄弟间排行最长,封地肯定是咱们兄弟中最好的。三哥更不必说,自有贵妃娘娘替三哥筹划。我母妃一向不懂这些,在宫里也说不上话。不瞒四哥,自从赵国公上本后,弟弟也没少琢磨这分封的事。前些天读史书读到,汉高祖分封功臣一节,萧何身为汉初三大功臣,他也只要别人不要的贫瘠之地,弟弟心有所感。咱们是父皇亲子,但为子孙计,不得不为之思虑深远。倘子孙贤于你我,则无须你我为其操心;倘子孙不如你我,封地贫瘠些,倒也容易保全。"

四皇子一直觉着这个弟弟太实在了,听到此言方知这个弟弟是见识深远,非自己能及。四皇子正色一拱手:"五弟此言,哥哥受教了。"

五皇子笑:"四哥这就是笑我了,咱们兄弟打小在一处,四哥以诚待我,我焉能不以诚待四哥。哎……"五皇子又是一叹,灯火昏黄中,兄弟二人目光相对,四皇子也是一叹。二人都觉着,今日大皇子与太子这番作态,倒真不如早日分封就藩的好。

两人的别院庄子离得也不远,四皇子还是先送五皇子回了别院,自己方回。

四皇子妃知道今日宫里留饭,自己便先用了晚饭。四皇子带着冰雪进屋,四皇子妃起身相迎,亲为他解下身上的貂皮大氅,问:"外头下雪了?"

"出宫时天还只是冷,就这一会儿,雪花就飘了起来。"四皇子去了氅衣,侍女捧来温水巾帕,四皇子洗过手,擦把脸,换了家常暖袍,问:"儿子呢?"

四皇子妃往隔间一瞅,笑:"刚哄睡。"

四皇子携妻子的手去瞧了一回，见儿子睡得小脸红扑扑，更是爱得不得了，伸手给儿子捏捏鼻梁，直捏得小家伙不耐烦地伸出小拳头翻了个身，乳母嬷嬷有些责怪地盯着四皇子。四皇子妃拍掉丈夫的手，两人出了隔间，四皇子第一千零一回道："我看咱们旭哥儿高鼻梁大眼睛的，俊得很。"都是他那五弟，硬说他家旭哥儿鼻梁矮。四皇子都想再问一问五皇子，哪儿矮了？明明一点儿都不矮！

四皇子妃好笑，问他可要再用些饭食，道："炖了鹿肉，味儿倒是不坏。"

宫里用饭一向规矩大，且要耳听六路眼观八方，四皇子并没有吃太饱，点头，命上了些。侍女摆上六七个热菜两三样汤品，四皇子妃服侍着他用了些。天色晚，这年头夜间娱乐活动就一种，夫妻二人便早些安歇了。

四皇子与妻子说起分封的事来，又说到五皇子："五弟是有大智慧的人哪。别看大哥上蹿下跳的，要我说，他不及五弟。"

胡氏静静地听丈夫说了这事，也道："五皇子说的倒是有理，不说别个，我妇人心思忖度，父皇在位时，怎么也不会亏了咱们。可想一想以后，太子子孙成群的时候，分封之后又分封，谁都疼自己的骨肉。怪道老话说，吃亏就是福呢。倒真不必总想着拔尖向上，朝廷给咱们分封，不管是肥是瘦，都是朝廷的恩典。"

这么一念叨，夫妻二人都去了争强的心。

不然，四皇子虽是母亲早逝，四皇子妃可是姓胡的，她爹又是南安侯，真要争一争，未尝不能争到肥沃之地。

五皇子自来就是事事都与媳妇商议的，分封这事也不例外。谢莫如听五皇子说了，道："殿下说的是，再者，殿下说的地方，或者别人以为苦，我倒觉着都是好地方。便不是为了子孙后代计，我也觉着那几处地方好。只是不知陛下什么时候分封，叫大皇子这样一搅和，就藩的事短时日是不能提了。"

五皇子笑："以前我也不知道大哥竟是这般多愁善感的人呢。"

谢莫如瞥向五皇子，别有深意地一笑，五皇子也笑了，捏住媳妇的手，在掌心轻轻地刮了一刮。

原本谢莫如五皇子两个琢磨着，分封的事，怎么着年前也能有个着落的，不想一直未有准信儿，倒是寿安老夫人今年的寿宴过得平平淡淡。自从谢莫如给承恩公府正了规矩之后，寿安老夫人的寿宴就没啥滋味了。热闹依旧热闹，只是每逢谢莫如亲至，寿安老夫人心塞都来不及，哪里还有过寿的心思呢？便是宁荣大长公主，因胡五儿的事，对谢莫如已由私下暗恨改为明恨了。宁荣大长公主也不惧人知道，胡五儿是她亲闺女，亲闺女被谢莫如掌掴，这与掌掴她有何不同？是故，往日宁荣大长公主当着谢莫如还爱装个亲热样，如今也是懒得再装了。

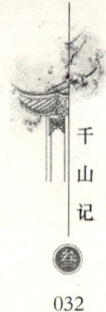

诸多恩怨摆这儿,仇怨双方一碰头,这寿宴能过好才奇呢。好在,穆元帝与胡太后所赐依旧丰厚,东宫也随着两宫赐下不错的寿礼来,最重要的是,谢莫如略坐一坐就走人了,她一走,整个承恩公府都在心里念佛。谢莫如显然是同五皇子商量好的,她在家就说了:"不去吧,显着不给陛下面子。可我真去了,承恩公府定不自在,咱们干脆早去早回。"

五皇子与承恩公府本就无甚交情,更兼胡五儿当年在太后跟前说过他媳妇的坏话,五皇子都记着呢,也就决定露个面便回了。

这夫妻俩一走,承恩公府上下真是双手双脚都欢送啊。

谢莫如在车上还说呢:"不知为何,竟未见到安夫人过来。"安夫人难得来一回帝都,穆元帝要留她在帝都过年。

五皇子立刻露出个幸灾乐祸的笑容来,谢莫如问他:"说吧,还卖什么关子不成?"

五皇子笑:"我也是听四哥说的,安夫人与宁荣大长公主脾性不和,两人关系平平。"

谢莫如道:"安夫人倒是个直爽人。"

五皇子"扑哧"便乐了,谢莫如唇角翘了翘,也露出一丝笑意。到别院正好用午饭,周嬷嬷张嬷嬷迎上来,笑道:"我们正说呢,殿下和娘娘也该回来了。"带着侍女们服侍二人换衣净手,传饭上来。

谢莫如用饭时素来不喜太多人服侍,对两位嬷嬷道:"你们下去用饭吧。"

二人行礼退下。

夫妻两个欢欢喜喜地用过午饭在屋里榻上坐着说话,谢莫如道:"陛下什么时候回城?"眼瞅着过年了,总不能在行宫过年,再者,还有许多祭祀之事,也得在皇城办。谢莫如以为腊月前必得回城,结果这都到寿安老夫人的寿辰了,御驾似还没动弹的意思。

五皇子膝上放了本书,偷笑:"父皇是在行宫住舒坦了。"他爹以往真是严于律己,行宫啥的基本都不用,这回着实是舒坦了,五皇子就能瞧得出来,他爹那脸色在汤泉宫泡得红润红润的。五皇子还打趣道:"说不得什么时候咱们就得准备小皇弟小皇妹的礼物了。"

谢莫如忽想到一件,道:"说正经的,四皇子家旭哥儿的生辰快到了,他们府上肯定要摆酒,这回你去了可别说旭哥儿鼻梁矮了。四嫂说,四皇子总是给旭哥儿捏鼻梁,有一回还把旭哥儿捏哭了。"

五皇子好一阵大笑,拍着榻板道:"四哥还在我面前装呢,硬说旭哥儿鼻梁一点儿不矮。不矮还捏呢。"

"你可记着些。"四皇子疼儿子疼得不行,自然不愿意有人说儿子鼻梁矮。

"记着了记着了。"五皇子晃着手一个劲儿地笑,"其实叫我说,旭哥儿鼻梁矮倒有些似安夫人。"

谢莫如笑:"不准在外头说这话。"

"遵命遵命。"

于是，旭哥儿两周岁生辰礼时，五皇子不停地赞旭哥儿鼻梁高。五皇子把旭哥儿抱怀里细打量一回，忍着肚皮里的笑，与四皇子道："以前总觉着旭哥儿鼻梁矮些，这会儿大些瞧着，倒长成高鼻梁了，可见咱们旭哥儿会长。"

四皇子心下美滋滋地乐，还谦虚着："小孩子家，可不就一天一个样嘛。"哼哼，亏得他勤给儿子捏鼻梁呢。

三皇子也夸旭哥儿俊俏，四皇子脸上笑得似朵花，唯大皇子只虚应一二。事后四皇子与媳妇道："大哥说不得就是嫉妒咱家有嫡子。"

胡氏笑："别混说，旭哥儿虽好，也是咱自家看着好，哪里就人见人爱了？大嫂也不容易，看着大嫂的面子就罢了。"嘴里虽这样说，可心里想着，这样的场合，叔伯们谁不顺嘴夸儿子两句呢，就算亲戚们夸了，胡氏也不见得就会当真，偏生大皇子不夸，倒叫人心下不悦。

四皇子原就与大皇子不大亲近，这会儿只是抱怨一句，也就不说什么了。

旭哥儿生辰后，御驾方起驾回皇城。

五皇子十分怀疑，倘不是要回城过年，他爹说不得要在行宫过冬呢。

随着皇帝回城的各亲贵大臣，一回城便忙得不可开交，朝中的事自不必说，皇帝跟前的事谁都不敢耽搁。但除了朝事，自家亲戚朋友前辈同僚各种年下来往也是忙得人恨不能生出三头六臂。五皇子府自不例外，这样忙的时候，谢太太还来了一回，给谢莫如带来了谢柏送回的东西。谢柏常着人往家捎带信件礼物，年下更有不少东西送回来，里头总少不了谢莫如的一份。谢莫如收了，问谢太太："二叔一去西宁州都快六年了，明年就到了述职的时候，不知二叔可回帝都？"

说到这个，谢太太笑得格外舒心："信上说是要回来的，约莫得等开春，且看陛下旨意。"

谢莫如笑："好几年没见二叔，不知变样子了没？"

谢太太笑："都是两个孩子的父亲了，怎能不变样？"

祖孙两人略说了些闲散话，谢太太面上露出些微难处，欲言又止的样子。谢莫如道："祖母可是有事要与我说？"

谢太太叹口气，道："要说起来其实并不是咱家的事，只是你舅太太哭天抹泪地同我说过好几遭，三老太太也是唉声叹气呢。"

谢莫如不解。这舅太太说的是谢太太的娘家嫂子朱太太，三老太太说的是谢家三房的三老太太，两人根本不搭边的，平日里都不大相熟。谢莫如实在想不出谢太太话里的意思，便道："舅太太与三老太太能有什么事愁成这样？"

"是阿雁，看上江姑娘了。"见谢莫如的确不知，谢太太无奈，"这辈分也不对呀。"

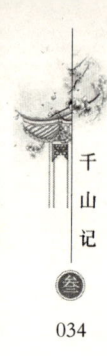

谢莫如初闻此事，微微颔首道："雁表兄倒是好眼光。"说着将话一转："他看上行云，行云看得上他吗？"

谢太太顿时脸上一僵，谢莫如又道："祖母何须为此事烦恼？"这的确是与谢家不相干啊。

谢太太道："我总想着，两边都是亲戚，自然是两边都要圆满才好。何况这等私情之事，倘传出去，怕是哪个都讨不得好去。尤其江姑娘是女孩子家，哪怕冰清玉洁，可一旦有了流言，外头那些糊涂人，哪里管这流言是真是假呢，第一不利的便是她。人既在这俗世中，还是得多想一想这俗世的规矩。江姑娘这人向来等闲人难入她目，要是旁人，我也不会多理这事。我想着，你与江姑娘素来相近，你们既是朋友，还是给她提个醒才好。"

谢莫如点头："我知道了。"

谢太太松了口气，道："江姑娘毕竟年轻，虽然前头有说过带发修行的话，她这样的人物，真要修行一辈子，也可惜了。"

"人各有志。"谢莫如道，"再者，人生苦短，能随心畅意未尝不好。"

谢莫如既应下劝解江行云的话，谢太太也就放心了，中午用过饭便辞了去。

谢莫如倒不急着找江行云，江行云年下事忙，何况，她不找江行云，江行云也会来的。江行云年下过来，一则给谢莫如送些年礼，二则与谢莫如说一说生意账目上的事。江行云一向自有规矩，哪怕谢莫如从不查账，她也要同谢莫如说明白的。

二人先说正事，及至用过午饭，在暖阁里说话，谢莫如方提起朱雁之事来。江行云饮一口热乎乎的奶子茶，道："朱大人哪，我与安夫人一道行猎，倒是见过几回，怎么了？"

谢莫如对她佩服之至，道："你怎么与安夫人认得的？"她与安夫人略见过几回，也没到江行云这种一同狩猎的熟识度。

江行云搁下玉盏，右手抚一抚左拇指上的一枚胭脂色的红玉扳指，道："我在直隶府买了几处山林做行猎之用，打猎回来时遇着安夫人，就认识了。极爽利的一位老夫人，武功箭术都不错。朱雁原是南安州的官员，他与安夫人也认识。我邀安夫人行猎，他一道跟了去。"

"祖母过来与我说，朱雁对你情根深种。"

江行云朗声一笑，她本就生得极美，此时纵情大笑，那眉宇间的光辉简直非美丽可以形容。江行云直接道："帝都城里对我情根深种的多了，多他一个也不多，少他一个也不少。他如何是他的事，他虽不错，我对他并无爱慕之意。"

谢莫如道："那我便做个恶人，告诉他收敛些如何？"

江行云想了想："朱大人对我并没有放肆之处。"

"他要对你放肆，我就不只是让他收敛了。"谢莫如低头呷口茶方道，"他的心思不该叫人看出来,这样对你不利。"

江行云坦坦荡荡,也就随谢莫如了。

谢莫如很直接,差人去叫了朱雁来王府。朱雁还糊涂着呢,想着虽自家姑太太嫁了谢家,但他同谢莫如根本认都不认识,更无从来往,怎么五皇子府的人就来请他过去呢?

朱雁是受召回朝,如今并无官职在身,且年下时节,他这些年不在帝都,今趁着在家的时候,亲戚朋友之处也要多多往来,重叙寒温方好。他这正忙着呢,五皇子府的外管事就来了,说王妃请他过去说话,把朱家一家子都给惊着了。不要说两家本是亲戚,便不是亲戚,谢莫如的名声,如今在帝都城也响亮得很。

朱太太心下发悬,对着孙子千叮咛万嘱咐:"王妃娘娘既叫你去,想是有话同你讲。你好生听着,莫要惹她不快。"其实帝都城里有名声的女人也不少,像文康长公主,也是出名的霸道人,但文康长公主再霸道,充其量不过是不给人留颜面,还属于文斗的范畴。谢莫如不一样啊,去岁打卫国公世子夫人那一记耳光,朱太太的品级还够不上去承恩公府参加寿安老夫人的寿宴,但她听说此事后都跟着心肝颤了好几日,觉着谢莫如已超越了霸道的境界,简直就是个霸王啊!

这样的一个女霸王,突然要把她孙子召去,这是要干啥?朱太太都不敢想,只得反复叮嘱孙子莫要得罪了谢莫如。甭看朱谢两家是姻亲,谢家三房老太太与谢莫如还是同族长辈呢,谢莫如照样六亲不认。

朱雁虽不知谢莫如要作甚,从身份上却是不好叫谢莫如久等的,只得收拾一番随着五皇子府的外管事去了。

朱雁一直没见过谢莫如,但由于帝都城里有关谢莫如的传说太多,他偶尔觉着不可思议也想象过谢莫如指不定是什么红眉毛绿眼睛的凶煞相呢。朱雁随着五皇子府的外管事一路前往,外管事一直带他到内仪门外,方请守门的婆子进去通禀。时间不长,便有两个绿衣宫人出来,引着朱雁去了谢莫如所居的梧桐院。

朱雁一进去便知此院为何以梧桐院命名了,院中一株极高大的梧桐树,如今虽天冷叶落,但看树形壮阔枝丫延伸就知此树在春夏时是何等冠盖亭亭、乘风纳凉的景致了。梧桐院是王府正院,格局较银安殿稍逊,坐北朝南一溜五间上房,东西厢齐备,雕梁画栋、富丽堂皇自不必言,却又带着一种寻常人家不能有的轩昂气派。朱雁头一遭来皇子府,何况进的又是内宅,他平日里自忖也是个胆大的,于此地却是不敢多看一眼,生怕失了规矩礼数。

两名绿衣宫人请朱雁在门外稍候,进去通禀。待她们折返回来,朱雁发现,自己去的并不是院中正房,而是与这正院相连的一处东小院。

东小院较之梧桐院自然逊一筹,此小院取小巧玲珑之意,小小三间正房,倒也整齐精

035

致。乍然入内，朱雁只觉着一阵幽香暖意扑鼻，这香气并不难辨，朱雁所料不差，眼尾余光见此屋处处可见花木绿意，青瓷花盅里，一室水仙开得正好。除去花木之流，合四壁做的及顶高的书架上垒着满满的书卷，朱雁书香门第出身，自知这是书房了。

谢莫如正在一处书案后习字，头也不抬吩咐道："朱大人坐吧。"

朱雁连忙行一礼："谢娘娘赐坐。"在书案下首的红檀圈椅上坐了。

谢莫如写完一页字，方搁了笔，道："有件事，想问一问朱大人。"

朱雁十分恭谨："娘娘请讲。"

谢莫如道："听说朱大人对行云有意？"

朱雁原是恭谨非常的眼神半垂，望地而坐，听此话猛然抬头，一双清透非常的眼睛锐利地望向谢莫如。谢莫如长得并不是朱雁想象中红眉毛绿眼睛的凶煞样，她长眉凤目，眼神中喜怒难辨，见朱雁望来仍只是淡淡地等待他的回答。良久，朱雁抿一抿唇，沉声道："娘娘，这是臣的私事。"

谢莫如将手一摆："我不管这是不是你的私事。我从未听闻一个男人对人家有私情，不是正经提亲纳彩，而是先闹出不雅声名的。如果不是知道你对行云心存爱慕，我还以为你与她有仇，存心要坏她名声呢。"

朱雁也是经过风浪的人，想他少年中举，自谋官职，年纪虽轻，也已在官场中历练多年，自问心理素质不差，却给谢莫如这几句话说得面皮紫涨起来。朱雁道："臣长辈之事，臣自有法子劝服。"

谢莫如淡淡："你是要劝着他们些，你是男人，这些风流名声，多一些少一些不打紧，但我不希望你因私心私意影响到行云。我已问过她了，她对你无意。这次叫你来，就是明明白白地告诉你，你要谨慎，你家人也要谨慎。"

朱雁腾地自椅中起身，怒冲冲地直视谢莫如。紫藤上前一步斥道："朱大人，你太放肆了！"

谢莫如眼神不变，问朱雁："你是恼羞成怒，还是觉着，我这样坦白说话是在羞辱你？或者，你觉着坦白直言对你是一种羞辱？"

朱雁一屁股坐回椅中，道："娘娘不必说这样的话，江姑娘的事，当由她自己做主，哪怕娘娘身份尊贵，也管不到江姑娘的终身大事吧？"

谢莫如道："何须这样牵三扯四。不如从头说，我说你言行不谨，你同不同意我这话？"

朱雁实在不想同意，但他对江行云有意之事竟传到谢莫如耳边来，也的确是他的疏忽。朱雁道："我自会向江姑娘赔不是，也会与家中长辈解释清楚，以后断不再有这些话传出来。"

谢莫如道："那你觉着，行云对你无意，这句话，是我说错了？"

朱雁心机灵敏，自辩道："我不敢说娘娘有错，也知娘娘一心一意皆是为江姑娘声名着想。先时皆因我用情太深,故而在娘娘跟前失礼了。只是,娘娘既与江姑娘情同姐妹,如何忍心看着江姑娘一辈子孤苦伶仃?"

谢莫如道:"譬如一人入宝山,里面珍珠玛瑙金玉翡翠应有尽有,可此人却空手而归,朱大人说是因何故?"

朱雁咬牙:"我自问家世人品尚可,娘娘怎么就肯定江姑娘真的看不中我呢?说不定是姑娘家含羞,娘娘误会了她的意思。"

"你说这话,看来实在不明白行云是什么样的人。"谢莫如将手一摆,道,"不必对我言语用计,行云不中意你,你自当收敛言行;行云若中意你,先前她带发修行的事我自会解决……"谢莫如话还未说完,朱雁已是一脸喜色,起身郑重地对谢莫如施礼:"多谢娘娘。"

"不必谢我,我也不是为你。无论如何,把你惹出的事收拾干净。"

这会儿谢莫如说什么,朱雁是一点儿意见都没有了,他正色应道:"先时都是我疏忽,娘娘敬请放心。"

朱雁告退时,心下则想,虽然谢王妃不是个和气的,说话也不大中听,但待亲近的人却是实心实意。此时此际,他正一片丹心对江行云,谢莫如既对江行云好,那么在朱雁心里,谢莫如也是一个很不错的人了。

朱雁中午回府,一家子牵挂他这事,饭还没吃呢。

朱太太忙问他:"王妃叫你去,可是有什么事?"

朱雁含糊道:"也没什么。"后才跟他娘跟他祖母说,赶紧闭嘴吧,别在外头说他闲话了。朱太太大惊:"我就跟你姑太太说过,这不是辈分不对嘛。"她是真不乐意江行云,爹娘全无,命就硬。她孙子这般人才,完全可以配一位门第出身一流的女子。

朱大奶奶胡氏嚅动下嘴,没好说自己也回娘家同亲娘絮叨过。

朱雁道:"可别再说了,传出去好听怎的?"

朱太太连忙道:"再不说了再不说了。王妃也是,论起来咱们才是正经亲戚,她倒偏着外人。"

朱雁叹道:"王妃提醒一声,也是好意呢。"

朱太太想到自家姑太太,且谢莫如自有名声,便是在自家,也不好抱怨谢莫如的。朱太太道:"眼瞅着就过年了,有事明年再说。"孙子有出息,且这个年纪还未成亲,这亲事也不能硬逼着孙子,只得押后再议了。

过年无非就是交际往来的事,倒是五皇子知道谢莫如叫了朱雁到府里来,还问了一句:"叫朱大人来做啥?他现在可是御前红人,父皇私下召见过好几次。"

谢莫如道:"没什么,叫他收敛些。"把朱雁心仪江行云的事说了。

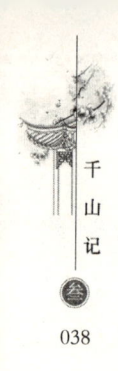

五皇子赞道："朱大人不愧是战退过海盗的人哪，果然有胆量。"竟敢心仪刽手狂魔。

谢莫如嗔他一句："说正事呢，你又玩笑。你在外头没听到什么闲话吧？"

"这倒没有，我倘听到早同你说了。"刽手狂魔虽然凶悍些，却是他媳妇的好友，何况还帮着打理生意，五皇子若听到这等闲话，也不会坐视。

五皇子道："江姑娘与安夫人似是脾性相投，听说她们一道出城打猎呢。朱大人与安夫人相近，也随着一道去过，无非就这么点儿交情，放心吧，外头再没闲话的。"

谢莫如想了想，道："那就好。"

年前余帆还过来一趟送年礼，谢姑太太不放心丈夫，去岁给儿子安排好房舍院落后便带闺女回了北昌府。如今余帆过来，谢莫如笑："劳姑太太想着。"又问余帆年下差使可忙。余帆散馆后分到礼部，他同谢莫如沾亲，且五皇子正管礼部，故而余帆很是繁忙。五皇子照顾人的方法就是，多多给他事情做。

余帆温温煦煦的模样，笑道："原早该过来的，朝廷六部，年底礼部最忙，我又是刚到礼部，正是干活的时候，就耽搁到了现在。"

谢莫如笑："咱们至亲骨肉，什么早一天晚一天的，差使要紧。表叔苦读多年，如今仕途刚刚开始，自然要将心放到差使上。听说明年姑老爷回帝都述职，祖母说二叔明年也能回来，要是赶得巧，倒是一家子团聚。"

余帆听谢莫如说话事事明理，中午还留他用饭，实在和气得不得了。不过，五皇子未在家，余帆虽然官微职低，年下也忙的，还是辞了去。

年下这些人情走礼，谢莫如也是做熟了的，并不觉着如何忙碌，她有空还能入宫去看望苏妃。如今她入宫已不必去慈恩宫报到，直接去苏妃的淑仁宫便好。今日进宫，苏妃却是不在，留守的大宫人说："太后娘娘命人请娘娘到慈恩宫说话去了，王妃略坐坐，奴婢估量着，娘娘也快回来了。"一面给谢莫如端上茶来。

谢莫如便坐着吃起茶来。胡太后一向不喜苏妃，且苏妃常病，鲜少去慈恩宫，今儿这是怎么了？

苏妃回来得很快，并不是有人去慈恩宫通知苏妃儿媳妇进宫，而是胡太后打发她回来的。苏妃也有些疑惑未解，一回宫便有小宫人回禀说谢王妃来了，苏妃倒挺高兴，将疑惑暂且搁下，笑道："我料着你年前定是忙的，还说怕是没空进宫呢。"谢莫如时常进宫请安，婆媳俩关系很不错。

"前几年手上不熟，才觉忙乱，如今都熟了，倒不觉什么。母妃这里预备得如何了？"谢莫如起身迎苏妃两步，扶着苏妃在暖榻上坐下。苏妃笑道："坐吧。年年都一样，我这里也没什么要忙的。"

谢莫如道："中宫无主，后宫的事就得太后娘娘撑着，我想太后娘娘定是忙的。刚才我到母妃这儿,母妃不在,莫不是被太后叫去帮衬宫务了?"

苏妃挥手打发了宫人,皱眉:"这也怪了,太后娘娘一向不多理会我,宫里的事自来也是赵谢二位贵妃经手。如今年下事多,今儿叫我过去,原是太后那里去了几家闺秀,还问我……"正说着,苏妃蓦然止了话头,倒吸口冷气,脸色就有些不大好,望向谢莫如道:"有几家诰命带着闺女进宫请安,太后问我女孩子好不好。"

谢莫如一向机敏,略一思量便明了:"看来太后这是要给殿下纳侧了。"不然何必问苏妃的意见?

苏妃急道:"这可怎生是好?"

"母妃莫急,这事我以前就跟殿下商量过。"谢莫如叹道,"实打实地算,我与殿下成亲两年半了。我一直没动静,就想着该给殿下纳一房正经侧室,也好开枝散叶。"

叫妾室生孩子这事,苏妃与谢莫如皆出身大家,司空见惯的,并不觉着如何。苏妃道:"我总想着,还是要你先有了嫡子才好。"

谢莫如道:"孩子也是天意,说不得什么时候我就有了呢。只是现在殿下膝下空空,我心里也不安呢。"

苏妃叹道:"太后娘娘倘是为了赌气,又怎能真就用心给阿淳挑好女孩子呢。"

谢莫如微微一笑:"承恩公府恨我恨得牙痒,他们既要成此事,且太后娘娘这般破天荒地先从母妃这拿句话出来,想来并不是弄些上不得台面的闺秀。何况我们府里也不是什么人都收的,我自当为殿下把关。"

苏妃道:"你这样说,我也就没有不放心的了。只是有一样,务必要挑老实孩子,别的我也没有可嘱咐你的了。"谢莫如样样明白,苏妃仍是不放心胡太后挑的人,道:"年前事忙,太后怎么着也得等年后再提。一会儿我问一下那几家都是什么来历,你在外头也查一查,看这几家家风如何。"

谢莫如皆应了。

及至回家,谢莫如与五皇子提及此事,五皇子一脸不乐:"咱们不是说好了吗?我可不是不守信之人。你放心,我自有主张。"

谢莫如无法,她自不会因这种事与五皇子生隙,再加上临近过年事情也多,索性暂也不提了。

第三十二章 纳侧妃

忙忙叨叨的,新年已到。今年大家都多了一份支出,就是往东宫走礼。以往与二皇子府走礼是一去一回,打个平账,如今给东宫送年礼,当然也是有来有往,只是诸王府奉上殷实礼物,东宫赏个仨瓜俩枣,委实与支出差得远了。以致大皇子又在家一通念叨,说东宫赏赐忒抠,把崔氏给烦得不行。崔氏还得劝着些:"东宫自不敢与父皇、皇祖母比肩的。"

大皇子哼唧两声,刚要再发高论,外头有客到访,大皇子连忙去了。

崔氏去宫中领宴时犹带着一丝糟心,好在宫宴上胡太后只是瞥了谢莫如几眼,之后便和和气气地同孙媳妇们说起话来,平平安安过了这一日。余下各家吃年酒看戏自然只有欢喜说笑的,上元节时,五皇子还做了盏灯送给谢莫如。

刚过上元节,胡太后便提及五皇子纳侧之事。胡太后说得明白:"就是小户人家,成亲三四年没个动静,也得给孩子安排个通房妾室的。国家大事哀家不懂,哀家就知道,不孝有三,无后为大。"说穆元帝,"你父皇当年吃苦受累地打下江山,不就为了儿孙吗?你不心疼老五,哀家还心疼孙子呢,不能看着孩子绝后!"把绝后的话都说出来了。

穆元帝略一犹豫,胡太后便继续道:"她要能生,哪怕像老大媳妇,给咱家生俩丫头我也认了。这两三年没个动静,你也是做亲爹的,难道就不急?"

穆元帝心下叹口气,问:"母后可是有人选了?"

胡太后当然是有人选了,道:"当初老五媳妇就说了,她府上不要宫人,嫌宫人出身低,我都看好了,都是正正经经的大家闺秀。哀家知道,她是看不上哀家的,承恩公府也避嫌,没选承恩公府的女孩子。哀家选了四位,晋宁侯府的一位表姑娘就很不错,其父在世时官居六品,虽父亲早逝,她一心一意操持家事服侍母亲,最是孝顺不过的。还有,苏相族人中,有一位在外地做知府的,这也是正五品家的闺秀。既姓苏,想来还与苏妃沾亲呢。再者,工部薛郎中家的闺女,薛郎中是永毅侯的同族。一位卫国公府的远房亲戚,听说现下也是做着知府,娶的是褚国公府的姑娘,以前中过榜眼姓李的……"

穆元帝接口:"李终南。"

"对,就是这个李终南。爹是榜眼,闺女能差了?按老五媳妇当初要求的,都是嫡出,知书识礼有教养。"胡太后道,"皇子,按例一位嫡妃四位侧妃。老五都二十了,大婚开府的皇子里就他膝下凄凉。哀家已是等不得了,皇帝一并将这几位闺秀赐给老五吧。"

穆元帝道:"朕也要知会老五一声。"

胡太后挑眉:"知会他什么?给他娶媳妇纳侧,哪样不是为他好?孩子嘛,年轻的时候,青春年少不懂事,守着个歪瓜裂枣就当好的了。再有痴心实诚的,什么一生一世的誓言说不出呢。老五这孩子,心思单纯,哪里敌得过谢氏的手段,早叫谢氏哄得找不着北了。皇帝去打听打听,他们几个皇子,哪个没几个姬妾,老五房里可有?她要能生,哀家也不说什么。可她这好几年生不出来,要懂事的,自个儿悄不声地给老五安排了,养下个儿子来,咱们也就睁只眼闭只眼了。她呢?当初说得掷地有声,自己如何贤良,哀家没见哪个贤良的会把自家男人贤良到断子绝孙的。"

"皇帝你何必问老五,老五那孩子实诚,你问他,他正年轻气盛,反是闹得你们父子不和。更兼谢氏素来大胆,当初朝廷圣旨她都不放在眼里,她眼里还有谁?你多此一举,叫那不懂事的闹出事来,丢的是皇室的脸。"胡太后道,"这几个孩子,哀家都见过,也叫苏妃见了,她也说好。赵贵妃和谢贵妃都说是好孩子,皇帝难道还有什么信不过的?"

穆元帝一向疼爱子女,何况五皇子平日里当差认真,对他这个父皇也是极孝顺的,自然不想见儿子没个子嗣。穆元帝道:"就是纳侧,也不必一下子就纳四位。"

胡太后苦忍三载,终于占得真理,说话格外声气壮,一拍桌子:"忒个啰唆,你赐一个,老五媳妇哪里有不拦着的。这女人家的事,你一个大男人,哪里知道呢?再说,春兰秋菊,各有所爱,谁晓得老五喜欢什么样的。还不得多给他预备几个,只要他看上眼,动了心,孙子不就有了吗!"

凭胡太后说破嘴皮子,穆元帝也没当场下旨,赐侧妃不是小事,穆元帝总要思量一二。

侧妃之事暂未有个定论,朱雁寻了机会与江行云袒露了心事。江行云年下住在万梅宫,朱雁也有机会一窥这座传奇别宫的气派。梅花已落,江行云站在一株梅树前,静静地听朱雁把话说完,没有半点儿犹豫就回绝了他。朱雁以为她是碍于带发修行的名声,便道:"谢王妃说了,只要你愿意,带发修行的事,她自会为你解决。"

江行云挑眉:"她这样说也不为过,但哪怕我没有带发修行,我也对你无意。"

朱雁脸色凝重:"我自知配不上姑娘……"

"不是配得上配不上的事,你门第不错,为人也算能干,我说起来如今不过是一介孤女,无意就是无意,无关门第出身人品前程。"江行云道,"我早立誓终身不嫁的,也并不是

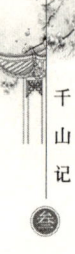

有什么苦衷和难处。朱大人，你自来一帆风顺，但你还不明白我是个什么样的人，你也没听明白王妃的意思。"

朱雁刚要开口，江行云已道："我不喜欢听什么浓情蜜意天长地久的话，倒是你，你好生想一想，王妃都对你说了什么吧。"

朱雁道："王妃不过是说让我收敛谨慎，莫使流言纷传，坏你名声。还说，倘你愿意……"

江行云将手一摆，截住朱雁的话，转身只看梅树，道："朱大人，你回去好生寻思寻思吧，你还是没明白。"

朱雁急道："我自问不是个蠢人，江姑娘不妨就与我说个明白。"

江行云蓦然转身回头，一张狰狞可怖的面容逼近朱雁面前，朱雁脸色大变，身子不自禁地向后一倾。江行云伸手取下脸上薄如绢纸的人皮面具，露出完美娇艳的面容，笑得有些顽皮，道："倘我是刚才那可惧形容，你可还会喜欢我？"

朱雁好气又好笑，虽被江行云严词拒绝，偏又生不起她的气来。朱雁倒也好风度，缓一缓口气叹道："其实王妃训斥了我，说我这样唐突你不应该，我知道，当遣媒纳聘。只是你非寻常人，且你还有带发修行的名义，若不得你首肯，我更是不敢冒昧。"顿一顿，朱雁方道，"你我虽无缘法，王妃对你却是真的好。"

江行云笑："这是自然。"

朱雁再好的风度，此时也不宜长谈了，他略说几句话就下山了。

没几日，五皇子就与谢莫如说："外头我听说朱雁与江姑娘在万梅宫幽会呢。"

谢莫如道："朱雁的麻烦来了。"

看朱雁这些年为官的经历，便是五皇子也得说，这是个干才。

五皇子还道："不是真的吧？"

"当然不是，行云根本对他无意。"谢莫如递了盏蜜水给五皇子，道，"倘不是有心人散播谣言，这事传不了这么快。"

此时，五皇子只以为朱雁或是朱家或是江行云结下了什么仇家，道："不知谁这么缺德，传出这等谣言。"

谢莫如道："这么有名有姓有地点的，说不得传谣言的还与咱家有些嫌隙。"

五皇子一向是行动派的，他道："我已叫人去查了。"

谢莫如问："朱雁回帝都这么久，听你说陛下时常召他说话，陛下是有什么好差使派给他吗？"

也就是自己媳妇问，就这样，五皇子还把宫人都打发下去才说的，道："听说父皇有意在闽地建海军，朱大人曾在闽地做官，虽官职不高，却是有些应对海寇的经验。他在南安州为官几年名声也不错,父皇看样子是想让他再赴闽地的。"

谢莫如皱眉:"依他的年纪,就是去闽地,顶多就是个副职吧。"

五皇子道:"他在南安州为同知,倘是再赴闽地,必为一地知府。"

谢莫如不解了,道:"知府上面还有巡抚和总督,便是有练兵之意,也不会交给一个知府吧。"

"这你就不知道了,练兵可不是容易的事,拉来几个壮丁,平日里只会挥锄头,也打不了仗。练兵,短则三年,长则五载,而且,听说海上汹涌莫测,这就更添了一层不易。我估量着,这练兵之事,当没朱大人的份,但是他既为一地知府,也是肥差了。"五皇子在朝中当差,自比谢莫如消息灵通,再加以自己分析,便与谢莫如说了些朝中事。

谢莫如心下一动,道:"说来闽地常遭盗匪,原是人人避之不及的差使,因着练兵之事,倒成了肥差。"

五皇子笑:"以前常遭盗匪,此次既要练兵,当头顶上的自是武将,与文官干系就不大了。这当官的风险大大降低不说,且练兵不比别个,便是父皇也会格外关注。平平安安地当几年差,起码能在父皇面前挂上名号,以后不愁没好机会。"

"你说,坊间突然传出这些流言来,是不是有人想取朱雁而代之?"

五皇子思量一二,道:"一些流言蜚语,怎会影响到国政?你想太多了吧。"搔一搔下巴,五皇子道:"要说想取朱雁代之就更不好说了,谁不知道这是肥差呢?帝都这些豪门公府,便是嫡系正出的子弟也不是个个都有好差使的。但是用流言蜚语这种方式坏朱雁名声,就太小家子气了。"

"你还不信,且等着瞧吧。"谢莫如道,"人为了升官发财,什么事都做得出来。"

五皇子对此小人手段颇是不以为然,道:"要做这样的事,也太蠢笨了吧。而且,叫人知道,一辈子名声就完了。"

谢莫如对五皇子道:"等查出来,甭管谁,直接就送到刑部大牢去。"

五皇子一乐:"咱家倒有这便利。"太丈人正管刑部。

两人说着话,就到了用晚膳的时辰。用过晚膳,谢莫如吩咐紫藤寻出一套《神仙手札》给五皇子看,五皇子接了,看一眼封面名称,随口问:"什么书啊?神仙志怪小说吗?"

"不是,这是李世子家传的书,以前借我看过,我便抄了一套。"谢莫如道,"你不是说陛下有意练出一支海军吗?这是唐神仙当年出海的笔记,虽与练兵无关,但也多是海上诸事记录。你闲了看看,倘陛下有何垂询,你也能说上一二。"

五皇子对他皇爹很是忠心,翻了两页道:"既有此书,何不献与父皇?"

谢莫如道:"这是永安侯府家传的东西,李世子虽借与我看过,倘要献书,还是永安侯府献比较好,咱们插一手,倒不美了。"

五皇子心下一动,笑道:"你倒给我提了醒,咱家与李家可不是外处,正经姑舅亲。既

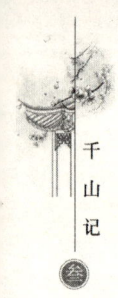

然李表兄借你看过,他肯定也不吝于借给父皇看看的,何况书这东西,原就是传承文化知识所用,我问李表兄一声就是,他不是个小气的人。这刚过了年,他肯定还不知道父皇有意在闽地建海军的事呢。"

谢莫如道:"这也好。你先看看这书有用没用,甭白费了力气。"

"我知道。"五皇子已是迫不及待地看了,看了几行便道,"要不说是神仙写的书呢,叫人一看就明白。"

谢莫如莞尔:"可见这是个明白的神仙。"

五皇子忽而问:"你有没有见过李表兄家的紫玉青云?"

"不就是一支笛子吗,有什么好见的,咱们府里笛子也有十管八管,玉的也有三五管。"

五皇子握着书道:"那怎么一样,李表兄家的是神笛。"

谢莫如笑:"我没亲眼见过神迹,是不信的。"

"你当着李表兄可别这样说,他会生气的。"五皇子不放心地叮嘱媳妇一句,又道,"明天我去筑书楼看看可有关于海上的书,倘有,也搬些回来看。"

叙些闲话,天晚两人便歇了。

五皇子都听到流言,朱家更是听到了。朱雁也不是傻的,他娘还特意跑他院里问他:"可是真有此事?"朱雁道:"外头些个不着边际的闲言碎语,母亲也信?且不说江姑娘已遁入空门,你想她当初连大皇子府的四品侧妃都不稀罕做,如何能看得上儿子?再者,万梅宫是何所在,里面宫人内侍不知多少,岂容人亵渎!分明是有人谣言诟诼,母亲不替儿子辩白一二,怎还问儿子真假?"

朱大奶奶急得不得了,道:"还不是你先前……"

"先前儿子甫回帝都,不知她是带发修行之人,既知人家高洁,儿子自不敢再有他意。"朱雁冷声道,"母亲不必再提。"

朱雁起身去找祖父商议,朱老爷心下一沉,道:"你的差使,约莫也就是近些日子的事了。你怎的这般不谨慎?"朱老爷未追究事情真假,在他看来,真的假的都没意义,孙子眼瞅着已在御前有了些体面,倘因此事连累,前些年辛苦岂不白费了。

"非是孙儿不谨慎,怕是有心人算计。"朱雁在江行云的事上有些脑袋发晕,于这事却是清明得很,冷笑,"这里头,既夹杂了孙儿和江姑娘,还牵扯上了万梅宫,放出流言的人,想来非但是存心谋算孙儿,怕还与五皇子府有隙。"

朱老爷有些明了孙子的意思,道:"就不知五皇子府的这阵东风好不好借了。"既与五皇子府有关,朱家在帝都只能算是寻常人家,五皇子府不同,天潢贵胄,倘能请得五皇子出手,此事自不消朱家再操心。只是,他家与五皇子府上并无交情,何况,上赶着去说倒有些借势之嫌了。

朱雁忽而想到谢莫如告诫他要收敛谨慎之语,顿时心下翻腾,有些拿捏不准了。于书房中来回踱步数遭,朱雁道:"于咱家,一动倒不若一静。"

朱老爷道:"你的亲事快些定下来如何?"

朱雁一怔。他倾心江行云且不提,于他自身而言,少年得志,眼界奇高,这些年外地为官,除了江行云,还未有女子可入他目。朱老爷道:"你亲事一定,流言自消。"

朱雁摇头:"若有心算计,我这亲事定了,流言恐怕还愈演愈烈。那些小人什么样的闲话编不出来,此时成亲,反是不妥。"

"虽说一动不如一静,倘什么都不做,岂不是束手待毙了?"

朱雁到底不是无能之人,他很快有了应对之策,正色道:"既是阴谋诡谲,正大光明既可破之。孙儿耽于流言才正中这些小人下怀,陛下近来颇多关切闽地沿海之事,孙儿将往年闽地为官时所录整理呈上,才是正道。陛下每日军国大事尚且忙不过来,哪里有空闲理会这些流言碎语。"

朱老爷点头:"也好,你也收一收心。"到底责怪孙子大意疏忽,叫些小人寻到机会闹出此事。

祖孙俩商量一时,朱雁便回书房做功课去了。

朱雁在家闭门不出,五皇子派出管事在坊间查询,很是捉拿了几个在坊间乱说乱传的人,像谢莫如说的,直接就投进刑部去。按理,刑部是审大案要案的地方,就五皇子府捕拿的这几人,论身份真进不了刑部。不过,谁叫刑部尚书姓谢呢。

这等市井小民,谢尚书都不必出面,命个郎官一审,就审出郎官一脑门子汗来。郎官干这一行,最知道保守秘密,与谢尚书悄言其间利害。说闲话的都是市井中人,但五皇子府的管事也不是吃素的啊,顺藤摸瓜查到了一些市井小头目身上。这些人混迹市井,皆有诨号,平日里天不怕地不怕,滚刀肉的角色,郎官却是手段非凡,俱审问了出来,牵连到了三方,一方是卫国公府,一方是大皇子府,另一方是承恩公府。

甲说:"卫国公府的李管事给我五百两银子叫我在外头说的。"

乙道:"大殿下身边的于大人给我三百两。"明显不如卫国公府大方啊,有了对比就有了伤害,乙觉着自己受到了肉体精神双重伤害。他不见得就差这二百两银子,但他觉着他能为不比甲差,甲得五百,他只得三百,大殿下也忒抠了点儿吧。一想大殿下识人不清,乙觉着自己出卖大殿下也没啥压力了。

丙呢,丙没得着什么银子,他也不是市井之徒,他是承恩公府的管事,在外头大放厥词喷得正欢时给五皇子府的管事拿个正着。

这事可怎么着？

谢尚书不是惊魂未定的郎官，好生安抚这郎官几句，命他保密，便理理衣裳进宫去了。五皇子与李世子正在穆元帝跟前说话，李世子笑："长泰这第二胎，总是吃什么吐什么，太医也没了法子，有经验的嬷嬷说，约莫过了这俩月就好了。我寻思着，大约这个是调皮的。有空就在府里多陪伴她些，出门的时候就少了，还是五殿下与我提起，我方知晓。这书是家里祖上传下来的，在前朝一度禁阅，其实是前朝皇帝武断了，虽是神仙写的书，里面并无炼丹求药之事，多是说海外风情。哪怕帮不上舅舅的忙，也是一本不可多得的游记。"

穆元帝都不知李家有这书，他对李宣一向喜爱，笑道："朕只知当年你父亲以紫玉青云聘朕的爱妹，原来唐神仙还传下一套书来。老五怎么知道这书的？"外甥兼女婿献书他自然是高兴的，但此事又怎与五儿子相关？

五皇子道："媳妇拿给我看的。"他媳妇多贤惠啊，什么事都想着他。

李世子笑："其实莫如妹妹开始也不知道，听她说，她是有一次与西山寺的文休法师说话时，文休法师提及过。后来莫如妹妹偶与我提起，我便寻出来给她看了，她与我说过，自己手抄了一套。"

穆元帝此时信李宣是真心诚意地献书了，笑与一儿一婿说着话，谢尚书就来了。穆元帝宣召，谢尚书见五皇子正在，倒有些犹豫要不要回禀。五皇子见了谢尚书便问："谢大人来了，我打发人送去的那几个贫嘴贱舌的，你可审出些眉目了？"

谢尚书望一眼穆元帝，穆元帝问："什么事？"

不待谢尚书开口，五皇子便气呼呼地把事同他皇爹说了，他愤愤道："父皇不晓得，这闲话都传到儿子耳朵里来了。万梅宫是儿子媳妇的产业，岂容人这样诉诟？再者，倘不是有人预谋，也传不出这等无稽之谈来。儿子就打发人去街上查一查，看谁这般坏心传万梅宫的闲话。抓了三个传闲话的小头目，就打发人送刑部去了。谢大人约莫是有眉目了。"

穆元帝听着也沉下脸来，李宣知机道："儿臣有些日子没去给太后请安，父皇，儿臣这就去慈恩宫了。"

穆元帝道："去吧。"

李宣走了，五皇子却是不动，他得听一听是哪个暗中说他家闲话。

谢尚书见穆元帝没有令五皇子退下的意思，便将审出的情形一五一十地同穆元帝说了。穆元帝当下大怒："这些混账东西！"

五皇子跳脚："有事明着来，这也忒下作了，哪有这样干的！卫国公世子媳妇早就在皇祖母面前说过我媳妇坏话，这次他家又来编造这些飞短流长。承恩公府和大哥是怎么回事？我还叫承恩公舅公呢！大哥可是我亲大哥！"五皇子说着就伤心起来。

谢尚书一听五皇子这通抱怨，心下暗叹：还是太年轻了。

穆元帝今儿个瞧着五皇子正喜欢，不为别的，这个儿子贴心哪。他这正忙于闽地海军的事呢,儿子就带着女婿来把神仙写的书献了上来,多体贴哪。穆元帝心情正好,忽闻这流言之事,且其中牵扯出几家亲贵。卫国公府暂且不论,承恩公府和大皇子府一个是穆元帝多年厚待的舅家,一个是亲儿子府上！穆元帝当即气得脸都白了,声音都带着一股子冷峻味,吩咐谢尚书:"该拿人拿人！拿了人,继续审！"

谢尚书不敢多言,应一声就要退下。五皇子愤愤中连忙出声拦了谢尚书,与自家皇爹道:"卫家儿子是不理会的。承恩公府还是算了吧,父皇一向敬重承恩公,且这事叫皇祖母知道,岂不伤心？就是能瞒了皇祖母,寿安老夫人这把年岁,有个好歹亦叫人担心。大哥那里也算了,毕竟是大哥呢。只是父皇定要替儿子说大哥一回,他这样可忒不地道。"

穆元帝是一时气狠了,听五皇子这般一说,自己也缓了一缓。穆元帝多要脸面的一人哪,尤其他自诩为绝世好爹,一向认为儿子们兄友弟恭,如今做弟弟的五皇子还替做哥哥的大皇子求情,大皇子是怎么干的？收买些市井无赖去说弟弟家的坏话！还有,承恩公府这般行事,五皇子却看着慈恩宫的面子,宁可不追究承恩公府。

穆元帝很是感动于五儿子的懂事,于是,他更要重惩卫国公府,对五皇子道:"你放心,朕定不叫这些小人作祟。"

谢尚书领命告退,恭恭谨谨地退出昭德殿,于心下默默赞许五皇子。

五皇子虽然替承恩公府和大皇子求情,但其实心下还是颇为责怪这两家的。他又不是圣人,这两家说来都不是外人,且大皇子真是把他气着了。平日里大皇子见了他也是"五弟"长"五弟"短的,虽然以前大皇子嘴巴没个把门的得罪过他媳妇,但五皇子自认为心胸宽阔,事后还劝自己媳妇几句不要与大皇子计较呢。

结果,大皇子是如何对他的？

大皇子非但不知他的好,反这样缺德冒烟地收买地痞流氓大面积大范围地传播万梅宫的谣言！虽然谣言的主角是朱雁与江行云,但谣言事件的发生地是在万梅宫啊！大皇子这样做,着实把五皇子气坏了！

自宫里出来,五皇子也没往母亲那里去,这样的事叫母亲知道,也不过是跟着生气。五皇子闷了一会儿就回家跟媳妇说去了,尤其说了一回:"卫国公府与咱家素有嫌隙,何况向来鬼祟,他家发这样的坏心倒不为奇。你说,承恩公府这是何等狭隘的心思,就是当初你说过他家规矩不对,明白人想想,这也是为他家好。难不成咱们皇家人倒要坐在他家人下首,这成什么样子了？你说破了,他家及时改了,这事也就算了结了。他家还打算长长久久地站皇家人上头不成？太祖皇帝的江山倒是为他家打的了？简直不可理喻！他家定是记恨咱们,不然也不能做下这样的事来。还有大哥,我最想不通的就是大哥了。咱们可没得罪过大哥,就算平日里我与他不似同四哥那样好,寻常见了也是亲近的。别人说咱家坏话还罢了,大哥与我可是亲兄弟,你说说,他咋这样？"

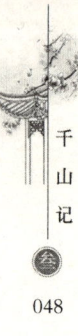

谢莫如听五皇子叨叨了一阵，待他抱怨完才说他："那天我说时你还不信，我就说了，人为了升官发财，啥事都干得出来。这回你可信了吧？"

"信了。"五皇子摊手摊脚地往榻上一躺，正躺到他媳妇腿上，一面顺气，一面还叨叨着，"可真是气死我了。"

谢莫如戳下他额角，问他："陛下是如何说的？"

五皇子道："父皇也气得很，可能怎么着呢？不看僧面看佛面，承恩公府得看着皇祖母的面子。她老人家一向对娘家恩宠有加，就是寿安老夫人也是父皇的外祖母。瞧着她们的面子，我虽也气得紧，还是劝了劝父皇。还有大哥那里，叫人知道我们兄弟生出嫌隙，面子上也过不去。我已同父皇说了，请父皇好生说一说大哥，他这回忒不像话了些。卫国公府我是不管的，他家一而再再而三地这么着，咱们倘不追究，他家还以为咱家好欺呢。"

"这倒还罢了。"谢莫如道。

看五皇子仍是闷闷的，谢莫如安慰他："大皇子本就是个糊涂人，我说了你别不痛快，你觉着同大皇子没什么，可当初你上本建言立储，他心里已是大为不满了。"

五皇子道："这有什么不满的，他虽是长子，二哥却是嫡子呢。何况，后来他也上本请旨加恩东宫。大哥不会不明白这种道理的。"

谢莫如道："一个传闻中的知府之位，都能引得两家公府一家皇子府造谣生事，何况是东宫大位？人若是嫉妒起来，哪里还管什么是非呢。"

五皇子沉默半晌，良久，一声长叹，道："父皇还是尽早给咱们分封的好，早些散了，倒也清净了。"

"散了就清净了？"谢莫如给他揉揉眉心，"就是这事，还没了结呢。"

五皇子不以为然，信心满满："也就剩一个卫国公府了，父皇定会给咱们出这口气的。"

谢莫如道："我不是说卫国公府，我是说大皇子。"

"大哥怎么了？我都不追究他了。不过，他也得把那姓于的给撵了才成，不然以后我再不理他。"五皇子觉着他大哥把他给伤着了，但是二十年的兄弟情分，如果因这事就此生分，也不大好，但大哥要给他个交代，也是一定的。

"你不会以为大皇子就会这么认了吧？"谢莫如提醒他道，"你别忘了，刑部是我祖父做的尚书，大皇子说不得得说，是咱们串通一气陷害他呢。"

五皇子先是一阵愠怒，待他平静下来，慢慢想一想，还真有此可能。他沉沉道："倘大哥要如此疑我，我也没话好讲了。"

谢莫如笑："我也就这么一说，要大皇子聪明的话，就不会在这件事情上诡辩。"

这话显然安慰不到五皇子，五皇子先时一直叽咕这事，无非就是他自认与大皇子很有些兄弟感情，不意大皇子暗中放冷箭。可大皇子既然已暗中放了冷箭，又哪里还有什么兄弟感情呢？五皇子虽乐观，但也并非自欺欺人的性子，道："大哥要真的聪明，根本不会做出这样的事来。"不论是觊觎朱雁还未到手的知府之位,还是别的什么原因,五皇子就觉着,如果在大皇子眼里,他们的兄弟情分只值这么点儿东西,那也忒凉薄了些。

五皇子虽早知社会黑暗,但兄弟间的感情破裂还是头一遭,什么样的安慰都抚平不了他灰暗的心情,谢莫如索性也不劝他了。这世间,有些事能劝,有些事只能自己慢慢悟了。

五皇子蔫蔫数日。

不过,大皇子显然与五皇子未能心有灵犀兄弟情深,相反,谢莫如倒算他的知己。大皇子接下来的所作所为,还真给谢莫如说个正着。

非但五皇子对他大哥寒心,就是穆元帝也是怒不可遏,不为别的,穆元帝自己只有一个妹妹,兄妹俩自来情分极好,穆元帝多盼着能有几个兄弟帮衬呢,结果偏生只得兄妹二人。到儿子这一代,穆元帝儿子颇多,且儿女们也素来和睦,穆元帝再也料不到自己颇为器重的长子私下能做出这样的事来!

做皇帝的人大都多疑,穆元帝也具备这一品质,但是,穆元帝之所以直接信了谢尚书的话,是因为大皇子有前科。这些事,穆元帝不乐意提,一则不过小事,二则孩子间拌嘴,他听过便罢,未放在心上。立太子那日大皇子在宫门口说谢莫如的不是,两人还争了几句。当时穆元帝就觉着,大皇子不大稳重。

因大皇子有这碎嘴的前科,所以,谢尚书将这事一禀上来,穆元帝立刻就信了。

既信了,穆元帝就不能忍了。前番不过是犯几句口舌,孩子们都年轻,一个个的俱是天之骄子,意气上来,也是难免的。今番买通市井无赖到处乱说,这就不妥了!

穆元帝当即命人召来大皇子,当头便是一句:"你指使于小子做的好事!"

大皇子当即色变!

如果像五皇子说的,大皇子认个不是,估计这事也就过去了,毕竟不是啥大事,他爹一直自诩为绝世好爹,教训他几句则罢。但,大皇子偏偏如谢莫如所料行事,一口咬定:"父皇说的何事,儿子不明白!"

大皇子这话说的看似铁骨铮铮,但其实颇没水准。首先,你平日里不是这样跟你爹说话的呀。其次,你要真不知你爹所谓何事,起码你不能摆个烈士样,你得摆着迷茫无辜样才成啊!你这明摆着不上刑不招供啊!大皇子死活不认,原本小事也成了大事,穆元帝越发认定这个儿子不老实。穆元帝何等人物,如何能看不出长子是打算死不认账了,他脸色愈加阴沉,道:"你既不知,叫于小子去刑部走一趟如何?"

大皇子硬挺着脸道:"三木之下,何供不可得?父皇若此,是认定儿子有罪了。儿子不说别的,老五他媳妇就是姓谢的,这事上,谢尚书就当避嫌!"

大皇子口齿不错,但明显用错了地方。而且,光有口齿没用啊,你得有逻辑有脑子才成啊!穆元帝一声冷笑:"你既不知朕说的何事,如何便知与老五有关!"

049

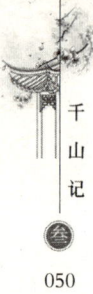

大皇子脸上一白,穆元帝啪的一掌击在案上,怒道:"畜生,你还不招!"

大皇子此方不大自在起来,自辩道:"闲话也不是儿子传的,父皇只问儿子的不是,须知空穴来风,未必无因呢。那江行云每日在帝都招蜂引蝶,卖弄姿色,朱雁也不干净,他俩要清白,谁去传闲话呢!"

"谁去传?你不就去传了吗?"穆元帝勃然大怒,喝道,"混账东西!这等风言风语,你没听到则罢了,你既听到,还事关万梅宫,那万梅宫是什么地方!你五弟是如何尊你敬你,你就这样回报他吗!那些叵测小人说些混账话,你不去制止,反火上浇油!你眼里可还有你兄弟,可还有朕!"

大皇子此方慌了神,连忙跪地道:"父皇,儿子不过不忿那江行云品行不端。这闲话也不是儿子第一个传的啊,是外头都这么说……"

穆元帝怒极反笑:"外头都说,你也便说!"

"父皇明鉴,儿子不是对着五弟啊,我们兄弟感情如何,父皇也是知道的啊!"大皇子急声辩道,"儿子就是气不过,先时儿子有纳江氏之意,她死活出家,儿子也就没提此事。可她出家也还不安分,儿子一时恼怒,未曾多想万梅宫一节,是儿子疏忽了,儿子有错。儿子愿意给五弟赔不是,也请父皇细察,儿子倘有对不住五弟的心思,情愿天打雷劈!"

大皇子发一重誓,穆元帝的怒火方略略消了些。穆元帝打心眼里是不愿意相信儿子之间不和睦这件事的,他更愿意相信大皇子是一时糊涂,像大皇子说的那般,人年轻,于女色上头就爱争个长短,没多想,并不是针对五皇子。穆元帝斥道:"你府里,什么样标致的人没有,怎么就盯着江氏不放了?"

大皇子道:"儿子还不至于这般没出息,儿子就是心里咽不下这口气,咱皇家说要谁,是给她脸面,她要出家,就好好地出家,不意竟不是个安分人。"他觉着父皇怒气稍减,便知是自己终于摸着父皇的脉象了,简直是锲而不舍地说江行云的不是,道:"儿子这事是唐突了,儿子与五弟是亲兄弟,儿子心里无私,去给五弟赔不是,五弟也不是心窄的人,我们兄弟还同以前是一样的。可父皇细想想,江氏真要是个好的,哪里就能叫人传出这样的闲话来。帝都这么些女人,怎么不说别人,专去说她?可见她平日里言行不谨,叫人说得着。"

穆元帝长叹:"你一个大男人,总叽歪这些女子的事作甚?"江行云是功臣之后,先时因着长子出了家,穆元帝就觉着有些对不住宋家。倘是别个女人,这会儿穆元帝随便找个理由就处置了,但江行云毕竟不同别人,穆元帝心里总留了几分对宋家的香火情。

大皇子低声道:"父皇不喜欢,儿子以后不说便是。"

"多往国家大事上用心,闽地建军之事,你五弟不大懂这个都知道帮朕出出主意,你在兵部当差好几年,怎么就学了个碎嘴子?"

大皇子好悬没吐了血,他立刻就想到当初谢莫如那女人说自己"贫嘴碎舌"的事了!大皇子叫人传江行云的八卦,还真有些报复谢莫如的意思。如今父皇也这样说,大皇子不敢辩,只得低声应了。又觉着老五手伸得忒长,你一管礼部的,管得到兵部吗?瞎给父皇出什么主意啊!

穆元帝教导了大皇子一通,淡淡说了一句:"于小子不懂事,你打发了他吧。"

因着儿子大了,穆元帝为了给儿子留脸面,室内并未留人。不过,太子还是辗转知道了一些捕风捉影的消息,心下偷乐数日。

大皇子原还对穆元帝让他撵身边人的事不大服气,但接着,穆元帝就下了圣旨,言承恩公老迈,令承恩公世子袭父爵。这是舅家,穆元帝令舅舅荣养则罢。对卫国公府,穆元帝就没这么客气了。卫国公府好几个管事下了大狱,卫国公世子上请罪折子,原是牺牲自己保全家族之意,但,这就太小看皇帝的小心眼了。穆元帝嗔卫国公任上无能,卫国公世子更是一无是处,屡生事端,直接夺了卫国公府的爵位,然后一撸到底,留了个县男的爵位,还给了卫氏旁支一位在太常寺做主簿的老实人。

大皇子登时不敢吭声了。

倒是五皇子收到大皇子的道歉很高兴,同媳妇道:"看吧,大哥不是不明事理之人。"

谢莫如似笑非笑地上望着他不说话,五皇子自己就笑得讪讪了,改口道:"要是大哥真心,就是我没信错他这个大哥。要是大哥假意,我也只装不知道吧。"

五皇子很有些豁达,不过,接着他皇爹就降了两道雷下来,五皇子顿时也豁达不起来了。当然,这两道雷,只一道落在了他头上。

第一道雷,穆元帝赐知府李终南之女为皇长子侧妃。这是穆元帝觉着,大儿子对江行云之事念念不忘,大约是在这上头有些不满足,府里那些侍妾宫人,大约出身不足,大儿子眼界高,不一定看得上。当初胡太后提供的四位闺秀,穆元帝也细查了家世,倒也堪配皇子府侧位。鉴于大儿子在这件事上比较有需求,穆元帝就赐了一位侧妃给他。

第二道雷,穆元帝赐知府苏廷之女苏氏为皇五子侧妃。

大皇子府只是略有些吃惊,也就接了圣旨。大皇子妃崔氏也没什么意见,不要说她没养下儿子,就是养下儿子,陛下要赐侧妃,皇子府也只有接着的。罢了,这皇子府的女人从来不少,如今不过一侧妃,崔氏也没什么想不开的。

五皇子拿着圣旨去宫里找他爹说话了,穆元帝忙得很,不过还是抽空见了五儿子。穆元帝见他捧着圣旨,道:"在家里谢恩就行了,不用单独过来再谢一次。"

"不是谢恩的事。"五皇子不知他皇爹如何这般感觉良好,抱怨道,"我都成亲了,父皇您赐什么侧妃给我啊,先前也不问一下儿子的意思。"

穆元帝不以为意:"一个侧妃罢了,又不是什么大事。朕已命人问过了,苏氏虽不算大家闺秀,也是知书识礼,官宦出身,侧妃之位,倒还做得。"

"父皇,儿子与媳妇感情好得不得了,不用侧妃。"

"一个大男人,怎的这般叽歪起来?成亲快三年了,你膝下无子,朕方赐下侧妃。怎么,你媳妇叫你进宫来的?"

"那倒不是,她也劝我好几遭了。只是儿子觉着这样不大好。"

"她倒还算明白。"穆元帝说五皇子,"妇道人家都比你明理,你还有脸进宫来问朕。"缓一口气,穆元帝道:"你媳妇虽好,可你们膝下总要有个孩子才是,以为朕稀罕管你们这些事呢。这不只是为了你,你既与你媳妇好,也是为了她。哪怕是个庶子,她将来也算有了依靠。去吧!这些道理,不明白去问你母妃。"

五皇子还不走,他在自己皇爹面前挺敢说话,道:"儿子与媳妇还年轻得很,怎知以后就没有呢。儿子真的不用侧妃。"

穆元帝对五儿子了解甚深,话音一转:"朕旨意已下,断不能收回,你既不要,要这女子如何?去死,还是入空门?"

五皇子不是个心狠的人,一时也说不出话了。穆元帝再道:"寻常百姓之家的闺女被退亲都是极羞耻之事,何况朕明旨已发,你不要,就是逼她去死。"

"去吧,问问你母妃,你这样应不应该。"把人打发走了。

五皇子犹犹豫豫地去了后宫,穆元帝叹,这方面,五儿子又不如大儿子了,一个侧妃罢了,五儿子实在心软。

苏妃沉默半晌,对五皇子道:"有个孩子,你们心里也有着落了,省得诸多人虎视眈眈地拿这个来挑错。"

五皇子长叹:"我就是觉着媳妇心里太苦了。"一句话说得苏妃别开脸掉下泪来。

五皇子忙劝他母妃,苏妃拭泪道:"你这般体贴就很好。"定一定神,苏妃方道:"嫡庶不同,你心里得有数。"

"儿子晓得。"

母子俩说一会儿话,苏妃没留五皇子吃饭,打发他回家吃去了。

五皇子觉着自己怪对不住媳妇的,先时承诺的事没办到。谢莫如道:"咱们这不是为了儿子嘛。既然你觉着对不住我,干脆陪我去万梅宫住些日子吧。春天到了,山上景致正好。"

五皇子点头:"等明天我到礼部把差使交代一下,咱们就去。"

谢莫如抱抱他,五皇子抱抱媳妇,两人都没说话。

五皇子带着媳妇外出郊游,在万梅宫住了几日,五皇子一想,干脆走远一些,两人就近去直隶旅行了。

胡太后知道儿子给俩孙子赐侧妃的事,正是遂心如意,还抱怨了穆元帝一句:"只有老大老五有,别的孩子该怨你偏心了。"这话简直是要坑死孙媳妇的节奏啊。

幸而穆元帝脑袋还正常,道:"这些事,叫他们自己操心去吧。"

胡太后又说:"叫老五进宫来,哀家有好东西给他。"

胡太后正一门心思地想给谢莫如添添堵,不想人家夫妻俩根本不在城内。胡太后又酸了一句:"他们倒是会过日子。"

穆元帝笑:"孩子们会过日子还不好?朕就盼着他们日子平顺才好。"要不是五皇子成亲三年都没动静,穆元帝也不会给儿子赐侧妃。

胡太后嘀咕一回,到底也不是真心就格外偏疼五皇子,不过抱怨谢莫如几句,又同儿子絮叨着承恩公世子袭爵,如何赏赐的事。

穆元帝虚应几句,哄得老娘开心,就回昭德殿歇着了。

这些日子,大皇子脑袋发昏,得了不是。也就是遇着穆元帝这种自诩的绝世好爹,更兼老穆家一直人丁不旺刚刚好转的情势,不然大皇子断没这般容易过关。

但就此事,赵贵妃受儿子连累,也是面上无光。母以子贵,子以母贵,穆元帝心下对大皇子评价降低,去赵贵妃宫里便少了,反是多去谢贵妃处。谢贵妃在宫里多年,一向得穆元帝心意。她说一回宫里事,笑吟吟道:"还有件喜事要与陛下说呢。"

"什么喜事?"

"老三媳妇又有喜了。"谢贵妃眉开眼笑的。虽然先前五皇子一鸣惊人时,谢贵妃有些小小后悔没给儿子娶了谢莫如,但儿媳也是出身高门,一向贤良温顺,而且后来谢莫如与胡太后势同水火,谢贵妃这种遗憾也就少了。如今,谢贵妃是全无遗憾了。再怎么说,女人再能干,生不出孩子就不成,谢莫如婚后三年未孕,褚氏却是要生二胎了,谢贵妃就盼着儿媳妇多给儿子生几个嫡子方好。

穆元帝也是喜悦,笑道:"多备些滋补东西赏给老三媳妇。"

"是。"谢贵妃欢欢喜喜地应了。在谢太太进宫请安时,谢贵妃私下与母亲道:"五皇子府虽进了侧妃,母亲也要好生劝一劝莫如,有个庶子也好的。不然,五皇子膝下空空,太后又要有话说了。"

谢太太道:"那孩子倒是懂事,心性也刚直。"

谢贵妃叹:"虽这话不好明说,她就是性子太烈,当初把话说得太满,不然,悄不声地安排两个宫人服侍五皇子还不是一样吗?有了孩子她养着,与自己生的没什么差别。如今明旨赐下侧妃,侧妃是要上玉牒的,生了孩子,该是谁的就是谁的。要是为莫如考量,还是叫她略软和些,得了实惠才是真的。"

这些道理,谢太太如何不知,只是,若谢莫如要真能听劝,也就不是谢莫如了。

谢莫如并无这些烦恼,对她而言,最伤痛的时刻早已过去。她与五皇子虽好,但男人

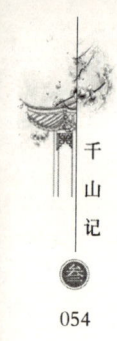

纳侧,实在是再正常不过的事了。她安安稳稳地享受现下的生活,不觉苦,亦不觉痛。

倒是苏家委实不安,穆元帝这一下旨,五皇子府也没人过来商量亲事,反是五皇子携谢莫如出游了,把苏知府这一家子吓得,心里悬半空,上不去下不来啊。尤其谢莫如那可怕的名声,前头卫国公世子夫人还是太后娘娘的侄女呢,因说些小话,就叫谢莫如给抽了俩耳光。如今卫国公府一家子都遭了不幸,夺爵去职,偌大家族瞬间倾颓。

五皇子府这种态度,苏太太心下就觉不大好,与丈夫苏知府私下商量:"五皇子妃这脾气,就怕咱大妞儿进门日子也不好过。"

苏知府道:"正经侧妃,有品阶有封诰,御旨明发的,只要大妞儿谨慎,日子总过得下去。先把嫁妆给大妞儿置办好,器物上减一些,这些五皇子府都有,倒是银钱上多添些。"

苏太太应了,叹口气,心下觉着,要是闺女去大皇子府就好了,大皇子妃的名声可是好得多。

苏家这么七上八下的,直待四月天气转热,五皇子与谢莫如方回城,夫妻二人是与安夫人江行云一行一道回来的。江行云邀安夫人出外行猎,两行人于直隶府相遇,就此一道回帝都。

谢莫如与五皇子说起安夫人之事,道:"安夫人虽把南安一些出挑的子弟安排进了国子监学习,要我说,此举虽好,只是见效却慢。"

五皇子道:"路要一步一步走,慢怕什么?朝廷对南安州格外恩典,慢慢来呗,有数十年之功,当可教化了。"

谢莫如道:"何不安排一些有学问的士子或者先生过去南安州讲学?"

五皇子想了想,道:"南安州也有学政、教谕。"

谢莫如道:"这些官员太拘泥了。汉人常视边陲之人为蛮夷,与安夫人这些时日相处,也能知道,安夫人不论才干智谋皆不输汉人。说他们是蛮夷,无非是文化不比汉人,规矩礼仪不比汉人,再具体地说,农桑、医药、百工等,皆不及汉人。学政、教谕拿来四书五经的讲,有什么用?饭都吃不饱呢,还有心思学什么经史子集?圣人都说,仓廪实而知礼节,衣食足而知荣辱。与其教这些不实用的东西,倒不如教些实用的。且南安州地处偏僻,愿意去那儿的人就少,倘不是心甘情愿去,去了也没用。在这些事上,就得说商贾吃苦耐劳了,有人的地方就有商贾。"

五皇子笑:"利之所趋嘛。"

"商人的利是真金白银,看得到摸得着,却是小利,许多看不到的利方是大利。"

两人说一回南安州,回府后歇上一日,五皇子去宫里跟他皇爹打声招呼,就继续去衙门里当差了。谢莫如则安排着府里管事去苏家商量苏姑娘进府之事,王府管事亲自上门,苏氏夫妻才算彻底安了心。

因家里闺女被选为五皇子府的侧妃，穆元帝给来帝都叙职的苏知府安排了个好差使，直接由一地知府进了工部做郎中，级别未动，却是六部当差。谢莫如听说这事后与紫藤道："这也好，记得提醒我一声，待派帖子时，给苏家派一份。"

紫藤应下。

谢莫如又打发人去钦天监择个吉日，着人收拾屋子，挑出几个老实得用的嬷嬷丫头将来给苏氏使，包括侧妃的月例供俸什么的，皆要先做安排。

苏不语还特意过来同谢莫如说了一声苏知府，不，现在是苏郎中的底细："甭听外头说，姓苏就与我家是一族了。我家在徽州，苏郎中老家在徐州，差得远了。他家当初倒是有联宗的意思，只是我爹一向不重这个，就没应。倒是苏太太是承恩公府的远房亲戚，要不太后怎么会知道他家呢。"

谢莫如点点头，笑道："这是怕我吃醋，还是怕我迁怒啊？还巴巴地过来说一声。"

"吃醋迁怒的我倒不怕，妹妹也不是那样的人，只是不好不与妹妹说明白。"苏不语还有事同谢莫如说呢，"今儿过来，也不独是同妹妹说这些闲事，跟妹妹说一声，我这就要外放了。"

谢莫如有些吃惊，笑问："可定了地方？"

苏不语道："我家老爹最是铁面无私，南安州通判。"

谢莫如笑："果然是好地方。"

苏不语笑："也就妹妹你说好了。"

"什么时候赴任？"

"快了，听说安夫人也要回南安州，要是时间差不多，就一道走。"

"这也好。"谢莫如道，"南安州物产丰饶，安夫人也是个明理的，你与她一道回南安州甚好。确定日期后打发人同我说一声。"

苏不语自是应了，又略说会儿南安州，便起身告辞了。

苏氏进门还在苏不语赴任之前，五皇子府摆了一日酒则罢，本就是侧妃，谢莫如命人去钦天监择吉日，已是郑重，余者排场再大也是有一定规矩的。便是其他几位皇子府，也是有侧妃的着侧妃过来吃酒，没有侧妃的，打发人送贺礼罢了，皇子妃并不亲至。倒是慈恩宫可笑，还巴巴地赏赐了苏氏不少东西。赵谢二位贵妃倒是想拦来着，只是胡太后那个脾气，可如何拦得住呢。

苏氏进门也就那么回事，五皇子与谢莫如道："闽地练兵的事定了，永定侯迁闽州将军，全权主持练兵一事，朱雁任闽安州知州，苏相二子迁闽地巡抚。"

谢莫如道："看来陛下是下定决心了啊。"

"是啊。"五皇子笑，"这回大哥肯定高兴。"永定侯是大皇子的岳父。

"永定侯是永定侯，大皇子是大皇子，混作一起不好。"谢莫如笑递与五皇子一盏茶，

"不过,听说大皇子府得用的一位姓徐的大商贾就是闽州人,这回徐家可算是巴结对了。"

五皇子搔搔下巴,端起茶吃两口便搁下了,笑:"大哥这是转运了呀,不知他是拜的哪里的菩萨。"

谢莫如一乐:"怎么,大皇子还信这个?"

"信得不行,前些天他昏头似的办了许多父皇不喜欢的事,听说后来神神道道地请了座菩萨进府。"

"请神容易送神难。"谢莫如素来不信这个的,道,"与其信神仙,不如信自己。"

五皇子拍她马屁:"我媳妇比神仙还自信呢。"

苏不语外放摆酒,谢莫如着人不声张地送了份东西过去。

及至安夫人回南安州,谢莫如亦有礼物相赠,还去安府吃了酒席。皇子妃去的就是她与四皇子妃,四皇子妃不必说,这是安夫人的外孙女。谢莫如受邀的原因就多了,安夫人对外孙女的总结是:"谢王妃是个能一起说话的人。"

四皇子妃心说,在外祖母心里,第一不能一起说话的人,恐怕就是她祖母宁荣大长公主了。

谢莫如非但能一起说话,她说话也相当动听。谢莫如道:"我虽没去过南安州,见着夫人也知道人杰地灵,想必是极好的地方。夫人此番回去,不知何年再见了。"

安夫人笑:"我老婆子身子还硬朗,日后得蒙帝恩,定还要来的。只是王妃身份贵重,不然定请王妃南安州一游。"

江行云笑:"夫人只请她,不请我?"

安夫人大笑:"娘娘这里,我请不请,娘娘都去不了。你这里,我请不请,你都能去,只看你去与不去了。"

江行云道:"这会儿天正热,待秋后再去,听夫人说南安州冬天也只着单衣,我去南安州过冬。"

"一言为定。"安夫人就此敲定了,"一会儿我给你封手书,你去了南安州,别忘了来看我。我带你好生看一看南安州,虽是穷了些,我却觉着比帝都还好。"

"月是故乡明,这是一定的。"

安夫人请的人不多,大家一并说说笑笑,倒极欢乐。

穆元帝其实也有意在安夫人走前令后宫设宴相送,奈何胡太后十分惧怕安夫人,穆元帝又担心老娘出丑,好事反成了坏事,索性也就没提,倒是多多赏赐安夫人,又与她说了些南安州建设的事,恩典极厚。

待安夫人和苏不语一行去了南安州,朱雁也就要往闽地赴任了。朱雁走前倒还特意向五皇子道了回谢,道:"先时流言之事,事涉微臣,殿下肃清流言,臣心下感念,特来跟殿下道声谢。"

五皇子很实在:"这事啊,事关万梅宫,我自然不能坐视,也不是为了你,不用谢。"

朱雁一揖:"殿下就替王妃受臣一礼吧。"

五皇子还有些摸不着头脑,回家问媳妇这是什么时候做了好事,他咋不知道。五皇子一问,谢莫如也没瞒他:"就是年前行云的事,我叫他来训斥了几句,叫他老实些。如今看,他还算明白,没得了好处当不知道。"

五皇子道:"嗯,朱雁倒还行。"

有人走就有人来。

过了五月,先是谢柏携宜安公主回朝述职,接着余姑丈谢姑太太一行任满回帝都,也是为了同在帝都的儿子团聚。

谢家少不了摆酒庆贺。谢莫如五皇子都去了,谢莫忧与丈夫也回了娘家。谢柏见了两个侄女很是高兴,道:"莫如还似以往,倒是莫忧胖了些。"

谢莫忧摸摸脸颊,戚三郎笑:"是有喜了。"

谢家上下皆是既惊且喜,谢太太忙命人给谢莫忧换了桂圆茶,笑道:"倒没听你说。"

谢莫忧笑:"先时月份浅,不敢惊动祖父祖母,如今快三个月了,正想打发人来说,听说二叔回来了,我想着我们也要过来的,正好亲自报喜。"

宜安公主几年未回帝都,面容较以往丰润不少,人也和气多了,笑道:"我与驸马刚成亲的时候,莫如莫忧才这么高,"比画一下,"如今也都是大人了。只是可惜你们成亲时,我与驸马不在,也没能参加婚礼。"

谢莫如笑:"无妨,礼到就是了。"

宜安公主笑:"莫如也学得俏皮了,我可是听说你与老五恩爱得很,时不时就要一道出游的。"又说谢莫如五皇子情分好。

这两人是真的情分好,宜安公主会知道此事是因为胡太后酸溜溜地抱怨:"成天勾着老五不认真办差。"宜安公主早不是先时在皇室战战兢兢六神无主的小公主了,她有夫有子,且夫家兴旺,丈夫能干,哪怕她身份上欠缺些,也是公主的位分。这些年在外历练,宜安公主对胡太后的话听过则罢,谢莫如是五皇子的正妃,夫妻俩情分好有什么不好呢?就是承恩公府的事,宜安公主也不想多管了,这本也不是她能管得了的。

五皇子道:"衙门没什么要紧事才出去的,小姑姑您这次回来也与姑丈到处逛逛,不出去看不到美景。"

宜安公主笑:"这会儿天热,我郊外也有庄子,倒可避暑。"

"是啊,我总觉着郊外约莫是树多水多的缘故,较城里凉快。"

大家说着话,又有宜安公主两子与谢莫忧一子上前给长辈见礼。谢莫如皆给了丰厚的见面礼,笑道:"别人家都是盼儿子,到咱们这里,倒都是男孩子了。"摸摸头,每个孩子赞

了一回,并不显出区别以待来。

谢太太笑:"还真是这样。"

说到儿女事,宜安公主眉飞色舞,笑道:"我生二郎时,驸马就盼着说是闺女才好,我也喜欢小闺女,小子家太淘了。"

谢莫如连余瑶的见面礼都预备下了,一套宝石首饰,笑道:"是大姑娘了,该打扮起来了。"余瑶的确是大姑娘了,这屋里还有男性长辈,见过礼就退下了。

谢家头一日是招待要紧的亲戚,谢莫如和五皇子也只是第一日过来,余下两日酒便未来了。

谢柏刚回帝都,要进宫述职,更有家中摆酒应酬,各处走动,忙得脚不沾地。宜安公主虽比丈夫轻松些,也轻松不到哪儿去,宫里有太后处要请安,宫外还有各皇亲要走动,更兼孩子们正是淘气的时候,也是没有一日清闲。相对地,余姑丈就好得多,官场上的事打点得差不离后,谢姑太太和余姑丈便带着儿女来五皇子府说话。谢姑太太私下与余姑丈说:"娘娘很喜欢咱们阿瑶,听阿帆说,他在礼部颇得五皇子器重,咱们本就是至亲骨肉,以往不在一处倒罢了,好不容易见面,就该多走动。"

余姑丈拈须一笑:"这话很是。"

夫妻俩挑了个休沐的日子过来,五皇子也没出门。五皇子与余家父子说话,谢莫如招待谢姑太太母女,听说余瑶的亲事定了,还问定的哪家。谢姑太太笑:"我们老爷一位极好的故交,也是闽地人氏,榜眼出身,官职也与我家老爷差不多,如今任着洛阳知府。"

谢莫如道了:"李终南,李知府。"

"娘娘竟也知道?"谢姑太太委实吃惊不小。

谢莫如笑:"他家女孩教养不错,陛下赐婚为皇长子侧妃,我方知道一些。"

一说到侧妃,谢姑太太有些后悔提及李家的事了,五皇子府也是得了一个侧妃呢。谢莫如并不觉如何,笑问:"日子定了没?"

"还没呢,这次正好两家在帝都碰头,商量个好日子。"

谢莫如微微颔首,道:"后天我这里有个小宴会,就有长泰公主、三皇子妃过来,长泰公主的母亲出身褚国公府,三皇子妃也是姓褚的,听闻李知府娶的也是褚国公府的姑娘。阿瑶有没有空?我着人接你过来。"

余瑶声音清脆,透着一股明朗的精气神:"有空,我在家也是做针线。"

谢姑太太笑:"娘娘有什么事都想着我们。"

"不过是顺带罢了,阿瑶又不是不懂规矩的孩子,见些世面总是好事,我就喜欢她这份爽朗大方。"谢莫如一向就是个大方人,她少时一直到十岁都没出过府门,对于这些能搭把手的女孩子,一向并无吝啬的。

谢莫如这边同谢姑太太母女说话，五皇子在书房同余家父子聊天，无非就是问些北昌府的情形，再问余姑丈有何打算。

余姑丈笑："臣倒是想继续留任北昌知府。"

五皇子道："都说北昌苦寒，如余大人这般愿意留任的可是少之又少。"

余姑丈笑："为臣者，就是为陛下安抚天下的。住惯了，并不觉着苦寒，何况能实实在在做些事，方不觉虚度此生。"

这话太对五皇子的胃口了，五皇子道："果然是有其父方有其子啊，小余大人在部里也是勤快能干的人，在差使上一向用心。"

余姑丈笑："他正是年轻力壮之时，殿下有出力气或是难为的差使只管交给他，也历练一二。否则，这样的大好年华，虚度岂不可惜。"

五皇子道："也要张弛有度，非但我们年轻人这般，余大人更当注意保养。父皇就是要有你们这样的忠耿之臣，江山社稷方得以安稳呢。"

五皇子一高兴，还留余家父子二人在府里用饭了，谢莫如也便款留谢姑太太母女。待余家一家人自五皇子府告辞，均说五皇子夫妇待人和气挚诚。

谢太太心说，谢莫如和五皇子都是好的，只是不知为何，总是少了那么一分运道。

谢莫如一直未有身孕，倒是苏氏挺争气，过门两个月便被诊出身孕来。谢莫如入宫同苏妃说了一声，苏妃怕谢莫如伤感，与她说了许久的话。谢莫如道："我想着，既然苏氏有孕，不如再请陛下赐几位侧妃过府。"

苏妃听这话，错愕良久。

谢莫如道："我是喜欢孩子的，府里多几个侧妃也没什么，都是知书识礼的女孩子，苏氏爱琴，琴弹得很不错。再来几个，倒可在一起说笑取乐，孩子多了也热闹。"

苏妃把谢莫如提的这事同穆元帝说了，主要是谢莫如不愿让胡太后挑人，她比较信任穆元帝的眼光。穆元帝也是头一遭遇着谢莫如这样的奇人，不说别家妇人如何，就是宫里妃嫔也有争风吃醋的时候，谢莫如主动要求再赐几个侧妃，真把穆元帝给闪着了。

闪着的不只是穆元帝，连带苏氏更有些晕头转向。初时，她战战兢兢地进府，在谢莫如面前千万小心，当真是话不敢多说一句路不敢多行一步。谢莫如对她倒不苛待，初一十五过去请安就行，平日里也不用她服侍，各项待遇都是上等。五皇子不说多喜欢她，待她也和气。尤其是进府俩月有了身孕，苏氏刚觉熬出头了，谢莫如立刻又弄俩侧妃来，苏氏都不知如何是好了。

这次胡太后对穆元帝抱怨的新话题是："弄那么些女人，别叫老五掏坏了身子。不懂事，真个不懂事。"

穆元帝这样的孝子，都觉着他娘是无理取闹了。

第三十四章 得子嗣

五皇子听说他媳妇又给他弄俩侧妃，当时就不大乐。

谢莫如拉了五皇子坐下，道："先前几年没个子嗣，我心里也急得很，如今咱们在子嗣上头转了运，殿下越发趁势多给我生几个儿女才好。"

五皇子气笑了，道："反成我给你生儿女啦。"

谢莫如挑眉："殿下的儿女，当然就是我的儿女，我还说错了不成？"

五皇子说正事，道："我想着，苏氏若生下儿子，你养着才好。"

谢莫如立刻叫五皇子噤声，严厉地扫一眼屋内侍女，冷声道："这话不过是殿下的玩笑话！你们谁都不许再提一字！都下去！"打发了侍女宫人，谢莫如方道："殿下怎么说这样的话？苏氏年轻，又是头一胎，叫她听到这话岂不多心。"

"这有什么多心的，我看她也是个晓事的，孩子由你教导不比她教导的好？"五皇子是知道他媳妇的见识的。

"孩子自己是无妨的，现在什么都不懂，谁养就同谁亲。可对母亲怎么一样？殿下哪里知道做母亲的心呢？上次四嫂过来说话，我看她手上被什么挠了一道，还问她呢，原来四嫂是爱养猫的，是她的猫生了小猫，如今任谁都不让近前，怕人伤着它的小猫崽，四嫂就是过去瞧那猫，便被挠了。虽这话比喻得不大恰当，可为人母的皆同此心。苏氏年纪轻，有了孩子就是她一辈子的倚靠，我要说抱来养，她自是不敢不依，只是谁没父母，谁没儿女呢？何况咱们府里以后孩子多了，哪一个不得叫我母亲？把孩子们教导好了，孩子们明理，自知嫡母生母都要孝顺着，这比什么都强。"谢莫如道，"殿下这话别再提了，孕中人都多思，平平安安地生下孩子，比什么都强。"

五皇子道："我只担心往后你受委屈。"

谢莫如笑："说这个也忒早了，不往长寿里算，咱俩起码每人得活个八十岁，如今这才到哪儿,后头还有六十年好活呢。再者说了,子嗣也是为了传承,咱们以后家业传承,自是给懂事明理的孩子。而且,以后缘法到了,我就一定生不出儿子吗?先帝五十上才有了陛下呢。"

五皇子大笑,抱住谢莫如:"嗯,咱们好好地生个嫡子。"

夫妻二人说笑一回,也就收拾收拾用晚膳了。谢莫如指了两个菜命宫人给苏氏送过去,与五皇子用过饭,便早早安歇了。

这次的两个侧妃是穆元帝帮五皇子挑的,一个是翰林院徐翰林之女,一个是大理寺寺正于让之女。二女皆是十七岁,徐氏女大两个月,谢莫如择吉日,便让徐氏女先进门。

谢莫如手里的侧妃,基本上俩月便能有孕,把侧妃娘家都喜得不得了,以至谢莫如在城中风评都好了不少。当然,也有暗中讥笑谢莫如先时猖狂,如今失宠落魄的。什么?没失宠没落魄?没失宠没落魄能一个接一个地赐侧妃,然后侧妃一个接一个地有孕吗?

谢莫如真的不存在失宠的问题,相反,几个侧妃的感觉是:怀孕来得好快啊。其实五皇子根本没来几趟,她们就都有了。

谢莫如对她们是真的不错,各色新料子新首饰,把侧妃们打扮得光鲜亮丽。谢莫如的名言是:"你们也是王府的脸面,一个个灰头土脸的,别人说我刻薄倒不怕,就怕别人得以为咱们府里快吃不上饭了呢。"孩子还没生,她就早早地定了一批儿童玩具,命宫人将侧妃的房间都格外收拾妥当,什么有尖有角的地方或是包起来或是换了安全的,也不禁着侧妃娘家进府探望,还同各家太太道:"你们有空只管过来,我府里的嬷嬷也都得用,只是谁也替不了谁,亲娘不一样。"

于家是大理寺当差的,便格外心眼多。于太太悄悄问闺女饮食,可有服用参茸之物云云。于侧妃道:"御医嬷嬷都同女儿说过了,女儿身子平稳,大补之物还是少用,不然倘滋补过了,反是对孩子无益。现在每天吃着燕窝粥,燕窝是温补,平日里吃也无妨的。"

于太太念了声佛,悄声道:"以前都听人说王妃娘娘厉害,传言误人哪。"他家可不是苏家,上赶着让闺女来做侧妃的。只是,圣旨已下,他家也不能说不乐意。再者,就是苏家那上赶着的,一听说闺女分给五皇子府做侧妃心里还发悬呢,何况于家。于太太颇多日子不能安枕,直待闺女入府迅速有了身孕,于太太方定了心神。

于侧妃也小小声道:"娘娘挺好的,从来不刻薄人。"王府的享用,自然非小小的大理寺寺正府上可比。何况谢莫如到底是真宽容还是假宽容,于侧妃又不傻,自然感觉得出来。

"那也要守规矩,不可恃宠而骄。有了孩子,更该静下心过日子。"说到闺女的身子,于太太笑道,"可见你是个有福的。"

于侧妃毕竟年轻,入府俩月就有了身子,她与苏侧妃、徐侧妃都属于没来得及与五皇子培养出啥感情就有了身孕。王府的女人,儿子比丈夫更重要,于是,注意力完全被转移。

按规矩,有身孕当然不能承宠。五皇子也不是成天闲得没事,天天在家看小老婆的人,他早上要早起上朝,白天要当差,晚上回家不能亲近孕妇,何况五皇子与谢莫如在一起这几年,一向有共同语言,家里摆着任有孕的侧妃,还有什么可担心的呢。

于是,五皇子依旧是在媳妇这里。

谢莫如对侧妃及侧妃的肚子都尽心,五皇子府侧妃这般迅速有了身孕,连在大皇子府的李侧妃听说后心下都羡慕得紧,想着自己到底运道稍逊,倘当初进的是五皇子府就好了。

非但李侧妃这般想,便是李侧妃的娘家也这般想。

听媳妇低语抱怨,李终南叹:"此事非咱们能做主的。"如果他有的选,大皇子五皇子两人,他也会选五皇子。不为别个,他虽只是个小小知府,在帝都这些日子,也觉着起码五皇子比大皇子脑筋清楚。

其实,大皇子妃崔氏也绝非刻薄人,崔氏虽打死过侍妾,但也是那贱人自己作死。对于朝廷明旨赐下的侧妃,崔氏也是礼遇的。只是,没有对比就没有伤害,哪怕崔氏不刻薄,但李侧妃显然无法与在五皇子府进门就有身孕的苏侧妃相比。

所以,李家觉着自家运道实在小有不足。

倒是李余两家联姻,李家四郎就在帝都国子监念书,且,李余两家在帝都相逢,既是同乡又是旧交,能结为儿女亲家,可见是真正的好交情。故此,定亲礼和成亲礼就决定在帝都举行了。

两家定亲成亲时,谢莫如的身份,不好亲自过去,便打发管事送了厚重的贺礼。

谢姑太太都与亲家李太太褚氏说:"王妃再和气不过,前年我带阿瑶回帝都,这丫头投了王妃的眼缘,王妃时常接她过去说话。"把李太太说得更羡慕五皇子府有这样宽厚的皇子妃了。

李太太笑:"阿瑶这孩子,谁不喜欢她呢。"

谢姑太太笑:"也就是咱们自家人了,都瞧着自家孩子好。"

亲家俩说起话自然亲近,以后两家都要继续外放,不过,李太太娘家褚国公府是帝都大户,谢姑太太娘家尚书府也不是好惹的。因帝都有要紧可靠的亲戚,把小两口放帝都过日子倒也还算放心。

余李两家料理好孩子的亲事,便各自奔赴任上。谢柏叙职后,带着宜安公主继续西宁州的差使,自然又少不得一番离别。

谢柏走前去五皇子府见了谢莫如一面,叔侄俩说些西宁州的事,终是未叙其他。谢柏告辞时,谢莫如送至仪门,谢柏张张嘴,最终只道二字:"保重。"莫如你保重。

"我知道。"

谢莫如今年的生辰并未大办,李樵送了一卷画以贺生辰,李宣等人也提前送了寿礼,如此倒不好不摆一日酒了。倒是五皇子论起来是弱冠之年,谢莫如为五皇子张罗了一回,好生热闹了三日。宫中所赐颇厚,东宫赐了东西不说,太子因与五皇子相厚,与穆元帝说一声,亲自来五皇子府吃了生辰酒。穆元帝也乐得儿子们亲近,一笑便允了。

太子还与太子妃说呢:"先前老五府里一直没个儿子,我也怪不放心的,如今看来,五弟妹也是个贤惠的。"

太子妃笑:"五弟妹自来就不错,那些人嘴里的话,哪里作得准,还是咱们自家人才知道自家人呢。"

太子想到大皇子当初抱怨谢莫如反被谢莫如讽刺,不禁一笑:"你这话对。"

太子妃心下一松,刚才太子提那话,她还以为太子要纳侧呢。她已育有嫡长子和嫡次子,不要说夫妻情分不错,就是夫妻情分一般,庶子多了也难免事多呢。

谢莫如并不知太子妃这等心思,如果知道的话,谢莫如该发笑了。太子妃虽有一番痴念,只是也得看看老穆家是何等人家,这家人早给先帝几十年无子险而江山易主的事吓出毛病了。五皇子这样将来为一地藩王的,穆元帝都不能看着他没了子嗣,何况东宫!对于东宫,有嫡子当然好,但是,只有两个嫡子是远远不够的。

腊月初十,苏侧妃产下一子。

腊月十一,谢莫如和五皇子一并进宫报喜,穆元帝表扬了五皇子一句:"这才像话。"

苏妃问谢莫如可有抱养庶长子之意,谢莫如将与五皇子说过的话又同苏妃说了一回。苏妃叹:"你心性光明,自不会亏了老五,也不会亏了孩子。只是,也略多疼自己些才好。"

谢莫如笑:"母妃放心,殿下的儿女还不就是我的儿女?我还是那句话,把孩子教导得明理,比什么都强。天地有大道,直行就好。"

"那就好。"

五皇子府终于得子,苏氏开了个好头,于是,第二年二月十二、三月初七,五皇子府接连得子。穆元帝这位儿媳添堵小能手,对比了一回诸皇子府的子嗣情况,发现五皇子竟然后来者居上,抬手给东宫添了一位侧室。

穆元帝这一两年给大皇子府、五皇子府和东宫皆赐了侧妃,余下三皇子和四皇子没得此赏赐,胡太后就兴致勃勃地打算着不能薄了他们。

三皇子妃精乖,先同三皇子说了:"咱家二郎也周岁了,沈氏我看平素里也算懂事的,服侍殿下倒还体贴,母以子贵,子以母贵,就是为着二郎,也不好叫沈氏位分太低了。殿下要是觉着我说得有理,不如为沈氏请封侧妃吧。"

三皇子倒没啥意见,像三皇子妃说的,看着儿子的面子嘛。三皇子便应了,上了折子请封侧室,穆元帝瞧着孙子的面子也便准了。倒是谢贵妃有些不满,三皇子进宫时,谢贵

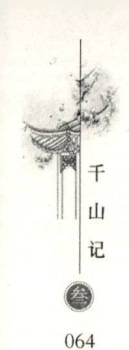

妃道:"沈氏只是宫人出身,就是抬举,也不必一下子就请封侧妃,先做个庶妃也不算委屈了。日后她好,再慢慢请封侧妃也不迟。"

三皇子笑:"她平日里还成。"

谢贵妃叹口气,知道这也不是儿子一人的主意,待褚氏进宫,谢贵妃又同褚氏说了回利害,道:"你两个嫡子,还有什么不放心的?不管侧妃庶妃,都要敬你的。我也不是不喜欢沈氏,她给老三生了儿子,毕竟是有功的人。只是你想一想,往后侧妃们往一处说话,别人府上的侧妃不说大家出身,也是小家碧玉,就你们府上的是宫人出身。叫人说起来,也是说你跟老三抬举太过哪。"谢莫如虽说生不出嫡子,筹谋算计真是处处走在人前,一口气给五皇子府上添的这仨侧妃,都是有些出身来历的呢。徐侧妃之父是翰林,殊不知翰林院掌院就是徐侧妃的亲大伯呢。于侧妃之父为大理寺寺正,甭看品阶不高,只是从五品,却是大理寺二把手,管着掌议狱,正科条,实缺中的实缺。苏侧妃之父为工部郎中,也是个五品,工部却是肥水衙门。看一看四皇子这宫内没有亲娘的,掌了几年工部,小日子过得顺风顺水。一想到五皇子纳了这样的三位侧妃,谢贵妃这样的位分都有些眼红。倒不是谢贵妃有什么心思,如今东宫都立了,只是,诸皇子不是还未分封嘛,有几门好亲戚,起码以后皇子能分个好地界呢。

婆婆一说这话,褚氏只得自陈不是,道:"也是媳妇没料得周全,只想瞧着二郎呢,就没多想。"

谢贵妃心说,你哪里是没多想,你是想得太多了!

褚氏道:"要是母妃看哪家姑娘好,只管赐给殿下,我也不是个小气的,看谢表妹府里那般热闹和气,我也只有羡慕的。"

"这倒是不急的,既已抬举了沈氏,侧妃之事就不必再提了,我也只是给你们提个醒,遇事多思量。日子都是自己过的。"点拨褚氏一回,谢贵妃就打发她回去了。

三皇子有谢贵妃为他筹算,四皇子亲娘早逝,进宫时同他爹强调:"儿子媳妇又有了身子,儿子暂不需侧妃,父皇您别给我赐啊。"

穆元帝气笑了,笑斥:"少往自己脸上贴金。"以为侧妃是好得的?穆元帝相中的侧妃也无一不是好人家的女孩。三皇子府上三位皇孙,四皇子妃又有了身孕,穆元帝根本就没打算给这俩儿子添侧妃。

见他爹没有给他贴金的打算,四皇子终于安心打道回府了。

五皇子与谢莫如道:"靖江世子请旨回靖江呢。"

谢莫如问:"陛下允了吗?"

"靖江王来折子说身子不好,父皇也不能不允。再说,单叫靖江世子在帝都,其实也没什么用。允便允了吧。"

"殿下说的是。"谢莫如沉吟片刻,道,"殿下何不建议陛下,令靖江世子离帝都前再祭世祖皇后呢?"

五皇子道:"是否恩典太过?"

"有恩典也没什么不好,何况这恩典不涉钱粮土地,不过是个虚恩典。正因有此恩典,让世人皆能看到朝廷恩重靖江王府,靖江王便是有什么三心二意的,也得收着些呢。"

五皇子觉着,他一个媳妇顶别人八个幕僚了。

靖江王世子回了靖江,穆元帝终于给三公主寻好了婆家:三公主封号寿阳,赐婚骠骑将军唐羽唐骠骑之子。

这一年,李宣迁羽林卫中郎将。

谢莫如与五皇子道:"永安侯府自武将起家,少时听李世子说话便很有驰骋疆场之意,如今重掌兵事,也可一展抱负了。"

五皇子亦道:"羽林卫就得李表兄这样的人才放心呢。"

两人说着话,又商量一回给长泰公主府上的礼单,谢莫如命紫藤过去把三个儿子抱来一并用晚饭。这也是谢莫如的规矩,早上孩子们贪睡,待傍晚五皇子回府,谢莫如便令人抱了孩子过来与五皇子一起逗着孩子们说话,然后,一道用晚饭,省得生疏了。

至于其他,谢莫如每月不方便时,就打发五皇子往三个侧妃那里歇着,余者时间依旧是两人过日子。谢莫如还与五皇子说呢:"我看咱们儿子就是比别人家的好,以往看旭哥儿也喜欢得很,如今咱们有了自己的儿子,我还是觉着自家儿子更好呢。"

五皇子险些喷了饭,笑道:"这是,你没听外头庄稼人说吗,田地是人家的好,孩子是自家的好。"

小孩子这会儿正是招人疼的时候,软软乎乎的,虽还不会说话,也学着认人呢。谢莫如进宫时常与苏妃说到孩子:"大郎一说话嘴里就吐泡泡,殿下都说大郎上辈子兴许是金鱼。二郎脾气最好,这孩子,鲜少露哭音,总是笑呵呵的。三郎最要强,他最小,每次必要先抱他,不然他就不高兴。"把苏妃馋得不行,谢莫如笑,"这会儿还太小,不敢抱他们出来,待过了周岁结实些,我抱他们进宫来给母妃请安。"

做皇子妃,其实很大一部分内容就是各种人情走动。以往谢莫如都是给别人家孩子送洗三礼满月礼周岁礼啥的,今年一次性全都赚回来了。

展眼又是一年,谢莫如召来太医正给府里侧妃把脉,细问侧妃的情况,可适宜再受孕。太医正道:"三位娘娘的身子都是极好的。"

打发了太医正,谢莫如就与她们几个侧妃说了:"趁着年轻,多为殿下绵延子嗣才好。"

三人于宠爱上委实差不离,一样稀薄。先前进府闪电般有孕,有孕后不能服侍倒罢了。后来生了孩子出了月子,也只有谢莫如不妥当的几日才轮得到她们,而且,也不是每

人都轮得到。更心塞的是,别人家正室说对庶子一视同仁,不过是东西供奉上不亏待就是宽厚的了。谢莫如不亏待她们,但是白天有空就叫人把孩子抱去梧桐院,晚上吃饭也抱去一道吃,她们当然不敢说不愿意,只是心下总觉着怪怪的。如今孩子们一周岁有余,谢莫如又要她们再生孩子,她们当然不敢说不愿意。

她们是极愿意的,起码能多亲近殿下一二呢。

这年又是春闱之年,五皇子从年前一直忙到开春,待春闱后才算告一段落。谢莫如一直为五皇子调养着身子,也同五皇子说了:"如今这才三个儿子,你看大郎二郎三郎多有意思,再多三个也不多呢。何况,还得儿女双全才算好上添好呢。我也喜欢闺女。"让五皇子去给她生几个小闺女。

五皇子也觉着她媳妇是神人,两三个月间,他家侧室便又都有了。

谢莫如早照顾过一回孕妇,这回更是驾轻就熟,衣食用度皆周到妥帖地吩咐下去。五皇子是个有话就要说的人,何况是同谢莫如,他一向有啥说啥的。五皇子就说了:"她们可真快。"咋这么快就又有了?

谢莫如叹道:"前头咱们成亲,我总是没动静,你以为我不急呢?我也私下打听过诸多偏方要点,于我是不灵,于她们是一试就灵。"

说到媳妇的伤感处,五皇子此方不言了,连忙转移话题安慰媳妇:"缘法一到,生他十个八个。"

"行啦,咱们也有儿子了,我看孩子们都好,就是缺女儿。"谢莫如笑,"如今天也暖和,你衙门差使也不忙,明儿咱们带着孩子一道去给母妃请安如何?"

五皇子一口应下。

五皇子是惯了早睡早起的人,用过早饭就等孩子们了。等得一时,五皇子就有些不耐烦了,道:"这会儿还没醒呢。"

谢莫如嗔他:"什么是小孩子呢。正是贪睡长个子的年纪,我特意吩咐了他们不准早上把孩子们弄醒的,什么时候醒算什么时候。母妃那里又不是外处,去迟些也无妨的。"

五皇子只好继续等,一直等到太阳老高,最喜欢睡觉的二郎才醒了。两人早收拾好了,带上打扮得齐齐整整的孩子们出门,到宫里已是晌午。苏妃瞧着三个孩子极是欢喜,命厨下去添菜。谢莫如对紫藤道:"你跟着一道去,跟厨下说做些果糊蛋羹来。"

苏妃暗暗点头。

孩子们都已会说话了,家里也教过规矩,摇摇摆摆站一排给苏妃请安,把苏妃笑得不得了。

谢莫如抱了三郎,苏妃抱了大郎,五皇子不爱抱孩子,谢莫如道:"二郎脾气好,你也不能欺负老实人哪,你倒是抱抱他。"

五皇子把二郎放膝上,一只手臂勾着二郎的腰,二郎倒也不闹,只是没一会儿就给五皇子贡献了童子尿一泡。五皇子拎着二郎直叫唤:"哎哟哎哟,你看他!"

苏妃和谢莫如笑作一团,苏妃笑:"不许这样拎孩子。"

二郎的嬷嬷已上前接了二郎,小孩子家出门,换的衣裳也带了两身,嬷嬷抱着二郎下去换衣裳了。谢莫如瞅着五皇子湿了一块的下摆,道:"哎哟,真没料着这个,只带了三郎他们的衣裳来,殿下可怎么着?"

苏妃打发大宫人:"去陛下那里借身常服来。"

五皇子还抱怨呢:"非要我抱,看吧,一抱就尿,这小子蔫儿坏。"

谢莫如指挥着宫人给五皇子把身上擦了擦,一面道:"小孩子家,难免的,哪有孩子不撒尿的?不要说尿尿,就是拉身上也有的呀。看你,这也值得一说,多抱抱就好了。童子尿还是药呢。"

五皇子是坚决不肯抱二郎了。

二郎换好衣裳出来,五皇子戳二郎小嫩脸一下,二郎咯咯笑。五皇子也笑了,叫儿子:"尿尿精,小尿尿精。"

苏妃笑:"孩子他爹还是个孩子呢。"

谢莫如笑:"现在殿下好多了,孩子们小的时候,他抱一下都不敢。"

五皇子感慨:"那会儿那么小那么软,哪里敢抱,我怕用劲大了伤着孩子。"摆摆手,"这个活还是你们妇道人家比较做得来。"

谢莫如笑瞪他,与苏妃道:"还有件喜事想跟母妃说,府里她几个又有身子了,今年底明年初的时候,母妃又得做回祖母了。"

苏妃笑问:"什么时候的事?先时进宫怎么没听你说?"谢莫如是常进宫的。

五皇子插嘴道:"她理儿细,说头三个月月份浅,不能说,也不叫我说。"

苏妃点头:"这规矩民间是有的,有孕是大事,小心些也不为过。"

谢莫如笑:"这回就盼着谁能给我生个小闺女。母妃,你说也怪,没儿子时盼儿子,有了儿子就盼闺女了。"

苏妃笑:"这不怪,人人都这般。"

一时大宫人取了穆元帝一身玉青色的常服来,还传了穆元帝的口谕:"陛下说了,一会儿让娘娘带着孩子们去慈恩宫里请安,给太后和陛下看看几位小殿下。"

苏妃道:"知道了。"

五皇子换了衣裳,午膳也就得了,一家子欢欢喜喜地用过午膳。苏妃为人细心,问:"孩子们要不要睡午觉的?"

067

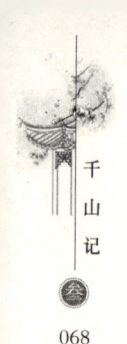

谢莫如笑:"以前是睡的,这会儿长牙了,开始让他们吃一些鸡蛋羹、果糊糊之类的东西,午饭后都是过一时才让他们睡。既是去慈恩宫,还是这会儿去吧。"

苏妃又去里面换了大衣裳,如此一家人坐着辇轿去慈恩宫。

一到慈恩宫,胡太后先是抱怨:"带了重孙进宫,也不说先叫哀家来瞧瞧。"

谢莫如根本不说话,五皇子笑:"孩子们还太小,怕哭闹倒叫皇祖母心烦呢。"一面让儿子们请安。

"净胡说……"胡太后刚想再说几句,看三个圆滚滚的宝宝抱着小胖手奶声奶气请安的模样,立刻就乐了。胡太后大笑:"这么小就会请安啦,快过来给曾祖母瞧瞧。"一手一个抱起来。谢贵妃抱起被剩下的二郎,与穆元帝道:"真招人喜欢。"

穆元帝接了二郎,抱孩子的姿势比五皇子熟练一千倍。穆元帝还颠了两下,笑:"嗯,是不错。"

五皇子得意:"那是自然啦。"

穆元帝笑道:"没说你,在说皇孙。"

"儿子是皇孙他爹,有其父必有其子嘛,一样的一样的。"五皇子近来越发放得开了,以前在宫里不受宠爱,又生怕人小瞧,只得装个威严来唬人。如今他当差数年,于朝中素有好评,他爹待他也好,且自家小日子过得顺畅,欢快的事多了,五皇子愈加随和。他随和了,但在朝中衙门里已有积威,故此亦无人敢小瞧于他。

胡太后和穆元帝瞅着小皇孙得意,谢贵妃笑:"老五媳妇把孩子们教导得都很懂事,这样贤良,就很好。"

赵贵妃不接这话,苏妃也不缺赵贵妃接谢贵妃的话,她自己就接了,笑:"是啊,不是我自夸,我这媳妇,比儿子还贴心,没叫我操过一丁点儿的心。我定是上辈子烧了高香,才有这样的好媳妇。"

胡太后听着不顺耳,道:"三个儿子,还是少了些。"

五皇子笑:"这次进宫来,就是为了给皇祖母、父皇、母妃报喜,我们府里侧妃又有了身子,算着年根底下的日子,到时洗三、满月、周岁,皇祖母可得多多赏赐孙儿啊。"

一听这话,谢贵妃几人纷纷给苏妃道喜。苏妃也是喜气盈盈,苍白的脸颊都多了几分红润,笑:"承姐妹们吉言,这回,我就盼着孙女了。"

穆元帝赏了谢莫如一双玉璧、两斛珍珠、十八匹时兴宫缎,算是对谢莫如的奖赏了。就是穆元帝也觉着,老五家这些孩子养得不错,孩子们养得好,自然是嫡母的功劳。于是,谢莫如得了赏。

赵贵妃一面笑着,一面真叫一个堵心,别的皇子府里都有嫡子,就大皇子府和五皇子府没嫡子。谢莫如经过时间验证是不能生,她媳妇崔氏倒是能生,只是连生两个丫头,这几年,干脆连丫头也不生了。倒是府里庶妃生了两个庶子,可庶妃出身太低,完全比不上五皇子府这御赐的侧妃，好歹也是官宦之家的嫡女呢。她儿子府里倒也有官宦之家出身的侧妃，只是一直没有身孕。如今眼瞧着太后和陛下这般喜欢五皇子府的几个孩子，赵贵妃一向是个拔尖的人，偏生在这上头矮人一头，怎能不眼气呢。

慈恩宫里看了回孩子，因着几个孩子委实讨人喜欢，胡太后也没找着机会寻谢莫如的不是，实在是想寻也不大容易。待孩子们眼睛发饧，谢莫如道："到午睡的时辰了。"

胡太后难得没驳谢莫如这话，点头道："是啊，小孩子家这个年岁正是觉多的时候。"

五皇子就带着媳妇儿子们告退出宫了。

孩子们在车上就困了，一回府，谢莫如就吩咐嬷嬷们抱他们去午睡。

夫妻二人在宫人的服侍下换了家常衣裳，一人一盏凉茶在手，坐在紫竹榻上说话。谢莫如得了穆元帝的赏赐，命人捧上来看。穆元帝亲自赏的，自然都是好东西，玉璧是羊脂玉的，一龙一凤，正是一对，谢莫如自己留下了。再看珍珠宫缎亦都是上品，谢莫如令人将珍珠宫缎给几个侧室分一分，更叫紫藤过去传话，说侧室们将孩子养得很好，再命她们只管受了这赏，不必过来谢恩了。

五皇子道："父皇还是明白的。"他媳妇这样贤良周全，不得赏简直没天理。

谢莫如听这话笑道："陛下明不明白，我无愧自心就是了。"

五皇子就觉着，他媳妇毕竟妇道人家，便与媳妇分说道："慈恩宫如何，我是不担心的，皇祖母那人，一向随心所欲惯了的，她有了年纪，人也糊涂，只是辈分高，大家糊涂着过罢了。父皇能知道咱们的难处，我就放心了。"总之一句话，甭看胡太后平日里叫嚣得厉害，其实做不了主，真正做主的是他皇爹。

谢莫如笑："你可真是，如何能将陛下与太后一并论处呢？要陛下像太后似的，你也就顾不得担心我，得担心老穆家的江山了。"

他二人在屋内说话一向百无禁忌，五皇子哈哈大笑，去捏他媳妇的嘴："你这话可别往外说去。"

谢莫如打开他的手，抿嘴一乐："我又不傻。"

谢莫如是不傻，可其他妯娌简直是不服啊！

谢莫如得些赏赐倒没啥，诸皇子妃谁府上也不缺那点儿东西，但谢莫如是因为把孩子照顾得好就得赏赐，当真令其他皇子妃能呕出一口老血来。

谢莫如有啥功劳啊，不就是让侧妃生孩子吗？各府里除了四皇子府，哪家没有庶子啊？谢莫如这自己啥都没生出来的得了赏，她们这辛辛苦苦给皇家延绵子嗣的反啥都得不到，这是啥道理啊！天地还有公道吗？便是大皇妃也不服啊，是，她没儿子，但她也比谢莫如强啊，起码给大皇子生了俩闺女。

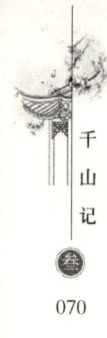

结果,五位皇子妃,就谢莫如这啥都生不出来的得了公公的赏。

叫谁,谁能心服啊!

好在,都是皇子府的正妃,哪怕心里呕血,遇到一处面上顶多笑言一句:"五弟妹贤惠,咱们是再比不了的。"

谢莫如便笑:"嫂子们都是育有儿女的,陛下怕是看我可怜,给我些东西,哪里就论到贤惠不贤惠上头去了。要说贤惠,哪个不贤惠就能选为皇子妃呢?"

谢莫如都这样说了,其他几个皇子妃也就不好说什么了。是啊,她们都有儿女,最不济的大皇子妃崔氏也有俩闺女呢,都比谢莫如强。五皇子府上好几年没个孩子,这一下子有了仨,且带进宫去,陛下瞧着欢喜,随手就赏了也是有的。

三皇子妃褚氏先说了:"这才到哪儿啊!咱们都还年轻呢,孩子都看缘法,五弟妹莫说这丧气话。我看五弟妹的面相就是儿女双全的福相,五弟妹的福气在后头呢。"

四皇子妃胡氏一向与谢莫如相近,她有了身子,且暑天格外怕热,徐徐地摇着团扇道:"是啊,现在没有,等有的时候你就知道多快了。"

大皇子妃崔氏也劝了谢莫如几句,觉着在子嗣上还有个不如自己的,真没必要去眼红谢莫如这个,多少金珠玉宝能换来孩子呢。太子妃亦道:"说来咱们是正室,府里的孩子都是咱们的孩子。五弟妹家的几个,人见人赞的,可惜那日我没在太后娘娘的宫里,也没得见,什么时候五弟妹带进宫来,给我瞧瞧。"

谢莫如与太子妃认识不止一日了,太子妃瞧着爽利,其实是个心窄的人,别人都不说庶子,就太子妃说。听到这话谢莫如便知太子妃的醋意未过,笑道:"上次进宫那么会儿工夫就尿了我家殿下一身,娘娘不嫌弃的话,等下次我就带他们过来。"

"这有什么嫌弃的,孩子短不了的,咱们哪个没被孩子尿过?"太子妃笑眯眯地同谢莫如打听,"听说你家侧室又有了?"

太子妃说这话,崔氏都不由得打量了她一回。都是正妃在东宫说话,犯得着去打听小老婆的事吗?何况还是谢莫如府里的小老婆。谢莫如刚才都说自己没孩子可怜的话了,这太子妃可真是……崔氏虽然常听丈夫叨叨五皇子府的不是,但崔氏自认就说不出太子妃这样的话来!五皇子可是为太子卖力不少呢!

谢莫如并不觉着如何,这些妇人的唇枪舌剑再利也伤不到人,何况太子妃这话当真是伤不到她。谢莫如只是有些诧异,觉着堂堂太子妃竟然会因这么星点儿赏赐便这般不饶人了。谢莫如自若一笑:"是啊,现在我有三个儿子,就盼闺女了。不瞒娘娘,小闺女的首饰我都预备好几匣子了。与母妃说起话来,母妃也与我一样,想小闺女呢。我与她们说了,谁给我生个小闺女,我有重赏。"

谢莫如此话一出,便是崔氏也觉着,穆元帝赏赐谢莫如不是没道理的。就凭这份谈及侧妃庶子女的亲切随意来,崔氏就觉着谢莫如的道行是真的修行到家了。心下不禁怜惜谢莫如几分，没自己的儿女，哪怕再多赏赐，到底苦呢。

谢莫如不知自己得了崔氏的怜惜，更不觉着哪里就苦了，她悠然自在地同太子妃和崔氏打听起皇孙入学的事情来。太子妃也知见好就收，谢莫如的脾气，太后宫里她都分毫不让，她既转移话题，太子妃也就不谈五皇子府侧室的事了，一笑道："昨儿我还同殿下说起这事呢，我们家大郎也到了入学的年岁，大嫂家的念恩也差不多了。正好跟大嫂说一声，陛下说了，让皇孙们都到宫里来念书，也是叫他们小兄弟亲近的意思。"

崔氏笑："父皇恩典。我们在宫外，虽也可自己聘先生来教孩子，只是怎么能比得上宫里的师傅学识渊博呢。"

太子与大皇子家孩子大些，如今立下这念书的规矩来，日后皇孙们便都是如此的。谢莫如打听："可定了念书的日子？我给侄儿们准备了些文房四宝，虽知大嫂和娘娘也预备了，到底是我做婶子的心意呢。"

太子妃虽然先时有些眼红谢莫如得了公公的赏，不过谢莫如实在太会说话，且太子一直颇为器重五皇子，她便把那些妇人家的小心思抛了，笑道："钦天监看的日子，八月十八。"

褚氏笑："这日子好，过了暑天，日头也就不那么热了。"

胡氏觉着东宫无趣，不过附和两句，大家说一回闲话，晌午前便散了。诸妯娌对谢莫如那些酸溜溜的心思，也跟着散了。

胡氏想实在好笑，晚间与四皇子道："五弟妹在慈恩宫里得不是时，也没人心疼她。父皇待她略好一些，就有人看不过眼呢。"

四皇子道："真个无事拈酸，各家过各家的日子，哪里就少那几颗珍珠几匹绸缎了，小家子气。"觉着女人实难理解。

谢莫如得赏赐的事算是过去了，诸皇子妃里，三皇子妃是极伶俐的一个人，见谢莫如带了孩子进宫得了好处，她便也时不时地带着孩子进宫。褚氏能被谢贵妃相中做了媳妇，婆媳俩之间是极有缘分的。谢贵妃也素来心眼灵活，干脆对褚氏道："三郎还小，你眼睛不能离了他。大郎眼瞅着明后年也到要念书的年纪了，不如叫他来宫里住些日子，我这里也热闹些。"

褚氏儿子多，尤其小儿子正是学走路说话的时候，大儿子呢，正是淘气的年岁，虽然有些不舍，也没特别犹豫。尤其褚氏想得多，婆婆是个精明人，教导亲孙子自然用心，必不能亏了儿子去。何况儿子在宫里能得陛下和太后时常相见，也是福气，于自己且能就着儿子拉近与婆婆的关系。褚氏笑："就怕他淘气，叫母妃生气。"

"小孩子家，何况是男孩子，哪里有不淘气的。现在淘气，以后聪明。"谢贵妃见儿媳妇乐意献上孙子，心里也高兴，笑道，"其实我早就有这个意思，只是想着先时你只有大郎一个,且大郎年纪还小,我也不忍心叫你们母子分离。"

褚氏忙笑:"大郎能得母妃教导,学些规矩,也是他的福气呢。"

谢贵妃便将此事定了:"大郎是六月的生辰,待过了生辰,就送他进来吧。大郎身边得用的嬷嬷跟一个来就好,余者什么都不用带,我这里都有。"

褚氏自然称好,回家同丈夫商量,三皇子也没什么意见。三皇子长眉轻拧,似有心事,褚氏服侍他换了衣裳吃了盏温茶,问:"可是差使上有什么难处?"丈夫在刑部,刑部尚书是亲外公,丈夫这差使一向顺风顺水,今儿这是怎么了?

三皇子搁下细瓷茶盏,轻声道:"这事说起来久了。你还记不记得谢表妹出孝时在天祈寺为魏国夫人做法事的事?"

褚氏如何能不记得,褚氏道:"这事谁不知道呢,当时出了刺客,殿下与五皇子过去颁赐祭品,幸而无忧呢。"

三皇子道:"刑部的捕快抓到了几名刺客,就是当初天祈寺行刺之人。"

褚氏不解了,道:"既抓到了,殿下按规矩审就是了。"

三皇子摆摆手,没说话。

褚氏见他不言,也未再追问,心下盘算着长子进宫要带的东西。

三皇子在刑部这几年,审问犯人的事自不消他亲自来做,吩咐一声就是了。只是审问出的内容着实令人惊骇,那几人一口咬定当初自谢莫如手里抢去的是藏宝图。三皇子生于皇室都未听得如此秘辛,他将事回禀父皇,父皇不置可否。三皇子就怀疑,莫非真有什么藏宝图?不管是真有假有,此事他是不能再往外说的。

三皇子深知此事利害,倘为外人知,流言什么的怕是八张嘴也解释不清。故此,三皇子连老婆都没说。五皇子也听得刑部抓住刺客的消息,回家与媳妇说了,谢莫如淡淡一笑:"看来陛下是得手了。"

"什么得手?"五皇子不解其意。

谢莫如并未对五皇子隐瞒,道:"这原是我与陛下定下的计谋,拿藏宝图当幌子引出些贼人罢了。"

五皇子大惊:"还有这样的事!"

五皇子拉着他媳妇坐下,兴致极佳,道:"快跟我说说,怎么还有藏宝图了?哪里来的藏宝图啊?"他怎么不知道藏宝图啊。

五皇子急着听故事呢,谢莫如偏不说了,瞥一眼旁边花梨木茶几上的茶盏,五皇子连忙捧来给他媳妇,笑:"快喝快喝。"

谢莫如偏是慢吞吞地呷一口,五皇子忙接了他媳妇手里的茶盏,谢莫如此方倚着紫竹榻说起古来:"这事要追溯到太祖皇帝转战天下时了,传闻世祖皇后曾主持建有秘仓,太祖建国称帝,朝廷有了银钱,秘仓就一直没有动用过。而且,据说就是太祖皇帝也不知秘仓所在。后来太祖皇帝先于世祖皇后过身,世祖皇后过世前,身边只有辅圣公主,陛下亦不知秘仓所在。所以,一些知道秘仓之事的人都笃定说世祖皇后将秘仓的藏宝图传给了辅圣公主,辅圣公主又传给了我母亲。我母亲既已过世,那藏宝图定是在我手里了。我与陛下就是据此设计,事先放出风声去,才有天祈寺行刺之事。"

五皇子乃一介凡人,先问:"真有藏宝图的事吗?"

谢莫如摇头叹道:"你可真信,当初太祖皇帝攻打帝城前,寒冬腊月的将士都只着单衣,吃饭吃几个包子还在史书上记录了下来。穷成这样,要有什么秘仓还不早取出来用了。竟真有人信。"

五皇子自有解释,道:"财帛动人心。何况你想想,一说世祖皇后当年建的秘仓,人家还不得以为有多少宝贝呢。"

"不这样,此计如何能成功。"谢莫如笑笑。

五皇子就纳闷了:"你说,要没秘仓的事,如何就有这种传言流传下来呢?"

谢莫如道:"殿下读史书当知,战事上,真真假假,假假真真。当年太祖皇帝与江南王于吴江一战,太祖皇帝号称八十万兵马,江南王自称一百万大军,其实太祖只得八万人,江南王撑死有十万兵马。战争时,什么牛皮吹不得。东汉末年官渡一战,许攸前来投奔曹操,曹营缺粮,许攸问曹操可有粮草,曹操还说呢,尚可支撑一年。许攸再问,曹操说,还可支撑半年。后来才说实话,粮草不多了,三天都够呛。这秘仓之说还不是一个道理。"

五皇子领首,只是道:"藏宝图的事再不要与别人说了,这道理,咱们明白,可不是人人都明白的。"不然,怎么一拿出藏宝图,刺客都能上当呢?

谢莫如凝眉思量片刻,道:"树欲静而风不止,这事就是咱们不与人说,想必也瞒不住。"不说别个,既经刑部,想瞒人就难。

五皇子一时也没什么好法子,他素来心宽,索性道:"反正咱们心底无私!管他呢!"

谢莫如心下一动,笑道:"说不得上次陛下赏我,也是赏我藏宝图的功劳呢。"

五皇子道:"不能,要是藏宝图的事,就那么些珍珠锦缎的,也忒简薄了些。要是父皇赏你藏宝图的事只赏这么仨瓜俩枣的,我就不能应啊。"哎呀,亏得他先时还怪担心他爹误会他媳妇呢,原来他爹他媳妇早还设下过这等计谋啊!

谢莫如一笑,道:"既是将人押至刑部,想来陛下必有斩获的。"

他皇爹有没有斩获五皇子不知道,但他皇爹近些天心情不错是真的,而且,给皇孙赐名时,五皇子府的三个皇孙也得了大名。分别是,穆木、穆林、穆森。

五皇子悄与谢莫如道:"你说父皇是不是犯懒了呀,给咱们儿子取的名这也忒简单了。"他皇爹取名的本事可真不怎么样。

谢莫如笑:"殿下们的名字都是从水的,水生木,皇孙的名字便从木上取。咱家孩子的

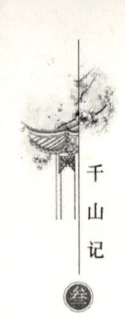

名多好,木、林、森,皆是树木繁茂之意,树木本身也有栋梁的意思。总比大殿下家的叫穆桐强,听着像木桶。"

五皇子哈哈大笑。

穆元帝到底没有揣着明白装糊涂,虽是刚赏过谢莫如,但穆元帝一向分明,借着谢莫如生辰,赏赐极重,还说五皇子:"你媳妇不容易,既是她生辰,便好生庆贺几日吧。"

穆元帝都这么说了,谢莫如的生辰便格外热闹。

倒是谢莫如又得了半屋子赏赐,悄与五皇子道:"陛下还不算小气。"

五皇子偷笑。

谢太太都觉着,谢莫如是苦尽甘来了。谢太太唯一担忧的仍是谢莫如的子嗣问题,谢莫如终是没听她的令宫人生子养于膝下,或者是谢莫如还有自己的打算也说不准。不过,这些事,既已说过一次,谢太太是不打算再多言了。此次谢莫如生辰,因有穆元帝的表态在前,胡太后想嘀咕,却实在找不出能嘀咕的地方来,只得与穆元帝道:"即使有赏,也不好逾越了太子妃去。"

有这么个不讲理的老娘,穆元帝不讲理时比他老娘还厉害,道:"一则国礼,一则家礼,并不为过。"

穆元帝觉着自己不为过,他恩赏分明,此次是赏谢莫如昔日功勋。但这接连给谢莫如的赏赐,以及这一次的赏赐之重,让几个儿媳妇纷纷侧目,心下各有滋味。除了四皇子妃胡氏略好些,就是太子妃也说呢:"到底五弟妹出身不同,格外得父皇青眼。"她堂堂太子妃,在穆元帝面前似乎还不比谢莫如得脸,这叫太子妃如何不抑郁呢。

太子是知其中缘由的,打发了宫人方轻声道:"别瞎想,这是赏五弟妹先时功绩。"把藏宝图的事与太子妃说了。

太子妃平日里虽有些小心思,整体看还是个贤良淑德的人,这回或许是被穆元帝两遭给谢莫如的赏赐给刺激狠了,不由得道:"倘藏宝图是假的,刺客怎会上当?刺客也忒傻了吧?"太子妃不知是故意还是委实这般想的,沉吟片刻道:"殿下说,五弟妹手里是不是真的有藏宝图?"

"不会。"太子笃定,"要有这东西,父皇能不知道?何况天祈寺之事,父皇安排在先,五弟妹就是真的有这东西,也早献上来了。"

太子妃摇摇头,发间一支金凤步摇轻轻晃动,映着脸颊一片柔媚。太子妃轻声道:"这是咱们夫妻俩的私房话,我就直说了,五弟妹那会儿才多大,就能设下这样的计谋来。她是辅圣公主之后,少时在帝都就极有名声的。按理,五弟妹都嫁到皇家了,自然对皇家忠心,可我又想着,空穴来风,未必无因呢。或者是我妇道人家想多了也说不定。"语焉不详地就带过去了。

太子却是不由得入了心。

太子妃的见识没什么出奇之处,甭说谢莫如不知道,便是谢莫如知道,也根本不会放在心上。会这么说的人,太子妃也只是其中之一罢了。

没几天五皇子回家就与她说:"四弟问我藏宝图的事了。"

谢莫如道:"那该知道的,大约全都知道了。"

五皇子恨恨道:"不知谁这么可恨,老婆子嘴,有事没事地瞎往外叨叨。你是好意帮父皇的忙,如今倒叫人百般猜疑。倘是真的倒也罢了,如今是白担了虚名,还要受人这等怀疑。"替他媳妇委屈。

谢莫如一副淡定样,还劝五皇子:"天下本无事,庸人自扰之。殿下不必理会这些个。对了,刚才三公主府来报喜,说是三公主喜得一女。殿下记得,后天咱们去吃洗三酒。"

五皇子点点头,坐媳妇身边道:"你说人咋这么坏呢。你生辰刚过,他们就传这样的谣言,说不得是嫉妒咱们呢。"

"殿下心里有数就好。"嫉妒是小,谢莫如也不怕人嫉妒,但那些在穆元帝亲政过程中得到好处的大臣们想必是不会放过这个机会的。

五皇子思量道:"你说,是谁往外闲说的?虽说三哥掌管刑部,我倒觉着三哥不是那样嘴碎的人。再者说,我与三哥是亲兄弟,关系一向不错,你与三哥是表兄妹,刑部还有太丈人在,这事不大可能是三哥往外说的。"

谢莫如笑:"这要想就没个头了,与我有仇与你有隙的,倘知晓此事,都不会放过这个机会。三殿下与祖父自会严禁刑部泄露此事,但刑部的人多了,哪怕主审,只要经了人,人便有嘴,甲觉着乙的嘴严密,悄与乙说,乙又觉着丁是老实人,再与丁说,如此一传十传百,也就人人皆知了。不过,倘此事经年方传出,倒可能是刑部泄密,但此事传得如此之快,反是洗清了刑部的嫌疑。要我说,倒可能是刺客那方面的人呢。"

"刺客不是抓起来了吗?"

"抓完了吗?抓干净了吗?"谢莫如斜睨着五皇子道,"殿下不会还不知道当年引的是哪条蛇吧?"

五皇子自己也想过此事,搔搔下巴问他媳妇:"当真与靖江王府有关?"

"这里头具体的事我并不知晓,但哪怕有关,靖江王府也不容易被人抓住把柄。秘仓之事,本就不算机密,只是前人故去,现在知道的人少了,遂成机密。不说别人,世祖皇后二子二女,现今在世的宁荣大长公主、靖江王,肯定都知道一些的。如此良机,他们怎么会不往外说呢?他们略漏一丝风声,与咱们有仇有怨的人,哪怕知道不是真的,也乐得煽风点火。"

五皇子深觉他媳妇说得在理,五皇子是个粗中有细的人,他道:"他们煽风点火也是白

费力气,这朝廷还不是他们做主呢。"五皇子好奇得要命:"媳妇你是怎么知道秘仓之事的?"他媳妇也就比他大两个月啊,他就完全不知。

谢莫如笑:"我家里有一批藏书,书中不知谁做的标注,初时看不大明白,后来我命人问了陛下,也就明白了。"

五皇子咂舌:"你叫人问父皇,父皇就与你说了?"

谢莫如淡淡地似笑非笑。

五皇子深觉自己问了句废话,他爹要是没同他媳妇说明白,两人怎能设下这等计谋。

外头神秘兮兮的流言颇多,五皇子是不会干吃这个亏的,第二日进宫就跟他皇爹嘀咕了一回这事。穆元帝道:"这事朕自清楚,不必你多言。"

五皇子叹气,问他爹:"父皇,您说这世上怎么小人这么多?"

穆元帝道:"既知是小人传些闲话,何必还为此分心?不必理会,谣言不攻自破。"

五皇子真心道:"我要有父皇您的境界,也就不必烦恼了。"

五皇子在他爹面前向来随意,穆元帝与他说话也便透出些随意来,一笑:"你是成天闲得没事,才会想东想西。"

五皇子道:"儿子忙着哩,也就是刚歇一歇,平日里衙门也不得闲。"

"一会儿忙一会儿歇的,倒不知听你哪句了。"穆元帝搁了笔,端起茶来吃一口,道,"有个差使给你。前几天内务司来报,说是御林苑的行宫年久失修,你去瞧瞧,到底如何了。"先时五皇子修缮汤泉宫的差使就办得很好,穆元帝觉着五儿子有了经验,故此,又将这差使给了他。

五皇子应了,道:"御林苑行宫在林场那边,去岁儿子到林场狩猎倒是扫过一眼,外头瞧着有些陈旧,到底如何,儿子明儿就去。"

穆元帝点头:"下去吧。"

五皇子进宫得了新差使,回家安媳妇的心:"父皇心里是极明白的,你只管放心就是。"

"有殿下在,我也没什么不放心的。"谢莫如听他说明日要去御林苑,便道,"内务司那边可选好了人?咱们府里殿下准备带谁去?"

"内务司还是上次随我修汤泉宫的许郎中一道。府里的话,叫小英子跟着我,另外徐忠是常跟我出门的,余者再带二十个护卫就够了。"

谢莫如想了想,一面吩咐紫藤去打点行李,一面道:"御林苑地方不小,查看屋舍怕是一日不够的。"

五皇子道:"我琢磨三五日的也就能回来了,最迟也误不了中秋,三皇妹那里,你代我说一声吧。"

谢莫如应了,道:"只管放心,三公主一向明理大方,这洗三礼,原就多是女人们的事。殿下要是在帝都,做舅舅的,自当过去。既有差使,我一人去也是一样的。"又问:"殿下可同母妃说了?"

"已说过了。衙门也交代清楚了。"

谢莫如便不再问了。

第二日,五皇子一大早就带着内务司的郎中匠人与侍从们出城,直奔御林苑而去。谢莫如送走了他,瞧着时辰差不离,便收拾了去三公主府参加三公主长女的洗三礼。

谢莫如与三公主无甚交情,不过是面子情罢了,先与三公主说了五皇子不能来的缘故。三公主还在月子中,头脸收拾得整齐,腰后倚着一个秋香色的夹纱软枕,笑与诸妯娌姑嫂说话,道:"五哥既有差使,五嫂来是一样的。"

谢莫如瞧了瞧在悠车里的小娃娃,笑:"这孩子生得可真好,三妹妹好福气。"

四皇子妃胡氏笑:"就知道你喜欢小闺女,我也盼闺女呢,这不早早地过来沾一沾三妹妹的福气,只盼我这胎是个闺女。"

三皇子妃褚氏道:"这孩子生得像三妹妹,可真俊。"

大皇子妃崔氏道:"眉心鼻梁似驸马。"她娘家与唐驸马家沾亲,崔氏是见过唐驸马的。

三公主是公主之尊,又是头一胎,儿子闺女都欢喜,见大家都夸她家孩子,自然也是喜悦的,笑道:"就是爱哭,晚上总要哭几回,声音响亮得怕要掀翻屋顶。"

崔氏笑:"小孩子家,哪儿有不哭的,声音亮堂说明孩子壮实。"

太子妃身份高贵,且住在宫里,故此来得最晚。太子妃一身大红朱凤袍,头戴八尾凤冠,端的是威风八面,雍容华贵。她一进来,诸人纷纷起身。太子妃是极随和的,摆摆手不必诸妯娌姑嫂见礼。

崔氏要让位给太子妃坐,太子妃笑:"大嫂只管坐。"她直接坐三公主床边了。三公主也十分客气,在床间做了个欠身的意思,道:"小孩子家的洗三礼,怎敢劳动娘娘亲临。"

太子妃笑道:"这话就外道了。三妹妹年岁小,你不知道,以往在宫外的时候,我是最爱热闹的。小囡囡的洗三礼,我这做舅妈的怎能不来?太子原也想过来,只是又怕来了这个排场那个排场的,倒是扰得你们不能清净。我说罢了,我去也是一样的。"

听太子妃说得亲热,三公主自也欢喜,笑道:"太子每日要随父皇理政,可不敢轻扰。不过是洗三礼,娘娘亲自过来,我都受宠若惊呢。"

太子妃又看孩子,狠狠赞了一回孩子,道:"咱们妯娌姑嫂的,大嫂和三妹妹最有福气,闺女好,闺女贴心。"

长泰公主也说:"是啊,姑妈知道三妹妹生了小闺女也这样说呢。"她家里也是不愁儿子的。

太子妃笑:"我正说呢,怎么没见姑妈?这样的日子,姑妈又一向喜欢女孩,断没有不来的。"

077

长泰公主笑:"皇祖母宫里的内侍一大早就到姑妈府里,想是皇祖母有事,姑妈进宫去了,临进宫前还叮嘱我把洗三礼带来。"

既是慈恩宫有召,太子妃便不再多问,反是瞅着谢莫如打趣:"五弟妹可听到什么新鲜事没?"

谢莫如笑:"如今帝都城还有新鲜事?我倒不知。"

太子妃玩笑似的:"都说五弟妹手里有什么藏宝图呢。"

谢莫如坐在四皇子妃的下首,双手叠放在膝上,听太子妃这话眉毛都没动一根,笑道:"天下本无事,庸人自扰之。太子妃怎么还不明白这个道理了?"

太子妃脸上的笑一滞,继而扬眉笑道:"哎哟,叫五弟妹一说,咱们都成庸人了?"

谢莫如似笑非笑地望向太子妃:"谁信谁就是庸人。"

太子妃好悬没叫谢莫如噎着,好在她本就是个会圆场的人,嘻嘻一笑道:"哎,就为了不做庸人,我也不能信的。"便将此事揭过去了。

永福公主道:"倒不是咱们庸碌,是谢王妃太过英明了。"

谢莫如笑:"英明不敢当,只是倒还心静。心静则少思,少思则没诸多想头了。咱们不比外头的人,外头那些人,想着上进想着功名想着前程,想得多是好事。在咱们皇家,想得少才是福气呢。"

长泰公主听这话已是大有深意,忙岔开话道:"哎哟,只顾说话,三妹妹,洗三的时辰快到了吧?"

三皇子妃褚氏也跟着问三公主:"三妹妹,洗三的东西可都预备齐全了?"

"预备好了。"今儿是她闺女的洗三礼,三公主还真怕谢莫如与太子妃翻脸,三公主问侍女:"什么时辰了?"

其实时辰还早,三公主道:"你再去检查一遍洗三的东西,别落了什么。"

大家便说些洗三的事,藏宝图什么的,太子妃自恃身份都得了一噎,她们更不想去碰这个钉子。

太子妃碰了个钉子,别人还好,不过看个热闹,大皇子妃崔氏心下却很有几分幸灾乐祸。这倒不是崔氏心胸狭窄,只是刚才太子妃说的什么闺女好时,崔氏已有几分不悦了。她如何能与三公主相比?三公主天生贵胄,她生儿生女唐家都只有欢喜的,可崔氏身为皇长子妃,连生两女,压力不可谓不大,再加上大皇子与太子早就有些不对付,崔氏听到太子妃这话,再宽厚的人心里也有了气。

只是尊卑有别,太子妃到底是太子妃,且太子妃这话说得叫人挑不出半点儿不是,是故,崔氏纵使不悦也只得哑忍了。如今见太子妃在谢莫如这里吃瘪,崔氏自然高兴。

待吃过洗三酒下午回府,晚上见了丈夫,崔氏还与丈夫说了一回。崔氏道:"太子妃也是，明知是流言，还问五弟妹真假。哎，也难怪五弟妹生气呢。"

大皇子先是一乐，问："老五家的与太子妃掐起来了？"难不成竟有这样的好戏？

"看殿下说的，我们是皇子妃，又不是街上泼妇。太子妃身份高贵，也须得给她留些颜面呢。只是我瞧着五弟妹的口气不大欢喜罢了。"崔氏拍丈夫胳膊一记，"殿下少在这儿偷乐了，以往殿下只说五殿下与太子相近，可殿下想一想，你与五殿下难道就不是兄弟手足了？人心都是肉长的，你待五殿下好了，情分自然就有了。我看五弟妹为流言之事颇为烦恼，殿下当多宽慰五殿下才好。"可别真傻啊！这么好的机会，女人们已是半翻脸状态了，男人们这里就有了可乘之机。上次大皇子发昏给五皇子府放闲话，此番正得缓和一二。

大皇子虽时有发昏，要说聪明也是有的，他想了想，拍手笑道："你说得是。妇人之间的事我不好多理，你也多宽慰五弟妹吧。"

丈夫总算说了句正常话，崔氏松口气，就听丈夫道："你说，老五家是不是真的有藏宝图啥的？"

崔氏挑眉："要不殿下去问问五弟妹？"

大皇子此方不提了，崔氏命人传晚膳。

太子妃吃瘪之事，当天就在皇室传遍了，主要是在三公主长女洗三礼上，又是在诸妯娌姑嫂面前，大家亲眼看到亲耳听到，到底怎么回事，大家都清楚。至于给太子妃帮腔的永福公主，许多人不知出于何等目的，心有灵犀，默契十足地把她给略过去了，便是有未略过的也说："永福公主与太子妃是亲姑嫂，难免偏颇一二的。"

当然，此事中，谢莫如的风评也一般。不过，谢莫如一向风评一般，大家说她，无非就是："早便是个厉害的。"这些话于谢莫如委实不够新鲜。

太子妃先与太子诉苦："我不过玩笑，五弟妹就当了真呢。"

太子道："你也是，说这个做甚？这事父皇心里比谁都明白，五弟妹的脾气，咱们皇室谁人不知，她那张嘴，谁能讨得好去？就是看着五弟的面子，你也不该提，只当不知便罢了。"心里有疑惑归有疑惑，怎么就傻到说出来了呢。便是东宫属官对谢莫如也多有怀疑的，只是大家都放在心里，他媳妇这嘴也忒快了。

太子妃受了丈夫一通埋怨，只得继续苦情叹道："就随口打趣她一句，她既这般小性，以后我不说就是了。"

"以后可别这样了，伤情分。"五皇子与他一向关系不错，何况近年来，五皇子差使得力，如今又去检修御林苑，在御前也有脸面，何苦因些个小事生出嫌隙来呢？五皇子又一向是维护谢莫如的，委实得不偿失。

第三十五章 廉租房

因着藏宝图的流言实在太甚，谢尚书借着中秋将至的时节还去了一趟五皇子府。谢尚书近来方知晓当初天祈寺行刺事件从头到尾到底是怎么一回事。谢尚书也委实没料到，谢莫如那么早就与穆元帝有了联系，他至今都想不通谢莫如是怎么同穆元帝联系上的。如今，这倒不是要紧事，要紧的是，藏宝图之事，可不只是事关五皇子府。谢尚书简直愁死了，别人疑五皇子府，今上在位，五皇子府其实是不必愁的，只是，事情既关谢莫如，难免就令人联想到谢家。

一荣俱荣，一损俱损啊。

谢尚书再三道："此事如今只作流言，但三人成虎，娘娘万不可轻忽。"

谢莫如道："祖父放心，流言止于智者，我心里有数。"

谢尚书也便不再多言，又把谢柏送回的给谢莫如的信交给了她。祖孙俩说些闲话，谢尚书起身告辞，谢莫如相送。谢尚书道："五殿下中秋也不能回吗？"

"御林苑的房屋失修，大约比较严重吧，要到中秋后了。"

五皇子走前说三五天便回的，结果计划赶不上变化，御林苑的房屋状况委实不大好，这一耽搁，足足耽搁了一个月。其间，五皇子怕谢莫如担忧记挂，又因中秋将近，便打发管事回帝都一趟，先是往宫里递折子说明御林苑行宫的情形。太子正在御前，见五皇子府长史递上的奏章，不由得道："眼下便是中秋了，还是让五弟先回来，过了节再说御林苑的差使吧。"

穆元帝将五皇子的折子递给太子，太子就见折子里先是介绍御林苑的情形，接着又说了要继续在御林苑工作的事，后面的话颇是令人发笑，大意是"儿子不欲半途而废，父皇也不要叫儿子回帝都过中秋了，您要我回来，御林苑的事我就不管了"之类的。

穆元帝笑："就让他把御林苑的差使办好吧，省得再去第二趟。"

太子道："五弟既要在御林苑过中秋，也不能委屈了他，父皇将好月饼多赐给五弟一些才是。"

穆元帝笑："这是自然。"

长史回府，既然五皇子不在，他就是与皇子妃复命，谢莫如问了他些御前答对的话，就令长史下去了。谢莫如又打点了衣食命管事带去御林苑，并写了封信交与管事，吩咐道："殿下既说中秋回不来，这些东西你带去，里面我都一样样写好了。告诉殿下，既是误了中秋，便一定把差使办好，家里无须惦记，待他回来再补过中秋是一样的。"

管事将话一一记下，谢莫如又交代几句，他不敢耽搁，带着几车衣食去了。

谢莫如向来周全，衣食都分好了，哪些是给五皇子的，哪些是让五皇子看着分派给一道当差的人的。不为别个，中秋佳节，在外头也得吃一回月饼才好呢。

谢莫如又进宫同苏妃说了一回，莫叫苏妃惦念，苏妃道："老五一向做事认真。"

谢莫如道："御林苑行宫房舍多，又经年不用，估计要修的地方肯定不少，殿下的脾气，做便要做好的。修宫室什么的，陛下倒是喜欢差殿下去办。"

苏妃笑："这就是实在人的好处了。"

谢莫如也是一笑，又道："我在信上与殿下说了，既中秋回不来，待他回来了，我与殿下带了孩子们进宫，咱们一道在母妃这里补过中秋。母妃只管把好茶好果的留着吧。"哄得苏妃开心起来，略说会儿话，谢莫如方告辞出宫。

中秋事忙，五皇子既不在家，走礼什么的，便是谢莫如差长史官办的，俱是井井有条。因五皇子未能回帝都过节，中秋节赏赐，给五皇子府的便格外加厚了些，这是太子建议的。太子道："五弟勤于差使，五弟妹一人在家，妇道人家也不容易。中秋赏赐，父皇自不会委屈了儿子们，只是儿子想，把儿子那份给五弟吧。"

穆元帝欣慰，笑："你这样关心兄弟们，就很好。你要给他，自你东宫赏去吧，只是也别离了格。"

太子在他爹面前卖个好，回去自有一番话交代媳妇，太子妃柔顺地应了，先时丢个大脸，亲娘听说都进宫来劝了她一回。吴国公夫人劝得好："娘娘这样的地位，无过便是有功了。五殿下于东宫事有首倡之功，莫寒了功臣之心才是。"

太子妃自己想想也觉着先前有些脑袋发昏，反复思量后，压下嫉妒之心，此次中秋之事办得比较漂亮。

其实不怪太子妃脑袋发昏，藏宝图之事，胡太后都有些起疑，只是这回胡太后学得聪明了，她将此事与闺女商议时被闺女劝住了。文康长公主未能参加三公主长女的洗三礼，就是被她娘叫进宫说这事去了。胡太后神秘兮兮地同闺女道:"你知道不,说谢莫如手里有当年程太后传下的藏宝图哪!"

文康长公主自然也听到此等流言,一见她娘对这个生了兴趣,忙道:"母后您也信?谁家的藏宝图不是秘密地藏着等闲人不能知道,哪家是传得满天飞啊?"

胡太后顿觉一盆冷水浇透了她那热心肠啊,失望至极:"原来是假的啊。"

"这事谁同母后说的?"

"宫里都知道,我又不聋,自然也知道了。"

看她娘不愿意说,文康长公主不问也知是谁传的闲话了,她道:"自然是假的,不过是人们乱说罢了。老五媳妇才多大,她能知道什么?"

胡太后道:"你不晓得,说是世祖皇后传给辅圣公主,辅圣公主传给魏国夫人,魏国夫人传给了谢莫如呢。当年你还小,哪里知道世祖皇后对辅圣公主何等信任,世祖皇后临死前,床前谁都没有,只有辅圣公主一人。"

文康长公主道:"母后快别说了,均是无稽之谈。世祖皇后再如何信任辅圣公主,父皇只有皇兄一个儿子,真有宝贝,父皇断没有不告诉皇兄的道理。"

胡太后说得有鼻子有眼:"说是当初你父皇出外打仗,世祖皇后一人藏的,除了她,没人知道,你父皇也不知道。"

文康长公主冷笑:"怎么可能是世祖皇后一人藏?纵有宝贝,既要藏起来,起码挖个坑弄道门上个锁吧,这些便需人力。既要用人,父皇一国之主,他能不知?这就说不通!也就糊弄母后这耳根软的。"

胡太后这才不说什么了。但在中秋宫宴时,见着谢莫如,胡太后不禁多打量谢莫如几眼,因此事太过不着边际,且经女儿狠劝过,胡太后到底没提。

宫宴上,太子妃见着谢莫如也是好生亲热,很有为先前的失言弥补一二的意思。平日里叫谢莫如吃亏哑忍她是不肯的,但太子妃笑眯眯地同她说话,她便也笑眯眯地附和了几句,此事便算揭过去了。

五皇子是中秋后重阳前回的帝都,家宅未进,先去宫里禀事。穆元帝喜欢差五儿子办事也是有原因的,五皇子把御林苑的情形汇集成册,哪个宫苑什么情形,皆画出简单的房屋图来,旁边备注说明。连同房屋破损到何程度,如何修缮,有多少东西能用,有多少要新采买,砖石要什么样的,林林总总记录得极清楚。甚至大修御林苑要多少银钱,预算多少,工期多久,五皇子俱列出明细来,底下还有内务府郎中写的细则。这就是五皇子提携属下了,特意让许郎中也写了一些,一并递上折子来,也令许郎中这名字好在御前露个脸。

穆元帝一看这奏章就心底清明,转手递给太子,笑赞五儿子:"差使办得不错。"

五皇子笑:"御林苑比汤泉宫可大多了,故而耽搁了些时候。"

太子看过后也说五皇子这奏章写得明白,道:"五弟都瘦了,也黑了,累了吧?"

五皇子笑:"累倒是不累,御林苑挨着狩猎场,地方宽阔得很,我想着父皇万寿快到了,就赶了些。其实那儿吃得好,每天让侍卫去打些野味来,倒觉着结实了。"

穆元帝点头:"给你三天假,去瞧瞧你祖母和母妃吧。"

五皇子便告退去了淑仁宫,穆元帝对太子道:"老五是个实诚人,看他写的奏章就知道了。"

太子道:"是啊,样样清楚明白,就是未亲去御林苑,看了老五这奏章,也知道御林苑是个什么情形了。"

穆元帝道:"以后你用人,就要用这样的人,实心任事的,心正的。大臣们心正,天下便得治理,天下得治理,便得安宁。"

太子连忙应了,道:"还需父皇多提点儿臣。"

穆元帝笑:"你还年轻,多留心就是。"

五皇子回府,谢莫如先打发他梳洗换衣用了些饭食,夫妻俩方在一处说些闲话。至于先时与太子妃之事,谢莫如根本未与五皇子提及,倒是大皇子跟他弟弟说了一嘴,话里话外的都是:"莫要将些小人言语放心上,五弟妹也是个好涵养的,你多宽她心,不要令她烦恼方是。"

五皇子心说,我媳妇好涵养不必说我也知道啊。五皇子不笨,忙问:"大哥是有什么事想与我说吧?"

大皇子道:"也没什么,不过白劝你一劝。"

五皇子追问,大皇子方道:"你回去问弟妹吧,我也不大清楚。你这不在家,弟妹一个妇道人家里里外外地忙活,也怪不容易的。"

五皇子更是心觉怪异,他大哥先前挨过他媳妇几句说的,以前还传过他家的闲话,今儿这是怎么了?五皇子便没再问,回家同他媳妇一说,谢莫如笑:"大皇子啊,他说的约莫是三公主家长女洗三礼时的事吧。"便将那日的事与五皇子说了。

五皇子道:"太子妃这是吃错药了吧?都说她一向爽利,怎么说话跟不过心似的!"

谢莫如道:"中秋节赏赐,东宫所赐颇厚,太子妃在宫里见到我也格外亲热,约莫也是和好之意。原也不是大事,罢了,都过去了。"

五皇子握着媳妇的手,有些歉疚:"叫你受委屈了。"

"别说这些扫兴的话了,先时我可是与母妃说了,待你回来,咱们一并带着儿子们进宫同母妃补过中秋节的。"

"这容易,明儿咱就去。"媳妇大度,五皇子却不是个能干吃亏的,到底寻个时机,同太子说了回藏宝图的事,原原本本是怎么回事,都与太子说了。五皇子道:"我们府上得罪过

083

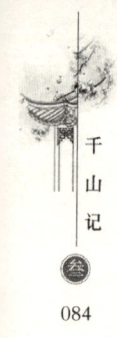

一些人，外头小人传出这些谣言，别人信不信的我不理会，二哥你可不能信哪。你要信，我跟我媳妇真是冤死了。"

太子笑："哪里的话，我焉能信这些胡诌乱扯的。我就是偶听到一句半句也要责罚这些传闲话的人的！"想着可能是五弟回来，五弟妹同五弟诉苦了，只是此事既已过去，到底不好再提。太子只得另提别话，道："你回来得晚些，你侄儿们已是入学了。五弟妹打发人送来的文房四宝，都是极得用的东西。太子妃也说呢，五弟妹贤惠周全，你在外当差这些时间，府里皆是五弟妹打理，既回来，好生陪一陪她。"

听他二哥说话还是极明白的，五皇子也就放心了，笑："叫二哥说着了，我也这么想呢。"二哥人好，只可惜父皇没给二哥挑个好媳妇啊。这么一想，又觉着二哥可怜了。

太子见五皇子面露欢喜，不似心存嫌隙的样子，遂也放下心来。

倒是大皇子见太子与五皇子亲近依旧，不觉晦气，私下与赵霖说起此事时，赵霖微微一笑："若因妇人间的口角便生分了，也就不是太子与五殿下了。殿下何不反过来思量此事。"

"要如何思量？"大皇子是极佩服赵霖的学识眼光的。

"殿下难道不觉着，太子与太子妃并不似人们想的那般高高在上吗？太子妃一句话不谨慎，东宫尚且要同五皇子府示好。殿下，太子虽是太子，但，太子也只是太子。"赵霖声音虽轻，却是一字一顿，清清楚楚传到大皇子耳际，"太子没有人们想象中那般无坚不摧，不是吗？"

大皇子不由得一怔，继而心头一热，嘴上道："这个我早知晓。"他原也没太将太子放在眼里，他年岁比太子长，太子不过是比他会投胎，侥幸做了嫡子罢了。

赵霖笑："既然殿下有此觉悟，我便与殿下出个主意如何？"

赵霖给大皇子出的主意，大皇子妃都得念佛。

无他，大皇子一直发昏的毛病叫赵霖给医好了。赵霖是这样同大皇子说的，开口头一句就是："殿下是个直率的人。"翻译过来就是，比较缺心眼。

大皇子洗耳恭听也未听出赵霖的言下之意，于是，继续洗耳恭听。赵霖就继续说了："殿下读过《左传》，开篇就是《郑伯克段于鄢》，道理手段都在里头了。"

穆元帝对儿子的教育向来重视，大皇子尽管头脑时常间歇性发昏，但其实他书念得不错。《左传》自然是熟读于心的，只是活学活用明显远不及这位赵状元。赵状元都点拨得这样明白了，大皇子道："时雨的意思是，叫我对老二捧着些？"赵霖，字时雨。

赵霖微笑颔首："《道德经》上说，将欲去之，必固举之，将欲夺之，必固予之，将欲灭之，必先学之。皆大同小异是也。"

大皇子对二皇子做太子之事百般不服，此时赵霖让他去捧二皇子，大皇子心中先是一阵翻腾,咬牙道:"只是这口气难咽。"

赵霖冷笑道:"郑伯一国之主尚且咽得下这口气,殿下如今不过皇子之身,便觉着难咽了。殿下倘是这等气性,臣日后不敢再来多扰殿下。"

要说任何工作都是要讲究策略的,如谋士这等职位,绝对是要摆足了架子才能干得好的。倒不是谋士们愿意摆架子,实是不如此,雇主就容易不听你的。赵霖将脸一冷,作势要起身,大皇子连忙拦了道:"我在请教先生那一日起,已说过唯先生之言是从的。"

赵霖深谙打一巴掌给个甜枣的手段,语气一缓,屁股坐回椅中,沉声厉色道:"殿下,凡成大事者,无一不是善隐忍之辈。殿下想成就大事,就要令陛下看到殿下的好处。陛下为人父母,平日里对几位殿下都极为珍爱。上遭殿下误为小人挑拨,言语不谨说了些五殿下的不是,陛下何等震怒,殿下难道忘了吗?陛下第一所重之事,就是几位殿下兄友弟恭,余者方是其他。"

大皇子道:"我对老二恭敬些不难,但只是恭敬就能……"就能把老二弄下太子之位,来换他自己坐吗?

"殿下非但要对太子以恭,更要侍陛下以孝,关爱其他几位皇子公主,做足长兄气派。如此,上侍陛下,下结百官,中则交好皇子公主,行此堂堂正正之事。至于东宫,秦时扶苏如何?汉武时卫太子如何?隋文帝长子杨勇如何?唐太宗时李承乾如何?就是唐太宗自己,又是如何得到帝位的呢?"赵霖轻声冷笑,讥诮道,"什么立嫡、立长、立贤,都是骗人的谎话!帝位,向来是能者居之。"

大皇子听得心跳如鼓,偏生脸色泛白,耳朵滚烫,不知道的还以为这是犯了什么病呢。大皇子看到史上多少太子惨淡收场,顿时信心大增,道:"先生的话,我记下了。"

赵霖道:"殿下秉性直率,臣也知令殿下这般隐忍实在难为了殿下。只是殿下想一想,倘帝位真能唾手可得,那也不是帝位了。"

赵霖的主意改变了大皇子,就是五皇子在家里都说:"近来大哥不知怎的,对太子对我们都好得不得了呢。"

"这话怎么说?"

"你也知道,大哥对太子一向不怎么服气,可前儿我们在御前说话,太子但有什么话,大哥都是附和夸赞的。就是遇着我们,也不摆大哥的架子了。今儿进宫,母妃还说赵贵妃打发人给母妃送了些血燕补身子。母妃虽不缺这个,但赵贵妃着人送东西也是不常有的。"

谢莫如想了想,笑道:"这是大殿下清明了。他身为皇长子,哪怕于帝位无缘,于兄弟序属,犹在太子之上。陛下对殿下们格外疼惜,以前大皇子那般,只要不太过分,陛下都不予追究,这是陛下的仁慈。可日子长了,陛下做父亲的自然会宽宥于他,想想以后呢?后

继之君可不是他的父亲而是他的兄弟,便是为着今后着想,大殿下也该对太子软和着些。"

五皇子深以为然,道:"大哥能明白,真是大家的福气。"谁也不愿意有个蠢大哥啊。

谢莫如笑问:"现在大殿下还去拜神吗?"

"拜,怎么不拜。"五皇子道,"就是外城白云观的一个老道,上次你不是让我去查吗,我还特意见了那道人一遭,瞧着就是寻常人,也不知大哥怎的那般信他。"

谢莫如继续问:"那大殿下请回家的是什么神仙,三清道人吗?"

五皇子道:"不是,说是叫紫姑的神仙。"

谢莫如一向是个沉稳人,此时却是"扑哧"就笑了,一面笑一面道:"大皇子还是这样风趣的人,以往我竟不知。"

五皇子摸不着头脑,道:"有什么好笑的?帝都里信佛信道的人多了。"

谢莫如笑了一阵方道:"紫姑,紫姑。殿下可知那紫姑是什么神仙?"

"我又不信这个,哪里知道紫姑的事。据大哥说,灵验得很哪。"五皇子虽细打听过他大哥的信仰问题,但关于他大哥信的神仙是什么来历,他是不知道的,就听她媳妇道:"自三皇五帝起,这天地间可谓神仙无数。司药的有药神,司水的有水神,司火的有火神,司雨的有雨神,更甭提一年四季,春夏秋冬也各有神仙管着。紫姑也管着一摊子事,说来也是家常人家都有的东西,殿下猜一猜,紫姑是管什么的神仙?"

像五皇子说的,他并不信神仙鬼怪之流,对神仙也不大了解,他媳妇叫他猜,他道:"总不是灶神吧?灶神是灶王爷,既叫爷,肯定是男的,不是什么姑。"

"紫姑是司厕之神,民间也唤作子姑、厕姑、茅姑、坑姑、坑三姑娘。"谢莫如说着又是一阵笑。

五皇子的表情都不知要如何是好了,唇角抽了又抽,唉声叹气:"你说大哥是不是脑壳掉茅坑里了,他弄个管茅厕的神仙回家做甚啊?!"还是他大哥便秘啊!

谢莫如唇际带着一丝笑影:"大皇子自有大皇子的打算,紫姑虽是司厕之神,不过,有很多道人都信奉紫姑来占卜的。"

五皇子叹:"真不知大哥在想什么,还不如信灶王爷呢。"这个起码是管吃的。

谢莫如道:"不管大皇子信什么,能叫他如此信奉迎进家门,想来这道人定是别有本领。"

小夫妻俩说一回大皇子的信仰问题,吃螃蟹过了重阳节就是穆元帝万寿了。万寿向来热闹,更兼儿女们都拼了老命地在穆元帝面前表现孝心,臣子们拼了老命地表现忠诚,好在,穆元帝一向节俭,故而排场控制在一定的奢华范围之内。

谢莫如与五皇子献上颇为肉疼的寿礼,跟着每日早出晚归,热闹了五天,方得歇上一歇。五皇子私与谢莫如道:"比上朝当差都累。"其实一般这种场合都是交际的好时机,奈何五皇子不是那等八面玲珑的人，故而觉着成天对人笑嘻嘻的，还不如当差干活呢。

谢莫如笑："一年也就这五天。"

五皇子忙说："今年我的生辰宴就不大办了。"

皇子府的寿宴，哪怕不大办，该送礼的也得送，谢莫如倒没什么意见，道："怕是你想大办也没空呢。我估量着修御林苑行宫的差使还得交给你。"

五皇子心里也有数，这事既是他做了先期的预算工作，修整定也是他的事。五皇子道："御林苑行宫不比汤泉宫房舍完整，何况御林苑行宫地方极大，现在天冷了，要修也得明年了。"

谢莫如道："御林苑是前朝用来避暑的地方，倘是明年修，别误了陛下避暑才好。"

谢莫如这话是没差的，过了万寿节，穆元帝就召来五儿子说修御林苑行宫的事了。经他媳妇提醒，五皇子已是心里有数，道："这会儿天渐冷了，怕是修不上一个月就要下霜上冻，倒不若明年开春再修，春暖花开，匠人们做活也快。儿子想着，提前令内务府备出料来，届时工料都齐全，一两个月就得了。正是夏天的时候，那行宫不论避暑，还是行猎，都是极好的。"

穆元帝想了想，这事本也不急，御林苑行宫以往穆元帝用得也有限，此次大修也是想用来夏天避暑，听五儿子说误不了避暑，便道："这也好，你安排着内务府先备下料来吧。"

父子俩说着话，四皇子过来禀事，穆元帝并未令五皇子退下，五皇子便在一侧旁听了。倒不是别的事，说是新科翰林很有些家贫的，朝廷其实有一批廉租房专门给那些家贫的官员租住，租金非常少，只是象征性地收一些，但这廉租房有些供不应求，还有家贫无住处的新翰林申请不到廉租房，故而翰林掌院报了上来。

这事自是工部的事务，四皇子在工部日久，这事也提前做了功课，道："帝都物贵，要是上好地段的房租，一处十几间房屋的小四合院也得七八两银子一月，偏僻一些的地方也要二三两银子。倘是家里贫寒在帝都做官，一人还好凑合，要是连家也一道搬来帝都的，且正是官小职微的时候，算上吃喝，的确艰难。再建房舍倒是不难，只是城中实无闲地。"

四皇子有准备而来，穆元帝这里也有帝都城的大幅地图，内侍捧上来，五皇子既在跟前，也一并凑过去看了。帝都这地方，寸土寸金的，房舍是越来越多。四皇子指着外城的一处闲地道："再建房舍，就得往城边上寻地界了。这处原是有一座白云观十几户人家，虽然有些偏，好在四周清静，按市价补给银钱，让这些人家另寻安置也是好的。"

穆元帝对四皇子道："也可，先做个预算出来。"

五皇子私下还提醒四皇子一声，大皇子很是信仰白云观的老道，让四皇子搞拆迁时客气些。至于大皇子弄了个茅坑女神进府的事，五皇子没多嘴去提。

四皇子知五皇子的情，应了道："另拨一处地方给那老道住吧，这也是没法子，别看工部这辛辛苦苦地建好了地方，届时那些官又得挑三拣四说地方偏僻。"

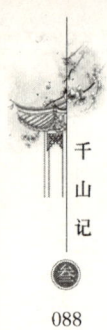

五皇子拿出他媳妇曾经说过的话略做变化道:"这不过是权宜之所,谁还打算住一辈子不成?挑三拣四的都是没出息的,要是有出息的,熬个三五年也能自己置个小院,何必去占这个便宜。"

四皇子笑:"五弟这话很是,倘有人挑肥拣瘦,我就拿这话教导他们一番。"他这拆迁平地的工程也不小,迁走些道观住户,正经开工也得明年春了。

兄弟俩路上说些闲话,还各有各的事,出宫便散了。

谢莫如在家里招待江行云,江行云要去南安州,特意过来辞行的。江行云道:"帝都的事务都安排好了。那年应了安夫人,却一时俗事缠身无法成行,如今正好去瞧瞧,听说南安州气候温暖,过冬尤其舒服。"

谢莫如笑:"那就去吧,有时间到处看看也不辜负这一世。你与陈掌柜说,有什么事他若不能决断,让他到王府来找我。只是你此次远行,要不要派几个侍卫给你?"

江行云笑:"不必,有季师相随,也有我府中训练好的侍卫。"

谢莫如便不再多问了,只是命人准备些路上要用的还有给苏不语的东西,再请五皇子写了封信,盖上五皇子的印鉴,一并给了江行云,江行云不日南下。

五皇子还说呢:"江姑娘与安夫人交情是真的好。"

谢莫如笑:"是啊,白首如新,倾盖如故,这人要投了缘,也不讲什么身份地位年纪阅历的了。"

五皇子又道:"父皇要移驾汤泉行宫,咱们也该准备着去汤泉庄子了。"自从汤泉行宫修好,穆元帝都是在汤泉行宫过冬。

谢莫如道:"汤泉庄子暖和,虽然孕妇不宜多泡温汤,毕竟地气暖,住着比城里舒坦。她们生产的日子近了,若放她们在府里,我也不放心,不若一并带她们几个去,连带着产婆也一道带上。"

府里的事一向是谢莫如做主,五皇子无可无不可的,道:"这也行,出城的路都好走,坐车里也不颠簸。虽有些麻烦,带就带着吧。"

五皇子府的侧妃们还未生产,倒是宫里穆元帝先得一子,一位虞美人给他生了九皇子。穆元帝十分欢喜,当天便将四品的虞美人升为了正三品的虞婕妤。故而移宫的时间又往后推了几日,给九皇子过了洗三礼方去了汤泉行宫。

五皇子府跟随穆元帝的脚步一并移宫时,府旁有个人鬼鬼祟祟地偷窥,被王府的侍卫捉拿个正着。那人倒也机警,被侍卫扭着胳膊压跪在地上,连忙自报家门,高呼道:"臣翰林院庶吉士孙郝欣给殿下请安。"

世间还有人给儿女取这种名的,嗯,五皇子在礼部当差,他记得今科春闱发榜,的确是有人叫这个名字。五皇子挑眉,挥手令侍卫放开孙翰林,孙翰林取出证明庶吉士身份的牙牌交给侍卫查验。也不是大街上随便什么人喊自己是什么官职,五皇子就能信的,自也得有身份证明才成。侍卫将牙牌奉上,五皇子看过后问:"你在我府外做什么?"

孙翰林收起牙牌,道:"臣来找江姑娘,谢她救命之恩。"

五皇子上下打量孙翰林一眼,因是休沐日,孙翰林未着官袍,不然王府的侍卫还不会直接扭了他。此时,孙翰林一身天青色的棉夹衣,料子不是好料子,做工不是好做工,除了脸长得不错,比朱雁是远远不如的。因江行云与自己媳妇走得近,所以五皇子虽然在心里偷偷给江行云取个外号叫剁手狂魔,但其实看着媳妇的面子,还是另眼相待的。五皇子看这小翰林人虽年轻,却有些胆色,便缓了缓口气对他道:"江姑娘出外游历,不在帝都,你且回吧。你既是新录的庶吉士,科场不易,好生做官,莫要多想。"朱雁的条件,江行云都看不上。虽然他大哥脑袋间歇性发昏,但皇长子侧妃这位置,江行云都宁可出家,五皇子是看不出半丝孙翰林成功的可能性。

孙翰林听说江姑娘已不在帝都,顿时沮丧至极,小声问五皇子一句:"殿下知道江姑娘什么时候回来吗?"

五皇子道:"并不知。"

失意人孙翰林垂头丧气地走了,那边王府女眷的车马也自大门驶出。五皇子自然与谢莫如共乘一车,说了刚才孙翰林的事。谢莫如道:"孙郝欣,记得他是今科二榜三十六名,人也年轻,今年二十三岁。榜上二十出头的还有一位沈翰林,也是二十几岁的年纪。他俩算是今科最年轻的进士了,尤其名次都不错,双双进了翰林院。"

五皇子对他媳妇的记性佩服之至,道:"媳妇你怎么格外注意年轻的进士啊?是不是想给江姑娘相看个好的?"

"那倒不是。"谢莫如道,"二十几岁中进士入翰林,若是寿命一般按六十岁算,能在官场奋斗将近四十年。殿下看如今内阁中人,多是少年得志的,不为别个,少年不得志,可能奋斗不到内阁就得先告老还乡了。譬如春闱,虽不做年龄限制,可要有人八十才中进士,又有多大用处?我想着,咱们往后是要就藩的,届时远离帝都,到底不在帝侧,陛下在时自然无碍,可人得思虑长远。关注一下这些年轻的进士,以后起码不能两眼一抹黑。"

此时,五皇子不只是对他媳妇的记性佩服之至了,简直是对他媳妇的眼光都五体投地。五皇子道:"以后我也留意些。"

"留意也要看人品,倘人品不好,便不必理他。大浪淘沙,剩下的才是金子。"谢莫如又问:"好端端的,咱们府上也不认得孙翰林,他来有什么事?"

五皇子说了说,谢莫如并未多言,道:"行云已不在帝都,他是白来一趟。"

五皇子八卦:"江姑娘这桃花运可真够旺的。"

"可惜无良才堪配啊。"

五皇子心说,就是有良才,怕配上剁手狂魔也得小心着些。不过,这些人怎么都自虐啊,江行云这等手段,竟然还一个个上赶着,而且俱是青年才俊。五皇子发现,他已经开始不懂才俊的心了。

五皇子觉着才俊的喜好颇难理解,大皇子的别院却是迎来了一位道人。五皇子形容人家白云道人,一把年纪,就是个寻常人。但在大皇子眼中,白云道人简直是从头到脚充满智慧,整个人飘飘欲仙,仿佛神仙降临。

大皇子亲自见了白云道人,道:"仙长过来,可是有事?"

白云道长道一声无量寿佛,方道:"乃凡俗中事,只是紫姑指引,这果业当落在殿下身上,故而冒昧上门。"

大皇子忙问:"什么果业?"

白云道长便说了他道观要被朝廷拆迁的事,白云道长道:"老道一向萍踪浪迹,无所定处,今在此,明在彼,居何处,端看天缘。只是神位不可轻动,昨夜紫姑托梦于老道,不欲道场为人轻毁,指引老道前来求见殿下。"翻译过来就是他道观不想让朝廷拆迁,请大皇子想想办法。

大皇子笑:"我当什么事,只是为何朝廷要拆仙长的道观呢?"

老道答:"据闻朝廷要建一些屋舍供官员租住。"

大皇子便明白了,道:"此事当是四弟的首尾,我与他说一声就是。"

老道再宣一声道号:"紫姑神果然未曾料错,殿下是神姑护法之人。"

大皇子就为这个去找四皇子了,四皇子原没将个老道放在眼里,可大皇子亲自来了,四皇子道:"那道观倒是不大。"

大皇子道:"不瞒四弟,当真是位极灵验的神仙。我多次想布施些银两给他扩建道观,他都未曾接受。四弟就看我的面子,留下那神姑的道场吧。且有神姑庇佑,四弟建屋舍也可以保平安呢。"

大皇子毕竟是长兄,亲自出面求情,且话说到这个地步,四皇子也得给大皇子这个情面,笑道:"既然大哥这般说,道观便罢了。只是我要在周围动土建房,怕那道观也不得清静。"

"神仙岂与我们凡人相同,四弟只要不拆神姑道场就好。"大皇子又谢了四皇子一回。四皇子忙道:"大哥这样就折煞弟弟了。"

大皇子讨得这个人情,又与四皇子说一回紫姑的神通,很是推崇地与四皇子介绍了白云道人,方告辞离去。

大皇子觉着,紫姑神委实不是一般的灵验,他刚说服四皇子保留了白云观的建筑,大皇子妃崔氏便被太医诊出身孕来。于是，大皇子越发信奉紫姑神，这下子，非但大皇子信，大皇子妃也开始信了，觉着这神姑的确有些神通。

如今大皇子转变行事风格，还委婉地问五皇子，要不要也拜一拜紫姑，说不定能解决谢莫如不孕的难题。五皇子十分客气地拒绝了，道："媳妇从不信神道之术。"

大皇子道："初时我也不信，但看你大嫂自从生下二妞来，几年未有身孕，拜紫姑神不长日子，就有了动静，说明紫姑神果然是灵验的。要是别人，我也不劝了。五弟你不同，咱们是亲兄弟，你好生想一想，便是白云道长，也是道法精深的仙长。"

五皇子一想到那紫姑是个管茅坑的神仙，心里就有些障碍，不好驳了大皇子的面子，因事关子嗣，回别院还是与他媳妇提了一句。谢莫如立刻道："别听大皇子胡说，大嫂那不过是碰巧罢了。就是求神拜佛，正经有送子观音，对着管茅厕的神仙求子，这对路吗？"

大皇子自去信他的紫姑，五皇子受他媳妇一顿说，不再提紫姑的事了。

倒是四皇子夫妻刚到别院没几天，四皇子妃就产下嫡次子。四皇子亲自去各处报喜，穆元帝听了只有高兴的，虽然他自身够努力，儿女的数目上不算少了，但想要老穆家子孙繁茂，光他一人奋斗是不够的。再者，只要做父母的，没有不盼着儿女也是儿孙满堂的。

见四皇子眉开眼笑的样子，穆元帝笑赞："不错。"儿子不错，儿媳更不错。穆元帝大笔一挥，赏了许多滋补品，都是给四皇子妃的。

四皇子笑："儿子再去跟皇祖母报喜。"

穆元帝让四儿子去了，胡太后听了也高兴。待四皇子辞了胡太后又往各兄弟家报喜时，胡太后转头问太子妃："老二屋里好些时间没传喜信儿了啊。"险些把太子妃噎死。

太子妃出身一等国公府，自幼所受教育与自身的城府自然非胡太后可比，笑盈盈道："儿女也得看天意，皇祖母放心，我们殿下一看就是子孙绵绵的好福相。皇祖母甭急，您金口玉言，得您这么一说，说不得明儿她们就有喜信儿了。"

胡太后心里另有思量，别有深意地瞥太子妃一眼，暂且未多言。

太子妃未漏看胡太后的神色，不禁心下一沉。太子妃也不傻，回宫与太子提及此事，道："今儿四弟妹生了，四殿下亲自过去报喜，皇祖母听闻后很是喜悦，问起咱们宫里来。我想着，不好让殿下受委屈，殿下不若请父皇给咱们宫里再挑一位侧室。"依太子妃的心性，自然不愿给太子添侧室的。只是，太后的眼光她委实不敢恭维，就是要添侧室，也是请穆元帝亲自选人方好。

太子脑筋清楚，笑："想哪儿去了，皇祖母不过一提，她老人家向来有口无心。白氏进来未久，何必再添人，没的聒噪。"一年添两位侧室，清流大臣们该多想了。

见丈夫这样说，太子妃便不再提了。就是胡太后再提，太子妃也有了太子这话做应答，遂安下心来。

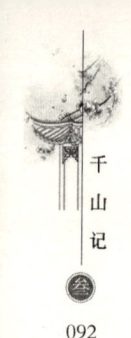

四皇子府上的二皇孙刚过了满月礼,五皇子府里的侧室就生了。五皇子与谢莫如一并进宫报喜,五皇子同他皇爹道:"儿子跟媳妇都盼女儿,结果又是个小子。"

穆元帝又闻喜讯,笑:"看这说的,儿女都一样。"赏了谢莫如一堆东西。

五皇子双手合十拜他爹:"父皇保佑,我就盼下一回是闺女。"

穆元帝笑出声,嗔斥:"你也是做父亲的人了,还这般不稳重。去吧,跟你媳妇好生过日子。"自始至终没提给皇家添孙生子的侧室一个字。

五皇子道:"儿子媳妇也进宫来给皇祖母、母妃报喜了,儿子过去瞧瞧,陪皇祖母和母妃说说话。"

穆元帝对五儿子的孝顺体贴很满意。

五皇子到他娘的院落时正听他媳妇说呢:"大眼睛,高鼻梁,大手大脚,一看就是俊的。"

五皇子听得都受不了,道:"额头有好几道皱纹,皱皱巴巴,像个小老头。"

苏妃笑:"刚生下来的孩子,过几日就饱满了。"

"是啊,你忘了大郎他们刚生下来时也是一样的,满月就漂亮了。你得看五官,四郎多像殿下啊。"谢莫如道。

五皇子唇角抽了抽:"像我?四郎像我吗?"

"是啊,眉宇间很像殿下。"谢莫如道,"你们男人家粗心,也看不出个丑俊的。"

五皇子在母亲这里很是轻松,见一旁有切好的蜜瓜,拿了一块咬一口道:"要是像我,那定是俊的。"

苏妃轻轻笑起来。

五皇子谢莫如夫妻就在苏妃这里用的午膳,待二人下午回别院,穆元帝的赏赐已送到了别院里。谢莫如与五皇子换过家常衣裳,吃口茶看过穆元帝的赏赐,多是些绸缎玩器之类,谢莫如吩咐紫藤道:"给于氏送去吧,这虽是陛下赏我的,我也不忘她的功绩,跟她说,好生坐月子。明儿洗三礼她母亲就来了,届时让她母亲过去看她。"

紫藤过去送东西,谢莫如又与五皇子说:"还是一道来了别院好,这样守着,咱们才放心。别院地气暖,冬天坐月子也舒坦。"

五皇子就一句话:"你看着安排她们吧。"

大年三十,五皇子府的侧妃苏氏再生一子,此时就已回城了。这孩子生得巧,年三十的生辰,赶在年根底下,正是过节的时候,更添喜庆。待过了年,二月十七,徐氏生下五皇子府的庶长女。五皇子和谢莫如倒比得了儿子还高兴,谢莫如笑:"闺女的名字定要我取。"

"你取你取吧。"五皇子不与媳妇争这个。

只是谢莫如一直待五皇子将御林苑行宫修好，名字还没取好呢，主要是名字想了太多。待四皇子建的廉租房竣工，谢莫如给庶长女的名字方是取好了。谢莫如道："就叫昕哲吧。昕是太阳初升的时候，哲有聪明智慧之意。"

"昕哲昕哲。"五皇子絮叨几句，点头赞道，"比父皇取的名字强多了。"他三个儿子，穆木穆林穆森，四儿子五儿子还没取名，五皇子就担心他皇爹给取个穆材穆板什么的。相较之下，看他媳妇给闺女取的这名，多有档次多有内涵啊。

五皇子打发周嬷嬷去府里各处说一声，闺女有名字了，以后不要喊错，又道："你既喜欢昕姐儿，抱她过来养是一样的。"立刻就对闺女的称呼从"大妞"升为"昕姐儿"了。

谢莫如道："这且不急，昕姐儿还小，待她再大些吧。不为别个，我想着，女孩子不比男孩子，得早些为闺女打算。养在我这里，加重她的身份，以后给昕姐儿请封郡主也容易些。"

两人正说着闺女的事，四皇子过来，五皇子就出去接待四皇子了。

四皇子过来也没别个事，就是同他弟弟发发牢骚。五皇子修建御林苑行宫完毕，很得了穆元帝的夸赞赏赐。四皇子这廉租房竣工，不要说赏赐，倒得了一肚子晦气。四皇子也不容易，建这么一批廉租房，还不是为了要改善帝都贫寒小官们的处境，结果竟不少人说三道四。一会儿说地方偏了，一会儿说房屋窄了，那些个闲话就甭提了。四皇子恨恨道："在工部就是有受不完的气！"

五皇子道："四哥何必与这些没见识的生气，倒抬举了他们。"

四皇子道："当初与父皇商议时，五弟你也在跟前的，要说内城没地方那是瞎话，强拆硬迁的怎么也能腾出地界来。可那样一来非但花销甚大，内城人住得也密，搞不好就是民怨沸腾。我忙了小半年弄这个，到头来得不了一句好不说，倒落了满身的埋怨。我这是图的什么呀！"

"父皇知道四哥的辛苦，不必理会那起子不晓事的。"

四皇子叹一声，道："只怕白辛苦一场，两面不讨好，那些穷官还不肯去住呢。建好的房舍空着，算是怎么一回事。"

五皇子气道："这起子不识抬举的！"

五皇子略一寻思，便道："当初是徐掌院请奏说有些贫苦翰林居住困难，这事徐掌院怎么说？"

四皇子也不是笨的，自然早同徐掌院商量过了。五皇子一提，四皇子脸上晦气之色更重，道："翰林那起子人，号称储相，不定什么时候就发达的，徐掌院也不能强派他们搬家哪。"

这是大实话，皇子身份虽高贵，但这些朝臣也不是好缠的，五皇子就是当差到现在也是处处小心。当初去查看御林苑行宫一个月，过中秋都不能回来，就是五皇子得自己时时盯着些，不然别看是微末小臣，挖个坑看你笑话，当你冤大头糊弄什么的，胆子肥着呢。这

093

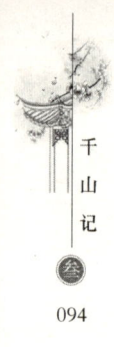

还只是内务府,翰林院比内务府清贵百倍,内阁里七位相辅,都是翰林待过的。四皇子要是硬派,朝中定有话说,倘再有小人从中作梗,小事变大事不说,怕是好事变坏事,四皇子反得不是。五皇子寻思了一回,也没什么好主意。四皇子自己府里也有幕僚长史,见五皇子为他的事烦恼,叹道:"我也不过心里憋得狠了,过来找五弟说道说道罢了,这些事也不好与你四嫂这妇道人家说,倒叫她白添烦恼。好在是父皇给的差使,反正房子已经建好,住不住随他们去吧。既不住,就是有银子自己去外租房,还省下了呢。"

四皇子说几句狠话,可实际上建那一大片房屋没人捧场,哪怕穆元帝不追究,朝中这么些人都看着呢,这事于四皇子脸面到底不好看。

五皇子留四皇子吃饭,四皇子无甚心情,还是告辞了。

五皇子打算同他媳妇商量,刚才四皇子在,五皇子没好直接说,送走四皇子,五皇子就去寻他媳妇了。谢莫如问:"四殿下把房屋修到哪儿去了?这么便宜的房舍,还是新房子,怎么就没人住了?"朝廷格外优待官员才有此等优惠呢。

五皇子命人取来帝都图纸,指给媳妇看,谢莫如道:"这地方虽有些偏,可基本上算白给住的房子,还这般挑剔不成?"

五皇子未曾多想,道:"怕是上朝不方便吧?"

"大朝会也得五品以上的官员才有资格参加,五品以上官员,多是不必住这屋舍的。"谢莫如道,"这么只看地图也不知到底四殿下建的房舍如何,现在殿下也不忙,不如咱们邀上四殿下和四嫂,一道去瞧瞧。一人计短,两人计长,说不得去了就有法子了。"

五皇子想了想,倒也好。

两家人约定时间,轻车简从地去了外城。一出内城离了官道,道路明显不稳,马车不敢行快,晃晃悠悠走了一个多时辰方到了廉租房所在。谢莫如一看,房舍果然是新建好的,外头也收拾得平整,并没有建筑后的什么砖泥瓦块的残留。其实这就是谢莫如外行了,这年头,什么砖泥瓦块都不会留下,多少小户人家都愿意捡回家自用呢。

一排排的皆是青砖灰瓦的四合院,院子不大,正厢倒座皆齐全,一户十三间房屋,起码够一家人用了。院里门窗都安装好了,木料什么的谢莫如有些认不出,四皇子妃倒是认得,道:"这是榆木的吧?"

在前头五位兄弟中,四皇子母亲早逝,且过世时位分低,不及上头三个哥哥的生母高贵,较之先时不大受宠的苏妃也略逊一些。当差后,四皇子就比别人多一分小心谨慎,这盖廉租房的事,四皇子也是极尽心的,闻言点头道:"虽不是贵重木材,这榆木也不错的。"

五皇子是做过工程的人,虽然他修的是行宫,用料一般都是极高级的,说到榆木,五皇子也知道,道:"这木料也不错了,寻常人家多是杨柳榆这三种木料,略讲究一些的人家用松柏料,得十分富贵的方用上等木材。"

院子都一样,看过一户也就知道下户是何光景了,廉租房的小区里还有一处道观,名曰白云观。五皇子问:"这道观没拆啊?"

四皇子道:"大哥亲自来与我说的,这老道约莫是求到大哥面前去了,总得给大哥个面子。"

这原是一处小村落,如今建成廉租房,周围也无甚景致可赏,这也很好理解,倘是好山好水好风景,怕留不到建廉租房了。倒是夏日将近,远处稻田总有几分绿意养眼。五皇子道:"这房舍也不差了。"

谢莫如什么都没说,大家在附近逛了逛,委实没什么景致,也就回去了。到家,五皇子方道:"我看四哥这房舍难了。"

谢莫如道:"虽说朝廷只象征性收一些租金,可那种地方的宅子,样样不便宜,真是宁可自去租房了。"

五皇子只是心疼他四哥,道:"这些年四哥当差委实不容易,别人都说工部是肥缺,可朝廷六部,各有各的门路,哪个又不肥呢。四哥有什么差使都要隔三岔五地亲自去盯着,别看地方偏一些,房舍结实,这样用心做了,一点儿好落不下,到头来反招骂声,四哥委实倒霉。"

紫藤捧上茶来,谢莫如接一盏递给五皇子,自己取另一盏,呷一口道:"我有几句话,不知当讲不当讲。"

五皇子忙道:"只管说就是,咱们夫妻,还有什么不能说的。"

谢莫如道:"要我说,四皇子房舍虽建得好,人家不愿意去也不独是嫌地方荒僻。咱们一出门,我就令紫藤算着时辰,自从府中出来到白云观用了一个时辰半刻钟的时间,按理说不算太远,却也不近了。但离了官道的路就不大平稳,如果将这路修好些,一个时辰应该足够用了。且一路过去,周围只有这些屋舍,没有买东西的店铺,实在太不方便了。"

五皇子瞠目:"难不成四哥还要给他们安排好买东西的店铺?"

"这是自然。"谢莫如理所当然,"这些官员都是有功名的,搁哪个州哪个府哪个县哪个村都是出息人,既在帝都做官,也是有些傲气的。给文人住的地方,偏一些倒没什么,但也不能叫他们餐风饮露啊。"

五皇子乐:"建些店铺倒也不难,只是那里没人气,谁乐意去做生意呢?"

谢莫如道:"人气也是慢慢攒的,得种梧桐树,方能引来金凤凰哪。这建房子的事我不大懂,可各家各户过日子,咱们这样的大户人家自不消说,府里有管事采买,每日东西自有专人去购置,倒不乐意住那繁华吵嚷之地。可小户人家不一样,小户人家若不能呼奴使婢,自然是乐意出门拐个弯就能买到家常日用的东西呢。生活便宜了,自然有人去。再者,也得看那处住的是什么人。既是文人,文人有文人的脾性,平日里爱好斯文,吟诗作赋的,景致也不能太差。你看那屋舍周围,就干巴巴的几株榆槐树,再远就是稻田了,再往远

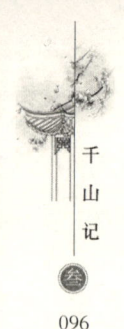

望能见着一座秃山，多荒凉啊。若能在附近挖个湖种些桃杏树，届时春夏也有景致可赏。"

"越发不着边际了，如今这盖的房舍还没人住呢，挖湖种树说得简单，又是一笔银钱。"五皇子从实际出发，觉着媳妇这主意不大靠谱。

"钱不花出去，如何能挣回来！"谢莫如显然早有想法，道，"先得把周边的景致弄好了，再在周边多盖些房舍，留做买卖用。挖湖种树的银子自然能挣回来。"

五皇子眼睛瞪圆："四弟盖那些房舍还没人住，你又要盖房舍！"

谢莫如道："现在没人住，待弄好了景致，组织翰林院去那里赏一赏景致，人们看着山好水好，总有心动的。"

五皇子想了想，很中肯地同他媳妇说："你这主意虽好，却是个大工程。如今那些房舍都无人肯去租住，不要说再建房屋，怕是种树挖湖修路的事都不好成行呢。"

谢莫如道："你要觉着是个法子就同四皇子商量一二，倘是朝廷不愿意，我倒是有钱，想买下附近那一片地来。我愿意出银子挖湖种树再建房舍，如何？"

五皇子悄悄问他媳妇："银子够吗？"

"我就不兴拉上四嫂一起吗？"

原来媳妇已经找好合伙人了，出于对谢莫如一贯的信任，五皇子道："成，咱们先商量妥当，我再去同四哥讲。"

虽然五皇子很信任他媳妇，但他对于朝廷的判断也非常准确，四皇子同穆元帝商议建设周边的事，穆元帝终是没允。

另一边，谢莫如已与四皇子妃商议好合伙的事，四皇子十分担心他媳妇赔个底掉。四皇子妃一向温柔和顺，柔声道："殿下担心这个做甚？咱们两府一向是极好的，就凭五殿下和五弟妹这般对殿下的事尽心，我也愿意同五弟妹合伙。"其实四皇子妃也完全不懂建设的事，她是出于对谢莫如人品的信任，方与其合伙的。

四皇子道："这话是！"

这事要别人干估计就难了，但四皇子和五皇子，一个在工部一个曾主持修缮行宫，有两人的关系，谢莫如想公器私用调些人起码是便宜的。谢莫如先是让五皇子找个懂绘图懂建设的先生来，与这位先生说了自己的要求。那小秃山上先进行绿化，种些花啊树啊什么的，谢莫如就要求花得是鲜艳好活的，树的话也以经济实惠为主。这先生也是大家，且规划是一座小山，谢莫如还要求山上建庙观，弄懂了谢莫如既要实惠又要美观的要求，先生出图纸倒是很快。接着就是给附近的廉租房进行配套设施，市场单独建出来，离廉租房要有一定距离，但也不能太远。廉租房附近引水挖湖，种树栽花，起亭台建轩馆，连从内城门到廉租房的路，谢莫如也另行建设，路不太宽，也有四辆马车并行的宽度，关键是这路修得平稳,正经青砖路。然后,谢莫如还专门将一间屋舍收拾好,配上家具,给人参观。这一切都收拾好了,也不过是中秋时节。

谢莫如先又组织了回两家的秋游,如今廉租房小区外先是一片上千株的桃杏李树林,树还不大,但已可窥日后风景。过了林子,就是一派湖光粼粼,远处的小秃山也是绿意满坡。湖畔亭台轩馆皆覆有茅草围有篱墙,篱墙上攀爬着绿色青藤,无半丝富贵气象,唯有清幽满眼。

四皇子妃笑:"湖里放了些鱼虾养着,明春种下莲藕,景致更佳。"

四皇子道:"这样的地方,若是春天,我都想来住上一住了。"他又去市场店铺处看了一看,还真有卖菜卖肉的,另还开了两三家小餐馆。四皇子妃道:"第一年不收租金,这里建屋铺路地忙活,就有附近村民过来卖些家里产的菜蔬了。心眼更灵动又有些手艺的,便开了餐馆。"

四皇子转头对谢莫如道:"我就不与五弟妹说谢了。"

谢莫如笑:"那就外道了。"

四皇子与五皇子道:"咱们不如同徐掌院商量,请他们翰林院的过来赏风景,开销我来包。"

五皇子点头:"嗯。"

此时虽周围配套建得差不多了,但毕竟是秋天,风景远不及春夏绮丽,翰林院过来游览了一遭,也颇有几个心动的。只是男人黏糊起来,往往还不若女人爽利,翰林们如今倒不挑风景道路了,只是说人气不足,过来寂寥什么的。

万事开头难。

徐掌院最后与四皇子说:"有两家,沈翰林和孙翰林想搬过去。"

四皇子道:"还算有两个有眼光的。"

徐掌院在这件事上也不大自在,主要是先前他同穆元帝说,翰林里颇有困顿的如何如何,城里的廉租房实在是不够用。结果朝廷费尽心思地建了房舍,这些翰林小官又不乐意住,这一则扫的是四皇子的颜面,二则穆元帝的脸上也不大好看,徐掌院这最初跟朝廷诉苦的也没什么意思。如今好不容易有两个懂事的,徐翰林很为沈翰林孙翰林说好话,道:"其实颇有几人心动,只是他们都有些难处。沈素、孙郝欣两个原是分到了内城的房舍,见殿下这边房舍都建好了,便将他们原住的那房舍主动让出来,换给那几个有难处的住。他们自愿到外城,说是喜欢外城清静。"

四皇子心道,这二人倒不错。

既然翰林有人搬过去了,有人打头,且沈孙二人不知如何宣传的,有些困窘的官员也开始陆续申请外城的廉租房。四皇子总算松了口气。

第三十六章 御林苑

四皇子的廉租房建设渐有进展，对别的事也有兴致了，还问媳妇："你先前不是说与五弟妹把附近地皮都买下来了吗？什么时候盖房子？"

四皇子妃柔声道："我和五弟妹一道商量着，反正地皮已经买到手了，盖房子倒不急，先攒一攒人气，也要攒一攒景致，那些树啊花的，总得养几年才好看。"

四皇子点头："这就好。"先时他真担心媳妇跟谢莫如不管不顾地去盖房子，原来人家俩女人也是有计划的，四皇子这就放心了。其实四皇子实在不了解女人，就像先前在他廉租房周围挖湖种树，植花养草，改善环境，这事俩女人做，他觉着很没谱。但其实，胡氏与谢莫如皆出身高贵，哪怕不懂这挖湖种树、植花养草的原理，可眼光是有的，虽然先前也就是看个花园子的景致，其实花园子与廉租房小区的区别，也无非是一个小一个大罢了。再往远里说，这些事，除了要审美过关，其他就是用人的眼光了。四皇子和五皇子都是实权皇子，哪怕不比太子、大皇子和三皇子，可他们有所差遣，这些人在胡氏与谢莫如面前也不敢太过弄鬼，且不说二人皆是皇子妃的身份，端看二人母族，就都不是好惹的。

四皇子妃一笑，转而与四皇子商量起中秋节礼的事来。四皇子道："看父皇的意思，想去御林苑秋狩。"

"这么说中秋节是要在御林苑行宫过了。"

四皇子与媳妇说些朝廷小道消息，道："其实父皇原是想去御林苑消暑的，皇祖母说搬屋子也要看吉日，钦天监卜的几个吉日都不大便宜，父皇索性罢了，方一直耽搁到现在。"

四皇子妃笑："我说呢，御林苑行宫夏初就修好了，可这些日子，也没见父皇用过。"

两人便商量着秋狩随驾的事。其实四皇子府最是简单，要说以前还有几个姬妾，但后来四皇子把姬妾都打发了。他们府上人口简单，四皇子妃管家也颇有一手，事情就少，所以做什么事都迅捷有效率。此际却遇着一桩难事，四皇子妃道："咱们能随驾自是体面，只是二郎还小,带他去御林苑,我委实不放心。"

四皇子道:"我看他身边的嬷嬷也是得用的,咱们带着大郎,把二郎放府里让嬷嬷照看就是。"

甭看四皇子妃有个可怕的外祖母,但四皇子妃却是个细致人,不放心儿子,道:"嬷嬷服侍人倒是周全的,她看顾二郎也还妥当,只是咱们这一去怎么着也得一个月,万一有什么事,只怕她人微言轻,做不了主。何况二郎从未离过我,晚上不见我,他都不肯睡觉的。要不,我就不去了吧,你带着大郎去。待明年二郎也大些了,咱们再一道去。"

两人正说着话,侍女进来回禀说大皇子府的管事上门,四皇子出去见了,回来与四皇子妃笑:"大喜大喜,大嫂生了儿子。"

四皇子妃笑:"这可真是大喜事。"她们妯娌间关系还是不错的,其他几个皇子妃皆是有两个嫡子的人了。按理,皇家的女孩一样尊贵,可这皇家与民间也没什么不同,没有儿子也是艰难。大皇子妃进门最早,多年只得两个闺女,怎不令她心焦呢。幸而现在的皇子妃中还有个啥都没生出来的谢莫如垫底,但崔氏与谢莫如明显不是同一类人哪,先不说谢莫如本就不是凡人能理解的思维,换一个角度想,谢莫如自己不生,但五皇子府的侧妃们已生了五子一女,儿女数目居皇室成年皇子之首。总之,千难万难,崔氏终得一子,便是四皇子妃也觉着,崔氏终于熬出来了。

非但四皇子妃如此想,崔氏也是如此想呢,想着那紫姑神仙果然是极灵的,那位白云仙长亦有道行。大皇子更是兴冲冲地跑进宫里同他皇爹和贵妃娘报喜,穆元帝一向乐得见皇家多子多孙的,自然夸赞了大儿子一回。赵贵妃喜得念了佛,与儿子道:"怪道说好事多磨,我早就说你媳妇是个有福的。"

同他皇爹报喜后,大皇子还得先去看他那偏心眼的皇祖母。胡太后的反应是:"哎哟,可算是生出儿子了,老大媳妇不容易。"赏了大皇子妃一些补身子的东西,想着这个大孙媳平日里看着老实,人也贤惠,就是在生儿子这件事情上不大得力,于是胡太后对大孙子道:"叫你媳妇趁势多生几个儿子,妇道人家,还是得有儿子才行。"说着似又联想到什么,道:"不然,光是一副泼相就够讨人厌了,又不能为夫家绵延子嗣,这样的媳妇,也不知娶来做什么!"

倘不是大皇子猜到这是他祖母在刻薄谢莫如,他真的误会了!他媳妇生了儿子,他这急吼吼地进宫报喜,谢莫如也并不在胡太后跟前,您老人家突然刻薄她做甚!她又听不到!便是大皇子也有些理解不了他皇祖母的思维方式了。

而且,没听说老五媳妇近期得罪慈恩宫啊!

此时,五皇子府也收到崔氏产子的消息,谢莫如笑:"大嫂不容易。"

五皇子道:"大嫂这会儿坐月子,是不能跟着一道秋狩了,也不知大哥去不去秋狩。"

"大皇子没有不去的。"当初把个侍妾宠得要崔氏的强,可见大皇子的为人了,谢莫如道,"洗三礼倒是不怕,只是大皇子府这满月酒怕是要耽搁了。"穆元帝不可能得个孙子就不去秋狩的,大皇子必然随驾,到时大皇子妃在帝都坐月子,满月酒便是办了,帝都有身份的人都去随驾,就是想热闹怕也热闹不起来。

五皇子府已做好随驾秋狩的准备,按五皇子的意思,御林苑行宫太远,孩子们还小,路上倒显奔波,就不让侧室们去了,他与谢莫如带着大些的大郎二郎三郎一道去。其实,起初五皇子也没想着要带着三个儿子去,还是谢莫如说:"小孩子本是爱玩爱闹的,他们也大些了,能走能跑的,平日里圈在府里的时候居多,既是随驾,索性带着孩子们出去见见世面。"

五皇子笑:"我倒没想到这个。"

谢莫如笑:"殿下这一年没个闲的时候,我想到也是一样。"又吩咐紫藤:"于氏是八月十三的生辰,我与殿下都不在,与徐忠家的说一声,到那天别忘了把于氏的生辰礼送过去,家里设一小宴,让她们三个好生乐一乐。"

紫藤应了声"是"。

谢莫如又同五皇子道:"这趟秋狩我看也得大半个月,家里虽有侍卫管事,也得有个人总领才好。苏氏是先进门的,我看,不如就暂把府中事交给苏氏,让周嬷嬷和张嬷嬷给她打个下手。"

这些事,五皇子向来都是让谢莫如来安排的。

御驾八月初起程,起程前,谢莫如与五皇子进宫看望苏妃。苏妃一向身子柔弱,一年总要病上几遭,御林苑路远,且狩猎之事,苏妃似是兴致不大,这几日身上略有些不妥当,穆元帝便没令她随驾。近年来五皇子御前得宠,穆元帝对苏妃也不错,时常去淑仁宫说一说话。苏妃既得穆元帝青眼,后宫的日子便好过,每年穆元帝冬季去汤泉宫,都要带着苏妃的。既是苏妃身子不爽,穆元帝便交代留守后宫的谢贵妃好生照看着苏妃一些。

谢贵妃也未随驾,不为别个,后宫得有人主事。赵贵妃是大皇子之母,虽然赵谢二人都是贵妃的品阶,谢贵妃一向识大体,私下在御前将随驾的机会让给了赵贵妃。穆元帝不免赞她几句,谢贵妃笑:"陛下莫觉着臣妾如何贤惠,可得说好,下次陛下再去御林苑,一定带着臣妾才行。"

这也是能做到贵妃的本领了,谢尚书也不是入朝就是尚书的,谢贵妃开始入宫只是四品美人之位。彼时赵贵妃因出身之故,一进宫便居德妃位,翌年生下皇长子升贵妃位。两人如今平起平坐,皆因谢贵妃这做人的妙处,她性子柔顺,向能解忧,但也不是做好事不留名不求回报的,而且,往往她都是先退后进,就似她这说话,玩笑一般透出些女人的私心,却又半点儿不讨人厌。

穆元帝起程前难免多到谢贵妃处,就是后宫的随驾名单,穆元帝也是同谢贵妃商议的。

言归正传。话说五皇子谢莫如夫妇去了淑仁宫,苏妃见着他们小夫妻一向喜悦,说起秋狩之事,苏妃道:"你们只管去,老五是喜欢打猎的,莫如也跟着去赏一赏风景,御林苑的景致很不错的。"

五皇子笑:"她也就是赏风景了,打猎净放空箭。"

谢莫如白眼五皇子:"不就是会打猎吗?别净笑话我,殿下这回可要大展神威,我与母妃今冬的皮子就指望殿下了。"

五皇子一口应下。

苏妃笑:"倒是莫如的生辰,要在路上过了。"

五皇子道:"等到了行宫,我单为她贺一贺。"

谢莫如笑:"嗯,殿下这话,我可是记在心里了。"

母子媳三人说着话,五皇子特意挑了个差使不忙的日子,为的就是一道在母亲这里用饭。谢莫如却是不由得想,穆元帝亲政后少有狩猎之事,苏妃先时并不得宠,如何知道御林苑景致如何?谢莫如再一思量,想着苏妃说的该是些旧事了。

倒是二人告辞时,苏妃将一位名唤凌霄的宫人赐给了谢莫如。苏妃道:"宫人三十岁即可出宫,我这里有几个宫人到了年岁,内务司就送上几个新宫人顶替那几个人留下的缺,其中就有凌霄。她识得字,笔墨也粗通一些,尤其擅煮茶。有一回陛下过来,赞我这宫里的茶好,我说起凌霄的手艺,陛下就想让她到御前服侍茶水。你猜她说什么?她说:'自古闻忠臣不侍二主,奴婢虽是宫人,既入了淑仁宫,也只愿在淑仁宫服侍。'她原也不叫凌霄,是我偶想到一首诗。"苏妃轻声吟道,"有木名凌霄,擢秀非孤标。偶依一株树,遂抽百尺条。托根附树身,开花寄树梢。自谓得其势,无因有动摇。一旦树摧倒,独立暂飘摇。疾风从东起,吹折不终朝。朝为拂云花,暮为委地樵。寄言立身者,勿学柔弱苗。"

苏妃声音中仿佛带着些许叹息,她对谢莫如道:"让凌霄去你们府上吧。"

谢莫如没说什么,也未对凌霄发表什么看法,凌霄其人,从苏妃为她取的名字就能看出一二了。

苏妃给,谢莫如也就收了。

谢莫如的生辰正赶上随驾出发的日子,倒是宫里的生辰礼提前赏赐了下来,且赏赐颇厚。当然,慈恩宫还是老样子,胡太后根本不愿赏赐谢莫如,但这种每个皇子妃生辰都会有的赏赐,如果胡太后不赏谢莫如,她的皇帝儿子会找她谈心的,于是,胡太后赏得不情不愿,但也是要赏的。倒是苏妃按双份给的谢莫如,苏妃本就喜欢谢莫如,五皇子还特别会

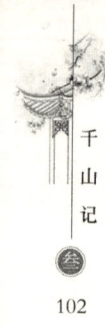

给他媳妇加分。说到要带着孩子们一道随驾的时候,苏妃有些担心:"会不会太远了?"

五皇子道:"无妨,带着嬷嬷丫鬟们,还有府中的大夫也带上。孩子打小见见世面才好,不然,男孩子家总闷在家里,倒养得怯了。大郎二郎三郎都结实的,他们也快三周岁了,能跑能跳,淘气得很。这机会也难得。"

苏妃望向谢莫如,取笑五皇子:"你对琐事素来粗心,这般细致,定是莫如的主意。"

五皇子笑:"是啊,先时我也没想到呢。"

苏妃十分欢喜欣慰。

御林苑离帝都有七日的车程,五皇子不喜坐车,大都是在外面骑马。太阳暖和的时候,谢莫如总会要五皇子轮流带着三个儿子在外一道骑马。太子留守帝都,未能随驾,随驾的是大皇子、三皇子、四皇子、五皇子、六皇子、七皇子,原本穆元帝也想带着八皇子一道,结果出发前八皇子有些发热,只得令他在宫里养病了。穆元帝好些年没秋狩了,这次组织秋狩,大家没啥经验,都没带孩子一道,就五皇子家带了,而且一带就是仨。五皇子时常就去与他爹显摆,三四岁的孩子虽然淘气,也是最讨人喜欢的时候。五皇子家三个孩子各有特色,老大穆木背书最快,但他要跟人联句一样地背,譬如,五皇子说一句"天地玄黄",他立刻奶声奶气地扬着嗓子接一句"宇宙洪荒",然后,五皇子再接,他就能你一句我一句地往下背。

五皇子问他皇爹:"我儿子聪明吧?"他也很得意自家儿子会背书这一点啊。

由于老穆家先前闹过人荒,穆元帝尽管儿孙不少,仍旧格外喜欢孩子,抱孙不抱子的年代,穆元帝瞧着孙子龙心大悦,竟与五皇子笑言:"儿子不聪明,孙子倒是聪明。"要了穆木在御辇里,发现小朋友非但千字文会背,简单的唐诗也会两首,穆元帝对五皇子道:"这孩子你们教得好。"

五皇子笑,并不居功:"我没空教,主要是王妃在教。"

他家三个都会背一些简单的蒙学教材,五皇子每天早出晚归,哪里有空教孩子?都是谢莫如叫了在一起教导,五皇子自己也教过,主要是不如媳妇教导的效率高,他也就把孩子的教育放心地交给媳妇了。不过,除了教育,五皇子家的儿子们都有自己的个性。大郎喜欢背着小手板着小脸充老大,当然,他本就是兄弟中的老大。二郎是个好脾气的,每日笑眯眯,由于喜欢吃点心,兄弟间他有些小胖。三郎是个话痨,更兼十万个为什么,还特会拍马屁,譬如三郎第二次见穆元帝时就知道带枝棉花送给穆元帝,还真诚地说:"皇祖父,这朵棉花送给您,祝愿五谷丰登。"把穆元帝逗得哈哈大笑,问:"这是谁教你的?"

三郎十分自豪,且因为话痨,兄弟间,他口齿最清楚,奶声奶气地说:"我自己想的!棉花是母妃送我的!我送您!"

大郎板着奶团团的小脸,一脸端正地瞥三郎一眼,尽管因年纪所限不好形容自己的心情,但大郎已经懂得用眼神表示对这个弟弟的鄙视。二郎正用两只肉窝窝的小手捏着块奶糕吃得香甜,穆元帝问三郎:"五谷丰登,你知道是哪五谷吗?"

三郎挠头想了想,道:"黄米,谷子,大米,小麦,豆子。"

二郎咽下一口奶糕,他一向是个慢性子,难得这次快语速道:"豆子做豆腐,小麦做凉皮,大米蒸米饭,谷子吃粥,黄米蒸糕。"

三郎道:"豆子也可以做油,也可以做豆皮。"

二郎道:"还可以做酱。"

三郎不甘示弱:"豆芽!"

二郎想了想,实在想不出豆子还有何功用,他也不急,便又继续低头吃自己的奶糕了。三郎得意地扬起头,大郎敲他一下子,板着小脸教训弟弟:"母妃说做人要谦虚。"

三郎是个心眼灵活的,而且有敏锐直觉,他不过第二次见穆元帝,就知道去抱穆元帝大腿,扬着头对大郎道:"你再欺负我,我就叫皇祖父抽你。"

大郎道:"回去我要把你屁股打肿。"

二郎是和事佬,劝他大哥和三弟,而且劝的方式很有二郎特色。他也不吃奶糕了,一手拉着他大哥,一手拉着他三弟,双下巴对着糕点碟子翘一翘,道:"吃糕吃糕。"

穆元帝的笑声自御辇传得好远,把大皇子恨得呀,大皇子心说:我怎么就忘了把大郎带出来了呢,白叫老五在父皇面前穷显摆。

大皇子这会儿学得聪明了,只与三皇子道:"老五家的侄儿们的确招人喜欢。"净看老五轮番地带着小崽子们去父皇面前显摆了。

三皇子笑:"是啊,老五和谢表妹都会教孩子,把孩子教得懂事。"三皇子把长子贡献给他娘谢贵妃了,他家三郎倒是与五皇子家的大郎年岁相仿,只是三皇子觉着孩子小,未曾有带孩子一道的心。不过,老大你这挑拨也太明显了吧,他与五皇子虽然不及四皇子和五皇子之间亲密,但谢莫如是他外家表妹,有这一层关系,两家一向也是不错的。

果然,大皇子一听"谢表妹"三字,立刻也就明白自己一时气愤挑拨错了地方。再往边上一看悠悠然骑马的四皇子,问四皇子:"侄儿也未入学,四弟怎么没带弟妹和侄儿们一道过来?"

四皇子笑:"二郎年岁小,王妃不放心,大郎这小子人小鬼大,非要在家照顾弟弟,就随他了。"

三皇子颔首道:"长子就该如大郎这般,以后顶门立户,也知爱护弟妹。"

四皇子笑:"我就盼着他能如三哥所言一般才好。"

一时,五皇子驱马过来,三皇子笑:"老远就能听到父皇的笑声了。"跟五皇子打听教育方法,"我家三郎与你家大郎差不多的年岁,五弟怎么教孩子念书的?好生伶俐。"小孩子家的声音很有穿透力与传播力,三皇子也听到五皇子家的孩子背千字文与唐诗的声音,虽

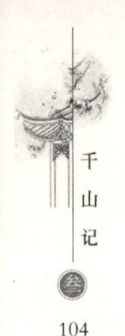

然还带着一股子稚嫩的奶气,却着实好听,也招人喜欢。

五皇子道:"都是王妃教,我一教就着急。"

四皇子道:"我家大郎也是王妃教。"

三兄弟说着孩子的教育问题,大皇子更恨了,一口银牙险些咬碎。

赵贵妃还同大皇子说呢:"五皇子家的几个孩子挺有意思,年纪小小,却着实有趣。"赵贵妃这次能随驾,还是颇有些意气风发的。见着五皇子家的三个郎,赵贵妃这做祖母的年纪也喜欢小孩子,只是瞧人家孩子小小年纪就这样有趣,且蒙学都学了一些,就触动了赵贵妃的一桩心事。去岁皇孙们入宫念书,大皇子家穆桐啥都不懂,一个字不识,一句蒙学也不会。而太子长子穆檀,人家就是在家里教过的,尽管也就学了些蒙学,但孩子就怕比啊,给大皇子家的穆桐一比衬,太子嫡长子穆檀简直优秀得过分。赵贵妃见着五皇子家的孩子,就觉着怎么别人家孩子都这么机灵这么聪明啊。赵贵妃对儿子道:"孩子还是要教的。"又觉着媳妇小气,看人家五皇子府,不都是庶子吗,人家谢莫如还教得这么好。

大皇子终于忍不住道:"老五就是外憨内刁。"

赵贵妃道:"谁家有这样招人喜欢的孩子不带出来呢,先把孩子教导好!"

大皇子不说话了,心说,老五夫妻,太奸了。

穆元帝这一路上,空闲时就喜欢把五皇子家的三位小皇孙叫到跟前逗一逗,或者教小孩子念两句诗,说一说路旁是什么树,还有远处的田地、村庄、羊群、牛马。穆元帝肚子里故事很多,表现为孩子们回家都会跟谢莫如说,皇祖父教他们什么,给他们讲什么故事。谢莫如一面认真听着,时而还会补充一二,加深孩子们的印象。

五皇子那叫一个美呀,他做父亲的年岁相对于他的兄弟们其实并不算早,但是,五皇子初时实在没有做父亲的感觉,到现在他方渐渐适应了父亲的身份,知道孩子不是生出来就完了的。做父母的要教导孩子,各方面的都要引导他们。他这些儿子,还不全靠他媳妇教出来的吗。五皇子都觉着,自己上辈子肯定是烧了高香啊。

哪怕胡太后死不待见谢莫如,也得说五皇子家的孩子们教得好,主要是老太太途中寂寞,有几个孩子,童言稚语的,颇能解忧。不过,胡太后的话是"老五把孩子们教得好",半句不提谢莫如。赵贵妃自然也不会提谢莫如的。

谢莫如对胡太后也没好感,尤其是胡太后给三个孩子讲些民间鬼故事,把孩子们吓得晚上不敢熄灯睡觉,把谢莫如气坏了。先把孩子们哄睡了,谢莫如沉了脸对五皇子道:"明天你去同陛下说,再这样,以后不准带他们去见太后!"

第二日,五皇子跑去同他皇爹诉苦:"皇祖母,哎,皇祖母……哎,父皇您劝一劝皇祖母,可别再给大郎他们讲什么诈尸还魂的事了,吓得大郎他们晚上都不敢睡觉。"五皇子也知道胡太后没有他媳妇的文化素养,也没他媳妇会教孩子,但宁可给孩子讲个菩萨神仙的故事,也没有给孩子讲鬼故事的理啊,把孩子们都吓坏了。

穆元帝半晌无语,问:"孩子们还好吧?"

"昨天王妃哄了半宿才哄睡了,您可跟皇祖母说一声吧,咱家这么些皇孙,都年岁不大呢。"

穆元帝请他妹妹去劝一劝他娘,文康长公主听这事后也颇是无语。倒是大皇子,肚子里幸灾乐祸,心说,这就不带着你儿子各处刷好感度了。

只是,大皇子没乐半日,就传出五皇子家的小崽子们要习武的事来。穆木是这样与穆元帝说的:"等孙儿学会武功,就能保护弟弟们了。"

二郎老实地说:"就不怕鬼了。"

三郎伶伶俐俐地说二郎:"母妃说了,世上根本没鬼,咱们的床下也什么都没有。"

二郎想了想,道:"曾祖母说有鬼。"

三郎立刻说:"曾祖母这是没文化!"

总之,孩子们又恢复了以往的活泼,尽管有谢莫如私下对胡太后评价不佳之嫌,穆元帝也睁只眼闭只眼当作没听到了。

五皇子庆幸,在他皇爹面前,他向来不吝于夸赞他媳妇的,何况本就是事实,五皇子道:"幸亏王妃哄孩子们。"

穆元帝赏了谢莫如几匹宫缎。在穆元帝看来,谢莫如也是个会教孩子的,尤其有个只会给孩子讲民间鬼故事的胡太后比衬着,穆元帝自己都庆幸他与妹妹都不是他娘教的。这些小皇孙,大些的穆元帝都见过,比较起来,平心而论,还真是五皇子府的孩子出众些。这种出众,不只是孩子单人素质的对比,而是几个孩子有不同的生母,谢莫如却一视同仁,俱教导懂事。尤其对比过大皇子家庶长子穆桐入学时那完全空白的学前教育后,于穆元帝心里,自然是谢莫如这样的嫡母更为合格。

五皇子把赏赐给他媳妇带回去,道:"父皇都说你把大郎他们教得好。"

"孩子自然是要教的。"谢莫如看过宫缎,就让紫藤收起来了。虽说是庶子,谢莫如还真不是面上周到就算了的性子,小孩子都是白纸,教导好了,于自身于五皇子于整个皇子府又是什么坏事呢?

看吧,不是坏事。

一路有些小波折地到了御林苑,御林苑行宫地方宽阔,远非汤泉宫可比,便是胡太后都说:"哎呀,早知这儿这么好,夏天咱们就来了。"

穆元帝笑:"母后喜欢,朕明年再奉母后过来避暑。"只当不知道今夏他想过来,他老娘那叽歪的模样。

胡太后住的地方自是极好的,宫宇面积不比慈恩宫小,且因是行宫,花木颇茂,很令人

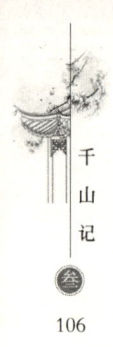

心旷神怡。未成亲的皇子们自然是随着穆元帝住在行宫内,各成亲皇子皆有行宫附近的别院,这不是自家买的,而是穆元帝赏的。其实说来也不是老穆家的东西,都是抢的前朝的。前朝江山都给老穆家抢过来了,前朝皇室财产自然也尽归老穆家了。行宫这种大物件是隶属皇帝的,行宫周围不少别院,除了赏自家儿子,还有颇得圣心的亲贵重臣也一人一处。只不过,想一想吧,这行宫历经战火与风雨都要重新大修的,赏的别院自然更是七零八落,确切地说是赏个旧宅土地。不过,五皇子府有便利,五皇子在修行宫时就捎带脚把自家别院都修缮一新了,而且没用自己府上的银钱,五皇子就用修行宫剩下的一些材料修的。这事五皇子也同他皇爹说了,五皇子道:"就当给儿子的辛苦费啦。"

穆元帝不过笑骂他一两句,根本未当一回事。主要是五皇子给他修个宫啊殿的,一向都是钱用得少事却办得漂亮,至于顺道修一修五皇子府别院的事,就是五皇子不说,穆元帝知道了也不会放心上。五皇子还特意与他说一声,穆元帝本就不在乎那些东西,心下又觉着这个儿子实在,什么都要同他这父亲说。

至于其他几个皇子公主府,也在五皇子修御林苑行宫时,派管事去修自家别院了,还有亲贵大臣,皆闻风而动,提前将各家宅院修缮妥当,好随驾时用呢。就是有些级别够不上穆元帝赏赐别院的大臣,财力丰厚的已打发家里下人在行宫附近购置屋舍,还有财力有限或是另有算计的,则是得了随驾的信儿,提前着管事人等前来租下民宅暂用。

总之,八仙过海,各有神通。

五皇子公器私用,把自家别院修缮得很是不差。谢莫如提前打发管事前来收拾,故而,一到别院,样样都是齐备的。他夫妻二人自是住了正院,孩子们就安置在与正院相连的小跨院里。

待他二人换过衣裳,孩子们也都洗过脸过来了。谢莫如笑问:"看过你们的屋子没?"

大郎是做哥哥的,所以,他先回道:"母妃,看过了。"

二郎是个慢性子,道:"院里还有竹子。"

三郎是话痨,偏生他排第三,得等两个哥哥说完才能说话,这会儿早急得不行了。二郎话一出口,三郎便嘴快道:"还有青藤,还有假山,母妃,我们能去园子里看看吗?"

谢莫如笑:"去吧,小心些,不许爬假山,也不要临近水边。"

三人拉长小奶音齐声应了,谢莫如命他们的丫鬟嬷嬷好生跟着。待孩子们出去玩了,五皇子道:"没事,水边我都建了密密的栏杆。"

谢莫如笑着呷口茶道:"那也得小心些,孩子们都好动,四嫂说因旭哥儿大了,就是怕他到处乱跑乱玩的,他家湖畔也装了栏杆,哪里防得到,旭哥儿经常爬上去。"

"男孩子都是好动的。"五皇子自有法子,"等明年他们大些,我教他们游泳。"

谢莫如笑问:"殿下还会游泳?"

"那是！"五皇子得意,"父皇教过我们,我一学就会了,最笨的是三哥,他学了好几年没学会,至今一下水就沉底。"

谢莫如听得直乐。

夫妻俩说一回孩子的事,今日刚到行宫,穆元帝也累,故此并无晚宴,都是各在自家吃的。待傍晚用过晚饭,夫妻二人也就早早歇了。

第二日男女老少骑马坐车地去打猎的林场,先在林场附近安营扎寨,然后男人们才去鸣角围猎,这些就没女人们的事了。女人们都是去太后的营帐中坐着说话奉承,当然,这也得是够级别的女人才有的体面。谢莫如倒有这个级别身份,不过她没去,她一向与胡太后不和,更厌恶胡太后给自家儿子们讲民间鬼故事的事,于是就带着孩子们在自家营帐外,教几个小家伙拿着小弓小箭瞄着小靶子有模有样地射箭。

谢莫如会骑马,射箭的准头现今也很不错,教几个小家伙是绰绰有余了。

谢莫如不欲去胡太后那里寻晦气,主要是她活得这么大,实未见过这等昏聩糊涂、蠢笨刚愎之人。哪怕当初谢家那自作聪明的宁姨娘,相比于胡太后也是个可爱的人了。胡太后位高,谢莫如霸道,两人不过是井水不犯河水罢了。

谢莫如不喜去胡太后跟前露面,胡太后也不喜谢莫如,从谢莫如的血统,到谢莫如的行事,胡太后就没一样瞧得上眼的。但胡太后喜欢五皇子家的三个重孙啊,尤其这次就五皇子家带了孩子过来。虽然上次给重孙子讲鬼故事的事,胡太后得了闺女一通劝,胡太后倒是难得反省一二,主要是她也想到了,孩子小,胆子也小,的确不该同孩子们说那些鬼怪之事。如今跟前妃嫔在侧,闺女孙媳也都在,讨厌的谢莫如识趣地没过来,然后,胡太后就想到三个小宝宝了。

胡太后与文康长公主道:"你还没见过老五家的三个小子,招人喜欢得不得了。"说着就命人去把孩子们带来。

谢莫如不放心孩子们,就跟着一道来了。

胡太后见着谢莫如,好悬没问出"你怎么来了"。将这话憋回去,胡太后改为淡淡的一句:"哎哟,老五媳妇也来了,哀家还以为你不来了呢。"来做什么！没的招人厌！

谢莫如行一礼,过去三皇子妃下首坐了,淡淡道:"原也不敢过来扰太后娘娘的清净,听说太后娘娘宣召大郎他们,我便跟着一道来了。"

胡太后与谢莫如的两句对话就令帐内气氛大为降温,赵贵妃生怕这两人掐起来,尽管她也不喜欢谢莫如,仍连忙同文康长公主道:"这就是五皇子家的三个孩子了,看这小模样生得,多招人喜欢哪。"岔开话题。

文康长公主叫了三个孩子到跟前说话,问他们大名是什么,学过什么,在家里做什么了。

几个孩子都答了,你一句我一句的,气氛也就活泼起来。文康长公主听他们说在帐子外学射箭,还说:"这么小就会射箭了?哎哟,你们武功不错呀!"

谢莫如倒没料到文康长公主这般脾性还会逗小孩子,其实文康长公主也没想到谢莫如这般脾性还这么会教孩子。文康长公主一说他们武功好,孩子家都会当真,大郎就把小胸脯挺了挺,端正着一张小脸道:"还行吧!今儿晚上我就找只鬼来射一射!"

文康长公主看自己老娘一眼,胡太后连忙道:"哪里有鬼!世上根本没鬼的!"

二郎疑惑地望向胡太后道:"曾祖母,不是您说有鬼的吗?"

胡太后笑着哄他:"那是曾祖母逗你们玩呢,不要当真,世上根本没鬼。"再强调一遍,尽管她是死厌恶谢莫如,对曾孙还是很喜欢的,尤其这几个曾孙又不是谢莫如生的。

三郎闻此言已大声道:"曾祖母,您原来是在说谎啊!"

二郎道:"说谎可不好。"

大郎端正地点点小脑袋,很同意他弟的观点:"说谎是不好。"

三郎就童言无忌了,且他又是个爱说话的,就总结了一下道:"曾祖母,您没文化又爱说谎!"

谢莫如心下一沉。

胡太后不知道"没文化"的评语是谢莫如给她的,此刻从曾孙嘴里说出来,她竟然也不恼怒,笑道:"曾祖母又不是秀才相公。"在胡太后这里,没文化根本不是什么差评,有没有文化的,她老人家都是太后!

三郎仰着小脑袋望着自己的曾祖母胡太后,认真道:"曾祖母,以后您可不能说谎了啊。"

胡太后大笑,点头:"不说啦!"

三郎很满意自己的教育,装模作样地诌出两句文话:"过而能改,善莫大焉。"在三郎心里,他觉着曾祖母没文化,还问:"曾祖母,您知道这两句话是什么意思吗?"

哪怕人家胡太后没文化,也听过这两句话的,胡太后偏皱眉做思考状,摇头:"不知道,三郎知道吗?"

"就是说,知道错了能改了,就是好孩子。"

"哎呀,三郎一说,曾祖母就知道啦。"胡太后笑得眼睛眯成一线。

三郎见自己把没文化的曾祖母教明白了,就从自己荷包里取出一块糖,塞到胡太后手里,说:"这个送给曾祖母吃。"

胡太后险些笑瘫在宝座上。

诸人也都笑起来,胡太后又逗着他们说话。谢莫如也就放下心来了。

当天傍晚,穆元帝带着儿子们狩猎归来,晚宴吃的便是当天猎到的野味。因为几个小家伙把胡太后逗得乐了一日,女眷便在太后这里宴饮。谢莫如不敢叫孩子们吃多了肉,同太后道:"晚上吃肉不好克化,娘娘这里有没有青菜?"

要是谢莫如想吃,胡太后不给她下耗子药就是好的,不过见谢莫如看着几个小家伙,胡太后就改了口,道:"是啊,晚上可不敢给孩子们吃多了肉,小孩子家肠胃弱。"命厨下做些适合孩子吃的小菜来。

待晚宴回家,五皇子与谢莫如说起自己狩猎时的威风来,谢莫如就问了:"殿下得了这许多猎物,有没有着人送些回去孝敬母妃?"

五皇子道:"我与三哥都把第一日的猎物献上,一则是孝敬母妃,一则也要给东宫。大哥四哥六弟七弟也有所献,父皇说先处理好了,再一并送回帝都去。"五皇子趁势教育儿子们得懂得孝敬长辈云云,孩子们拉着小奶音应了,又催着父亲说狩猎的故事。几个小家伙听得入神,别的时候,他们都该睡觉了,这会儿听他们爹说到如何射鹿打熊,都听得也不困了。大郎还说:"父王,明儿孩儿同父王一道去吧!孩儿能保护父王!"

二郎奇怪,道:"晚上没吃到熊肉!"他爹打的熊呢?熊肉呢?熊掌呢?

三郎对二郎道:"二哥你没听父王说吗,熊给祖母送回去了啊!"又对五皇子道:"父王,明日我也跟父王一道去打猎吧!我要打一头熊给二哥吃!"

五皇子道:"我会功夫,你们会吗?等你们学会功夫,再带你们去!"

小孩子都是越大越不好糊弄,大郎道:"今儿跟母妃学了弓箭。"

三郎道:"曾祖母和姑祖母都说我们武功好!"

五皇子听得就是一乐,道:"跟你们母妃学的啊,那估计这辈子都猎不到猎物了。"

大郎道:"母妃射得很准的。"

五皇子笑:"等哪天我有空,我来教你们。"哄孩子们几句,就打发他们去睡了。

其实大郎觉着很遗憾,他学会了弓箭,正想射只鬼来一展英姿,结果不想曾祖母是个说谎精,原来世上竟然真的没有鬼。

五皇子暂时没空亲自教儿子们弓箭,倒是第四天穆元帝命内侍将几个孙子接了去。他连着三天去林场狩猎,劳逸结合,第四天便命皇子们尽可继续狩猎玩乐,他自己倒起了含饴弄孙的心。这几日听老娘胡太后絮叨着说起五儿子家的孩子们学弓箭的事,穆元帝干脆把皇孙们接来自己教上一教。

三人练一会儿弓箭,大郎问他皇祖父打猎时的事,想听皇祖父讲故事,穆元帝就说起林场里的动物,什么兔子、野鸡、狸子、狍子、猞猁、羊、鹿、麂子、熊,乃至虎、豹之类。三人听得津津有味,大郎问:"皇祖父,孙儿什么时候能去打猎?"

二郎道:"孙儿想吃熊肉和虎肉。"主要是没吃过。

三郎说:"我也想去打猎,皇祖父,不行吗?"

当然行,穆元帝命侍卫弄些兔子野鸡啥的围起来,叫孙子们拿着小弓小箭地去射,这

些侍卫能在御前当差,都精乖得很,兔子打断腿,野鸡只留一口气,哄小孩子高兴罢了。再加上兔子野鸡的密集度,估计瞎子放箭也能中的。晚上自信满满的三个小家伙就带了战利品回去,这是特意留给爹娘的,还送了胡太后二鸡二兔,胡太后尤其吩咐:"野鸡炖汤,兔子红烧。"拿出贵重千倍的好东西赏了曾孙。

连赵贵妃都说:"以往瞧着五皇子端然有方的性子,成亲后越发和气,孩子们也这样懂事。"非但自己在御前有体面,还教出这几个小精豆来在胡太后这里怒刷存在感。

胡太后正是高兴,笑道:"是啊,老五当差也好,尤其会教孩子。"胡太后当然最偏心东宫,但其他皇子一样是她亲孙子,她也是疼的。胡太后与谢莫如素来不和,自然将教养孩子的功劳安在五皇子头上。

赵贵妃则在肚子里想,真是家有贤妻夫兴旺。其实,要说谢莫如是贤妻,估计帝都九成九的人得哂笑。谢莫如干的几样有名声的事,九成九的人都替五皇子头疼,想着五皇子在府里守着这么只母老虎,日子不定怎么悲催呢。可赵贵妃能做多年执掌后宫的贵妃,且谢贵妃之才,也要让她三分,故此,赵贵妃虽没有谢贵妃那千百样的小手段,人却是绝对精干。赵贵妃并不是那九成九人的想法,只要对比一下,五皇子未成亲前是什么样的小透明,再看五皇子如今在御前什么景象,在朝中什么地位,与东宫什么关系,于儿女上何等兴旺,就知五皇子这媳妇娶得好不好了!

谢莫如与慈恩宫不和,于是,胡太后将种种谢莫如的好处全都算在五皇子身上,于是,五皇子在胡太后这偏心眼的嘴里简直就成了十全好人。不必管胡太后只是为了排斥谢莫如才这么说的,她把话说出去了,人们听到了,于是,人人就得说,五皇子会教孩子。恐怕胡太后自己都未意识到,在她老人家嘴里,除了习惯性地夸赞太子,就数夸赞五皇子的次数最多了。

至于谢莫如的功劳被胡太后这么轻描淡写地转移到五皇子身上,谢莫如会不会生气不服,赵贵妃自己都叹气,妻以夫贵,五皇子好了,谢莫如有什么计较的。说不得谢莫如就是乐见如此,不然,谢莫如怎么会把庶子们教导得这般出众。

一想到五皇子家的三个孩子,赵贵妃对自己儿媳崔氏就是一肚子不满。崔氏先时生不出嫡子,赵贵妃虽然着急,也知这事不是急能急出来的。赵贵妃做婆婆,也不是那不开眼的,在儿子面前一向维护儿媳地位。可大皇子府的庶子们是什么情况?规矩礼仪学过,倒也听话,未在入学前学蒙学的事,赵贵妃并不怪崔氏,可是,好好的孩子,一点儿机灵劲儿都没有,入学的年岁还怯乎乎的,就一个老实。按理说,庶子这样也就罢了,只是,人跟人就怕比啊,有谢莫如教导出来的庶子们在这儿比着,崔氏在庶子上头就有些失职。就是赵贵妃也得说,谢莫如这样的才是嫡母风范。

虽然赵贵妃自己也不是谢莫如这样的人,但赵贵妃审视儿子内闱时,她发觉,自己需要的就是这样的儿媳。

五皇子真是好福气啊。

赵贵妃再次心下一叹。

赵贵妃难得这般感慨非常，因为成亲的五位皇子府中，前头四位都是府中有嫡子的，只有五皇子府中只有庶子。虽然是侧妃生的庶子，但庶子就是庶子。所以，按皇孙的排行情况，东宫的皇孙们暂且不论，大皇子府、三皇子府、四皇子府中的嫡子们，论理都比五皇子府的庶子们要高贵些。但此次五皇子府剑走偏锋，大家随驾没经验，怕照顾孩子不周全，便都未带孩子们，五皇子府却带了三个，于是，五皇子府大出风头。

看吧，庶子们教导好了也是一样。

就是按赵贵妃想的，谢莫如在庶子们身上用心，将来自己生了嫡子，嫡庶和睦，哪怕嫡子年纪小些，庶兄们念着嫡母教导的恩情，对嫡出的弟弟也不能差了，不然就是忘本负恩。

倘谢莫如一直未有嫡子，她现在并未有哪个庶子养在膝下，待庶子们长大，更可慢慢挂掇。先有了情分，不论谢莫如要抬举哪个，以后也不会过得差了。

这聪明人做事，真真是八面周全。此时，在赵贵妃心里，谢莫如便是个一等一的聪明人了。

赵贵妃这般身份地位都有此感慨，余人或多或少，或是嫉妒或是思量，各有心思。

四皇子与五皇子关系好，并不嫉妒五皇子，他想的是，明年次子大些，就能带着媳妇儿子一并来了。关键看五皇子一家子欢声笑语的，他眼馋。

三皇子则与三皇子妃褚氏道："明年咱们也把孩子们带来。"这几天看着五皇子家的几个孩子，褚氏也早有此意了，只是下次或许大家都要带孩子们来了，褚氏暗叹好时机不在了。

大皇子在心中给紫姑神上一炷香，千万拜托紫姑，仙姑您睁睁眼，莫叫小人得意啊！

赵贵妃倘知道她儿子作这般想，怕要呕出一口老血了！

皇子们各有思量，公主们则坦荡得多，多是看着五皇子家的孩子们玩得挺好，这随驾其实也是样样周全的，下次把孩子们带来，叫孩子们开开眼界，也不怕没有玩伴。

皇室都这样了，外头随驾的亲贵重臣也有偶闻一二消息的，谢尚书最是心里舒坦。谢莫如一直未有身孕，谢家急得很。后来穆元帝赐了三位侧妃，谢家就担心谢莫如不痛快，且明里暗里不知多少人等着看谢莫如的笑话。

如今如何？

等着看笑话的都被打脸了！

虽然不少人会说这种话："太后也是夸五皇子会教导皇孙。"

谢尚书就更乐了，哎哟，太后您老人家真是好眼光，五皇子好，非但会当差，原来也这

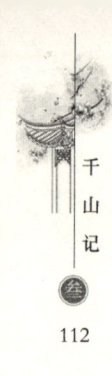

般会教导孩子啊。五皇子好了,谢莫如能不好吗?他老人家乐也只是偷偷乐,只当啥都不知,依旧在穆元帝面前勤勤恳恳地做老黄牛状。

至于以后,以后还远着呢!

穆元帝留了太子在帝都主持政事,自己在御林苑行宫也不是啥都不知道的,人逢喜事精神爽,穆元帝就接到太子令人快马送来的喜讯,永定侯八百里加急上的折子,闽安州防御海盗,小胜。

虽是小胜,也足够穆元帝欢喜了。主要是永定侯去闽地练兵的时间不长,此次小胜,起码算是开门红了。穆元帝令内阁商议赏赐,因有此喜事,穆元帝决定明日再去狩猎。

谢莫如带着儿子们在自家帐子里念书,太后照例派内侍过来宣几个小皇孙过去说话。谢莫如刚要带孩子们过去,忽觉一阵地动山摇,时间很短,接着外头就纷乱起来,还有尖叫哭泣之声,内侍更是吓得脸都白了,尖叫:"地动!地动了!"

谢莫如身子一歪,她与江行云交好,略学过一些粗浅的武艺,此际腰身一扭,脚下后退一步,并没有摔倒,低喝尖叫的内侍与宫人:"闭嘴!"

凌霄上前扶起摔倒的孩子们,孩子们什么都不懂,反是不怕,三郎拍着衣襟上的浮土,还说:"刚才大地动了一下!"

谢莫如缓一缓脸色,柔声道:"是啊,已经好了,没再动了,是吧?"

大郎说:"母亲,外头有人在哭。"

谢莫如将手一挥:"不要理他们,胆小的人才哭。"

三个孩子立刻表示自己很勇敢,谢莫如看自家营帐倒还安稳,令凌霄带着孩子们,自己出了营帐。这是皇室贵族营帐区,以皇家的大帐为中心,呈辐射圆形分布,身份越高贵的离皇室越近。此时,营帐坍塌,大地龟裂,天空乌云密布,马嘶人叫,转眼一场暴雨即至。

第三十七章 大地动

这场地动,谢莫如最初感觉并不大,有明确的地动震感,但是营帐还好好的,直到出去营帐才知地动如何剧烈。谢莫如望向林场的方向,直至暴雨到来。

谢莫如和五皇子的这顶大帐无事,三个孩子住的帐子却是塌了,里头的嬷嬷丫鬟伤了几个,谢莫如命她们都聚集到大帐,拿出伤药来裹伤。侍卫的帐子十之仅存一二,且留守的侍卫副总管方诚在地动中被砸死了。谢莫如升了副总管手下的一个小头目耿天意做代理总管的职位,因为五皇子狩猎要带走大部分侍卫,留守的王府侍卫并不多,共三十来人。耿天意再点人数,仍是三十人,只是有六个或是摔伤或是砸伤。

谢莫如干脆命侍卫都聚在外帐,有些年长的侍卫懂得接骨治伤的,给那些受伤的进行应急治疗。谢莫如坐在宝座上,一言不发。

这会儿也顾不得男女大防了,耿天意进去与谢莫如商议:"娘娘,林场的情况不知如何了。属下带着他们去寻一寻殿下吧?"

"这个雨天,要怎么找?"帐外雷声轰鸣,虽是白日,外头浓云却已遮天蔽日,除了时不时的闪电霹雳,伸手不见五指。耿天意也知现在找人不现实,关键,找也不知要怎么找啊。谢莫如思量片刻,有了主意,道:"你带四个人,过去太后帐里请安。"

耿天意指了他身边的一个侍卫道:"娘娘,这是李山,倘属下一时不能回来,娘娘有事吩咐他。"

谢莫如点点头。

耿天意带了四个年轻的侍卫去太后那里请安兼打听消息,谢莫如也没让剩下的人闲着,五皇子府的营帐挨着四皇子营帐,谢莫如又派了两组人分别去大皇子、四皇子营帐看一看。去太后营帐与四皇子、大皇子营帐的侍卫们还没回来,倒是三皇子妃被宫人嬷嬷侍卫的搀着来了。

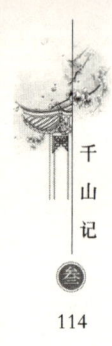

三皇子妃崴了脚，她家营帐塌了一半，幸得忠心侍女相救。营帐住不得了，一行人要往太后营帐中去，见着这边还有灯光，三皇子妃一向机灵，这会儿虽然快急疯了，可想着自家营帐都这样了，太后那里更不知如何。她望一望方位，想着不是四皇子家的营帐，也是五皇子家的，三皇子妃就带人过来了。

三皇子妃见着谢莫如就哭了，握着她的手，哽咽道："表妹还好，我就放心了。"

谢莫如把三皇子妃请进内帐，见她衣裙半湿，命人找出自己的衣裳给她换了。三皇子妃带来的侍卫也挤在外帐，谢莫如干脆命人将外帐内的摆设都扔出去，腾出空间来放人。三皇子妃道："也不知太后那里如何了，还有陛下、殿下他们……"说着又滴下泪来。

谢莫如道："我已命侍卫去太后那里请安，林场离咱们的帐子也有些路程，那儿的消息怕还要等一等的。"

三皇子妃平日里多精乖，这会儿也没了主意，六神无主："那可怎么办？"

"陛下与皇子们身边都有侍卫相随，无事就是无事，倘有事，咱们这里三五个人也抵不得大用。"谢莫如说着，紫藤带着侍女煮了两锅老姜红糖水，谢莫如道："嫂子喝一碗吧，这会儿可禁不得病了。"

三皇子妃倒也没矜持，先接了一碗递给谢莫如，谢莫如也吃了一碗。紫藤打发着大郎他们的近身侍女服侍着大郎他们也吃了糖水，道："娘娘，婢子看这会儿地上太平了些，旁边就有咱们存东西的帐子，不如婢子带几个人过去，看看可还有能用的东西。"

谢莫如道："里头的东西，吃食、药物、竹炭，最为要紧，其他倒是不急。"

紫藤心下明白，自己穿上蓑衣挑灯带着两组侍卫出去了。约莫半个时辰，紫藤带回不少药食竹炭以及几口大铁锅，打开来见里面有些防寒止血的常用药材，谢莫如命人在外帐也生火煮些驱寒药汤给侍卫们喝，水却又有不足。

能在近前随驾的侍卫，皆是有些脸面的，这个时节，以后还不知怎么着呢。王妃身边的体面侍女都要出去帮着弄东西回来，他们便商量着去水源处看看能不能弄些清水。谢莫如道："地动时，沧海变桑田也不稀奇。你们去看看，那湖还在不在，倘不在了，也不必多找，立刻回来。"

两组侍卫提着灯拎着木桶去了，剩下的侍卫们商量着轮班出去当值，倘有什么事，也好禀报，再有留下的生火煮汤药。

打水的侍卫回来得很快，脸色却是煞白，禀道："那湖不见了，整个塌了下去，娘娘，咱们要不要移驾？"

谢莫如沉声道："天若留我，自然无恙；天若不留，到哪儿都一样！天地震动，此地犹存，可见此地是福地！一个湖，不见就不见，把桶摆出去接些雨水来！"雨水人称无根水，有雅客专门收集来待沉淀后煮茶，谢莫如听李宣讲过，自己却是从来没吃过雨水的。谢莫如对紫藤道："准备些细纱木炭，一会儿把雨水过一过，也干净些。"

去四皇子和大皇子那里的人回得也快，四皇子留守处还好些，无非就是帐子塌了人伤了。而且，四皇子未带家眷，此次行宫随驾干脆侍女都未带，只带了内侍贴身服侍，自己随穆元帝出去狩猎，留守的人也有限，拢共十来个人，八个侍卫两个内侍，都给谢莫如派去的人接了过来。大皇子那里就不大好了，整个大皇子处的营帐都没了，更不必提留守的人了。像谢莫如说的，沧海桑田也只是瞬间而已。

三皇子妃道："好在大殿下是随驾了的。"

谢莫如点头不语，侧耳细听外面雨声，依旧紧密急促，可见雨势依旧。好在帐里生起火盆来，给这萧瑟秋雨中添了几分暖意。

接着，外头又来了几起子携老扶幼的地动中命大的。能随驾的，都是帝都有些体面的；未能随驾狩猎的，多是文官，而文官能熬到随驾的，都有些年岁了。当然，这不包括翰林侍读赵霖赵大人。赵大人正当盛年，坐在外帐吃一碗驱寒汤，他还道："里面再加一味柴胡就更好了。"

谢莫如问："赵大人还通医道？"

赵大人十分谦虚："略通一二。"

谢莫如道："里头几位老夫人不大好，赵大人进来诊治一二吧，我这里还有些药材。"

赵大人从善如流地进去给贵夫人诊病，多是淋雨惊吓的症状，赵霖瞧着谢莫如这里的药材开了几个方子，连带外头的老大人们也给瞧了瞧。老大人们都是有学识的人，自己也通些医道，看赵霖开的方子，叹道："有劳赵大人了。"

赵霖道："这个时候，也不用客套了。"

几位老大人也只是略做歇息，吃一碗汤药，歇一歇脚，就要起身去太后营帐中。谢莫如道："地动之事，事务不少，我就不相留了。要是诸位放心，不如让女眷留在我这里吧。"

老大人们也知谢莫如是好意，他们去太后那里是商量营救事宜的，哪里还顾得到女眷。几人谢过谢莫如，谢莫如派出两组侍卫送他们过去。

赵霖并未跟随，反道："我通些医术，如今完好的营帐不多了，怕一会儿还有人过来投奔，大事我帮不上忙，我便留在这里吧。"

老大人中有一位内阁次辅李相，道："这也好，倘有事，时雨你也能与两位娘娘做个帮衬。"李相带头辞了谢莫如与褚王妃，一行老头子、半老头子在侍卫的护送下往太后营帐走去。

谢莫如的营帐就成了个中转站，去太后那里的侍卫们也回来了，耿天意禀道："太后娘娘的营帐给震塌了，御帐倒还安稳，现今太后、长公主、公主殿下们都移驾到了御帐，长公主吩咐，请娘娘们过去。"

谢莫如问："御帐周围，还有多少营帐可用？"

耿天意去了这么久，也是将事打听得差不离方回来的，见谢莫如问，他道："除了御帐

无碍,余者仅存十之三四。"

谢莫如又问:"长公主可好?长泰公主可好?苏相可好?"

耿天意十分得用,道:"长公主殿下伤了腿,长泰公主无碍,苏相已去了御帐,随驾内阁的几位大人,除了兵部尚书未到,余者皆到了。"

谢莫如想了想,又问:"现在是谁掌管御帐护卫?"

耿天意道:"永安侯、南安侯与禁卫军中的几位将军一并主持防护事宜,说雨小些就要去迎接陛下御驾。"

谢莫如这里存有一些雨具,耿天意行事周全,也带了一些回来,谢莫如命人给三个儿子穿戴好,让心腹侍卫抱着他们。谢莫如问:"赵大人要一道去御帐吗?"

赵霖道:"臣官小职微,此刻去了御帐也帮不上忙,臣愿意留守。"

谢莫如与三皇子妃道:"御帐为中,定还有人要来,倒不如留守些人,将药炭吃食都留下,倘有人过来歇一歇什么的,也能暂且帮个忙。"

三皇子妃道:"表妹说的是,你只管吩咐。"又叫了自家侍卫头领来,让他听谢莫如的吩咐。谢莫如道:"赵大人,你便做个头领吧,有什么事就吩咐他们。侍女我留下紫藤为首,若再有夫人女眷过来,便在内帐安置。待炭药用尽,你们便也离开这营帐到御帐去。我自会给你们安排好。"

赵霖恭敬应了。

谢莫如和三皇子妃连带诸多一并到御帐去的女眷,统共带走二十名侍卫,余下侍卫皆留下来,紫藤带着六位侍女留守。

御帐的情形倒还好,谢莫如带着孩子们与三皇子妃都进了御帐,余者诰命则被安排在附近的营帐。御帐内依旧有宫人内侍当值,里面胡太后正守着文康长公主垂泪,长泰公主、永福公主和三公主面色都不大好,赵贵妃头上去了簪环裹了伤,正在几个妃嫔宫人的服侍下倚在一处榻上。

文康长公主腿已经上了夹板,可见是断了的,见着谢莫如与三皇子妃露出一丝微笑,道:"你们平安就好。"

谢莫如与三皇子妃见了礼,宫人摆上绣墩,二人坐了,谢莫如道:"殿下在发热吗?"

文康长公主道:"已经服过药了。"

谢莫如道:"殿下好生歇息吧。外头有苏相在,还乱不起来。"

胡太后不爱听这话,道:"你就不能乌鸦嘴的少说两句。"

谢莫如看胡太后一眼,懒怠与她多言。文康长公主道:"母后,我无大碍。永福,你扶你皇祖母进去歇一歇吧。"

胡太后抹一把老泪:"你皇兄还没消息,你又这样了,我哪里歇得住。倒叫我瞧着你,我心里还踏实些。"情急之下,哀家的自称也忘了。

长泰公主开解道:"皇祖母,五弟妹也是好意啊,现在这样,咱们总得商量个应对之策才好。"其实人家谢莫如真没说什么,是太后对谢莫如成见太深。

胡太后终于不说话了。文康长公主道:"长泰与你弟妹们说说吧。"

这个时候,说话最不必委婉的,长泰公主十分简洁,道:"内阁的意思是,待雨停了,先奉皇祖母回帝都,苏相与南安侯主持林场那边的营救之事。"

谢莫如立刻道:"不成！雨停后,先命人去行宫查看,倘行宫房屋可用,先移驾行宫！"

永福公主道:"万一行宫不能住人要如何?"

谢莫如道:"殿下也说是万一了。行宫今年刚刚修缮过,屋架牢固结实,今御帐都得侥幸保留,行宫幸存的可能性很大！除非有千万之一,行宫方有坍塌可能。退一万步讲,谁知晓帝都情况如何呢？行宫离这里近,我们先去行宫。"

文康长公主颔首,她还未说话,胡太后先说了:"我也要等皇帝回来。"

谢莫如道:"娘娘英明,娘娘与陛下母慈子孝,陛下如今身在何处尚且不知,娘娘若留陛下于险地,而您就此回帝都,岂不令人说娘娘对陛下毫无情义？就是长公主殿下也不适合移动,娘娘这样回帝都,您放得下陛下还是放得下长公主？您是断不能回的！"

谢莫如一向与胡太后不对付,大家以为她要想法子把胡太后打发走才是正经,结果一席话竟是要留胡太后的,不论妃嫔还是公主,就是伤了头的赵贵妃也禁不住抬头望向谢莫如。胡太后素来看谢莫如不大顺眼,此际听这一番话,胡太后罕见地说:"这话很是。"

谢莫如问长泰公主:"李世子也随驾了吗?"

长泰公主轻轻点头。非但丈夫在御前,公公也在。

文康长公主道:"羽林卫唐大将军也在陛下身边,现下武将中南安侯位高爵显,倒可令南安侯做个总揽。你说呢?"

谢莫如道:"羽林卫大将军不在,现在羽林卫中最高军职是谁？除了羽林卫,还有没有其他禁军随行?"

文康长公主道:"还有虎贲与玄甲军。"

谢莫如早在自家营帐中想过此事,故此成竹在胸,与文康长公主道:"最好先统计一下现在有多少兵士,人分三拨,雨停之后,立刻第一拨人带着御医去林场搜寻陛下。再着一行卫队去行宫看一看,另一行卫队去帝都,看太子可还安稳。若行宫尚可用,第二拨人奉太后娘娘先行移驾行宫。第三拨人把这营帐附近的尸身就地掩埋方好。"

文康长公主松了口气,总算有个能商量的人了。外头苏相虽然忠心,女人们也得有个主意才行。文康长公主性格强势,却没往政治上发展过,自己也有些蒙,但其他人还不如她呢。赵贵妃伤了头,胡太后更没个主意,长泰公主事事听姑妈兼婆婆的,永福公主就盼

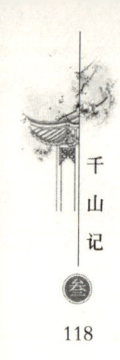

着回帝都，三公主一向寡言，现在就担心自己皇爹与驸马。

文康长公主道："一会儿你与我一道见一见苏相。"

谢莫如应了。三皇子妃已经主动过去帮着照顾五皇子府的三个孩子了。

侍女端来两盏药茶，谢莫如与文康长公主一人一盏。谢莫如道："一会儿内阁诸臣要来，长公主这里有我，长泰皇姐先奉太后娘娘、贵妃娘娘去里间歇一歇吧。咱们轮班也好，不要都一起熬着，一会儿倒没个替换的。"

文康长公主知道谢莫如这是有话要私下说，便同胡太后道："母后去歇一歇吧，我还指望着母后照顾，倘母后熬出病来，谁来照顾我呢。"

长泰公主和三皇子妃见势都劝胡太后，胡太后总算去里间歇着了。

待人都去了，谢莫如此方轻声问长公主："殿下，太后金印可在？"

文康长公主看向谢莫如，谢莫如道："内阁必要过来请旨的。就是一会儿雨停着人回帝都，最好请太后娘娘下一道懿旨，帝都情形不知如何，但有太后娘娘懿旨，太子殿下总能放心。还有在帝都的后宫女眷，也请太后娘娘下旨安抚方好。"

文康长公主道："你说的是。"吩咐宫人去请了长泰公主出来，文康长公主同长泰公主说了，后来还是文康长公主出面，才将太后印鉴要了出来，又与长公主道："进去同她们说，谁宫里府里有不放心的，只管写上一封家信，待一时命特使带回帝都去。"

至于拟旨的事，自有内阁来办。

内阁有三位阁臣相随，首辅苏相，次辅李相，还有一位兵部尚书方相，方相尚不知下落，便是苏相和李相打头，在御帐外求见，文康长公主命他们进来禀事。

文康长公主依旧倚在榻椅之上，与前番不同，在文康长公主身边的人不是胡太后了。李相刚刚见过谢莫如，如今见谢莫如坐在文康长公主身旁，不由得一怔。苏相也早见过谢莫如，只是彼时谢莫如年纪尚小，现下再见，苏相维持着恭谨的姿势略低下头。文康长公主不知他们认不认得谢莫如，不过，她依旧介绍一句："这是五皇子妃。"

苏相和李相只得再对谢莫如行一礼，谢莫如将手一摆："说正事。"

苏相是首辅，自然是他来说。苏相道："经南安侯统计，留守的五千禁军，尚有四千三百余人。其中羽林卫两千人，虎贲一千，玄甲军一千三百余人。羽林卫大将军唐羽随驾御前，如今有羽林将军魏安国，虎贲中郎将赵虎，玄甲军左中郎乔青尚在军中。臣等商议，待雨停后，羽林卫去林场迎接御驾，虎贲三百留守营帐，待特使自帝都回来，请太后娘娘尽快还都，稳定大局。"

文康长公主道："苏相着两队特使出发吧，一队去御林苑行宫，一队去帝都。倘御林苑行宫安稳，我奉太后去行宫暂住。"

苏相有些疏淡的眉毛深锁，倒未直接否定文康长公主的提议，道："那要请太后懿旨，请太子殿下稳定局势，主持震后救灾之事。"

文康长公主道："苏相老成谋国。"

李相则道："殿下，还是请太后娘娘还都方是安稳上策。"

文康长公主问："你怎知帝都安稳？"

李相义正词严："正因地动，百姓惊恐，东宫担忧，方要请太后娘娘还都啊！"

文康长公主一直在发热，苦于皇室男人都出去狩猎陷在外面，方不得不出面主持大局。听得李相言辞，长公主想说几句，却是蓦然一阵发虚，张嘴咳了两声。谢莫如命宫人捧上茶来，服侍长公主吃了两口。谢莫如与李相道："天下惊忧，无过陛下！如今陛下生死未卜，下落不明，如何还都！还都之后，朝臣若问，陛下何在？汝等有何颜相答！"

李相道："臣愿意留在此地营救陛下！"

"你是谁？我们又是谁？没的叫臣子留下，反是皇室先走的！陛下皆因信任太子，方在出巡前命太子主持帝都，如今帝都情势未明，怎可直接就奏请太后还都！李相所言所为，不觉着太没道理了吗？"谢莫如道，"此事就这么定了，雨停之后，立刻遣人去行宫查看，我等迁往行宫，便可再腾出人手去搜寻帝驾！若奉太后返都，四千三百禁卫军，起码要占用一半去，再加上各种排场烦琐，你们是要将人手工夫都耽搁在奉太后还都之事上吗？那样，何时方能找回陛下！"

李相终于不说话了。

谢莫如眼神扫过李相，看向苏相，问："内阁还有什么安排？"

苏相道："既然娘娘要暂往行宫小住，那么，我们这里人手就更充沛了。留出三百人在这里清扫，一千人随太后驾前往行宫，余人皆安排去林场，分头寻找陛下。"

谢莫如问："林场如何搜寻？"

苏相道："陛下与几位殿下狩猎的林区不同，当按区域搜寻，待老臣等与南安侯商量妥当，再来细禀娘娘。"人手突然充裕，自然会另做安排。

谢莫如问："还有别的事吗？"

苏相道："要就近自直隶调用一批防瘟疫的药材，还有大夫。清单内阁已与太医正拟出来了，请娘娘阅览。"苏相将写的奏章转交内侍呈上。

谢莫如先请文康长公主看了，文康长公主颔首："内阁拟旨吧。"

苏相道："还要请太后娘娘下懿旨，安抚宫中，安抚帝都朝臣才好。"

这事谢莫如已与文康长公主商量过，文康长公主道："可。"

苏相再道："请从帝都调用羽林一万，虎贲一万，玄甲一万，赶往林场救驾。"

谢莫如问："人够吗？"

苏相道："内阁与几位将军商量过，三万足够的。"

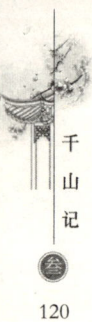

内阁与文康长公主、谢莫如商议出个条陈，苏相和李相就出去拟旨了。文康长公主一阵虚脱，险些晕厥过去，谢莫如看她面似火烧，连忙道："殿下进去歇一歇吧。"

文康长公主唤近身侍女过来，将太后金印交给谢莫如，兴许是烧得厉害，文康长公主的目光灼热，喘了两口气，沉声道："一定要把陛下救回来！"

谢莫如是个谨慎的人，这个时候她犹是一丝不乱，道："还是叫长泰公主掌此金印吧。"

文康长公主已将装有太后金印的玉石匣子沉沉地放到谢莫如手中，方吩咐侍女："请长泰出来。"长泰公主出来后，文康长公主撑着就说了一句话："与莫如做个帮手。"便昏了过去。

待宫人跑出去喊太医，将文康长公主送进去安歇、诊病、熬药等一系列事情结束后，谢莫如方有时间与长泰公主推辞一下太后金印什么的。长泰公主道："你就收着吧，咱们在一处，也是一样的。"

不得不说，文康长公主虽然对政治不大了解，但权术上还是非常有一手的。只谢莫如自己，她守不住这太后金印，何况胡太后也绝不会把自己的金印交给谢莫如保管。可这个时候，男人们生死未卜，女人们平日里内闱中弄些小巧则罢了，具体事宜上是真不成，明显需要谢莫如这种会拿主意的人出来顶上一阵。让长泰公主出来，一则安抚胡太后，继续留住金印；二则将金印给谢莫如，也是信任她。让长泰公主这位元嫡所出公主在一旁，也是分担谢莫如的压力，省得诸臣挑剔不满。

苏相和李相退下，当前事宜，两人也不敢全权做主，到御帐这边的大臣们，位置够高且能一起商议事务的，都是坐在一起商议，但拢共也不过八九人。

两人回到御帐旁的小帐，就有戚国公、赵国公问："如何了？"

李相道："长公主与谢王妃不同意雨停之后起驾还都，她们要去行宫暂住。"

赵国公道："前头不是说得好好的？"怎么就突然变了卦？女人变脸也忒快了吧！

谢尚书抱着热姜茶吃一口，道："约莫是上头有什么考量吧。"

赵国公一见谢尚书说话，立刻想起来，谢王妃是谢尚书的孙女。赵国公府是在谢莫如手里狠吃过一回亏的，此刻见谢尚书说话，赵国公道："上有太后长公主，我不知谢王妃何等身份参与机要？"

"上有两位相爷，我等又以何身份参与机要？"谢尚书噎赵国公一句，转而道，"与其想这些鸡毛蒜皮的小事，还是多想一想如何营救陛下与殿下们吧。"

戚国公劝和道："两位老兄，太后娘娘年老，长公主是陛下亲妹，谢王妃也是皇子妃之尊，五皇子在外头生死未明，我琢磨着，大家都是一样的心。"都是权贵之家，谁不知道谁啊。就胡太后那政治素养，她能拿什么主意？倒是长公主与谢莫如，这俩一向都是帝都城有名的泼辣人物。就是苏相这老狐狸，赞同女眷回帝都之事，说不得也多有试探之意。这不，试探出来了，人家女眷一点儿都不傻，此时断不能回帝都的。

苏相道："倘行宫无碍，行宫离这里近，半日就能奉太后过去了，就可多腾出人手来搜寻陛下。再者，咱们都如此担忧陛下安危，何况上头呢。"

吴国公道："苏相所言极是啊。"

赵国公道："倘行宫不能用，娘娘们又不还都，要如何安置？"

苏相叹道："也是我料事不周，国公爷一会儿同我们一道过去与娘娘们再议此事吧。太后移驾，是大事。"

戚国公瞥赵国公一眼，又不着痕迹地扫亲家谢尚书一眼，见谢亲家没什么反应，戚国公也不说话了。

一群人又商量着拟旨之事，清流出身的臣子们文采都不错，很快就将几道旨意拟出。苏相和李相又同南安侯几位将军拟定出明日的营救措施来，如此方再去御帐回禀，这次是带着赵国公、戚国公、南安侯一道去的。

南安侯将分片营救之事与谢莫如、长泰公主讲了，南安侯道："林场具体如何，还不知晓。待到了林场，怕还要据实际情形再略作调整。"

谢莫如问："羽林、虎贲、玄甲，三支禁卫军，是各行各事，还是有个总揽？"

苏相道："赵国公和戚国公祖上皆是武将出身，南安侯曾任南安大将军，如今适合总揽此事的，就是两位国公与南安侯了。"

谢莫如问："苏相李相的意思呢？"

苏相道："还请太后娘娘定夺。"

谢莫如道："两位国公现在并无武职在身，倒是我听安夫人说，南安州亦多有深林密水，在林场寻人施救，想来南安侯更有经验。如今羽林、虎贲、玄甲三支禁卫军，总要有个人总揽寻找陛下之事，太后的意思，此事就由南安侯来总揽。你们意下如何？"

南安侯施一礼，沉声道："定不负太后之命！"

谢莫如继续道："奉太后去行宫之事，行宫安危，你们安排好了吗？"

苏相道："行宫离此地颇近，由虎贲加羽林，共计一千五百人随行，娘娘以为如何？"

谢莫如道："戚国公掌此事，如何？"

戚国公自然是乐意的。

赵国公过来一场，啥差使也没捞着，他更有话说了："刚听两位老相爷说，娘娘意欲奉太后移驾行宫，娘娘本意是好的，可行宫好坏尚不知。若行宫房屋无恙尚好，若行宫房屋不能使用，要如何呢？"

谢莫如望向苏相："苏相说呢？"

苏相沉吟片刻，道："臣等为太后与娘娘们就近征用民宅。"

赵国公道："若行宫都不能保，民宅就更不知如何了。"

谢莫如不急不怒，就事论事道："赵国公说的有理，现在两眼一抹黑，外头什么样我们完全不清楚，所以，就要做最坏的打算。倘两法皆不能用，便就近寻找平稳可安营之地。有帐子在，我奉太后就近安营！"

赵国公道："那岂不太过委屈太后娘娘。"

"现在最委屈的是安危尚不得知的陛下。"

赵国公终于无话可说。

谢莫如道："笨重辇车全部弃用，改用轻便马车。我已命宫人将东西大致收拾妥当，若有消息，不必考虑是什么时辰，立刻过来回禀，随时可以起程。"缓一口气，谢莫如继续道："就是诸位，此地也不要再用了，换个地方安营吧。"死了好几百人，怕是会起疫病。

从奉太后去往何处起，诸臣便知道女人是何等难糊弄了。

赵国公悄与李相道："当初辅圣公主当政，也是如此啊。"

李相笑笑，不说话。

戚国公瞧这两人一低语一含笑，心道，不知又说什么闲话呢。李相为太子太傅，有些想头倒是正常，赵国公你身为皇长子的外公，瞎掺和什么？个昏聩东西！

戚国公心下亦是思量穆元帝安危。戚国公府未能在穆元帝亲政的过程中有所表现，于是，这些年也一直低调着。戚国公是真正的中立派，穆元帝执政的风格，他大致也摸透了。穆元帝平安归来，未为不好。但倘有万一，太子登基，戚国公的形势也不会更坏。

但……还是更盼着穆元帝能平安吧。

或者……戚国公摇摇头，忽然道："雨转小了。"

李相道："天佑我东穆啊！"

待雨停之后，内阁立刻派出经验老到的斥候，另外着三百禁卫军撑着火把掩埋地动中不幸丧生的人们。其间有身份高贵者不愿就地掩埋，苏相道："还是先埋上，不然这么放着，又无冰来保存，非但存不了几日，震后亦容易生出疫病来。暂且埋了，记下地方，待来日回帝都，再命人迁移就是。"

如此便都埋了。

第二日天光大亮时，去往行宫探看的人就回来了，行宫房屋完好。所有人都松了一口气，此时，女眷们的行李都收拾妥当装好车了。立刻请太后上车，还有文康长公主要格外注意些，过半个时辰，女眷们都上了车，禁卫军整装好。胡太后召见南安侯，肿着一双烂桃眼，哽咽难言，抹了两把泪方道："南安啊！你可一定要把皇帝找回来啊！"

南安侯道："太后尽可安心，陛下福泽绵长，定会平安归来的！"

胡太后泪眼模糊地点点头，谢莫如对南安侯与苏相道："都交给二位了。"

二人施一礼,谢莫如命车队起程。

新修的行宫,再加上一些运气,竟在地动中得以保全。此时谢莫如与三皇子妃也不在外住自家别院了,干脆都搬到行宫去,文康长公主让谢莫如同自己都住在太后这里。三皇子妃道:"这些天你也忙,大郎他们就给我带吧,他们都乖巧。"

谢莫如谢过三皇子妃,道:"那就有劳三嫂了。"

"说这个做甚。"

谢莫如又叮嘱孩子们几句,孩子们的敏感度都在成人之上,他们虽不明白到底是怎么回事,但能感觉到气氛紧张,故而都知道乖巧听话。大郎道:"母妃,我不能帮忙吗?"

谢莫如耐心道:"当然能,你们帮我照顾你们三伯娘好不好?"

大郎懵懵懂懂的,点头道:"母妃放心吧,我一定带着弟弟们把三伯娘照顾好。"就跟着三皇子妃去了。

诸人皆安置了,当天傍晚就有好消息,大皇子回来了。

胡太后见着大皇子,先是哭了一阵,赵贵妃更是禁不住,失声痛哭起来,诸人皆纷纷落泪。胡太后问:"老大,你没见你父皇吗?"

大皇子衣裳是换过的,头发也重梳了,只是脸上仍有掩不住的憔悴之色,他道:"孙儿的猎区未与父皇的猎区挨着,刚到林场狩猎未久,忽然就地动了。接着就是暴雨,大白天的伸手不见五指,孙儿与侍卫们也不知往哪边走,只得勉强寻找避雨之所。天亮后,孙儿带着他们往回走,遇着接应的禁卫军。皇祖母放心,父皇福泽深厚,定能平安的。孙儿回来,一则为给皇祖母请安,二则也是叫皇祖母安心,明日孙儿就去营所,与南安侯等一并寻找父皇。"

"好孩子,好孩子。"胡太后絮叨几句。

文康长公主道:"让延熙先去沐浴休息,给他备些清粥小食,待他用过饭,咱们在一处说话。"

赵贵妃道:"是啊。"又张罗着宫人去服侍大皇子沐浴。

大皇子囫囵地洗个澡,吃了些东西,直待晚间方到长公主的居所说一说具体事宜。见谢莫如与长泰公主也在,大皇子也不计较这个了,叹:"皇祖母人有了年岁,胆子也小,我也没敢同皇祖母实说。情形委实不大好,林场原是宽阔平坦的地方,我去时经过一条浅溪,马踏就能过去,可回来时浅溪成了大河。还有许多地方,与去时都不一样了。我身边有老成的侍卫,我们循着太阳的方向往回走,侥幸遇着出来搜寻的禁卫军。"

大皇子问:"姑妈,帝都城可有消息了?"老婆孩子都在帝都呢。

文康长公主道:"内阁已着人回帝都了,只是行宫离帝都路程远,就是快马,也得两天。

123

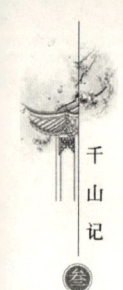

太后下了懿旨,你母妃也写了信给你媳妇,一并带回去了。且安心,我看咱们不是没福气的。"像大皇子这种就纯属运道好了。

大皇子恨恨地骂:"这该死的钦天监,来前还占卜说天气晴好!"

文康长公主道:"说这个还有什么用,倒是现在你回来了,我们也有了主心骨,你自己保重身子,现在就指望你了。"

大皇子道:"姑妈只管放心,有侄儿在,就是把这里翻个个儿,也要寻回父皇!"

文康长公主道:"去看看你母妃吧,她虽伤了,幸而性命无碍。"

大皇子先公后私,这才去看赵贵妃。赵贵妃抱着儿子好一通哭,可是吓死她了,好在儿子福大命大。赵贵妃哭过一阵道:"现在我就盼着你父皇平安,我情愿吃斋念佛折寿二十年。"

大皇子安慰母亲:"母妃放心吧,父皇定是无碍的。"他也盼着父亲平安呢,不然倘有万一,岂不是太子那个小白脸上位了?如今诸皇子尚未分封,太子上位,还不一定把他封到什么犄角旮旯呢!

赵贵妃又与大皇子说了他营帐的事,赵贵妃叹:"你那营帐都不见了,也没找回人来。"

大皇子默然:"待儿子回去,定好生安排他们的家人。"

"是啊。"赵贵妃道,"还是老五媳妇着人过去看的,她平日里虽是有些厉害,我瞧着,却是个有心胸能拿主意的人。幸而她有主意,与长公主商量着,咱们这才没回帝都。还是在行宫妥当,离林场近,有什么消息,立刻就知道了。"

大皇子道:"儿子明儿一早就去营所。"

"这话是,这会儿就得望着你了,咱们妇道人家,到底没个主意。"赵贵妃又道,"你外公也跟着一道回来了,你要不要同你外公商量商量?"

母子俩说着话,宫人过来道:"娘娘,快到落宫匙的时间了。"

赵贵妃道:"你去外宫休息吧,明儿启程前过来见见我。"

大皇子应了,行一礼便出去了。只是,第二日天刚亮,大皇子辞过太后、长公主、赵贵妃等就立刻骑马去营所了,根本未去寻赵国公。不过,大皇子也不担心,赵霖已私下提醒过大皇子了:"寻回陛下,一切皆安;倘帝躬不祥,臣不敢多言。"

这会儿大皇子就一门心思找他皇爹了。

大皇子平安归来,女眷们心情大好,文康长公主的病情也大有好转。谢莫如将太后金印还给文康长公主,想了想道:"还请殿下暂且掌此金印,不为别的,太后娘娘易为人所动。"

文康长公主什么也没说,只是微微颔首。

第三天,四皇子也找着了。四皇子的情形不比大皇子,他是给人抬回来的,身上摔伤擦伤骨伤。幸而行宫有太医,赵贵妃安排了妥当宫人照顾四皇子,总有命在,再重的伤也能养好。

太子和太子妃赶到行宫的那天,三皇子平安归来。三皇子虽回来得比四皇子晚几天,情形却比四皇子略好些,三皇子妃狠哭了一回。这会儿也没什么男女大防了,太子和太子妃都在太后这里说话。太子先说帝都的情形:"宫里主殿都无大碍,只是东北角的上梅殿塌了几间屋子,还有太监们的住处有些房舍坍塌。后宫里各位母妃只是略受惊吓,九弟的生母虞母妃不幸摔了一跤,正摔在山子石上,当天就不大好了,我已命人收殓了。我想了想,宫里谢母妃样样妥当,与谢母妃商量了,九弟就暂由德母妃抚养一段时间,到时看父皇的意思吧。"还有几个位分低且无生育的宫妃伤了性命,只是此时穆元帝尚无消息,哪里还顾得上她们呢。

太子道:"帝都里的震后救援之事大致安排了下去,我吩咐吏部尚书、礼部尚书与虎贲将军、玄甲将军共理朝政。大嫂、四弟妹,还有五弟府上,都好。我看,上苍对咱们穆家还是眷顾的,父皇定会平安归来。"的确,这样大的地动,皇室中人死伤并不严重,可见福气还是在的。

太子问三皇子林场之事,三皇子苦笑:"突然就是地动山摇,我与侍卫们还没回过神就被一阵洪流淹了,我还不会水,自己也不清楚怎么就抱着一棵大树,后来那树给石头挡住,我有了些意识,就这么爬上了岸去。顺着当初营帐的方位走了两天,遇着禁卫军。我那些近卫现在如何,也不知道。"

此时,大家对于御驾会平安归来简直信心满满,不为别个,大皇子、三皇子、四皇子都回来了。太子到达行宫后两日,六皇子和七皇子又一道被找回来了。陆续亦有各随驾亲贵回归,如永安侯、李宣这父子俩。永安侯是随穆元帝一道狩猎,李宣则负责林场安危,此二人无忧,文康长公主和长泰公主大大松了口气。但一直到第十天,犹未寻到穆元帝与五皇子的行踪。

而从第五天太子带着三万禁卫军的到来,搜寻便大有进展。太后见着孙子们虽觉安慰,不见儿子仍是心焦,一着急,还病倒了。

太子同文康长公主商量着,要不要先请文康长公主奉太后回帝都。不为别个,在行宫虽然消息快,但老人家这么熬着不是个法子,再者,行宫到底不比帝都,医药都便宜。

谢莫如另有意见,她与胡太后道:"不如明发懿旨,谁能寻得陛下归来,赐侯爵,赏万金。"

女人们都在太后身边侍疾,诸人皆望向谢莫如。太子妃道:"这主意倒好,只是我们能做主吗?"赐爵的事,不是她们说了算的吧?

三皇子妃道:"重赏之下,必有勇夫。"

太子妃也定了心神，叹："禁卫军一向忠心，搜寻陛下之事，他们定也尽心的。只是赐爵之事，要依我说，还是要同朝臣商议一二才好。"她是太子妃，谢莫如太爱拿主意，太子妃自然有自己的看法。

这种事，与朝廷商议什么！谢莫如见太子妃根本抓不住重点，与胡太后道："请太后与太子一道商议。"

胡太后现在就想寻回儿子，她老人家围着锦被坐起来，对太子妃道："老五媳妇这个主意很好，把太子叫来，我与他说。"

谁敢说这主意不行啊，谁要说不行，难免要担一个不想营救陛下的名声。太子更一口应允，还道："侯爵之位不足以相酬，谁若能寻回父皇，当赐公爵，赏万金。"

这赏赐一下，有些疲惫的禁卫军顿时充满斗志。

太子妃私下与太子道："五弟妹一向有主意的。"

太子叹："五弟也没消息，不怪她妇道人家着急。"

谢莫如夜不能眠，凌霄劝道："山中形势多变，何况是地动之后，林场的情形也有大变。娘娘只管宽心，山中有野果有猎物有山泉，再加上一些运道，有些武艺的人起码能在山里支持一个月。"

烛火映着谢莫如冷峻的侧脸，谢莫如道："如果是陷在某地，烟火即可通信，点一堆火，烟升起来，外头便能看到。殿下一直没消息，我委实担心。"

凌霄道："娘娘未亲自去过山里，山高林密，雾霭浮云，并不好分辨哪个是烟哪个是雾呢。倘是平原地带，倒好分辨。再者，这几日多雨，也不知殿下身上有无取火之物。"

谢莫如问："你知道不少山中事？"

"奴婢的父亲是一位猎户。"

"记得宫中卷宗上说你父亲是一位秀才的。"

凌霄抿一抿唇："奴婢有苦衷。"

"我能帮到你吗？"谢莫如隐隐知道凌霄的意思了。

凌霄却是未如谢莫如预料中那般说起自己的苦衷，她道："有一次奴婢的父亲去山中打猎，不幸为野猪所伤，父亲逃离时迷失了方向，奴婢带着猎犬自山中寻回父亲。"

谢莫如望向凌霄："你能寻回殿下？"

"奴婢想试一试。"

谢莫如想了想，已经有决断，道："你老家的山林，你肯定熟悉。这里的林场情况与你老家的山林大有不同，你须知道这一点。你要什么东西，我命人下去准备。"

"奴婢要一件殿下穿过的衣服，还有肉干、水、刀箭、火石、伤药、猎犬，也要一些帮手，但是请娘娘下令，让他们听从我的吩咐。"

谢莫如看向凌霄那双坚定的褐色眸子,那里面除了一种果决的坚定,谢莫如亦看到勃勃野心。谢莫如思量片刻,命紫藤去准备凌霄所用东西,连带还给凌霄准备了一身侍卫服,再命耿天意带着十个人相随。谢莫如手里并没有林场的地图,因为地图属于机密了,不过,当初南安侯讲述营救方案时,可是拿着林场地图来说的。谢莫如记性素来好,连凌霄在宫中卷宗中是个什么出身她都记得,这林场地图纵使记不全,也还记得七七八八,再加上大皇子几人回来时的各种说辞综合一下,谢莫如大致画了画,与凌霄、耿天意讲了个大概,就让他们带着猎犬和侍卫出发了。

出发前,谢莫如将五皇子府上的令牌交与耿天意:"倘遇上禁卫军,拿这个与他们说话。这些天,雨水不断,不论如何,先保证自身安全。"

二人带着十个侍卫就去了。

紫藤是谢莫如自谢府带出的丫鬟,与谢莫如自小一道长大,一向是谢莫如的心腹。紫藤轻声道:"娘娘,凌霄毕竟是刚来的,会不会太冒险了?"

谢莫如道:"疑人不用,用人不疑。"凌霄颇知行事,主动要求帮手,谢莫如对耿天意自然不会没有交代。如今依旧没有五皇子消息,谢莫如宁可赌上这一把。

谢莫如命人唤了李山来,写了一封信交予他,命他快马去太子大皇子等驻营处,将信交给谢尚书。

谢尚书虽为一部尚书,却不是内阁成员,这里面是什么缘由,真是只有穆元帝自己才知晓了。不过,穆元帝对谢家当然也是看重的,不然,也不能宫里有谢贵妃,还给五皇子娶了谢莫如。

尽管有个皇子外孙更兼一个皇子的孙女婿,谢尚书依旧是个非常低调的人。或许,正是因为他这种低调,方能小心驶得万年船。

谢尚书刚被皇室对于能找回陛下的绝高奖赏吓了一跳,接着就收到谢莫如的信,连忙展信看来。谢莫如的信里并没有什么特别的内容,只是谢莫如对谢尚书说,这么些禁军找了这些天都不见穆元帝与五皇子的影子,或者两人不是闷头寻找就能找到的,需要一些专业人士。专业人士是什么人,刑部的捕头。

谢尚书亦是极担忧穆元帝安危,太子和大皇子这两位身子好的,是日夜守在营所,李相都给太子派回帝都帮着安排帝都地动后的赈灾事宜了,太子却是要守在这里的。李相也无二话,主要是他也明白,这种时刻,不要说帝都地动了,就是再有什么天灾人祸的,皇帝一日没有消息,太子就得在这儿守着的,绝不能皇帝失踪了,太子还安安稳稳地在帝都主持政事。幸而太子的属官里有几个聪明人,地动后就立刻商量出一套办法来,太子携太子妃过来营救陛下,安抚太后,由余下的内阁阁臣主持帝都救灾。太子人虽然过来了,心下亦是十分担忧帝都的情势。李相也明白太子的心思,这要是皇帝找不回来,太子登基是

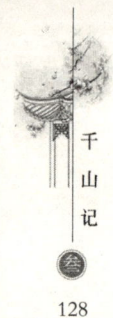

没话说了,于太子于李相,这是上策;若穆元帝能找回来,见着太子肯定也高兴,但帝都毕竟是地动之灾,若救灾之事有了疏漏,太子就得吃挂落。鉴于这个原因,太子与李相商量后,李相决定快马回帝都。然后,太子日夜守在营所。

这些太子与李相之间的事,谢尚书只作不知。谢莫如给他送来的信,谢尚书看过后就交给苏相了,这样正大光明的信,没有不让人看的理。

苏相原本温文的容颜近来枯老许多,想了一想,道:"刑部的捕头的确擅寻踪觅迹,这时候,有半点儿可能也要试一试的。"苏相去找太子商量。

大皇子不待太子开口便道:"五弟妹足智多谋,我看,此法可取。"

太子面色不变,但对于大皇子抢他前头说话,仍是有几分不悦的,问谢尚书:"刑部有多少捕头可用?"

这自然是不少的,大家商量片刻,就由内阁拟旨加盖太子印再将旨意送至行宫,加盖太后印,如此方送往帝都。

接下来的事就是等了。

胡太后唉声叹气没个完,也不知谁挑拨的,悄与文康长公主道:"你说,是不是那姓谢的克了小五?"文康长公主气得脸色都变了,胡太后以为闺女是被这消息给震惊住了,还道:"是吧?你也这么想吧?要不,咱们去香门看看,你皇兄和小五到底在哪儿呢?"

文康长公主道:"母后听谁的挑拨!谁说莫如命硬了!"前头人家没少帮着稳定局势,不然她娘早被送回帝都了。这会儿又说这样的话,哪怕皇家经常干些翻脸不认人的事,但她娘这脸也翻得忒快,叫文康长公主都忍不了了!

胡太后道:"没谁挑拨,我也只是一说。他们兄弟几人的媳妇,都是好的,你看他们就都回来了吧。就她命硬,克了小五,以致小五还不能回来。"别的皇子妃都是父母双全的。

文康长公主只得忍气劝了胡太后一通话。

赵贵妃头上伤势将好,倒是与胡太后想到一处去了,道:"陛下一直没有消息,臣妾这心里焦得跟什么似的。臣妾想着,是不是请个神仙来算一算。"

胡太后道:"以往倒是听说文休法师是有德高僧,宣文休法师过来问问吧。"

赵贵妃道:"听延熙说,他认识一个白云仙长,精通紫姑神算。娘娘也知道,延熙他媳妇自生了二丫头后一直没动静,就是拜紫姑神,这才给延熙诞下了嫡子吗。"

胡太后细问:"这般灵验!"

"是啊,等闲不知根底的老道,哪里就敢荐给娘娘呢。"

胡太后又召来太子与大皇子商议,大皇子道:"这位白云仙长,孙儿亲自见过,果然是极灵验的。孙儿看他有道行,想赏他些银钱,他却不肯收,说他们这一行,不收金银,孙儿便赏他些米面布帛,他方收了。"

太子道:"倒不若皇祖母下懿旨,命帝都城的僧道们做些法事,一则为父皇祈福,二则也是送一送此次地动中不幸遇难的亡灵。这位白云仙长如何,孙儿不大清楚,倒是天祈寺方丈是众所周知的得道高僧,还有一位西山寺的文休法师也是有名的高僧,皇祖母若是有意,孙儿命人请他们过来。"

胡太后很有些病急乱投医的意思,道:"连同白云仙长一并请过来吧。"

太子俱是应了,命人去办此事。

太子身边的属官,有一个徐宁是足智多谋的,备受太子重用。太子道:"大哥力荐白云道人,想来那人是有些道行的。"

徐宁正经榜眼出身,如天祈寺方丈、文休法师这些正统佛教高僧倒还罢了,白云道人是什么东西!徐宁道:"太后娘娘如今只图个心安罢了,殿下行正统光明之事,乃煌煌大道。白云道人既是供奉紫姑,精通的必是紫姑神算一类,此等邪术,多是在乡间糊弄些无知百姓,大皇子信奉邪神,实非福气。"

太子道:"太后会深信不疑的。"

徐宁道:"陛下一向不信这个的。"陛下还在,太子当然要跟着陛下的脚步;陛下不在了,太子就能登基,将来自然也是太子说了算。此事根本就是件小事。

太子果然道:"是啊,有个人能哄一哄皇祖母高兴也好。"

其实大皇子力荐白云仙长也不是没有缘由的,此道人果然有些本领。前面摆一沙盘,请太后将所问之事写在黄纸上,接着白云仙长伸手将黄纸在烛火上烧了,然后白云仙长双手乱抖开始作法,一支神笔自动跳上沙盘,唰唰唰就是一行天机写下来。

胡太后都瞧傻了,见那神笔写完字,白云仙长一手轻挥,那神笔便轻灵地飞回笔匣,种种神通,着实惊人。胡太后为此仙长神通震惊的同时,已一迭声地问:"仙长,上面写的是什么?"

大皇子显然是知道白云仙长这一套过程的,过去看了,念道:"柳暗花明又一村。"

胡太后问:"啥意思?皇帝啥时候回来?"

白云仙长道一声无量天尊,道:"道人只负责问天意,天意就是这行字了。"

要说白云仙长神神道道的一手紫姑问卜的手艺,也是把胡太后看得眼花缭乱的,但胡太后这会儿正心焦皇帝儿子的安危下落,对他这手艺也就是赞叹一回,并未多想,倒是急着问:"那皇帝是不是平安?什么时候回来?你不知道?"

白云仙长道:"都在这行字里了。"

"这哪里看得懂。"胡太后转而问太子:"法师那里如何了?"皇家势大,请神仙也不是只请一家的。白云仙长脸上微僵,好在依旧维持其神仙风度,见胡太后无所差遣,便行礼退

下了。

太子道:"天祈方丈在诵经。"

"可有卜出什么来?"

太子道:"五弟妹正在与文休法师说法。"

"她？她能做什么！尽是添乱。"胡太后直接吩咐人去文休法师的居所问问。

谢莫如与文休法师相熟,天祈寺方丈同文休法师也是同宗师兄弟,两人都是正经僧人,并不会白云道长那一套,也不会卜算之事。天祈方丈念上一段往生经,给那些死在营地的禁卫军超度。文休法师同谢莫如说些帝都的情况:"城东死伤颇重,小寺有几个通医道的僧人,着他们去了。再有些米粮,也施舍了去,倘能救人性命,亦是功德。"

谢莫如道:"大师慈悲之心。"

两人正说着帝都的事,外头就有小僧人进来,说太后娘娘问祖师可占卜出陛下的下落来。文休法师打发了小僧人,对谢莫如道:"施主写几个字吧。"

谢莫如倒也不推辞,她想了想,执笔写下二字:当归。

文休法师看过后,唤来小僧人。小僧人一看天机有了,连忙双手捧着装进一红漆木匣中,一路捧出禅房,恭恭敬敬地送到太后面前。太子亲自取出来,一望之下大是欢喜,笑道:"当归当归,当然会归来。皇祖母,大师卜的意思是,父皇一定能回来的。"

胡太后忙道:"过来给我看看！"

胡太后不过是想找个精神支柱,唐诗啥的,依胡太后的文化水准,不大明白。倒是这当归,给太子一解释,胡太后立刻明白了,喜道:"果然是高僧！说得透彻！"

听这话,大皇子的脸险些憋青了。

胡太后问太子:"不知还能不能具体卜一卜你父皇在哪个方位,也好去救他回来！"

太子只得命人请了文休法师过来,文休法师既为有名高僧,那是深可释佛法,浅可论因果,与胡太后寥寥数语,便将胡太后听得五体投地,道:"果然是高僧,那依大师的意思,只要等就是了。"

文休法师道:"劫数未尽,尚不能归。"

胡太后又问能不能请尊佛像到宫里,她要为皇帝儿子祈祷,文休法师道:"娘娘有向佛之心,自然是好的。"与天祈方丈一道给胡太后请了尊菩萨,胡太后就开始烧香念佛地终于消停了。只是上有所好,下必兴焉,胡太后开始拜佛,赵贵妃等人也要拜一拜的,文康长公主也随大流了,谢莫如却是啥都没请,文休法师送她一个开光的佛像玉坠。

女眷们求神拜佛的消息也传到营所处,转眼已进九月,原本因皇室的至高奖赏激励的禁卫军在连番寻找穆元帝未果的情形下,也有些灰心了。

太子与大皇子都坚守营所，且不论各人私心，只一样，一国之君，生死都要寻回下落才是！

大皇子没忍住，跑回去又问了两回紫姑，想着老二请的和尚是不是不准啥的。

三皇子身子养得稍好一些，与三皇子妃道："六弟七弟还小，四弟伤了骨头动弹不得，我这也好了，禀过皇祖母就去营所看看。"

三皇子妃知道拦不得，叹口气，道："按理文休法师的卦是最准的，上次使团归期的事，连日子都不错一点儿的。"

三皇子道："只管放心，父皇福泽深厚，五弟也不是个没福的。你在宫里多开解皇祖母，也顾看谢表妹一些。"

三皇子辞了胡太后就去了营所，胡太后与文康长公主道："昨天哀家做了个梦，梦到你皇兄在林子里，周边一圈的妖怪，不让你皇兄回来。"

文康长公主想了想，道："这是说皇兄在危境中呢。"

胡太后笃信佛事，又十分信服文休法师的卜辞，自言自语道："也不知皇帝什么时候回来。"

穆元帝还没回来，帝都八百里加急送来奏章。震后生出疫病，内阁要将所有疫病之人隔离，这不是小事，故此送来加急奏章，请太子做主。

太子觉着头发都要愁白了，大皇子道："帝都没个主心骨不成，太子还是先回帝都吧。"

谢尚书立刻道："不妥，请太子谕，命宫中小皇子小公主即刻出城回避。"

大皇子道："皇室离开帝都城，易引得民心不安，怕接下来就是官宦富户接连出城了！如此，帝都震荡，怕会出现百姓逃亡。倘是有些疫病之人逃到他处，一传十，十传百，届时就是大灾大难！"

谢尚书道："臣愿意回返帝都！"

大皇子并不是初次当差的毛头小子，他是兄弟中最早入朝当差的，对政事亦深有了解，他道："谢大人忠心，太子自然明白。但谢大人只是一人，你哪怕大车小辆浩浩荡荡地回城，仍不能与皇室离开帝都的影响相比。"话到此时，大皇子也不是单纯要驳斥谢尚书，他是真心觉着，事大了！帝都城只有八皇子和九皇子两个小皇子在，只靠些内阁臣子，怕是稳不住帝都局势了！

赵国公跟着帮腔外孙大皇子道："皇子、公主避出来，皇孙、皇孙女要不要避出来？皇外孙、皇外孙女呢？"

赵霖道："太子身份贵重，而且，陛下尚无消息，太子断不能涉险。臣请大殿下立刻折返帝都，将皇子、皇女、皇孙们都送出来，恕臣直言，摒弃排场，轻车简从。请太子授大殿下暂时执掌帝都之权，皇子皇女们一出城，立刻下令封锁九门，全城戒严，以防疫病！"

赵霖不过是一个小小的六品翰林侍读，皆因穆元帝喜他一笔飞白，且他状元出身，文采斐然，穆元帝时常命他随驾。但论官职，在诸多大佬面前，实在太过低微。赵国公见赵霖竟要大皇子回城，登时大怒："此是何地，太子面前，焉有你小小侍读说话之地！"

苏相慢吞吞道："老臣以为，赵侍读此话有理。"此时定要有成年皇子回帝都城稳定局势的，太子的身份不可轻动，大皇子为诸皇子之首，自然是大皇子最为合适。

太子反应极快，数滴热泪滚下，握着大皇子的手道："大哥高义，弟弟敬佩。"

大皇子心下惨叫，赵时雨真真坑死我也！

赵霖沉声道："请太子允准，小臣愿相随大殿下，一道回返帝都！"

太子十分痛快，道："准了。"

赵贵妃听闻此事，嘤咛一声就昏了过去。

胡太后尽管偏心太子，大皇子一样是她亲孙子，她倒是没昏，只是眼泪也下来了，抹着眼泪对大皇子道："你可千万小心哪。带上你弟弟妹妹儿子闺女侄儿侄女们的，就一道回来吧，帝都不是有臣子嘛。"

大皇子此时的情绪已经稳定下来，主要是赵霖已私下同他解释了："富贵险中求。此等良机，臣不忍殿下错过，方贸然出言为殿下争取。殿下若不信小臣忠心，小臣无话可说。"大皇子当然信，赵霖也是要同他一道回帝都的。只是，哎……

事已至此，大皇子虽恼怒赵霖拖他入险境，但这会儿就是一锤子敲死赵霖也无济于事，倒不若拖了这小子回帝都去防瘟防疫。此事若能办好，自然是大功一件的。

大皇子定一定心神，温声安慰太后道："皇祖母只管放心，孙儿的体格，皇祖母最是知道的。臣子虽然忠心，可这等大事，到底得有个皇家人压着，才安稳呢。"

大皇子辞了胡太后，待他母妃醒了，又辞了一回。赵贵妃泪如雨下，可此时此地，是断然不能说一个"不"字的。赵贵妃扶着儿子的胳膊，哽咽道："你是陛下的长子，诸皇子的兄长，这个时候，你做兄长的理应出面主持大局。只是别忘了，我在这里日日为你诵经祈祷，你好生保重，就是孝顺我了。"

女人们不禁纷纷落泪。

大皇子不在行宫耽搁，率领兵马，带着赵霖、谢尚书就回帝都城了。此时，大皇子觉着，谢尚书这老头也是有些令人敬重的地方的。

谢莫如望向林场的方向，轻轻吐了口气。

第三十八章 帝驾归

既然已经决定回帝都了,大皇子也不是拖拖拉拉的性子,一路快马,两日便回了帝都城,只是险些累晕年岁不轻的谢尚书。进城之后,大皇子片刻都不耽搁,直接进宫找谢贵妃商议。谢贵妃也憔悴得很,不必她问,大皇子已道:"父皇与五弟尚无下落,三弟已是平安了。谢母妃,我长话短说,您赶紧收拾东西,带上宫中有儿女的妃嫔,还有皇弟皇妹们预备着,一会儿由永安侯护送你们出城避瘟疫。"

谢贵妃道:"我们要走了,这宫里可怎么办?"

大皇子道:"宫里交给位分高的妃嫔暂时打理吧,且我在帝都城,一时半会儿的不要紧。这也只是去宫外暂避。"

谢贵妃做了这些年的掌事贵妃,想了想,道:"苏妃病着,德妃和柳妃都有儿女,我们一走,位分低的妃嫔怕是要没主意的。我这就吩咐她们收拾些简便易带的东西,既是三皇子平安,我也就没什么牵挂了。宫里总要有个能管事的人。"

以往大皇子觉着谢贵妃凭什么同他娘平起平坐啊,如今看来,谢贵妃倒也有些过人之处。大皇子要再劝,谢贵妃道:"我这里看着宫里收拾,就是东宫,一会儿我过去说一声吧。外头皇子府要如何安排呢?"

大皇子道:"皇孙皇孙女一并出城回避。"

谢贵妃道:"殿下去办吧。待安排得当,殿下过来与我说一声,立刻让他们出城。"

大皇子行一礼退下了。

谢贵妃过去淑仁宫看望苏妃,苏妃有些咳嗽,谢贵妃说了离宫的事,苏妃微微喘着,道:"让孩子们避一避也好。我这个身子,是走不了的。"

谢贵妃道:"妹妹好生休养,咱们在宫里做个伴。"

苏妃道:"姐姐还是去东宫看着些,东宫贵重,不好有失。"

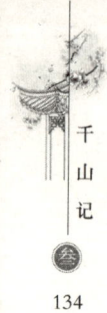

谢贵妃自然明白，这都二十几天了，陛下仍无消息，这个时候，谁敢怠慢东宫呢。谢贵妃见苏妃也是不走的，便起身去了东宫。

皇家人平日里办事颇多啰唆，这回是出城逃命，自然是快的。就是东宫无主，有几个嬷嬷还在慢吞吞地给两位小皇孙收拾笔墨啥的，谢贵妃叹："这些都不必带，行宫都有。把衣裳被褥吃食带一些就行了。"

此次皇室展现出一流的逃命效率，下午时分，宫妃、皇子、公主、皇孙、皇孙女、皇子妃、侧妃、皇外孙们便都收拾妥当，一行浩浩荡荡的车驾随之出城。这行车驾出城之后，九门立刻关闭，全城戒严，防治疫事。

甭看大皇子有时不时脑袋犯昏之举，但正经干起事来，也称得上雷厉风行。而且，这个时候，大皇子也没什么私心了，皇室以及公主们的子孙都能送出来了，这些皇子皇孙出来时，其生母也能相随。

三皇子妃没见着婆婆谢贵妃，就有些着急，听柳妃细细地同胡太后禀道："贵妃娘娘说，宫里不能没个主事的，臣妾们劝不动，贵妃娘娘留在了宫里。"又说苏妃病着，也是不愿移动的。

胡太后叹道："谢贵妃是个好的。"有些后悔以前给谢贵妃穿小鞋的事。孙子重孙子都见着了，也平安到达行宫了，胡太后听了些宫里的境况，便命各人都去安置了。妃嫔们来前，赵贵妃已将居住的地方收拾了出来。余者皇子妃们也各有自己居住的地方，至于侧室孩子们，跟着皇子妃们一道住就是。

谢莫如找德妃打听了一回苏妃的病情，德妃是三公主生母，其实与谢莫如没啥交情，而且先时因着和亲的事，谢莫如与德妃三公主一系一向没什么来往。如今这刚从宫里逃瘟出来，德妃也没了以前那些嫌隙的心，道："你婆婆是担心自己犯了旧疾，宫里的太医是服侍惯了的，只管安心。"

谢莫如谢了德妃，就告辞回了自己宫殿。

五皇子府的孩子们都送出来了，侧妃中苏氏、于氏也跟着出来了，徐侧妃留在了王府。苏氏又向谢莫如请罪，原本谢莫如走前将府里的事交给她打理，结果徐侧妃留下了，苏氏怎么着也得解释一番。苏氏道："娘娘随驾前将府中事吩咐妾身暂理，妾身原想留在府里，徐妹妹说，重要无过孩子们，于妹妹年岁又小，妾身也实在不放心，就带着孩子们和于妹妹来了。还请娘娘治妾身贪生怕死之罪。"

谢莫如道："你这也不是贪生怕死，我在行宫无一日不记挂着你们和孩子，能平安把孩子们带过来，你是大功一件。徐氏不畏生死，留在王府主事，自然也是个明晓大义的。"又问苏氏府中情形。

苏氏恭敬答了，谢莫如一向治府极严，她与五皇子随驾，苏氏便是代为管家，也只是萧规曹随罢了。何况谢莫如留下的嬷嬷管事都是能干的,苏氏谨慎些,不会有什么大岔子。就是地动时,家里砸伤了几个下人,也请了大夫医治,并未有人在地动中丧生,就是屋子有几间不大结实了,苏氏也给那些下人另做了安排,余者并无他事。

谢莫如听过后便道:"大郎三郎也好些天没见你们,你们先去歇着,一会儿我让嬷嬷带他们过去。昕姐儿和二郎就暂放到这里吧。"

苏氏低垂的脸上不禁有些不自在。

于氏则是心下冷笑,许是她爹是大理寺寺正的原因,于氏颇有些断案的才能。大皇子挨家通知收拾东西的时候,她们便也知道了五皇子还没消息的事情。看来苏氏是想多了,以为大郎是自她肚子里出来的庶长子。但,府里正妃可不是她苏氏。王妃的心思,等闲人猜不出来。于氏也不想多猜,只是暗笑苏氏痴心罢了。于氏当晚就在房里抄经,后来听说现在行宫流行念佛,又在给谢莫如请安时,央着谢莫如也请尊菩萨回来,她除了抄经,还要念经,为五皇子祈福。

穆元帝与五皇子迟迟没有消息,就是在帝都的谢府也很为谢莫如的境地担忧。倘五皇子平安,谢莫如的以后还远着呢;倘五皇子有个好歹,谢莫如的以后也就有限了。

如此,谢太太烧香时,可是没少替五皇子烧几炷香,就盼着五皇子平安归来。

穆元帝与五皇子能活着回来,这事当真是上苍垂怜了。

时已近九月中旬,此二人这番被救回,也是大伤身体,一时动弹不得的。

胡太后当天知晓此事,在行宫里险些哭晕了过去,又要去营所看儿子。文康长公主等人都劝道:"皇兄已是平安了,母后您这么大老远地车马劳顿地过去,皇兄看到您又要着急担心了。这会儿可千万不能让皇兄再操一丁点儿的心,先把皇兄的身子养好是正经。"

诸多人劝着,胡太后此方略好了些,不再吵吵着去看儿子了,而是令人把行宫的上等药材都打包好,送到营所去。

胡太后这里兵荒马乱地折腾,谢莫如把宫里事交代给苏氏暂管,自己带上侍卫,快马去了营所。文康长公主的脑袋比她娘清醒一千倍,待为皇兄平安而喜悦的情绪过去后,文康长公主这才问过来送信的斥候:"是谁找到皇兄和五皇子的?"

那斥候道:"是五殿下府的女官与侍卫一行。"

文康长公主道:"我就说莫如是个福星啊!"总是有人拿谢莫如命硬的话挑拨她娘,文康长公主一则为皇兄平安喜悦,二则为五皇子府的人立此大功,三则为危机之时,她与谢莫如有相互扶持的情分。于是,文康长公主大赞了谢莫如一句,也是省得再有小人多嘴。

长泰公主也道:"是啊,五弟妹这些天一直惦记五弟,赶紧把这事告诉她才好。皇祖母,您可得好生赏赐五弟妹才行啊。"

胡太后得了皇帝儿子平安的大喜事,也就不在乎些个东西了,打算着到底是老五府上

135

的人立的功,是得好生赏谢莫如几件东西才行。结果,这找谢莫如还找不到了,一问才知道,谢莫如去了营所。

胡太后还抱怨文康长公主:"非拦着我不叫去,你看老五媳妇腿多快。"

文康长公主道:"她会骑马,您老行吗?这么远的路,您就得大车小辆的了。何况宫里这些人,谁不愿跟着您过去?这一动身,就是大排场,没的扰攘,您就略等一等吧。营所只是个暂居地,太医得先给皇兄诊治,待皇兄的伤略好,定要奉皇兄到行宫养伤的。"

胡太后这才不说什么了。

五皇子不只是伤,还中了毒。

谢莫如到营所时已是傍晚,她比朝廷派去行宫报信的斥候还早到营所。她一来,诸人吓一跳,以为太后也来了,但又一想,不对,太后没这么快的脚程。太子跑出去一看,就是谢莫如与一行侍卫,谢莫如问:"殿下呢?"

太子也顾不得别的,命人带谢莫如去了五皇子养伤的营帐。

五皇子在昏睡,脸色蜡黄,唇色发乌,眼窝深陷,身上七包八裹的,可见是九死一生。谢莫如就坐守在他身边,过一时,凌霄端来一盆温水,谢莫如才想起洗漱的事。

洗过手脸,谢莫如命凌霄去宣为五皇子治病的太医过来。

过来的是太医院院使窦太医,窦太医一向是穆元帝与胡太后的专属大夫,位分略低一些的,都没资格叫窦太医诊治。谢莫如会知道窦太医还是因为地动后见窦太医去给文康长公主检查断腿的情况。谢莫如赐坐,窦太医行过礼坐了,就开始说五皇子的病情,道:"五殿下外伤虽有些厉害,都是皮肉伤,倒不要紧。只是殿下右腕被银环蛇所伤,怕是要将养一段时间了。"

谢莫如虽未见过银环蛇,医书上是读到过的,问:"我听说银环蛇毒性极大,殿下的身子真的不要紧吗?"

窦太医道:"一般被银环蛇咬伤后,开始并没什么特别感觉,只是微微地疼,但过了治疗的时间,便会眼前模糊,昏昏欲睡,直至喘息困难,不少人因此丧命。殿下能平安,一则是被银环蛇咬伤后,立刻吸出一部分毒血;二则可能是殿下被困在外时,食用过一些解毒的药草之类;三则,殿下获救后也服用了些解毒药丸,虽不对症,却可起缓解效用,故而殿下能支撑回来。但,毕竟殿下中毒日久,要拔尽余毒,还需慢慢调养。"

谢莫如道:"这个天气,外头怎么还会有蛇?"

窦太医到底年迈,见多识广,道:"娘娘,地动之时,蛇鼠等物皆有异动。"

谢莫如道:"对,太医不说,我险些忘了。"现在说冷,却也不是非常冷,地动时,蛇鼠之类反常一些也是有的。

谢莫如又问了窦太医一些五皇子养病时的禁忌,窦太医十分详尽地说了。她出来时颇为急促，身上并无可赐金银，便取下腰间一枚玉佩道："我来时疾行，未多带东西，就把这个赏给你吧。"

窦太医忙道："治病救人，臣之本分，岂敢贪赏。"

"这是我的心意。"交给凌霄，凌霄转呈窦太医。窦太医谢了赏，恭敬接了，见谢莫如没什么吩咐，便恭恭敬敬地退下。

窦太医走后，凌霄捧上热茶来，谢莫如呷一口，道："你也坐吧。"命人唤耿天意进来，问凌霄和耿天意如何找到这父子俩的。凌霄道："在第十天猎犬有了些反应，跟着猎犬走了两天，才发现一些树木上有些方向标志，接着就到了一处谷地。在我老家，都把这种地方叫鬼打墙，进去就不好出来。找到殿下与陛下时，陛下与殿下就很虚弱了，我看殿下有中毒的迹象，就给殿下服了些解毒的药丸，只不知对不对路了。"

凌霄说得简单，但其中艰辛可想而知，谢莫如问："那你们如何出来的？"

凌霄道："猎犬比人识路，跟着猎犬就出来了。我们往回赶时，遇着刑部的捕头，有他们相助，很快就到了营所。"

耿天意道："在山里，属下远不及凌霄姑娘。"

凌霄道："若无耿侍卫相助，也不能那么快寻到陛下与殿下。"

谢莫如道："你们此番，救回我的丈夫，就是我的恩人。"说着就起身施了一礼，慌得凌霄与耿天意都跪地上了。谢莫如摆摆手道："都起来，不必如此。你们先好生歇几日，也让太医帮着调理调理身子，叙功之事，要等陛下安康。你们放心，我绝不会让人委屈了你们，连带跟你们一道的侍卫名单，天意你写下来给我。还有当时是刑部哪些人接应的你们，天意你也问清楚告诉我。"

耿天意躬身应下。

谢莫如过来，一面照看五皇子，有凌霄在，她也知道了不少事情。

五皇子与穆元帝一道被找到，据说穆元帝被救出来，见着太医头一句话就是："先给小五看。"

所以，太子过来，谢莫如也就不以为奇了。太子很有储君风范，送了许多滋补东西，还有一些打赏的金银玉器。太子温声宽慰谢莫如几句："五弟妹只管宽心，窦院使拍着胸脯保证，五弟的病定能大好的。这些滋补之物，我问过窦院使，都是可以进补的。你来得匆忙，这些金银留着赏人吧。凌霄与耿侍卫立下大功，父皇现在还病着，叙功要等一等。"

"叙功并不急，他们秉自忠义，也是天缘凑巧，救回陛下与我们殿下。太子给的东西，我就不客气了，不瞒太子，我什么都没带就来了，只是不好开口，太子正解我窘境。"谢莫如表现出鲜有的谦虚和气。

太子一笑："原就不是叫你客套的。"想着谢莫如倒也是个实在人。

谢莫如还有事相求:"陛下平安归来,想来陛下定有旨意给帝都。我给母妃写了封信,能不能待朝廷往帝都宣旨时一并送去?"太子自然满口应下。

谢莫如取出信,太子亲手接了。

太子又问谢莫如行宫的事,主要是想打听一下,谢莫如怎么自个儿来了,太后呢?太子妃呢?太后没来,太子并没有什么意见,主要是太后上了年纪,这些天受了惊吓,自己身子也不大好,怕是父皇也不愿意皇祖母舟车劳顿地过来。但太子妃呢?怎么单是谢莫如一人来了?

听到谢莫如说:"我一听说殿下被找到,就直接带人骑马过来了,没与人说,怕她们拦我。"太子一时无言。

总归太子很是尽了一番储君与兄长的义务,待他向谢莫如表达了亲切与友善,该打听的消息也打听到了,让谢莫如好生休息,他一个做二伯子的,不好多留,略说几句话,便起身告辞了。

五皇子大部分时间是在昏睡,偶有醒来,见到谢莫如,眼中透出喜悦,倒也有神采。谢莫如此方放下心来,只要精气神还在,就不怕熬不过去。

营所只是暂居之地,如今穆元帝平安归来,太子亲侍汤药在侧,不离左右。倒是李宣常来看一看五皇子,还时不时地宽慰谢莫如一二。待穆元帝身子稍安,舒服的辇驾也预备妥当,太子奉穆元帝移驾行宫,到行宫养伤。穆元帝尤其吩咐:"让小五与朕一并用辇车,平稳一些。"

只要不傻的就知道,穆元帝与五皇子这一对落难父子,肯定在落难的过程中结下了深厚的父子情谊啊!当然,这两人感情本来也挺深厚。只不过,没有这样深厚就是了。

穆元帝身子略好就问起太子和苏相都事宜,苏相道:"地动后的救助倒还安稳,疫病也渐渐得到控制,只是太医还未研制出有效的汤药,如今全靠将病人隔离。"

太子劝道:"父皇安心养病,儿子回帝都与大哥一道商议防疫之事。"

"你暂不要回帝都,既然还安稳,可见局势是能控制的。"穆元帝见太子似有不安,道,"世事总难两全,你是东宫,朕躬悬于外,你要弃朕回帝都,朕该失望了。"

太子很是流了一番眼泪。

穆元帝安慰太子一番,与苏相私下说了许久的话,依旧令苏相辅佐太子,自己就安心养病。

胡太后见着皇帝儿子,自然又是一番哭。

穆元帝很是劝慰了一回老娘,有穆元帝在前,五皇子这里就显得清静不少,一则是五皇子伤得重,二则是大家都跑去穆元帝跟前献殷勤了,三则谢莫如不令人来打扰五皇子,也就是几个皇子过来谢莫如没拦着。

这会儿人们才知道是怎么回事,穆元帝与五皇子狩猎的林区也没挨着,父子俩完全是地动后昏天黑地走到一处去的。穆元帝这把年岁,被救时情形比五皇子还好,完全是五皇子是个大孝子,落难之时,也是想方设法地周全着他皇爹,种种孝行,简直能被载入史册地感天动地。

穆元帝叹:"小五但有吃喝,都是先奉给朕食用,为了救朕,方被毒蛇所伤。"

胡太后听得眼泪汪汪,道:"我早就说小五是个好的。这孩子,孝顺。"又夸自己皇帝儿子道:"这都是皇帝教导孩子们教导得好。"胡太后对谢莫如一向是抠抠搜搜,对孙子们就很大方了,何况这个孙子还救了她皇帝儿子的命,胡太后赏了五皇子一堆药材。谢莫如觉着,自家二十年之内都不必采买药材了。

穆元帝能起身后亲去瞧了五皇子一回,五皇子神志也恢复了,只是仍下不得床,穆元帝那种种慈父作为,着实令人感怀感动感叹。屋里没留人,穆元帝是坐在五皇子床榻旁跟儿子说的体己话,就是自己养伤的时候,也是日日过问五皇子的病势。

在行宫休养半个月,穆元帝命御驾还都。

甫看穆元帝不知下落时,大臣们一知帝都有疫病,立刻手忙脚乱地把皇子皇孙们运出帝都,如今穆元帝说要回去,他们也完全没意见。只是太子十分不放心,道:"父皇与弟弟妹妹、侄儿侄女们在行宫休养,还是儿子回去,待帝都形势好些,父皇再回帝都不迟。"

穆元帝道:"此番地动,皇室康泰,可见上苍自有福泽。咱们回去,也可安定民心。"

穆元帝并没觉着太子有何错处,只是想着,这个二儿子太惜命了些。当然,千金之子,坐不垂堂,惜命也不是什么缺点。

穆元帝特意吩咐一句:"你五弟那边,你多顾看些。哎,小五可是吃苦了。"

太子道:"五弟的车驾,儿子已命工匠特意收拾过了。"

穆元帝满意地点点头,接着听太子儿子汇报工作。

其实太子太子妃早给五皇子夫妇送了诸多补品,现在皇室内外,朝臣上下,对五皇子的风评是好得不得了。穆元帝日日垂询,下头人更得小心服侍。其实谢莫如五皇子都是省事的,五皇子到底年轻,有好汤好药好大夫的调理,身体起色很快,只是他右腕被蛇咬伤,如今看着伤口渐愈,右腕却一直没力气。五皇子叹:"能活着回来就是上天保佑了。"

谢莫如道:"我看人若是伤了筋骨,都是要慢慢恢复的。殿下也太着急了,待大安之后慢慢练着,调养些日子也就好了。"

五皇子一向是个乐观人,笑道:"这话是。"

五皇子今日精神不错,谢莫如问他:"你是怎么叫蛇给伤了手腕的?"

五皇子道:"说来真是惭愧,以往我还觉着自己武功不错。地动的时候,我正追着一头鹿,马跑得快,身边侍卫跟上的就少。但明明是在一处平地,地动的时候什么样,我现在怎么想都想不起来,但我醒来时是在水里。我会水,没淹死,那会儿雨下得很大,伸手不见五指,我不知是白天还是黑夜。借着闪电的光,摸索着爬上去,找了处勉强能遮雨的地方。待天晴了,我见自己是在一处山谷,其他人并未见到,我也并不知是地动了,还说呢,怎么突然下这么大雨。然后,我顺着太阳的方向走,走了好几天。打猎时你看我老虎熊都能猎到,可这会儿不成了,身上的刀箭都丢了,好在谷里有野果,虽不大好吃,也能果腹,松下还挖到过茯苓。我见水里有鱼,还想捉几条鱼,不想那鱼也鬼头得很,一条都抓不到。"

谢莫如听得不由得弯起唇角,五皇子道:"我走了五天,遇到的父皇。我们其实一直困在山谷里,就是走不出去,想了好多法子,都出不去。山里吃食其实不少,野果好吃难吃都能找到,就是一直吃野果身体受不住。你不知道,吃野果吃上些时日,人一点劲儿都没有。我跟父皇商量着弄些肉来吃,蛇很好捉,捏七寸就成,菜花蛇一般也没毒。我是不小心捏了条毒蛇,一见那蛇生得怪模怪样,就觉着不大吉祥。"

"也是有惊无险了。"谢莫如道,"太医说你吃过对症的草药,所以给这蛇咬一口,才没要了命。"

"草药?没吃过啊。"五皇子想了想,"我倒是吃过些野菜一样的东西,是看有兔子和鹿在吃,我才吃的。"五皇子野外生存的智慧其实不低,而且很有些运道。

谢莫如道:"看来在野外空手狩猎,的确不容易啊!"

"其实,我还打到了一头鹿呢。"五皇子略有些血色的脸上很有几分得意,"是一头小鹿,我平时武功可没那么好,那会儿也不知怎的,纵身一扑,啪,就把一头正在吃草的小鹿给压扁了。大鹿急眼了,给了我两脚,父皇拿着棍子把大鹿撑跑。我跟父皇喝了鹿血,这才坚持到后来凌霄他们来营救我们。不然,只是吃野果断然坚持不到的。"

"有鹿,那有没有虎狼?"

"有,但其实只要胆壮,虎狼都是怕人的,我们拿着棍子,一般都是对峙片刻就各走各的。"

"怎么不挖陷阱?"

"说得简单,什么工具都没有,陷阱可怎么挖呢?挖浅了不抵用,挖深了,其实那些动物也没那么傻,不是你挖个坑,它们就跳的。"

当然,因为五皇子的乐观秉性,什么事从他嘴里说出来都带着一种趣味。关键是,五皇子心里觉着自己是一家之主,也就不把危险时候的事同他媳妇讲了,妇道人家,吓着可怎么办,虽然,他媳妇看着不像是胆小的。但当时他眼瞅着不行了,把遗言都跟他皇爹说的事,他是绝不会告诉他媳妇的。

一路平平稳稳地到了帝都,五皇子虽然尚未大安,还是强烈要求一路跟他皇爹进宫去看望他娘。他心里担忧得很,也不知他娘病好些了没有。

谢莫如便命苏氏和于氏带着孩子们先回王府安置,她跟着五皇子进宫。

进宫便闻到一股子浓郁的醋酸味,据说此法可以防瘟疫,宫里不差钱也不差醋,是日日都要熏上一熏的。苏妃的情形倒还好,背靠着一个折枝莲花的大靠枕,盖着锦被,仍是咳嗽,见着儿子媳妇极为高兴,让他们坐了,道:"我这些天就算着时间呢,想着这几天也该到了。"谢莫如托太子帮忙带回的书信可见是到了苏妃手上的,苏妃看看儿子,又看看媳妇,道:"莫如瘦了,老五的脸色也不好。"

五皇子就坐他娘床边,笑:"我这已是好多了,媳妇都是每天照顾我,才累瘦的。"

"照顾你哪里累什么,我是急得。别的皇子都找着了,就你没个信儿,让人着急。"谢莫如笑,"好在平安,也不枉我急了那些天。"

苏妃眼中含笑,别过头,轻轻地咳了几声,谢莫如接了大宫人捧来的药茶递给苏妃,苏妃呷口茶道:"是啊,这突然地动,我这里倒没什么,就是记挂着你们外头。直至你媳妇的书信送来,说陛下和你都平安找回来了,我才算安心。跟我说说,到底是怎么被困住了?"

五皇子跟谢莫如说,都是挑有趣的说,何况是同病中的母亲呢。五皇子说起自己摘野果的事来:"山栗子、榛子还有松子,这样的东西,掉在地上的就有许多。有一回我捡了一包,就觉着有人拍我,一回头,见是只毛猴子,接着怀里一轻,一包山果就被另一只猴子抢了。怪道人们说一个人心眼多,会说这个人猴精猴精的,这话果然是有道理的。树上还有些不认识的果子,酸酸甜甜的,我也不知道是什么,吃着倒觉着味儿不错。就有一次,吃到一种涩的青果,把我舌头涩得,两天觉不出滋味来。松树根下往往伴生有茯苓,好大好大块的茯苓,我跟父皇在有许多茯苓的地方还发现一处泉水,甘甜清冽,比咱们常喝的水都要好。我说那水泡茶肯定好,父皇说,这水单独喝味儿就很好,泡茶则不一定好。"

苏妃笑:"这倒是。有些水好,不一定适合煮茶;有些水单独尝着无奇,煮茶却是极好的。"

五皇子说了许多被困那迷踪山谷的事,苏妃含笑听了,问他腕上的伤可好些了,五皇子摸一摸腕间纱带,道:"好多了,就是觉着手腕没力气。"

"这个你莫急,被银环蛇所伤,能捡回一条命就是祖宗保佑哪。伤筋动骨一百天,这些还都是外伤呢,你这虽不是伤筋动骨,倒比伤筋动骨还厉害些⋯⋯"苏妃说着又是一阵轻咳,五皇子忙给母亲抚一抚脊背。苏妃又吃了一口茶,道:"我这也是旧疾了。"又与五皇子道:"有惊无险,性命得保,就是祖宗保佑了。你这伤,莫要急,好生养一养。"

五皇子都应了。

五皇子大病未愈,苏妃也是病容满面,母子俩见面说些话,彼此放了心,苏妃就让儿子媳妇回府了,又让人收拾了些药材。谢莫如道:"如今我们府里什么补药都有的。"

"这不一样。"苏妃指着一包玩器道,"这是给凌霄的,知道你们亏待不了她,这是我做母亲的心意。"

谢莫如命绿萝接了，两人回府的路上，五皇子在车上还说呢："可惜凌霄不是男人，不然倒能挣一公爵。"

谢莫如道："她虽做不了公爵，难道她儿子就做不得公爵？"

五皇子大惊："她有儿子了？"这凌霄不是他家的宫女吗！

谢莫如白五皇子一眼："现在还没成亲，我是说以后。她成亲以后，若有亲子，可将此爵授予凌霄的儿子，如何？"

五皇子想了想，颔首："这倒也成。我原还为她可惜呢，碍于男女，这赐爵一事怕是要难了。"哎哟，他媳妇当真是脑子灵光。

谢莫如笑："有功当赏，岂能反复？何况当时是太后懿旨，明诏天下，此事更不能草率。就是凌霄，以往看她就好，这次她立了大功，我们更要多为她打算。她容貌不错，人也明白，只是一样，世人眼睛多是势利的，凌霄毕竟是宫人出身，以后嫁人，高门大户怕是要挑她这个，低门小户吧，我又怕委屈了她。这样，将来论功时可要把此事说明白，虽未有给女子赐公爵的先例，凌霄做不得公爵，但以后她成亲生子，公爵之位就给她的亲子。有此旨意，什么样的好人家也寻得到的。"

五皇子深以为然。

谢莫如轻声道："此法虽好，只是还有一处挂碍。"悄悄将凌霄出身与宫中卷宗记录不同之事与五皇子说了。

五皇子有些诧异："还有这事？"

"殿下先记在心里，看她似有苦衷，待回去问问她吧。"

到了府里，又是一阵酸醋气息，五皇子觉着自己鼻子都要给酸塌了，与谢莫如嘀咕："这醋少熏些也无妨吧。"

谢莫如道："有备无患，熏些醋，安人心。"

三位侧妃都带着孩子们出来相迎，五皇子一路都是在车上，又在宫里说这些话，已有些倦了，道："都辛苦了，你们也回去歇着吧。"

三人柔声应了，带着孩子们下去不提。

谢莫如扶着五皇子进屋里休息，五皇子道："我得睡会儿，你也歇一歇吧。"

谢莫如命侍女给五皇子换了家常轻软的衣裳，扶他上床睡了，自己方出去理事。

紫藤是留在府里看家的，谢莫如让凌霄与周张二位嬷嬷坐了，问两位嬷嬷些府里的事，看她们身子还好，也就放心了。

府中并无大事，无非就是地动中有几间下人住的屋子不大结实了，另外就是有些器物损坏的事，谢莫如命紫藤一一记下。谢莫如道："殿下还未大安，外头病了的人也多，能不出门就暂不要出门,过了这段时日再说吧。"对绿萝道:"把母妃赏的东西给凌霄。"

凌霄谢赏接了。

谢莫如对绿萝道:"把东客院收拾出来,再预备四个大丫鬟、六个小丫鬟、八个婆子去那院里服侍。收拾好,过来与我说一声。"

绿萝领命应下。

谢莫如这些天着实没少操心,理一理琐事,也便打发人各去歇着了。

谢太太知道五皇子平安的消息后都念了一声佛,待帝驾还都,谢太太第二天就过来皇子府,见谢莫如样样安好,谢太太便放心了,与谢莫如道:"西山寺的菩萨果然是极灵验的。"她老人家现在已请了尊菩萨入府,这些天没少烧香拜佛,非但为谢莫如和五皇子烧香,也为贵妃闺女和皇子外孙烧香,好在大家都平安了,可见的确是菩萨灵验。

谢莫如请谢太太坐了,问:"家里还好吗?"

谢太太道:"咱家倒还好,只是阿芝媳妇没了。"说着叹了口气。谢芝还没成亲,不过谢芝中秀才后亲事也定下了,是吴国公同胞弟弟家的嫡三女,其父亦为一方大员,很不错的亲事。谢芝是想着这科秋闱搏一搏,不管中与不中,秋闱后就成亲。结果,赶上地动,如今又有疫病,秋闱也取消了,未婚妻又在地动中不幸丧生。

谢莫如不禁沉默,谢芝也已是弱冠之年,谢家子弟一向成亲晚,这倒不稀奇,谢柏当年也是弱冠后成的亲。谢芝资质不比叔叔谢柏,但也是弱冠前中的秀才,算是中上资质了。只是未料到,姻缘上倒有些不顺。谢莫如道:"这也是没法子的事,兴许就是无缘分吧。"

谢太太再叹口气:"原想着他成亲,我也有个帮手。如今吴家闺女没了,咱家是诗书传家,怎么着也要守一年再议亲的好。"

"是啊。"谢莫如道,"毕竟是定了亲的,守一年也好。"

谢太太道:"我也说了,就是吴姑娘发丧,也让阿芝去送一程,毕竟是有一场定亲的缘分。"

谢莫如方问:"吴姑娘不是地动时摔着吗?"这都地动过去多少天了啊。

谢太太道:"就是地动时摔着了,昏迷了这些日子,千年的老参也吃了两株,也没能将人救回来。"

谢太太感叹一回无缘孙媳妇的命短,又问起五皇子的伤势,谢莫如道:"有太医调理呢,身子倒是无恙了,只是伤了手腕,一时难愈。"

谢太太连忙细问,知道是被毒蛇咬了,右腕一直吃不上劲儿,谢太太又不是大夫,也没好法子,只得安慰谢莫如:"俗话说,病来如山倒,病去如抽丝,何况是中了蛇毒,是要慢慢将养的。"

祖孙俩说着话,闻知是凌霄带着人救了穆元帝与五皇子,谢太太赞:"这是个有福分

的。"说一时话，好在五皇子是平安了，谢莫如也没了守寡的危机，谢太太并未留饭，告辞而去。

五皇子还说呢："怎么没留老夫人用饭？"

谢莫如道："看祖母没什么心情。"说了谢芝未婚妻吴家姑娘过世的事。

五皇子便没再说什么，只是道："等这疫病过了，咱们也捐些银子给寺里，做些法事超度亡灵。"

谢莫如应下。

两人用毕午饭，五皇子吃过药去午睡，谢莫如却是忙得脚不沾地，唤了徐氏来说话，再次慰问了徐氏，表扬了她疫病期间留在府里的大无畏精神。徐氏斯文一笑："苏姐姐要照看孩子们，于妹妹又小，娘娘不在，咱们府里，总得留个人。何况，也不一定就有什么，不值娘娘一赞。"

谢莫如命绿萝搬出个箱子赏徐氏，徐氏谢了赏，谢莫如略说几句话，就打发徐氏下去了。打发了徐氏，又唤来凌霄，先是与凌霄说了爵位的事，谢莫如道："你这样的才干，在我身边做女官可惜了，我与殿下商议过，自来没女人做公爵的，这爵位，倒不如留给你的亲生子，如何？"

凌霄未曾料到如此，她还以为朝廷赏她些东西就完了呢。凌霄陷入沉默，谢莫如道："你若担心你身份的事，我会请殿下向陛下说明的。"

凌霄唇角弯了弯，轻声道："我心里一直想尝一尝人上人的滋味，但其实也没什么特别感觉，并不比我做娘娘的侍女就好。"凌霄明明是要笑，眼睛里却流出两行泪来。

谢莫如知她是有事，道："你要有什么难处，只管与我说。"

"娘娘让我想一想。"

谢莫如便让她退下了。

凌霄还没想出来，宫中又赐了不少东西下来，多是给五皇子的，其中还有一份是给凌霄的，单子上是鸳鸯佩一对、头面首饰一套、各色宫缎二十匹。

谢莫如一听这赏赐的东西就明白穆元帝的意思，与五皇子交换个眼神，显然，五皇子也觉出来了。谢莫如打发了颁赏的于内侍下去吃茶，想了想，对凌霄道："这么些东西，你那屋里怕是没处放的，我已让绿萝收拾出了东客院，原就是要给你住的，你就搬去东客院吧。"谢莫如原是想着，凌霄立此大功，不再适合在她身边做侍女，方命人将东客院收拾了出来，只是未料到穆元帝竟是有这个意思。看来，爵位的事也不必提了。

凌霄忽然道："娘娘，奴婢有事要细禀娘娘与殿下。"

谢莫如一个眼色，紫藤带着侍女们都退下了，谢莫如道："你说吧。"

凌霄道："娘娘，倘奴婢有攀龙附凤之心，当初在宫里便有机会。奴婢并没有那个心思。"

谢莫如道："当初你只是宫人，便是为陛下临幸，也不会有太高品阶。如今你有救驾之功，陛下断不会委屈你。"

凌霄咬一咬下唇："奴婢不愿意。"

五皇子已是目瞪口呆，想了想，连忙拿出他皇爹的优点来说，道："这个，父皇生得好，为人更好。"

凌霄沉默不语，五皇子急死了，道："你看，鸳鸯佩都赐给你了，你怎么能说不愿意呢？这，这可不行啊！"

谢莫如道："天下至尊，也不是人人都愿意的。"

五皇子瞪她，这怎么还给扯后腿呢，就听他媳妇又是一句："但，陛下那里，我们是惹不起的，陛下有此心思，谁敢娶你呢？就是府里，你怕也是留不住的。"

凌霄沉默良久，道："奴婢是不愿意死的，可也不愿意进宫，倘一定要进宫，便是进得宫去，奴婢也会说，奴婢的意中人是五殿下。"

凌霄突放此话，五皇子险些从椅中跌到地上去，都吓结巴了，连声道："这，这，这可不能胡说啊！"这事也忒冤了，关键，他对凌霄没那个意思啊！

谢莫如对凌霄道："你先下去吧，我与殿下商量一下此事。"

凌霄行一礼退下。

五皇子对他媳妇道："这可千万不成啊！"

夫妻二人去卧室外的小厅说话，谢莫如道："殿下这次的救驾之功，怕要毁于一旦了。"

五皇子唉声叹气："你说，咱们这是得罪谁了！凌霄她，以前可看不出她是这样的人哪。"简直太会要挟人了。关键，现在还不能把凌霄人道毁灭了，不要说他皇爹已经看上凌霄，不能下手，就是五皇子自己，也下不得这个手。

五皇子道："这要是我真看上她，也不白担个虚名，完全没这档子事，我还得担这名，我也忒冤了呀。"

谢莫如沉声道："当初在行宫，看着皇子们一个又一个被找回来，唯独殿下没有消息，当时我便在心中发誓，要是有人能为我寻回殿下，什么样的代价我都愿意付出。"

"这，这，我还是进宫同父皇解释一二……"

"告诉陛下，凌霄根本不愿意？"

"嗯，实话实说。"

"她愿不愿意，陛下总有法子叫她进宫的，但你我就与她结下大仇。"谢莫如道，"我说把公爵将来授予她儿子，看她也没有多少动容。她这性子，也不像多讲理的，一朝得志，难免生出诸多祸端。何况若她进宫便说些有的没的，更令父子生隙。"

五皇子道："先查一查她的底细。"

"只怕来不及,我看陛下很快就要打发人过来了。"

五皇子给晦气的,而且凌霄的底细根本不用查,她自己就说了:"奴婢无一所恋。"

要杀要剐,人家不怕!五皇子私下直道:"这女人耍起光棍,比男人还狠哪。"

五皇子抱怨一回,沉着脸思量一回,道:"我倒是不在意什么救驾之功,父皇是我亲爹,但有危事,自然是我挡在父皇前头。只是,父子为一凌霄这我熟都不熟的女子而生分……"余下的话,五皇子没说,只是一叹。

"殿下想不想听一听我的分析?"

"你说就是。"

谢莫如正色道:"自从陛下与殿下平安归来,这帝都的局势已非往日了。往日,二皇子以嫡皇子之身册为太子,陛下对太子信任有加,太子也勤勉,这朝局自然是安稳的。但,如今不一样了。殿下同陛下有共患难的情分,于皇子中已是格外出众。不过,殿下与东宫一向亲厚,想来东宫还不至于疑上殿下。东宫现在的眼中钉当是大皇子,这帝都,原是陛下秋狩前交给太子的,但地动之后疫病传散,不惧性命之危回到帝都的却是大皇子。就是现在主持地动后的安抚以及疫病防治的,仍是大皇子。大皇子立此高功,于陛下心里于百官心中,肯定是与以往不同的。"

五皇子也顾不得再想凌霄的事了,道:"大哥的确有功,可太子也不能说有错吧?天下安危,系于父皇一身,太子也是担忧父皇,才到行宫救驾的啊。"

"可是,救到陛下的人不是太子的人,而是我们府上派出的人。而帝都情势败坏若此,与太子离开帝都,无人执掌大局有直接关系。太子是没错,可是太子什么功劳都没有,今两件大功,一件自是我们府上,一件便是大皇子。"谢莫如道,"大皇子之母为贵妃之尊,又是诸皇子之长,陛下一向看重大皇子。虽以往大皇子有些不稳重,可面对危局,是大皇子挺身而出回到帝都,将皇室中人一并送出帝都城,然后自己留下主持危局。经此事,大皇子必更受重用。大皇子功高,太子无功,这个时候,我也希望殿下暂避风头。"

"我是不会与太子争的。"五皇子道。

"殿下自不会争,但太子不会放过殿下的。因为殿下同样在这次地动中立有功勋,东宫要保有地位,必然不能令诸皇子风头太盛。大皇子与殿下都得陛下另眼相待,只要你们相争,东宫便可坐观虎斗,自然得益。殿下不听从东宫的意思,那么,我们府上与东宫的关系便会疏远,得罪储君,也不会有好日子过。何况,大皇子身边亦有幕僚谋士,他们一旦察觉我们与东宫疏远,当会想尽法子让我们继续疏离,最好反目成仇,方符合大皇子的利益。"谢莫如道,"不是我们不会便不会,我们不会,有人逼着我们会。"

五皇子犹豫:"难道真要……"

"对,收了凌霄,一则如她所愿,她先前对殿下的恩情,我们还了;二则,殿下因此得罪了陛下。殿下在陛下面前宠爱减少,便失去了与大皇子旗鼓相当的资格,太子自然不会嫉妒殿下在御前的地位。"

"太子不像是这么心胸狭窄的吧?"

"倘太子心胸宽阔,如何会与大皇子针锋相对这些年,他们两家,早便不对付了吧?"

这倒是的。五皇子沉思片刻,道:"只怕连累母妃。"

"哪里有永远顺遂的呢。何况,我想着,但有机会,还是早些就藩的好。"

"这也好。"五皇子道,"离得远了,倒还清净。早些奉母妃就藩,咱们自去过咱们的小日子。"

五皇子感慨:"以前父皇不咋看重我的时候,日子也过了十几年,如今,一想到要失去父皇的宠爱,我倒有些患得患失了。人想得多,皆因想得到的太多。其实简单想一想,凌霄救我性命,她又不是要我以性命相还,我便如此犹豫不决,哪里还是大丈夫气概。"

谢莫如笑:"我是不懂什么大丈夫气概的,只是想到要殿下受此委屈,也是心生犹豫。"

五皇子终是叹口气:"你想的事,我没细想过。这回大哥办的事,的确漂亮,叫人敬佩。可要我说,太子也不必担心储位不稳。千金之子,坐不垂堂。何况,太子是一国储君,他以后是要识人用人的,凡事,哪里有两全的,只要做出对的决断就是了。我们以后都是藩王,太子若此心胸,想是不信任我们的。兄弟之间,要这样,倒没意思了。"

五皇子叹回气,与谢莫如道:"咱们这一旦退了,怕是太子就直接对上大哥了。"

谢莫如淡淡道:"这并不与你我相干,这是陛下的事了。"

五皇子虽说要跟他皇爹抢女人,也不准备把事情闹得太僵,琢磨着,到底得顾及皇家颜面,得秘着来才好。于是,五皇子很低调地进宫,很委婉地要求父子俩私下说说话。

穆元帝笑:"这是怎么了?"

五皇子磨磨蹭蹭地说:"这个,那个……"真是不知怎么开口啊!

五儿子这般支吾可是少见,这个儿子一向有事说事,今儿这是怎么了。穆元帝难得有此耐心:"一个大男人,怎么吞吞吐吐的,到底什么事?"

五皇子果然不吞吞吐吐了,他决定早死早超生,飞快道:"凌霄的事。"

"凌霄怎么了?"穆元帝有些猜着了。

五皇子小声道:"您宫里,什么样的美人没有,怎么还向儿子的人下手,这可忒不地道!"五皇子是个有策略的人,他来了个恶人先告状。

穆元帝轻咳一声:"怎么,你相中她了?"

五皇子别别扭扭地"嗯"了一声,两只眼睛可怜兮兮地瞅着他皇爹。穆元帝原是有些不悦,见他这番模样,便道:"你不早说,朕又不晓得。"只听此话,就知这龙脸的厚度了。

五皇子打蛇随棍上,问:"那,父皇您现在晓得了啊。"

"看这出息。"穆元帝虽有几分不悦,到底自恃身份,道,"那鸳鸯佩就算是给她进门的

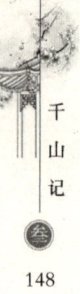

赏赐吧。嗯,毕竟救了你。"穆元帝早先就对凌霄有了些意思,那会儿凌霄刚进宫,在苏妃宫中服侍,不想凌霄不乐意,他一国之君,自不会强迫一个宫人。如今凌霄有救驾之功,穆元帝那些意思就又起了些,但要说多强烈,那也没有,还不至于为个女人就跟儿子生分,何况是与他共患难的儿子。

五皇子连忙谢恩,穆元帝似笑非笑地打量五皇子一眼:"朕先时还说呢,一个女人救驾不容易,看来朕是沾了你的光啊。"以为五儿子早与凌霄生情,凌霄方这么不顾千难万险地去救他儿子呢。

五皇子忙道:"是儿子得父皇福泽罩着,要不,现在哪能这么活蹦乱跳的。"

"既然她有救驾之功,庶妃有些委屈了,你府里还有个侧妃的位子,就赏她吧。"爵位的事自然也不必提,穆元帝道,"当初救驾的名单,你具折奏来。"

侧妃什么的五皇子虽然有些不乐意,他还是欢喜状地应了,不然他哭丧着脸算什么啊。五皇子索性顺着他皇爹说正事,道:"儿子想着,刑部的捕头们也有接应之功,不好委屈他们。"

穆元帝很大方:"一并奏上。"这个倘不厚赏,以后谁还救驾呢?穆元帝自不会在这上头小气。

父子俩说会儿话,五皇子去后宫给太后请了安,又去淑仁宫看望他母亲。苏妃还是老样子,没有明显转好,当然,也没有恶化。

五皇子中午就回府了,回家与他媳妇说:"父皇没留我用膳,怕是心里有几分不痛快。"

谢莫如淡定如昨:"没发作到外头去就好。"

穆元帝被五儿子抢了女人,郁闷一会儿就去看谢贵妃了,此次谢贵妃勇敢地留守后宫,穆元帝不免多加垂怜。谢贵妃得了胡太后、穆元帝轮番的赏赐,与穆元帝说起话来仍是家常状的,完全没有什么大义凛然之类。谢贵妃笑:"臣妾当然也怕,地动的时候,臣妾恨不能长出翅膀来飞到行宫去。可陛下把后宫交给臣妾,臣妾又想,这些姐妹都是一样的心,哪个不担心哪个不害怕呢。臣妾也就打肿脸充胖子,装出不怕的样子来。"她这般,穆元帝自然多有怜惜。

如今,见穆元帝过来,谢贵妃自然殷勤相陪,两人说着话,谢贵妃就道:"明月殿我已命人收拾出来了,人手也安排好了,陛下何时迎新人进宫?"话到最后,就有些打趣的意思了。

穆元帝笑:"什么新人,你想到哪儿去了?朕是想着,九皇子正是需人照顾的时候,虞婕妤不幸过身,宫里老成的妃嫔就是方充容了,她也是很早就服侍朕的老人了,性子温柔和顺,照顾人稳妥周全,就让她到明月殿抚养九皇子吧。"

尽管一肚子疑问,谢贵妃仍是笑眯眯地应了,还道:"这可是大喜事,陛下好眼光,要说方充容,稳重和顺,的确再合适不过。"抬举一个老妃嫔,可比新人进宫好得多,谢贵妃更加殷勤小意地服侍穆元帝。穆元帝享受着谢贵妃的服侍,想着,的确不必与儿子争个宫人。

谢贵妃得宠,就显出赵贵妃的失意来,好在大皇子于前朝越发得用,穆元帝既然喜欢大皇子,也不会太过冷落大皇子他娘,也时不时地与赵贵妃说说话。大皇子进宫,赵贵妃同儿子说起话来,便提到明月殿,道:"不知怎的,原本我想着,陛下特意让人收拾出明月殿来,定是要迎接新人的,如今却没动静了,明月殿给了方充容,令方充容抚养九皇子。"

"方充容?"大皇子是在宫里长大的,有名有号的妃嫔他还是知道一些的,只是,想了半日也想不起这个方充容是何人物。

赵贵妃叹:"难怪你不记得,方充容原是最早在陛下身边的宫人,后来服侍了陛下,陛下亲政后念着她体贴,封的充容。老老实实的一个人,也是走了运道,把九皇子养大,她也算有了倚靠。"

大皇子问:"什么新人哪?"他父皇这是相中了什么了不得的人吗?

"就是救驾的宫人,叫凌霄的那丫头。原是苏妃宫里的,后来五皇子开府,苏妃就放她去了五皇子府,这次救了陛下。"毕竟是说穆元帝八卦,赵贵妃将声音放得很轻,道,"陛下赏了一对鸳鸯佩给她,不就是那个意思?可突然就没动静了。"

大皇子也想不明白,他爹纳个女人倒不稀奇,稀奇的是鸳鸯佩都给了,倒没动静了。大皇子道:"我在外头打听打听。"

赵贵妃不过觉着此事蹊跷得很,故此同儿子提一句,她虽然不希望有太多新人进宫,但依她的位分,便是进一二新人也不会对她的地位造成什么影响。

但,此事,真是太怪了。

大皇子将此事记在心里,却一时也没时间去打听他爹的八卦。如今,疫病防治极为有效,主要是他皇爹带着一堆的皇子皇孙回城,当真是带给帝都百姓乃至官员贵族无数信心。而且,经太医们日以继夜的研究,总算研究出一套行之有效的疫病防治手段。将近腊月,直至确认最后一处隔离区撤离守卫,戒严的九门恢复正常通行,整个地动后的救灾工作与防疫工作宣布结束。

接着就是行赏了。

行赏也是大工程,穆元帝命太子、大皇子与内阁商量此次地动与防疫过程中有功的臣子名单,然后,一并行赏。当然,还有五皇子所上奏章中救驾的凌霄、耿天意等人自然也要算在行赏名单之内。大皇子见着五皇子的折子不由得想到他爹的八卦,他一副公事脸就说了:"凌霄姑娘要怎么赏呢?她是女子之身,又不能赐公爵。"朝廷却也不好失信。

为此,诸人一并请教穆元帝,穆元帝卖关子:"朕自有安排。"

颁赏当日,穆元帝册凌霄为五皇子侧妃,耿天意直接调入羽林卫为官,其余十名侍卫

也各有所赐，连刑部接应之人亦俱有赏赐。其他对诸臣的赏赐也颇大手笔，如在防疫过程中不幸过世的礼部尚书冯尚书，穆元帝荫其一子一孙，准其后人扶榇回乡，孝期之后再行起用。

大皇子听到他皇爹册凌霄为五皇子府侧妃的旨意时就惊呆了，他又进宫同他娘确认了一遍，他皇爹真有纳凌霄的意思吗！赵贵妃轻声："切勿再提此事。"

大皇子感叹："老五可真有胆量。"他娘的判断应该没错，但最终他爹把这女人给他五弟，怕是知道了些什么。

大皇子感叹一回他五弟的胆量，想着老五可真是的，不就是个女人嘛，父皇要就给父皇呗，看这小气样，父皇都赏了鸳鸯佩，你这又抢回去，多叫父皇没面子，怪道父皇近来都不乐意搭理你呢！大皇子这样想着，回府同大皇子妃道："老五家怕是又要办喜事了，这次的凌侧妃是有救驾之功的，贺礼不能薄了，必要厚厚的才行。"

崔氏应了，问丈夫凌霄的事："先时殿下不是与我说……"不是说公公要纳进宫吗，这怎么转眼就成五小叔子的侧室了！

大皇子将自己的推断与媳妇说了，道："这事在外头不要提了，老五这是遇着心头好了，不然不至于为个女人去落父皇的面子。到时老五纳侧，咱们都去吃喜酒。"说着又有几分幸灾乐祸，想着谢莫如你不是厉害吗，女人到谢莫如这个份上，大皇子认为，失去丈夫的宠爱完全是早晚的事！

大皇子很想去看一场谢莫如的热闹，崔氏却道："我可不去，叫五弟妹面子上不好看。"女人有女人的交际法则，五皇子纳小老婆，她这正妃难道要亲去吃酒？没这个理。崔氏道："让李侧妃陪殿下去就是了。"

李侧妃去就李侧妃去，反正，大皇子是要亲去的。他还要坐一整天，好生热闹热闹。

有大皇子这种想法的人不少，不过，五皇子府明显没叫人看热闹的意思。五皇子府只收礼不摆酒，摆的茶会，而且，收的礼都变现了，捐给朝廷。这些日子，朝廷又是地动后的救济又是防疫病的支出，银子花得海了去，五皇子这是支援给他皇爹，说是明春补给受灾百姓的种子钱。

大皇子恨得咬牙切齿，一口酒没吃倒堵了一肚子气，带着李侧妃回府后气鼓鼓地同崔氏道："早就知道老五是个刁滑的！最知道做这些外头文章！"

崔氏听闻此事不由得问丈夫："五皇子捐钱，咱们府里要不要也捐些？"

大皇子晦气道："怎能叫老五专美于前，我毕竟是做大哥的！"这死老五，忒刁滑！他非但要捐，还要大手笔地捐！一定要压老五一头才成！

尽管时常听丈夫私下痛骂五皇子，崔氏还是得尽妻子之道劝丈夫一句，道："五殿下总是得罪了父皇，自然要想法子做些事讨父皇喜欢的。"

大皇子冷笑,想重获圣宠,可没这么容易。大皇子私下又见了一回赵霖,想着把五皇子跟他父皇抢女人的事抖出去。赵霖一听大皇子这馊主意,就是一阵无语,赵霖面不改色,云淡风轻道:"这事哪里还特特去说,就是臣也略听得一丝风声。"

大皇子诧异:"时雨怎么知道的?"

"鸳鸯佩也不是什么秘密。"倘穆元帝开始就有把凌霄给五皇子的意思,当不会赏她鸳鸯佩,而是正儿八经地在册封侧妃时正式赏赐。

大皇子笑:"看来,知道的人不少。"

"消息灵通的都该知道了。"赵霖道。所以大皇子真不用再发昏招去搞臭五皇子的名声了。

大皇子心下稍稍舒坦,此次他能在地动中立此大功稳压太子一头,多赖赵霖谋划。就是赵霖,经此番地动防疫之事,品阶也升了半级,如今已是从四品翰林侍讲。大皇子引赵霖为心腹,有事自与他商议,道:"甭看老五平日里爱端着一张冷脸,实际在我们兄弟中,老五最是会在父皇面前讨好卖乖的。他恃宠而骄,为个女人去落父皇的颜面,此次大约是想重获圣宠了。"

赵霖笑:"要我说,五皇子做这出头鸟倒是做得好,他带头捐银子,殿下何不助他一臂之力,有殿下相助,怕是朝中显贵亦要纷纷解囊了。捐银子这事,也不是人人都愿意的。怕是五皇子失去圣心,有些急了,方出此下策。人们明面上自然赞他一声,可心下会如何想呢?"

会如何想?

反正大皇子就烦死五皇子了,大皇子因己度人,不禁哈哈大笑起来。

大皇子挽着赵霖的手道:"我得时雨,如鱼得水。"

赵时雨回望大皇子,肉麻兮兮地来一句:"微臣只盼殿下金龙腾空之日。"然后转入正题,道:"殿下得此良机,该趁势而起方好。"

大皇子以为赵时雨还在说让他推波助澜捐银子的事,大皇子道:"这个时雨你只管放心,五弟愿为父皇分忧,我身为长兄,自当带头的。"银子啥的,他并不心疼,而且,让五皇子面上得一好名,私下得罪群臣,他没什么不愿意的。

赵霖道:"微臣的意思是,东宫。"

第三十九章 科场案

"东宫"二字,赵霖轻轻吐出,落在大皇子心中却是重如千钧!

大皇子想了想,道:"眼瞅就是年下了,这个时候,父皇还是愿意听到一些好消息的。何况,父皇最忌讳我们兄弟生隙。"当年他派人散播江行云的谣言,就因谣言涉及万梅宫,有影射五皇子府之嫌,被他父皇臭骂一通,还丢脸地去五皇子府上赔不是。所以,这次再有了散播谣言的主意,大皇子才来找足智多谋的智囊赵霖商议。

赵霖笑:"殿下请听臣细言。"

大皇子连身子都坐得板正了三分,赵霖沉声道:"东宫,国之储君,天下臣民之望,皆在于此。殿下以为太子获封东宫最大的原因是什么?"

大皇子有些晦气,道:"老二是嫡子,这谁不知道。"倘不是因为出身关系,大皇子半点儿不觉着他比太子差。

赵霖笑:"对,太子出身嫡子,在某些方面讲,太子代表正统、礼法,所以,朝中百官才会支持太子。而看中正统与礼法的多是什么人,殿下知道吗?"

大皇子郁闷:"那些念呆了书的家伙。"

"对,是清流。清流重礼法,重嫡系,这是太子的优势。"赵霖正色道,"但恕我直言,东宫之位,仅靠出身是站不住脚的。殿下想夺得储位,第一要做的就是令百官对太子失望。"

大皇子连忙请教:"我是日思夜想,只是暂时没有机会。"

"不,机会就在眼前。"赵霖道,"陛下将凌氏赐予五皇子,想必其中颇有故事。如今五皇子急于挽回陛下宠爱,那么,由此可推断,此事伤了陛下颜面。既如此,殿下何不挑几个美姬献于陛下?"

大皇子一时有些犹豫。老穆家开国时间尚短,到大皇子这里才是第三代。穆元帝与辅圣斗争时,大皇子还在他娘怀里吃奶呢,故而,大皇子这一代人相当缺乏权力斗争的经验与判断。所以,大皇子有些拿不准主意了,道:"此事要不要同我母妃商量一二?"

赵霖笑:"不是让殿下真就给陛下送美姬,只是请殿下做出些样子,放出些风声给太子,太子倘知此信,想来会做在殿下前头。"

"那岂不是叫老二给父皇献殷勤了?"

赵霖微笑:"这算什么殷勤,自来都是什么样的人为陛下献美?说一声佞臣都是客气,总非君子所为,一向为清流讥谤。"

大皇子道:"老二身边的人也不傻,还不得劝着老二啊。"

赵霖笑:"太子是太子,又不是要做君子。一件事,无非利弊两端,利大于弊,便是有清流相劝,怕也有小人逢迎的。何况,经地动之事,谢贵妃于后宫风头更盛,母以子贵,子以母贵,三皇子得陛下器重,未尝不与谢贵妃有关。就是殿下,也有赵贵妃娘娘在后宫可为殿下助力。太子之母早逝,后宫之中虽有太后偏心,可太后糊涂,天下皆知,慈恩宫不过面子上的尊荣而已,实际上影响不到陛下。但若能进上几位得陛下心意的美姬则不同,一则可得陛下欢心,二则可分去谢贵妃的宠爱,三则美姬若能诞下子嗣,将来亦为太子助力。太子如今嫉妒殿下在陛下面前独占圣意,必会抢在殿下前头行此事。"

大皇子自己都心动得不得了,恨不能亲自给他爹送几个美人,大皇子道:"这岂不是将好事全给老二占了?"

赵霖微微一笑:"我早与殿下说过,若要取之,必先予之。太子有此举,方得清流所诟,日后,只要殿下依臣计策,臣必能令太子失百官之心。只要忠耿之士放弃太子,太子身后还有什么支撑呢?一个承恩公府与一个吴国公府是远远不够的。届时,太子便是危如累卵,殿下稍加一指,东宫之位必然倾颓!"

大皇子听得热血上涌,连声道:"但凡时雨你的计谋,我无有不从之理。"

赵霖再与大皇子低语一番,大皇子当天就恢复了皇长子的风度。

五皇子不是要给他皇爹捐银子吗,大皇子也捐。大皇子非但捐银钱,他还在他皇爹面前赞他五弟:"五弟行事细致,儿子就没想到,倒是五弟给儿子提了醒,儿子做大哥,可不能落在弟弟们的后面。"

有皇子们带头,穆元帝得到一笔不小的捐款,穆元帝在朝表扬了一回诸皇子大臣。但穆元帝也不是人人的捐款都要的,朝臣若想捐,还得三品以上方可。三品以下官员,穆元帝想着他们生活都或许困难,哪里要他们捐钱。

穆元帝觉着儿子们都体贴,连带五皇子先时那事,也渐放开了,想着这个五儿子到底是懂事的。而且,这疫病已去,虽较先时晚了些时候,五皇子府的粥棚又勤勤恳恳地开始施粥了。

五皇子没亲自去粥棚,他身子到底有些虚,冬天格外畏寒。他在衙门里请了长假,多

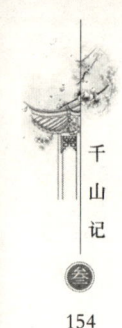

是在家猫着,看他媳妇命丫鬟收拾了一些府中坏掉的器物拿去内务府工匠那里修补。五皇子还说呢:"金玉的倒也罢了,这些个茶杯茶壶的也要补吗?"

谢莫如道:"都是上好的官瓷,何况又不是摔碎,你看这颜色多漂亮,瓷器的修补高手补出来后比这原样更好看呢。再说,就这么扔了也可惜。"

五皇子想,他媳妇可真会过日子。

谢莫如从来不奢侈,当然,她也不是那种抠门的人,她自有自己的一套原则。

两人商量着过年的事,五皇子因为在安心休养,出门少,外头的事知道得就少了,也是过了年去礼部复工才知道太子给他爹献了俩美人的事。五皇子道:"这事可不大好。"做儿子的,给爹送女人。反正,叫五皇子做不出这事来。

谢莫如道:"好端端的,太子怎么会突然有这个心?"

五皇子也是把事打听清楚了才同他媳妇说的,道:"不光是太子,我听说,大哥也有此意呢。"

谢莫如道:"这种事,谁第一个做谁倒霉。太子实在糊涂,放着大道不走,何苦去学这些邀宠手段,反落下乘。"

"自去岁父皇还都,谢贵妃娘娘深得父皇的看中,我养伤的时候,过年时礼部这些事,父皇就是交给三哥代为总揽的。只是,谢娘娘得父皇青眼远非一日,太子不会为这个就给父皇张罗姬妾吧。"五皇子道,"太子身边定有小人作祟,不然,如何会出此下策。"

夫妻俩都觉着给穆元帝送美女实在是昏招,只是,太子怕是未必如此看待。太子见五皇子恢复工作还挺高兴地鼓励了他五弟几句:"可算是好了,你再不去当差,三弟也要分身乏术了。"

五皇子笑:"亏得有三哥,去岁弟弟好生歇了歇。"

太子又问他手腕上的伤如何了,五皇子有些黯然,道:"我这一冬也没闲着,倒是练了练左手写字,只是还写不好。"

太子皱眉,关切地执起五皇子的右手,面上看倒看不出什么,问:"还是没力气吗?太医怎么说的?"

五皇子道:"太医开了药酒,每日都要擦用,只是太医说,这也急不得,三年五载能好,也是快了的。"

太子安慰道:"你也别急,等我帮你打听打听,看可有什么偏方,或是专治蛇毒的大夫。"

五皇子叹道:"我也时常想着,能平安捡回一条命,怎么说都是赚了的。"

"莫说这样的丧气话。"太子好生安慰了五皇子一番,中午留五皇子用饭,看五皇子都已改为左手用筷子,不禁心下暗叹。待五皇子饭后告辞,太子又着人去太医院打听五皇子是用哪几样药材泡药酒,再令太子妃收拾了这几种药材,给五皇子府上送去。心下又觉着,老五这手腕不成,倒也未尝不是一桩福气。

五皇子过年就去衙门当差,主要是他皇爹的要求,不然按五皇子的心意,怕还要再将养半年。他皇爹这么催着他上工,便是因今年是大比之年。

再者,以前有三皇子代为理一理礼部的事,偏生正月里大皇子病了,兵部也有不少事务呢。连四皇子这腿上刚刚卸下夹板的,也去当差了。五皇子毕竟能跑能跳能吃能睡,就是右腕不得劲儿,却是长时间的调养问题,穆元帝也不能再让他歇着了。

五皇子出了东宫,第二日又去大皇子府探病。大皇子额间敷着白布帕,嘴上起了一层白皮,面容憔悴,轻咳几声,道:"不知怎的,忙的时候不觉着如何,倒是年下闲了,这病就找上来了。"

五皇子连忙道:"大哥好生歇一歇吧。"

晚间谢莫如问起大皇子生病的事,五皇子道:"看大哥病得很重,时不时咳嗽,我瞧着要休养一段时间了。"

谢莫如并未作声再说什么。

倒是五皇子,今年非但是大比之年,他还在这年做了件大事。这件事爆发之前,五皇子只在被窝里同他媳妇一人说过,这便是东穆史上非常有名的太宗皇帝四十一年的科场弊案了。

科场弊案一出,大皇子在家与赵霖感叹:"幸而我病了这一场。"

赵霖心有戚戚,算是歪打正着。

赵霖道:"可见殿下如今福运正旺。"让大皇子生病是赵霖的主意。当初他们放出风要给穆元帝献美,结果太子果然上当抢了先之后,赵霖就给大皇子出了这主意:"殿下病一场吧。"

这病,当然得有病的来历与缘由。

赵霖的意思,自去岁忙了一秋一冬,这病,非但能让穆元帝牢记大皇子的功劳,而且,正好把大皇子府准备的献美之事顺其自然地不了了之,省得太子那边察觉出不对来。只是未料到,大皇子这一场"病",还躲过了科场地动。

五皇子委实是敢作敢当的人,他干的这事,四皇子都要送他俩侍卫,千万叮嘱自家五弟出门要小心。春闱革去的作弊名单,那可是不老少的人,而且,有此污点,一辈子不能再科举不说,子孙后代也会受影响。而有能力买题作弊的,大都是有些来历的。

还有因此科场弊案牵连下马的官员,更是一长串。

五皇子在朝中的名声,就甭提了。连太子都信了,暗与宁祭酒道:"要是以往,父皇定

155

是舍不得叫小五这么得罪人的。"可见他五弟在他皇爹面前的宠爱大不如前。

宁祭酒笑："五皇子可是个心黑手狠的，为重得圣宠能到这一步，也不简单了。"

太子与五皇子毕竟一向关系不错，宁祭酒也只是略点一句罢了，却是道："昔年殿下册封东宫，赵国公提过一次诸皇子的分封之事，那事被陛下压下，至今未再提起，依臣看，是要重提此事的时候了。"

太子心下舒坦，道："待科场案后，再委婉提及不迟。"

宁祭酒恭敬地应一声："是。"又道："此次科场案，殿下切不要为任何人说情。"

"孤知道。"

宁祭酒告退。

自东宫离去，宁祭酒走在青石板铺就的甬道上。此时，春风乍暖还寒，宁祭酒长袖飘然，唇角不禁浮起一丝若有似无的微笑。有这次科场案，倒要看看五皇子能分到什么样的封地！

五皇子干的这事，虽然得一好名，但没少招人暗骂，当然，有更多的人想走一走他的路子，求他高抬贵手啥的。五皇子便又摆出以往的严整脸来，端的是六亲不认。

倒是谢姑太太之女余瑶来了趟五皇子府，余瑶是带着丈夫李四郎一道来的，李四郎榜上有名，夫妻俩过来报喜。李四郎是个实诚的，道："国子监的先生们说我的文章火候未足，尚在两可之间，原想着今年试一试场，侥幸榜上有名。"

谢莫如记性极佳，道："既在二榜，就不只是运道好了。"

余瑶笑："相公念书刻苦，我们也实在是赶上好时运，不然，若叫那些早早地在卷中做好标记的人上了榜单，相公就不知要被挤到哪里去了。"

谢莫如微笑："可见为人还是踏实的好。"

"是啊，相公也是憨人有憨福了。"余瑶一向快人快语，谢莫如素来喜欢她，中午留他们小夫妻在王府用饭。

江行云在春末夏初时归来，给谢莫如带了许多南安州特产。江行云笑："去岁听到帝都地动的事，料想你该无事，我还是担心许久。"

谢莫如笑："各人有各人的命，这本就不是担心得来的，不过，人非草木，你在外头，我也时有记挂。"问江行云："南安州冬季当真暖如春日吗？"

江行云远道归来，她本就是个神采飞扬的人物，如今更有几分眉飞色舞的意思，更添生动。江行云道："冷的确是不冷，但暖也不是暖。像在帝都在西宁，冬天冷，无非就是坐屋里烤火，南安州虽暖，但太爱下雨，一场又一场接连不停，我屋里的家具都要小心，不然还会发霉。"

谢莫如笑:"有这样潮湿?"

"绝对有。"江行云将话一转,"不过,我也怀疑为什么那儿的女子格外水秀,可能就是同气候相关。"

"这也有理,水秀水秀,这俩字就带了五分水意。"

江行云先说了一番南安州的风土人情,接着又说了回苏不语:"苏大人那般白皙俊俏,南安州的女子大方得紧,还常有少女过去同苏大人表白爱意的。开始苏大人不明白,人家女孩子送他花他便欢喜地接下,有懂风俗的提醒他,人家女孩子的花不是白送的,待苏大人退回去,倒惹得人家一通眼泪。"

谢莫如道:"不语一向有些风流。"不知苏相那样板正的性子如何养出苏不语这般跳脱的儿子来。

"他也得敢。"江行云笑,"苏不语不傻,南安女子性子刚烈,可不似中土女人柔顺。"

谢莫如深以为然,不说安夫人这位曾亲手剥了前夫皮的前辈,就是南安侯看着威风冷峻,娶了妻子后竟再无姬妾,便是四皇子府,四皇子妃一向细声细气的好性子,四皇子却是将以往身边的姬妾都打发了。谢莫如不禁一笑:"的确是风土人情不同。"

江行云去了一趟,大长见识,与谢莫如很有一番畅谈:"要说南安州,当真是好地方,虽然经常下雨,不过四季鲜花鲜果不断,鱼虾更是丰盈,不似我们西宁州,秋天就没鲜菜可吃了。而且,我看多有人说南安州是外夷聚居之地,那是这些人不知南安州物产之丰。他们当地的土人虽然耕种远不比汉人,可山里能吃的东西太多。像咱们中原遇上年景不好,饿殍满地不是没有。南安州不同,我看他们往山里去寻些野味就够吃了。要说不好,就是文化学识了,他们虽有自己的文字,也有族中多年积累下来的历史记录,但要说文化发展,远不如我们。耕织也是自安夫人投奔朝廷后,才慢慢学会的。不过,南安女子的手都极巧,她们绣花做得极精细。男子是天生的好猎手,安夫人身边最有名的一支卫队,就是挑自族中壮士,战力非寻常能比。"

午饭吃的就是江行云带回的南安特产,江行云遗憾:"可惜南安州路远,东西新鲜着才更好吃。"

谢莫如笑:"新鲜有新鲜的吃法,晒干有晒干的风味,菌子一类的东西,若是适合鲜着吃的,一般晒干了倒没味儿。而有的,则是相反,鲜着反是没味儿。"

"不过,我们西宁的草场上有一种白菇,那是真正的好菇,不论是鲜是干都是极美味的。上上等的白菇能长巴掌这样大,色若羊脂美玉,故而也叫玉菇,通体雪白,仿佛奇珍,有人为了好听又唤叫玉珍菇。这样的玉珍菇,非但烧汤极鲜,和鸽子一道炖了来,滋阴养肺,在西宁若有人得了咳喘不治,吃上几个月的玉珍菇炖鸽子汤,便有奇效。"江行云笑,"在南安州,我也见了一种菇子,外头看极类玉珍菇,只是味道尚不及玉珍菇的千万分之一,就是牛羊也不喜欢吃它,当地人唤作美人菇。"

谢莫如道:"这名字倒有趣。"

两人说着话用过一餐饭,饭后继续畅谈至傍晚,江行云方起身告辞。谢莫如一路送她出去,道:"这老远的回来了,先好生歇几日吧。"

江行云笑:"虽是远行归来,却并不觉着疲倦,我倒想趁着这几年各去瞧瞧。"

谢莫如送她至大门,江行云上马告辞,带着随从洒然而去。谢莫如在门前站了片刻,身后一堆门房侍卫的也不敢惊动她,倒是远远地见着一辆乌木马车行来,谢莫如眼力极佳,看出是五皇子的马车,便继续等了一时。五皇子下车时见着谢莫如,面上不由得转了喜色,下车握住媳妇的手,笑:"怎敢劳你亲迎,这傍晚的天还是有些冷的。"

谢莫如笑:"行云回来了,我刚送她走。"

"合着是我自作多情。"五皇子玩笑一句方道,"江姑娘这去的日子可不短了,得有大半年吧。"

"是啊,我们说了一整天,咱们虽去不了南安州,能听一听也觉着有趣。"两人挽着手回了梧桐院,侍女们上前服侍,谢莫如去了外头披风,五皇子也脱下身上威仪气派的皇子服饰而换了家常衣裳。待吃过饭,五皇子方同谢莫如道:"今天大哥找我给人说情了。"

"给谁说情?"

"于湘。"

"于湘?"这名字谢莫如不大熟,不过,他是知道于家的,帝都北昌侯就是姓于,于家自北昌府起家,如今仍有子弟在北昌府担任要职。谢莫如问:"听说赵贵妃的母亲出身北昌侯府,这于湘难道是大皇子的亲戚?"

"正是大哥的外家表弟,他也是大哥的伴读,上次大哥不是叫人说江姑娘的闲话吗,便是于湘指使人干的。"五皇子虽爱端着脸摆个架子,到底不是铁石心肠,大皇子亲自出面请他容情,这可真是……

五皇子现下忙的只有一桩事,谢莫如一猜便中,问:"于湘也参加春闱了?"

五皇子道:"可不是吗!他以前是大哥身边的伴读,后来因那事父皇命大哥逐了他去,不准他再在大哥身边。他也是,想当官还不容易,走路子谋个实缺,于他也不是什么难事。偏偏去做这等鬼祟事,大哥撑着病体为他说情,我不应吧,得罪大哥,我若应了,还怎么当这彻查科场舞弊的差使呢?"

谢莫如问:"那殿下如何回答的大皇子?"

五皇子道:"我说这要看父皇的意思,大哥的脸色甭提多难看了。"

谢莫如不以为意:"民间还说呢,新官上任三把火。殿下是初次查这样的大案子,处处小心还要有人鸡蛋里挑骨头挑你的错呢。你要是真徇私了于湘的事,明儿个就得有御史上本,叫陛下知道,殿下这差使就当不长了。倘真前怕狼后怕虎地顾忌这些个,真就什么都别干了。"

"是啊。我倒不担心差使当不长,只是想着,我在礼部这些年,还没办过一件真正心底无私为国为民的事,这事虽得罪人,我也不想就这么碍于人情中途而废。"五皇子道,"贵胄之家的子弟,能科举自然好,可就是不科举,一样有路子谋得差使。寒门的路本就窄,这千里挑一的春闱大比若都操纵在官员贵胄之手,寒门的路便越来越窄了。更有甚者,春闱原是父皇为择天下之才而举行的抡材大典,倘连春闱都为这些人所操纵,那么走这些邪门歪道选出的进士又都是些什么东西!长此以往,必酿舞弊之心。哎,多少朝代都是吏治败坏而致天下败坏,故而不可不防。"

五皇子颇有感触,主要是他内心深处对他皇爹很是有些孺慕之情,再者,五皇子淳朴地认为,这天下是他父皇的,也就是他们老穆家的,有人挖老穆家的墙脚,这事能忍吗!

必须不能忍!

五皇子感触一回,觉着自己大哥越发糊涂了。

五皇子已是六亲不认,连带着新上任的礼部徐尚书,因受此春闱案的连累没能如前任冯尚书一般入阁,于是,冯尚书过世后的内阁相辅之位被早早地当了尚书而多年未能入阁的谢尚书补上。

不过,谢尚书入阁,徐尚书倒没什么嫉妒之意,主要是谢尚书在去岁的地动防疫一事上也是冒着性命危险陪大皇子回帝都的官员之一。且人家谢尚书命大,像冯尚书年岁也不大,染上疫病去了,一样参加防疫工作的谢尚书则安然无恙,疫死了冯尚书后,依谢尚书之功劳资历,这内阁之位无人与他相争。

何况春闱之事虽与徐尚书无关,但春闱本身就是礼部干系最大,怎么着也是脱不开的责任。故而,谢尚书补进阁位,徐尚书在谢家摆酒时也着人送了份礼。

谢尚书入阁之大喜事,谢家是一定要摆酒的,不过,五皇子没去谢家吃酒,倒不是他不想去,是谢莫如没叫他去。谢莫如道:"殿下在朝中正忙,无须为这些琐事耽搁时间。何况,这次摆酒,去的人一定多,殿下正在风口浪尖,去了反令人多思,若再遇着求你帮忙说情的,岂不晦气?"所以,五皇子就送了谢莫如,自己没进谢家的门,就去了礼部衙门。

谢家门房知道今日来客定然不少,故而早早地换了新衣精神抖擞地在门上候着。尚书府的门房也不是简单的,远远地看到车驾就知是自家王妃,早早出门迎候。结果,他们这刚给五皇子谢莫如请了安,五皇子没进门就走了,里面可有腿快的进去回禀:"五殿下和王妃娘娘到了!"

当然,这话是分开来回禀的,因为宴宾客、官客、堂客要分开坐。一个门房小厮跑到二门对二门的婆子道:"快进去回禀太太,王妃到了。"然后,二门的婆子往里传话,女眷们就知道谢王妃来了。另一个小厮则是直接跑到官客们坐的厅堂,直接禀:"老爷,五殿下来了。"然后,官客们都已做好起身相迎的准备了,结果,五殿下一等不来二等不来。这要不

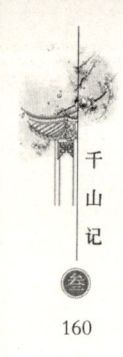

是在自己府上，谢尚书还得以为五殿下出了什么意外呢。管家谢忠机灵，这会儿早跑到二门上去找自己媳妇问了，谢忠媳妇大着胆子悄悄禀予谢太太。谢太太迎谢莫如坐了主位，一屋子女眷刚刚坐下，谢太太倒是问得自然，主要是谢莫如是她孙女，这也不是什么不能问的。谢太太道："我听他们来禀说，五殿下也来了，你祖父那里倒没见着五殿下。"

谢莫如道："殿下现在事忙，如今这差使，誉之谤之，正是要紧的时候，今儿这样热闹的日子，来的人多，殿下索性就没进来。"

谢太太显然也知道五皇子如今在蹚雷呢，笑："咱家不是外处，既然殿下有差使，自是差使要紧。"不必谢太太吩咐，谢忠媳妇也知道怎么去答复丈夫了。

谢尚书那里得了信儿，与诸位来贺的同僚道一声："五殿下铁面，不徇私情哪。"所以，想来走他这路子的都免了吧。

在谢尚书这里，大家自然是纷纷赞扬起五皇子来。其实，便不是在谢尚书面前，只要在世人面前，鲜少有人说五皇子的不是。关键就是，五皇子干的这事，谁都知道是对的，是正大光明之事，当然，这得是没涉及自己利益的时候。

便是宁祭酒，先前劝太子莫要为科场案说话，如今也闹得一脸灰。不为别个，那在卷面中做记号的就有国子监的学子。

太子扼腕，如同徐尚书失内阁相位，宁祭酒官职不过从四品，其兼职的太子詹事是正四品，太子引宁祭酒为心腹，是打算给他挪一挪位子的。不为别个，去岁冬疫病，朝中高官如冯尚书都不幸染疾故去，但其礼部还空出一个侍郎缺，这个侍郎缺倒不是前侍郎死了，而是前侍郎秦川高升去了翰林院做掌院，由此空出左侍郎之位，然后右侍郎迁左侍郎，而空出的右侍郎一缺。太子相中了这个缺，原是想着要给宁祭酒加把劲。结果，太子这话还没开口，国子监也给这科场舞弊案牵连了进去。当然不是宁祭酒叫他们去作弊的，只是，你家学生作弊，校长能推卸责任吗？

哪怕宁祭酒挺想推卸，当着同僚百官，他还得要脸呢！

宁祭酒自知自己失了这天赐良机，便道："科场案既发，候补的侍郎别的不论，必要忠直廉洁之人方好。"

太子道："一时间还真没有太合适的人选。"

宁祭酒道："殿下以为薛白鹤薛大人如何？"

"薛白鹤？"太子皱起眉，他从未听说过这人。

太子未听说过这人，宁祭酒却是熟知的，他道："薛白鹤与臣是同科，年岁也与臣相仿，他是翰林庶吉士出身，后由翰林检讨，一直到编修、修撰，而后授官礼部主事，如今任礼部郎中，五殿下清理科场舞弊案，薛白鹤是五殿下的得力干将。此次右侍郎出缺，陛下虽会问殿下的意思，但想来亦会看重五殿下之意。"

太子再次皱眉："郎中不过正五品，侍郎为正三品，朝廷虽简拔人才不拘一格，但薛白鹤未见高功，如此厚赏，怕群臣不满哪。"

宁祭酒道："如今未见高功，待科场案后就是现成的高功了。"

太子不大喜欢从未有印象的薛白鹤，他道："这事且不急，总要内阁先拟出名单来。"

太子想一想自己这里，委实未有太过合适的人接替礼部右侍郎之位。其实与太子亲近的臣子里未有合适人选，但亲戚里还是不乏有官职相宜的，只是那样未免太过明显的私心，太子又如何能在穆元帝面前提起呢？

太子这里不大如意，心下不由得觉着五皇子这阵仗弄得也忒大了些，再这样下去，满朝文武又有几个脸面得保呢？太子有心相劝一二，奈何此事是父皇亲掌，他不是大皇子，明知不可为还去厚着脸皮碰钉子。

碰了钉子的大皇子亦不大如意，倒不是钉子碰得狠把头碰肿了，这个钉子之痛相对于兵部尚书之位最终尘埃落定，简直不值一提。

大皇子实在不明白自己父皇是怎么想的，胡家刚有族人被科举案牵连，后脚就将空出的兵部尚书一位赏了南安侯！

这可是兵部尚书啊！

大皇子在兵部当差这些年，与前兵部尚书处得很不错，谁晓得前兵部尚书命短，地动中送了性命，兵部尚书一职便空了出来。大皇子原想着将左侍郎提起来就很好，谁晓得他皇爹空降了南安侯。

南安侯这种资历这种地位，做了兵部尚书，岂不令大皇子掣肘吗！

大皇子的感觉已不能用"不如意"来形容了，他现在简直想吐血。

同样想吐血的不只是大皇子，现在被颇多人絮叨的五皇子亦有此感。他一直办公到入夜，连晚饭都是在衙门吃的工作餐，好不容易回家刚喝了口热茶，险被他媳妇的话惊得跳起来。

谢莫如不似五皇子这般双目圆睁的吃惊，她一向淡定，便重复了一遍："殿下，凌氏有身孕了。"

五皇子足足半刻钟没有反应，而是维持着瞪眼睛的吃惊状。谢莫如奇怪，问："殿下，怎么了？"

五皇子打发了近身侍女，问妻子："她真的有了？"

"这还能有假？"谢莫如道，"你这是怎么了？"

五皇子搓搓手："这也忒准了吧，就一回就有了。"

"什么一回？"

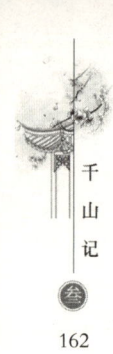

五皇子见他媳妇追究，脸上有几分不自在，含糊道："没啥没啥。哎呀，天晚了，咱们也歇了吧。"那事，丢脸的五皇子这辈子都不想再提。

要说纳凌霄为侧妃，称得上是五皇子这辈子最不情愿的事情之一了。虽然凌霄对他有救命之恩，五皇子在被凌霄威胁时也只当是报救命之恩了，可到底心里是不情愿的。

那天晚上洞房就更甭提了，五皇子真想回梧桐院睡，凌霄一句话就留住了他："殿下空我的房，岂不叫天下人都知道，殿下说喜欢我是假的吗？"

于是，五皇子没走，但他也没想干那事。

然后，凌霄道："殿下不碰我，岂不叫天下人都知道，殿下说喜欢我是假的吗？"

五皇子刚要说："别一句话重复两遍成不成！"结果，紧接着，凌霄似是知道他心中所想一般，补充一句："丫鬟嬷嬷们都在外头等着服侍吧？"

你说把五皇子气得，他道："女人当矜持些。"

凌霄淡淡一笑，五皇子是个讲责任的人，凌霄又救过他的命，五皇子觉着，既如此，凌霄想安安生生地在他这后院寻一席安身之地，也便罢了。但，接下来的事情，五皇子这辈子都不愿意再回忆的，他也委实未料到凌霄真就有了身孕。五皇子躺在床上直叹气："这孩子，唉，这孩子得有三个多月了吧？"

"快四个月了。"

"那先前太医请平安脉怎么没诊出来？"宫中贵人都是三天一次平安脉，皇子府不敢与宫中比，大小主子们也是一月一次平安脉的。喜脉又不是什么难诊断的脉象，寻常两月就能诊出来。五皇子不是头一遭做父亲，这些常识还是有的。

谢莫如道："凌霄身子有些单弱，先前未能诊出来吧。"

五皇子道："凌霄有孕的事，暂不要往外说。"

"这是什么缘故？"

五皇子再不想说，这会儿也得说了，轻声道："你不晓得，她不是那个，那个，你明白吗？"

"哪个？"谢莫如是真的不明白了。

因在被窝里说话，五皇子还是将声音压得格外低："处子。她不是。"

谢莫如再未料到有这种事，道："不会吧？"难道先时凌霄已跟陛下……那这成什么了！

五皇子双眉紧锁："反正，她有身子的事暂不要说。"

谢莫如道："你定是想多了，再怎么也不可能是那样的。倒是看她颇有苦楚，以往定是经过一些事的。"

"她先前可不是这样跟咱们说的。"

谢莫如道："那会儿她一心只不愿进宫，更不惜拿救命之恩威胁殿下，便是说上几句谎话又算什么。殿下放心吧,我已命人去查她的底细,算着人也该回来了。"

五皇子此方不说什么,到现今,他是宁可凌霄先前有过些坎坷,也不希望是另一种猜测。

谢莫如虽体谅五皇子或者被"凌霄可能被穆元帝收用过"的猜测给惊着,才未与她说凌霄的事,但仍是抱怨了一句:"殿下该早与我说。"

五皇子长叹:"这个要怎么说?"

"殿下想一想,倘她真的与陛下有过什么,这次陛下指名要她进宫,她如何会不愿意呢?"谢莫如拿出最直接的破绽,"我在宫里听母妃说,谢贵妃都让人把明月殿收拾出来了,明月殿以前住的是四皇子的生母李昭仪。"李昭仪出身卑微,完全是从宫人升起来的,从一个宫人到九嫔之首的昭仪,可见当年盛宠。当然,李昭仪一去,明月殿就要付与新人,那盛宠估计也只是盛宠了。考虑到当初谢贵妃收拾明月殿的时间,定是为凌霄入宫收拾的。若凌霄早先被穆元帝宠幸过,苏妃便不可能放她到皇子府来。

五皇子道:"那她怎么不是……"五皇子虽然也有几个侧妃,但要说到女人的事情上,他并不太具有想象力。若并不是被他皇爹宠幸过,在皇子府也不大可能,他媳妇一向治家极严。

谢莫如沉吟片刻,道:"可能是在入宫前。"

五皇子寻思一时,为谢莫如的猜测辗转起来。东穆立国未久,民风逐渐开放是有的,与前朝那种寡妇再嫁、婚前失贞,女人除了死路一条别无他法的风气不同,东穆逐渐放开对女人的限制,但也没这种失贞后想方设法进宫的胆大妄为之人啊。五皇子简直百思不得其解,道:"要论能给她的地位与圣宠,咱们府里的侧妃之位自不能与宫里的地位相比。我平日里对她未多留意,也不会自作多情与她就真如何倾心我。我实在不明白,她为何这般千方百计地要留在咱们府里。"在五皇子心里,凌霄这样千方百计地进宫,自然是有所图谋的。史书上不乏有女野心家,入宫便为富贵,血淋淋地杀出一条通天大道。但,若凌霄是这种人,怎么着也该顺着圣意进宫方是。

"殿下怎么糊涂了,她这样真的再次进宫,陛下近身便知。"

"我不一样也知道了。"

谢莫如总觉着凌霄行事,前后矛盾,不合常理,便道:"再等一等,她现在毕竟有了身孕。"谢莫如估量着,虽然想必现在凌霄也寻思好说辞了,但说过一次谎的人,谢莫如还是愿意等派去探查凌霄底细的人回来后再一次性处理凌霄的事。

五皇子真心觉着,一个女人比春闱大案还要令人头疼。

五皇子每天还要在衙门里忙得昏天黑地,凌霄这事由谢莫如处理,五皇子自己也放

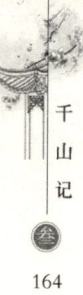

心。倒是五皇子,待科场弊案查清楚,朝廷震荡不小。原在去岁地动救援事宜中立下汗马功劳而被点为今科主考的李相,虽然此事未查出与他相关,但李相不得不站出来承担一部分责任,经内阁决定,穆元帝首肯,迁李相为陕甘总督。好在陕甘总督亦是要员,可见穆元帝还是留了情分的。

穆元帝特意道:"去东宫跟太子说一声吧。"李相身上还有太子太傅的职位,如今他外任,这个位子自然也保不住的。

李相辞了穆元帝过去东宫,太子言语间颇为黯然:"冯相因疫过身,今李卿又离孤而去……"太子少傅死了,太子太傅走了,哪怕穆元帝待他依旧,太子心下却极是不安的。

李相道:"殿下莫要担忧,冯相过身,臣原想着必是新的礼部尚书补入的,不想陛下点了谢相入阁。今臣一去,内阁又有空缺,想来陛下必有安排。殿下荣辱所系,皆在陛下。父子至亲,殿下以忠侍君,以孝侍父,当无所忧。这虽是老生常谈,想来却是至理。"到李相这个年岁这个地位,也没什么看不清的了。此次他虽受了科场弊案的连累外任,到底在官场多年,经的见的多了。凡世间事,至繁也至简,如太子,与其担心东宫地位,倒不如花些心思与穆元帝搞好关系,只要父子关系好了,东宫之位自然稳固。

李相说了几句忠君的话,便自东宫去了。太子赏了李相不少东西,李相虽然也尽心辅助他,但遇事只会掉书袋说些大道理,太子心里,未免觉着他不比宁祭酒亲近。

李相下台之事,五皇子经自家长史提醒:"东宫那里怕是要多想的,殿下有空还是寻机与太子殿下解释一二的好。"

五皇子道:"这要怎么解释?李相外任是父皇定的。"其实五皇子对李相的印象不差,去岁地动救援疫病防治,李相是出过大力的,不然今科春闱也不能点他为主考。五皇子原还想过,凭李相的恩宠,苏相年岁有了,倘苏相致仕,接任的必是李相了,可谁也未料到李相运道委实不大好,好不容易当回主考偏又赶上舞弊案。

张长史是个负责任的好下属,道:"人皆有私心,舞弊案毕竟是殿下主持调查,李相因此案外任,太子太傅之位怕也难保。去岁冯相因病过身,今朝李相离都,东宫痛失臂膀,太子殿下心里怕是不大痛快的。我们府上一向与东宫相近,切莫令东宫生出嫌隙方好。"人家以后是要做皇帝的,说到底,他家殿下以后得看人家脸色吃饭,不搞好关系怎么行呢。

五皇子叹:"这也有理。马上就是太子千秋,我与王妃商量着,给太子送份厚礼才好。"

五皇子将此事特意说与媳妇知道:"我并不是特意针对谁,这事出来,谁又有脸面呢。有一位于举人,说来还是于侧妃的族人,父皇这些天也很不痛快,李相外任,其实朝中都知道他是受了连累,以后说不得还能升回来的。不过,张长史的话也在理,我这些天忙,也没空去东宫,太子千秋,咱们的礼加厚些吧。"

谢莫如道:"这不大好,咱们几家的礼,一向都是差不离的。要是大皇子他们几家都还照老例,独咱家送厚礼,叫人瞧出来,得怎么想呢?就是对东宫,也显得不好。"

五皇子拍下脑门:"真是个馊主意,要不,我还是直接去太子那里解释一二。"

"要我说,殿下是多虑了。"谢莫如道,"太子是一国储君,冯少傅那是没法子,寿数如此。至于李相,如殿下说的,也不过是受了科场案的连累,又不是自己有什么不妥当。这二人虽是东宫属官,可什么是储君呢?难道对于太子,只有东宫属官是他的臣子,其他东宫外的就不是了?这朝中,每年来来去去多少人。臣子就是给陛下用的,也是给太子用的,如冯少傅和李相这样的大臣,一样是朝廷重臣。他们做东宫属官才几年,在御前当差又是多少年?要说东宫因此事不悦,我倒认为没有必要,既是用人,当用则用,当弃则弃,当赏则赏,当罚则罚,恩威并用,方是人主之道。何须因一人来去而生烦恼,何况,东宫属官不全,难道陛下心里不清楚?此时想来陛下已有适当人选补东宫少傅、太傅的缺了。"

"殿下不必给东宫送礼,这是小瞧东宫了。"谢莫如建议,"我备了份薄礼,不如,殿下着人给李相送去吧。此次李相受此牵连,委实冤枉。殿下再在陛下面前提一提此事,别私下做了倒叫人闲话,也是给李相说几句好话。太子与李相这几年,怎能没情分呢?只是太子碍于身份,不好为李相说情。待殿下办完了这事,再去同太子解释一声,太子还有什么嫌隙的呢?"

五皇子觉着,他媳妇比他家长史高明百倍不止啊。五皇子叹服:"这上头,还是你们女人心细。"又问给李相备的是什么。

谢莫如道:"咱们与李相又不熟,也不知他喜欢什么。他是文人,我叫丫鬟备了套陛下赏殿下的文房四宝并一套御制诗集,如何?"

"备得好。"礼轻,情意也不重,尤其是东西简单,绝对让人挑不出毛病来。

饶是李相也没料到五皇子会打发人给他送东西,来的还是五皇子府的长史。张长史说得恳切也简单,没绕什么弯子,道:"殿下说,科场案,李大人清清白白,只是受此牵累,外出为官。殿下心里过意不去,知李大人不日将远出帝都,命下官送这些东西来,并祝李大人一路顺风。"送上东西。

要是什么厚礼,李相定不能收的,但五皇子给的这东西吧,简单得委实不好拒绝,便客气收了东西,留张长史说了几句话,然后,在张长史告辞时,很客气地命儿子送他出门。

李相这把年岁,在他身边服侍的是五子李端。李端送了张长史回来,便说出自己的疑问:"咱家一向与五殿下没有来往,五殿下怎么突然打发人过来给父亲送东西?"

李相摩挲了下装着礼物的木匣,道:"五殿下是个直率人,此次科场案,五殿下颇为铁面,多少人说情,他也不为所动,方办成铁案。这样的人,多是心口如一的,大概就是长史说的,殿下觉着我是受了牵累,过意不去吧。"

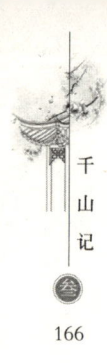

李端道："这么说，五殿下倒是个真性情的人。"

李相摆摆手，多年官场风雨，眼瞅着离首辅之位不过一步之遥，结果受此案连累，不得不离都外任，他心里不是不怨五皇子。倒是五皇子，以往他竟未觉出五皇子办事如此漂亮来。

五皇子不忘将此事与他父皇报备，也的确为李相说了话。他说得坦坦荡荡，光明正大，道："此案完结，李相身为主考的确得担些责任，只是儿子一想到他这一把年纪，而且，比起那些真正营私舞弊的来，李相清清白白，儿子就有些不忍。听说他门庭冷落，便着人给他送了些东西。"

穆元帝倒没说什么，道："有功则赏，有过则罚。如科场案，必要重责，贪婪之心方有所忌惮收敛。朕年年吏治，无外乎是想朝廷这潭水清上一清。"李相一去，余者查实有罪的官员或是杀头或是流放，皆判得极重。就是作弊的举子，亦是清一水地革去功名，永生不录，不予为官。

穆元帝也将东宫太傅和少傅的缺另点了人，苏相点了太傅，谢尚书如今官运亨通，点了少傅。

五皇子挺为太丈人高兴，当然，也为太子高兴，以往做太子太傅的李相也是能臣，于内阁中居次辅，自比不得苏相这个首辅。谢莫如也道："这两人，陛下点得好。"苏相最是中庸老练，多少年来，相位稳若磐石。谢尚书更不必说，以前年轻时做过穆元帝的先生，但辗转多年，才熬到相位，于穆元帝昔年的诸位先生中，是最迟的一个。多年媳妇熬成婆，谢尚书堪称典范。

谢莫如想，大概穆元帝希望太子若苏相一般沉稳，如谢尚书一般坚忍吧。

朝中此番更迭结束，已是六月末，谢莫如担忧地同五皇子道："派去蜀中查凌霄的人一直没回来，也没信儿，这可如何是好？"

五皇子皱眉："这也走了有半年了吧。"不过是去趟蜀中，虽说路远，三四个月也能走个来回了。便是慢些，如今这半年有余也该回来了。

五皇子安慰道："你别急，毕竟是咱们府的人，是生是死总不能没了下落。我着人去查一查。"

"先问一问凌霄。"谢莫如已经不想等了。

凌霄显然早有准备。

她现在大腹便便，身子已经有些笨重，着一袭宽松的浅翠罗裙，发间一支简单的翠玉簪子，倒也清爽。谢莫如道："把你想好的说辞再说一遍吧。"

凌霄自怀里取出一个素色荷包奉了上去，绿萝接了，呈给五皇子。五皇子取出来，是一块半巴掌大的青铜令牌。五皇子看去，令牌就是普通侍卫常用的样式。当然，能有这种青铜令牌的，一般也是些有头脸的侍卫。令牌一面是侍卫的编号与姓名，另一面就该是这令牌所属的营卫了，譬如，羽林卫的令牌，一般会刻一个"羽"字，玄甲卫则是"玄"字，以此类推。五皇子翻过面，却一时没想到这是哪家的令牌，因为另一面刻了一个"英"字。

五皇子奇怪："这是哪家哪营的令牌？"没有哪家哪营用"英"字的啊，说着将令牌交给谢莫如。

谢莫如心底一沉，打发了绿萝下去，问凌霄："英国公？你是先英国公的后人？"五皇子一时想不到英国公，是因为英国公府烟消云散多年，帝都城中风起云涌，已鲜少人记得当年赫赫扬扬的英国公府了。谢莫如却是见之则明，她也不晓得为什么，但一见这令牌立刻就明了。

凌霄苦笑："我并不知先英国公府的事，也不是先英国公的后人，在父亲生前，我也从未听到过任何有关英国公府的事。这是我父亲的遗物，我自幼在蜀中山村长大，家父过世后，我收拾家父遗物，才看到这令牌，却也不知是何出处，只当是个念想收了起来。但前夫见后，就起了谋害之意，我侥幸逃得性命，实不甘心就这么死了。我流落在外时，渐渐见了些世面，我们那里，便是知府大人府上用的令牌，也只是木头做的。我想着，这令牌约莫干系极大，后来因缘入宫做了宫人，见过大太监的牌子，那也是铜的。我在宫里，时常听到贵人们说起宫外显赫人家，但没有一个是带着'英'字的，偶然有一回听到过永福公主说起英国公之类的事，我也猜度了些。"

"你父亲是当年英国公府的侍卫啊？"五皇子也知事情不简单了，道，"那你如何不早说？"

凌霄沉默不语。

谢莫如淡淡地代她回答："至亲夫妻都能因猜到些蛛丝马迹痛下杀手，想来凌霄没有太大把握前不准备开口的。你这身份，在宫里倘给陛下知道，的确福祸难料，更不必说太后深深忌讳先英国公一系。如今不同了，你有了身孕，有了殿下的孩子，保住性命的把握大了些，才会将这东西拿出来，与我和殿下如实说明，对不对？"别说什么先英国公府旧人，像凌霄这样只能算先英国公府侍卫的后人，原本连英国公府是什么都不晓得，这个身份带给她的也只是杀机。凌霄当然不信谢莫如，一个人经历过连枕边人都能翻脸痛下杀手的危机，她还会信谁？至于感情，谢莫如不认为自己对先英国公府侍卫的后人有什么感情，想来凌霄对她亦是如此。

谢莫如问："你还有什么想说的吗？"

凌霄道："如果可以，请娘娘与殿下尽力周全我的性命，我实在不想死。"

五皇子都为凌霄此等脸皮叹为观止了，谢莫如看向五皇子，五皇子也没什么好问的了，道："你先下去吧。"

凌霄行一礼告退。

五皇子道："以前真没看出她这满身的心眼来！"

"她毕竟怀着咱们的骨肉。"

谢莫如知道老穆家缺孩子缺怕的基因遗传到每个人的骨血里，果然，五皇子也说不出不要孩子的话。谢莫如道："殿下看，明天我能不能与殿下一道进宫，见一见陛下？"

五皇子道："这事还是我与父皇说。"有什么外头的事，五皇子认为还是自己去解决的好。

谢莫如道："有些话，殿下与陛下反是不好解释，殿下是孝子，陛下一句话就能把你打发了。倒是我是做儿媳妇的，陛下对我，怎么也要比对殿下和气些。"

五皇子觉着媳妇实在冤枉，道："英国公府坏事的时候，你还没出世呢。如今这麻烦，倒要你出面。"

谢莫如向来不抱怨任何事，道："我还是那句话，当初我曾对天起誓，只要殿下能平安归来，什么样的代价我都愿意付出。凌霄毕竟救回了你，她惹出的麻烦，咱们一道解决。"

五皇子很是感怀，悄悄地捏了下媳妇的手。哎，侧室多了有什么好啊，于氏娘家族人参加科举，结果牵连进科场案，五皇子虽然大义灭亲了，也觉着没脸。凌霄这个，闷不吭气的又这么会算计。

五皇子觉着，还是他媳妇最好。

谢莫如明白五皇子的心意，默然一笑。这样就很好，他们彼此坦诚，无事相瞒，如同亲人，永不辜负。

这是谢莫如第三次见到穆元帝，第一次是在与五皇子大婚后来昭德殿请安，这次依旧是在昭德殿。五皇子先前也没通知他皇爹一声，今儿不是朝会的日子，早膳后，五皇子带着谢莫如就来了。

穆元帝觉着，五儿子这事办得，有点儿突兀。不过，儿子媳妇的在外头求见，穆元帝自然得见。五皇子带着谢莫如进去，谢莫如便道："殿下，我与陛下单独说会儿话。"

五皇子见他皇爹没什么意见，就连穆元帝身边的郑内侍一并带下去了，然后自己守着门。郑内侍远远地在院子里，想着，这，这是什么情况啊！

谢莫如自袖中取出那块英国公府的令牌放到了穆元帝面前，穆元帝挑眉。谢莫如道："陛下知道凌霄的事了吗？"

"她不是在你们府上做侧妃吗？"

穆元帝既说不知，谢莫如就将凌霄的来历如实说了一遍，道："她现在有身孕，肚子里的孩子是我与殿下的，现在不能动她。陛下若要她的性命，也待她生产之后；若不要，就容她在我们府上活着吧。"

穆元帝淡淡："哦，那朕是要还是不要？"

谢莫如亦淡淡:"理不辩不明,话不说不明。倘我不把此话说明白,以后难免为小人所乘。陛下要不要她的性命,不与我相干。您要我猜,就是小瞧我,也小瞧您自己了。"谢莫如示意案间的那面令牌,"当初连这令牌的主人都无恙,想来不过是个不相干的人,凌霄是这人的女儿,更不相干的。我过来,不单是为了说这事,我派去蜀中的人,陛下还给我吧。我不过是派他们去核实凌霄的身份,蜀中有什么不能叫我知道的,陛下或许以为是了不得的机密,我却没有半点儿知道的兴趣。"

穆元帝没说话,谢莫如已将话说完,道:"陛下既无吩咐,我便告退了。"

穆元帝忽然问:"你不想知道?"

谢莫如不由得驻了脚步,此时正是清晨,晨光自雕花窗棂透入,洒在谢莫如身上,勾勒出一个淡金色的高挑身形,但自穆元帝的角度却是看不清谢莫如的神色。谢莫如的声音依旧平淡:"许多人见到我总是想起辅圣公主与方家,他们会永无止境地幻想辅圣公主与方家对我的影响。可事实上,我没见过这两者之间的任何一个。如果陛下是问我对您亲政的看法,我只能说,天上从来只有一个太阳。胜者胜矣,败者败矣,有何可说?人想站得高,还会惧怕摔下来的风险吗?陛下,不要让那些无知的小人影响到您的判断,您与辅圣公主一系,只是权位之争,而非血海深仇。辅圣公主于九泉之下见到国家昌隆,也会欣慰执掌国家的是您,而非他人。"

谢莫如与穆元帝说完话,就与五皇子一道去后宫看望苏妃了。要依五皇子的意思,这事还是不要告诉母亲,免得母亲多思。谢莫如持相反意见:"什么都不说,反容易出事。咱们与母妃说了,彼此都能明白彼此的心意才好。何况母妃不是经不起事的。"苏妃但凡弱一点,断然活不到现在,更不必说养大五皇子了。

五皇子不放心道:"还是要私下同母妃说。"

"这是自然。"

事情自然是私下说的,谢莫如一脸轻松,五皇子也未当回事的样子。谢莫如道:"无事不可对人言,我与殿下都是磊落的性子,一早上进宫就是为了同陛下说明白这个。陛下已是知道了,我们商量着,也得跟母妃说一声。母妃别多想,凌霄毕竟救过殿下,她虽惹了些麻烦,相对于她的好处,也值了。有什么比殿下更重要的呢?"

苏妃叹:"陛下心胸宽宏,自不会与她计较,只是她这心思,也的确是多了些。"早把实话说了,倒不会惹出这些乱子。

谢莫如道:"看着孩子的面子,她为着能安全地活着费这等心思,就让她继续活着吧。"

五皇子道:"也就是遇着媳妇这样的主母,要搁别家,不定怎么着。"他媳妇多和善,就是大嫂那样一向以宽厚闻名的皇子妃,听说还杖毙过侍妾呢。

谢莫如打趣:"因在外头有个厉害名声,反是要处处和善哪。"

五皇子轻声道:"不用理那些没见识的家伙,我知道你是什么样的人。"

谢莫如唇角弯弯,瞅着五皇子一笑。

苏妃见状也不禁笑了,世上的事就是这样,你把它当天大的事,它就当真比天还大,你不将它放在心上,它便也影响不到你。

小夫妻两个还留在苏妃这里用了午膳方告辞离去,谢莫如给苏妃带了一些西宁的玉珍菇,让与鸽子一道炖了吃。谢莫如道:"这是行云与我说的法子,说这玉珍菇炖乳鸽格外养人,隔三岔五地吃了,清燥润肺,对身子格外好。如今也入秋了,正好吃这个。我问了太医,这两样在一起吃,的确是滋补。母妃尝尝。"

谢莫如一个眼色,五皇子忙给他娘盛汤,抢了宫人的差使。苏妃直笑:"哎哟,可不用你,你哪儿干得了这个。"

五皇子道:"干得了干得了。"

谢莫如笑:"男人嘛,顶天立地的事做不做得了没关系,先把小事做好就行了。宫人再周到,殿下是做儿子的,自然不同。"

苏妃笑:"那我也享用一回。"

五皇子笑:"看母妃说的,以后我每天都来服侍您。"

苏妃笑意不断:"你们把日子过得和美,就是孝顺我了。"

苏妃午后都要小睡,自淑仁宫出来,五皇子对谢莫如道:"还是你的法子好。"开始他还怕这事让母亲多思多想,不得安稳。如今大家说笑半日,母亲心情瞧着未受什么影响。

谢莫如掩去心中怅然,道:"都多少年的旧事了,还有什么放不下的。"

两人说一回话,谢莫如又说:"你把咱们给母妃的玉珍菇,也给陛下带些去才好。"

五皇子道:"父皇那里什么没有,咱们这个,到底不好与贡品相比的。"

"母妃那里一样有宫人服侍得细致周到,可你给母妃盛的汤,母妃就都吃了。什么都有,那是外人贡来的,还是那句话,不一样。"谢莫如道,"母亲感情细致,所以做子女的都以细致相还。父亲多有教导之责,子女便敬畏多些。敬畏原是好的,有了敬畏,方知分寸。那说的是人小的时候,如今咱们都这个年纪了,该知道的规矩分寸都晓得了。父亲那里,未尝不盼着子女亲近。你如何孝敬母妃的,就当如何孝敬陛下才是。"

五皇子的能力不一定比兄长们出众,但他有个好处,就是听得进劝导,尤其当他觉着你说话对时,他愿意听取你的意见。谢莫如这样温声细语地娓娓道来,五皇子还真觉着有几分道理,尤其他也是做父亲的人了。五皇子便应了,打算明天去孝顺孝顺他皇爹。

谢莫如见他应下,眼神柔和。

是啊,惊天动地的大事做过了,是该从小处着手做些功夫了。

第四十章 封地定

谢莫如与五皇子的感情越发融洽，五皇子很能听取谢莫如的意见。如今科场案结束，礼部差使不甚忙碌，他便常到他皇爹跟前去送温暖，啥都送，什么西蛮的特产，南安的土物，还时常陪着穆元帝用膳饮茶表关心，把大皇子给恶心得直道："堂堂皇子，也不知怎么这样一股子小家子气，父皇那里什么不是最好的，他偏爱去弄这些个小巧。"

崔氏便说："虽是小巧，也是五殿下的孝心，母妃那里我是常去的，殿下也别净忙大事，殿下是长兄，该多孝顺父皇。"崔氏近来对五皇子一家也有些不满，忒会献殷勤，非把别人比下去才甘休。按理，崔氏一向宽厚，不该有此想才是。只是，自打去岁地动后，婆婆赵贵妃便时不时地与她提起五皇子府的庶子如何出众讨喜来。崔氏又不是个笨的，焉能不明白婆婆的意思，无非是五皇子府的庶子教导得好。要别的事，婆婆说了，崔氏自然是要听要改的，独这事，崔氏委实委屈。她又不是没有嫡子，既有嫡子，她自然是要着重看顾自己的儿子。至于庶子，奶娘丫头一大堆，难不成还要她巴巴地两只眼睛瞧着？何况，五皇子府能与他们府上相比吗？四个皇子府连带东宫，就五皇子府没嫡子，谢莫如以后还不得指望着庶子，她能不好生教导吗？

崔氏不信婆婆连这个理都不懂，偏生又对自己吹毛求疵，崔氏自然不大喜悦的。如今五皇子府又出幺蛾子，故而，崔氏没忍住就说了几句酸话煽风点火。

大皇子道："现在兵部正是忙的时候，我哪里有空像老五一样见天儿没事就往父皇前头凑。"

崔氏到底是大家出身，察觉到自己情绪不对，也立刻改正了，道："其实也是殿下多想了，殿下们哪个不是孝顺的。你想一想，那科场案闹得沸反盈天时，五殿下不也没这心吗。想来如今是他闲了，才起的这心思。殿下忙着兵部的差使，这般尽心尽力，父皇安能不知呢？要我说，咱们倒不必凑这个趣，不然，看五皇子这般殷勤小意，殿下搁下手头的国之大事不做,倒去做这些小事,那国家大事要交给谁呢?"又劝丈夫:"人与人也不一样,你看府上这些丫头,她们服侍人周到妥帖,是一把好手。殿下是要做大事的,倘让殿下做些服侍人的差使,岂不大材小用?"

大皇子"扑哧"乐了,笑:"你也有这般促狭的时候。"可不是吗?看老五在父皇面前的德行,端茶递水的,抢下人差使!

崔氏道:"就做个比方,哪里促狭了?"唉,这是怎么了,还是心里果然对五皇子府生出嫌隙,怎么总说这样的酸话。

大皇子乐了一回,便也将此事丢开了。

没过几天,宫里倒是出了件不大不小的喜事,六皇子得了庶长子。面对此事,许多人的反应是:六皇子还没大婚吧?

事实上,六皇子他皇爹正在给他挑媳妇,六皇子他四哥正忙着给他张罗宅邸,然后,六皇子这媳妇还没影的,先生了庶长子。

崔氏都说:"六皇子这事……"叹一声,吩咐侍女去准备给六皇子庶长子的洗三礼来。

大皇子并不以为意,想着要进宫恭喜六弟一声方是,至于正室未进门先有庶子啥的,他府里也是先有庶子的啊!

大皇子这样,东宫也没太在意,天潢贵胄,又不愁娶不上媳妇,提前有庶子也没啥。倒是四皇子私下与五皇子道:"六弟这样可不大好,怎么也该先正妻进门,再说侧室的事。"四皇子与四皇子妃感情融洽,没有姬妾也不觉什么。四皇子是个明白人,媳妇带着嫁妆与娘家的资源嫁进来,还要打理内宅,养育儿女,虽说女人自当贤良,可相处起来就知道了,妻者齐也,老话一点儿不错。

五皇子与四皇子自来情分好,也有共同语言,听他这话深以为然,道:"可不是吗。六弟也是,这急什么,就是有服侍的人,也该预防着些,庶子的事,还是当先与六弟妹商量才好。"五皇子盼嫡子多年不成,不过,他媳妇贤良,把孩子们教导得都很好。而且,妻子可不只是能帮着管理内闱,教导孩子,就是五皇子自己也得承认,成亲后他多得谢莫如的引导。像六皇子这样的,亲事还没影,庶长子先出世了,能与皇室联姻的家族可没一个好惹的。

四皇子、五皇子与六皇子年龄差距有些大了,且这种事,六皇子有自己的生母柳贤妃,也轮不到他们去发表意见,而且,六皇子刚得了儿子,也不好这时候去泼冷水。

四皇子和五皇子絮叨一回,也就散了。

一个庶出皇孙的洗三礼,原本没什么稀奇的,不过因为皇孙他爹还未婚,就稍微有些引人注目了。主要是对比一下前五位皇子,哪怕是东宫太子,也是很守礼的,婚前没有庶出子女。六皇子突然有了庶长子,倒惊了人们一跳。

其实想一想,倒也不是不正常,就是寻常豪门,也有正妻未进门先有侧室生子的,当然,一般这样的豪门受到一些暗中挑剔也是有的。毕竟,门当户对人家的闺女也不是大白菜。好在,皇室不是一般的豪门,六皇子虽有了庶长子,六皇子妃仍是热门人选。

既是六皇子庶长子的洗三礼,而且六皇子如今未婚,这洗三礼便是由六皇子生母柳贤妃操持的。柳贤妃面上只看出欢喜来,因六皇子还住在宫里,胡太后最愿意凑热闹,她老人家竟也亲去了六皇子宫里看望重孙。胡太后一惊动,后宫有头有脸的妃嫔便都去了。当然,皇子妃们自然也提前到了。

胡太后见了谢莫如就很有话说,拿眼瞅着谢莫如感叹道:"女人哪,最重要的无过于传宗接代了,生儿子,就是有功的。"谢莫如根本不理胡太后这话茬,她眉宇间浮现一丝丝冷淡,别开脸去,不准备对胡太后这等"高见"发表意见。胡太后以为谢莫如不大痛快了,深为能给谢莫如添堵自得,问柳贤妃:"可怜见的,这丫头是个好的,给小六生了儿子,得给她个名分哪。"此一句,险些没把柳贤妃噎死。

柳贤妃忙道:"本就是让她服侍小六的,这原是她的本分,哪里还敢要娘娘赏呢。"

胡太后道:"生了儿子就不一样,端茶递水多少年,也不如给咱们皇家添子添孙功劳大。"直接就升了侧妃。

柳贤妃真恨不能一口老血呕出来,边上已是恭喜声不断。柳贤妃也只得打叠起精神头来应付。谢莫如只当看场闹剧,洗三酒都没吃就去淑仁宫看望苏妃了。胡太后傍晚同皇帝儿子抱怨:"小六的好日子,哀家都去吃酒了,她做嫂子的就不给小六这个脸。亏得小六是个有心胸的,不然还不知怎么不痛快呢。不就是瞧不起给小六生儿子的丫头是宫人吗?哀家知道,她是瞧不起哀家……"说着又掉了几滴泪。

"母后想多了,断不会如此。朕与小五能自地动脱险,也是小五府上侧妃的功劳,那凌侧妃不也是宫人吗?"穆元帝笑着转了话题,问:"今儿洗三酒吃得可还热闹?"

"热闹得很,赵贵妃谢贵妃她们都去了,太子妃还有老大媳妇她们几个也来了,热闹极了,可惜皇帝没空。"胡太后还挺遗憾的。

穆元帝哄他老娘:"热闹就好。"穆元帝又不是胡太后,天生昏聩。当初太子嫡长子降生,当然,那会儿太子还未册立东宫,而且分府在外,穆元帝也只是加厚赏赐,并未亲临。如今六皇子一个庶长子的洗三礼,倘他亲临,那成什么了?

哄了老娘几句,穆元帝就去了谢贵妃宫里。

谢贵妃是谢莫如嫡亲的姑妈,哪怕平日里这姑侄两人没啥交流,谢贵妃也会偏着谢莫如说话的,何况,就是摸着良心说,也不是谢莫如的不是。见穆元帝问起六皇子庶子的洗三礼,谢贵妃道:"挺好的,孩子生得白胖,哭声极响亮。天转冷了,这换季的时候,苏妃身子弱,吹不得风,就没过去。莫如没见着婆婆,自然关心。她们婆媳跟母女一般,我看莫如有些不放心,就去了苏妃宫里。"

这话说得,多么入情入理,符合实际啊。

完全不是特意为谢莫如开脱,主要是穆元帝也知道,谢莫如与苏妃的确情分不错。而且,苏妃的确身子不大好,且这个场合,宫里有头脸的妃嫔都跟着太后去了,不见自个儿的婆婆,谢莫如做媳妇的当然得去问候。穆元帝就知道是怎么一回事了。至于胡太后要升那宫人做侧妃的事,谢贵妃根本提都未提。

穆元帝听谢贵妃说了一回家长里短,就歇在了麟趾宫。

柳贤妃召了六皇子到跟前好一通训斥:"给我安生一些!你几位皇兄成亲前,虽难免有姬妾之流服侍,但没有一个像你这般成亲前就闹出庶长子来的!"

六皇子惟惟,问他娘:"那皇祖母说的侧妃的事……"

"你还敢提!"柳贤妃一掌击在几上,"生养儿子自然是有功的,可以后给你生养儿女的多了去,你有多少个侧妃之位给她们?太后娘娘说得对,这原是她们的本分!做了本分内的事,有什么值得格外奖励的吗?侧不侧妃的,等你媳妇进门再说吧。"

六皇子没敢再多言,辞了母亲回自己院里瞧儿子去了。

要说先前六皇子有了庶长子一事,只是让人有些讶异,这转眼洗三宴上就有了册这庶长子之母为侧妃的事,人们就有些意见了。

婚前有个庶长子人们还能接受,毕竟是皇家嘛,老穆家还尤其缺孩子的,能理解。可就因生个儿子,就把个宫人册为侧妃,就难以理解了。连大皇子都说:"皇祖母这是怎么了?"联想起自身,还是咋的?

崔氏直叹气:"六弟妹以后就难了。"

由于胡太后对东宫一向偏爱,此事,东宫便不做评价了。

一向温文的三皇子从妻子那儿听说这事都道:"这不大合规矩吧?"

四皇子直言道:"老太太想起一出是一出。"

五皇子则道:"哪儿跟哪儿啊!皇祖母这样办事,以后哪里还有规矩在?"

谢莫如淡淡地道:"太后娘娘不过是过一过嘴瘾,放心吧,这事成不了。陛下又不糊涂。"看到了吗?权力就是这样被愚蠢一点一点葬送的,慈恩宫还没有察觉吗?当一个人的话没有了分量,这个人的价值又剩几何呢?

胡太后这神来一笔,穆元帝给他六儿子寻了个好岳父——左都御史铁方。

不过,这两者到底有没有关系,就不知道了。但,就是五皇子也同谢莫如说:"铁御史再方正不过的人了。"

谢莫如评价:"这亲事结得好。"由此也可见胡太后与穆元帝的智慧差距了。

不管怎么样,总之先要预备出两份礼,一份六皇子大婚的礼,一份六皇子分府的礼。然后,谢莫如就与四皇子妃胡氏商量着再盖房子的事了。去岁地动,帝都塌了不少房屋,说来也是侥幸，谢莫如与四皇子妃买的城南郊外那一大块地却是啥事没有，就是搬到那儿住廉租房的小翰林们，也都安然无恙。于是，地动后，那一片廉租房彻底火了。总之一句话，地动用事实证明，那是一块福地。

廉租房火了，周围的店铺也都售了出去，市场出租的摊位现在也有不少人打听价钱，当然，这种事自有管事去料理。谢莫如与胡氏商量了，眼瞅着一年的租期也到了，之前是因着没人买，才改卖为租的，既然有人买，摊位干脆也卖出去，不过租户有优先购买权。

谢莫如与胡氏看着市场的摊位分布图，商量着给各摊位定了价码，然后命人张贴到市场上去。胡氏道："让他们去说一声就是了。"

谢莫如道："这事经的手多了，里头的事就多，咱们这里定了一个摊位一百两，待到了市场上，兴许就得一百五十两。"

胡氏寻思着，道："这样的事，各家各府也是常例了，只要不过分，也便罢了。"

谢莫如道："待摊位银子到手，拿出两成来赏他们倒罢，但要背着我弄鬼抬价，却是不行。"

因买地建房子是谢莫如的主意，这些事上，胡氏并不争执，笑："这样也好，更加分明了。"想着谢莫如的脾气果然与众不同。

说一回卖摊位的事，妯娌俩商量起盖房子来，孩子们一起由嬷嬷丫鬟们瞧着在园子里玩耍。眼瞅着响午，胡氏正想着要留饭，就见五皇子府的管事跑过来报："禀娘娘，咱们府里的凌侧妃发动了，约莫是要生了。"

谢莫如放下手里的毛笔，问："产婆过去了吗？"

能在王府当差的管事，也是极得用的，立刻道："已经过去了，苏侧妃命奴才过来请娘娘回去。"

胡氏忙道："你赶紧回去吧，一会儿我命人把大郎他们送过去。"

谢莫如也不与胡氏客气，起身与管事一道回了王府。两家王府是邻居，谢莫如回府很快。凌霄就这几天的日子，何况府里也早有预备，谢莫如提前命人将产婆接进府里住着，色色东西都预备齐全了，故此并不慌乱。到了凌霄的院落，苏氏几个都在了，院中屏气凝神，严肃齐整，未有半分慌乱。三人一道向谢莫如见礼，谢莫如将手一摆，道："辛苦你们了。"

苏氏谦道："娘娘不在府里，凌妹妹这里发动，妾身们也不知如何是好，不过是过来跟着干着急罢了。"

谢莫如坐在堂屋，苏氏三人坐于下首，慢慢喝茶等着凌霄生产。

凌霄生孩子倒也利落，中午时分产下一子。丫鬟婆子过来报喜："恭喜娘娘，喜得贵子。"

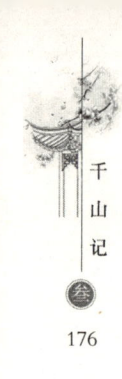

谢莫如笑:"赏!"

赏赐是早预备下的,用红木盘托出来,除了产婆的大红包,一人两个二两重的小银锞子,大家得了彩头,皆是喜悦,越发满口好话。谢莫如进去瞧了瞧凌霄,产房内血腥气颇浓,产婆丫头忙着收拾,凌霄神色还好,只是脸色苍白,几缕汗湿的黑发粘在脸颊,透着疲惫与虚弱。谢莫如让人把收拾好裹在小被包的孩子放在凌霄身旁,道:"孩子很好,是个男孩。"

凌霄淡淡地叹了口气。

谢莫如道:"你好生歇着吧。"坐也未坐,便又离开产房。在外吩咐丫鬟婆子好生服侍,又赏了院中服侍的人两月月钱,府中人一月月钱。这也是老例了,苏氏几个生子的时候都是这样赏的,唯徐氏生了长女,谢莫如尤其欢喜,按双倍行的赏。

凌霄把孩子生出来,谢莫如打赏之后便回了梧桐院,苏氏等人也便各回各院了。

五皇子晚上回来,知道凌霄生子的事只是"嗯"了一声,用过饭后方同谢莫如商量:"我想着,还是把孩子抱过来养。她那样子,实在不像个会养孩子的。"

谢莫如道:"凌霄刚生了孩子,这话且莫提。没有刚落地就生离人家母子的道理。"

五皇子是下定决心不叫凌霄自己养孩子了,道:"那等满月就抱过来吧,你要觉着劳累,配几个得用的丫鬟嬷嬷。"

"也好。"谢莫如道,"不如把昕姐儿一并抱过来,俩孩子做个伴。"

五皇子自然不会反对,自从出了凌霄的事,他不知犯了哪根筋,谢莫如不方便时也不往侧室房里去了。现在庶子有了,谢莫如自然不会再上赶着把五皇子往侧室院里送,五皇子不愿意去,索性依旧是两人过日子。

谢莫如与五皇子说了要往南郊盖房子的事,五皇子来了兴致,笑:"四哥好几回说要谢你呢,如今朝廷建的宅子都叫些家境艰难的官员租了去。以前是上赶着不收租金也没人住,如今倒是争抢起来。以前不是孙翰林和沈翰林带头搬去的吗,去岁地动,他俩原来住的宅子都塌了,南郊的新宅一点事没有,一家子安安稳稳的。倒是换到他们旧宅的同僚,可是伤着了一个,险些没要了性命。"

谢莫如笑:"当初没人愿意搬,人家两人带的头,这是人家眼光好。可见眼光好是能救人性命的。"

五皇子笑:"眼光好,运道也好。"又问起谢莫如打算如何建宅子的事。

谢莫如令绿萝取出图纸,令侍女举了灯,道:"那里住的人家已是不少了,我与四嫂商量着,别的先不急着建,先建一所书院,到时请几个举人坐馆,给孩童开蒙什么的。"

"这话是。"五皇子知道民生多艰,道,"凡是在那边租房的官员,多是有些艰难的。有的携家带口,上有老下有小的。虽说官员都识得经典,可既要在朝当差,又要在家给儿女开蒙,怕也顾不大来。你们这主意好。"

谢莫如笑："书院就建在这桃杏林一旁，离得近，风景好，待建了书院，周围且添些松梅竹兰之类的，也清雅。与书院一起的，这边沿着湖畔全都留出景观地方，在这里，再建一批宅子卖，清一水的四进宅院。"

"那么大。"四进宅院可不是寻常人家能住得起的，五皇子开始担心他媳妇的宅子建了不好卖。

"自然是大的，还得用上等工料。"谢莫如道，"再远些，这儿倚山的地方，建上十几所三四进的宅院，这个要上次你给我找的那位老先生来画图样子，这十几所宅子可是不能重样的。而且，在这附近，我要建一所大的学院。倚山的宅子就不卖了，给北岭先生一套，听说筑书楼的活计要完成了。"

五皇子道："北岭先生素来不重身外物，只不知先生要还是不要呢？"对北岭先生这等大儒，五皇子自然不是心痛东西。

谢莫如笑："放心吧，我有说客。"

五皇子立刻心领神会："李樵李九江！"

"对啊，这几年九江先生一直在协助北岭先生主持筑书楼之事，待筑书楼完成，陛下要怎么赏北岭先生呢？给金银，忒俗；给官位，北岭先生若想做官，且等不到这时候。倒不如我给殿下出的这主意。我与殿下实说吧，当初这地买得便宜，现在就有不少商贾富户愿意出翻倍的价钱买，只是不能这样卖了。咱们与四皇子府是何等身份，岂能学那些商贾精于银钱盘算？"谢莫如道，"原本买这地也不是为了赚银子的。我与四嫂商量了，盖那一批四进的宅院，就能把投入的钱赚回来了，还能有些盈余。那座小山，种了一年的花木，也不同以往了，再养一年，景致还能更好。所以这处地方，我跟四嫂想着，倒不如建上十几二十所样式不同的宅院，既不给官宦豪门，也不卖商家大贾，你与四皇子一并献给朝廷，到时赏给北岭先生岂不好？就把这片地，赐给北岭先生传道解惑，就是北岭先生百年之后，也留给民间的大儒大家吧，给他们做学问讲道理，传道授业，莫负一身学识。"

五皇子不禁拊掌道："这主意好，只是我得跟四哥一道商量商量，咱们先悄没声地把宅子建好，到时有了时机再献上去才好。"

谢莫如笑："这个就得你跟四皇子掂掇了。"

五皇子悄与谢莫如道："先跟你透个信儿，朝里可能又要提分封的事了。"

谢莫如惊喜："这可是好事，要是这事准了，你先问一问陛下，咱们能不能奉母妃一并去封地。"

"我也是这个主意。"五皇子道，"这些天，大哥越发不对劲了，在太子面前狠命地赞我，把我赞得鸡皮疙瘩不断。"

"这有什么不对劲的，大皇子对劲得很，只是手段不大高明罢了。"谢莫如道，"去岁你不是还与我说吗，大皇子在陛下面前总是赞太子。"

"是啊,开始是赞太子,不知怎么着,如今对我也和气得不得了,到处夸我。"反常即有妖的道理,五皇子还是明白的,道,"大哥可从没这样过。"

"这就是了。"谢莫如微微勾起唇角,"约莫大皇子这些天重温了《左传》,学一学郑庄公罢了。"

谢莫如淡淡评价:"大皇子这主意不好,郑庄公一国之主,想捧杀共叔段也用了十几年的光阴。大皇子生性浮躁,这法子本不适用于他。"

五皇子对于他大哥的脑袋颇觉不可思议,认真地与他媳妇道:"不要说大哥不是郑庄公,我跟太子也不是共叔段啊!"都这把年纪做了爹的人,谁还能被几句好话就捧得找不着北啊!

谢莫如心说,你不是共叔段倒是对的,只是太子不见得不是了!

谢莫如准备着第六子的洗三礼,五皇子不待见凌霄,对孩子便也冷淡些,还说:"刚过了皇祖母的千秋,小孩子家,原也不必这么麻烦。"话刚说完,挨谢莫如一瞥,五皇子只得不说了。

谢莫如道:"小孩子家懂什么,投胎时也没法选择父母的。咱们看别人尚且公允,怎么对自家孩子反严苛了?小六还没名字呢,殿下给他取个小名吧。"大名得待穆元帝来取。

"就叫六郎吧。"

"这也叫小名?"

五皇子听媳妇抱怨,没敢再随便给六儿子取名,想了想,道:"既是午时生的,就叫午儿吧。"

谢莫如评价:"还不如六郎呢。"

看吧,女人就是这么难伺候。

五皇子现在差使不忙,他就抓紧时间去宫里表孝心,也常到东宫说话。不论大皇子怎么在太子面前赞他,五皇子就笑眯眯的一句话:"咱们就要分封就藩了,兄弟们再见就得是按制来帝都请安的时候了,弟弟可不得好生当差尽孝嘛。四哥现在忙六弟的府邸,没空过来,还总托我也代他多尽尽心哪。"

一听到分封就藩这种话,大皇子的嘴角就直抽抽。

五皇子起码宫里还有个娘,虽然苏妃不比赵谢二位贵妃,也是四妃之一。四皇子生母已逝,好在他岳家显赫,尤其南安侯已从承恩公府分了出来,又是实权的兵部尚书,四皇子自己当差仔细,在工部站得住脚,小日子过得也顺遂。四皇子不傻,分封啥的,他也想着抓紧时间跟他爹和东宫搞好关系呢,可偏偏事情忙,抽不出时间来,叫四皇子好不扼腕。

四皇子和五皇子关系好,他俩都属于单枪匹马比不过上头哥哥的,故而,颇有互相帮衬之意。

说到分封就藩,太子就表现出不舍来。大皇子握着太子的手,咏叹调般地抒情,道:"非但殿下舍不得哥哥,哥哥也舍不得殿下啊。"

五皇子立刻给他这俩哥麻得受不了,一摸胳膊上的鸡皮疙瘩,道:"看大哥说的,咱们又不是不回来了,在外头帮着父皇和太子镇守一方,也是为父皇太子分忧啊。"

有体贴的五弟,太子也不与大皇子深情相对依依不舍了,笑:"五弟不会行李都收拾好了吧?"看他五弟多好,该走就走呗,藩王哪还有不就藩的。

五皇子就不爱太子这得了便宜还卖乖的劲儿,他好心解围,太子倒打趣他,好在五皇子不笨,笑道:"行李倒好收拾,就是一样,我看古时藩王就藩也都带着母亲的,殿下也知道,我母妃身子不好,我想着,非得朝夕尽孝才好呢。"

太子赞叹:"五弟一片孝心。"

五皇子拍太子马屁:"有其父必有其子,有其兄方有其弟,我这也是跟着父皇和太子学的。"

太子颇为受用,大皇子恶心得够呛,心说,老五果然不是好东西,竟然这样直咧咧地谄媚太子。太子又没娘,你跟他学得着吗?

大皇子寻机与赵霖抱怨:"捧杀的法子不好用啊!老五奸猾得很,天天拍太子马屁,太子给他拍得都要发昏了。"

赵霖道:"殿下对手又不是五殿下,何苦去与五殿下较劲。"

"老五近来大出风头,时雨你可莫小瞧他,平日里闷不吭气,特会巴结人,不开口还好,一开口就是拍太子马屁。"

"殿下想知五殿下在朝中情势,待分封后就知晓了。"赵霖不疾不徐。

说到分封,大皇子又是一愁:"一旦就藩,大事也就定了。"

赵霖道:"如今只说到分封,哪里就论到就藩上头去了。"赵霖看得清楚,穆元帝对皇子皇女们真是疼爱。当然,这跟老穆家的实情有关。这样疼爱皇子皇女,就藩上能做的文章就多了。

大皇子道:"老五今儿还说要带着他母妃一道就藩呢。"

赵霖垂眸一笑:"这就是五皇子的聪明之处了,五皇子不见得就真心愿意远离帝都,只是,在太子面前,怎么能说不想去呢。"太子可是一心一意盼着诸皇子就藩的。

大皇子自然能想通其中关窍,道:"我原想着,太子是个小心眼的,前些天我在他跟前赞了老五几回,他那眼神就不对了。老五是太子的狗腿子,他俩要翻脸,且能看一出好戏。倒是老五,小时候就爱摆个臭架子,大了越发狡猾。"竟没上当!

"殿下莫要将心思放于这些旁枝末节上,五皇子再如何有心,也是不敢得罪太子的。

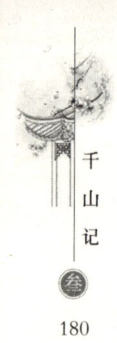

他一俯就,太子也不会自断臂膀,去与五皇子生分。"大皇子总说太子是个心眼小的,其实自己心眼也不大,略看谁冒了尖,就想去踩人家一踩。赵霖沉了脸道:"微臣早与殿下说过,诸皇子都是您的弟弟,与诸皇子亲厚些方好。去岁地动后,殿下回帝都送出诸皇子家人,这是何等情义,焉能因些许小事就与诸皇子生隙呢?"

大皇子一时张嘴结舌,他,他不是一时给忘了吗。

赵霖道:"殿下切不可如此了。"

大皇子连忙说:"明儿就是老五家小子的洗三礼,我过去与他好生亲近一二。"

赵霖叹口气:"分封的事是不能回转的,至于就藩,殿下不必担心,臣已有法子应对。"

大皇子忙问:"时雨快说说。"

"诸皇子年长,且东宫早立,分封势在必行的,这一点,请殿下记住。"赵霖郑重叮嘱。

大皇子虽一听这话就有几分晦气,也知是事实,道:"这些,我都晓得。"

"分封已在眼前,但就藩的话,臣预计陛下仍在犹豫当中。"赵霖道,"皇子分封就藩是旧制,但是去岁地动,何等凶险,陛下九死一生地回来。殿下提一提去岁地动之事,陛下定生不舍之心。"

大皇子道:"这么简单?"

"殿下可令皇子妃多带着小皇孙进宫,去慈恩宫请安。太后虽一向偏心东宫,但对诸皇子也不是没有祖孙情分。太后心生不舍,定会与陛下讲的。"

"我只担心太后先被东宫哄住呢。"

"殿下不试一试怎么知晓呢?"赵霖道,"不会只有殿下去走慈恩宫的路子,宫里还有这么些妃嫔,殿下生母赵贵妃,三皇子生母谢贵妃,两位贵妃娘娘服侍太后日久,太后的性子,她们最清楚不过的,不是吗?"

大皇子此方面露喜色:"时雨说的是。"

赵霖再三道:"殿下若想成就大事,定不能再与诸皇子生隙!"

"我记得了。"

赵霖又道:"诸皇子分封,倘臣所料不错,五皇子封地定是最差的。殿下届时一定要替五皇子说话,为五皇子鸣不平。"

大皇子引赵霖为心腹,拿出礼贤下士的谦虚,都应了。

然后,五皇子府六郎的洗三宴上,大皇子就表现出了与众不同的热情来。大皇子这一时好一时歹的,闹得五皇子都摸不着头脑,以为他大哥笑里藏刀,晚上还同媳妇商量:"大哥突然待我这般亲近,你说,他这是怎么了?"

谢莫如道:"不论真亲近还是假亲近,大皇子若是聪明,早该这样做了。反正咱们要去就藩了,以后见面的时候少,现下亲近些也无妨。"

五皇子叹:"我一直嫌大哥心眼小,我略与东宫亲近,他就给我脸色瞧。可一想就藩后自此分别,心里还挺舍不得的。"

五皇子这样想着,在大皇子递出兄弟情分的橄榄枝时,他便也没拒绝,而是给予了恰当的回应。大皇子想,果然先前不该挤对老五,这样看,老五也不赖,是知道好歹的。

大皇子刚对五皇子有了些好感,分封的时间就近了。内阁这里请了好几次旨意,穆元帝想了想,还是答应分封诸子。穆元帝问太子,太子的意见简单,不能委屈了兄弟们。

穆元帝对太子的表态很满意,他也不准备委屈儿子们。分封这事,虽然通过内阁,不过多是穆元帝乾坤独断。首先,大儿子是长子,地方就不能差了,穆元帝先把晋地封给了大儿子。二儿子是太子,以后天下都是二儿子的,分封的事自然与东宫无关的。接着就是三儿子,三儿子好,尤其三儿子的娘谢贵妃,在宫里服侍多年,既有功劳也有苦劳的,穆元帝也不能委屈三儿子,大笔一挥,封了齐王。四儿子早早没了娘,可怜哪,自己上进,当差用功,也不能委屈,便封了楚地。到五儿子这里,非但当差好,这孩子还有孝心,与朕同生死共患难的,穆元帝琢磨着,得离得近些才好,不是鲁地便是洛阳、西安,都是好的。穆元帝分封儿子们,这事他早有腹稿,但真正分封还是要与内阁商议的。

穆元帝最后想着,还是把五儿子放身边,就封在鲁地吧。

穆元帝这已是想好了,与内阁商议时却是出了问题。内阁以为,首先,您老给的这地方也忒大了,等闲就是数十连城,这是要分邦裂土啊,这不行。为天子计,为皇子计,为皇室子孙后代计,封地得缩小,这会儿给这么大的封地,以后儿孙再封就没地方了。想一想汉时七国之乱,不都是因藩王权力过大,威胁皇权引起的吗?内阁先要给诸皇子减小封地,这事当真得罪人,得罪了穆元帝也得罪了诸皇子,若不是苏相这内阁首辅打头,真没有人敢顶这缸。

这时候,就看出首辅的用处与胆色了。

便是太子私下都说:"苏相真国之栋梁也。"

苏相私下与穆元帝交谈数次,苦口婆心地劝着穆元帝给儿子们减小了封地。其次,封的这些地方,清一水地都在帝都周围,苏相很明白穆元帝的慈父之心,但藩王是代天子以镇天下,别的地方也很需要藩王啊!譬如,离靖江王府颇近的闽地。

苏相道:"必要一皇子以镇闽地,节制靖江王权。"

穆元帝是慈父,心疼儿子也是真的,但他不会因心疼儿子就昏聩了。穆元帝只是舍不得,他一想到当年晋王身亡之事,就舍不得。晋王还只是与他一道长大的小堂叔,而且,死因啥的,穆元帝根本不大想提。若换了自己儿子,封藩闽地,一去千里,节制靖江王府……穆元帝道:"诸皇子还小,朕瞧着永定侯也是个老练的,水军训练颇有成效。"

"永定侯只是侯爵,想完全节制靖江王府,非皇子不可。"苏相都替穆元帝想好了,道,"臣以为五皇子最适合。"

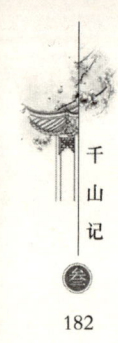

"这怎么成？小五才多大，万万不行的！"

"陛下爱子之心，老臣亦是有子之人，焉能不知。陛下听老臣一言，按理大皇子主兵部，且大皇子为诸皇子之首，就藩闽地，最为合适。只是，永定侯为大皇子岳父，按制，该回避的。三皇子和四皇子年岁长于五皇子，却不及五皇子自有一种万夫莫当的悍勇之气，从今年科场案就能看出，五皇子的确是个能任事敢任事的，老臣还请陛下为天下计！待闽地安稳，天下太平，重赏五皇子！"苏相自己儿子也给穆元帝派去闽地了啊，而且，苏相自己给儿子们外放，从来没有什么富足太平之地，这位老相爷的公心，穆元帝是深知的。

穆元帝终于道："朕想一想。"

苏相默默退下。

穆元帝为此还专门找五皇子谈了谈心，问五儿子想要哪儿的封地。五皇子又不傻，且这也不是他说了算的，便道："北昌府出老参鹿茸，南安州四季如春，西宁州也是广阔之地，东面儿子就不晓得了，儿子觉着，都挺好的。"

这傻儿子，穆元帝道："怎么尽说这些贫瘠之地，朕问你，你就不想要一肥沃封地？"

五皇子道："不瞒父皇，儿子自然是想过的，只是儿子想着，要是人人都要肥沃封地，贫瘠之地岂不是没人要了？再说，儿子想着，就是贫瘠才需治理。儿子们分封，原也不是为着享福去的。要是人人都安逸享乐，祖宗当年秣马厉兵的辛苦，不是白费了吗！"

真是个懂事的好儿子啊！

穆元帝更舍不得了，因为父子私下说话，五皇子就跟他爹打听："父皇，您打算封给儿子什么地方啊？"

穆元帝都不好开口了，五皇子道："父皇您就直说吧，咱们亲父子，还有什么不能说的。"

穆元帝就把闽地的难处说了，五皇子倒挺高兴："儿子活这么二十好几年，还没见过大海哪，儿子想去！"

五皇子爽快地就把他皇爹感动个够呛，回家后与媳妇一说，谢莫如亦极是欣喜，笑道："闽地可是个好地方，听说那里临着大海，到时咱们与母妃一道去瞧瞧，也开一开眼界。"

"是吧，我也这么说。"五皇子深觉他媳妇就是他的知音哪。

夫妻俩畅想了下从未见过的大海。谢莫如道："听说比湖大得多。"

"不能比，这能一样吗，比河大比江大。"

谢莫如道："书上说海里的鱼虾都大得不得了！"

"到时咱们逮些尝尝味儿。"

"海里有珍珠吗？"

"肯定有的。"

谢莫如问起正事："旨意还未下，殿下怎么就知道咱们封地在哪儿了？"

五皇子道："父皇私下同我说的。"便把闽地的要紧处，一五一十地同他媳妇说了。谢莫如道："朝廷有难处，殿下自然要奋勇在前的。只是一样，别的还好说，闽地有永定侯在练兵，殿下既要去就藩，还得请陛下赐你闽地军政大权方好。"

五皇子道："我本是藩王，去了藩地，自然该我说了算的。"

"话不说不明。闽地不比别处，且除了总督巡抚，又有永定侯这样陛下钦定的大员，本就复杂，不明确权柄，将来谁说了算？"谢莫如道，"殿下既要镇藩，藩镇权柄，也得明白，闽地再有什么事，干系都在殿下了。咱们总不能有干系时担干系，没干系时说了还不算吧。"

五皇子道："那我再进宫同父皇商量一下。"

谢莫如笑："明儿我与殿下一并进宫，殿下同陛下去说正事，我把这消息告诉母妃去。"真是个好地方，非但派去的皆是得力臣子，还有练兵之事，太难得了。

五皇子亦是舒展一笑："成。"

与此同时，赵霖也得到了五皇子将出镇闽地的消息，大皇子道："倘五弟就藩，我们几个再无留帝都的理由。"总不能弟弟去了封地，他们做哥哥的反在帝都享福。

赵霖脸色阴沉："臣只料到五皇子科场案于朝中结仇甚深，分封之事必然有人作梗，却未料得是闽地！"

"时雨可还有法子？"

"有！五皇子是五皇子，殿下是殿下，五皇子要出镇藩地，殿下不一定要走！"

此次分封结果一出，多人哗然。

大皇子等人的封地自然是上好的，连还未成亲的六皇子都得了蜀中封地，唯五皇子封了个闽地。天哪，那是什么地方哪，听说闽人说的话，等闲人都听不明白的。而且，山高林密，对，是守着海，要不怎么能有海盗呢。

穷！

忒穷！

看每年给国家缴的税赋就知道了。

果然，五皇子因科场案把人得罪得不轻啊！好好地当差多年的皇子，分封的地方还不如这刚入朝的六皇子。哎呀，五皇子这也忒惨了些。

便是太子都近水楼台地跟他爹谏言："五弟到底年轻，且从未在兵部当差，闽地那样遥远，儿子实在不放心。"该叫老大去的啊！老大可是一直在兵部当差的！

穆元帝道："永定侯在闽地，论制你大哥该回避。"

"礼法也无外乎人情，三弟在刑部不也挺好。"太子还想再多劝他皇爹几句，着紧把老

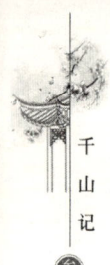

大派去闽地啥的,但见他皇爹唇角微微一抿,太子将到嘴边的话咽下,转而道,"儿子是觉着,五弟年岁还轻,以前就觉着他是小弟弟,想着该处处多疼他些多照顾他些,今他的封地最远,儿子有些舍不得了。"

穆元帝长叹:"朕何尝不是,只是闽地到底得有个人去。"

看他爹这主意是断然改不得了,太子对于没把大皇子发配到闽地有些失望,道:"五弟远去闽地,父皇可得多给五弟配几个得用的人。"

穆元帝道:"这话是。"

太子又与他爹商量着,因他家五弟封得远,要多多赏赐五弟啥的。

四皇子在家也说:"当初五弟整治科场案,也是为了国家为了朝廷,如今把五弟封到这种地方,以后谁还敢为公义张目呢?"

胡氏道:"哪天咱们去瞧瞧五皇子和五弟妹吧。"

四皇子与胡氏当天就去了,结果,就遇到了欢乐的五皇子夫妻。五皇子道:"可惜四哥的封地离闽地离得远,不然我还能着人给四哥送些新鲜鱼虾。弟弟的封地守着大海,海里物产丰富啊。"

因两家是极熟的,故此就坐在一处说话,谢莫如笑:"鱼虾离水就死,新鲜的虽不易,做成干货也别有滋味的。"

五皇子有些得意:"在海上坐大船,也与什么湖里河里的小船不一样的。"

谢莫如道:"可惜咱们两家的封地没在一处,倒是四殿下家的封地与六殿下家的挨着。"四皇子封的是楚王,六皇子封的是蜀王,都是一等一的好封地。

四皇子与胡氏有些傻,他们夫妻是想过来安慰五皇子夫妇一二的,不想人家高兴得很,完全不需要安慰,说到那破封地都眉飞色舞起来。于是,四皇子夫妇也就没提闽地不好的话,与五皇子夫妻说起两家的封地来。

四皇子道:"就是苏老头可恨,我听说,原来给咱们的封地还要广阔呢。父皇都没说啥,他倒是不依不饶呢。就是先时商议的藩王府兵八千,也裁至五千了。"

"这挨骂的事,也就是苏相了。哎,其实八千五千也没啥差别,说实在的,真有了事,这点儿人顶不了大用。可要是小事,也用不着这么些府兵。"五皇子还是替苏相说了句公道话,道,"四哥,这分封的旨意一下,可知道咱们何时就藩?"

四皇子道:"这还没准信儿,我料着,怎么也要父皇万寿之后。"

五皇子亦道:"我也这么觉着。"

两家人说了会儿话,晚膳就在五皇子府吃了。谢莫如还对胡氏说,把四皇子府的俩儿子抱来,跟五皇子府的孩子们一起用饭,两家人也热闹。

待晚饭后,四皇子夫妇告辞,五皇子夫妻自要送出门去。四皇子重重地捏了下五弟的肩,就抱着孩子上车了,五皇子笑着送了四哥夫妻回家。

回去又同孩子们说了会儿话,瞧着时辰不早了,五皇子就命嬷嬷们把孩子们抱去安置,同媳妇道:"四哥四嫂这是怕咱们不痛快呢。"

谢莫如笑:"是啊。"

夫妻俩说了些闲话,也便歇了。

反正分封就是这么回事了,圣旨已下,断难收回,更不可能修改。四皇子是心疼他弟弟,才过来的。谢太太嘛,完全是为五皇子不平啊。

谢太太的想法很淳朴,连六皇子这种差也没当过的皇子都能得蜀中封地,为啥当差当了六七年的五皇子只能得闽地的分封啊!封到这种鸟不拉屎的地方,以后谢莫如的日子就艰难了。

尽管谢尚书同老妻多次解释过闽地的重要性,也不能掩饰这相当于前线的位置。虽然谢莫如同娘家的关系一直有些不冷不热,谢太太却很看重谢莫如,生怕她想不开,特意过来安慰她。谢太太这把年岁,安慰人很有一手,她心里虽觉着五皇子受了不公的待遇,却是只字不提这个,只把丈夫拿出来安慰她的那些话同谢莫如说了一遍,譬如,闽地的地理位置如何重要,到那儿如何受重用,立功劳陛下也看得见啥的,总之就是:"这地方艰难是有的,可老话也说得好,真金不怕火炼,帝都太平富贵,其实不如闽地容易出彩。何况,越是要紧的地方,越得派有能力的人去哪。"

谢莫如道:"祖母说的是。我与殿下都很喜欢闽州。"

谢太太才算略放下心来,转头去庙里求了回签,倒是高兴起来,与谢尚书道:"这签是替莫如求的,上上签。"

谢尚书是政客心思,道:"早说了,你只管放心就好。"

"分到这么个不太平的地方,哪里就能完全放心了。"谢太太道:"倒是阿芝的亲事,可是不能再拖了,吴家姑娘这也去了一年了。"

说到这个,谢尚书道:"前儿见了吴国公,我们说了会儿话,他很是赞赏咱家的家风。他家里还有个闺女,今年十七,原是想着去岁议亲的,可去岁乱糟糟的,亲事就耽搁下来了。我想着,这亲事挺好,只是到底还未满一年,这些天又忙忙叨叨的,也没顾得上同你提。"

谢太太问:"吴国公家的三闺女吧?"

"对。"

谢太太喜上眉梢,含笑抱怨:"这样的大喜事都忘说,你可还记得啥?"当初孙子定的是吴国公弟弟家的闺女,如今这位是吴国公家的闺女,说来太子妃也是出身吴国公府呢,这样的亲事,谢太太焉能不乐意,她乐意得紧。谢太太道:"这么些年,以前莫如莫忧在家时

185

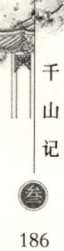

还能帮我分担些,如今可就盼着娶孙媳妇,好把家事交给孙媳妇,我也能歇一歇。"

谢尚书道:"咱们两家彼此先有个意向,待满一年,再说议亲的事。"

"这我能不知道?"谢太太笑,"只是聘礼可得提前预备出来,先时的那些不好再用了的。"其实哪里还用单预备,这一年的光阴,谢太太早预备得差不离了,只是未料到长孙有这样好的亲事,谢太太想的不外乎是多添上一些罢了。

谢家喜事盈门,宫里也预备着六皇子的大婚礼了。

这些不干谢莫如的事,谢莫如又开起她的茶话会来,秋日水果丰盈,趁着秋光好,在园子里一道吃茶闲话,也是一桩雅事。

尤其是诸皇子分封,想来就藩的时间也近了,往日的那些小摩擦小别扭,此时倒也不放在心上了。坐下来,吃一吃茶,说一说话,还真有了些妯娌姑嫂的意思。

大家的封地,大皇子的封地最为得天独厚,晋地,非但是自古以来兵家必争之地,而且晋地多商贾,富庶得很。三皇子的齐地也好,盐铁丰富,只这两样,就知道这是个什么地方了。当然,也可见谢贵妃三皇子这对母子在穆元帝心中的地位。相形之下,四皇子封的楚地略逊一筹,但江汉平原,沃野千里,产粮的地界,自然也是好的。就是六皇子封的蜀中,路有些不好走,却是有名的天府之国。

这一对比,谢莫如还有心思在家里办茶话会,大家怎么也会赏脸捧场的,主要是觉着,五皇子和谢莫如太悲催了,封了这么个地方。

眼瞅中秋将近,大家说一回中秋礼,就说到就藩的事情上去了。长泰公主道:"这朝廷分封也稀奇,就只分封皇子,不分封公主的。"

崔氏道:"在帝都多好,非但可在父皇膝前尽孝,而且天下之大,何处能及帝都的繁华呢?"

谢莫如道:"全挤在帝都,也没意思。"

崔氏笑:"我可是听说,五弟妹你们都收拾好行李了。"

"还没收拾好,也在收拾了。"谢莫如呷口茶,"早晚都要去封地的,我倒愿意早些去,从小在帝都生在帝都长,还真没见识过外头是何风土人情。我与殿下已是商量好了,届时奉母妃一道过去,虽不能在陛下膝前尽孝,殿下把藩地治理好,也是为陛下尽忠了。"

褚氏道:"那天我还同殿下说呢,咱们几家的封地,数五弟妹家的最远了。"

谢莫如笑:"闽地虽远,却临着大海,我很喜欢。"

长泰公主笑:"驸马也说闽地是极好的,我也没见过海,不知是何形容。"

"我们去藩地是不好再动弹的,倒是公主没这个限制,要是哪天公主闲了,只管过去,散散心也好。"

崔氏又与谢莫如打听:"咱们就藩能奉母妃一道吗?"

谢莫如道:"这也不一定,因人而异的吧。我母妃是殿下同陛下求来的,似赵母妃和姑妈,还要主持宫闱之事,怕一时也离不开吧。"

崔氏道:"是啊。"

是啊,分封是分封了,可就藩的事还多着呢。

就在太子正忙着怎么尽快打发诸皇子就藩时,胡太后病了。这次不是假病装病,而是真的病了。老太太发烧咳嗽,把穆元帝、文康长公主惊得连天在慈恩宫侍疾,御医诊后得出结论:郁结于心!

这病因,倘不是穆元帝一向信任的窦太医得出的,穆元帝得怀疑是庸医胡扯,就他娘这简单心思,能有什么郁结啊。结果,胡太后是真有郁结的。胡太后对穆元帝说:"孩子们要是走了,好几年好几年地不回来,哀家一想到这个,就吃不下睡不着啊。"说着又是一阵咳,抚着胸口道:"好容易子孙繁茂了,大家住在一块儿不好吗?怎么就要这么东一个西一个地分散呢?不能一家子团团圆圆的吗?"

胡太后问得绝世好爹穆元帝都要心疼了,在一旁跟着侍疾的太子当真是心碎一地,他当初怎么就没看出来皇祖母是潜伏在太子党内部的敌方分子哪!

太子真是死的心都有了!

胡太后无意识间反插太子一刀,大皇子闻知此事后与赵霖道:"时雨你好计谋!"

胡太后病成这样,穆元帝连朝政也顾不得了,在慈恩宫朝夕侍药。当然,谢莫如也知道,现下朝中无甚大事,至于鸡毛蒜皮的小事,内阁也不会在这时候来打扰穆元帝。不过,穆元帝都这样了,皇子皇子妃们更是得进宫侍疾。

谢莫如不在侍疾序列中,鉴于她与胡太后的关系,谢贵妃委婉地同谢莫如说了,让她每日进宫问候,但不必去胡太后榻前侍疾。每日进宫是谢莫如作为孙媳的孝心,不去榻前侍疾是为了双方都好。谢贵妃说的时候,唇角都忍不住抽抽,谢莫如倒是应得爽快,道:"每逢初一、十五我也是只进宫,不必去慈恩宫的,这是陛下的意思。如今慈恩宫玉体欠安,论理原该朝夕侍奉,只是太后娘娘一向不大喜欢我,我虽有此心,也不好这时候上前的,不然惹得太后娘娘不悦,岂不令我心下难安。"

难为谢莫如这个年岁就能将话说得如此恳切,倘不知谢莫如与胡太后之间的嫌隙,谢贵妃得以为谢莫如是当真为胡太后担忧了。谢贵妃放下心来,含笑道:"你这孩子,素来最懂事的。"

谢莫如抿了抿唇角,她知道,谢贵妃大约是不肯信她的话的,不过,谢莫如说的却是真心话。许多人觉着死亡是痛苦,不,只有没经历过痛苦的人才会这样想。对于生命,死亡永远只是解脱。这些人,她是真心盼着她们长长久久地活着方好。

187

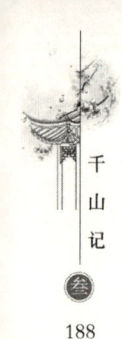

既然谢贵妃有此话，那么，自此，谢莫如每日随五皇子进宫，五皇子去慈恩宫，她在慈恩宫门前行一礼，便去淑仁宫。苏妃是妃嫔，老穆家如今儿孙不少，暂轮不到她去侍疾。何况苏妃这副身子骨，倘真要侍疾，谢莫如和五皇子还都有些不放心呢。

胡太后这一病，五皇子府六郎的满月酒也未举办，不过，苏妃还记着，备了些东西让谢莫如给六郎收着。谢莫如笑："六郎生得，与殿下一个模子刻出来似的。那眉那眼，鼻梁嘴巴，连后脑勺都一样。"

苏妃听得有趣："听着就招人喜欢。"

谢莫如笑："是啊，乖巧得很，听奶娘说，除非饿了，从不见哭声。昕姐儿这么大了，晚上还要哭的。"苏妃是平顺的性子，她耐得住寂寞，却也极喜欢听儿孙事的，苏妃道："我看昕姐儿本就胆子有些小的。"

"都是叫三郎吓得，那小子没事就爱吓唬昕姐儿，有一回叫殿下瞧见，罚他站了半个时辰。昕姐儿给吓得哭哭啼啼的，还最爱追着三郎玩。"

苏妃听得弯了唇角。

谢莫如喜欢孩子，她除了进宫，就是在家教导几个孩子，念几句书识几个字讲几个故事什么的，自得其乐。待听得胡太后凤体好转，谢莫如与五皇子道："太后既是好了，不如带大郎他们进宫给太后瞧瞧，太后一向喜欢孩子们。见一见曾孙，比灵丹妙药都好呢。"

五皇子道："皇祖母这次生病就是就藩引起的，皇祖母舍不得皇子就藩，老人家心思沉，可不就病了。"

"人老就在意儿孙，儿孙们一侍疾，可不就好了嘛。"

五皇子一向肯听谢莫如的意见，想了想，道："这也好。"

谢莫如笑："娘娘一向最不待见我，每每见了大郎他们，也再不会寻我不是的。"

五皇子有些歉疚："委屈你了。"

"不过是娘娘自己想不开，我有什么委屈的。"谢莫如笑。她的确不委屈，在她外祖母面前，胡太后只有克制的，到她这里，胡太后依旧只能继续克制，她有什么委屈的呢。

谢莫如还带了些川贝一类润喉的药材去，胡太后的脑袋，等闲人猜不透，倒不是这位老太太有多么高深，相反，如果你要往高深里猜，十之八九是不能猜对的。只要是个明白人，也不会在这个时候为就藩之事生病的。想来唯有胡太后方干得出这样的事，谢莫如对东宫表示同情。

五皇子和谢莫如带了大郎二郎三郎进宫，胡太后一见到三个小家伙，果然就开了脸，也不往床上躺着了，直起身子笑："哎哟，曾祖母的乖孙孙们来啦，过来给曾祖母瞧瞧。"

大郎还是那副端庄样，带着弟弟们有模有样地行过礼，奶声奶气道："曾祖母，祝您福如东海，寿比南山。听说您病了，好些没？"

胡太后笑得见牙不见眼,道:"好了好了,一见你们,曾祖母的病就都好了。"

三郎嘴快,道:"那我们天天来给曾祖母请安。"

"那可好,你们过来,曾祖母肯定长命百岁。"

侍女捧上药来,胡太后一撇嘴:"我都好了,不用再喝这苦汤子了。"

三郎道:"曾祖母,这可不成,良药苦口利于病。生病的人,怎么能不吃药呢?您是怕苦吧,我有糖,给曾祖母甜甜嘴。"从腰上系的小荷包里拿出两块饴糖送给胡太后吃。

胡太后乐颠颠地就把药给吃了,文康长公主笑:"早知道就叫这三个小的来侍疾了。"

三郎道:"姑祖母,我可想来啦。大哥二哥也想来,不过,母亲说我们还小,还不会照顾曾祖母,所以,现在才带我们来。"难为他小小年岁就会用"不过""所以"这样的词语了。

文康长公主笑道:"这样啊,你们在家都做什么啊?"

"念书,认字,还要给弟弟妹妹讲故事。哎,他们忒笨,讲半天也听不明白,急死人。"三郎说着做了个可爱的"无奈"神色,一屋子人都笑翻。

大郎不满弟弟说话不实在,道:"你就讲个开头,讲个结尾,那也叫故事?"

三郎道:"我是看二哥讲得太慢,才替二哥讲一个结尾的。"

二郎慢吞吞地拆三郎的台:"我不用你替。"

"不用就不用,以后我再不替你讲了。"三郎说话似爆豆子一般。二郎松口气:"我真谢你啦,三弟。"你可别替我讲故事了,人家刚讲到有趣的地方,你立刻嘴快地替人家把结局说出来,便是二郎这好性子也很讨厌好不好?

于是,胡太后就要求:"来,来,给曾祖母讲个故事吧。"

大郎几个就能陪胡太后玩上半日,用过午膳,胡太后要小睡一会儿,还说呢:"明儿个还来啊。"太子家孩子都大了,要进学,没空陪胡太后。当然,太子教子甚严,孩子大了渐渐懂事,也少了些童真,不比五皇子家的三个郎有趣是真的。

待傍晚胡太后还与自己的皇帝儿子说呢:"老五这孩子,平日里瞧他不大说话的样子,却这样会教导孩子们。"说着又悲从中来,"我老了,可还能活几日,跟孩子们也是见一面少一面了,这样好的孩子们,经年不得一见,岂不是要摘我的心肝吗!"

穆元帝终于松口,道:"只是先分封,就藩且不急呢,母后想得远了。"

胡太后此方大安。

第四十一章 皇孙师

承恩公知道胡太后的病因后,许多天都没开口说过一句话。胡太后病都病了,这个时候是断不能再去同胡太后讲就藩有利太子的道理的,不然,该令今上多心了。但胡太后因就藩而病,实在是……

承恩公与程离道:"娘娘总是心软。"

程离对于胡太后也颇为无语,不过,程离于此事明显另有看法,他道:"国公爷,陛下从未因太后改变任何国策,此次,属下以为,陛下并非因太后娘娘的病改变主意,反是太后娘娘的病情给了陛下一个绝佳借口。"

一个绝佳的不令诸皇子就藩的借口。

承恩公沉默片刻,道:"文远的意思是,陛下本就不愿皇子就藩?"

"对。"

程离斩钉截铁的一个字让承恩公有些浮躁,承恩公道:"六皇子都已成年,眼瞅就是大婚的年岁了,陛下总不令皇子就藩,实在有违祖制。"

程离冷笑:"哪里有什么祖制,太祖皇帝爱今上如宝,自今上起,皇室子嗣始丰,陛下舍不得儿子,也是人之常情。"

承恩公叹道:"不说别人,大皇子就不是个安分的。"

"岂止大皇子,情知太后因何而病,五皇子在太后凤体好转后立刻带了皇孙进宫,无非也是打着让两宫心软的主意。别看平日里五皇子口口声声地要就藩,不见得就是真心。"

承恩公道:"诸皇子各有心思,也不足为奇。何况五皇子封地闽州,最是山高路远。不说别人,谢王妃怕就不愿意离开帝都的。"承恩公府与谢莫如的仇冤由来已久,承恩公自不会放过这个机会,还是寻了机会与太子提了一嘴。太子道:"五弟不是这样人。"

承恩公道:"老话说,白首相交仍按剑。老臣这么一想,至于五皇子到底如何,自然还需殿下慧眼观人。"

太子眼中眸色不由得深了几分。

倒不是五皇子与太子哪里不对付了，说来，并不是两人如何，只是礼部右侍郎一缺，五皇子力荐礼部郎中薛白鹤，太子始终觉着薛白鹤不过正五品，侍郎为正三品，薛白鹤只是在科场案辅助了五皇子，其他除了年岁老些，并无功绩，这样越级提升，实在有些过了。故此，太子青睐的人选是晋宁侯之子王骅。虽然最终穆元帝取了王骅为礼部右侍郎，但五皇子再三举荐薛白鹤的事，还是让太子隐有不悦。此时，承恩公又说五皇子似有异心，太子也不禁多想了些。

好在，五皇子于东宫有举荐之功，太子不过是觉着五皇子不大稳重罢了，想着什么时候还是要与五皇子多沟通一二。

太子因五皇子力荐薛白鹤之事不悦，五皇子也因薛白鹤之事很是愧疚，与谢莫如道："薛郎中实在是干才，他是个老实人，只知闷头做事，不懂得钻营，所以大半辈子还在郎中任上蹉跎。我并不是为了私心，我就是为薛郎中可惜，也为朝廷可惜呢。"

谢莫如笑："一辈子长着呢，如今不过小小挫折，殿下何必如此闷闷？"

五皇子道："要是因着我，你何时见我不乐了，我为的是薛郎中。"叹口气，五皇子方说出心里话："薛郎中都五十多的人了，此次升不了侍郎，一辈子就只能是低品官员了。"

"既如此，不如殿下去瞧瞧薛郎中，倘咱们就藩，府中也少不得辟些属官，殿下问问，看薛郎中可愿意在咱们府里为属官。"

五皇子道："藩镇中属官最高不过正五品，如今薛郎中就是正五品了。"

"要是遇着欣赏自己的人，四品五品又有什么差别，要是我，六品七品我也乐意。"

五皇子一笑："倘是就藩，我必是愿意厚着脸皮一问的，只是皇祖母这病刚好，父皇已说了，为体谅慈意，暂不令藩王就藩呢。"

"别人就不就藩我不晓得，不过，咱们必是要去就藩的。"

五皇子竖起耳朵："这话怎么说？"莫不是他媳妇有什么小道消息？

谢莫如笑意消散，淡淡道："我们在帝都，于靖江的消息并不灵通。去岁永定侯在闽地还有一场小胜，诸多人因此轻视靖江王。我对靖江王亦不甚了解，但，殿下也与我说了，殿下就封闽地，是苏相的提议，陛下的首肯。闽地毗邻靖江，陛下与苏相皆认为必要一位藩王以镇闽地，这就说明，在陛下与苏相心里，靖江是心腹之患。"

"靖江王不敢来帝都，不敢树起反旗，但他同样不纳赋不缴税，他在靖江，自成一国，这已是事实。"谢莫如道，"或早或晚，闽地海军必有一场大败！陛下虽舍不得殿下，但若是闽地出事，陛下必会令殿下就藩的！"

五皇子心下一跳，道："这不能，永定侯是练兵老手，而且，他最是个谨慎人。"

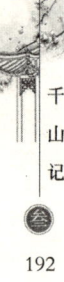

"殿下还记得我抄自永安侯府的《神仙手札》吗?"

"这自然记得。"他又不健忘。

谢莫如的脸颊映着明亮的烛光,声音淡然:"海上的富贵,是手札上清清楚楚地记录的。陛下缘何会令永定侯练一支海兵,必是陛下觉着海上受到威胁。闽地匪盗不绝,匪盗因何而起?闽浙相连,怎么只听到闽地闹海匪,没听过浙地有海匪的事呢?"

五皇子此时已信了他媳妇的话,道:"你是说,靖江王府也有支不错的海兵?"

"怕是不止于此。兵匪兵匪,兵与匪,怕是早有关联。"或者关联更深。

五皇子道:"明儿进宫我还是跟父皇说一声吧。"

"你可别说,咱俩闲话的,就猜着永定侯要大败。"

五皇子噎了一下,永定侯是大皇子岳父,也是朝中老臣,五皇子道:"不管怎么说,也得让父皇知会永定侯一声,小心着靖江王府些。"

谢莫如叹:"这是应当的。"

五皇子不禁忧心忡忡,谢莫如劝他:"殿下与其担心,不如为我们将来就藩做些筹备呢。"

"是啊。"五皇子并不因封地遥远贫瘠就有所抱怨,但,他也没料到可能面对的是这样危机四伏的局势。

知道吗?

这将是最坏的时机,也将是最好的时机!

可得提前做好准备啊。

你们以为我不愿就藩,不,我只是不愿意所有的皇子都就藩罢了。

五皇子一向很孝顺他皇爹,对自己的差使很认真,对老穆家的江山很操心。傍晚与媳妇一番交谈后,五皇子第二日就进宫去了,特意与他爹说闽地海军问题。

正巧太子也在,五皇子其实是想私下同他皇爹一个人说的,主要是他觉着自己与太子在一些问题上很有些分歧。只是,论兄弟,太子是兄,他是弟;论君臣,太子是君,他是臣。他再怎么也不能要求太子回避。其实,如果五皇子不愿意说,寻个理由搪塞过去,待单独面圣时再说也是一样的。不过,五皇又想着,闽地挨着靖江王府,说来也是国家大事了,太子是储君,心里有个底,也没什么不好的。五皇子便说了,道:"儿子这几日胡思乱想,总觉着,闽地不大安定,海兵又是新练的,还是得小心些好。"

穆元帝还没说话,太子先笑了,道:"好端端的,五弟怎么想起海兵的事了?"

五皇子道:"就是突然想起来了,心里实在不安稳,连忙进宫同父皇和太子说一声。"

太子笑:"五弟多虑了,去岁永定侯刚大胜一场,自从闽地练兵,地界安稳太平,五弟只管放心就是。"

五皇子嚅动下嘴巴，最终也没再多说。

五皇子碰一钉子，太子私下还与他道："我知道你想就藩，只是不好随便拿军国大事来说。"太子倒乐意他的兄弟们去就藩，奈何胡太后闹了一场病，这事只得暂时搁置了。

五皇子一向是个认真的人，听这话不禁有些急，道："我不是乱说！"

"闽地素来安稳，五弟你是怎么了？莫不是有什么私下消息？"太子也知道五皇子不是个喜欢开玩笑的人，不过，太子以为五皇子是想就藩才会想出这种法子的。

太子有问，五皇子也不能说我在家跟媳妇聊天聊出来的。五皇子一急，脱口道："是弟弟做了个梦，梦到的！"

太子几没笑晕。

五皇子有些讪然，太子笑着拍他肩膀做亲密状："好了，你可能是有些累，好生歇几日。"与穆元帝闲话时还拿这事说笑一回，穆元帝唇角一翘："小五是个实诚人，你别笑他。"

太子笑："儿臣哪里会笑，五弟也是忧心国事。"

这种用梦话为借口的事，五皇子觉着太丢人，没跟谢莫如讲，自己去兵部找大皇子了解一下闽地的事。大皇子近来对五皇子观感不错，一则赵霖没少劝他交好诸皇弟，大皇子现在是竭力往好哥哥的方面发展；二则前些天胡太后那场病，未尝没有大皇子一系的推波助澜，而在关键时刻，不知五皇子是无意还是有心，带着他家的三个小的进宫讨得太后欢心，于是，太后更舍不得皇子们就藩了。于是，就藩之事就此搁置。

反正五皇子是歪打正着做了对大皇子有利的事，大皇子近来也颇有亲近五皇子之意。所以，五皇子打听闽地的事，大皇子很是尽心地教了他一教，粮草兵器之类如何运送如何筹备，当然，还有海上船只建造，这就是工部的事了。工部啥的，五皇子与四皇子相交莫逆，自不消说的。就是南安侯，因着四皇子妃与谢莫如交好，两人去岁一道买地皮，今年又开始建宅子，亲近得很。故而，四皇子妃没少在娘家人面前说谢莫如的好话，还有江行云与安夫人亦有交情，所以，南安侯夫人这为人女为人母的，对谢莫如的观感自不会差的。于是，谢莫如虽与承恩公府仇冤颇深，但她与南安侯的关系反倒是过得去。

南安侯有自己的政治立场，与家族并不完全相同，反正种种原因吧，南安侯在五皇子来请教他闽地练兵一事时，也没敷衍五皇子。南安侯道："兵无常势，水无常形。形势不是可以用好坏来说的，也不是一时一刻能看清楚的。"

五皇子道："我总是心下有些担忧。"

"殿下担忧什么？"

"靖江毕竟经营日久，且靖江一地，鱼米之乡，丰饶富庶，这是古来有之的。自靖江王就藩，靖江对朝廷不纳粮不缴税，多年盘踞，岂是闽地几年练兵可以抗衡的？"五皇子道，

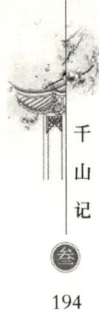

"我知道永定侯也是宿将,只是,练兵是需要时间的,不可能一蹴而就。侯爷在南安州带兵多年,要练就一支可用军队,最短要多少时日?"

南安侯道:"最短也要三年方可上阵杀敌,如果是劲旅,那不是练出来的,而是战出来的。"

五皇子想一想,不由轻叹,南安侯道:"要说现在闽地的兵对阵靖江王府,那是不大可能。而且,现在靖江毕竟是朝廷藩镇,并非朝廷劲敌,也说不到对阵上去。依我看,只在闽地防守,还是不会有什么错处的。"

五皇子明显松了口气,尽管两府女眷彼此观感不错,但南安侯本身与五皇子府无甚交情,五皇子诚心请教,南安侯能如实回答罢了。

五皇子道:"那依侯爷之意,闽地当如何呢?"

南安侯一怔,凡用兵之人没有不细致的,何况如今在帝都,南安侯颇得穆元帝重用,但他也只有更谨慎的。南安侯沉吟片刻方道:"殿下这话问得太大了。"

五皇子道:"我是说用兵方面。"又道,"侯爷放心,虽暂时不得就藩,闽地到底是我的封地,我自然关心。侯爷的话,出得你口,入得我耳,我不会再与他人说起的。"

南安侯既是掌管兵部,便不可能不对闽地之事留心,他不愿意说,也是有此缘故。闽地颇多要员,穆元帝又特意派了永定侯去练兵,永定侯是大皇子岳父,朝中重臣,故而,南安侯不愿意就闽地之事多言。五皇子问得恳切,南安侯想了想方道:"人们说到兵事,便想到战事,但其实,我在南安州十几年,防守的时间远远多过打仗的时间。闽地练兵,先要守得住,不要急着攻,守得稳了,自然有攻的一日。"

五皇子又问:"侯爷可知我朝有没有擅长水战的将领?"

南安侯摇头:"太祖年间忙于西蛮战事,后来南越不宁,又忙南越的事。近年来方四海升平,靖江却又坐大,海战多是船战,且海上气候与平原也大不相同。以前未有海战,也没有在这方面有名的将领。"最后一句是南安侯的客套话了,实际上,不要说有名的海军将领,就是海军也是现操现练,用的还是永定侯,永定侯祖上也没打过海仗啊。

五皇子是个实在人,他自己就说了:"这也是,老祖宗的时候也没在海上打过仗。"

南安侯道:"千军易得,一将难求。要说将领,最是不拘一格的,有些人读遍兵书,也不过是个侃侃而谈的庸才,有些人,天生一点就通,这便是将才。国朝将领中,多是擅陆战,海战上面,我尚未见有奇才。"

五皇子郑重道谢告辞。

五皇子这总往兵部跑,自有属官与太子通报此事,太子说:"五弟怕是叫梦给魇住了。"

徐宁想了想,不由得一笑,道:"五殿下其实是个左右逢源的人。"兵部是大皇子的地盘,大皇子与五皇子之间,以前明显不对付的,这突然间,五皇子在兵部来来往往的,大皇子竟也没啥意见,反是与五皇子有说有笑,就不能不叫人佩服五皇子的交际本领了。

太子道:"五弟是个实诚人。"心里就有了些个不大舒服,尤其想到五皇子先时带着家里孩子们到慈恩宫,引得太后不舍之情激增,最终藩王就藩之事不了了之。可太子就先否决了自己的想头,因为在太子看来,五皇子这样百般打听关心闽地之事,很明显是想就藩的,事实上,自五皇子分府,第一个在朝上提及分封就藩之事的就是五皇子了。所以,五皇子不会是因着不想就藩才带着孩子们去慈恩宫的。

这么思量着,太子便又将疑心去了。

五皇子不管别人如何想,他反正是心中无愧的,倒是谢莫如问他:"我在外头听说殿下做了什么梦,到底怎么回事?"两人每天一张床上睡觉,五皇子怎么未与她说过。

五皇子脸上一窘,就与媳妇略提了提,还道:"定是太子说出去的。"太子这嘴可真不严实。

谢莫如倒未如太子那般大笑,她想了想,认真道:"殿下这主意好,因事情是我们的猜测,的确是没法直接与陛下太子说的。可又需一个名头,借梦来说也是好的。"

五皇子道:"好什么好,外头人肯定说我失心疯了。"

谢莫如呷口茶:"何必理这些无干紧要的人,殿下是为国担忧,那些笑话殿下的人又懂什么呢?他们可做出过有益国家的事?可有殿下这副光明坦荡的心肠?他们的眼界、心胸不过如此,才会发笑。殿下看陛下笑你了吗?苏相笑你了吗?还是南安侯笑你了?"

谢莫如很会安慰人,五皇子心说,太子可是笑他了。但一想到太子在他媳妇的嘴里成了"眼界、心胸不过如此"的人,五皇子莫名舒爽了些,道:"不理会那些闲言,要说南安侯,以前一直觉着南安侯有些冷峻,不大和气,但正事上当真是有一说一有二说二的,不似那些老油条只会搪塞糊弄。"

"南安侯与承恩公府的人不大一样。"

"完全不一样。"五皇子来了精神,颇有些眉飞色舞之态,道,"先时我是想着,问问大哥就好,大哥在兵部这些年,庶务是精通,但战事上还是得请教南安侯,宿将不一样的。"

谢莫如用心听五皇子说了南安侯给他的建议,谢莫如亦道:"南安侯说的是这个理。"

五皇子惋叹:"可惜朝廷无海事名将。"又道:"其实我原想着,问一问南安侯,看他觉着闽地要压制靖江王府需几年,没好问。"

"这话太大,怕是殿下问了,南安侯也答不上来。"

"是啊。"五皇子道,"我并不是质疑父皇对闽地的安排,但闽地总督巡抚俱是高官,永定侯也是位高爵显,我觉着,还是少个能领头的人。"

谢莫如笑:"殿下是想就藩了。"

五皇子点头:"就藩是一方面,还有前番你说的,我也实在担心朝廷可能有一场大败。"

195

胜为小胜,败为大败,朝廷花这些银子练兵,不容易。银子花了还能再赚,朝廷紧一紧,还能再挤出些银子,可将士的性命,一旦没有,可就是真的没了。"

谢莫如也不禁敛去笑容,道:"殿下已经尽力了。"接着,她转言劝慰,"何况,你我都能猜到的事,朝中不是没有能臣,陛下素来英明,不会无所准备的。"

五皇子并不能轻易被说服劝解,他道:"实在看不出有什么准备来。"

"君不密则失臣,臣不密则失身,这等机要大事,不要说殿下,怕是太子也不知道。"如果太子知道,就不会笑话五皇子的"梦"了。

五皇子先是倒吸口冷气,接着道:"这般机密!"心下已是信了,太子是完全不似知道的样子。五皇子悄与妻子道:"我看,太子怕是连闽地的危机都不晓得,就知道在父皇面前说些好听的。好听的话有什么用,真出事就晚了。"还到处去笑话他,五皇子身处高位,也是要面子的好不好。

五皇子又觉奇怪,道:"苏相是太子太傅,这样的事怎么不提醒太子一句呢?"

谢莫如道:"苏相难道没说过,闽地练兵当慎重?我猜,这样的话,苏相肯定是说过的。"

"这是提醒?"五皇子瞠目结舌。

"当然。"谢莫如道,"让一国首辅说出'慎重'二字来,难道不当慎重?"

五皇子感叹:"媳妇,我与你一比,就是个愚人哪。"要是苏相这般平平淡淡地说一句"闽地练兵当慎重",他也联想不到闽地危局啊。我的天,这句话苏相在朝中也说过好几次的好不好,原来这就是苏相的"提醒"。

五皇子真是服了他媳妇。

谢莫如笑:"我一个妇道人家,自然仔细些,哪里当得殿下这般夸赞。倒是殿下,才是有大智之人。"

"你可别捧我了。"五皇子以前觉着自己不笨,在兄弟间不是拔尖的,但也是个中游。后来在朝中当差,自信心渐增,也开了眼界,长了见识,越是如此,他越发明白谢莫如的眼界见识何等不凡。所以,谢莫如这样赞他,他还当真有些汗颜。

谢莫如含笑望向五皇子:"我不是在捧殿下,像殿下借托梦来说事,就是大智。"

五皇子道:"虽说明白人不会笑我,可这世上到底庸人多呢。"

"殿下想一想,古代大贤,多有所梦。庄周梦到蝴蝶,孔子梦到周公,殿下梦到闽州,不也如出一辙吗?"

"人家那梦是真的,我,我这不过是个托词。"

"不。"谢莫如正色道,"请殿下记住,从现在起,殿下的梦也是真的。"

许多事,不是靠人说的,而是自己感悟的。

譬如,谢莫如从来没有对五皇子的政治前途说过一句话,当初五皇子在朝中上书请立东宫,还是谢莫如建议的。皇子分封之后,谢莫如也很支持五皇子早日就藩,但,谢莫如突然说出:"古代大贤,多有所梦。请殿下记住,从现在起,殿下的梦也是真的。"

这样的话,犹如黑暗夜空中的一道霹雳,电光火石间,五皇子似乎了悟了些什么。五皇子看向谢莫如,眼神中罕见的有了些犹疑。谢莫如神色郑重庄严,没有任何野心昭昭的张狂。五皇子几乎觉着自己的感觉是不是出了差错,他心跳如鼓,有些结巴地又说了一遍:"这,这不大合适吧?"

"这是最好的解释。"谢莫如笃定的神态,仿佛在说太阳每天东升西落一般自然。

五皇子咕唧咽了口口水:"这个,那个,哦。"

谢莫如看五皇子似乎给惊吓住了,不由得笑道:"看殿下,别自己吓自己了。这也是为了取信于人,我就不信孔圣人真就三番四次梦到周公,只是有时为了传道,不得已说个谎罢了。殿下亦同此理。"

五皇子点头,松口气:"嗯。"看来是他想多了,他媳妇没那个意思。

谢莫如并不顺事点破,许多事,水到自然渠成,何必开始就摆出赤裸裸的野心来?再说,野心?她可不喜欢这个词。对于她,这也并不是野心,这只是她的目标之一,她不会远望它,她只会一步步走近它,得到它。谢莫如转而又说起薛白鹤来:"薛郎中可愿意为殿下属官?"

五皇子心下转喜,笑:"我亲问过他,他是愿意的。"

谢莫如道:"眼瞅就是中秋了,咱们府里的属官们都有中秋节礼赏赐,既是殿下与薛郎中说好了,我就算上他这一份。"

"这是应当的。"五皇子又说起谢莫如的生辰宴来,"正好咱家不忙,好生热闹几日。"没几天就是他媳妇的生辰了。

谢莫如舒服地靠着软榻,端了手边的茶来喝,道:"没的累人,又不是整寿,我也不喜铺张,咱们自家人摆两席酒便罢了。要是殿下想为我庆祝,不如殿下请几日假,我有些日子没去万梅宫了,咱们带着孩子们小住几日如何?"

五皇子一口应下:"这有何难。"

谢莫如的生辰也算皇子妃里一件不大不小的事,今年虽未大办,该到的礼也到了,宫中有按例的赏赐,苏妃所赐不好越过两宫,不过她已私下给过谢莫如了。另外,谢柏、苏不语、安夫人都大老远地令人捎了东西来,府中侧妃也各有孝敬,谢家亦有寿礼送来,还有各王府均有来往,虽谢莫如说了不大办,王府也摆了两日酒。生辰酒吃过,谢莫如就与五皇子带着儿女们去万梅宫小住了。

谢莫如很喜欢孩子,也乐得让五皇子与孩子们多接触。谢莫如与五皇子说过:"我与

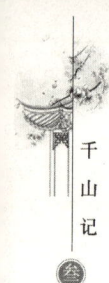

父亲缘法不深,在家时拢共也没说过几句话。我如此,便不希望孩子们也如此。"听得五皇子怪心酸的,对孩子们也多了几分耐心。

两人在万梅宫也不做什么,就是日头暖的时候在外晒晒太阳,说说话,看孩子们玩耍。五皇子与谢莫如商量:"大郎几个过两年也要进宫念书了,咱们要不要先找个先生在家里教一教?"他其他几个皇兄家就是这么干的,譬如,太子家的嫡长子入学前已把四书念了小一半,皇长子家的庶长子啥都没学过,起步就落人家一截。五皇子挺关心儿子们的教育,尤其媳妇在这上头显然是超越旁的皇嫂们一大截的,所以,五皇子先与谢莫如商议。

"这倒还不急,字我已经教他们认了一些,千字文也会背了,只是孩子还小,骨头软,晚些再动笔写字比较好。要是找先生,殿下可得细细访询,莫找那种太拘泥古板的,没的叫孩子们失了天性,反是不美。"

两人说着话,大姑娘昕姐儿就哭哭啼啼地过来告状了,说三哥欺负她。五皇子哄闺女两句,把三郎拎过来训一顿,叫他对着墙罚站,让大郎和二郎哄着昕姐儿玩。五皇子瞅着罚站的三郎,恶狠狠地来一句:"非找个厉害的先生不可!"

三郎扭过头问:"父王,是要找先生教我们念书吗?我们不是要去宫里念书的吗?"

"闭嘴!罚站就给我老老实实地罚站!"五皇子做父亲还是很有威严的,他一瞪眼,三郎忙扭过脸继续罚站。

三郎一面罚站一面认错:"我知道错了,再说,我也不是故意弄哭妹妹的,她忒娇气,我又不知她这么娇气。父王,我错了,让我去哄一哄妹妹吧,我一准儿不弄哭她了。"

五皇子轻信他家三儿子的巧话,结果,一上午,三郎又把昕姐儿弄哭两次,屁股上挨了两巴掌。五皇子教昕姐儿:"以后找你大哥二哥玩儿。"

昕姐儿还就爱找三郎,闹得五皇子也没了脾气,谢莫如笑:"什么是孩子呢。"

五皇子笑:"三郎这小子,嘴巴成天叨叨个没完,也不知道怎么这么多话。四郎嘴巴就太笨,比昕姐儿还大呢,说话还不如昕姐儿利落。"

"四郎也不笨,算起来拢共比昕姐儿大三个月,男孩子一般都是说话比女孩子晚,三郎算是例外。"

说会儿孩子们的事,谢莫如与五皇子说起在西宁州的生意来:"行云与我商量着,想收了西宁州的生意。"

谢莫如与江行云的生意,五皇子是知道的,但他平日里忙于礼部的差使,也不大了解,闻言问:"可是有什么难处?"

"难处倒也不算,只是这几年西宁州的榷场越发红火,去那里的大商贾不少,而且,大皇子封地在晋地,与大皇子相近的徐家今年也去了西宁州的榷场。咱家虽与大皇子府不是外处,可天下这么多地方,何必非挤在一处。我与行云就商议着,索性收了西宁这边的摊子。"谢莫如道。

五皇子想了想:"这也好,咱自家有地盘,要是江姑娘想做生意,不如去闽地。"
谢莫如笑:"我与殿下想到一处去了。"

五皇子足请了小半月假,中秋前才回的帝都,其间大皇子家李侧妃生了庶子,洗三礼时五皇子夫妇在山上并未亲去,只是命人送去了洗三礼。崔氏笑与三皇子妃褚氏和四皇子妃胡氏道:"五弟五弟妹实在恩爱。"
褚氏道:"是啊,五殿下瞧着庄严,委实是个会疼人的。"
胡氏笑:"其实他们这法子倒也好,在别庄里清清静静地过几天小日子,舒坦又惬意。"
崔氏笑:"明年你生辰,也学五弟妹这法子。"
"我倒是想,只是我生辰在三月,那会儿工部总是忙,就是我想,怕殿下也没空闲。"
妯娌几人说些闲话,大皇子府四子的生母虽然是侧妃的位分,但,大皇子府已有嫡子,这侧妃生的庶子便也不显了。于是,平平淡淡地过了个洗三礼,大家就预备着中秋节了。

五皇子一家子回了帝都,第二日,五皇子就与他的兄长们一道进宫给他皇爹和皇祖母献中秋礼了。穆元帝见了五皇子还问一句:"以为你中秋都回不来呢。"
五皇子赔笑:"那不能,团圆节,儿子得回来跟父皇一道团圆。"
穆元帝意味深长:"你这日子,神仙也比不得。"
"儿子全是托赖父皇庇佑,要不哪得这神仙也比不得的日子哪。"五皇子顺手拍他皇爹一记马屁,直把穆元帝拍笑了,穆元帝笑:"你何时这般油嘴滑舌了?"
五皇子见他皇爹展颜,也放开了些,笑:"这是跟您孙子学的。"说起在万梅宫孩子们淘气的事来,"三郎那小子,一天训他八遭也不长记性,嘴巴可比儿子灵巧得多。"
穆元帝想到孙子们,终于彻底开了脸,道:"你近来实在是闲了,礼部不忙,也不想着为朕分忧。"
五皇子连忙道:"父皇若有差遣,儿子定是责无旁贷。"
穆元帝还真有差使交给五皇子,道:"筑书楼的事快好了,中秋节朕有所赐,你亲去江北岭家颁赏。江北岭有了年岁,这些年,他也是个难得的,代朕问候一声。"
这样大好的差使,不要说五皇子,谁不乐意做啊。五皇子连忙应了,他不傻,筑书楼的事谢莫如一早同他提过,他闲时也在肚子里想过。此时,五皇子立刻将腹稿拿了出来,不假思索道:"筑书楼集翰林与民间名宿大家十几年之功,一朝大成,当勒石以记。更要令钦天监择吉日,昭告天下才好。"
穆元帝看他似有主意,便顺手将这差使也给了他,道:"你在礼部,这些就是你的差使了,具体拿个章程出来。"
转眼又得一差使,五皇子响亮地应了。穆元帝看他精气神十足的模样,不由得一笑,

打发他下去了。

五皇子得俩好差使,回家告与妻子,还说:"亏得你先时提醒过我筑书楼的事,不然父皇只会令我颁赏,怕是不能将筑书楼大成的庆典交给我呢。"

"我那只是一提,自己都没想。要是殿下不关心此事,怕也不能想到这些。"谢莫如笑,"可说到底,筑书楼的事,盯着的人不少,最终陛下将这事交给殿下,足见陛下深知殿下是实干之才。不然,这样的事,断不会交给殿下的。"不要说诸皇子,就是太子怕也乐意做这差使,但穆元帝独将此事交与五皇子,这就很能说明问题了。

五皇子喜上眉梢:"我也没想到父皇会把这事交给我呢。"

"殿下分封闽地,虽是朝廷所需,其实陛下心里明白,也是殿下在科场案中得罪了太多官员所致。陛下是心疼殿下了。"

五皇子有些沉默,最后道:"我并不介意,我愿意为朝廷出力,天下是有限的,苦地方总得有人去。"

五皇子到底乐观,道:"你说我那天穿什么?哎哟,想到要见北岭先生,还有些拘谨。"

谢莫如道:"殿下代陛下颁赏,自然要穿皇子服饰。"

"会不会显着不大亲和?"

"皇权什么时候亲和过?"谢莫如道,"殿下颁赏后还得回宫参加中秋宴呢,要是想亲和,反正陛下是将这差使交给殿下的,待过了中秋,殿下多去筑书楼走动一二,也就亲和了。"

五皇子点头:"我与父皇说了,筑书楼这样利国利民的伟业,定要勒石以记的。我想着,北岭先生是主持筑书楼十几载的大功臣,这事还得听一听北岭先生的意思才好。"

谢莫如含笑:"殿下说的是,非但北岭先生这里要问一问,这筑书楼还有诸多翰林学士的参与,前翰林徐掌院调为礼部尚书,如今翰林是秦掌院管着,两位掌院那里也要商议一二。再有,筑书楼这些年,耗费了诸多人的心血,如今大成,总不能让这些人白忙活,除了庆典,殿下可得为他们请赏才行。"请赏,这才是重点,收买人心的大好时机。

哎呀,原本就是个颁赏与开幕式庆典的活儿,叫他媳妇一发散思维,完全是活儿里有活儿啊!五皇子认真听了,当晚顾不得吃饭就要去找张长史商议,谢莫如唤住他:"急什么,世上的活儿哪里有干完的一日?身子要紧,也不差这一顿饭的工夫。"

五皇子老实地用过饭,漱过口方去找张长史。

张长史对于他长官时不时休假的事不大满意,正想着谏一谏呢,结果他这刚用过饭,长官就过来商量事情。张长史这才知道一桩天大的好差使落到他长官头上,张长史搓搓手,笑道:"殿下终于转运了。"

五皇子心说,不知道张长史还是个迷信的人呢。五皇子细与张长史说了这筑书楼的事,张长史做人属下,何况他这差使就是辅佐藩王的,自然知道如何为藩王加分。五皇子得这一好差使,张长史也来了精神,道:"参与筑书楼筹备的名单,北岭先生那里应该有齐全的。这里头,既有翰林大小官员,又有民间有名望的名宿大儒,殿下必要一视同仁叙功方好。"张长史虽然迷信了些,但有其主必有其属,五皇子一向公私分明,所以张长史也是个端正人。

　　"这是自然。"

　　张长史倒是很放心他家殿下的铁面无私,不然也不能因一个科场案得罪半朝人,最终得了那么一小块破封地。张长史感慨:"想是陛下深知殿下公允,方将此差使交与殿下。"不然,这事实在是假公济私、收买人心的大好机会。

　　五皇子道:"别说这些没用的了,明儿我去北岭先生那里颁赏,后儿个就将那筹备名单要来,你这几天辛苦些,咱们一并理一理。"

　　"是!"张长史心潮澎湃地应了。

　　虽然张长史与筹备筑书楼无干,但想到自己能参与到筑书楼的收尾行赏工作,身为一个文官,也是相当自豪的。

　　穆元帝把这差使给五皇子,难得别的皇子只是微微有些羡慕,而无嫉妒恨。主要是刚分封过,大家都知道五皇子分了块什么样的封地,如此,穆元帝关照他一些,别个皇子也没说啥。四皇子这与五皇子关系好的,还为此庆幸,私下与妻子胡氏道:"父皇心里到底是有五弟的。"

　　胡氏道:"老话都说,日久见人心。五殿下是为朝廷当差尽心,父皇心里都是明白的。"

　　五皇子也是干劲十足,这么好的差使,可不是容易落在他手上的。五皇子白天去颁赏,傍晚夫妻二人一并进宫领中秋宴,回府又带着侧妃儿女们赏月吃瓜果。五皇子给孩子们出题,指着月亮道:"看看这月亮像什么?"

　　大郎是做长兄的,自然要先答,想了想,念了两句诗:"小时不识月,呼作白玉盘。"

　　五皇子挺美,点头:"不错。"儿子会背诗啦。

　　二郎是个朴实的孩子,放下手里的月饼,慢吞吞地说:"像月饼。"

　　五皇子知道二郎是个贪吃的,也不打击孩子,道:"恰当。"

　　三郎早憋着想说话了,待二郎话音一落,便急着道:"这么圆,像妹妹的脸。"

　　大人们俱都笑了,过了中秋节,五皇子忙于筑书楼的事,时常去北岭先生那里走动。北岭先生到这把年岁,这等人生阅历,自然是个值得敬重的人。五皇子在外多少都端着,回家就与谢莫如说北岭先生人品啊学识啊啥的,每天叨叨个没完。谢莫如耐心十足,俱认

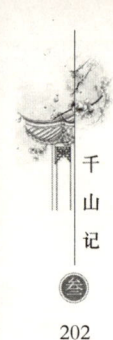

真倾听,道:"北岭先生上年纪的人了,精神头上如何?"

"硬朗得很,先生调理出来的乐伎,帝都也是有名的。"五皇子八卦地同媳妇透露,"先生身边的侍女,都没有过了十八岁的。"

谢莫如听这话完全不知该摆出何种表情。

五皇子还是头一回看自己算无遗策的媳妇露出木讷的神情,不由得偷笑。谢莫如半响方道:"那我就放心了。"

"完全不用担心,我们一道吃饭,看先生食量不比我小。"

谢莫如道:"可惜苏才子不在帝都,不然依苏才子的性子,应能与北岭先生相投契。"

五皇子笑:"李九江已是北岭先生的得意门生,不过先生都说九江于己严苛,不够放达。我想着,赶明儿有空带大郎他们去见一见先生。"

"这个主意好,殿下不是要给大郎他们寻先生吗,北岭先生德高望重,请北岭先生来教导咱家儿女,岂不好呢。"

"昔日北岭先生初来帝都,那时我们兄弟都在念书,父皇就有请他入宫为皇子师的意思,他却是不愿。咱们儿子,身份不比皇子,怕是先生不乐意。"五皇子道,"我倒是想着,先生门下也多有大才,若有合适的,请入府中做先生,也是好的。"

谢莫如道:"此一时,彼一时。昔年北岭先生不愿为皇子师,焉何愿意主持筑书楼之事?他不为皇子师,不过是不想再卷进皇室争斗,咱们孩子身份自不比皇子,正因如此,先生方不会拒绝。殿下不试怎么就知道不行呢?"有权力的地方,都少不了争斗,但藩王府与皇室不可同日而语,一个藩王府,以北岭先生的名望,是极容易脱身的。再者,他的年岁摆在这里,都不一定能活到大郎他们长大,这将是一份纯粹的师徒之情,江北岭怎会拒绝?

五皇子自然愿意给儿子们请一良师,就是江北岭门下的有名弟子,五皇子亦是极愿意的,何况北岭先生,五皇子都没敢想。谢莫如这样说,五皇子道:"那我就厚着脸皮试试。"不成无非是碰个软钉子。江北岭的钉子,他祖父碰过,他皇爹也碰过,他碰一碰也无妨。五皇子又有些不自信:"要不要多让他们背些书?"

谢莫如笑:"天性自然,大郎他们正是璞玉未雕琢时,谁会不喜欢他们?"

五皇子被他媳妇爆棚的自信感给惊了一下子,道:"可别这样夸孩子。"

"本就是事实。"有教养的孩子们,如果不喜欢,也不是不喜欢孩子,怕是不喜欢大人。不过,谢莫如觉着,北岭先生会给他们这个面子。

北岭先生当然会给五皇子这个面子,不只是因着五皇子的身份。其实,人很难因为一个单独的缘由做一件事,人做一件事,必是许多理由凑到一起而形成做此事的原动力。

北岭先生亦是如此,五皇子毕竟是皇子之尊,且今岁科场案,五皇子是主审,虽然五皇子得罪了不少亲贵大臣,但在清流中,对五皇子的评价也有了一个新的高度。穆元帝把筑书楼这差使给五皇子,也不只是因着分封上五皇子受了委屈,更是因着穆元帝清楚这一点。毕竟,江北岭的不驯,皇室是心知肚明的。偏生穆元帝要拿江北岭做个牌坊,是故,不得不多考虑一些。如此,既给了五皇子以分封上的安抚,二则凭五皇子在清流中的声誉,江北岭也会配合朝廷的颁赏,省得老东西有什么突发状况,叫皇家没面子。穆元帝为帝多年,是深知这些家伙惯会用扫皇家颜面来成全自己名声的。这便是穆元帝帝王心术的考量了。

至于江北岭对五皇子的观感,一个七十几的老家伙,历经刀兵战火,见过王朝的倾颓更迭,扫过新朝的颜面,讲过几十载的文章,名遍天下,老了老了,朝廷还要借助他的声望立一立牌坊。至如今,还有心思调教乐伎,老家伙也没什么看不透看不破的了。五皇子的认真、谦逊、踏实,给江北岭不错的印象。尤其作为一个皇子,这样的品格当真是难得了。

当然,五皇子本身的素质中上,并非一流资质,但,江北岭依旧对五皇子充满好感,无他,五皇子有自知之明,他知道自己不是个特别聪明的人,所以,五皇子懂得听取别人的意见。

你对一个人好,许以荣华富贵,足以收买这世上九成九的人。但,这样的人,多是可有可无的。而那不能被荣华富贵收买的人,你要如何获得他们的好感?

其实很简单,听他们说话就够了。

五皇子还不大明白这其间的道理,他也没有做出这样的总结,不过,他已经在这样做了。

五皇子带着儿子们去拜访北岭先生,大郎几个,已开始学了些蒙学,懂规矩,还有孩子气的天真。在北岭先生的花园里,三人还就花园中的一株桂树做了一番讨论。大郎端正着一张小脸道:"这金桂好香。"

二郎说:"花开得真好,可以做糖桂花啦。"

三郎道:"也可做桂花糖和桂花酒啊,老先生,您喜欢吃桂花糖吗?"

北岭先生叹:"牙都快掉光啦,不敢吃糖。"

二郎十分怜悯:"好可怜哦。"竟然不能吃糖,人生还有什么乐趣哟!二郎道:"您别伤心,我给您讲个桂树的故事吧。"

北岭先生笑:"你还会讲桂树的故事啊?"

"是啊。"二郎刚开个头,"月亮上也有桂树,还有个叫吴刚的人……"二郎语速比较慢,于是三郎插嘴:"吴刚把桂树砍倒啦,完啦!"

二郎白眼三郎:"你又抢我话。"

三郎道:"这故事你都讲二十遍啦。"

二郎想了想,伸出手指算,认真道:"没二十遍,十七遍,这次是第十八遍,我还没讲完。"

三郎不耐:"听得人耳朵里长茧。"

二郎揪住三郎的耳朵,仔细瞧瞧:"没长茧。"

三郎别看嘴巴伶俐,他小上俩月,且兄弟间他最挑食,所以,没有二郎生得结实。二郎揪住他耳朵,三郎不敢动,只得道:"快松手,长茧是一种说法啦。"

二郎认真警告他:"再抢我话,我可揍你啦。"

三郎嘟嘟嘴:"知道啦。"

北岭先生笑出声来,五皇子尴尬道:"小子们忒是淘气。"

三郎已眼疾嘴快地道:"老先生,您明明有牙啊!根本没有掉光!"

二郎也顾不得揪三郎的耳朵了,与大郎一道往北岭先生的嘴巴上瞧。北岭先生龇下嘴,露出一口"贝齿",笑道:"假的,用象牙镶的。"

三人均觉着很稀奇,问起北岭先生假牙是怎么造的,北岭先生不愧是大儒,连造假牙都懂得。三郎问:"我看象牙很大,这得磨很久才能镶到老先生嘴里吧?"此问题,北岭先生倒能解答。

二郎问:"老先生,您吃过象肉吗?"北岭先生还真没吃过。

大郎感觉象牙的用途真的很广,他有象牙做的小席子,家里也有象牙摆件,原来象牙还能做成人牙来镶嘴里。

北岭先生感觉五皇子家的孩子们教育得很不错,知识面广,也活泼,很有些孩子的朝气。五皇子提出想给儿子们请先生的事后,北岭先生想了想道:"我年事已高,怕是不能尽为师之责。我门下弟子,教导小殿下们,学识倒是够了,只是辈分上略有不足。不如这样,让小殿下们十天来我这里一次,余下时间让九江代我给小殿下们讲习功课,他学问亦是极好的,殿下看如何?"

五皇子大喜过望,立刻叫了儿子们过来拜师。小家伙们早已被教导过礼数,有模有样地弯腰作揖,口称"先生"。五皇子道:"今日未备全礼,待明日我请钦天监择吉日,下拜帖,再让大郎他们正式拜师。"

北岭先生笑:"师徒原不在名分,殿下何须拘泥?"

五皇子连忙道:"师道尊严,自当郑重。"

北岭先生道:"小殿下们有童心,知礼好问,可见殿下与王妃教导有方。"

五皇子笑:"我平日里多是在衙门里当差,都是王妃教导他们。我那王妃,不是我吹嘘,最是贤良不过,我能安心外事,多赖王妃持家有方。家中安稳,我方能全心政事。"其实五皇子很想夸一下他媳妇的远见卓识,可这年头夸女人多是往贤良方面说。尤其,他媳妇的出身颇让诸多小人忌讳,所以,哪怕在北岭先生面前,五皇子也是极小心的。

北岭先生刚提及王妃,也不过是想知道五皇子对谢莫如的观感,老头子得到答案,道:

"王妃之名,老朽亦有所闻。"

五皇子回府,先将此大好消息告诉妻子。谢莫如听说是拜江北岭为师,平日间李樵授课,也大为满意。谢莫如笑:"北岭先生不愧大儒之名,殿下让钦天监尽快择吉日,我亲自预备六礼。"虽然江北岭让李樵授课有敷衍之嫌,但名分已定,想要江北岭加大投入,怕还要费些心力。

五皇子自不会拖拉,笑:"已打发张长史去钦天监了。"

谢莫如道:"殿下别忘了同陛下说一声。"

"明儿进宫就同父皇说。"

在穆元帝看来,五儿子交际的本领其实不算出众。穆元帝会有这种看法主要是因为,五儿子不够八面玲珑,也正是因此,科场案非得这个儿子才能办。不过,交际本领不够出众的五儿子此次委实令穆元帝刮目相看了,穆元帝道:"你与江北岭很投缘哪。"

五皇子道:"北岭先生的确很有学问,不愧大学问家的名声。"

穆元帝问:"他这一把年纪,打算怎么给大郎他们授课?"穆元帝可不认为江北岭这把年岁还能做全职先生。

"北岭先生说让大郎他们十天去一次,平日里让李九江代他给大郎他们讲学问。"

这还差不多。穆元帝道:"这也是大郎他们的缘法,李九江的学问,启蒙倒也够了。"李樵是永安侯府的庶子,按礼法,还得叫穆元帝一声舅舅。不过,穆元帝明显不待见这个没血缘关系的外甥,李樵中进士后没做官,穆元帝倒也知道他的文章学识。

且李樵与谢莫如颇有交情,江北岭选李樵代他给皇孙们授课,怕也有这个原因。至于江北岭当初拒做皇子师,反为皇孙师的事,对于穆元帝,江北岭只要对皇室投诚,便足够了。

钦天监择的吉日在重阳后,五皇子颇为郑重,一应按古礼而来,先是下了帖子,亲自带着六礼带着儿子们上门郑重地进行了拜师仪式。

当然,也让儿子们拜见了师兄李樵。

五皇子这才觉着,哎呀,这辈分不大对啊。李樵是永安侯府庶子,他与李樵是正经礼法上的表兄弟,如今李樵成了他儿子们的师兄,这叫什么辈分哪?

北岭先生十分超脱,道:"各论各就好,殿下不必拘泥些许琐事。"

五皇子笑:"先生说的是。"最重要的是儿子们拜得名师,得到优秀的教育。五皇子又与李樵约定每日授课时间,中午用过饭方告辞离去。

其实李樵对于北岭先生这般简单迅速地应下五皇子延师之事还是有些讶异的,北岭先生坐在常用的软榻里,身旁燃一炉檀香,李樵煮好一壶茶,师徒二人各一盏。北岭先生

呷一口，不禁微微皱眉，道："这茶火候未够。"

李樵"哦"了一声，在他看来，北岭先生无疑是最会掌握火候的人。

北岭先生微微一笑，对于李樵的疑问，他道："九江，等你到了我这把年岁就明白了。"什么三延三请，资历不够声望不足时，以退为进是不错的法子。但到了北岭先生现在，合适做，可以做，便做了。他已不需什么以退为进，此时，他已进退随心。

李樵似有所悟，倒掉壶里火候不够的茶，重新煮了一壶。

五皇子给自家儿子找了位好先生的事，只是很低调地同他皇爹说了一声。五皇子原是想着闷头吃肉才好，他本也不是爱炫耀的人，故而十分低调。奈何北岭先生与五皇子的身份都不够低调，这事，哪怕五皇子未大操大办，该知道的也都知道了。

五皇子这事办得，连太子都没忍住很是醋了一回，就更甭提别的皇子们了。太子与大皇子心有灵犀地在御前道："如今皇孙们也都要念书了，既然北岭先生有传道之意，不若将先生请进宫来，给皇孙们授课。"

说句老实话，对于江北岭，虽然老穆家爱拿老头做个牌坊，但实际上穆元帝不大喜欢他。不过，江北岭的学识，穆元帝也承认是数一数二的，不然，当初也不会有想令江北岭教导诸皇子之意。当然，在这事上，穆元帝比较没面子，因为人家没买他的账，拒绝了。如今大儿子二儿子过来说让江北岭教导皇孙，穆元帝不置可否，道："江北岭这把年岁，性子古怪，当年，先帝想征他为官，他不愿，先帝也未强拗他。你们想请他，要依礼而为。"筑书楼就要完工，穆元帝要收天下仕子之心，自不希望这时间闹出什么不愉快。

太子与大皇子皆道："这是自然。"这两人尽管不和，不过都属于自信心爆棚的一类。在他二人眼里，五皇子能请动江北岭，他们更不比五皇子差。何况，五皇子不过是于他的小家有利，他们是请北岭先生为诸皇孙之师，以利所有皇孙。相较而言，五皇子的格局就小了。

太子与大皇子这主意，不要说三皇子，便是与五皇子交好的四皇子也是乐意的，他家儿子今年也进宫念书了，自然是盼着孩子能有个好老师。

太子大皇子联手，二人皆有属官幕僚，且江北岭的古怪执拗，二人都是清楚的。太子这里，宁祭酒与江北岭有交情，当初江北岭来帝都，就是宁祭酒邀请的，这些年，两家也没断了联系。大皇子这里，有足智多谋的赵霖赵时雨。

只是，此事，还真令宁祭酒与赵时雨犯了难。

宁祭酒有些为难，不得不将丑话说前头，道："老臣虽与北岭先生相识，要是别人，老臣去劝一劝倒无妨，北岭先生这里，怕是不易。当初北岭先生到帝都，陛下就有请先生为皇子师之意，先生婉辞。"

太子笑:"此一时彼一时,祭酒可知,北岭先生已收五弟家的大郎、二郎、三郎为徒,都是皇孙,有何差别?何况,孤亦一向敬仰先生的学识。"他家儿子的身份只有比五皇子家儿子更尊贵的。

宁祭酒不好再推辞,只觉着太子实在是找了块再难啃不过的骨头。宁祭酒也是个老到的,道:"这事,既要办,最好一次就令先生点头。老臣无甚把握,也愿意为殿下一试。只是,老臣想着,五皇子既能令其子拜于北岭先生门下,与北岭先生交情必然不同于常人,依老臣之意,若有五皇子代为说项,当可事半功倍。"拉五皇子下水。

太子笑:"说的是,孤这就令人请五弟过来。"

五皇子正为给儿子们找了好先生的事高兴,想着大郎二郎三郎年岁差不多,四郎五郎还小些,待四郎五郎大了,也效仿哥哥们,一并送到北岭先生那里开蒙。五皇子正是顺风顺水,就遇到东宫属官来找他,五皇子去了东宫,一听是这事,不由得露出几分难色。太子道:"孤与父皇商量着,皇孙们渐渐大了,过一两年,大郎他们也要进宫来念书的,倒不如请北岭先生入宫讲学,也让诸皇孙都能听一听先生的教导。"其实要说先生,朝中渊博之人尽有,太子点名江北岭,无非是跟他爹跟他祖宗一个心思,拉老头做个牌坊罢了。

太子都这样说了,五皇子便与太子解释北岭先生身子不大好,大郎他们平日里是由李樵授课的事。太子实未料得如此,五皇子道:"殿下也知道,弟弟府里没有嫡子,王妃贤良,教导孩子们很是用心,王妃见我忙筑书楼的差使,就起了这心。我与北岭先生商议,十天带大郎他们去一次,平日里就是李九江去府上给大郎他们开蒙。"

五皇子很认真地向太子推荐李樵,道:"李九江的学问亦是极好的,他说来也不是外人,要是太子看他还行,我带他进宫来给太子请安,太子考较他一二。他也是正经二榜进士,只是未在朝为官罢了。太子若相中他,一道谕令,他焉能不感恩。"

太子对李樵的兴趣真正不大,进士有什么稀罕的,他东宫的属官哪个不是进士出身,最次的也是二榜进士,三榜的都没资格搁到太子跟前来!何况,李樵毕竟是永安侯府的庶子,文康长公主素来当这个庶子不存在的。文康长公主于皇室何等地位,太子自不会与李樵太过亲近,他争取的始终是北岭先生,道:"便是不能每日进宫为皇孙讲学,十天来一次也未为不可。"牌坊嘛,竖起来就够了。给孩子们讲学问的事,由他人代劳未为不可,但这人不能是李九江。

五皇子虽知此事难办,却也不能推脱,道:"那臣弟就与宁祭酒走一趟。"

太子十分满意五皇子的表态。

大皇子这里自不会想让太子专美于前,大皇子与赵霖商量,打算抢个头功。赵霖一则没有宁祭酒与北岭先生多年的交情,二则没有五皇子的皇子身份,他根本不认得江北岭,

207

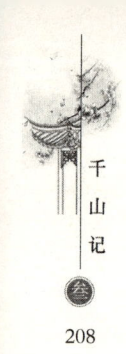

这会儿也没什么好法子。但赵霖能成为大皇子的首席幕僚,自然不会说他办不了这事,他直接道:"殿下放心,太子他们怕是办不成的!江北岭绝不会入宫为诸皇孙讲学!"

大皇子还有几分不信,道:"江北岭能教老五家的小子,难不成就看不中别的皇孙了?还是老五家的小子有什么了不得的好处?我是不信的。"

赵霖道:"殿下此言差矣。江北岭当初连为皇子师之事都能拒绝,如今又怎会入宫为皇孙师?他的年纪,怕也撑不住。"

"他还不是收了老五家的几个小子!"说到这个,大皇子就不服,深觉五皇子狡猾,父皇不过是让他关注下筑书楼的事,正经公差,五皇子就能谋下这样的私利。筑书楼的差使已够叫人眼红,结果,五皇子又给自家儿子找了这样的一位名师,怎能不叫大皇子眼气!

"五皇子这里,必有内情。"赵霖断言,"殿下不信,待五殿下与宁祭酒从北岭先生府上碰壁归来,自然就知臣所说真假了。"

大皇子还是信赵霖的,赵霖下了论断,鉴于赵霖的强干,大皇子愿意等一等。

赵霖别看没本事请动江北岭,但他的眼光委实一等一。太子将事托于宁祭酒与五皇子,两人不敢怠慢,第二日就去了,当天下午碰肿了脸回东宫复命。

太子未再提此事,大皇子对赵霖越发信服,道:"时雨你料事如神。"他已将五皇子家孩子拜师的来龙去脉也打听出来了,就是应个名,实际授课的人是李樵。太子丢了面子,再加上五皇子家的孩子也不是真得了江北岭的教导,大皇子终于气平。

赵霖淡淡道:"江北岭那里,殿下不必理会,若是殿下想给小殿下启蒙,如五皇子那般请个江北岭的门人也可。"

虽然太子在江北岭这里失了颜面让大皇子有一种心理上的快感,但,大皇子身为诸皇子的长兄,也有自己的骄傲,他道:"要是江北岭倒还罢了,他的门人不见得就哪里格外出众。"

赵霖正色道:"殿下此言差矣,江北岭虽不在朝为官,但于江北讲学几十年,门下徒子徒孙可是都会科举的,如今在朝为官者不在少数。"

大皇子焉能不知这个,不然也不至于抢着拉拢江北岭。大皇子仍是不愿意,道:"那岂不是跟着老五有样学样,好歹老五家小子与江北岭还有个师徒名声,我若请个江北岭的门生,将来辈分怎么算?"大皇子虽然听从赵霖的建议努力与五皇子搞好关系,但他到底有着皇长子的自尊,自不甘拾人牙慧。

赵霖微微一笑:"其实,我朝不是没有与江北岭声望相仿之人。"

大皇子不笨:"时雨是说薛帝师。"南薛北江,能与江北岭在名望上平起平坐的,自然是薛帝师。

赵霖领首,有江北岭这不识时务的,大皇子对薛帝师充满好感,立刻道:"薛帝师于我朝功绩,远在江北岭之上,声望亦非江北岭所及。"这话就是大皇子的偏颇之言了,南薛北江,齐名的大儒,要分高下实在不易。只是,江北岭对皇室实在不够恭敬,大皇子心有不爽,便这般说了。

薛帝师名望足够与江北岭抗衡,但是……大皇子道:"薛帝师自然德高望重,可惜薛帝师隐居蜀中,上次立储都未来帝都,莫非时雨你与薛帝师有交情?"

赵霖笑:"我家乡在北面,自然不认得薛帝师,但朝中不是没有受薛帝师教导之人。薛帝师曾为陛下之师,受他教导之人为小殿下的先生,辈分自然是够的。且虽薛帝师从不收徒,不过,有师徒之情也是一样的。"

大皇子想了想:"我倒不知时雨你说的是谁了。"

"这人出身平平,于朝中不大显眼,殿下不知也正常。"赵霖不再卖关子,与大皇子细说,道,"翰林中有一位沈翰林,姓沈名素字净远,蜀中人氏,当年曾去青城山求学,亲得薛帝师教导。他是二榜进士出身,如今在翰林院为从六品翰林修撰,耕读出身,身家清白,三年前被当时任翰林院掌院的徐尚书提拔,进入筑书楼参与筑书楼的编修,此次筑书楼完工,他定在赏赐之列。此人学识,为小殿下开蒙也足够的。此人碍于出身,于翰林院中并不显眼,偏又与薛帝师有师徒之实,且是同乡,尤其知道此事的人极少。殿下看,此人如何?"

大皇子哈哈大笑,畅快道:"时雨你好眼力,我看,沈净远比李九江强百倍!"便是不论江北岭如此不识抬举,就两者身份而言,大皇子自然更倾向薛帝师。

赵霖道:"既殿下有意,臣虽可为殿下走这一遭,只是臣想着,为小殿下择师非同小可,还请殿下亲去方好。"

尊师重道、礼贤下士、收买人心什么的,实在是皇室子弟基本功。大皇子欣然应允。

帝都这块地方,谁瞒得过谁?

五皇子为自家儿子延师北岭先生的事瞒不过人,太子碰壁江北岭的事瞒不过人,大皇子请沈翰林为自家儿子启蒙先生的事当然也瞒不过人去。

五皇子正为被北岭先生拒绝的事有些没面子,听说他家大哥为侄子们请了沈翰林为蒙师,总算松了口气,同谢莫如道:"幸而大哥没钻牛角尖,不然皇家这么三番四次地去北岭先生那里,北岭先生性子刚硬,双方都不大好看。"北岭先生既做了他儿子的先生,五皇子就得为北岭先生多考虑一些。北岭先生敢折皇室的面子,自然是他的脾性与风骨,但,也得保持一个度,不好过了头,不然惹恼了皇室,北岭先生又有什么意思呢?如今见他大哥另请高明,五皇子才算放下心来。

谢莫如问五皇子:"哪位沈翰林?"

翰林院姓沈的不止一人,五皇子道:"他算是前科进士了,蜀中人,沈素沈翰林。"

谢莫如立刻知道了,道:"就是与孙翰林一道带头搬到南郊的那位沈翰林?"

"对。"五皇子其实比他大哥早知道沈翰林,此时说起来,道,"虽没打过交道,但沈翰林在筑书楼修书好几年了,北岭先生与徐尚书对他的印象都好,此番也在封赏名单内,大哥选他,的确选得好,瞧着是个明白人。"

"蜀中人,这位沈翰林是蜀中人。"掂掇一二,谢莫如食指微微一动,道,"殿下明日看看,大殿下心情如何。"

"怎么了?"

"大殿下一向争强好胜,连太子都不放在眼里的。此次蒙师之事,如何能甘心落于殿下之后?他突然请了一个不大显眼的翰林,必有缘故。"谢莫如道,"殿下怎么忘了,蜀中是什么地方,那里有个人,名望地位丝毫不逊于江北岭的。"

"你是说薛帝师?薛帝师一向不收弟子。"

"师徒不过是个名分,每年春闱座师与新科进士又有什么师徒之实,却是有师徒之名的。这位沈翰林并未听说与薛帝师有什么关系,他在翰林中也未听闻哪里就格外出众,较之赵霖、徐宁等人在仕途上的运道,他只能算中上。不过,他是蜀中人,能被大皇子亲自聘为皇长子府的蒙师,必有过人之处的。"

五皇子搔一搔下巴,道:"要是常人,哪怕见过薛帝师一面,也要说成与薛帝师如何如何有交情的。倘沈翰林真与薛帝师相关,他却从未在人前炫耀过,不然我定能知道。他若是受过薛帝师的教导,身份上自然不逊于李九江,大哥亲自去请,也说得过去。若此事当真,只是不晓得大哥如何知道这事的。"

"大皇子比殿下长五岁,比殿下早入朝当差,人脉自然也比咱家强些的。自去岁地动后,大殿下越发稳重,待兄弟们也和气,他身边必有能人,不然如何能在这满朝文武中为大殿下择中名位不显的沈翰林?"

五皇子道:"蜀中的事,咱们还是少碰。"

谢莫如想到对蜀中格外忌讳的穆元帝,淡淡一笑:"这也有理。"

第四十二章 闻道堂

第二日，五皇子非但认真打量了回他大哥春风得意的脸庞，也借着筑书楼完工整理的机会，见了见沈翰林。

沈翰林与五皇子年纪相仿，生得俊秀细致，天生一双含笑的杏眼，鼻挺唇红，从六品的草绿色官服穿在沈翰林身上也多了几分闲雅青春，实在是个能让人心生好感的人。

五皇子只是扫了沈翰林一眼，他的身份，不可能过去问沈翰林你是不是与薛帝师有啥关系啊。五皇子想出的主意，凡是于筑书楼有功之人，皆请诸人用小楷写下自己的名字，将来让内务府匠人按样刻于石碑上，再将此碑永远立于筑书楼大厅之内。

然后，除了金银之类的赏赐，该升官的升官，该表扬的表扬。朝廷还做了一批银制佩章，这佩章上雕有筑书楼的微缩简易图形，平日可佩于身上。当然，根据对筑书楼的贡献不同，佩章的质地也不一样，头一等如北岭先生与徐尚书，是玉制佩章，接下来分为金、银、铜三等。

五皇子还特意请旨，请史官必要在书中详记筑书楼之事，其实，这事哪怕五皇子不提，史官也不能忘的。

总之，筑书楼封赏之事，不论从实惠还是自名誉，五皇子做得都十分周全妥帖。饶是穆元帝也说一句："老五也历练出来了。"

太子笑："是，五弟越发周全。"

五皇子在亲贵派中跌至谷底的风评，在清流中借助筑书楼完工行赏之事达到新高。且筑书楼盛典前，四皇子和五皇子又帮着穆元帝解决了北岭先生的安置问题。老头这把年岁了，筑书楼的事忙了十好几年，穆元帝是想着江北岭就此留在帝都的。只是，这事比较难办，当初穆元帝他爹也想江北岭留在帝都，结果人家拍拍屁股回了老家，穆元帝他爹闹得一脸灰，强忍着没宰了江北岭。如今穆元帝借筑书楼之事收天下士子之心，江北岭的名望亦再上一层楼,这样的人,穆元帝不愿他到处乱跑。但,怎么留下江北岭,是个问题。

这个时候,穆元帝自然想到五皇子提前让儿子们拜在江北岭门下,且筑书楼收尾之事,也是五皇子办的,且办得很是不错。穆元帝就叫来五儿子商议,这事,五皇子早有腹稿,他媳妇早与他说过了啊。五皇子也与四皇子通过气了,五皇子道:"儿子媳妇与四嫂去岁买了些南郊的地,当时是朝廷建的安置穷困官员的宅子,那会儿官员们嫌地方偏僻,不愿意去。我们与四哥四嫂还去瞧了瞧,她们妇道人家,硬说地方是好的,没人去住也买了不少土地。如今看来她们有些运道,现在那里也兴旺起来了。去岁买田地的银子,已渐渐回本了。离南郊不远处有一座小山,如今山上种了些花木,山旁有水有树,景致养得很不错。儿子找了内务府的图样先生画了园子图,在那山周围建了十几处别致的庄园,还有一所很不错的学堂。媳妇与儿子商量着,咱们皇家,又不是那些见利则上的商贾,当初买那里的田地,也不全是为了赚银子。儿子想着,那里有山有水有田园,最清静不过,不远处就是朝廷建的官员安置宅子,那些官员虽贫困些,俱都是读书人。且周围衣食住行都还便宜,要是北岭先生愿意,可请北岭先生去那儿养老传道,只是这念头,儿子一直不知要怎么同父皇说,也不知妥不妥当。"

尽管五皇子拉扯上四皇子妃胡氏一道说,穆元帝也知胡氏没有这样的见识,穆元帝道:"你媳妇想得挺长远啊。"

五皇子一副与有荣焉的模样:"是啊,多亏父皇疼儿子,给儿子娶了这样贤良的媳妇。不瞒父皇,当初媳妇她们买下那些田地,可是没少投入。起初自城南出来不过一条六尺宽的土路,媳妇她们出银子修成四匹马车同行的青砖路。安置宅子周围种树栽花,挖湖养鱼,养出忒好景致来,再加上朝廷建的都是一水新宅子,那些困窘官员才乐意去租住的,现在都供不应求了。如今有了人气,她们先在官员的那一片地方建了书院,又在周围建了私宅,这些私宅,才是赚钱的地方。因为毕竟是官员聚居的地方,多有有钱人愿意买那里的宅子。这样,才把投入的银子慢慢赚了回来。"

说着,五皇子有些不好意思道:"当然,儿子这提议也有私心。北岭先生一则是儿子给大郎他们请的先生,儿子也是一心想着先生在帝都养老,拿出些宅子土地的不算什么,儿子心甘情愿。儿子也想着,凭北岭先生的名望,当可将南郊经营成一处学术争鸣之地。所以,宅子与土地,儿子是真心献的。不过,北岭先生入住,那边的土地宅院价钱自然也会上涨。不过,儿子与媳妇,还有四哥四嫂,我们已商议好了,不论赚多少银子,刨除花销,一半的净利捐给朝廷。这不是儿子与四哥作态,父皇也不要去告诉别人。儿子与四哥是觉着,天下太平之日尚短,文脉初兴,这些银子,还请父皇用在读书人身上吧。"

五皇子当真是肺腑之言,穆元帝怎会要儿子的这些小钱,道:"你们的钱,自拿去自家过日子吧,朝廷还不差你们这几个。"

"那父皇实在太小看儿子与四哥了,咱们皇家,岂能如商贾一般逐利?这本就是意外之财,儿子与四哥要是日子紧巴,也不会打肿脸充胖子。"

穆元帝这才收了儿子们的孝敬,与五皇子道:"不管想什么法子,把江北岭安置好,让他留在帝都。"

这差使,尽管五皇子早胸有计量,且地方都给北岭先生安排好了,宅子也建好了,但如何说服老头,经过前番碰壁事件,五皇子不得不慎重以待。他先请了李樵来商量,李樵是江北岭的得意门生,在筑书楼的筹建过程中是有大功的。他不愿为官,此番赏赐也颇厚。再加上,李樵现在为他家儿子们的先生,与王妃的关系也好,礼法上,两人也是亲戚,五皇子方找了李樵商议。李樵并无推辞之语,很是为五皇子谋划了一番。于是,在一秋高气爽艳阳好的日子,五皇子邀北岭先生去赏秋景,有李樵帮着说话,北岭先生欣然应允。

五皇子令人备了车马,排场简单,车马亦不甚起眼,但车厢里收拾得宽敞舒适,茶果皆备,一行人便去了南郊。彼时,丹桂初落,金菊盛开,城外田郊皆是一片忙碌景象,尽管郊外尤甚美景,但视野开阔,自有一番心旷神怡。因道路宽阔好走,很快就到了朝廷给官员盖的安置房。这里因是官员的聚居地,所以,虽非谈笑有鸿儒,却也是往来无白丁。在这微冷的深秋,孩子们念书的声音隐隐传来,北岭先生白眉一动,道:"这儿的书院不小啊。"

五皇子便命停了车,与李樵一左一右扶了北岭先生下车,秋风寒凉,北岭先生倒更见精神。一行人步行至书院,书院建得不小,里面孩子们在上课,扯着小奶音念书,稚气嘈杂,念的是些简单的蒙学书籍。北岭先生侧耳听了一时,并未进去打扰。五皇子就带着北岭先生在书院外走了走,难得后院还有个蹴鞠场,北岭先生颔首:"这书院建得好。"

如北岭先生这样的人,自然是喜欢书院的,五皇子笑:"南郊毕竟离内城远些,且这里住的多是生活有些艰难的官员,多有拖家带口的。虽说都是书香人家,自家亦可教导子弟,只是他们当差,怕是没这空闲,就盖了这所书院。住安置房的官员家子嗣可以免费就读,附近若有孩子们想来念书,每月一两束脩。每月考试各班前五名,奖二两银子。"

北岭先生听了问:"这些银子由谁来出呢?"甫以为大儒就是口不言财的人了,北岭先生向来不忌讳谈一谈银钱的,他这把年岁,知道许多事情若要长久地做下去,必要有银钱支持。

五皇子道:"周围这几百亩的桃杏李树,还有湖里鱼虾,每年出产都用于书院。书院也接受赠银,有专门的书院账目出入。"

北岭先生道:"陛下赏赐颇重,老朽也用不到金银,待明日我打发人送来。"

五皇子笑:"我开口早了,先化了缘去,一会儿先生再想捐银子,突然想到早捐到这所蒙童书院,可别后悔哪。"

北岭先生笑:"看来还有更好的去处。"

更好的去处自然是有的,驶离了安置区,道路依旧平整宽阔,连北岭先生都不禁道:

"这路修得委实不错。"

五皇子笑笑:"自从修了这路,附近的农人也便宜不少。"

北岭先生将话一转:"听说这里的土地都给谢王妃买下了,这路也是谢王妃修的吗?"

五皇子不料北岭先生竟连这个都知道,也不隐瞒,笑道:"王妃每年冬天施粥,春天出种子粮或是按工算钱,让管事组织人来修的路。"忍不住夸了自家媳妇一句。

北岭先生望着远处蓝天之下绿树掩映中隐隐飞扬的檐角,道:"王妃的眼光令人赞叹。"他早听说过南郊这处地方,主要是太有名了,去岁地动时,这里安然无恙,周围人浑然未觉,仿佛有神明庇佑,故而,不少人说这里是一处福地。然后,这处地方的来龙去脉,北岭先生也就知道了一些。

五皇子笑:"王妃细致周到,这里的事,多是王妃与四嫂在办。我充其量只是帮着找了个画园子图样的先生。"

北岭先生就心里有数了,当他看到"采菊东篱下,悠然见南山"的景致时也不以为奇了。北岭先生也得说:"实在是个好地方。"

五皇子指着远处一片青砖瓦房道:"我在礼部当差这几年,春闱时有些贫寒举子,来帝都盘缠花销尽,只得寄居寺庙等地,这一片房子是给贫寒的举子们住的,花销由朝廷出。"其实一般举人很少有太穷的,当然,也有生活艰难的,这也算是朝廷德政了。

北岭先生甫看是个做学问的,老头半点儿不糊涂,道:"这里的地不便宜吧?"给他送宅子送地的不在少数,比这里地段更好景致更美的更是不罕见,那是冲着他的名望他的地位。不过,北岭先生罕见有谁会特意建房屋给贫困无名的读书人居住的。

五皇子并不说什么银钱乃身外之物的话,他正经在朝当差的皇子,自己分府过日子这些年,经济事务人情世故都懂。五皇子道:"去岁入手时便宜,如今投入已经回本了,不然也不会建出这批房屋。"

"当初购置土地时,就是这样打算的吗?"

"那倒没有。"五皇子便与北岭先生说起这块地的来历,朝廷如何建造廉租房,官员如何嫌地方偏僻不愿来住,他家王妃如何能干,当然也没落了他家王妃的合伙人四皇子妃,俩女人如何建设这里的景致。及至这块土地的用途,五皇子道,"王妃虽妇道人家,见识并不逊于我。她说我家并非商贾,不必去逐银钱之利。朝廷建的安置宅子,那里住的都是官员,虽品阶不高,家境也寒苦些,却也是正经读书人。这百年间,战火离乱,刀戈四起,如今天下太平不过几十载,文脉复兴,就在眼前了。所以,这里原也是想着建了房舍,便宜些卖与读书人的。再有实在困难、一心向学的,也有免费的房舍可住,只是条件略艰苦,一日三餐由朝廷出银钱供给。我想着,凡一心向学之人,身外之物原就不大看重。先生不愿侍我朝,这是先生的风骨,当年先帝也是极敬仰的。可我想着,前朝今朝不过是天意更迭,先生这些年,行的是儒家大道,江北一带文风兴盛,与先生数十年如一日传道授业息息相关。

我并无豪宅显位相赠先生,只是想请先生主持闻道堂,留在此地,振兴文脉。"

如穆元帝所言,五皇子的确是历练出来了,他自始至终根本没提送宅子给江北岭的话,只是围着这片地方说了自己的畅想与朝廷的计划。

江北岭自不是给五皇子一忽悠就心动的毛头小子,他道:"这是朝廷的德政啊。"

"都是应当的。"五皇子道,"朝廷应当如此。"

江北岭虽没有应下来,也随着五皇子好生看了看周边环境。江北岭道:"老朽将九十的人了,怕是难担此重任。"

五皇子笑:"先生今年尚未到八十岁,传道授业,亦在言传身教,若先生是安于享乐之人,也就不是先生了。我虽是晚辈,也知先生不是能闲下来的人。圣人说,达则兼济天下,穷则独善其身。只是,这话对善观时事者是对的,可古来大贤大德,从不是独善其身之人。"

五皇子虽未能说服江北岭,回府时心情也不错。五皇子世情越发通达,与谢莫如商量,道:"我看但凡有本领的人,架子也便大些,我是不是要多请北岭先生几遭才好?"

谢莫如道:"殿下不是请九江帮着劝北岭先生了吗?"

"九江是九江,我是我,这如何能一样?"五皇子道,"我还想着,要不请父皇出面……"

"当年先帝出面也没留下他,何况如今?"谢莫如想了想,"再者说,江北岭这把年岁,再摆什么三延三请的架子反低了格调。听殿下说的,他倒是也颇有些心动。"

五皇子道:"我陪着北岭先生走了大半个山头,说句老实话,他年岁虽是有了,身体真正不错。"

"长寿也是一种本领啊。"谢莫如感叹一句,道,"他既心动,可见殿下法子是用对了。之所以未应,想是那地方虽令他心动,却还不足以太过打动他。殿下今天虽给他讲了南山那块地界的用途,到底流于表面,也不大详细。不如殿下做出个详细的计划来,再拿去与北岭先生商议。"

南山那里,说到底原不过是个郊外田地,景致都是近两年养起来的,房舍也是近两年新置的。就是五皇子说的,有一批免费安置贫寒举子的房舍,具体数目是多少没有定,给贫寒举子的日用补贴是多少,也没有定。要说详细计划,五皇子自己也没有,他干脆拉了谢莫如一道做个计划出来。主要是,这个意见是他媳妇提的,地也是他媳妇的,对南山的情形,他媳妇比他还熟呢。

谢莫如这里有南山周边细致的地形图,夫妻俩商量了一回,大到房舍数目、道路交通,细至贫寒举子的供应饭食,再有周边的衣食住行等市场建设,谢莫如尤其提了一句:"太医院窦太医家里就是帝都有名的金针堂,窦家世代行医,医道是极不错的。北岭先生这般年岁,他住到南郊去,别的暂不说,医馆得有一间。安置房那里,虽也有一二小医馆,均不是

什么有名气的大夫坐堂，不如让金针堂去闻道堂那里开个分号。"

五皇子道："这也有理。"

谢莫如笑："南山这里供应的银钱，殿下先算出来，这笔银子，不能叫别人出，必得请陛下从私库出方好。就是金针堂的事，也请陛下格外恩典才好。"

五皇子自是明白，这是给他皇爹做脸呢，五皇子应了，道："若是南山再盖房舍，也得父皇拿钱呢。"他家里把地献上去了，当然，如今地面上的建筑也一并献上去了，但如果再盖房屋，就得他皇爹出钱了。

谢莫如道："殿下说的是。"谢莫如也没打算做冤大头。

夫妻俩一直商量到晚上用饭，待用过饭，五皇子又去找张长史商议了一回，他与谢莫如都是细致人，但有时还是要多听取各方意见才好。与张长史议过，五皇子第二日又寻了李樵商量，到第三天，才拿了计划书去给江北岭看。

五皇子说得客气："我打算上书请旨，只是不晓得是否周到，毕竟我年轻识浅。倘是别的事，断不敢打搅先生，这一件事关乎闻道堂，且先生讲学多年，经验丰富，还请先生帮我看看，是否有需要再修改的地方。"

江北岭翻了一页，道："这是大事，老朽不好轻率，怕要多看几日。"

五皇子大喜，还是努力矜持着，可江北岭何等人物，虽是一双老花眼，也瞧出五皇子眸中的喜悦之色。五皇子有一样好处，他喜便是喜，那种由内心深处迸发出来的喜悦令江北岭也不禁微微一笑，道："殿下有心了。"

五皇子道："都是应当的。"

江北岭不禁心下一叹，都是应当的，这话多么难得。

五皇子把自己的计划书给江北岭，其实就是请江北岭自己修改出一个满意的方案来。哪里不好，您老人家改了，我去上书请旨。

这样，就等于让江北岭自己给自己挖了个满意的坑。

不过，说是坑就不恰当了。

天下多少人求之不得。

江北岭足足十天才将五皇子的计划书还给五皇子，五皇子看上面密密麻麻的修改，颇为敬重。无他，五皇子为了留下江北岭，颇为用心，房舍建造都是用极好的材料，江北岭改用了寻常榆槐木料。就是给读书人的供应上，也将四皇子原本安排的四菜一汤有荤有素，改为了两菜一汤。当然，道路的修建，江北岭的要求就比较高，由四车道改为六车道，另外要求建一个蹴鞠场。

五皇子想着，北岭先生兴许是个蹴鞠迷也说不定。

五皇子又与北岭先生细致地商量了一回，便拿回去誊抄了一遍，去宫里请旨了。

穆元帝没料到五儿子这么快就把江老头搞定了，细看了回奏章，道："有些简陋。"

五皇子道："儿子当初用的都是好材好料，问北岭先生时，先生坚持如此。"

穆元帝问："这与江北岭商议过了？"

五皇子就把自己怎样请北岭先生去南山参观，北岭先生如何犹豫，他如何用这个法子方请动了北岭先生，一一与他皇爹说了。穆元帝听得大乐，笑道："你这也算请君入瓮了！"

五皇子道："北岭先生学识人品的确令人敬重。"老头真是一心治学的人。

穆元帝道："要不是看在他人品学识上，先帝也好，朕也好，如何会百般容忍他！"

五皇子知道他爹他爷都被江北岭扫过面子，连忙拍他爹马屁："是啊，这世上，也就咱们老穆家有这般涵养了。"

穆元帝终是欢喜的，尤其是他爹没留住江北岭，他留住了，穆元帝笑："终是入吾彀中。"

五皇子笑："父皇多年来施行德政，自然四方来朝，天下归心。"又说了这建设南山的银子请他皇爹自私库出的话，还有让金针堂去南山开分号的事。五儿子一心为自己着想，穆元帝自然应了，再加上五皇子把江北岭搞定，穆元帝大喜之下，很是赏赐了五皇子一回，晚上还留了五皇子在宫里吃饭，干脆把南山建设的事都交给了五儿子。

五皇子回府的时间已是华灯初上，谢莫如看五皇子的面色就知道是好消息。五皇子道："成了。"

谢莫如闻到淡淡酒气，道："殿下吃酒了。"

"父皇今日欢喜，留我一道用晚膳，就陪父皇吃了几杯。"

谢莫如命侍女服侍着五皇子换了家常衣衫，又让人去取醒酒汤来。五皇子道："只是略吃几盏，并未醉。"

谢莫如道："醒酒汤也不独是为了醒酒，吃一盏也舒坦。"

五皇子换了衣裳，洗过手脸，用了醒酒汤，舒舒服服地倚在榻上与媳妇说话。五皇子拉着谢莫如的手道："这事能成，多亏你早早给我提了醒，又给我出主意，咱们夫妻，就不谢你了。"

谢莫如笑："我本就姓谢，殿下谢我不知多少回了。"

五皇子又是笑，道："还有九江与张长史，也帮我颇多。今天父皇赏了咱们许多东西，天晚了，明儿再看吧，有得用的，你就挑出来使。九江与张长史那里，备些东西才好。"

谢莫如道："这个容易，陛下的赏赐里，若有宫内标记的自是不好赏人，其他日常能用的，我挑出一些来给他们送去，如何？"

"行，这主意好。"五皇子道，"父皇又把南山建房舍的差使给了我。"

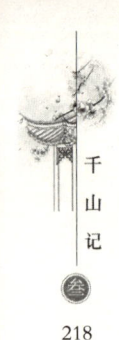

一个皇子受不受宠，得不得用，端看他是清闲还是忙碌就能知道。谢莫如笑："一事不烦二主，陛下一则看殿下妥当，二则，诸皇子里，唯殿下与北岭先生相熟，这差使由殿下做自比别人便宜，也能合了北岭先生的意。"

五皇子留住了北岭先生，此事非但穆元帝欢喜，五皇子自己也喜得很，一直到了被窝里还同谢莫如嘀咕他皇爹如何高兴的事。五皇子说："父皇说，终是入吾彀中。"

谢莫如唇角含笑："先帝未做成的事，陛下做成了，陛下自然喜欢。"

入你彀中？

不，是入我彀中。

自筑书楼到南山闻道堂，十余年的计量，江北岭终是入我彀中。

五皇子低调地开始了南山建设，谢莫如在府中清点六皇子大婚的贺礼，六皇子的婚期定在十月，十月初十。

六皇子大婚，分府的这些兄嫂礼自不能薄了。贺礼有贺礼的份例，但也不能太中规中矩。人情往来是皇子妃最重要的功课，谢莫如在这上面一向谨慎。

当闽州大败的消息传来时，谢莫如想的是，这个新任钦天监监正的运道实在不怎么样。转而将贺礼清点完备，谢莫如叫来杜鹃姑姑，问去闽地的行装可收拾齐备了。

杜鹃姑姑原是服侍方氏的侍女，方氏过世后，就跟了谢莫如，等闲事务用不到她，谢莫如的一应产业都是她在盯着。

杜鹃道："都齐备了，只是若殿下心急，怕是要精简一些。"

谢莫如冷笑："败都败了，也没什么好急的。"五皇子又不会打仗，便是过去也无非是做个定海神针，力挽狂澜什么的，那是战神临世才有的本事。讥讽一句，谢莫如道："这次在闽州怕要住上几年，我与殿下带着孩子们先走，东西放在后面押送。"

杜鹃应下。

五皇子被直接从南山建设工地召至宫内，穆元帝脸色奇差，太子与成年皇子们都在，内阁也全部到位，五皇子行过礼，坐在四皇子下首。穆元帝还稳得住，道："把永定侯的奏章给闽王看看。"

闽王。

五皇子封在闽地，自然是闽王。只是大家喊五皇子喊惯了，这个称呼自穆元帝嘴里说出时，在座诸人皆是心下一沉。

五皇子自内侍手里接过奏章，未见永定侯死讯，松了口气，道："形势尚可控制，还请父皇宽心。胜败乃兵家常事，永定侯是兵家老手，纵是不熟海战，还有闽地驻军，回岸驻守该是无碍的。"

穆元帝勃然大怒："上万海军，一朝葬送，朕如何宽心！"

五皇子起身道："儿臣愿立刻就藩，接掌闽地。"

穆元帝因为震怒，脸上带着一种罕见的凛冽，问五皇子："你可是有什么打算？"

五皇子道："儿子以往也请教过大哥、南安侯闽地形势，闽地此时宜守不宜攻。待闽地形势稳定，儿子想着，重建海军。不过，怕是要几年工夫。"

"不论几年、十几年，还是几十年，你只管放开手去做。"穆元帝早在说出"闽王"二字时，就有让五皇子就藩之意了，何况五皇子先时提醒过他，靖江王怕是不好对付，穆元帝对永定侯信心太足，以至今日。穆元帝道，"把你手上的差使交给你四哥，你立刻就藩。永定侯不能再主持闽地兵事了……"

五皇子连忙道："永定侯在闽地两年，虽经此大败，毕竟于闽地更为熟悉，儿臣请父皇暂且宽恕于他，允他戴罪立功。"

穆元帝给五皇子这个面子，当然，也不排除父子俩一唱一和地让五皇子给永定侯个人情的意思。穆元帝连带总督、巡抚以及永定侯这败军之将一并都是降级罚俸留用，继而令五皇子接掌闽地军政大权，让五皇子择日就藩。

五皇子回府已是深夜，谢莫如还在等他。灯火下，五皇子身上那件玄色大氅有些眼生，谢莫如见到大氅颈间明黄的系带便明白，应是穆元帝的衣物。

五皇子先在侍女的服侍下换洗后，用了些消夜，这才与谢莫如道："我想着，尽快就藩。"

谢莫如道："东西我早命人收拾了，咱们带着孩子们先走，东西随后押送。"

五皇子有些犹豫："要带着孩子们一道去吗？"

谢莫如笃定："一家人自然要在一处。事已至此，殿下别太心急，明日进宫问一问，要是方便，咱们带着母妃一道，这一去闽地，得好几年呢。"

五皇子道："这会儿不太合适，怕是父皇不允。"

谢莫如笑："殿下和陛下都太过紧张了，世上哪有常胜不败的？闽地这一败，说到底是败在靖江王之手。有这一败，未尝不是好事，不然，朝廷怕是不知靖江实力的。此次与殿下同去闽地，不如咱们抽个时间去靖江看一看。"

五皇子微震，继而豪气顿生，道："有理啊，不入虎穴，焉得虎子！"

谢莫如微笑。

五皇子说要就藩，也不是第二日就能走的。第二日他还得进宫跟他爹商量就藩的事，准备第三天就启程走人。五皇子没提带着他娘一并就藩的事，只是与穆元帝商量启程时间。

穆元帝问："你都收拾好了？"

五皇子道:"王妃早命人收拾了东西,我们带着孩子们先走,东西押后再送也是一样的。"

虽然谢莫如的身份没少被人挑剔,但关键时候,这样的人也格外好用。穆元帝叮嘱:"此去闽地,千头万绪,一定要小心。"

五皇子趁机跟他爹要了薛郎中,穆元帝自然不会不给。父子俩商量完国家大事后,穆元帝道:"去瞧瞧你母妃吧,别叫她惦记。"

五皇子便去了淑仁宫,谢莫如已在陪苏妃说话,苏妃素来通情达理,何况,这事不通情达理也没法子。苏妃道:"只管安心,我这里样样都周全的,你们在藩地好了,我这里就放心。待那里太平了,请旨接我过去瞧瞧,我也开开眼界。说来我还没见过帝都外的地方呢。"

五皇子笑:"母妃放心吧,现在也没什么大事。"

谢莫如不以为意,轻描淡写:"无非就是打了场败仗,朝廷太平日久,这一败就显着格外严重了。当初太祖皇帝转战天下,又何曾没败过?朝廷有些大惊小怪了,一时成败有何要紧?当年刘邦被项羽追得老婆孩子全都扔车轮下自己逃生,最终坐天下的仍是刘邦。如今不过闽地一败,不足为虑。只是暂时不好请旨奉母妃同去,待明年让殿下请旨,回来接母妃,咱们一家子到底住在一处方好。"

苏妃笑:"那好,我就等着了。"

夫妻二人陪苏妃用过午膳方告辞出宫,五皇子不放心的就是母妃了,谢莫如道:"咱们在闽地,宫里更不会亏待母妃。再者,就算去就藩,与宫里也不是断了来往的。府里有的是人手,着人快马送信,也是一样的。"

五皇子道:"明年一定接母妃去藩地。"

"好。"

谢莫如的效率不是一般的高,今日他随五皇子进宫,同时也通知了诸侧妃娘家过来与几位侧妃说说话,眼瞅着明儿就要动身,自当与娘家人见一面的。

谢尚书和谢太太是傍晚过来的,两人倒不是没空,也不是不想早些来,只是谢莫如打发人回去说了:"傍晚再来。"白天她没空,得进宫看望苏妃。

谢莫如道:"我没见过靖江王,祖父您肯定见过的,不管知道多少,都与殿下说说吧。"五皇子与谢尚书去了书房,谢莫如同谢太太说话,谢太太无非是按捺住心中的焦虑说些保重的话。谢莫如道:"祖母放心,闽地的事并不严重,只是花费的时间要长些。"

谢太太从来没见谢莫如失态过,若是别个女人随丈夫去这种刚刚吃过败仗的藩地,估计就是就义的心理神色了。谢莫如却依旧从容镇定,她说的每一个字,以及她眼角眉梢的每一个细微神色都告诉你,这事她有把握。

五皇子原是想留谢尚书谢太太吃饭的,谢尚书道:"这两天殿下也忙,咱们骨肉至亲,不在这一顿饭。倒是殿下与娘娘多保重身体,明天我们再过来。"

　　话到此处,也就没必要客套了。

　　谢尚书夫妇还未走,江行云已经到了。送走祖父母,谢莫如与江行云自去书房说话,谢莫如当头一句就是:"西宁州的生意都收回来了?"

　　江行云道:"处理干净了。"

　　谢莫如道:"没料到靖江王的动作这么快。"

　　江行云道:"要我说,倒是晚了。要是赶在筑书楼庆典那几日,才是添的好堵。"

　　"也未尝不是那几日,只是若赶在那时候,怕是此刻闽地官场已重新换血。"不要说永定侯这个败军之将,怕是总督和巡抚的仕途也得就此结束。

　　"永定侯竟有这般胆色?"江行云出身将军,隐瞒军报的事不算稀罕,但这事一旦酿成大事件便是丢官破门的大罪。

　　"永定侯或者有密折奉上,或者是陛下心照不宣了。"谢莫如道,"你与我一道去闽地吧,看看有什么生意,掺和一下也没什么不好。"

　　江行云想了想:"闽地的大商贾就是徐家与魏家了,徐家巴结上大皇子,插手到闽地军队的生意,魏家这几年有些日薄西山,便是徐家独大了。自从皇子分封后,徐家没少与我示好。"

　　"先晾一晾徐家。"

　　江行云无所谓这个,用人与钓鱼一个道理,皇家太过高傲太过亲和都不行,谢莫如一向会拿捏分寸,何况,谢莫如对徐家兴趣不大,她问:"靖江那边的商家知不知道?"

　　"靖江邱家,邱氏女是靖江王侧室,育有一子二女。靖江王的子孙中,不乏有纳邱氏女为侧室的,邱侧妃所出第三子娶邱氏女为正妻。邱家是靖江最大的商家,余者与他们一比,就逊色太多。"

　　谢莫如颔首,看来五皇子少找穆元帝要了一件东西啊。

　　谢莫如与江行云说生意的时候,五皇子在同四皇子说南山建设的事。北岭先生的脾性,以及南山房舍的规格,五皇子一一说得仔细,同四皇子交接好。四皇子道:"你这一去,任重道远,可得事事小心。"

　　五皇子笑:"闽地本就是我的封地,好坏都要待一辈子的。原想明日就走,事情实在完不了,看来得多待两天了。"

　　四皇子尤其道:"走前去东宫看看,总要辞一辞太子的。"五皇子在御前保下永定侯,太子怕是不大痛快的。

　　五皇子就藩也不会忽略后方,正色:"四哥说的是。"

送走四皇子,谢莫如那里结束得更早些,夫妻俩这才要用晚饭,大皇子和大皇子妃来了。大皇子夫妻的来意,谢莫如与五皇子不问也心知肚明,不为别个,永定侯新练两年的海军被击溃,他们如何坐得住。

大皇子对五皇子还是很有好感的,就算以前经常性的叽叽歪歪醋上一醋,还干过散播小道消息的事,两人也别扭过,但近些年大皇子得了赵霖相助,手段水平一路上行,与弟弟们关系还不错。尤其五皇子今日陛见时,直接说了,他同大皇子打听过闽地的事。大皇子掌管兵部,尽管闽地的战败与他无干,但有五皇子这句话,大皇子在御前好过许多。且五皇子还给永定侯求了情,永定侯是谁啊,那是大皇子妃的亲爹,大皇子的亲岳父。此时大皇子方觉着,赵霖时时劝他交好诸皇弟,实在是高瞻远瞩,而五皇子也的确是个好弟弟。

大皇子道:"我料着你这两日要忙,也就不挑时辰地过来了。"

五皇子请大皇子去书房说话,一面道:"我也想着去寻大哥,倒是大哥先来看望弟弟。"

"你来我来还不都一样。"

五皇子保下永定侯,在御前说大皇子好话,当然,一则是大皇子的确给过他帮助,他实话实说罢了;二则,五皇子就是这个脾气,你帮过我,我必然相报。至于保下永定侯,则是因永定侯于朝中风评不差,又是大皇子的岳父,五皇子的确也是看着大皇子面子的。

在接到传召进宫时,五皇子知晓闽地战败的事,心里就知道自己定要去就藩的。既是就藩,以后少不得与兵部打交道,自然要先向大皇子示好。五皇子心里门清,他本就想着大皇子不来,他也要过去的。既是大皇子来了,那更好。

五皇子与大皇子去书房说些兄弟间的知心话,谢莫如宽慰大皇子妃,无他,大皇子妃的眼睛都是肿的,想是知道父亲战败,在家已是哭过了。

侍女上了茶,谢莫如打发她们下去方缓声道:"我虽不懂军国大事,也知胜败乃兵家常事,大嫂还得宽心,不然,你这样,让永定侯夫人见了,不得更为伤感吗?"

大皇子妃强忍着泪意:"弟妹说的是。父亲自从去了闽地,我没有一日不挂心,这次战败,听殿下说,还是五殿下给我父亲求情,我这里先谢弟妹了。"说着就要起身行礼,谢莫如忙按她坐了,极是诚挚道:"大嫂这就外道了。我说句公道话,侯爷在闽地这两年,未尝不是战战兢兢地当差,只是海盗猖獗,已非一日。要真好对付,何须刻意练兵?大嫂放心吧,只要侯爷依旧在闽地,就有重新来过的机会。大嫂你得好好的,侯爷才放心,且看将来哪。"

大皇子妃知道自己的地位对于家族的重要,她点点头,叹道:"要说这过日子,的确少不了沟沟坎坎的。事已至此,流眼泪也无用,我这回,还有事想求五弟妹。"

"大嫂只管说,何须用个'求'字。"谢莫如心中已有猜度,十分爽快。

大皇子妃道:"当初闽地练兵,人人都觉着是个难得肥差,多少人家往里头走关系塞人,我父亲秉性刚直,自家子弟也没带几个。如今战败,想来人人避闽地不及了,我娘家还有几个兄弟是能用的。弟妹和五弟若瞧着他们还行,不如带他们一道去,便是跟着出些力气也是好的。"

这就是世家了,反应何等迅捷,甫看大皇子妃哭哭啼啼的,崔氏家族已有计较,并且迅速做出反应。谢莫如道:"就是大嫂不说,我也要问大嫂要人的。大嫂娘家以军功起家,族中子弟想来也熟谙兵马,咱们自家人总是可靠的。"

谢莫如说得亲切,大皇子妃稍稍放下心来。谢莫如又问:"共有几人,都是什么情况,大嫂能不能与我说一说,我心里也有个谱?"

大皇子妃就与谢莫如说起娘家兄弟来,这里头也不只是大皇子妃的同胞兄弟,还有族兄弟堂兄弟,当然都是强干之人。

谢莫如一个没精减,全要了。不过,谢莫如也丑话说在前头:"这次闽地的战亡名单,想来大嫂也看到了。吴国公府和褚国公府皆有嫡系子弟阵亡,永定侯府挑的人,自然是好的,要是得用,定有一展才干之地。要是不成,我先与大嫂说,我可不讲情面的。"

大皇子妃正色道:"这是应当。五弟妹谁的面子都不要看,不要说军中,就是官场,若凡事只看情面,事情也做不得了。他们得用,五弟妹只管用。若是不堪用,让他们回来,也是为他们好。"

大皇子妃一向明理,谢莫如也只是防患未然,这个时候永定侯府派去的自然是精干子弟,可既是用人,也不能太好说话。

两人在这上头达成默契,大皇子妃又问谢莫如就藩的时间。

谢莫如道:"我这里已是收拾齐备了,看殿下的意思,这几日把手头上的事交接清楚,我们立刻启程就藩。也就在这三两日,怕是赶不及六殿下的大婚了。"

大皇子妃也不是个拖沓的,再说这个时候还有什么比闽地之事更要紧呢,她当即道:"自然是大事要紧,六殿下也是识大体之人,定是理解的。就是六弟妹那里,弟妹只管放心,以后有我呢。我娘家那里,他们都已收拾妥当,什么时候走,弟妹只管给我个信儿,我叫他们过来。"

谢莫如皆应了。

这就是娘家出个皇子妃的好处了,永定侯这样的惨败,有个闺女做皇子妃,大皇子便不愿意看着岳家出事,何况又有五皇子要拉拢大皇子,永定侯便生生地在闽地站住了脚。

大皇子妃百般拉扯自己娘家,谢莫如也颇有些动心,她与娘家不大亲近是真的,但该用时也得用。谢莫如与五皇子商议:"不知阿芝是个什么打算,明年要不要秋闱,不然同咱们去闽地历练几年,也是好的。"

五皇子自己母家没人,也重视岳家,遂道:"今天忙忙叨叨的,也忘了问一问老尚书。世上也不光只有科举一条路,朱雁不也没中进士,一样是从四品知府了。这事无须咱们操

223

心,明日老尚书还要过来,问一问老尚书的意思吧。"小舅子们年岁都小,尚无功名,能提携的地方,五皇子也不是个小气的,就是谢姑太太的儿子余帆,这样的远亲,五皇子在礼部也没少给他机会。余帆现在在礼部干得不错,五皇子便没动他。

谢莫如道:"这也好,明日殿下问一问祖父吧。这样的机会,也不是容易有的。"

谢莫如是有意要提携娘家子弟了,谢莫如是姓谢的,谢氏家族不止一个尚书府,她想了想,谢家三房是再不入她眼的,倒是谢家二房谢静还有两个弟弟,只是年岁都不大,最大的谢云才十六。倒是谢静嫁的户部侍郎张家的嫡长子已是举人出身,还有谢莫忧嫁的戚国公府三公子,余瑶的丈夫李四郎已进了翰林院……

谢莫如道:"殿下与李世子是姑表兄弟,我与李世子也算自幼相识,永安侯府一样是武勋之家。李世子在禁卫军,听说李世子的两个弟弟李宇和李穹如今也大了,我倒是不常见,殿下与他们熟不熟?"

"宇表兄的亲事,能把文康姑妈愁死。穹表弟想走科举。"

这个谢莫如是知道的,李宇小时候挺正常的孩子,这长大后不知怎的,硬是不愿意成亲。文康长公主膝下三子,长子李宣、三子李穹都成亲了,就李宇,为了反抗他娘给他说亲,据说还离家出走过。当然,文康长公主要面子,永安侯也是权大势大,很快把李宇找了回来,这事没多少人知道,但李宇至今未婚,委实令文康长公主头痛至极。

谢莫如想了想,道:"明日我问一问李世子。"

五皇子是求之不得,哪怕李宇和李穹啥都不做,就跟他到闽地,他也是乐意的。

闽地战败的消息瞒不过,五皇子就藩的消息自然也瞒不过,这帝都城里,该知道的也都知道了。谢家二房在帝都的谢枫知晓后还与妻子苏氏商量:"王妃怕是要与殿下一并就藩的,我先去大伯那里看看,到底是个什么章程,要是王妃一道去,咱们怎么也要去送一送的。"

苏氏道:"永定侯打了败仗,现在闽地乱糟糟的,王妃妇道人家,也要与殿下一道去藩地吗?"

谢枫想一想谢莫如的性子,道:"约莫是要去的。"

苏氏很是有些不放心,谢莫如一直对二房极为友善。尤其谢静定亲成亲,谢莫如都送了厚礼,就是谢静成亲后,谢莫如也时不时地邀谢静到王府说话,不说堂姐妹之间的亲近,谢莫如这种表态就帮谢静在婆家稳稳地站住了脚跟。张家侍郎府第,不高不低,但本身谢枫官职也不高,与张家也算门当户对。谢枫官职有限,好在族中有做尚书的大伯,而且还有谢莫如这位很愿意照顾谢静的堂侄女,张家自然不敢亏待了谢静。所以,这些年,苏氏一直很感激谢莫如,闻知此事,不由得为谢莫如担忧,又想着,闽地山高路遥,别个不预备,药材要备一些,好给谢莫如送去。

苏氏忙打发了丈夫出门,又命人去张家给谢静送信,让谢静明日回娘家一趟,自己又打发下人收拾药材。

张侍郎府上得了谢家的消息,其实哪怕苏氏不打发人过来,张侍郎也知晓五皇子要就藩的事。张侍郎让妻子与媳妇说话,自己叫了儿子到书房,他这个长媳有个了不得的王妃堂姐。张侍郎与儿子说着:"这两天五皇子府定是忙的,明儿早上用过早饭就同你媳妇过去你岳家,五皇子这一去,怕是要有些年头才能回帝都的。"

张大郎应了。

张太太先是宽慰了媳妇一回,又命丫鬟收拾些东西让媳妇一并带去,她这媳妇自家门第有限,不过媳妇娘家家族很有几门好亲。当然,张太太也不为这个,媳妇都娶进门了,又不是不讲理的性子,张太太也不是刻薄媳妇眼皮子浅的,当初给儿子娶这媳妇多少也有看着谢家长房兴旺的原因,她自是盼着亲家越发兴旺方好。

张侍郎家算是明白的,不过,比他家更为清明的是戚国公府。戚国公来回踱步数遭,与妻子道:"给三郎收拾东西。"

"这是要做甚?"戚夫人大惊。

戚国公道:"五皇子就藩闽地,现在闽地的情形,五皇子正是用人的时候。三郎与五皇子说来是正经的连襟,他也这个年岁了,让他跟着五皇子到闽地历练一二也好。"

先不说闽地现在何等凶险,先前永定侯练兵,各种找关系塞人的就甭提了,一朝大败,多少亲贵子弟葬身闽地。戚夫人这是亲儿子啊,闻声脸色都白了,道:"这,这个成吗?三郎武功也就平平。"

戚国公道:"富贵险中求。他若不乐意,就让二郎去。"要不是上了年纪,且有这国公身份,戚国公自己都想去。自从穆元帝亲政时没及时表明政治立场,这些年,戚国公委实不大如意,也就是去岁地动时,他在穆元帝生死未卜时得了保护行宫女眷的差使,在御前方稍稍好过了些。那差使怎么来的,戚国公明白得很,就是谢莫如一句话。

当时皇家男人们都不知下落,胡太后是个不知所谓的,大事上再不能指望她,皇室就是谢莫如与文康长公主事。彼时文康长公主伤着,难免精力不济,但在戚国公看来,哪怕文康长公主凤体无碍,论政治智慧,也是不及谢莫如的。

上次押错宝,这回可得往对里押。

戚国公能给儿子娶谢家庶女,无非就是看中谢家此时在朝中的权势,自然是有翻身之意的。

戚国公先找了三儿子来商量,戚三郎并不傻,一口就应了,他所犹豫的就是:"就不知五皇子那里缺不缺人。"他倒是愿意去,可人家愿意要吗?

戚国公自然有所准备,道:"明日你随我过去五皇子府,让你媳妇也一道去。晚上同她

好生说一说这事,必要叫她宽心,莫多想,你有了前程,她脸上也光彩。"朝中亲贵多了去,戚国公在朝中不甚得意,儿子们也没什么太好的官职,好在他为人圆滑,哪怕当初没站好队,这些年爵位还是在的。但戚国公等一个契机等得太久了,自然不会错过。

戚三郎事事明白,戚国公便令他早些回房了。说来戚国公对三儿媳是不那么满意的,倒不是嫌谢莫忧庶出的身份,要是嫌谢莫忧庶出,戚国公根本不会给儿子结这门亲。戚国公是觉着,这个三儿媳委实不够聪明,娘家尚书府是时常走动的,五皇子妃这里,就格外淡淡的。

真傻呀!

戚国公早晓得谢莫如有事没事的连谢家二房的堂妹都格外照看,谢莫忧论身份不比谢静更近吗?结果,两人就这样。要戚国公说,嫡庶之间有些不对付是正常的,可只要不是什么过不去的大事,都各成亲嫁人了,谢莫如毕竟是皇子妃,谢莫忧俯就几次,难道谢莫如还会不给她个面子?谢莫如哪怕不大看得上谢莫忧,也会给戚国公府这个面子的。

结果,他这儿媳硬是傻得不知道去与谢王妃亲近一二。让戚国公一个做公公的能怎么样呢?你要有谢王妃的本事,要架子要脸面,也还罢了。偏生又没人家那本事,哎……

戚国公想到三儿媳就不由得万分惆怅。

今晚,惆怅的不止戚国公一人。

东宫里,宁祭酒也是至晚方离去。

今天与太子商量的不是别的,就是五皇子就藩与闽地之事,太子非常不满。永定侯大败,太子自然想借此机会换了永定侯,好给大皇子以沉重打击。但谁能料得,五皇子陛见时,先是拉出大皇子说大皇子先前就闽地之事给过他意见,这就很给大皇子拉好感了。更让太子想不到的是,接下来在穆元帝震怒要换掉永定侯之际,五皇子亲自给永定侯求情,保下了永定侯。这个时候,即使大皇子求情都不一定好用,但五皇子求情,穆元帝定会给他这个面子,因为接下来五皇子就藩,直接接掌闽地军政大权,五皇子力保永定侯,说明在五皇子心里,永定侯还是可堪重用的。再加上永定侯是穆元帝自己选的大将,永定侯就这样被降级留用。

整个晚上,太子的心情都是极阴郁的,晚饭都没吃就与宁祭酒商量了足有一个时辰。宁祭酒的主意是:"五皇子正是用人之际,殿下不如荐几个人给五皇子使用。"

太子深觉宁祭酒之言有理,还有,五皇子到底是个什么意思,对东宫忠不忠诚,太子十分怀疑。

由此可知,明日五皇子谢莫如夫妇将面对的是何等忙碌的场景了。明日事且不急,送走大皇子夫妇,谢莫如五皇子用晚饭已是戌初。用些清淡饭菜后,谢莫如方得空问五皇子:"陛下把闽地的斥候司给殿下了吗?"

五皇子道:"斥候归军中管,父皇说永定侯知道此事。"

还不算太没良心,知道同五皇子说一声。不过,谢莫如说的不是军中斥候,她低声道:"除了军中,陛下定有单独的谍报,咱们既要去闽地,倘闽地太太平平,这些自不是咱们该提的。如今这般七零八落的,想扭转闽地局势,还得请陛下坦诚相待。"

五皇子知道妻子的意思,他道:"父皇不至于瞒着我。"

不,你父皇一定瞒着你。

现在,就是个让他不得不坦白的机会。

谢莫如望向五皇子:"闽地如何,到底还在咱们手心捏着,要紧的是靖江王府这些年的谍报。此次明面上是永定侯败于海匪之手,实际上怎么回事,咱们都心里有数。别人能装糊涂,咱们可不能。靖江的官员、军队大致是个什么配置,靖江当地有名望的士绅大贾都是些什么人,咱们得知道。"

五皇子还不至于自欺欺人,他道:"那明天我问一问父皇。"

谢莫如道:"咱们要去靖江王府的事,你也同陛下说一说吧,这是大事,不好不让陛下知道的。"

五皇子心下一惊,倒不是他媳妇让他把这事告诉他爹他不乐意,只是,跟他爹要靖江闽州两地谍报网的事与这事放一起说,明显是有加重此事分量必要他爹把谍报网交出来的意思了。思量再三,五皇子道:"那我就实说了。"

谢莫如笑:"原就是要殿下实说的。这世上,多有人喜欢自作聪明,非要把简单的事绕上一百八十个圈子,反令人生厌。倒不如直来直往,殿下与陛下至亲父子,有什么不能实说的?陛下一国之尊,若没些个手段,我倒不信了。只是,靖江王府非同寻常,若是易予,耽搁不到现在。咱们的目标既是靖江王府,这时候必要彼此坦白方好。"

媳妇实在会说话,五皇子的心灵受到宽慰,笑:"你说的是。"

五皇子还有件事,道:"我想着,请北岭先生帮我荐几个人。"

"这很是。"谢莫如笑,"让李九江与殿下同往如何?"

五皇子笑:"九江才干不凡,你该早将他荐给我。"

"彼时李九江尚非今日李九江。"

第二日,五皇子起大早进宫,跟他爹要靖江的谍报网,还说了自己准备去靖江王府的计划。穆元帝顿时没了上朝的心,挥退宫人,想都没想便道:"不成,你在闽地好生待着,不要去靖江。"

五皇子拿出自己的说辞,道:"不入虎穴,焉得虎子。靖江王不也派他的儿子来帝都,我过去靖江看看也没什么。再说,靖江也不是他的,是父皇的,是咱们老穆家的,我去自家

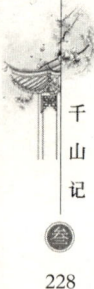

地盘走一走,他也不敢把我怎么着。"

靖江王把儿女送到帝都,穆元帝没啥,可穆元帝明显拿自家儿女更宝贝。穆元帝看向五儿子,沉了脸道:"千金之子,坐不垂堂,这个道理还要朕与你说吗?"他是叫儿子就藩,可不能让儿子出事。

"父皇就放心吧,靖江王府还算不上垂堂。"五皇子倒是自信满满,"就是邻居串个门。有父皇在,靖江王再怎么也不敢动我的。"

穆元帝只是担心儿子,并不昏庸,思量片刻后便有了决断,叮嘱五皇子:"务必小心。"不必五皇子再费口舌,便将靖江与闽地两地的秘密谍报网都给了五皇子。

穆元帝自然不会漏了重要人物,问:"你媳妇怎么说?"

"她与我一道去靖江王府。"

穆元帝道:"靖江王府的事,多听一听她的意见。"谢莫如简直就是天生的政客好手,这一点,穆元帝早便心中有数。只是以往在帝都,儿子有什么事,有他这做爹的看着,自然用不到谢莫如。如今一想到儿子要去靖江,该用谢莫如的地方,穆元帝也不会客气,毕竟儿子有个好歹,谢莫如就得守寡。穆元帝一思量就有些明白,问:"这去靖江的主意,是不是你媳妇给你出的?"

五皇子哪里能认,他道:"是我的主意,她妇道人家,不放心我,非要跟我一道去。"

穆元帝瞥五皇子一眼,想着,人不大,倒挺要面子,这事要不是谢莫如的主意,穆元帝这些年就算白活了。谁的主意不打紧,穆元帝除了担心五儿子,知道这是个不错的主意,只是有些冒险了。

上朝的时辰近了,郑内侍在外催了两遭,穆元帝方起身:"与朕一道去早朝。"

穆元帝有御辇可坐,五皇子跟在御辇一侧步行,还惦记着礼部的事,问他皇爹:"昨儿傍晚回家,我同四哥把南山盖房舍的事都说明白了,相关的人手文书都给了四哥。儿子这一去,礼部是谁接手,儿子好把礼部的事交接明白,不然儿子这一走,接手的人怕是要忙乱了。"

穆元帝沉吟片刻道:"老六这就要大婚,他也是大人了,让他学着管管礼部吧。"

"这也好,现下礼部不大忙,适应些时日,明年秋闱六弟也就上手了。"

五皇子这话说到穆元帝心坎上,六皇子初入朝当差,穆元帝不可能把太要紧的差使给他,礼部现下相对而言是轻闲的。而且,今春科场案刚肃清过礼部,六皇子是捡了个便宜,因为苦差使都给五皇子干了。当然,现下五皇子要去干的依旧是苦差使。

想到闽地这烂摊子,穆元帝不由得从心底升起一股对五儿子深深的疼惜来。

今日朝中大事就是五皇子就藩一事,穆元帝给五皇子特许,容他使用半副御驾,另外正式令五皇子接掌闽地军政,容五皇子先斩后奏,便宜行事。

五皇子是早朝后去的东宫,他得同太子解释一下力保永定侯的原因。昨日没说是看太子的脸色委实不好,五皇子自己在气头上也听不进什么话去,他因己度人,所以想着今天太子该冷静些了,比较适合解释交谈。

太子保持着东宫应有的仪态,但那种冷淡之意,五皇子也不是傻子,自然能感觉出来。五皇子希望太子能理解他的难处,只是,五皇子解释也没什么新鲜言辞,他道:"永定侯这些年,没有功劳也有苦劳呢。"

太子不接这话,道:"朝廷这几年,在闽地投入多少,五弟在礼部不大知晓,我是知晓的。银钱还是小事,朝廷怎么挤着省着,也能再省出来。可那些葬身闽地的士兵,都是家里的青壮,上有老下有小。孤每想起来,就不禁心疼。"太子要把永定侯搞下去,也不完全是基于与大皇子的私怨。实在可恨,朝廷两年心血,就此断送。

闻此言,五皇子心下也有些不是滋味,道:"太子只管放心,待我到闽地,必然谨慎行事。哎,再有一次,我也不敢保他了。"

太子道:"五弟就是心软。"没好问你跟老大是不是有什么勾当啥的,你俩以前也不是特熟啊,怎么昨儿这般给老大作脸!

"我是想着,我这一去,闽地上下不熟,永定侯下来,总督和巡抚怕也要动一动位置,这样换了一圈,换上去的都是新的,乍然上任,对闽地怕是两眼一抹黑,岂不更给海匪以可乘之机?现在海军没了,好在还有守城的兵士,把土地守好,我也就心满意足了。"

五皇子这样一说,太子脸色微有好转,继而道:"五弟想多了,朝廷多有干才。要是五弟手头上无人可用,孤这里倒有几人荐给五弟。"

五皇子极识趣,忙道:"太子给我的,定是得用的人。"

太子就给了五皇子一张名单,五皇子瞧了,有姓吴的有姓胡的,当然也有五皇子不认识的,更有五皇子认识的,五皇子道:"别个都好,徐宁徐榜眼就算了,弟弟不喜欢他。"

太子有些不解:"徐宁一向强干,还没人说他不是的,他可是得罪过五弟?"五皇子不算圆滑,但也不是个笨的,对朝臣都还过得去,鲜少听他这般直接说不喜欢谁的。

五皇子蘑菇了一阵,也说不上什么缘由,只道:"反正,我不待见他。"他家王妃早说过,徐宁一看就是个沽名钓誉的。

五皇子啥理由没有,就是拗着性子说不喜欢,太子也没辙了,道:"罢了,你不喜他也便罢了。"又问:"是不是因他是宁家女婿的缘故?"

这,这哪儿跟哪儿啊!五皇子倒也知道他岳父先前有位宁姨娘十分受宠,无他,岳家除了他媳妇,小姨子小舅子都是这位宁妾室所生。依五皇子的身份,能关注到一位久不露面的姨娘,倒并不只是这位妾室生了许多孩子的关系,很大原因是因为这位姨娘出身宁家的关系,而且是宁家嫡长女。论理,这样的身份,给他岳父谢侍郎做个正室也够的,但他岳母何等出身,所以,宁氏女只得做小。至于这其间有没有什么隐情,五皇子就不大晓得了,

229

不过,他媳妇是完全没把宁家放在眼里的,根本不屑于提及宁家。徐宁此人还未做宁祭酒女婿时,他们夫妻就说起过徐宁,他媳妇就说了,欺世盗名之徒,机心深重,难成大器。

这样的人,他既知道,是再不能要的。

再者,五皇子捧着东宫,也是为了以后东宫继位,他在藩地日子好过,但也不能叫东宫以为他好拿捏,随便什么人都往他那里塞啊。

至于徐宁是宁祭酒女婿,这跟他有啥关系。不想太子忽然提及宁家,五皇子唇角抽了抽:"不,不是。"根本不搭边嘛。

太子看五皇子神态尴尬,以为是说中五皇子的心事,还道:"五弟你堂堂大男人,可得有自己主意才行。"

"我怎么没自己主意了?我就是不喜欢这姓徐的。"

看五皇子都有些恼羞成怒的意思了,太子反是笑了,一副好哥哥迁就别扭弟弟的模样,口吻也带了无奈:"成成,你既看不中他也就算了。这剩下的几人,都是我千挑万选出来的,你只管用。"

五皇子应了,将名单一折,塞进袖管。

太子又问:"永定侯这次败得惨,他是大哥的岳父,大哥没给五弟几个得用的人?"

在这上头,大皇子真比太子让五皇子舒坦,起码大皇子没这么大喇喇地塞人。五皇子道:"大哥也不能把兵部抽调出来,倒是大嫂娘家有几个子弟要同我一道去。崔家这样了,再不搏一搏,以后如何回帝都呢。"

太子淡淡地道:"只愿他们明白圣恩,也知五弟善心。"

"我也是就事论事,哪里说得上善不善的,要说还是父皇宽宏,肯赦免永定侯。他们记得父皇的好,记得太子的好就是了。我本就分封在闽地,现在早些就藩,也瞧瞧海匪到底怎么回事。"五皇子道,"总不能以后就藩,天天被这些匪类搅扰得不得安宁。"

太子又叮嘱了五皇子一些就藩的注意事项,五皇子收了太子送的人,彼此心满意足。

第四十二章 赴闽地

五皇子辞了东宫,就去找六皇子交接礼部的事。

谢尚书今日未在刑部当值,刑部上下都晓得谢尚书的孙女谢王妃要随五皇子就藩,知道谢尚书事多,都理解他。谢尚书与左侍郎说一声,左侍郎道:"老大人有事只管去办,近来咱们刑部并无大案,有属下盯着,没什么事的。"

谢尚书就去了五皇子府,还带来了谢家给谢莫如备的东西,另外苏氏和谢静给谢莫如备的礼,谢尚书也一并带来了。这会儿谢莫如最忙,没让女眷过来叨扰,谢尚书自己来的。五皇子不在,谢莫如同谢尚书说话,就说起了此次去闽地的事,问谢尚书对谢芝几人可有安排。

谢尚书其实不大看好五皇子就藩的形势,靖江王若好对付,也等不到现在。永定侯是穆元帝心腹之臣,平日里多么稳健的人物,也在靖江王手里一败涂地。不要说几年,十几年能啃下靖江王这块硬骨头,就是朝廷一等一的大功臣了。

但谢莫如有问,谢尚书表现得十分痛快,道:"就是娘娘不说,我也想着让阿芝跟着娘娘殿下长些见识才好。只是他这些年多是在念书,还得娘娘多指点他。"

谢莫如未置可否,反道:"祖父肯定觉着,十年之内,我是回不来了。"

谢尚书尽管心里想过,但是断不能认的。谢莫如道:"不必十年,最多八年,靖江王必然龟缩靖江,再不敢轻犯闽地。给我十年,我必能平了靖江王府。"

谢尚书倒没说谢莫如好大口气,他道:"想是娘娘已有成竹在胸。"莫非谢莫如有什么不得了的计划,谢尚书就顺嘴打听了一句。

谢莫如却只道:"我哪里有什么成竹,只是太祖皇帝打下这东穆江山,也不过十五年的时间。靖江王府这么丁点儿地盘,要拿出十年时间,实在抬举了他。"

谢尚书好悬没给谢莫如的天大口气吓死,谢尚书道:"娘娘智深似海,也不能太过轻视靖江王。"你这去都未去,打都未打,也不好这么张狂的吧。

谢莫如笑笑:"祖父回去好生想一想吧,您要实在担心就算了,我这里的人手尽够。"谢家子弟多得很,多一个谢芝不多,少一个谢芝不少,她提一提谢芝,无非是看着谢尚书的面子。谢尚书在朝中居高位,与谢莫如嫡亲祖孙,但谢尚书的政治立场一向模糊,谢莫如要用他收服他,从谢芝入手是个不错的选择。但,没有人是不能取代的,谢芝一样,谢尚书也一样。

谢尚书怎能这样回去,他也不与谢莫如绕弯子了,直接道:"我知娘娘必借此机会收揽人手的,我虽与娘娘政见略有不同,但这是咱们自家人的小节。娘娘自小到大,眼光一直是一等一的好,你的眼光,鲜有差错,这一点,我是极佩服的。你开口,自然是想提携阿芝。咱们这样的人家,仕途本就不拘于科举,除了阿芝,娘娘可还想要哪位家族子弟?"

谢莫如与谢尚书其实很有些祖孙缘分,这两人,完全可以抛开祖孙的身份,就事论事。而且,脸皮一样厚,就如谢尚书被扫了面子,没人搭台阶,自己就能圆回来。如谢莫如,扫过谢尚书面子后,还能当什么事都没发生过一样地让谢尚书给他意见。谢莫如问:"谢云如何?"

谢莫如一向与二房关系不差,谢尚书说得中肯:"谢云年岁有些小,但也不是不懂事,现下孩子们都被娇惯了,随娘娘历练一二也好。"

"祖父可有要推荐给我的人?"

谢尚书道:"咱们家这几房,多是在外做官的,族中倒是有一个叫谢远的,算来与阿芝是同辈,他父亲早逝,家里颇有些艰难,我让他在我身边跟着打理些琐事,很是得用。"

能让谢尚书从诸多家族子弟中选中,可见这个谢远是有可取之处的,谢莫如道:"明天让他过来,我要见一见他。"

祖孙俩说完正事,也没什么闲话好聊,外头戚国公带着儿子媳妇来访,谢尚书就识趣告辞了。谢莫如起身相送,送走谢尚书,戚国公带着戚三郎和谢莫忧来了。

谢莫如命侍女引谢莫忧去花房赏花,在偏厅见了戚国公与戚三郎。戚国公知道谢莫如是个能做主的人,故而,虽五皇子不在,也没什么不好说的,道:"昨日听闻殿下与娘娘要就藩,现下闽地不太平,永定侯这一败,败得有些惨。去岁永定侯被选派闽地练兵,何等肥缺令人眼红,恨不能为个缺打起来,如今闽地战败,想去闽地的人就少了。咱家不是外处,三郎虽资质平庸些,有一样好处,老实可靠。我也不令人引荐,就带他过来了,娘娘要觉着他可用,让他追随着娘娘殿下,哪怕端茶递水的,终归是自己人。"

瞧瞧戚国公,再对比一下自己祖父谢尚书,得说戚国公府是太急着站队立功呢,还是说戚国公眼光就比谢尚书好呢?不过,当年,戚国公可是明显没站好队的。谢莫如自不会显露这些心思,她笑得雍容,又带了一丝亲切:"看国公说的,三郎也是我的妹夫,我与殿下现在差的就是人手,我与殿下自然是乐意。只是,越是自家人越是顾虑多些,我把妹夫带到那老远的地方,妹妹心里可愿意?"

戚三郎忙道:"昨日我与娘子说过了,娘子亦是明理的。何况,打虎亲兄弟,上阵父子兵。要说我哪里好,帝都的能人太多,实在说不出来,唯一可取的就是忠心吧。"

谢莫如笑:"这就比世人都难得了。"

戚国公知道谢莫如这是应了,又道:"娘娘但有什么烦难的,只管差遣他,哪里不好,您指点了他,就是为他好了。千万莫只看着亲戚的面子有所顾忌。"

"国公放心,帝都上下皆知我一向不大讲情面的。有本事的,不必担心,我亏待不了;没本事的,我不养闲人,这跟亲戚不亲戚的无关。"谢莫如一句话说得戚国公父子心惊胆战,想到谢莫如那偌大名声是如何来的,戚三郎不由得再生出一层谨慎。谢莫如笑:"三郎莫担忧,我看你不像没本事的。我们如今,不过小打小闹,这些许海盗,就闹得天大的事一般,哪及当年,国公年轻时,才是英才辈出、风云激荡的年代哪。"

戚国公连忙道:"娘娘过奖了,我乃庸人,素来胆小,激不激荡的,我也只敢在一旁看着。要说当年,我在先帝身边做侍卫,倒是偶然听到世祖皇后评判诸子女。世祖皇后曾言,诸子女中,自然是先帝最优,只是先帝失于优柔寡断,必留后患。其次就是辅圣公主,失于刚烈太过,不能持久。第三为靖江王,惜乎一地之才,难成大器。我年轻时也见过靖江王,靖江王就藩日久,现已不知其何等形容了。倒是世祖皇后眼光素来极准,想来是有一定道理的。"

至于宁荣大长公主,两人都默契地没提,宁荣大长公主那点儿心思,就差写到脸上去了。

谢莫如笑:"世祖皇后的话,从来不是无的放矢。"

戚国公陪着说了会儿话,一时又有三皇子三皇子妃到访。戚国公忙带着儿子媳妇起身告辞,谢莫如命管事相送,另一面自有内侍迎了三皇子三皇子妃进来。

三皇子与谢莫如本就是表兄妹,谢莫如与谢贵妃一向淡淡的,三皇子温润如玉的性子,倒是素来周全。三皇子道:"五弟在同六弟交接礼部的事,怕是中午不能回来了。"

谢莫如笑:"这两日,我们府里也是乱糟糟的,倒劳三哥三嫂来看我们,该我们过去辞行的。"

"我们过来也是应当的,"褚氏先是一笑,接着又转了愁绪,道,"咱们早就分封了,想着大家定是一道就藩的,只是没料到是你们先就藩。闽地这样,我们不放心,只是这点子担心在国家大事面前又不好说,说了就儿女情长了。我娘家堂兄,这次也折在了闽地。五弟五弟妹这一去,别个不论,先保重了自己,我们在帝都才能放心。"哪怕是堂兄,此番殉国,褚氏亦是伤心的。

三皇子嗔道:"这都是哪里话,五弟是去就藩,安危定是无恙的。"

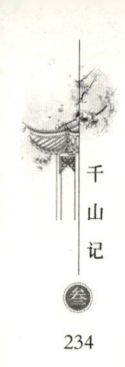

谢莫如道:"三哥三嫂只管放心,我们定会小心。此等深仇大恨,未尝没有报偿一日。"

三皇子倒是道:"闽地新败,海军葬送,就是想报仇,也不要急于一时。你们去了,先站稳脚跟,理顺闽地的事,再说其他。"

甫看三皇子在诸皇子中不显山不露水,见识却是不错的,这话说得也中肯。谢莫如正色应了,又道:"我们这一走,陛下这里自有兄嫂们尽孝,我与殿下最牵挂的就是母妃了,姑妈主持宫闱中事,还得请姑妈多照看母妃。"

三皇子笑:"这就外道了。便是表妹不说,母妃与苏母妃一向情分极好,再不会亏待苏母妃的。"

谢莫如也是一笑:"我们妇道人家心细,也不过白说一句。"

三皇子三皇子妃素来会做人,这会儿过来不过是尽兄嫂的心意,知谢莫如忙,谢莫如留饭也辞了,倒是劝谢莫如保重身体,莫要太过劳累,终是告辞而去。

谢莫如午饭尚未吃好,李宣与长泰公主就来了,谢莫如漱了口,擦擦唇角,又招待这夫妻二人。长泰公主是早上接到五皇子府帖子的,其实哪怕五皇子府不派帖子,她也要过来的。这不,夫妻俩来得也不晚。长泰公主道:"驸马正赶上今天当差,早上他着人去衙门请假,我们就说过来,结果有事耽搁了,拖拉到现在。"

谢莫如笑:"我这里也没什么要紧事,只是今天实在抽不开身,不然我就过去了。"

李宣道:"我那里,唉,真是愁得慌。莫如妹妹,我有事得托你。"

"什么事,只管说。"

"是李宇,唉,说来他比你还大些,他想去闽地。"

"这个时候想去闽地,莫不是想去领兵打仗?"谢莫如虽想要一个永安侯府的子弟,这多是为了文康长公主的身份,但要是李宇要领兵打仗,谢莫如就得仔细想想了。倘李宇有个好歹,岂不与文康长公主结了仇?

李宣叹气:"拦都拦不住,原本父皇给他在玄甲军里安排了差使,他也挺乐意,突然听到闽地战败,他就坐不住了,死活要去。"

谢莫如不敢接这话,道:"刀枪无眼,这次战亡名单有一尺厚,宇表兄这要上了战场,可是九死一生。"

李宣是好哥哥,本就不赞同弟弟去闽地,如今一听,更是犹豫了。谢莫如要人,不怕无能,就怕这等不听命令的。谢莫如道:"宇表兄不过是孩子脾气,他并未真正见过血流成河、刀林箭雨的场面,他以为的战争,是他想象出来的。这样贸贸然去,若有个好歹,长公主与侯爷如何受得住?就是表兄你,想想是你首允他去闽地的,宇表兄有个好歹,你得何等愧疚?"

"我实在是劝不住他。"要是能劝住,李宣早劝了。

"既劝不住,那就不必劝。一天抽他二十鞭子,打个动不得,他就不敢往外跑了。"谢莫如完全打消了从永安侯府选人的计划。

李宣无言以对,他,他这可是亲弟弟。

长泰公主哭笑不得,岔开话题:"妹妹请我们来,可是有事?"

谢莫如心下已有了主意,笑:"其实主要有事托皇姐,我们这马上要就藩,东西都收拾齐备了,我与殿下是要带着孩子们一道去藩地的。凡事,不得不思虑周详,别的事我都有准备,怕只怕慈恩宫那里有人使坏。皇姐也知道,太后娘娘素来耳根子软,别人略一挑拨就要中计。所以,我想着,请皇姐这两日多进宫,若是有人在太后娘娘面前进言,还请皇姐劝着娘娘些。我这里抽不开身,委实也没工夫去应对这些小人了。"

"都这个时候了,哪里会有人不识大体。"五皇子就藩又不是去享福,完全是收拾烂摊子,此时若有人给五皇子下绊子,就是不识好歹了。

谢莫如道:"我担心的是,有人不想我随着殿下就藩,或者有人要留下我的儿女在帝都。"

长泰公主立刻知道自己想岔了,道:"这事容易,我这两天都去宫里陪着皇祖母,妹妹只管放心。"

谢莫如笑:"这样的事,也只有托给姐姐了。"

五皇子下晌方回府,夫妻俩互通了下今天的消息。谢莫如这里都顺利,只是李宇性子奇特,谢莫如认为他危险系数太高,将他自收拢名单中剔除。

五皇子亦道:"闽地不大太平,宇表兄这样,还是在帝都安全。"他可惹不起文康长公主。

五皇子将太子交给他的人选名单给妻子看,谢莫如冷笑:"太子倒真不客气。"

五皇子也是无奈,他父皇也没给他安排人呢,这倒不是穆元帝不关心儿子,只是穆元帝深知官场,五儿子这一去,必得有自己的人手才成。所以,闽地战亡后的空缺,穆元帝是想让五儿子自己做主,这样儿子能更迅速地在闽地扎下根基。穆元帝把自己手里的谍报网都给了五皇子,自然不会再吝惜别个。结果,倒是太子百般不放心,给了五皇子一堆人,五皇子瞧着东宫面子,自不好拒绝。

五皇子还得自说自话自己圆场:"东宫也是一番心意。"

谢莫如冷哼一声,正要说什么,侍女回禀,平国公夫人柳王氏带着长孙柳扶风来了。

五皇子既不认得柳夫人,与柳扶风也不熟,根本是素未谋面。不过,五皇子清楚,柳扶风是平国公府的嫡长孙,只是身子一直不大妥当,鲜少出门的。

倒是他媳妇生辰,平国公夫人都会过来,礼数颇厚,但五皇子本人,与平国公府实在无甚来往。谢莫如命人请柳国公夫人祖孙到花厅待客,她道:"大概是柳夫人知道咱们就藩

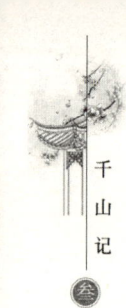

的事,过来看看。"

五皇子道:"那你去吧。"

当年谢莫如指点过柳夫人,但那也不过是偶然为之,不知不觉,两人交往也有十来年了。谢莫如与柳夫人在花厅说话,五皇子与柳扶风在偏厅闲谈。柳扶风手里拄了一支拐杖,他形容微瘦,面色从容,扶着拐杖坐下后便道:"因不良于行,一向鲜少出门。我平日在家,倒也知道一些靖江王府之事,此次闽地战败,想着殿下该是就藩的。王妃于家父有恩,我于闽地,也有一些见解,希望能对殿下有所帮助,就贸贸然上门了。"

柳扶风接着就说了:"想遏制靖江王府,不能只练兵。靖江王就藩多年,经营靖江一地,绝非永定侯练两年兵所能比及的。以己之短攻其之长,败局早定。这败,败得不冤。"见五皇子神色认真,柳扶风就继续说了,"其实,这世上从来没有单纯的用兵,兵事,往往是政治的决断。就像这次闽地战败,应是靖江王打击陛下筑书楼大成时的手段,也是靖江王对朝廷海域练兵的警告,永定侯败得更早,不过,好在他聪明,将战败的战报押后数日方呈上。可在闽地,我没有看到任何政治应对,除了将战报押后,简直一塌糊涂,总督、巡抚、永定侯,除了善后上可圈可点,余者不消一提。"

"不过,靖江王也并不是他表现出来的那般无懈可击,他的战力还克制在要借助海匪的名义上才敢对永定侯发兵,他甚至没能劫掠闽地,所以我说,闽地的兵,尚可用。"柳扶风道,"当然,这有可能是靖江王力有不逮,也有可能是靖江王示之以弱。但是,闽地现在还安稳,就说明,必有靖江王忌惮之处。我不通兵法,不过,要砍倒一棵树,不一定要用斧头钢刀,尤其是刀不够利的时候,就要从别的上头想法子。"

柳扶风是个面容清瘦的青年人,他沉稳从容,说起话来不疾不徐,深入浅出,条理分明,你听他说话,完全会忘记他是个不良于行、身有残缺的人。

五皇子一向很能听进别人的建议,不由得问:"还请扶风细说。"

"殿下,一地之势,兵只是其中之一。一地之上,有官,有民,有兵,有商贾,有百工,有僧,有道,这些加起来,才是一地之势。闽地新败,海军十不存一,再建需要时间,这个时候,殿下不能再从兵入手。殿下第一要掌握的是闽地的官员,文官中,凡好战的,先行贬黜。新败之后倘有大胜,自然鼓舞民心,但殿下新至闽地,天时地利人和,样样不占,这些人鼓动殿下出战,不是目光短浅,便是另有私心。何况,文官中,知兵知战的能有几人?不了解就撺掇殿下开战,是问居心若何?第二,安抚武官,永定侯之败,有他的疏忽,但永定侯不是无能之人,不要管他葬送了多少新军,凡百战之将,哪一个不是见惯生死。这世间,有将自然有兵,有富自然有贫,有贵必然有贱,何时公道过?您安抚住永定侯,就安抚了这些战败的武官,武官自然忠心。所以,统一文官的认识,收拢武官的忠心,殿下才算掌握了闽地之权。"柳扶风继续道,"殿下掌握闽地之权后,也要练兵,不要急于练海兵,驻城军队,都要操练起来。先守城,把闽地守得钢浇铁铸,再谋其他。"

五皇子不是头一天当差,他在礼部这些年,手段不是没有。何况,他是实权藩王,收拢闽地官员,五皇子还是有信心的,五皇子道:"说一说这其他。"

柳扶风道:"依我所见,世间之事,用最简单的分法,只有两样,一则为权,一则为钱。这两者,彼此密不可分。殿下,士农工商,消息最灵通的并非官员,而是商贾。商贾沟通往来,不可小觑。殿下想剥开靖江王府的面目,不从兵走,必从商走。殿下想一想,那些海匪由何而来?靖江王府养那些海军是做什么的?我朝其他地方海岸并无码头停顿,更无海上来往,靖江王却有一支如此出众的海军,难道是靖江王给自己留的退路,情势不好,立刻跑路?"

"未尝没有这方面的意思。"五皇子道,"不过,我听说,在大凤朝年间,海贸往来,十分频繁,靖江王狡兔三窟,想来也有用海军为海贸护航之意。"后面这一条,是他看《神仙手札》后自己琢磨出来的。

柳扶风露出赞赏之意,道:"殿下果然英明。"他来五皇子府自荐,不乏有孤注一掷之意。柳扶风对五皇子也是做过研究的,五皇子于清流中人望极高,在朝中做的也是实事,起码,这不是个昏聩的人。起码在柳扶风看来,是比大皇子强的。为人属下的,谁不盼着有个英明的主上呢?柳扶风道:"正是如此。这些年,我时常令家下人在闽商那里买些稀罕东西,多有海外之物。闽地未有海贸,如何有这些东西?可惜我能力微薄,未能顺藤摸瓜,其间因果,还得殿下调查了。但,既不能再兴兵戈,倘能从商贸封锁靖江王府,如此必能削弱靖江王府。"

五皇子问:"扶风你平日里这般关注闽地?"

柳扶风极是坦白,他道:"殿下,我不良于行,尽管是父亲嫡子,但我不能当差领职,将来爵位怕也堪忧。如我这样的身体状况,不得不另辟蹊径。"

这倒是实话。话至此处,五皇子道:"扶风你若有意,可愿与我同往闽地?"

柳扶风苍白的脸露出一抹浅笑:"属下求之不得。"他自荐就是为此。

五皇子是个痛快人,那边王老夫人也挺痛快,与谢莫如直说了:"我那儿子,人好,却是有些憨,只此一孙。扶风小时候极伶俐的孩子,后来外出念书,惊了马,自车里跌下来,脚就不大好了。他自来好强,非要过来,我想着,与娘娘也算相熟,就带着他来了。"

谢莫如未料到柳扶风身有残疾,看一眼王老夫人鬓间白发,以及比同龄人苍老许多的面容,想来不只是她历经坎坷的缘故。谢莫如道:"大难未死,必有后福。柳公子有这般志向,想来不是平庸之人。"很明显,柳扶风去五皇子那边自荐了,别个不说,胆量就好。

王老夫人不是不悲哀,嫡系一脉苦苦支撑,儿子无能,要靠残弱的孙子出面谋求出路。

只是，王老夫人此生，经过的悲哀之事太多，她依旧心绪平和，目光沉稳，道："到我们这一步，除了自强，也没有别的路走了。"

谢莫如道："自强方是煌煌正道。"

王老夫人娘家就是葬送在英国公与辅圣公主手中。当然，现在辅圣公主与英国公府早已烟消云散，王老夫人自己与谢莫如却颇有些惺惺之意。

谢莫如道："不过，闽地到底是有些风险的。"

王老夫人道："家中已有两位重孙。"

话都说到这份上，谢莫如也就啥都不说了。

皇室的教育很不错，五皇子也颇有礼贤下士之风，亲自送了柳扶风出门。柳扶风道："殿下为主，我为属，如何当得？"

五皇子道："我孤陋寡闻，不知扶风之才，不然早上门去请教了。"

柳扶风谦道："殿下过誉。"

那边谢莫如也送了王老夫人出来，祖孙二人客气地辞了去，已是晚饭时间。两人用晚饭时，五皇子也不必侍女服侍，此方问："柳扶风说你于他父亲有恩，这从哪里来？"柳扶风都是近而立之年的人了，柳扶风的父亲，平国公世子，也是四十好几快五十的人了。而且，别看五皇子对柳扶风不大了解，但柳扶风他爹，可是个众所周知的拙笨人。他媳妇什么时候还有恩于平国公世子了？

谢莫如给五皇子盛碗汤，五皇子忙接了，谢莫如道："也算不得什么恩情，是以前的旧事了，那会儿北岭先生初来帝都，名头响得很。"她先将平国公府休妻再娶的复杂情况说了一遍，接着又道："王老夫人那时虽已重回夫家，也为儿子争取到了世子之位。但，二房子女出众，想来王老夫人与世子颇有些压力。世子就想拜北岭先生为师，也是加重自己身份的意思。平国公世子是个憨人，先是被人所骗，购了一幅假的《青松明月图》丢了个丑，后来想见北岭先生，日日在国子监外等着。平世子资质委实一般，且他出身公府豪门，北岭先生多方考虑，不愿意收他。我偶然知晓，在一次宴会上遇着王老夫人，就提点了她。《青松明月图》当时是在万梅宫完成的，北岭先生的恩师薛东篱，在万梅宫住过很长时间，北岭先生来帝都，必要去外头的梅林悼念先师。万梅宫外的两株梅树，有一株是薛东篱手植。王老夫人知道这事后，让平国公世子天天去照看万梅宫的梅林，终于有一天遇到北岭先生，被北岭先生收为外门弟子。"

谢莫如道："当时也是无心所为。"

五皇子道："这也是善有善报，柳扶风的才学很是不错。"就把柳扶风与他说的话大致同谢莫如讲了讲。谢莫如认真听了，道："别的倒是一般，嗯，从商贾贸易入手封锁靖江王府，这是对的。"

五皇子道:"平国公府的子弟们倒还不错。"

"宁可一强一弱,这样都强的,再有平国公这样无能的父亲当家,少不了一场恶斗,不然柳扶风的脚是如何伤的?"谢莫如厌恶道,"世间竟有平国公这样的人。"

五皇子道:"天下什么样的人没有,平国公这只是拎不清,北昌侯才叫宠妾灭妻呢,你知道于湘吧?"

"就是上次牵扯入科场案,大皇子找殿下替他说情,以前是大皇子伴读,后来造过咱们府上谣言的那人吧?"谢莫如把于湘干的事记得个清楚,何况于湘还有个了不得的老爹吏部尚书北昌侯。

"对,就是他。其实于湘是庶出,当年大哥选伴读,北昌侯府是赵贵妃外家,父皇对北昌侯可是颇为器重的,有这两层关系,就说从北昌侯府择一子弟。按理自当是北昌侯嫡子,北昌侯硬说嫡子身子不大妥当,换了于湘。父皇倒是不管是嫡还是庶,既然北昌侯要用庶子,也只得罢了。"五皇子说一回北昌侯的八卦。

谢莫如就问:"北昌侯与陛下什么交情,他竟能坐到吏部尚书之位?"

五皇子道:"北昌侯原是父皇伴读。"

谢莫如就都明白了,轻声同五皇子道:"咱们分封到闽地,少不了有北昌侯的运作。"

"有就有呗,我倒愿意早日分封。"五皇子道,"看看这两家,就知礼法是有大用处的。"

谢莫如问:"那北昌侯夫人现在怎么着了? 倒没见她出来过。"

"这就不晓得了,据说北昌侯夫人好佛法,不理凡间之事,也有说是身子不好,不见外人的。北昌侯也有个嫡子,不过早给他打发到不知道什么犄角旮旯去了。"

谢莫如问:"北昌侯夫人的娘家呢?"

五皇子有些不好提,轻声道:"英国公府早没了啊。"

谢莫如这才知道,北昌侯夫人是出身英国公府。

五皇子还以为他媳妇知道的,不想他媳妇是真的不知晓。谢莫如道:"这也难怪陛下对北昌侯府之事睁只眼闭只眼了。"

谢莫如又道:"北昌侯府这事不简单,必有蹊跷,不然,依北昌侯这等嫡庶倒悬,还不早送正室归西。"

五皇子险些给呛着,道:"到底是元配夫妻,还有孩子呢。"

"平国公当年可也没容情。"谢莫如问,"殿下知不知北昌侯妾室是什么出身?"

五皇子哪里知晓北昌侯府的一个妾室,谢莫如道:"赶明儿问一问行云。"

"江姑娘晓得?"

"先时我们的生意里,宝石占了大头,这宝石,除了金银楼,就是有钱人家女眷采买了。北昌侯府也是帝都显赫人家,或者做过他家生意。"

五皇子道:"商贾可真是了不得啊。"

239

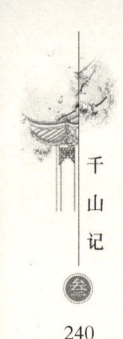

谢莫如笑:"凡王朝盛世,皆是商贾兴盛的年代。士农工商中,商排最末,但的确是不能小瞧的。"

五皇子深以为然。

夫妻俩忙了一日,用过晚饭便早早歇下了。

倒是长泰公主府里,李宣在与长泰公主商量:"明日你还是与母亲一道进宫的好。"

长泰公主想了想:"这也是。唉,别人我倒不担心,宫里赵谢二位贵妃这会儿对五弟夫妻观感正好,总会替五弟夫妻说话,我就是怕承恩公府又要闹出什么事。皇祖母总爱听娘家人的话,我毕竟是晚辈,也只有母亲劝得动皇祖母了。"长泰公主是个明白人,不然文康长公主不会放着大侄女永福公主不选,而选了排行第二的长泰公主做儿媳。

李宣是个细致人,莫如妹妹特意托了他们夫妻,而且,莫如妹妹这性子,有时难免话中带话,说不得是托他们请母亲文康长公主。

长泰公主显然也想到此处,笑:"以前五弟在皇子间委实不大显眼,就是苏妃娘娘虽居四妃之位,可一向身子多病。不过,苏妃娘娘真是好眼光,选了谢表妹做媳妇。"

李宣望着自己的妻子,笑:"母亲的眼光也不比苏妃娘娘差。"

长泰公主脸上微烫,嗔道:"以前倒没看出你这般花言巧语来。"

"那是,以前不是夫妻,有花言巧语也不能跟表妹说啊。"

长泰公主不禁一笑。

夫妻俩说会儿话,也歇下了。

文康长公主也是帝都赫赫有名的人物,结果就生了个克星——儿子李宇。近来愁李宇还愁不过来,听着儿媳妇兼侄女长泰公主与她说的事,文康长公主道:"闽地那么乱糟糟的,老五家几个小子明后年就要入学念书了,留在帝都也未为不可。"说来得是恩典,藩王之子方能留帝都念书的。

长泰公主道:"看谢表妹的意思,是舍不得孩子们。"

文康长公主想到谢莫如至今未有嫡子,也不好说什么了,道:"既是她特意托的你……"原本文康长公主不乐意管这事,按文康长公主意,孩子是人家的,人家愿意带走,这也没啥。当然,考虑到闽地兵荒马乱的,孩子留在帝都也好,都无关紧要。不过,文康长公主一思量,想着五皇子夫妻对闽地也是信心满满哪,不然也不能这么一心一意地要把家小都带去。

文康长公主担心老娘又被人做枪使,不放心,方同长泰公主一道进了宫。

文康长公主进了宫,也得说自己来得及时了。她虽然觉着五皇子最好把年长的儿子留一个在宫里,但谢莫如这种料事如神的本事,人家是真的不想把孩子留下,而且,去岁她与谢莫如共同处事,便知谢莫如可不是个好相与的。故此,胡太后刚有要留下重孙的意思,文康长公主就劝住了老娘:"孩子们这样小,正是需要父母的时候。再说,做父母的,也没有不惦记孩子的。老五到闽地,全心全力打理闽地的事还忙不过来,倒要他惦记着帝都的孩子们,岂不更叫老五分心。"

胡太后不以为然,道:"我是亲曾祖母,难道还会亏待了大郎他们?"她是真心喜欢这几个曾孙,才舍不得的。

文康长公主道:"当年我与皇兄都养在皇祖母跟前,皇祖母也不会亏待我们,母后当时牵不牵挂?"

将心比心,胡太后就不提这事了。

其实在孩子是否留在帝都这件事情上,一般人真的很难理解谢莫如的坚持,就是穆元帝也问了一回孙子的教育问题,五皇子大包大揽:"父皇放心,李九江的学问是极好的,还有王妃看着,再没问题的。何况他们还小,这会儿不过开蒙,离入学还有两年。"

穆元帝也就没非要留了皇孙在帝都,倒是在太医院挑了个不错的太医赐给五皇子。

谢莫如早与五皇子说过了:"母妃身子不妥当,每年换季总要不舒坦几日,大郎要是留在帝都,也是住宫里。母妃还要牵挂他,只怕顾不过来。再说,要是母妃我还只是担心母妃的身体,可万一有人使坏,太后娘娘非要要了大郎去养,不是我说话刻薄,永福公主就是太后娘娘一手养大的。"

想到永福皇姐,她近些年倒是不会再办什么糊涂事了,但要五皇子说,她也没有多明白。一想到永福公主这前车之鉴,五皇子立刻下定决心要把孩子们都带走的。

五皇子谢莫如这般决定,倒是叫苏侧妃暗叹时运不济。她儿子大郎是长子,要是有皇孙能留帝都,必是大郎的。这也很合情理,总不能叫奶娃娃六郎留下吧。

苏侧妃是眼巴巴地盼着儿子留帝都,早些搞好与慈恩宫、东宫、穆元帝那里的关系。大郎现在倒没这个本事去搞关系,只是住得久了,也混个眼熟嘛,以后前程自是好的。就是她娘家,也有这个意思,还特意去承恩公府那里打听了回消息,不想此事竟未成。

苏侧妃很想去王妃那里打听一二,只是碍于谢莫如治家极严,再加上自己虽是侧妃,但宠爱一道,远不及谢莫如。前几年还有些恩宠,她也生了两个儿子,可尤其今年,五皇子是根本不进侧妃的院了,每天回府就是去王妃院里,她们几个侧妃,根本摸不着五皇子的一根汗毛。儿子的事,她又哪里说得上话呢。

苏侧妃喟叹了一回,只得无可奈何地睡了。

谢莫如依旧忙,不过知道苏侧妃终于肯安分了些,也还罢了。余瑶知道五皇子就藩的事也同丈夫李四郎过来了。余瑶道:"相公官职有限,我们消息就慢了些。昨儿我得了信

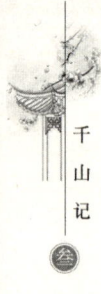

儿就想过来,天时又晚了。娘娘要是去了闽地,余家在闽州也有些年头,族长就是我大伯。"接着就把自己家族的事,还有先时听说的几家闽地的大户人家给谢莫如介绍了一遍。

谢莫如含笑听了,余瑶又送了自己备的礼,道:"娘娘这次远去闽地,别的都不打紧,几位小殿下年岁还小,初到闽地要多注意饮食,闽地的气候也要慢慢适应。"

余瑶说了一会儿话,知道谢莫如忙,也就告辞了。

余帆是晚上才来的,余瑶消息慢是正常的,李四郎不过是个小翰林,自然不够灵通。倒是余帆就在礼部,自当灵通才是,结果,余帆倒来得比余瑶还晚些。余帆不擅言谈,眼底有些发青,明显很疲惫的样子。余帆来的时候,五皇子还没回来,谢莫如见的他。余帆四下看一眼下人,谢莫如便令诸人皆退下,只留了紫藤在身边。余帆知道这必是谢莫如的心腹侍女,自怀中取出一布包,里面是一本素皮册子。余帆递上,道:"我家在闽地上百年,这几日,我想了想家乡的事,都记在这上头了。"

谢莫如翻看一二,看得出墨迹也是新的,话间带了几分诚恳,道:"有劳表叔了。"

余帆道:"这原也不是什么机密,只是殿下与娘娘初去就藩,多知道一些没有坏处。"他在礼部多受五皇子器重,谢莫如辈分虽低,却一直很照顾他们兄妹。为人必要知恩图报,五皇子就藩在即,余帆当天就知道了消息。倒不是余帆有意打听的,只是五皇子掌管礼部多年,这礼部要换将的事,礼部诸人自然是头一个知道的。余帆就点灯熬油好几日,整理了他知道的大户人家的资料,想着能对五皇子有所帮助才好。

谢莫如问:"表叔可有意与我们一道去闽地?"余帆就是闽地土生土长的,且他是个有心人。只是,余家在闽地多年,各种关系虽多,怕是人情也多。

余帆一笑:"我随娘娘殿下到闽地,有利端,亦有弊端,不说别个,族人们那里就乱哄哄的。思来想去,还是算了。"

谢莫如一笑,也不勉强。

余家兄妹都是利落人,余帆说完事就走人。

待五皇子回府知道余帆的来意后,道:"这些年总算没白干。"有良心的人终是多的。

谢莫如问:"今日到北岭先生那里如何?"

北岭先生不识时务的时候,先帝今上父子两代人都想捏死他,只是碍于种种缘由,方维持个面上尊敬,也是眼不见为净。可这人哪,真得讲缘分,也不知怎的,北岭先生似乎就看五皇子顺眼了。

当然,也许是五皇子把住了北岭先生的脉象,五皇子是这样与北岭先生商议的:"这些年我在礼部当差,每次春闱,闽地的举子高中者极少,先生是做学问的人,我既去闽地就藩,先生弟子中有学识渊博者,不如荐几人给我。到了闽地,也可开坛讲学,不负文道。"

这样合情合理的要求,北岭先生怎能拒绝?五皇子诚意相询,北岭先生就介绍了几个不错的在野弟子给五皇子,只是有人不在帝都。五皇子道:"我将要就藩,怕是不能亲去延请,不知能否请先生代我修书一封,我着长史官带去,安排车马,亲自接人去闽地?"

北岭先生这样的人,虽然自有脾气,但人家皇子都这样客气了,他自然不会摆什么架子。然后,北岭先生修了书,五皇子就说起闽地的事来,又同北岭先生打听闽地可有名家大儒,他就藩后好去拜访。北岭先生捋须道:"要说闽地,算得上名家的,老朽还未听说过。"老家伙的倨傲,由此可知一二。人家偌大闽地,竟没有能叫老家伙看上眼的。当然,闽地自然也不是什么繁庶之地,这也有关。

窗外微雨,深秋的雨有些冷,细密地打在一地黄叶上。茶炉上的水开了,北岭先生去提,五皇子先一步提了,斟了两盏茶。北岭先生握一盏在掌中,双眸微眯,眼神中有一丝辽远的意味,良久方道:"闽地啊,原本是方齐两家,算是闽地豪族。前朝末年,天下战乱,方家因势而起,就是先英国公一族。后来英国公获罪,方家也不复存在了。齐家倒是听说还有些人在。"

五皇子生于皇室,英国公方家的事也略知道一些的,道:"英国公方家,自前朝就是帝都豪门哪。"

北岭先生道:"他家从大凤朝起就是帝都显贵了,但根子在闽地。"说到"根子"二字时,北岭先生屈指轻点茶几。

五皇子点头:"先生您继续说。"人老成精啊,为啥有这么些人哭着喊着地想搭上北岭先生的线,这就是原因所在了。五皇子正欲洗耳恭听,不想北岭先生道:"完了。"

五皇子同北岭先生打交道这些日子,练就出偌厚脸皮,道:"我于闽地知之甚少,先生游览天下,自比我见多识广。"想让老头再说几句,五皇子道:"齐家与方家并列为前朝豪族,想来也是有过人之处的。"

"齐家起家的年头就比方家晚得多了,齐家发迹在前朝,他家能与方家并称,是因为齐家连出三位皇后,是有名的后族。余者,倒不必提了。"北岭先生摆摆手,寥寥道,"事是做出来的,不是靠说出来的。多言无益,多言无益呀。"

北岭先生不肯再说,五皇子也不勉强,关键是勉强无用,他便同北岭先生说了南山房舍建设转交四皇子主持的事。问北岭先生明日可有空闲,他与四皇子过来说话。北岭先生道:"殿下这几日定是忙的,四皇子何时来南山,过来小坐无妨。"

五皇子又说了会儿话,便起身告辞了。

北岭先生年事已高,觉着时光匆匆,故此不喜闲谈,亦不甚留,命李九江送客。

五皇子回府时还顺道去了趟四皇子府,四皇子不在家,他方回了自己家。这般与妻子说起闽地是前英国公方家的祖籍,五皇子道:"倘不是北岭先生说,我还真不晓得。"

谢莫如皱眉思量片刻,微微颔首:"原来是这样。"

五皇子望向妻子,谢莫如道:"看来殿下分封闽地当真不是偶然哪。殿下与方家不相干,我母亲却是姓方的。殿下怕是受了我的连累。"

五皇子不爱听这话,捏一捏妻子的手,道:"什么连累不连累的,咱们既是夫妻,有什么事自是一起担着。要是因你之故,岂不应一把咱们分到闽地好避嫌吗?"

谢莫如道:"圣心难测。当年英国公府是灭族之罪,按理阖族当诛,帝都英国公府容易捉查,闽地或者有人逃跑也不一定。要是方家有人逃了,你说,能逃到哪儿去?"

五皇子道:"靖江王府?"离得近哪。

"靖江王只要不傻,肯定会收留方家人的。与朝廷血海深仇,还是逃犯,这到了靖江得多忠心不贰哪。"谢莫如随口点评一句,道,"这也是晚饭时辰了,这几天都忙,也没叫孩子们过来一道用饭。"命紫藤去把孩子们叫来,又与五皇子商议:"大郎二郎三郎大些了,能跟九江学些蒙学。四郎五郎昕姐儿是略略懂事,还有点儿小,以前在娘家时,教我的一位纪先生,是宫中出来的女官,学识很不错。我想着,咱们把纪先生一道带去吧,让纪先生瞧着四郎几个,她现在在我娘家也没学生可教。"

五皇子道:"你做主就是。"

说一回这个,谢莫如方道:"当初清算英国公府,杀了多少人,跑了多少人,流放了多少人,刑部该有记录。殿下同陛下说一声,让刑部整理出来,咱们心里要有个数。"

一般时候,谢莫如定力极好,天塌下来她也不带眨眼的。当然,就是现在,五皇子也不能从他媳妇脸上看出什么不好来,但夫妻多年,五皇子是了解妻子的,谢莫如因为人聪明,所以思绪极为连贯,鲜少会有思绪中断时。但此时,谢莫如竟要说一回孩子再继续说英国公府的事,五皇子从她脸上看不出伤感,也知道她心绪受了影响。

一时孩子们过来,谢莫如开始问大郎几个的功课,又问四郎五郎今天玩了什么,连最小的六郎也抱了来。六郎已经学会坐了,脾气尤其好,天生一副乐和模样,眉眼与五皇子生得最像。五皇子因不喜凌霄,以往对六郎颇有些冷淡,被谢莫如劝了几回,方好了些。倒是宫中苏妃,最喜欢这个与儿子相像的孙子。

一家子热热闹闹地用晚饭,五皇子看谢莫如都在照顾孩子,自己没吃多少,给谢莫如夹了一筷子小青菜。谢莫如笑:"今天不是很饿,给我盛碗汤吧。"

五皇子就给她盛了碗汤,谢莫如接了汤,道:"一说英国公府,我就想到我母亲。"

五皇子道:"咱们走前,去祭拜一回岳母吧。"

"也好。"

五皇子正吃饭,四皇子过来了,五皇子道:"你们先吃,我有事与四哥说。"

五皇子把北岭先生引荐给四皇子,四皇子自是乐意的,就是担心北岭先生脾气不大好。五皇子道:"就是个老头,我已经同先生打过招呼了,四哥你若闲了只管过去,一回生二回熟嘛。闻道堂有什么事,四哥你多照看些,北岭先生这年岁,也叫人不放心。"

四皇子爽快应下。

因着要祭奠岳母,五皇子还要去宫里跟他爹打听前英国公的事,所以多耽搁两日。穆元帝听五儿子问及前英国公之事,且儿子也给出了合理解释。不过,提及前英国公一系,穆元帝犹是咬牙切齿,道:"若遇着方氏余孽,不必留情。"

五皇子道:"他们怎么敢出现在我面前?"又问:"那啥,当时这事是不是做得不大利落?"

穆元帝道:"到底是姑妈的婆家,她总是有几分容情的。何况,还有姑丈那里……"

五皇子八卦:"方驸马人还不错啊。"

穆元帝叹口气,颇为怅然:"要说姑丈那人,再好不过。"

一听他爹这口气,五皇子没好再继续打听。五皇子就说了走前祭一祭他岳母的事,穆元帝就转为沉默了。穆元帝默然片刻方道:"你媳妇跟你说的吧?"

"昨儿说起方家原是出身闽地,媳妇可不就想起岳母了吗?我们这一走,得好几年才能回来,就想走前看看岳母。以后我们不在帝都,父皇您每年去皇陵,别忘了给我岳母烧烧香,放些供香。"五皇子叽叽咕咕地说了一通。穆元帝不知心中是何滋味,还是提着精神道:"尤其是你媳妇,要是遇着方家人,你自己决断,莫让妇人误事。"

五皇子道:"我媳妇又不认识他们,哪里来的情分呢?说不上容情不容情的。"

穆元帝想往深里说,碍于身份,又不好开口,看五儿子这坦白的小眼神,穆元帝真是愁死了。五皇子又悄悄问他:"父皇,您是不是想着,让我媳妇装模作样地诱导方家余孽,然后我一举歼灭啊?"

穆元帝险些闪着老腰,当政这些年,穆元帝头一回遇到这种坦白过分的,道:"你自己封地的事,自己看着办吧。"

"我媳妇不是那样的人。"

"行了,去刑部吧,朕命钦天监择个吉日,你们去祭一祭魏国夫人。"

"我跟媳妇商量好了,明儿就去,心意到了就行。"

穆元帝没再多说,打发五皇子下去了。五皇子觉着,他爹对辅圣公主一家还是挺有情分的,不过,他爹对英国公府也是恨之入骨了。五皇子揣摩着他爹的心意,又去看过他娘,说了明日祭奠他岳母的事。苏妃道:"若敏妹妹地下有灵,也会庇佑你们的。"

祭过魏国夫人与辅圣公主,五皇子一行带着浩浩荡荡的车队,以及自己的五千亲卫军,去往闽地就藩。

五皇子就藩,送别的人颇多,太子为表兄弟情谊,亲自带着兄弟们相送。

245

大皇子深觉太子碍眼，明明他是长兄，太子一露面，他就得退居其次。不过大皇子也不是善茬，很会抢戏。太子是打头先说的，而且，太子想五皇子要赶路的，无非就是说些路上小心、一路顺风的话，不好多耽搁工夫。大皇子却是心里头暗搓搓地计算着太子与五皇子说话的时间，他估量着，太子说一刻钟，他必要说足两刻钟；太子说一句，他必要说两句。而且，他与五皇子说话还要显得格外亲密，定要拉着五皇子的手才行。五皇子给这两个哥哥闹得，一个头两个大。大皇子这么依依不舍了一番，好在三皇子、四皇子、六皇子是正常人，不过说些兄弟间的话。五皇子这一就藩，不要说离愁别绪，藩王们都有些惆怅，不知什么时候就轮到自己呢。倒是太子心情很好，想着，五弟是个好的，有五弟带头就藩，老大也要快滚球了吧。

太子这么想着，见六皇子话也说得差不离了，便道："这会儿时辰也不早了，后头还有些亲戚，我们不走，亲戚们怕是不好上前说话。"就要带着兄弟们先走，这也是太子体贴了。的确，皇子们不走，余者如谢家人、李世子、柳家人、崔家人、余家人等，怎好上前一叙离别呢？

太子带着诸皇子离去，其他人就要上前送别亲人。

柳家有管事跑来，气喘吁吁地与平国公府柳世子道："国公爷不大好了，请世子与大公子立刻回府。"

柳世子顿时有些慌，憨肥的腮上肥肉颤了颤，便有些没主意，他儿子要跟着五皇子去闽地的啊。

还是柳世子的孙子柳小郎问那管事："你是哪个？谁叫你来传的话？我倒没见过你。"

不待管事表明身份，柳世子与孙子道："这是虞姨娘的陪房周管事。"

柳小郎年岁不大，却比其祖父伶俐千百倍不止，他道："祖父，咱们府里真是没人了，竟叫老姨太太的陪房来传话。既是曾祖父身子不好，周管事，你去把二叔祖自户部请回家没？"

那周管事显然有些准备，道："二老爷已经回府了，就等着大老爷和大爷呢。"

柳世子立刻六神无主，柳小郎脆生生道："自来忠孝不能两全，不过，咱家人多，这倒是能两全的。父亲这就要随五殿下为国尽忠，尽孝的事，有祖父，有我。祖父，我过去同父亲说一声，既是祖父不大好，咱们这就先回吧。"

柳世子点头："去吧。"命长随孙子去了。

柳小郎过去把这事与父亲说了，别人都是骑马，柳扶风因腿脚不好，五皇子府单给他备了车。柳扶风听儿子将事说了，便道："前番寿安老夫人病重，陛下体恤孝子，特令前户部侍郎胡大人辞官归家侍疾。祖父身子不大妥当，我这里实在离不开，就让昱儿代我尽孝吧。父亲您去御前说一声，也辞了差使，在祖父身边侍疾才好。"

柳世子自己智慧不够，以前是听老娘的，如今老娘有了年岁，他就听儿子的。听儿子这话,柳世子道:"哎,一会儿我就进宫面圣。"

周管事一听这话,额间虚汗冒了一层。他能出来干这事,必是虞氏心腹之人,且,朝中大事他是不大懂的。但是,他就琢磨着,世子辞官侍疾倒没啥,世子本也没啥要紧差使,不过,世子这若是一辞官,他家二老爷要不要也辞官侍疾啊!

柳扶风瞥周管事一眼,见儿子眼睛忽闪忽闪的,似是明白些什么,道:"好生念书,听你娘的话,好生孝顺你祖母,孝顺你祖父。"

柳世子毕竟是做父亲做祖父的,道:"放心,有我呢。到闽地,自己照顾自己啊。"

柳扶风点点头:"父亲也保重。"

谢莫如是路上方知柳家这一插曲,她翻着刑部的卷宗道:"这柳家,哼。"哼出个鼻音,到底没再说什么。

五皇子从确定就藩到启程就藩,其间不过五六日的时间,这呼啦啦的一走,到六皇子大婚时,人们才发觉,五皇子这就藩的效率实在是太高了。关键是,就藩不是你想走就能走的啊,如五皇子这般,老婆孩子都带着的,收拾行李能五六天就收拾妥当的?明显,五皇子这是早有准备啊!

大家这么想着,就不知是谁说的:"五皇子不早说他梦到过闽地出事吗,说不得五皇子梦后就有准备呢。"

这话倒是有理,不然,除了预先有所准备,其他并无可解释五皇子府这不可思议的就藩速度了。于是,大家便纷纷讨论起五皇子的梦来,觉着,若五皇子先时真梦到过闽地出事,那五皇子委实是个神人哪。

五皇子带着帝都人的想象去了闽地,一路晓行夜宿,闷头赶路。就是沿路有官员过来请安,五皇子不过见一见他们,和颜悦色地说上几句话,推说身上劳累,并不宴饮。就是谢莫如也少不得见见沿路的官太太们,其间,还见着了谢尚书的弟弟谢二老爷。谢二老爷一直外放做官,如今在豫州做巡抚,儿子们也皆在外做官了,谢二老爷带着老婆孙子一并过来的。

因是娘家人,谢莫如命谢芝、谢云、谢远出来与谢二老爷一家相见。其中,谢云是谢二老爷的亲孙子,谢芝是侄孙,谢远就是族侄孙了。谢二老爷见着他们都很高兴,勉励了一番,无非是"跟着娘娘殿下好生当差学习"的话,又各有见面礼,并不分薄厚亲疏。

说来谢家这样的人家,在帝都也算显赫了。长房族长入阁为相,虽不是首辅,也是一部尚书。长房儿孙,有尚公主的,有做王妃的。二房说来比长房差一些,但谢二老爷能熬到三品巡抚,官职亦是不低。谢二老爷眉眼生得与谢尚书有几分相似,言语是极亲热和气的,说起自己外放多年,鲜少回帝都,当初谢柏尚主、谢莫如大婚都未参加,一转眼儿孙们也都大了,他也老了啥的。

谢莫如就问起二房儿孙来,除了谢枫是在翰林院的,谢二老爷还有两子,长子为泉州知府,三子为兰陵同知。如今是长孙跟在身边,正准备明秋考举人。谢莫如与谢二老爷叙些闲话,就让谢二老爷去同五皇子说话了,留下谢二太太与二房的孙女谢宁单独闲话。

其实,双方见的次数有限,共同话题并不多,也就是说些帝都事。谢莫如对谢枫一家是极熟的,与谢二太太说说谢枫在翰林院的差使,说一说谢静的婆家,还让谢云过去谢二老爷的巡抚府住了一夜。

五皇子此时方体会到他皇爹给他们择的岳家,并不是说他的岳家就较其他兄弟的岳家显赫,只是对官宦之家多了一层认知罢了。

如谢家,并不独是指显赫的谢家长房,而是整个谢氏家族。谢家,有谢尚书这样居高位的官员,也有谢二老爷这般外任的中级官员,其他子弟虽官职不高,到了岁数也是要入官场的。

什么叫有底蕴的人家?这才是。

五皇子待人接物的本事在帝都就历练出来了,谢二老爷当真觉着,五皇子人不错,说话什么的都和气,问他的也都是些民生事,看得出是个做事的人。观感都是双方的,五皇子问一问豫州的粮米价,见谢二老爷都答得出来,也知谢二老爷起码不是个昏聩人。

这就是很好了,岳家平平稳稳的,不必太过显赫,不惹事就好。

当然,能有几个明白人,是再好不过的。

尤其听到谢二老爷的长子谢槿正在泉州为知府,不由得笑道:"泉州正在本王封地,倒可一见。"

谢家当初是看着永定侯在闽地练兵,把谢槿活动到了泉州,不想后来五皇子封在闽地,也是意外之喜了。只是前番海匪犯境,好不惊险。谢二老爷笑:"微臣那儿子,大本领没有,就是实诚。殿下要看他得用,还得多指点他。"

五皇子问了些谢二老爷长子和三子的事,与谢二老爷说了很久的话,还留他们一家用了餐便饭。

谢云与谢二老爷谢二太太一行回了巡抚府,谢云是亲孙子,谢二老爷到书房问他话。在谢二老爷看来,谢云年岁还小,怎么就到了五皇子的就藩团中呢?

谢云自己也不清楚,他原本正在家里念书准备考秀才的,就被父母安排跟着堂姐就藩了。谢二老爷看谢芝这正经长房长孙也跟着来了,想着该是谢莫如对娘家各房子弟的安排。只是,谢二老爷又有些不明白了,道:"如何没有你三曾叔祖家的堂叔?"

谢云虽不知谢莫如因何相中他,不过,对于为何谢莫如未从三房选人,谢云是清楚的。

谢云不好说长辈的不是，只是，祖父也是长辈，而且，祖父有问，他只得道："王妃和三老太太那啥……"

谢二老爷常年外放，还真不知道谢莫如与三老太太之间的恩怨，看向孙子，谢云硬着头皮委婉道："王妃和三老太太似乎脾性不大相和。"

谢二老爷就都明白了。

谢二老爷想，王妃的脾气，果然名不虚传。甭看谢二老爷不清楚谢莫如与三老太太的嫌隙，主要是这是谢氏家族内部的事，又是女人之间的是非，谢二老爷自然不会加以关注。不过，谢二老爷是听到过谢莫如的名声的，主要是承恩公府太过显赫，慈恩宫就更不必说了。

谢二老爷再三叮嘱孙子："到了闽地，有你大伯，要听王妃的安排。"

谢云听这话听了一千八百遍了，他爹他娘不知嘱咐过多少回，如今听祖父说，依旧躬身应了。谢二老爷道："去跟你祖母说说话，晚上同你大哥一处歇。"心里还是很满意次子在帝都同谢莫如把关系搞好的。

晚上谢二太太与丈夫还说呢："都说王妃脾气不大和气，我看挺好，这样的雍容气派、礼数周全，要不能做王妃呢。"给了谢宁丰厚的见面礼，话也说得亲热，而且自言谈中就知道谢莫如对自己在帝都的二儿子一家是极亲近的。谢二太太待谢莫如，自然印象极好。

谢二老爷"嗯"了一声，心说，你没惹着她，自然是和气的。她发作起来，连慈恩宫都吃不消。老妻在耳畔叽叽咕咕地说着谢莫如的好话，谢二老爷有些心不在焉，要搁别的人，他定要帮着三房说和一二的，只是谢莫如出了名的大脾气，谢二老爷斟酌一二，还是没提此事。主要是，谢二老爷是极信服大哥谢尚书的，谢尚书是谢莫如的亲祖父，而且，大哥一向照顾三叔府上，若有劝和余地，不可能不劝的。

谢二老爷根本不晓得他极信服的大哥在谢莫如跟前吃瘪已非一次两次。

总之，二房目前对谢莫如的认知就是：

谢二太太觉着王妃是个好人，谢二老爷觉着王妃是个不能惹的人。

其实，谢二太太此观感，说得上是沿途各官眷的观感了。有些消息不灵通的，不晓得谢莫如的名声，自然觉着谢莫如平易近人。不过，官场上最不缺消息灵通人士，这些人见了谢莫如，亦都觉着，传言误人哪。

第四十四章 初就藩

这一路,甭管熟或不熟的,反正沿途官员与其眷属都见了一面,五皇子还顺道请了几位北岭先生荐给他的先生。原本五皇子想令长史官去请,结果回府见这几人所居地段分布,都在自己的行程路线上,五皇子干脆自己去请,顺道礼贤下士了好几遭。

五皇子还说:"也省事了。"

"这个江北岭……"谢莫如笑笑,话间颇有未尽之意,最终只说一句,"看来他对殿下的确观感不错。"江北岭要不是故意的,谢莫如就算白活这些年。江大儒干的这事可真是尽得高人风范,你要人,我给你人,至于其他的,你就自己看着办吧。皇子亲去延请,与派长史官延请,效果当然是不同的。但是,他不会提醒你,他要你自己悟,悟到了,也就悟了;悟不到,也无妨,你不是要人吗,人家给了。

五皇子也不好装糊涂,笑:"你说我要是真派长史官去请,北岭先生会不会说,哎哟,这人太笨了,竟未能领会我老先生的意思。"夫妻俩私下玩笑,五皇子就直接说了。

谢莫如笑:"他反正已经尽了心力,师傅领进门修行在个人,你不悟,他也没法子,估计怪也得怪自己眼神不好。"

五皇子畅快大笑,不独是妻子这话有趣,江北岭的意态也令五皇子格外心喜。

算起来,这是东穆王朝第一次有皇子就藩。靖江王也是藩王,但由于血统问题,靖江王没做过皇子,他生来就是皇弟。相较之下,五皇子绝对是根正苗红的正经皇子一枚啊!五皇子此去闽地,沿途官员过来拜见也是官场应有礼数,毕竟,五皇子是正常就藩,并非被流放发落,这是皇帝的亲儿子,沿途官员要是爱搭不理,穆元帝才会恼火。所以,五皇子在保持皇室风度的情形下,还是很矜持地控制了接待沿途官员的排场。

一则是五皇子这人素来低调,他不爱那些热闹排场;二则,他也想过了,他是赶去闽地救火的,不好因接见沿途官员而耽搁太多工夫的;三则,与沿途官员交往太过,也招忌讳。基于这三点,五皇子相当低调。

不过,实惠一点儿没少得。主要是他有个好媳妇,譬如,过来拜见的官员呈上名帖,谢莫如一瞧,若有帝都显赫大族的族人亲戚啥的,必会提醒五皇子一句,五皇子就知道怎么拉关系了。若是寒门出身,五皇子就会嘉许其志向,赞扬其能力。再有谢莫如不认识的,也会提前命人出去打听,好让五皇子做足准备。

这一点,谢莫如比张长史还强。

这也不能怪张长史,他寒门小户出身,能做到藩王长史也是有些本事的人了。谢莫如却是在就藩一事上做足了功夫,还有相随他们夫妻就藩的各路人士,家里都有哪些亲戚哪些族人,谢莫如都命人细细打听了。所以,但有这几家的亲戚,也会令相随的诸人出来与族人亲戚相见。

人与人之间是怎么熟悉起来的,无非是见得多了说得多了,也便熟悉了。这些人既愿见一见亲戚族人,也愿意为五皇子加分,难免多与亲戚族人说一回五皇子的好处,再回头同五皇子说一回我这亲戚族人是怎么回事,啥时候外放过来的,为官如何,还有的会再说一回家庭情况。

就这么一个月的时间,五皇子一点事没落下,却也用最快速度到达闽地。

不过,一出皖地,经江南西道,过信州,将要到闽地时,又有一段小插曲。靖江王府有长史官率轻骑驰来,给五皇子和谢莫如请安。五皇子心下皱眉,面上却是不显,问:"有劳靖江王惦记着,靖江王可好?"

那长史姓钱,生得细眉细目细白面皮,颏下三缕长须,一身绯红官袍,斯斯文文的中年相貌。钱长史道:"我家王爷安好,王爷听说殿下与王妃就藩,日思夜想,恨不能亲见。只是王爷上了年岁,不能亲至,遂着小臣过来给殿下、王妃请安。王爷说,辅圣公主之后,唯王妃一脉了。虽听我家世子说起过王妃风华,王爷心下甚慰,只不能亲见,甚为憾事。殿下与王妃车马劳顿,王爷命小臣备了些仪程奉上,望殿下与娘娘不要外道才好。"

五皇子道:"有劳靖江王了。"命人将东西收了。

谢莫如望那钱长史一眼,淡淡道:"怕是陛下知晓靖江王对我的思念之情,方将殿下分封闽地,以后就是邻居了,多有来往方好。我从未见过外祖母,于帝都倒是见过宁荣大长公主,只是听说宁荣大长公主不与外祖母相像,我颇以为憾。今与靖江王相近,何时靖江王有暇,只管过来闽州,也可骨肉相见,共叙哀思。"

接着,谢莫如吩咐一声:"把我给靖江王的回礼让钱长史带回去。"

钱长史再三道谢,谢莫如打发他:"你身为藩王属官,不好轻离藩地,这就回吧。"

钱长史恭恭敬敬地退下了。

五皇子这里放下绛红的大棉车帘,轻声一句:"这老东西。"不是来挑拨他媳妇的吧?

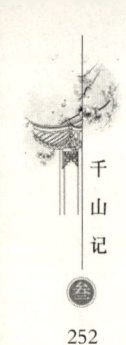

五皇子想到他媳妇早早预备下回礼,问:"早料到了?"

谢莫如靠着车背,手里握着本书,道:"料是没料到,但也防着他这一手呢。"

五皇子松口气,谢莫如笑:"怎么,还怕我被收买啊?"

五皇子这点儿自信还是有的,道:"咱们是夫妻,谁还能收买你?我是担心你心情不好。"

谢莫如唇角微勾:"这有什么心情不好的,看到被辅圣公主驱逐出帝都的靖江王,殿下该高兴才是。"

五皇子给妻子逗笑:"你说的是。"是啊,说到底,现在坐了江山的是他皇爹,而不是靖江王。

两人说着话,刚入闽境,就有总督、巡抚带着大小官员与永定侯带着武将们在闽地驿站相迎。闽地总督姓唐,单名一个继字。唐总督须发花白,身量修直挺拔,形容微瘦,细长眉眼,双目深邃,一袭紫袍与永定侯持平而站,颇具风仪。永定侯年岁较唐总督要年轻一些,五皇子在帝都是见过永定侯的,以往端凝儒雅的侯爵,如今鬓间亦生了几缕霜色,五皇子不由得心下暗叹,好在永定侯面容坚毅,精神尚好。二人带头同五皇子见礼,头一遭相见,礼数自是不能差的。五皇子颇有威仪,待一群人呼啦啦地行礼后方道:"诸位不必多礼。本王就藩,有劳诸位相迎,唐总督、永定侯与本王同乘如何?"

二人自然是愿意的,只是还得先客气一回:"微臣岂敢与殿下同驾。"

五皇子再行相邀,二人就客气恭敬地跟着五皇子上车了。原本五皇子是与妻子一个车驾的,两人说话比较方便,入闽地前,谢莫如就去了自己车上。五皇子邀二人同乘,一则以示亲近,二则也是给二人一颗定心丸吃。其实两人都是高官显爵消息灵通之人,哪能不知道五皇子在御前替他们求情,力保他们的事呢。

五皇子也没什么废话,直接就问了闽地现在的局势。唐总督道:"闽境安稳。"永定侯道:"老臣无能,余下海军已悉数退归岸上,沿岸封锁,未再有海寇来犯。"

五皇子点点头,问:"闽地现在还有多少兵马?"

唐总督与永定侯都以为五皇子问兵马是想要出战,均心下有些发悬,想着刚刚大败,海军葬送,这可不是打仗的好时机。暂且将五皇子的心意放在一旁,永定侯主管训练海军,听此问不由得羞惭:"海军还剩两千七百余人。"

五皇子不动声色,这个他早在永定侯的战报中知道的,他倒不是有意让永定侯难堪,但也没太顾及永定侯的颜面,毕竟败了就是败了。唐总督道:"各守城兵马,加上闽地驻军,有五万人左右。"

唐总督又添了一句,道:"如今防守调度,多得侯爷相助。"他文官出身,并非亲贵系官员,但这时候能替永定侯说话,想来二人如今关系是不差的。

永定侯躬身跪地请罪道:"臣奉命练兵,不想一败涂地,留得此身,只想继续报效朝廷,将功赎罪。臣本武将,能有益于百姓,是臣的本分。"

五皇子道:"海军之事,本王已知。自来打仗,哪里有常胜将军呢?海匪时常骚扰闽境,本王亦深知,当初朝廷命侯爷练海军,用意就在于此。我不说宽慰侯爷的话了,想来那些话侯爷听得也多了,我只说一句,若觉侯爷无用,当初在父皇面前,我就不会力保侯爷。"五皇子还不大适应自己藩王的身份,说着说着就是"我"了。

永定侯沉声道:"臣必性命以报陛下与殿下大恩。"

五皇子伸手虚扶一把,唐总督见状忙扶起永定侯。待二人坐定,五皇子对唐总督亦道:"唐大人也是如此,只管安心当差,辅助本王将闽地治理好。先时的事,既已过去,就过去吧。想要弥补,后头把差使当好,还百姓一个安宁闽地就是将功补过了。"

二人感受到五皇子的善意,皆沉声应了。

五皇子这来得匆忙,估计闽地没空给他建王府,又问起自己的住所,唐总督道:"臣已将总督府腾出,殿下暂且将就。闻知殿下要来就藩,殿下府邸已在营建中。"

五皇子道:"按制建就好,切不可奢靡。"

接下来,五皇子就说了些帝都琐事,譬如筑书楼大典,这是五皇子主持的,也是一件盛事。大家说些闲话,中间还在延平州住了一夜,第三日方到闽安州总督府。

总督府收拾得相当不错,初到闽地,五皇子带来的人不少,大家也累了,五皇子与唐总督、永定侯说了几句话,便令长史官相送,明日再过来一道议事。

谢莫如这里也要安排各院落,好在总督府不小,而她家的女眷也不太多,所以,侧妃们仍是每人一个院子,除了昕姐儿与六郎在正院的东西跨院安置,大郎几个仍是随自己母亲居住。难做安排的是男人们,女人无非是内院的事,谢莫如压得住场子,随手指派了住处,没人敢说个"不"字。男人们这里,因是身份不同,还有带着官职的,就要格外慎重。

谢莫如在车上就想好了,先留出两套最好的院子,这是不能动的,留给未来的藩王相傅的,接着就是张长史、薛长史。长史分左右,张长史是跟着五皇子的老人了,薛长史是五皇子从礼部挖来的。按资历,张长史为左长史,薛长史为右长史。长史之后是藩王中尉官,这位中尉官就是五皇子的五千亲卫将军,姓陈,是穆元帝安排的。李九江做了郎中令,柳扶风为治书,另外还有典仪、郎中、太医等人,这些都是藩王府编制内的属官。

所以,甭看五皇子这里算是个冷灶,而且是来闽地收拾烂摊子的,不过,藩王该有的也都有了。而且,烧冷灶还有个好处,如李九江、柳扶风等,直接就有了官职,竞争力小,当然,两人本身的才学也是很不错的。

这是大大小小的属官安排,另外如谢芝、谢云、谢远,这是亲戚,就不好同属官们混住一起。再有崔家子弟,这是过来帮永定侯的,干脆给他们一套大院同住。另外,江北岭荐

的几位大儒先生,也不能怠慢。

这一套安排下来,一个总督府都有些住不开,幸而唐总督虑在前头,连总督府旁边的几家宅子也清空了,这般才堪堪安排妥当。

好在谢莫如只管分派,各人安置自有章程。她与五皇子梳洗后换了衣衫,谢莫如道:"闽地果然地气暖些,这会儿帝都的树叶子都要掉光了,闽地的树还是绿的。"

五皇子只觉着不大舒适,道:"阴冷阴冷的,又潮又湿。"

谢莫如拉过他右腕摸了摸,问:"是不是又不舒服了?"五皇子的手腕一直没大好,刮风下雨的都会有影响。

五皇子道:"有些酸,倒也不碍事。"这几年他把左手练得,比右手都灵活。

谢莫如命紫藤取出虎骨泡的药酒,给五皇子揉了一回,还道:"怎么不早说?"

五皇子不是个娇气人,且一路事忙,哪里有个空闲的时候,他也没太在意,道:"没什么大碍。"

"不舒坦就应该说的,有大碍就晚了。"谢莫如嗔一句,一直揉到五皇子腕间发烫,方罢了手,道:"闽地潮湿,孩子们也得小心着些,咱们先用饭,用过饭叫来太医问一问,远道而来,我就担心孩子们水土不服。"

五皇子道:"刚来闽地,不好叫太医。"

谢莫如道:"这不是为了孩子嘛,再说,咱自家地盘自家太医,谁爱揣度谁揣度。"

五皇子便不再多说了。

一路过来,颇有些新奇吃食,不过,谢莫如素来细致,怕孩子们不适应,故而饭桌上顶多摆一两道新鲜东西,让孩子们慢慢适应。晚饭时,谢莫如尤其叮嘱紫藤一句:"这头一天到,虽不至于乱,到底有些忙的。厨下多看着些,各处的饭菜,必要热时放保温的食盒里送去,万不能冷了。再与下头人说,这些天都劳累了,这月加一个月的月钱。"

紫藤领命去了。

一家子在一处用饭,二郎是个好吃的,又正是好问的年纪,遇着好吃的还问:"母亲,这叫什么?很好吃。"

谢莫如晚上多是食素的,二郎有问,她便夹了一筷子,见此物雪白如玉,吃起来鲜润异常,笑:"该是闽地的名菜西施舌吧。"

五皇子一家子用饭,因有两样新鲜菜色,故而主厨是在外厅候着的。听到谢莫如此言,主厨就知自家王妃是极懂行的,躬身道:"娘娘明断,正是西施舌。"

二郎吓一跳,他已经开蒙,平日里听先生和谢莫如教导,也知道西施是个美女,一听是美人的舌头,顿时吓得不轻。谢莫如笑:"就是个名字,这该是海里的一种贝类烧的菜。我们来得巧,据说这种贝就是冬天最肥,过了正月就逐渐不见了。"

二郎这才放心继续吃了,五皇子瞧着儿子吃相好,心下亦是喜悦。他自幼在宫里长大,宫中规矩繁多不说,小时候同母妃一起住还好。待略大些分了自己的院子,给皇子的供奉自然是好的,也不会有人敢怠慢他,但饭菜送到时,总有些温凉不盏。是故,五皇子对自家孩子们的饭食就格外上心。

一家人用过饭,因二郎赞了这主厨的菜,谢莫如赏了主厨十两银子。

主厨恭恭敬敬地接赏告退。

谢莫如命人宣了太医过来,给五皇子看过手腕,又给孩子们都瞧了瞧。王府家的孩子们瞧太医不是什么新鲜事,三天一次平安脉,人人都要看,孩子们都乖乖给太医看了。太医姓程,也是胡子花白的年岁了,程太医笑道:"小殿下和小郡主都很好,殿下这里,闽地潮湿,会有些不适,臣也预备着,一会儿煮好汤药,殿下泡一泡,三日用一次虎骨酒。"

谢莫如认真听了,笑问:"程太医可用过饭了?"

程太医道:"臣已用过了,晚上用些滚汤滚水的,格外舒坦。"这一路行来,饭食再没有不称心的。程太医时常出入宫闱,也知做到这一点并不容易,且他人老经事,纵使对谢莫如不大了解,也知五皇子府在事务安排上不同寻常,必有能人主持。

谢莫如道:"闽地潮湿,要觉天冷,晚上让丫鬟备几个汤婆子。薛长史有了年岁,柳治书身子骨不大结实,就劳你绕道过去也一并给瞧瞧,用什么药,只管去药库那里取,倘是有什么药没有,只管过来同我说。"

程太医应一声"是",想着王妃真是个周全人哪。

程太医躬身退下,五皇子道:"还是你想得周全。"

谢莫如笑:"这些琐事,原是我分内的,殿下腕上用过药,再去找他们商议事情吧。"明日要正式接见藩地各州府官员,今天当然要跟属官们碰个头。甭以为藩王这差使好干,你纵使帝都来的强龙,当地的地头蛇也得掂一掂你的分量。

当然,自来官员不得在祖籍为官,这是官场明例,所以,总督、巡抚、知府等,都是外任,算不上地头蛇。但,如果这样就以为他们与藩王一条心,那就是发梦了。

便是谢莫如,也得准备接见各官属女眷了。

所以,自己人这里的心,当然更得拢齐了。

五皇子第二日正式见地方官,文官以苏巡抚为首,苏巡抚之下是周按察使,接着是闽地的六位知府,再有文学政等人。武官以唐总督为首,永定侯次之,接下来是昭武将军、安远将军、广威将军,这三位是闽地驻军的将领。广威将军之下是海军的李将军和王将军,这两人品阶也不低,均是正四品,只是现在海军存者不至三千,有将无兵,将也有些憔悴。

五皇子先宣读了穆元帝的圣旨,穆元帝对海军之败非常生气,基本上除了昭武将军守城有功外,诸多官员都受到训斥,另外就是朝廷对于闽地军政听五皇子吩咐的事了。

255

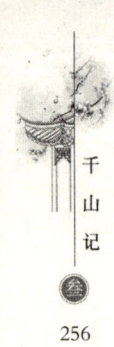

大家听了圣旨,起身入座后不免再说几句请罪的话,但唐总督与永定侯还是很稳得住的,主要是五皇子早给了他们准话。

五皇子也表示了自己对于海匪的愤慨,沉声道:"本王早晚要将海匪涤荡一空,还海境清宁。"

唐总督道:"殿下英明,臣亦做此想。只是将要入冬,此时并非战时。再者,兵者,定要慎重方好。"唐总督是不主张再出战的。

永定侯没说话,苏巡抚道:"守境无忧,但要海战,天时地利皆不及海匪,殿下慎重方好。"

周按察使是文官,他道:"兵事臣不大懂,只怕擅自说话误了殿下。"对战事不做评论,不过,周按察使也有话说,"先时为抗海匪,沿岸百姓都往境内迁移,如今不打仗了,这些百姓如何安置,还请殿下明示。"

五皇子问:"这事怎么说?"

永定侯道:"当初也是为了海境百姓的安危,方令百姓内迁。如今海线虽不打仗了,但海匪未靖,随时都可能再上岸抢掠,为保百姓安然,臣以为当在境内安置百姓,不令百姓再回到危机四伏的海岸居住。"

周按察使道:"那些海民,平日都是依靠大海为生,乍然迁至境内,以何为生计?"

永定侯道:"朝廷可赐予田地耕种。"

周按察使叹:"侯爷未去过海民安置处,那些海民,无时不盼着回家呢。何况,闽地多山地,少平原,哪里还有地方安置海民?"

永定侯仍是铁着一张脸:"一日海匪未靖,一日不可令海民涉险。"

周按察使气道:"侯爷若有本事,当靖平海域,而不是因惧于海匪,而令百姓离乡!难道人怕被噎死,就不吃饭了吗?"

永定侯冷着脸不说话。

唐总督道:"二位都消消气,殿下刚来,你们就这样吵个没完。都是为了百姓着想,咱们再商议就是。"

周按察使正在气头上,总督的面子也顾不得了,怒道:"商议商议,天天商议,诸位大人倒是拿出个主意来!给百姓一个安身立命之地!"

吵成这样,五皇子还耐着性子问:"那依周大人的意思呢?"

周按察使道:"回迁百姓,重建海军!"

上位者第一要诀就是得稳得住,不能被当场的情绪所操纵。五皇子又不是头一天当差,于是,他继续问:"唐总督、苏巡抚说呢?"

唐总督道:"回迁百姓吧,老臣又担心海匪生事;可若不回迁百姓,五六万百姓得有个安置的地方才行。"

这话说了等于没说,五皇子问:"现在百姓是如何安置的?"

一般总督掌军政,巡抚管民事,所以,这事苏巡抚是清楚的。刚才周按察使与永定侯吵翻天,也不见苏巡抚说句话,当然,苏家人除了苏不语是个爱絮叨的,据说其他男人都是寡言的性子。五皇子点名,苏巡抚方道:"臣将海民分散安置到各县人家之中,接受海民安置,可酌情减免赋税,另外有愿意雇用海民的店铺,税赋上也有优惠。另外,海民也可山地开荒,开一亩朝廷给一亩,开十亩,十亩都是他的。而且,开荒田地,五年之内不纳税,十年之内半税,之后全税,全税之后,土地也是按三等山地来算税捐。再有种桑养蚕纺织的妇人,也有官府嘉奖。"

五皇子微微颔首,道:"这安排倒也妥当。海民日子可还过得?收留海民的各县治安如何?"

苏巡抚道:"只要勤劳肯干的,日子都还过得。长乐县有过三起打架的事,闽清县有两起斗殴。"

五皇子道:"本王初到,这是第二天,周大人说的事,本王知道了,都是为了百姓着想。你们既然商量不出个主意来,本王就帮着拿个主意。"

五皇子这话一落,诸人都看向五皇子。五皇子道:"此事事关上万百姓,这主意不好轻率,本王也得慎重。不过,你们也别急,一月为期,如何?"

诸人齐道:"听殿下吩咐。"

除了这件事,五皇子问是否还有难解决的事,倒没人再说了。五皇子笑:"那好,明日本王设宴,你们都过来,也见一见本王府中属官。以后一起处事,少不得相见的。"发出酒宴邀约后,五皇子第一次与地方官的见面就结束了。

五皇子留下了朱雁和谢槿,对他们说:"去后面见一见王妃。"

能被五皇子召见的,最低也得是个知府,都是机灵人,一听这话,就知道这二位怕是王妃的亲戚了。

谢莫如还帮着朱家给朱雁捎带了些东西过来,朱雁恭敬地收了。谢槿虽是谢莫如的堂叔,一则二人年岁相差较大,二则谢槿一直外任,这还是与谢莫如头一遭相见。谢莫如并不是太热络的性子,但亲人之间说话,太客气总不好,谢莫如道:"堂叔怎么没带堂婶一道过来?"

谢槿道:"娘娘与殿下就藩,臣不好张狂,必要谨慎,方不给娘娘丢脸。"

谢莫如笑:"堂叔的心是对的,这次来的大人们也多,只是下次必要带堂婶一道过来才好。"又问谢槿家里儿女可好,还备了给谢槿儿女的礼物。谢槿颇有些受宠若惊。

然后,谢莫如就叫了谢芝、谢云、谢远出来与谢槿相见,留谢槿在总督府客院住了一夜,让谢芝等好生与谢槿说说话,倘是在她面前,怕他们放不开说。

待谢槿去了,谢莫如问朱雁:"现在闽地如何?"

257

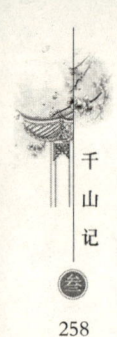

谢莫如当头一问,朱雁心说,我也算你亲戚呢,这待遇差别也忒明显。朱雁正色道:"娘娘放心,现下全境安稳。"

谢莫如微微点头,并未再问什么。

朱雁摸不着谢莫如的心思,恭谨地站了一时。谢莫如道:"明日是王府设宴请当地官员,后日我想请一请当地有名望的士绅,你给我拟个名单出来。"

朱雁恭谨地应了,谢莫如道:"有劳了。"

朱雁忙道:"咱们至亲骨肉,再者,娘娘信我,我是知道的。"

谢莫如淡淡道:"我信你,你不一定信我。我知道,我不问你。去吧。"

朱雁是闽安州知府,城内自有府邸,他自认历练多年,并非无能之辈,但每每总给谢莫如闹得心惊肉跳。朱雁又心惊肉跳地退下。

五皇子自里头出来,谢莫如笑:"吓他一吓。"

五皇子与妻子说了海民是否回迁的事,五皇子一时也没个主意,不过,若这样就被闽地官员难住,他就白当这些年的差了。五皇子与谢莫如道:"耳听为虚,眼见为实。我想着,什么时候去看看那些海民,看他们日子过得如何。"

谢莫如笑:"不如全境巡视。"

五皇子深以为然,道:"你与我一道。"

五皇子虽有全境巡视之意,一时也不能成行。

王府的宴会在第三天举行,官场就是如此,说完了正事,总要有酒宴联系感情。

五皇子把属官们也叫出来,让双方认识一二。大家对五皇子府属官的感觉是,好年轻啊。除了薛白鹤薛长史的年岁与唐总督相仿外,李九江和柳扶风不过而立之年,就是陈中尉,也未至不惑。

大家这会儿说起话来,也无非是说一说闽地风土人情。当然,属官们虽然没有各地方官员的实权,不过,他们离五皇子亲近,五皇子又是今上的亲儿子。再者,官场之上,大家头脑正常,所以,酒宴进行得颇为融洽。

谢莫如在内宅招待闽州城内的官员眷属,如唐总督的太太唐夫人、苏巡抚的太太苏夫人,还有昭武将军府的刘太太、安远将军府的赵太太、广威将军府的宋太太,另外还有按察使家周太太、学政府的文太太,基本上就是这些人了。还有官职太低的,暂且到不了谢莫如面前。

谢莫如还问唐太太:"你祖上可是与唐神仙有关?"

唐太太笑:"我们祖上算来是旁系了,二十世老祖宗是唐神仙的同父弟弟。"

谢莫如笑:"这样说来,与永安侯一系不是外处。"

唐太太笑:"祖上有些渊源。"

唐李两家的关联能追溯到几百年前了,两家并无血缘关系,但委实渊源不浅。这能到闽地为官的还真没有一个没背景的,谢莫如笑:"唐家在大凤朝时就是清贵书香之家,唐总督当年也是一榜探花,我记得那一届是先帝主考,算来是先帝门生哪。"

唐太太连忙谦虚:"娘娘过誉了。"

接着,谢莫如又说起苏夫人,道:"早听苏才子说起过他的两位兄长,夫人还是头一遭见,听说夫人出身徽州文氏……"谢莫如问文太太:"我记得文学政也是徽州人吧?"

文太太笑:"我家大人与苏妹妹是同族兄妹。"

谢莫如笑:"委实是巧。"

然后又说到武官,昭武将军府的刘太太,谢莫如便道:"听说此次海匪扰边,刘将军悍不畏死,委实令人佩服。刘将军祖上就是先帝的先锋官,因功赐昭武将军一爵,这也算有其祖必有其孙了。"又夸昭武将军,"未堕祖上英名。"

安远将军府的赵太太,这位是赵国公的族人。谢莫如道:"赵国公府原就是武将赐爵,不愧将门之后。"

广威将军府的宋太太,谢莫如道:"当年西宁关宋大将军也是姓宋。"

宋太太笑:"我们是渝州宋氏,宋大将军是闽州宋氏,两家原本祖上也是一家,只是后来分了宗祠,但说来也不是外人。"

谢莫如道:"宋大将军的女儿与我是至交,她同我一道来了闽地,有时间你们只管多走动,到底不算外处。"

宋太太叹:"昔年宋大将军过身,我家将军很是惋叹,只是我们离得太远,未能亲去以表哀思。江姑娘有娘娘照顾,也是江姑娘的缘法与福分。"

谢莫如最后说的是按察使周夫人,周夫人娘家姓吴,谢莫如笑:"我娘家弟弟定的就是吴国公幺女,我与夫人委实不算外人。"

周夫人是吴国公府庶女出身,但这年头,甭管嫡庶,都得认嫡母为母。谢莫如这样一提,周夫人既惊且喜,笑道:"我们离得远了,也不知这样的喜讯。娘娘的兄弟,定是极好的。我家小妹,也是难得的淑女。这可真是天作之合了。"

大家就说起谢王妃娘家兄弟的喜事来,主要是,大家彼此都明白了,谢王妃对她们可不算一无所知,而且谢莫如这一番名点下来,大家还觉着,哎哟,咱们与谢王妃或多或少也都有些关系啊。而论出身论地位,谢王妃都是一等一的。

谢莫如主要说些帝都事,闽地相较帝都,委实是个乡下地方,大家说些帝都流行花色与珍宝首饰啥的,也挺热闹。

官场之中没外人。

不管怎么东拉西扯的,总能扯上些关系。

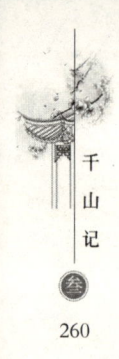

宴会热闹了大半日,还欣赏了谢莫如从帝都带来的歌舞伎乐表演,这些与谢莫如无干,都是江行云调理的。江行云在这上头颇有天分,人人都说帝都出来的,就是气派不凡。

当然,也不无人家在拍马屁的嫌疑。

待到宴会散去,诸人告辞。谢樘是一地知府,不好多留,该说的话早与五皇子说了,又叮嘱了谢芝几人几句,辞了总督和巡抚后,回了泉州。各官员将军也回了自己驻地。

朱雁以为谢莫如接下来就是要宴请闽安州有名望的乡绅,谁晓得谢莫如没啥动静了。她与五皇子先去看了看正在营建中的藩王府,藩王府这里还是半工地,一些半旧房舍还未拆过多。不过藩王府自有规制,说句老实话,比帝都的王府宽敞得多,也更加气派。

唐总督介绍:"这里原是前朝闽侯府的地方,前朝不修德政而亡,臣特意找人看过,此地后枕碧山,前有绿水,左右龙虎相卫,风水上看是山环水抱的上上等风水。"

"闽侯?"五皇子道,"不就是前英国公方家吗?"

唐总督有些尴尬,谢莫如颇为善解人意,道:"唐大人不必顾忌,要说这里,还真就是殿下与我能住得。"

唐总督解释道:"殿下府邸必要建于闽安城中轴方是气派,再从这条线上看,必是此地风水最佳。"唐总督也为难,藩王府占地至少两百亩,但在闽安城中找这么块地委实不易。方家以前是闽地大族,后来抄家灭族,这块地皮上的宅子各卖了出去,但前英国府的老宅不知因何故却保留了下来。地方得大,风水得好,就是这里了。

五皇子道:"这也不只是以前方家的府邸吧?"

唐总督道:"附近的人家也搬迁了一些。"

五皇子问:"王府何时建好?"

身边就有营建司的官员,五皇子有问,那官员道:"王府规制,木材、砖瓦、琉璃都要现预备,再有工匠役夫,皆用熟手,也要三年方大成。"

谢莫如道:"昔年宇文恺建长安城,不过一年时间。如今不过一王府,要三年才能建好?"

那官员立刻臊红了脸,躬身道:"微臣无能。"

谢莫如道:"先把烧制琉璃的活儿停了,我不喜欢琉璃这种娇贵的东西。"

唐总督都不敢说话了。谢莫如道:"李先生、许大人,你们看一看,尽快给我图样子。"李先生并不是李九江,而是以前给谢莫如画南山图样子的老先生,原是在内务司任职,给五皇子带到藩地来。至于许大人,也是五皇子修缮别宫时用惯的内务司郎中,此次就藩,一并带了来。谢莫如又对那营建司的官员道:"王府的规制是对的,但此一时彼一时,没那个水磨工夫建王府。殿下与唐总督只管去办大事,这王府的事我来接手。"

五皇子道:"这也好。他们不晓得咱们的脾性,你瞧着些,还是把王府尽快建好,不好总占着总督府。"

唐总督心说,你们夫妻一白脸一黑脸真是绝了,忙道:"都是臣行事不周。"

五皇子温言宽慰:"本王就藩也急了些,藩王府现建,你们自然样样按着规制来,生怕急慢本王。这是你们的忠心,何来不周?待相处熟了,邺城你就知道本王的性子了。"唐总督老家邺城,按当时风俗,如唐总督这样的高官,也可用其祖籍来称呼的。

唐总督唯唯,五皇子又安慰了那营建司小官,问其名姓,得知是姓齐的,五皇子笑:"你有不明白的,只管听王妃的吩咐,王妃在帝都建宅院,不过三月,二十处四进宅院便可得了。"

唐总督倒是知道五皇子在帝都做过修缮别宫的差使,至于谢莫如建宅院的事便不知了,唐总督心道,还是离帝都太远,消息难免不灵通。至于谢莫如挑刺的事,唐总督倒是心下坦然,他为官多年,新官上任还有三把火呢,何况是一地藩王。再说,谢王妃脾气大,早就有名的,据说谢王妃发作起来慈恩宫的面子也能拂了去,唐总督不会以为自己的脸面比慈恩宫还大。

谢王妃气派大,也难怪王爷这般善解人意了。唐总督心下嘀咕。

谢莫如自此接手建造王府的事,她与江行云一道料理。广威将军府宋太太打发人送了东西给江行云,江行云亦有回礼,宋太太又打发人来接江行云过去说话,江行云也去了。

江行云把着藩王府营建的质量关,而且,此地是方氏旧宅,说不得有什么密道密室之类,谢莫如不喜欢这些,均令填平拆建,再有从中挖出什么东西,直接当地焚毁。

这些事,谢莫如就做了主,五皇子也没说什么。他在给他皇爹写到闽地的第一封信,包括一些沿路见闻,谢莫如看那信的厚度,打趣:"殿下这家信写得,可以成书了。"

五皇子搁了笔,笑:"偶尔就记下几笔,积到现在也就多了。父皇虽享江山万里,所知皆是朝臣所奏,此次是我亲闻亲见,也好写给父皇知晓。"

谢莫如道:"莫总说这些无趣的政事,写一些孩子们的事,给母妃捎去,母妃方欢喜呢。"

"你说的是。"五皇子重摊开素笺,又开始给苏妃写信,五皇子写了几句道,"你也给母妃写一封呢,到时一并捎去。"

"我早写好了。"

五皇子一笑,继续写信。待五皇子的信写好,装进信袋,谢莫如才与五皇子说起正事:"行云的祖籍亦在闽地,说来这些年,她还是头一遭回祖籍。"

五皇子道:"当年宋老将军追随先帝转战天下,后来驻守西宁关,过世后随葬先帝陵。我听说,宋大将军是在西宁关长大,想来也未回过祖籍。宋家可还有什么人吗?"

谢莫如道:"就行云一个了。她家祖宅,还有些老家人看守,听她说,倒还住得人。我想着,总要修一修才好住人的。"

"你抽出些人先给她把祖宅修一修吧。"想到宋家无后,只余这一个孤女,虽然江行云不是个需要可怜的,只看她父祖之功,也要多照看些才好呢。五皇子沉吟片刻,又问:"这头一遭回祖籍,宋家也没别人了,该给宋老将军父子做场法事才好。"

谢莫如道:"是啊。"

五皇子道:"宋家父子两代都对朝廷有功,让灵台郎择个吉日,你预备些奠仪,让江姑娘给祖上做场法事吧。咱们也去祭一祭宋家两位将军。"

谢莫如应了,转天与江行云说了此事,江行云客气:"如何敢当?"

谢莫如道:"如何就当不得?"

江行云便不再推托,于是,五皇子来闽地的第一件事就是祭了宋老将军、宋大将军父子。五皇子一出头,闽安州四品以上的官员都跟着去了。政客做事,目的自然并不单一。五皇子给宋家这个面子,不只是江行云与他媳妇相近,也不只是宋家父子两代人都于国有功的缘故,还有此时闽地战败的原因在里头。再有一个五皇子不想说出口的缘由,五皇子始终觉着,当初他大哥欲纳江行云为侧室的事,做得委实不大地道。要人家江行云愿意,这没的说,你情我愿的,江行云的出身也配得上四品侧妃之位。可人家不愿意,他大哥还非要这般,闹得人家江行云入了道门,一把年纪也成不了亲。五皇子想想,就觉着他大哥作孽,哪怕去街上强抢民女,也不好这样对待功臣之后的。

所以,五皇子在心里对宋家是有一分愧意的。

总之,种种原因促成了宋家这场法事。

祭完了宋家父子两代将军,五皇子对永定侯道:"前番虽战败,那些将士也是为家国抛却性命,不能令他们魂归家乡,也要立碑以记。"

永定侯眼眶微红,沉声道:"王爷恩典,老臣这里有战亡将士的名单。"

五皇子道:"你把这名单给我,建藩王府的事且不急,先把这纪念战亡将士的碑亭建了。你且放心,本王决不会让这些将士白白葬送,咱们还有讨还的机会。"

永定侯道:"如何敢耽搁王府建造?"

五皇子摆摆手,示意无妨,问广威将军宋将军:"你麾下可有将士战亡?"

宋将军道:"臣麾下将士主要驻守闽安城,未有伤亡。昭武将军麾下战亡千余人。"

昭武将军不在闽安城,五皇子对李九江道:"给刘昭武发谕,让他将战亡将士的名单递上来,一并立碑以记。"

唐总督感叹:"王爷仁心仁意,真乃将士之福。"

五皇子本想巡视全境,思量之后又觉尚不是时机,还有海民回迁之事,五皇子命柳扶风过去调查,他与永定侯亲自安排起给阵亡将军造碑纪念的事来。五皇子于此事分外郑重,连带择址用料都一一过问,纪念碑的石料就是自建藩王府的汉白玉里选的上等石材,还尤其让灵台郎卜算了破土动工的吉日。五皇子写了悼文,至于立此碑的人,五皇子十分大方地将唐总督、苏巡抚等人都算上了。

而且,五皇子做事有个好处,效率高,就像当初他奉命给他皇爹修缮别宫,既快又好,一点儿不磨叽。所以在穆元帝心里,这个五儿子是个能做事的。此次建碑亭亦是如此,宁可把建藩王府的事撂下,也要先建碑亭,不过十来天,碑亭就建好了。

趁热打好了铁,五皇子又是一场祭奠。

一向寡言的苏巡抚都说:"殿下有仁心。"

唐总督道:"得殿下分封闽地,是闽地的福分,更是咱们的福分。"

朱雁心下暗道,借此立碑之心,起码五皇子先收了永定侯一系的心,余下的将士有限,只有两千余人。五皇子此举,当真是高明至极。

明眼人都知道,五皇子开始收拢人心了。

这很正常。而且,地方官也并不反感。毕竟,五皇子收拢人心干的都是好事。如今吏治尚可,有这么位成天想着民生建设的藩王,对于地方官而言并非坏事。

何况,他们是流水的官,五皇子却是铁打的藩王,不出意外的话,闽地非但是五皇子的封地,以后五皇子的子子孙孙们也要住这里的。这江山是人老穆家的江山,闽地是五皇子的地盘,五皇子又不是个昏聩人,自然要好生经营闽地的。

谢王妃虽然气派足了些,做的却都是贤良王妃的分内事。在帝都,她每年冬天都设粥棚施粥,如今到了闽地,也是一样。王妃都这样了,余下有些体面的人家自然有样学样,只是还得控制施粥规模,不敢越过王妃去。

朱雁以为谢莫如不会再举行的宴请当地士绅的宴会,在进入腊月的时候举行了。

朱雁给谢莫如的名单很是中肯,名单上的人都是闽安州有名望的书香人家,余家亦在其间。余谢两家是正经亲家,早在谢莫如与五皇子到闽安州的第一天,余家就递了帖子请安,不久后就往王府递帖子亲自过来拜见。

来的是余家族长太太,余大太太。

余大太太年岁比谢姑太太略长些,出身闽安州齐氏家族。余大太太与谢姑太太是嫡亲妯娌,两人都不是傻的,余大太太是族长嫡系,谢姑太太嫁的虽是二房,余姑丈也是嫡出,本就亲近。而且,两人娘家,齐家是闽安州的经世家族,谢家在帝都也算中上人家,何况谢姑太太的嫡亲兄长为一部尚书,正经实权高官。妯娌二人关系不差,故而,余大太太说起话来也是恭敬中透出亲近,道:"说来娘娘到的第一天我就该来的,只是想着那时娘娘千头万绪,且一路上车马劳顿,故而不敢轻扰。所以,直到现在才过来给娘娘请安,还请娘娘恕怠慢之罪。"

谢莫如笑:"早就见了亲家太太的帖子,又何罪之有?在帝都时亦听姑祖母说起过亲家太太,我们这一就藩,以后就长长久久地在闽安了,咱们来往的时候啊,多着呢。"

余大太太一听这"亲家太太"的称呼就轻松了些,笑道:"可不是嘛,自从知道娘娘与殿下分封在闽地,我们无一日不盼着娘娘与殿下早日过来呢。"这话绝对是实话,余家长房未曾出仕,二房显赫明显胜过长房。不过长房会做人,两兄弟情分深厚。余家与谢家正经亲戚,谢莫如是闽王妃,不说什么借王府的光,就是本身这关系也能唬住不少人的。余大太太知道怎么拉关系,先是问候了谢莫如在闽地的生活,说了些闽安城的境况,接着就说起在帝都的余帆余瑶兄妹来。

谢莫如不论对余帆余瑶兄妹,还是对在北昌府的余姑丈谢姑太太夫妇,都有所了解。余大太太这把年岁,本身能做家族宗妇,自身素质也是不差的,寥寥数语也知道谢莫如与二房关系是真的不错。余大太太十分欢喜,二房妯娌是谢王妃嫡亲的姑祖母,最亲近不过的血亲,余大太太就盼着她们亲近才好。

要来之前,余大太太是心里打鼓的,倒不是她消息灵通知道谢莫如在帝都的名声,主要是她娘家族弟在总督府任职,说起过谢莫如。听说总督大人在谢王妃面前都是战战兢兢的,谢王妃一说话,五殿下都不敢高声。余大太太是个素质中上的大家主妇,论地位远不能与谢莫如比的,虽说两家是亲戚,但倘若谢莫如哪里不顺意发作几句,她除了听着,还是听着。如今说起话来,倒觉着谢莫如是挺和气的人。

两人说着话,气氛极好,谢莫如就同余大太太打听了:"亲家太太娘家姓齐,营建司倒是也有位齐大人,不知亲家太太可认得?"

余大太太笑:"我有位娘家堂弟,在营建司当差。要是我没想错,娘娘说的该是我这位堂弟,他现在就管着藩王府营造的事。"

谢莫如淡淡一句:"倒是见过。"

余大太太十分恳切:"他是个憨人,原本叔叔家是想他科举的,他偏爱木匠机巧、房屋建造,我娘家叔婶也没了法子,只得随他了。"

谢莫如微微颔首,并未多言。余大太太见谢莫如不再多说,她自然不会不识趣地再提自己娘家堂弟。

总之,这就是一个普通的亲戚初次见面的寒暄。谢莫如的亲切在一定的范围内,不过,谢莫如能抽出时间来见一见余大太太,也足以说明对余家的好感了。

而这次谢莫如宴请闽安州的士绅女眷,自然还会有余大太太的一份请柬。

在帝都城时,谢莫如府上也会有这样的茶话会,她们诸妯娌公主都是轮流做东的。一般这个时候,江行云鲜少过去。此次在闽安府,五皇子刚祭奠过江行云父祖,自来身份都是互相抬举的,江行云也乐得出席。再说,就是没有政治考量,她本就与谢莫如交好,谢莫如需要她出席的话,她一样会答应。

江行云就坐在谢莫如左下首,一道与诸家太太寒暄。闽安州里,有些年头有些历史有些名声的也就是余张徐齐四家。余家就是谢姑太太的婆家,余大太太先前就见过,谢莫如也略知一二。张家在闽安城也有些年头了,子弟一直念书的,前朝出过侍郎,现在张家三老爷在外头任着知府,并不是什么高官,但在闽安州也是数得着的人家了。连张嬷嬷知道张家的历史后都觉着不可思议,道:"这就算有名望的人家了?"祖上最大官不过侍郎,如今家族子弟最高官职是知府,这让一直在尚书府当差,后跟着谢莫如到王府的张嬷嬷都有些觉着,这闽地果然无甚人才啊!其实是张嬷嬷想左了,帝都朝廷拢共才有六位尚书,算起来一个省也摊不上一个啊。张嬷嬷虽是下人,但因为当差的主家显贵,故而眼界颇高。

倒是齐家,如今有些落败,如营建司的齐大人就是齐家子弟,他家家族最出息的子弟就是外头任同知的一位齐四爷,据说是家族的明日之星。但因为齐家祖上前朝是有过爵位的,在张嬷嬷看来,倒比连祖上都没显贵过的张家强。

至于徐家,商贾之家,徐家族长捐了个五品职,竟能与士绅之家的太太同列,张嬷嬷更觉大开眼界。不过,张嬷嬷对自家王妃的眼光还是放心的,因为谢莫如根本没给徐家发帖子,转而请了闽安州官办书院的冯山长太太冯太太。

与这些人,就不必行宴了,无非是尝尝闽州本地的茶,说一说闽地风土人情,最后表达一下对书香之家的赞赏,尤其谢莫如说:"王爷对有学识的大儒最是崇敬,在帝都时,北岭先生的闻道堂就是王爷奉御命亲自操持的,此次过来就藩,虽不能请北岭先生亲至,也特意请了几位北岭先生的高徒一并过来闽地,以利教化。诸位皆是书香之家出身,族中但有向学子弟,皆可过来请教。就是冯太太,我听说你们山长的学问亦是极好的,都是有学识的大儒,多可切磋,以兴文道。"

谢莫如很了解人心,这些人家论家世,很难说得上显赫了,只能在小小闽地称雄,在谢莫如面前说家世更只有自卑的份。而谢莫如也没有在这些人面前一览众山小的意思,所以,就要有个好的话题。没能说家世,更不好说财富的,这更玷污了书香的清白,所以就得说文化。

家世没落怕啥,咱书香出身啊!家境清苦怕啥,咱书香出身啊!爵低职微怕啥,咱书香出身啊!

基本上,谢莫如就是这么个意思,这么个茶话会下来,几家太太仍是恭恭敬敬的模样,心里却觉着,闽王妃不愧是书香出身,果然有见识,不是那等浅薄人。

当然,气派也是极气派的。

谢莫如天生气场,也是没法子的事。

谢莫如让江行云一并参加茶话会,自然是有其用意的,谢莫如想摸一摸闽安州的底,但她身份太高，等闲人真巴结不到她跟前来。就譬如徐家，据说是闽地首富，但身份之天差地别不说，加上徐家是大皇子的人，谢莫如还不想见他们。

江行云就不一样了，江行云与谢莫如十几年的交情，再加上江行云出身是有的，可论身份现下只是民女，所以，江行云在身份上就便宜许多。何况，她祖籍又是闽安州，哪怕现在宋家没人了，也只是人丁不旺的缘故，而非是有什么罪责。

故而，江行云往上能结交官宦世家，往下能见商贾平民，较之谢莫如，便宜不知凡几。

谢莫如的用意，江行云自然也猜到了一些。

而且，她住在自家祖宅，有些太太要走她的门路，比登王府的门更加方便也是真的。

江行云道："这些不过小事，也是琐事，我来效劳是无妨，只是你莫舍本逐末。"

谢莫如问："何为本，何为末？"

江行云虽为孤女，到底将门之后，当下便道："国之大事，在祀与戎。"

谢莫如道："暂不急，也急不得。"

"你心里有数就好。"

谢莫如轻易不与他人吐露心思，江行云不是他人，故而，谢莫如终是道："都说永定侯带兵有一手，我却觉着，永定侯做将领可以，但并非名将。你说呢？"

江行云道："世间名将，有一种是天生的，少年成名，不为罕见。史上如白起、项羽、韩信、卫青、霍去病等便是名将。还有一种，百战磨炼，方能一展光华。永定侯为将的本事，我不好论断，但永定侯做官的本事肯定是不错的。"

谢莫如笑笑，要不为何在御前保下永定侯呢？

谢莫如是个极聪明的人，聪明人，说话上便有所克制，所以，有些话，谢莫如是永不会诉之于口的。所以，能同谢莫如做朋友的，首先也要是个绝顶聪明之人，能明白朋友的心思，这是做朋友的首要条件。

谢莫如从来不担心永定侯政治上的本事，可眼下，谢莫如需要的不是政治上的聪明人，如江行云所言，国之大事，在祀与戎。一国如此，一地亦如此。要完全掌控闽地，没有一支自己的军队是不成的。更何况，谢莫如所需不仅仅是一支军队，想要短时间内扭转闽地战败的颓局，她需要的是一场胜利！

并非柳扶风所言的，维稳。于谢莫如，她需要的是让五皇子在诸皇子间出人头地，而维稳只是一个太平藩王所需要的计量。她迫切地需要一场胜利来遏制靖江王府，以此令五皇子获得更多的权力，所以，不能走维稳之策。

谢莫如需要胜利，那么，就需要兵，需要将。

千军易得，一将难求。

这道理，谢莫如当然懂。但，不算无能的永定侯都一败涂地，谢莫如需要的自然不是寻常不算无能的将领，她需要的是能扭转局势的名将，还是要能为她所用的名将。

谢莫如无意识地摩挲着左手中指一枚红宝石戒子。江行云道："现成的名将倒有一个。"

谢莫如道："你是说海匪白浪？"白浪这名，就是在帝都也有几分名声，无他，永定侯就是惨败在他之手。但其何许人，帝都一无所知。

江行云点头："我总觉着，这人不简单。"

谢莫如道："难啊，这人约莫名字都是假的，更不知他是何出身、何相貌，短时间内连他的踪影都不知道。"

想到永定侯那一场惨败，江行云摇头："朝中实在没有擅海战的人。"永定侯不算名将，但也不是无能之人，他都败得这么惨，换朝中别的武将来也是一样的。

"不一定是海战，陆战上的名将也可。"

江行云道："我所知道的，安夫人算是一个。"

谢莫如倒是满意安夫人的人选，只是："安夫人在南安州，不能久离驻地。"安夫人不能离开南安州，永驻闽地。

此话题一时无解，只得暂告一段落，谢莫如换个事问："到年下，藩王府的宗庙能盖好吗？"

江行云对分内之事一向清楚，她道："宗庙已经盖好了，就差里头的器具了。"她既明白，国之大事，在祀与戎，且五皇子第一年就藩，腊月自然要祭祖的，自然会先盖祠堂。

谢莫如道："这就好。"不然大过年的，在总督府过年倒是无妨，但在总督府祭祖宗就有些不合适了。谢莫如也不愿意丈夫去庙里祭祀。

江行云道："王府外墙已围起来了，正中起自宁安门到端礼门、承运门，到殿下理事所用银安殿，经银安殿就是崇德门、崇德殿，崇德殿后为娘娘所居正宫长春宫，长春宫后宁泰门，这些正殿正门都建好了。现在还施工，不过听说闽安州腊月总有几日也是很冷的，到时会停几日，最迟明年二月也就得了。"

　　
五皇子听说了藩王府的建设进度，都赞了一句江行云能干。建藩王府的事，到底是小事，五皇子道："扶风回来了。"

"怎么说？"谢莫如侧脸望向五皇子，脸侧垂下的步摇珍珠却是纹丝未动。

五皇子道："众说纷纭啊。有一些海民不愿意回去了，尤其他们开的山地由他们耕种，海沿子到底不太平；也有一些想着祖宗在家乡，根子在家乡，是愿意回去的。"

谢莫如递给五皇子一盏温茶，道："永定侯怎么说？"

"永定侯怀疑有海民串通海匪，为后头战事计，不同意海民迁回。"五皇子呷口茶，一并将诸人的意见说了，道，"扶风和九江的意思是，不能怕呛着就不喝水了，愿意迁回的就迁回,不愿意迁回的就地安置。"

谢莫如口气平淡："这事,怎么有怎么的好处,倒不甚要紧。"

"我想着,还是依民意,愿意迁回的就迁回吧,想就地安置的,命各县做好安置的事就是。"五皇子道,"我却是不怕海民通匪,他们不通匪,还抓不住海匪的尾巴呢。只是,现下眼瞅着就是腊月,回迁的事,待明年再说不迟。"先钓一钓,也没什么不好。

谢莫如道："这些都是小事,殿下还是想想征兵的事吧。"

说到征兵,五皇子的脸色不禁郑重,他放下茶盏,坐直了身子,道："今儿我去瞧了剩下的海军,唉,就剩两千七百一十三人了,其中还有五百多伤残的,是打不了仗的。这一败,非但人死了不少,连带海船器械尽数葬送。要征兵重建海军,谈何容易呢?非但要有人,船只重新打造,就是一笔不菲开销。朝廷的银子我还不知道吗,一夏一秋,税赋未到朝廷户部的银子就各有去处,这会儿朝廷断拿不出这样大笔的银钱来。就是明春也没有,等银子就要明夏了。"

谢莫如道："不一定要建海军哪,前番永定侯两载时间建海军,已经证明不行了,不是吗?既如此,何必再建海军?"

"不建海军,如何剿平海匪?"

"海匪难道不上岸吗?让他们上岸,在陆地上打。"

五皇子唇角直抽抽,握着媳妇的手,语重心长："你相公与海匪不熟啊,难道我叫人家上岸人家就上岸?那我还不如叫他们赶紧投降哪。"

谢莫如笑瞋丈夫一眼："你听我说,我是想着,海战明明打不过人家,这会儿就别海战了。咱们把闽地守得严严实实,铁桶一般,还怕没人着急吗?"

五皇子刚要说,那这样还征什么兵啊,闽地本身兵也不少。不过,这话只在喉咙里打了个转,就咽回去了。未就藩时,四皇子与五皇子抱怨,说朝廷将藩王的八千亲卫减为五千,五皇子还劝四皇子呢,五千八千差不多,体谅朝廷啥的。但就藩后才知道,不要说五千亲卫,就是八千也不够使啊!就像闽地,永定侯说海民与海匪勾结。当然,这话永定侯没在外说,是私下同五皇子说的,五皇子心里还是信的。自来坏事,多是内里先坏。海民就这样了,那驻沿海的将军呢?驻地的官员呢?

五皇子不是怀疑将军不忠,但他也不信自己振臂一呼,这些将军就会忠于自己。五皇子从不天真,忠诚不是这样容易的事,也不是这样简单的事。五皇子现在最信任的就是自己的亲卫军了,藩王府不是在帝都的王府,想一想,二百亩地的藩王府,五千亲卫都不一定够用!

所以,他媳妇说征陆军的时候,五皇子没有一口回绝。他先是沉下心来思考了一段时间,最终道："你说的有理,倒提醒了我。现在一时不能海战,先征了兵来,在陆上训练也是好的,总不好这样白白地耽搁工夫。"

五皇子对于征兵的将军也有自己的考量,道:"如今闽地各将领,都有自己驻地职守,他们怕是没空参与新军训练。永定侯手下也只剩李将军和王将军,再招募的新军,怕是将领不够。只是朝廷承平日久,朝中一时选不出出众武将,我这些年在礼部当差,当的是文职管的是文事,兵部的事知道的就少了。咱们就藩前我想了许久,着实没有太合适的将领。我想过了,咱们带来的人不少,要是有愿意训练新兵的,如当初大凤王朝取武进士一般,先行武试考过,虽这法子不一定就是最好,但希望能择出几人。"

这也不失为一个法子。谢莫如道:"这法子也不错,殿下是想自咱们带来的人里选人。"

"都要给机会,闽地当地习武子弟,只要来历清白,都可。"五皇子封的是闽王,这个时候不能太偏心,一碗水端不平,闽地士绅怕是不满的,五皇子道,"还是要永定侯做个总揽的。"募兵还要安永定侯之心。

谢莫如道:"我觉着,这事还是慎重,咱们带来的人,哪怕是东宫给的人,纵使无能些,忠心是有的。军队非小事,忠心第一。殿下要是担心士绅不满,不如先给他们些甜头。"

"怎么给?"五皇子虚心请教。

谢莫如道:"殿下亲身延请来的江北岭的门徒们,不如办一所官学,教导士绅子弟。"

五皇子并不笨,他接了谢莫如的话道:"非但闽安城的士绅子弟可以来就读,外地士绅之子也可来就读。"

"对!"

这斩钉截铁的一个字,落在五皇子心里就定了五皇子的心神,五皇子赞道:"你这主意好。"

谢莫如笑:"那我就再给殿下提个醒。"

"只管说就是。"

"此次征兵不同以往,自来名不正则言不顺,言不顺则事不成,征兵大将军一职,当由殿下亲自兼任!"

五皇子震惊得险些站起身,谢莫如一手按住他的肩头,沉声道:"殿下听我说,永定侯败得太惨了,他虽爵高,但此时难安众人之心,威望已不足。唐总督,总理一省军务尚且忙不过来,若陛下属意唐总督为练兵人选,当初就不会派下永定侯!苏巡抚是个好官,但他一向只理民政,军务上怕是尚不及唐总督,何况,唐总督尚不是合适人选,苏巡抚更不能胜任大将军一职!我提议殿下兼任,有我的私心,也有我的公心。私心上讲,殿下从未管过军务,趁此机会当学起来才是!公心上说,殿下的身份、地位、威望,没有人比你更合适!殿下也不要以为这是与永定侯争权,永定侯知道大将军一职是何滋味,胜,当荣,败,当辱!这副担子,不好挑,所以,我希望殿下来挑!"

269

第四十五章 巡全境

谢莫如一向正大光明，将自己的私心公义说出来，征兵即将面对的难事，这不只是争权夺利的事。事实上大败刚歇，还有何权可争？

谢莫如轻声道："兵败势颓，此等危局，殿下自当力挽狂澜。"

五皇子就这么给他媳妇说服了，事实上，他经常给他媳妇说服，主要是，他媳妇心胸宽阔，眼光深远。所以，被媳妇给说服，五皇子还是很服气的。其实，五皇子自己也明白，要想当实权藩王，要将整个封地掌控于手，他不得不有些私心的。

五皇子正经藩王，自然有自己的一套班子。

譬如，张长史管着藩王府属官配置的事，相当于吏部的差使。薛长史是礼部出身，这会儿就继续管着文教这一摊子事。按理，薛长史的差使与州府文学政有些重复，不过也不大一样。一则薛长史一把年纪，争胜之心已经淡了，跟着五皇子就藩，就知道他放弃了朝中晋升的可能性，与五皇子一道，是基于一种知遇之恩。再有，学政主要管的还是闽地的科举事。而薛长史这里，五皇子与他商议开官学的事，另外，五皇子请来的那些北岭先生的门徒，也得薛长史看着安置，时不时交流一下心情啥的，不要让大儒们憋屈了。所以，薛长史与文学政这里暂时不存在冲突。李九江是郎中令，帮五皇子管着亲卫的军用供给。柳扶风是治书，管的是钱粮之事。余者如谢芝等人，都是在这几人手下打杂。

当然，大家还得兼任五皇子的幕僚。

五皇子先把海民回迁的事定了，这事直接定了责任人，让柳扶风去与苏巡抚商量着办。然后方说到征兵一事，张长史先说："殿下想要征兵，还是得先请示陛下，方合规矩。"

五皇子道："这是自然，只是咱们得先有个预计，本王这里方好具折以奏。"

张长史先时就是帝都藩王府长史的材料，而且，他要本事大，早谋到太子那里做长史了。张长史被分配到五皇子府,对其本身能力就是一种说明了。张长史管个皇子府的事,帮着写写奏章啥的倒是足够了,其他,先时五皇子自分府到分封这几年的重要政治决策,均出自谢莫如之手,张长史跟着五皇子打打杂,大事却没怎么经过。五皇子一说征兵,他腹中既无成竹,也没计划。不过,张长史也有一种小狡猾,他索性不开口,先听别人说。

薛长史一向任文职,建个官学他拿手,征兵就不成了。

于是,柳扶风先说,这并不是柳扶风抢李九江的风头,事实上,越是自矜身份的人,越是最后开口的。柳扶风的脸色仍有些苍白,尚未进腊月,就着了貂裘,手里还捧着手炉。他语调清晰,道:"海军十不存一,殿下自当征兵以补余额。此事,臣闲时想过一二。殿下要征兵,难者有三:其一,闽地已征过一回了,大败之后,民心惊惶,要是挨家派丁,容易些,却也容易惹出民怨;若是自由征兵,怕是难征。其二,此时青黄不接,闽地财政、朝廷户部怕是挪不出多少银子了,所以,殿下最好不要一次性补全兵源,可分批征兵,先征五千,慢慢练着,后次再征。其三,先时海军折损,损的不只是兵,还有将领。我们皆理文事,殿下手中,将领不足。"

五皇子心说,当初柳扶风劝他维稳的人,怎么说到征兵也这么头头是道啊。殊不知人家柳扶风虽不鼓励战事,眼下也能瞧出五皇子手里的亲卫是不够使的。至于闽地当地的兵,各司其职,总不能拉来一支做五皇子亲卫吧。想到这个,柳扶风就心下抱怨,每个藩王只给五千亲卫,还要守土卫国,五千人够干什么,朝廷这些人真是站着说话不腰疼。

柳扶风说完,李九江道:"扶风所言有理,还有一事,以永定侯的名望来征兵,怕是兵士难征,还请以殿下名望来征兵。"

五皇子连忙推辞:"这如何使得,永定侯是父皇钦定的新军大将。"

其实这就是个套了,这事谢莫如与五皇子刚达成一致。只是,有些事,哪怕夫妻俩商议好了,也不能由五皇子首提。五皇子身为一地藩王,不能直接说,我来做征兵大将军啥的,这也忒不谦虚啦,不符合儒家标准。事是这个事,但事不能这样办。就是李九江这里,五皇子也没露面,是谢莫如交代江行云去委婉地提了提。故而,李九江就做了个托。

此事,五皇子心知肚明。

李九江是托,自然更是心知肚明的。

柳扶风几人则是真不晓得的,柳扶风听李九江之言,禁不住看李九江一眼,心道,我还是略差了一线,怎么竟疏忽了这等大事!

先时既疏忽了,此时便不能疏忽,柳扶风立刻道:"李大人所言极是,永定侯虽是陛下钦定大将,殿下才是主管闽地军政藩王。何况,永定侯毕竟刚经战败之事,再以永定侯之名征兵,怕是百姓不安。殿下体恤百姓,忠心朝廷,不必介意此等小节。就是永定侯,亦是心胸宽阔之人,定能明白闽地眼下难处。"

张长史心说,这小子的话可真毒,永定侯要是不乐意,就成心胸狭隘了。当然,张长史

271

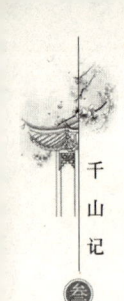

也是愿意看到自家殿下掌兵权的,他道:"殿下如此,也是成全永定侯。"这个时节,永定侯自然不会有什么意见。

薛长史是五皇子的老部下了,没有不盼着五皇子好的,亦道:"臣附议。"

此事就能看出下属心齐不齐了。

既然大家都是一个心,接着就要讨论具体征兵的事了。甫以为征兵容易,那是偌大开销,柳扶风早就去苏巡抚那里打听过闽地的财政,紧巴,真紧巴。征兵就得用钱,哪怕五千兵士,每日吃喝,每月饷银,每人衣甲兵器,从头到脚,都是钱。

还有,五皇子还要收拢人心建官学。

五皇子道:"官学不必担心,本王自私库出银子。还有,建藩王府,原本总督府是预备了十万两银子,这银子已经提出来了,能省下五万两。虽是杯水车薪,能省一些是一些。"

五皇子真不是奢靡之人,他过日子也没什么不良的烧钱嗜好,建王府都这般节俭,属官们听了都觉着心酸。但穷是真的穷啊,杯水车薪这话真不是假的,五万两银子,怕是征兵给各户的补偿都不够。

柳扶风杀气腾腾:"银子的事,暂搁下,实在无法,臣也有法子。咱们先把征兵的条例拟出来,殿下具折,将补足兵源的事年前办下来。开年征兵,臣保管误不了殿下的事。"

五皇子见柳扶风没有血色的唇抿成一条线,面容冷酷,就没再问他有什么法子,想着还是私下商议的好。既然柳扶风应下银钱的事,诸人就商量起征兵的具体条例。

商量这具体条例,就得请永定侯、唐总督、苏巡抚等过来一并商量了。

征兵什么的,永定侯没意见,就是被夺了大将军的名头,永定侯也没意见。在永定侯看来,这名头给了五皇子也没什么不好。就是不给五皇子,以后论功论败,也都会牵连五皇子,既如此,还不如给五皇子。何况,五皇子又不懂领兵打仗之事,到时还是得他来。

永定侯在朝中多年,如何不懂这其间之事,还道:"此事,就是殿下不提,老臣也要面谏殿下的。王爷主理闽地军政,恕老臣直言,王爷毕竟刚就藩,于百姓于官员,王爷还是要多露面,让百姓知道王爷的宽仁,让官员明白王爷的仁政。如此百川入海,王爷也不负陛下期望。"知道人家为什么能做侯爵了吧。

永定侯是征过兵的,所以对于如何征兵,如何分批征,要怎么个分批法,还有,如何遴选将领,开设武考的事,都颇有见解。大家纷纷觉着,五皇子想的武考之事是个绝好主意。

五皇子十分谦虚,道:"不过是拾前人牙慧。"

唐总督道:"前人智慧,也不是人人都看得到的。就是看得到,也不是人人都有王爷公心。"起码说明五皇子不是任人唯亲的,正经大事会唯才是举。

诸人都自恃有些本事,不算吃白食,那么,身为臣属,自然愿意见到一位公正的主官。尤其永定侯,他家是武将出身,子弟都是习武的。来的那些子弟,永定侯现在不方便给安排军职,倒不如去考一考,还能让五皇子看到崔氏子弟的本领。若自家子弟考不过别人,永定侯也心服口服,无话可说,倒省得他们将来战场送死。永定侯已看了出来,五皇子刚到闽地就已在考量征兵之事,将来必有战事。

征兵之事,因为有永定侯这个熟手,唐总督和苏巡抚都是能臣,五皇子手下也无庸才,一天就商量得差不离,剩下的就是五皇子具折上奏了。五皇子写奏章,除了征兵的细则条陈,连带征兵的预算,都得写进去,细致至极。

这奏章写完,自有八百里加急的信使送往帝都。

征兵之事暂且对外保密,五皇子又问他媳妇咱家私库还有多少钱。以为好名声是容易赚来的吗?除了得有智慧,还得有银子。

谢莫如道:"这事啊,我料得殿下必为银子愁,咱们私库还有五十几万两。"

五皇子吓一跳:"咋这么多钱?"一想就明白了,道:"你的私房也在里头了吧。"

"男子汉大丈夫,怎的这般啰唆。"谢莫如拉他坐下,含笑道,"我要是哪天不凑手,要用你的私库,你还不叫我使了?再说,我也没打算给你白使,可得算利钱的。"

五皇子也就不矫情了,说了用私库银子建官学的事。

谢莫如还以为是一时征兵没钱呢,原来是建官学之事,谢莫如道:"这事啊,教殿下个巧宗,不必找地方建官学,咱们王府这么大,在王府的前殿里头随便拨几间屋子也够了,还显得体面。有这钱,不如修一修孔圣人的庙。"

银钱紧张,自然得用在刀刃上,五皇子道:"正好现在先张罗起来,待明年王府建好,也能开学了。"

五皇子又道:"我想着,过年时给战亡将士的家属发一些补贴。"

"这是仁政,殿下只管去办。只是,殿下这仁政,必要落在百姓手里才好。"

"那是,谁要是敢对这银子伸手,我扒了他的皮。"五皇子咬牙切齿,穷到要用媳妇的私房,五皇子再不能让人乱伸手的。

"亡者亡矣,有些致残的兵,既不能打仗了,也要妥善安置方好。"

"是啊,我想着,趁着年下,给些战亡的家小发些东西。有残疾的,皆令其回家,耕者免田赋,商者五年内免商税,十年内减半,有店铺雇用的,给其店铺嘉奖。"后头是跟苏巡抚学的,五皇子觉着,苏巡抚在安民抚民上很有一手。

五皇子忙得脚不沾地,李九江还有事求见。李九江当头一句就是:"王爷早有巡视闽地全境之意,王爷心里可定了时间?"这事五皇子没瞒过李九江,他是做实事的人,早就与李九江说过:"在闽安城,所闻所见,均自官员而来。到底如何,还得实地看看才能知晓。"

五皇子早有巡视之意,但近来面事缠身,一时倒顾不得了。五皇子:"明年二月王府就建好了,海民回迁之事,三月应该能办利落,待三月吧。"

273

"臣以为不妥。"李九江道,"王爷,您直属亲卫只有五千人,待王府建好,亲卫充盈王府尚不宽裕,殿下巡视闽境,倘非亲卫相随,恕臣多虑,彼时臣必然反对王爷出巡。王爷,您到闽地,建碑亭,纪念战亡将士,开办官学,重修孔庙,皆是德政。王爷要巡视封地,必要在王府建成之前才好。"

五皇子脸色慎重,道:"九江说的是,本王倒是疏忽了。"他们不是不信任当地驻兵,来的时间短,不能全然信任也是真的。何况,出巡不是一日两日之事,没有亲卫在身边,五皇子自己也不放心。

李九江道:"王爷自到封地,何曾闲过一日。王爷安危,本就是臣等分内之责。"

五皇子也是个有决断的人,道:"眼下就是年了,祭祀的事断不能耽搁,既如此,大年初一就走,自闽安城的驻兵开始,巡视全境!"

过年什么的,在李九江看来本也不是什么要紧事,要在自己封地失了手,五皇子下半辈子有的是时间在闽地慢慢过年了。李九江道:"王爷主管封地军政,军政上的弊端,王爷必要心里有数,趁此时机,重立新规,威震闽地!"

恩施得够多了,该是树立威信的时候了。

五皇子完全是贤王风度,他一来就立了碑亭纪念阵亡的海军,接着又拿私库银子修了孔庙,带着闽安府大小官员老少士绅们拜过孔圣人,又去参观州学,给州学修了修破损的房舍。连带各官府衙门,因这年头有"官不修衙"的说法,所以一般官衙难免陈旧破败,五皇子也帮着修了,并不豪华,但起码窗明几净。这一点,高官们影响不大,毕竟他们不必委屈自己在破屋办差,再怎么不修衙,主官们办公的地方都不错,得益的是那些小官小吏。既得益,难免嘴上赞一声闽王贤德,体恤他们这些当差人。如今又要开办官学,五皇子道:"州学里多是秀才举人就读,本王近来时常忧虑官宦子弟的学识教导,故而有意在藩王府开办官学,遴选官宦子弟就读。"

这事更没人反对,十年寒窗,那说的是寒门子弟。官宦子弟的路子要宽得多,哪怕如谢家这样的书香之家,家中子弟亦大都要科举的,但也不必寒窗就读,教育资源丰富得不得了。而且,对于官宦子弟,最重要的真不是四书五经的功课,而是人际关系学。

五皇子这么一说,官宦子弟都来吧,到藩王府念书来,本王这里有先生,先生的学识你们不必担心,都是北岭先生给本王举荐的。

有好先生,又是在藩王府念书,同窗都是官宦子弟,谁不乐意去啊!此举措,不必说中低级官员,就是高官们也都乐意的。

这时候就甭说什么众生平等了,皇帝说爱民如子,可你见过皇室子弟与平民百姓家的孩子一道念书的吗? 行啦,众生三六九等,多是在六道轮回时投胎就注定的。

开办官学的事定下来,五皇子又叫着唐总督和苏巡抚商量年下补贴战亡家属的事,还有安置伤残兵士的事。这两件事，五皇子自是先与自己的属官商议好了，才与唐总督苏巡抚说的。安置伤残兵士的事还好说，无非以后税赋上的减免，一时还到不了眼前，就是补贴战亡家属之事，得真金白银拿出来啊。大年下，本就是年关难过，五皇子又要发善心，行仁政，且事关军队，唐总督咬牙也得挤出几万两银子来。

苏巡抚很是欣赏五皇子到闽地后的一系列举动，五皇子还说了："年前祭祀天地，还得请二位与本王一道同往。"要搁帝都，祭天地的事五皇子也经常参与。但是祭天地的人是他皇爹，皇子中得他皇爹青眼的才能被叫上一并参加。如今为一地藩王，在藩地祭祀天地的事，就是五皇子打头了。

唐总督和苏巡抚自然应下，他们理应相随，要是五皇子不让他们去，这就是一种不祥的政治预兆了。当然，有五皇子亲口相邀，与五皇子直接命人传谕，还是不一样的。

五皇子不只是要祭天地，到腊月底，还得带着儿子们祭祖宗。他爹还活得好好的，主要是祭他曾祖父和祖父，还有曾祖母、祖母、嫡母们。祭祖之事，家庙已提前建好，五皇子就打算在自己藩王府的家庙中举行。

藩王府的建设进程，让闽地官员大开眼界，因为先时按闽地官员预计，藩王府能三年建好都是快的，绝不会存在磨洋工的事。但谢王妃接手后也不过俩月，藩王府的主要建筑都差不离了，怪道先时谢王妃不满他们的工程进度，人家绝不是在吹牛啊。

当然，这藩王府能建得这般迅速，主要是，规制上节俭了许多。的确是节俭，譬如藩王府要用的金丝楠木，闽地不产此木，这倒还是小节，此木价值高昂，一根百年的楠木就得几千两，闽王府干脆没用。谢王妃不喜琉璃，正殿大面积的琉璃顶也未按制用。倒是闽地山多林密，就地取材，开采了些够年头的中上木材用，且整个藩王府并无描金绘彩，而是用玄、朱、白三色，再加上飞檐斗拱，倒也气派非常！

工匠役夫们也得回家过年，如今藩王府派了亲卫看守。五皇子带着儿子们参观了回自己的王府，深觉满意，回家还与谢莫如絮叨了一回："气派得不得了，花木长势也好。"

"那就好。"有经验的花匠，便是数九天移树也可活的，帝都那样的寒冬，移栽树木都无恙，何况闽地？谢莫如递上温茶，问："殿下手腕觉着如何了？这几天有些冷的。"

五皇子接茶喝一口，道："可能是忙得，没觉着不舒坦。你说也奇，要是闲时，总要三不五时地或酸或麻，这忙了，反倒不觉。"

谢莫如笑："可见闽地是咱们的福地，原本我想着，闽地气候潮湿，怕是不比帝都。可自咱们来了，殿下这手腕倒比在帝都时舒坦些。"

"是啊。"五皇子还有事，与谢莫如道，"我与唐总督、苏巡抚他们说好了，年初一不必过来拜年，年下戏酒也免了，我要去军中看望一下兵士。来这许久，还没去军中看一看。"

"殿下想得周全。"

五皇子忽然露出个鬼头鬼脑的笑容,悄悄说与妻子道:"其实是我跟九江商量好的,用初一巡视军营做个暖场,初二就开始全境巡视。到时,你与我同去。"

谢莫如道:"年下没什么要紧事,早些巡视也好,这事你与唐总督他们说一声才好。"

"这是应当。"五皇子道,"我还想着,初一你也与我同去,到时让唐总督带上唐夫人,让她给你做个掩护。"

"掩护什么?"

"你眼光素来比我好,我想你一道去军营看看,可这儿虽是咱们的封地,也是有御史的。我就怕有多嘴的人,说妇道人家如何如何的,咱们在帝都也有几家不对付的,那等小人,什么话说不出来?事缓则圆,这回叫上唐夫人,她不敢不去。何况,若只你一个女人去,兴许有人挑刺,再加上唐夫人,便是挑刺也得想想。到时把江姑娘也叫去,你们三个人,估计也就是有人嘀咕两声,不敢明说的。如此次数多了,待大家习惯了,也就成了。"

谢莫如一时说不出话,五皇子自顾自地絮叨了一阵,摸着茶盏呷口茶道:"所以,我想先这么着。"想他媳妇一向有主见,五皇子问:"你觉着如何?"

谢莫如道:"殿下如此厚爱,如何敢当。"

"你我夫妻,有什么不敢当的。"

谢莫如眼中流光一闪而过,良久无言。

五皇子道:"媳妇?"

"嗯?"

"你刚才是感动得哭了吗?"

谢莫如唇角一绽,笑了。

五皇子正色道:"你的是我的,我的也是你的。"

"殿下的话,我会记得。"

"只管记得。"

我从来不掩饰对权力的关注,你当然会察觉,会知晓,会明白。只是,此诺不可轻许。既已许诺,我会当真。

我一步步地辅佐你,引导你,为你出谋划策,抚养儿女,铺就大道。这一切,当然需要报偿。不,眼泪是世间最没用的东西。感激感动感怀也并不是我需要的报偿,你的父亲有没有感激感动感怀过辅圣公主?据说,你的父亲还深爱过我的母亲。所以,我不需要这些空洞的报偿,我所需要的,只有一样。

亲王妃不是容易的差使,五皇子忙着外头官员的事,谢莫如在府里也不会清闲,当地官员的家眷,也得时常交流沟通。更有这种,五皇子要巡视藩地,谢莫如亦会相随。女主人,在任何一个家庭都不是可有可无的存在。

五皇子到闽地就没清闲过一日,俗语讲,上头动动嘴,底下跑断腿,五皇子都忙成这样了,底下官员就更甭提了。

唐夫人听丈夫说大年初一要陪五皇子去军营的事,道:"王爷真是心系百姓,仁德之人。"其实心里觉着,这位王爷真是勤奋过了头,年也不用过了。

唐总督道:"王爷爱民如子,是我等的福气哪。你与我一道,到时相陪王妃。"

"王妃也去军中?"

"对。"

唐夫人深觉不可思议,但他们做臣子的,不好这样说皇家。既叫她去,她就去呗,只是,她穿什么衣裳啊,唐夫人问丈夫:"我着诰命服,还是家常衣裳,还是大礼服?"

唐总督一时也给难住了,朝廷未有女眷去军营,对衣裳规制还真没有规定。不,也不是,唐总督有些年岁,见证过历史,当初,辅圣公主就巡视过军营……

实在是不大美妙的联想,唐总督道:"为求万全,还是差人去王府问问。"毕竟是去军营,一定要慎重才好。

唐家着人去问,谢王妃不久就命人给唐夫人送了衣裳来,不是诰命服,也不是家常衣裳,更不是大礼服,而是谢王妃着针线绣娘改的样式。

唐夫人虽然年岁不轻,好在身材保养不差,时下女子流行长裙广袖,富贵风流,这种衣裳宴会时谢莫如也常穿的,不过如果出门去军中之类肯定不便宜。谢莫如就给改了改,长裙依旧是长裙,广袖就算了,改为窄袖,唐夫人是一品诰命,紫缎绣翟鸟,颇为精致。唐夫人笑:"王妃这衣裳做得真正好。"

媳妇孙媳等人纷纷赞叹,一则拍长辈马屁,二则谢王妃赐下的衣裳的确好看,用料绣工都是极讲究的,就是尺寸,穿在唐夫人身上也不差分毫。

唐夫人穿着这衣裳心里不由得更加慎重,这衣裳不是王府里随便拿出来的,肯定是提前做的,而且,肯定是合着她的身量做的。

唐夫人将此事与丈夫说了,唐总督道:"王爷与王妃都是心里有数的人哪。"本朝头一遭有皇子就藩,五皇子在帝都就颇干了几件实事,这新来封地,自然要盼着有一番作为。但看五皇子将这一套收拢人心的事做得流畅,就知人家是有主见有设想的,如今连件衣裳都做在前头,唐总督想着,五皇子若不是初次就藩兴奋过了头,那必是个深谋远虑的人。

五皇子是深谋远虑,还是鸡血上头,唐总督尚且没个论断。帝都的圣旨在年前到了,穆元帝同意五皇子任征兵大将军一职,同时让闽地官员配合重新征兵一事。同时发来的还有五十万两银子,作为一期征兵的费用。

五皇子感动得不得了,道:"年下户部也吃紧,父皇还能挪出这些银子来,此事办不成,是再没脸回帝都见父皇了。"

于是,诸人皆说,陛下圣明,殿下贤孝。

五皇子给他皇爹感动了一回,他皇爹给了银子,就不用动他媳妇的私房了。他皇爹可真是个体贴儿子的好爹啊。

其实,五皇子倒不必这般感动,原本穆元帝也没想这么体贴他。倒不是穆元帝不关心五儿子,主要是年下朝廷事多,像五皇子说的,户部银钱紧张,怕要等到夏天才有银子的。但五皇子左一封信右一封信地跟他皇爹抒情,自帝都启程后一路见闻,还有闽地的情势,五皇子看到的听到的,都写信上了,端的是忠孝节义四样俱全的好儿子。

五皇子有一样好处,他不是个打肿脸充胖子的人,有什么说什么,说到闽地不宽裕的时候,还说把自己藩王府的贵重木材都省下了,琉璃顶也未建,足省了好几万两银子,想来能为百姓做些实事啥的,也着实将穆元帝感动了一脸。想着五儿子哪里受过这样的苦啊,以前在帝都有自己看着,哪样不是上上等的。当然,穆元帝自己也不是奢侈的人,但也不能叫儿子自藩王府上节省啊。而且,老穆家对儿子一向看得颇重,且近年来,父子相处极为融洽,感情一步步升温的阶段,五儿子去闽地收拾烂摊子了。今自信中见五儿子过得辛苦,穆元帝十分心疼。可就这样,穆元帝也没打算年根底下就给五儿子拨银子去,他是想着,闽地正是修整的时候,明夏有了钱,先给五儿子那里。

关键,五儿子在信里多么体贴啊,都说了,知道朝廷这时候银子紧,知道父皇必定心疼儿子,所以,先送上预算,朝廷不必急着给银子,明夏给就行,他这里同媳妇商量了,他媳妇贤良,把私房银子都拿出来了。他先用夫妻俩的私房银子垫上。

五儿子多么善解人意的一封家书啊。

穆元帝见着这用私房暂且支应征兵费用的事却是大皱眉头,要是五儿子用自己的私库,穆元帝倒觉着没啥,反会说五儿子大公无私,是个好藩王、好儿子。但,要儿媳妇拿私房出来支应,不要说穆元帝一国之君,就是平民百姓家的公公听到这事也是面上无光啊!

何况,穆元帝一国之君!

虽然穆元帝私心认为,谢莫如的嫁妆私房绝大部分都是继承辅圣公主的,当然,那也是谢莫如应得的。不过,穆元帝还是不愿意儿子紧巴到要动媳妇私房的地步。

为了五儿子的面子,穆元帝咬牙挤出这笔军费给五儿子送了去。当然,儿子要取代永定侯为大将军的事,穆元帝一并允了。

对于前者,大皇子是赞同的,反正是太子管户部,没钱,哼哼,让太子为难去吧。对于后者,太子是赞同的,早该把永定侯抹成白板,上次五弟非要给永定侯求情。哎哟,我小看五弟了,原来五弟留着永定侯是想过去夺权方便啊。

所以,对于后者,大皇子是皱眉的,老五这是要做甚?你堂堂一个藩王,至于抢我岳父的差使吗？当初保我岳父，你别有目的的吧！

对于前者，太子犯难，户部的银子可不多了啊，五弟你这么急着征兵做甚？刚到闽地，你站住脚了吗？有点儿争功近利啊！

于是，两人分批次在他们皇爹面前表达了自己对五皇子的赞赏与不满之处。

穆元帝做这么多年皇帝，什么事不晓得，一眼就看穿俩儿子的私心，虽不好明说，心下也有几分来气。这一年间，颇有几分不太平。闽地海军大败之后，西宁关也有几分不安宁，好在陕甘李总督能干，谢柏与西宁将军等有所防备，方未酿成大事，击退西蛮。南安州那里也有南越扰边的折子上奏，穆元帝都动了让南安侯回南安州的心思，好在安夫人骁勇，苏不语还在其中立了一功，被穆元帝升作南安知府。南越王特意遣使说都是误会。

误会，哼哼！

皇帝都不缺疑心，穆元帝更是其中翘楚，好几地差不多的时间不太平，穆元帝直接怀疑这其间有什么联系。不只是穆元帝，苏相想想也庆幸朝内有不少能臣，不然西宁和南安一并乱起来，国家就要乱了。

君臣俩庆幸不已，很默契地打算明年增加军费开支，并且给西宁关、南安关去了圣旨，连带北昌那里的驻军也得了指示，必要严加驻守，防备突袭。

在这种情形下，一个太子，国之储君，心里最重要的儿子；一个大皇子，诸皇子之兄，颇为器重的儿子。看这都是些什么私心，不论公义，就私人关系上说，老五可是你们的弟弟，他想征兵，难道是为了他自己？太子，你弟弟这是在为自己操心忙碌吗？这以后可是你的江山！还有老大，岳父近还是你弟弟近？你弟弟这完全是私心吗？你岳父先前折进去多少人，他再征兵，百姓且不说，其他官员能心服吗？

穆元帝心下来气，就把这笔银子给他五儿子拨了过去。

五皇子见着银子很是感慨了一番他爹的情义，当然，还有他爹对他的关怀，对征兵一事的支持，对闽地的信心。总之，五皇子从礼部出来的，那一番滔滔不绝的感叹，绝不辜负他先前数年在礼部的历练。

穆元帝非但给了银子，这银子不算多，但省着些用也够的，而且，五皇子现在打算先练陆军了，海军的事以后再说吧。所以，五皇子对他皇爹的感激就甭提了。

非但在诸官员面前很是一番感叹，回到家还在谢莫如耳边絮叨。穆元帝爽快给钱，谢莫如也高兴，笑："陛下这般看重王爷，王爷更得勤于军政，不负陛下所托才好。"

"是啊。"五皇子道，"父皇还赐了不少东西给咱们过年。"又感叹一声他这好爹。

五皇子抒情大半日才说到正事："近来诸边不宁，想来父皇也是因此这么快拨来银子让咱们练兵。"完全不晓得，里头还有他两个哥哥的功劳。

谢莫如敏感地眉心一动，问："怎么说？"

五皇子就将西蛮和南越蠢蠢欲动的事说了，谢莫如道："幸而西宁和南安均有精兵强将，不然真叫人得逞，后果不堪设想。征兵一事还是要尽快地办好。"

五皇子深以为然。

西蛮和南越的动静，如唐总督、永定侯、苏巡抚这样的高官也都知晓了，穆元帝又这么痛快地拨来了银子，三人与五皇子商量着，征兵之事，越早越好。只是，征兵如何个征法，一时还没个结论。

征兵的法子有两种，一种是兵役，就是按村按户强征，必须出人打仗；另一种是募兵，自由参加。

五皇子道："不论哪种征法，都巡视之后再说。"将年后巡视封地的事正式与三人说了。

三人倒是没反对，唐总督道："正月天仍是寒的，王爷心系百姓，老臣愿附骥尾。"前番战败，他不是指挥将领，所以，只是受到一些波及，但身为闽地总督，仍受到朝廷训斥。眼下的情势，闽地再禁不起一场败了，不然，他能安安生生地卷着铺盖回家都是福气。

五皇子道："我这人嘴拙，不会说些激昂的话。不过，你们放心，我不会让你们身上一直背着战败的不是。"

激昂的话有啥用啊？这三人在官场的历练，啥激昂的话没听过？反是五皇子这实实在在的话方令人觉着是肺腑之言，哪怕凭三人老练心性，听此言也不禁有些感动。

三人当然也知道，五皇子要巡视封地定不是今日才有的想头，五皇子就是今天通知他们而已。就是五皇子大年初一去闽安州军营看望将士的事，怕也就是个巡视的引子。要是在往时，藩王与地方官员，在权柄上怕也要有个默契的。但闽地这会儿，从总督、侯爵到知府等人，都贴着战败的标签，五皇子本人并不是激进的性子，对他们都以礼相待。其实，哪怕没有战败之事，他们也不会同五皇子有权柄之争。毕竟，他们是流水的过路官，五皇子是铁打的一地藩王，何况此时此地呢。

五皇子愿意扛起这一摊事，他们是大力支持啊。永定侯败得那番惨，唐总督并不幸灾乐祸，他庆幸当时直面海匪的不是他，不然，他今时今日就要与永定侯的处境换上一换了。

当然，不跟五皇子争，但他们本身的地位尊严也是要有保证的才行。毕竟，五皇子治理闽地就得用人，咱们不争是不争，可五皇子您可不能只用属官啊。所以，唐总督问了一个极刁钻的问题："王爷出巡，非同小可，别的暂且不论，护卫军殿下想用哪支？"

五皇子早有准备："我的亲卫军倒是闲着，从里面抽调三千人。再有，年初一咱们去广威将军麾下看看，从中抽调两千。永定侯麾下我去瞧过了，那日我与永定侯商议了，年迈与伤残兵士若愿意，年前发银返乡。剩下的兵士里，宁缺毋滥，择出了一千三百劲卒，也一道同去。你们看呢？"

唐总督心悦诚服："王爷所虑周全，老臣这就命广威准备呢。"

五皇子笑:"好。"

如此,五皇子出巡的事算是定了,年初一去广威将军那里看望将士算是暖场,初二正式启程。总督和巡抚自有一番忙碌碌安排,五皇子这里的属官们也是各司其职,而且,年下最重要的祭祀之事已经结束,还有明年官学开学,这会儿就得准备着。薛长史说了:"此事只管交给微臣,微臣必能筹备妥当。"出巡之事的重要性,薛长史也是知道的,他是个干练人,但于谋略一事稍有不足,不然不能窝礼部大半辈子才熬了个郎中之位。所以,薛长史极有自知之明,把自己擅长的一摊接过来,不令主上操心,主上就可去做更重要的事了。

而且,与薛长史一样明智的是张长史,这两人还放弃了随驾的名额,倒不是不想跟着去,可王府外头得有个主事的人。明显,李九江、柳扶风两人,不论从年纪,还是从智谋上,都更胜他们一筹。这两人不傻,不会以为他们王爷这趟就是坐着车驾一路游山玩水去的。

巡视里头的事多了。

柳扶风从朱雁那里打听了不少闽地粮田税赋之事,朱雁也是能臣,干脆总结了一套书面资料给柳扶风,柳扶风谢过朱雁,拿来给五皇子做粮田税赋知识普及。李九江一直管着军需,非但能与永定侯说得上话,连带永定侯手下的李王两位将军也能聊上几句,而且在两位将军打听官学事的时候,李九江还给他们走了后门,先把他们家孩子录取了。李九江算是新贵,永定侯一系正是忍辱时,双方都有意,自然有话说。李九江就是这样把军务抓起来的,永定侯这种外派征兵的是一个路数,地方驻军又是一个路数。尤其永定侯一系大败,虽然不是地方驻军引起的,但一者惨败,一者无恙,惨败这方哪怕是圣人,也要有几分酸的。何况,原本海军与地方驻军就是两个系统,就这么着,李九江连地方驻军的底细也摸了个差不离。

两人略摸了摸闽地军政的底细,才与五皇子商议,先时五皇子不论修孔庙还是办官学修衙门,都是有益士绅阶层的。此次出巡,必要向封地百姓施恩方好。就是新皇帝登基也得有些减税减粮的仁政,五皇子出巡亦是如此。但施恩的前提是,你得了解当地军政,才能知道恩施何处。

五皇子先时只在礼部,对军政了解有些不足也是真的。好在李柳二人得用,三个臭皮匠商量着,也商量出一套法子来。现今的税,尤其闽地,先时又是征兵又是打仗的,不可能朝廷全部贴补,银钱不凑手时,就得加重赋税,所以,税赋委实不轻。

柳扶风道:"苏巡抚实在是个能臣。"就这样重的税赋,苏巡抚也没少挤出钱来做些民生建设,修桥铺路的事做得不少,闽地多水,码头也建了多处。而且,鼓励商事,像一些进城售卖的小商贩,只要是不推车的,都不收取入城费。每年夏秋粮熟,更会派人去下面稳定粮价,以免有人趁机压低粮价,伤了农人。想来这也是闽地百姓日子还能过得的原因。

五皇子深以为然。

柳扶风说了这话后却是深深皱起眉头,道:"闽地的税实在简单,除了农税、商税就是抽的军税了。"免哪个都不合适啊!

五皇子笑:"国有能臣,国家之幸,百姓之幸。"

柳扶风见五皇子笑得舒心,不由得也笑了:"王爷心胸宽广,臣不能及。"苏巡抚做得太好,既无苛捐,也无杂税,虽然税赋不轻,但百姓的日子都还过得。这让想找机会让五皇子给百姓做人情施仁政的柳扶风有些郁闷,他所虑之事,就是自五皇子的私人利益着想了。五皇子喜欢苏巡抚这样的能臣,自然看得比柳扶风更远一些。

五皇子道:"扶风是赤诚之人。"

柳扶风脸都有些发烧,还是头一回有人说他是赤诚之人。其实五皇子并不是随口一赞,他是真的这样想,当初商议征兵一事时,闽地财政不足,柳扶风私下就给五皇子出了主意,一是扩隐清田,自来大户人家,尤其是官宦之家,在田税上优待颇多,家中有官职的,依功名官职高低,可免税少税。就这样,还有大户人家隐瞒田产不报,或者把上等田报成下等田之类。还有就是,因官宦之家有税赋优惠,也有不少平民把自家田产献给官宦之家,说是献,其实就是为了避税,同时也与这些官宦之家拉一把关系啥的。种种之事,司空见惯。征兵没钱,去刻薄平民百姓也刻薄不出钱来,实在不行,柳扶风都想拿当地大户开刀了。若不是穆元帝拨了银子,估计柳扶风就得干了这事。二则柳扶风还有个主意,就是闽地官民一体纳粮,官宦家的税赋优惠取消,也能弄些银钱出来。这两样,都是得罪人的事,柳扶风既然敢提,他就敢干。

所以,五皇子说,柳扶风虽智谋颇深,但其实是个赤诚人。

柳扶风给五皇子夸得有些面上发烧,他自来精细,但碰上苏巡抚这样的能人,也实在挑不出毛病。倒是李九江打听出不少当地驻军的弊病,与五皇子说了起来。

军需一直是大头,里头弄鬼的机会当然多。五皇子听着就沉了脸,李九江道:"王爷勿恼,如今不过咱们心里有数,到底如何,臣亦未亲见。凡事,耳有所闻,目有所视,都不一定是真的,何况这不过是臣打听出的一些情况。"

五皇子道:"我虽想快些扭转闽地颓势,可到底得有支能用的军队。永定侯现在手下人太有限了,亲卫也只有五千人,新兵未征,就是征来也得训练一段时间。倘当地驻军都如九江你所闻一般,里头不知到底有多少能用可用的。"

李九江道:"巡视就是良机,王爷。"

五皇子沉声道:"你们说得对。"

李九江滴水不漏,又道:"王爷还得择选出数位干练之才方好。"

柳扶风立刻明白李九江之意,道:"是,武将遴选虽要等武考,文职方面,殿下择些可用之人,出巡一并带着,也好令其开阔眼界。"

五皇子道："你们拟好人选交给我。"

五皇子继又道："此次出巡,张长史和薛长史留守,你们随我出巡。"

二人起身应下。

柳扶风想到一事："那海民回迁之事……"这事五皇子原是交代给他,打算开春就办的。

五皇子道："苏巡抚也一并随驾,此事并不急,且一路上,扶风也可多与苏巡抚商议。待巡视结束,再办不迟。"

以往过年都是最热闹的时候,富贵人家吃戏酒就要吃过上元节。今年五皇子要去广威将军那里看望将士,年初二就要出巡,所以,闽安府有头有脸人家的戏酒都省了,因为要随王驾。第一等人家都去忙了,余下些不够格的人家倒是能痛痛快快地过个热闹年。

只是,五皇子初就藩就这般雷厉风行,就是些中下等人家,也不缺有眼力的人。五皇子都不过年去忙军政了,自家没资格随驾也就罢了,也不好大张旗鼓地热闹啊!于是,大家都不约而同地低调了。

年初一,五皇子带着儿子们吃过饺子,谢莫如交代徐侧妃:"我与殿下这一去,约莫一个月就能回来,这府里就交给你了。"又对余下三位侧妃道:"你们辅助徐妃,好生带着孩子们。外头的事有张长史、薛长史,若有大事,只管交给他们来办。"这些早交代过,如今不过重交代一遍。

四人均柔声应了。

唯有苏妃,再听这话犹是脸上微辣,上次王爷王妃随驾秋狩,府里的事是交给她主理的。她进门最早,又是庶长子之母,四位侧妃虽然品阶相同,平日里也是以她为首的。今次王妃却是将府里的事交给徐氏,苏妃面子上自然有些过不去。

谢莫如对张周二位嬷嬷道:"好生照看六郎。"谢莫如以往与五皇子出门,都是命孩子们跟着自己生母。侧妃们平日里初一十五过来谢莫如这里请安,谢莫如并不是生离人家母子的人,常令乳母抱出六郎和昕姐儿给凌霄与徐氏看看。徐氏对自己闺女自然也是疼爱的,她是个省事的,知道闺女跟着王妃前程更好,对谢莫如十分感激,从来都是满口好话。凌霄却是极为古怪,对六郎全无情义,平日里就淡淡的,这次谢莫如命她照顾六郎,她说自己不懂照看孩子,请谢莫如另委贤能,谢莫如便命张周二位嬷嬷照看了。倒是五皇子知道又气了一回,深觉六郎命苦,怎么有这样的生母,只得让张周二位嬷嬷费心照看了。这二位嬷嬷,一个养大王妃一个养大王爷,自然是稳妥的。结果,这样一来,苏侧妃更酸了,私下没少说:"徐氏就罢了,上次她动我顾着孩子们,她留在王府,的确是个有功的。凌氏却这样有心机,死皮赖脸地将六郎留在王妃屋。装什么绝情绝义,也就王妃心善,信她这把戏。"

283

还是丫鬟劝着:"王爷与王妃这次要带着咱们小殿下一并巡视呢,天大体面。"

苏侧妃叹:"有什么用,二郎三郎也去的。"

丫鬟道:"咱们小殿下是长子呢。"

若有嫡子那没的说,谁都比不了王妃的。可既无嫡子,从庶子说,大郎的确是排长的。苏侧妃道:"王妃就是太仁善了。"终是对六郎养在谢莫如那里不爽。但她不爽也没法子,苏侧妃不傻,这会儿也觉察出来了,王妃让她们进门就是来生孩子的,凌霄这个是例外。她们生了孩子后,再无宠爱。虽有孩子,可王爷只肯到王妃房里,王爷也忙,她们初一十五地过去请安,有时能见一面,有时一面也见不得。想争?跟谁争?谁敢同王妃争?

若有宠爱,还有一争。

宠爱全无,位分只是侧室,能怎么争?

母亲就劝她:"一样是宠爱,一样是孩子,你选哪个?聪明人都选孩子。"

是啊,她们有孩子。王妃一碗水也端得平,她们几人的供俸也从未委屈过,对孩子们也好,孩子们在宫里都能得了今上与太后的喜欢,王妃还为孩子延得名师。

她们要是再有什么不满,就是不知好歹了。

谢莫如这里交代了侧妃,五皇子那里也交代了二位留守的长史,以及负责藩王府安全的耿天意,道:"你们都是本王身边的老人了,本王此去,府里的事就交给你们了。"

侧妃与属官们相送,五皇子携谢莫如带着三个年长的孩子登上车驾。带孩子一道是谢莫如的主意,谢莫如道:"闽地是咱们的封地,以后孩子们也要在这里扎根的。孩子们,自小见些世面也是好的。"又说:"李九江也随驾,且耽搁不了他们的功课。"

五皇子听谢莫如说的有理,便带了孩子们去。

孩子家都爱个新鲜,听说带他们去,都乐得不得了。这会儿都换了新衣裳,挺着小胸脯,神完气足地跟在父母身边。他们在走前也有样学样地叮嘱四郎五郎昕姐儿,大郎道:"四郎你好生照顾弟弟妹妹们,教你的字和诗不许忘了。"

二郎道:"好好吃饭,妹妹不准挑食。"

三郎是话痨,所以,一直到要出发了,他的话还没说完,但因为要赶时间,三郎摆摆手,同弟弟妹妹道:"记着我说的话啊,哎哟,我还没说完,该写纸上给你们的。"把大家笑翻。

如今孩子们随父母坐同一辆车驾,这得得益于他们爹的车驾足够宽敞。谢莫如在给孩子们讲军营的情形:"将军们穿着铠甲,士兵们拿着兵器,有长枪,有大刀,还有矛与盾,威风极了。"

三人就爱听这个,三郎最爱说话,道:"母妃,有弓箭吗?有大马吗?"

"都有。"谢莫如道,"等你们大些,也要学骑马,学武功,学弓箭的。"

大郎亮晶晶着一双眼睛,还是努力端庄着一张小脸道:"母妃,我和弟弟们一准儿好好学。"

二郎腆腆小肚子，也表明了自己对于武功的喜欢。

三郎急着问："母妃，我们什么时候能学武功？"

谢莫如想了想："学武功辛苦得很，现在学，也得十年后才能学好。"

三郎立刻道："我不怕辛苦，大哥也不怕辛苦，二哥可能会怕！"所以说小孩子不会说谎，二郎十分不满，不过，他性子温柔，也只是瞪弟弟一眼，慢条斯理道："母妃，我也不怕。"

五皇子听得直乐，道："咱们家的儿郎们都是好样的！"想着二儿子也就适合练个慢慢拳之类的吧。

孩子们受到父亲表扬，更是开心了，叽叽喳喳地说个没完。

待到了军营，果然见到了穿着铠甲威风凛凛的将军，也见到了持长枪的士兵，于是，越发精神十足地跟在父母身旁。他们都学过规矩，在这样的场合半点儿不怯场。

广威将军麾下五千将士，都威风凛凛地站在校场上。

广威将军带着麾下千户百户亲迎，将军甲胄在身，不必大礼。五皇子本也不在意这些烦琐规矩，将手一挥："让我看一看将士们。"

宋将军连忙请五皇子一行过去，在五皇子身旁的都是高官，最低的朱雁也是四品知府。不过，这是军营，宋将军自然要在五皇子身边帮着介绍军队。

五皇子威严十足地带着王妃孩子们一路看过去，看了一遍，五皇子道："不错，军容尚可。"

广威将军宋将军道："接下来还有军中比武。"

谢莫如忽然在五皇子耳际低语，五皇子看向妻子，谢莫如微微颔首，五皇子就折回去，又从尾到头看一遍，之后，脚下一折，横着看竖着看，指了里面的一个脊背佝偻的士兵道："这也是营中士兵？"

宋将军连忙道："是。"

五皇子将那人叫出来，刚才没留意，远着看时以为是个中年人，近来看这一脸沟沟坎坎的皱纹哟。还有，头发是染黑的吧？染汁不大好，蹭到脸颊了，还有一股子墨臭味，看来是用墨汁染的。五皇子问："老人家，你什么年岁了？"

那人瞅宋将军一眼，一双绿豆眼眨了眨，哆哆嗦嗦道："草民三十有五。"

三郎瞪大眼睛，忍不住道："三十五？父王，我觉着这位老人家起码五十五岁呀！您看他脸上的皱纹！头发肯定是假的！染料都弄脸上去了！"

三郎正是天真年岁，一句话说得老翁跪地上了，五皇子唇一抿，沉了脸问："他所在小旗是哪个？"

小旗出来，五皇子问："这是何人？"

285

小旗连忙道:"回王爷的话,他姓丁,人都叫他丁老汉。"

五皇子的脸更冷了:"拿出军营名册来!"

小旗直接瘫了,老翁心理素质更是不成,绿豆眼往上一翻,直接抽了。幸而五皇子出巡带了太医,唤了太医来,三针就把老翁扎醒,原来是军中人数不齐,老翁是被找来凑数的。老翁生怕被找麻烦,道:"五十文草民不要了,草民不晓得王爷要来,要是知道王爷要来,草民打死都不敢过来凑数啊!"十分冤枉,十分委屈,十分后悔。

五皇子一句话:"现在冒充兵士的,自己站出来,本王不追究。不然,给本王查出来,一律处斩!"

然后,呼啦啦一群人跪地求饶。

宋将军腿都哆嗦了,五皇子阴沉沉地望向唐总督,大冷的天,唐总督额上冷汗都下来了,唐夫人脸色煞白,唇瓣都在发抖。唐总督到底是一品大员,沉声请罪:"臣有失察之罪!臣不敢求王爷宽宥,当务之急,请王爷将此事交给微臣,微臣立刻清查冒充兵源一事!"

五皇子眼睛微眯,他并不是俊秀的相貌,因生得端严,以前在宫里怕被人小瞧就时常不苟言笑,以增气派。这些年在朝中历练,五皇子真正历练出威仪气派,此刻阴沉着脸,一言不发,当真慑人。

宋将军不知是心理素质一般还是反应机敏,他不待五皇子点头,就扑过来一跪,不必唐总督清查,就把营中之事一五一十地交代了,花钱雇了多少人,四十岁以上的士兵多少人,自己就说明白了,还将事铁肩一担:"兵源差得太多,都是臣愚钝,一时糊涂,想出此等下策。此事,皆臣所为!臣有罪!"

五皇子道:"唐大人去清查。"

唐总督连忙去了。

大年初一正是冷的时候,谢莫如看五皇子的脸色,吩咐道:"将暖帐设在这里。"谢莫如自己倒是不怎么怕冷,她每天起早都会晨练,只是孩子们还小,不能总在外头吹风。

谢莫如一声吩咐,底下人立刻在此设了暖帐,五皇子对妻子一向尊敬,道:"你带着孩子们去暖帐坐着。"

谢莫如道:"我知王爷恼怒,又心系此事,只是此事也非王爷与诸位大人的过错。王爷这么站着,诸位大人可不是什么结实的身子骨,岂不都陪王爷罚站了。"但凡高官,年轻的就少。如苏巡抚也是不惑之年了,周按察使更是五十以上,就是藩王府的属官柳扶风,也是个身子骨不大好的。

五皇子看一眼身边官员,这才去暖帐坐了。

五皇子如此震怒,除了谢莫如,谁都不敢说话。朱雁悄悄望向江行云,毕竟江行云虽然现在姓江,原本却是姓宋的,据说宋太太与江行云关系很是不错,此刻宋将军落难,朱雁也不知怎的,鬼使神差地看了江行云一眼。结果,江行云根本眉毛都未动一根。

要说朱雁对江行云,据说是一见钟情,再见倾心,非君不娶。虽然被江行云拒绝,而且,因此惹出一段小小风波,朱雁来到闽安州这几年,也是未娶妻的。如今江行云随谢莫如来了闽地,要说朱雁没什么想法,那也是不可能的。但此时此际,心中那丝蠢蠢欲动在看到江行云冷淡而不动声色的侧脸时,忽然间烟消云散,不留一丝痕迹。

爱与不爱仿佛一场法术,突然降临,又突然消失。

朱雁别开脸,心想,她是对的,我从来不了解她。

孩子们感觉到气氛冷峻,最爱说话的三郎也不敢说话了。

谢莫如摸摸孩子们的头,三郎小小声问:"母妃,是不是我说错了话?"

谢莫如温声道:"你父王是生他们的气。"

三郎小小声说:"他们是不是骗父王了?"

"是啊。说谎可不好。"

"嗯,我从来不说谎。母妃说过,说谎是笨蛋干的事!"三郎说着说着就恢复了正常音量。五皇子面色微缓,看着帐外唐总督亲自按着军中名册点名,一直念到嗓子都有些哑了。午时刚过,唐总督进帐回禀:"冒充士兵的一共两千三百八十人,余下的人中,过四十的有八百六十七人。雇人的是祝千户,广威将军宋双成对此事亦是知晓。如何处置,请殿下明示。"

五皇子对苏巡抚道:"今年不是要修堤防吗?验明身份后,让他们去修堤防吧,什么时候堤防修好,什么时候放了他们。"

苏巡抚正色应下。

五皇子问宋双成:"军中还有什么见不得人的事,你一样一样地说与本王知道。"

宋双成不傻,五皇子还肯问他,而没有直接砍了他的头,就是在给他机会。宋双成将牙一咬,将军中的那点事都说了出来。譬如伙食上动手脚,每个士兵规定每顿半斤米,改为三两;军衣上偷工减料;军械上以次充好以旧换新……反正,就是这点子事吧。

五皇子对几个儿子道:"你们出去问问外头的士兵,每月军饷多少?"

三个小家伙应一声"是"就颠颠儿去了,后头自有侍卫跟着,一时回来,大郎道:"儿子们问了六个人,他们有的说一月八百钱,有的说最后这月发了一千六百钱。"

二郎道:"是哦,还不一样。"

三郎嘴快:"最后这月是过年啦,咱们过年,母妃也给咱们发红包啦!"

二郎觉着有理,点点头。

五皇子对宋双成道:"你饷银倒是能发全的。"

宋双成额上冷汗涟涟,深为自己坦白交代庆幸,五皇子这明显有备而来啊。五皇子道:"重新整理队列。"

宋双成腿都跪麻了,听到此语如闻天籁,连忙起身,顾不得双腿酸麻,踉跄着就跑了出去。

谢莫如见是晌午,小孩子禁不得饿,就先带着孩子们、江行云、唐夫人去了军中给安排的休息屋子用午饭。看唐夫人战战兢兢的,谢莫如道:"夫人且宽心。"

唐夫人如何能宽心,只是谢莫如都这样说了,她道:"谢娘娘关怀,臣妇,哎……"

一时,侍女捧上几样荤素相宜的菜色,大家一并用午膳。唐夫人是饭也吃不下去,谢莫如也不再劝她,专心带着孩子们用饭。

外头,宋双成相当利落,手下的兵士一看就知道是经常训练的。待将队伍整理齐备,五皇子道:"平日里如何训练的,现在就如何训练吧。"

兵士的训练也很卖力,当然,不排除是因为五皇子在场。及至后来,两阵对垒军中演武,也颇有些可取之处。

待训练完毕,已是下晌,五皇子道:"让兵士们去吃饭吧。"

宋双成垂头静站,五皇子问:"军械军粮军衣是怎么回事?"

唐总督先道:"王爷,臣有事回禀,请王爷屏退左右。"

五皇子便命周身官员退下了,唐总督道:"王爷,军械都是上头发什么,臣等用什么,不敢有二话。只是,每次军械更换,军中会有一笔补贴银从上头发下来。咱们闽地的军械,还能使得,只是并非上等军械罢了。永定侯这两年练兵,他手下的兵士所用之物,上头是不敢怠慢的,俱是锃新的。至于军粮军衣,皆是兵部调遣,下头的人,也有不干净的。臣等无能,也只保得住兵士们可得食用。"

"你为何不与本王说?"

唐总督叹:"这事,臣实张不了口。"

宋双成道:"唐大人到后,微臣麾下将士装备大有改善,王爷不知,先时,哎,先时臣都接收过全不能用的长枪。"

五皇子接着检查了营中军械,一直到傍晚,五皇子道:"二位写一份陈词给本王。"

唐总督劝:"王爷三思哪。"帝都管兵部的是谁,唐总督清楚,五皇子更清楚。这闹不好,就得是兄弟反目。何况,这会儿得罪兵部可没好处啊!

五皇子冷冷道:"别的地方,本王不管,但本王的封地,容不下这些狗屁倒灶的事!都得按本王的规矩来!"

五皇子气个好歹,直接命永定侯麾下李将军接手了宋双成手下军队。宋双成随驾巡视全境,然后,发挥了想象不到的重要作用。宋双成这里有的问题,别的军营都有,有些将领不大乐意承认,五皇子立刻派出宋双成这位火眼金睛的得力干将,军中伎俩半点瞒他不过。

　　除了军中,五皇子也不忘见一见各地大小官员,谢王妃随着接见女眷。还有,阵亡将士家属啥的,五皇子颇是纡尊降贵,亲自探望,问一问年下补助的银子可发到手了,领了多少。不出意外地砍了几颗人头,这不是五皇子第一次杀人,去岁科场案五皇子就是主审之一,几多人头落地。但,五皇子第一次气得浑身发抖,去岁年下多难啊,唐总督也是很不容易才挤出这些银子来,发到阵亡家眷手里的不足一半。五皇子早同诸官员说过了:"这个钱,是阵亡将士的卖命钱,一分都不准截留。"

　　查吧,当地县令眼瞅着性命不保,他也不敢兜揽到自己头上去,按察使就在这儿呢,一溜查下来,一排人头落地。

　　此刻,大小官员才明白什么是掌军政大权的皇子藩王。

　　三品以下官员,五皇子有先斩后奏之权!

　　甭管你家族多么显赫,多少人脉,没等你家人脉运作,直接砍了脑袋,你去阎王那里运作吧!

　　五皇子冷冷道:"本王平生最恨有人将手伸到将士身上,全饷发到将士手里就是半饷,一顿半斤的米落到实地只有三两,新米成了陈米,陈米成了糙米,全套的路数,本王什么不知道!以前什么样,本王不再追究,以后什么样,要依本王的规矩来!不愿意干的,趁早走关系去谋别处的缺!本王治下,断不相容!"

　　五皇子杀人杀得痛快,补缺也补得利落,巡视前柳扶风和李九江便都说了要多带些人的,此时可不就派上了用场。譬如谢远就成了一地县令,其他空出的缺,亦各有安排。

　　五皇子对他们这些人道:"官员除了薪俸,夏秋二季,均有税赋截留,这些银钱足够过宽裕日子了。你们虽是我点的差,到底各人本领如何,品行如何,我不听别人说,只看你们任上成绩。若效仿前任,终有前任之果。"

　　说得那叫个不客气。以至于有些不明白的都觉着,去岁前番各种德政各种路数收买人心的五皇子这是怎么啦?

　　其实,五皇子没怎么,只是气得狠了。

　　谢莫如听闻此事,不过淡淡一笑。

　　恩威并施,恩威并施。前既有恩,今必有威。

　　帝都太小,掣肘太多。不到闽地,焉得有此历练?不经此历练,焉知如何收服人心?不收服人心,谈何将来!

图书在版编目(CIP)数据

千山记.叁/石头与水著.—杭州：浙江文艺出版社，2018.3

ISBN 978-7-5339-5027-9

Ⅰ.①千… Ⅱ.①石… Ⅲ.①长篇小说—中国—当代 Ⅳ.①I247.5

中国版本图书馆CIP数据核字(2017)第224988号

策划统筹　柳明晔
责任编辑　徐 莺　徐 旼
封面题字　天 勤
封面绘图　ENO
装帧设计　荆棘设计
责任校对　许龙桃
责任印制　朱毅平

千山记　叁

石头与水　著

出版　浙江文艺出版社
网址　www.zjwycbs.cn
经销　浙江省新华书店集团有限公司
印刷　浙江万盛达实业有限公司
制版　浙江新华图文制作有限公司
开本　710毫米×1000毫米　1/16
字数　366千字
印张　18.25
插页　1
版次　2018年3月第1版　2018年3月第1次印刷
书号　ISBN 978-7-5339-5027-9
定价　39.80元

版权所有　违者必究

(如有印、装质量问题，请寄承印单位调换)